今译

赞词说：凭火德命王的西汉政权中衰了，大盗贼王莽篡夺了刘汉之政权，天下大乱，日月星辰都失去了光辉。人民厌弃了种种不能兑现的许诺，上天盼望恢复盛世的德政。正逢其时，世祖光武皇帝受命于天，福祚自现。在事变之前就能发现深藏的征兆，故能经天纬地。王莽的臣下王寻、王邑率百万貔虎之师，兵车千里，旌旗蔽云。但世祖（率三千敢死勇士，冲破敌阵中坚，杀死王寻）更英勇，威风大振，结果王莽玩火自焚。其时，彭宠自立为燕王，公孙述称王于巴蜀，梁王刘永擅命睢阳，卜者王郎称帝邯郸。三河之地尚未绥靖，西都长安战乱又起。光武帝的战旗所向，依次进行上天的讨伐，使许多固若金汤的城市纷纷归顺，车同轨，书同文，天下统一。天的启示和人的议论都赞颂光武帝的英明庙算和雄才大略的决断。啊！真是受命于天，为我大汉江山命脉之所系连。

（郭殿忱译注 陈延嘉修订）

目录

书

与杨德祖书一首 …………………………… 曹子建（1）
与吴季重书一首 ……………………………曹子建（10）
答东阿王书一首 ……………………………吴季重（16）
与满公琰书一首 ……………………………应休琏（25）
与侍郎曹长思书一首 ………………………应休琏（31）
与广川长岑文瑜书一首 ……………………应休琏（36）
与从弟君苗君胄书一首 ……………………应休琏（41）
与山巨源绝交书一首 ………………………嵇叔夜（49）
为石仲容与孙皓书一首 ……………………孙子荆（66）
与嵇茂齐书一首 ……………………………赵景真（84）
与陈伯之书一首 ……………………………丘希范（95）
重答刘秣陵沼书一首 ……………………… 刘孝标（105）
移书让太常博士一首 ……………………… 刘子骏（109）
北山移文一首 ……………………………… 孔德璋（123）

檄

喻巴蜀檄一首 …………………………… 司马长卿（134）

为袁绍檄豫州一首 …………………… 陈孔璋（142）

檄吴将校部曲文一首 ……………… 陈孔璋（166）

檄蜀文一首 ……………………… 钟士季（192）

难蜀父老一首 …………………… 司马长卿（200）

对问

对楚王问一首 ………………………… 宋　玉（213）

设论

答客难一首 ……………………… 东方曼倩（217）

解嘲一首 ………………………… 扬子云（229）

答宾戏一首 ……………………… 班孟坚（250）

辞

秋风辞一首 ……………………… 汉武帝（271）

归去来一首 ……………………… 陶渊明（274）

序

毛诗序一首 ……………………… 卜子夏（280）

尚书序一首 ……………………… 孔安国（289）

春秋左氏传序一首 ……………… 杜　预（297）

三都赋序一首 …………………… 皇甫士安（311）

思归引序一首 …………………… 石季伦（323）

豪士赋序一首 …………………… 陆士衡（326）

三月三日曲水诗序一首 ………… 颜延年（337）

三月三日曲水诗序一首 ………… 王元长（350）

王文宪集序一首 …………………… 任彦升（366）

颂

圣主得贤臣颂一首 ………………… 王子渊（397）
赵充国颂一首 ……………………… 扬子云（410）
出师颂一首 ………………………… 史孝山（414）
酒德颂一首 ………………………… 刘伯伦（419）
汉高祖功臣颂 ……………………… 陆士衡（422）

赞

东方朔画赞一首 ……………… 夏侯孝若（451）
三国名臣序赞一首 ………………… 袁彦伯（461）

符命

封禅文一首 ……………………… 司马长卿（498）
剧秦美新论一首 …………………… 扬子云（514）
典引一首 …………………………… 班孟坚（535）

史论

汉书公孙弘传赞一首 ……………… 班孟坚（558）
晋武帝革命论一首 ………………… 干令升（566）
晋纪总论一首 ……………………… 干令升（569）
后汉书皇后纪论一首 ……………… 范蔚宗（608）
后汉书二十八将传论一首 ………… 范蔚宗（618）
宦者传论一首 ……………………… 范蔚宗（628）
逸民传论一首 ……………………… 范蔚宗（643）

谢灵运传论一首 …………………… 沈休文（651）
恩幸传论一首 ……………………… 沈休文（664）

史述赞

汉书述高祖纪赞一首 ………………… 班孟坚（676）
述成纪赞一首 ……………………… 班孟坚（679）
述韩彭英卢吴传赞一首 …………… 班孟坚（681）
后汉光武纪赞一首 ………………… 范蔚宗（683）

与杨德祖书一首

曹子建

题解

这是一篇书信体文论。我国古代文论有个突出特点，那就是系统理论阐述少，就文论文，就人论文者多，因此选录、评点、书札、序跋等便成了重要的批评方式。《与杨德祖书》就是其中颇有影响的一篇。

杨德祖即杨修。是太尉杨彪之子，博学多才，机智过人，又桀骜不驯。但与曹植关系甚密，极力为曹植立为太子出谋划策。曹操立曹丕为太子后，恐酿成内乱，借故将杨修杀掉。修亦颇有文才，《文选》录其《答临淄侯笺》一篇。

曹植在这封信中，畅谈了自己的文学见解。主要讲三个问题：

第一，提倡风格多样，反对以己律人，文人相轻。不能“人人自谓握灵蛇之珠，家家自谓抱荆山之玉”。寸有所长，尺有所短，都未达到尽善尽美之艺术境界，不能以己之长轻人之短。这一见解与其兄曹丕相同。且皆以建安七子为例，批评“文人相轻”、敝帚自珍的陋习，以丁敬礼之话为“美谈”，提倡相互切磋。

第二，强调批评家要以创作实践作基础。“有南威之容，乃可以论于淑媛，有龙泉之利，乃可以议于断割。”批评刘季绪式的不懂装懂、吹毛求疵的批评家，批评田巴式的口若悬河、哗众取宠的批评

家，称赞有分析有说服力的文学批评。当然，伟大的批评家，不必定是伟大的作家，“南容”、“龙泉”之说有失绝对，但绝无创作体验的人，难对作品作出中肯的批评，这也是事实。

第三，应该重视民间文学。提出“街谈巷议必有可采；击辕之歌，有应风雅。匹夫之思，未易轻弃也”。这是难能可贵的见解。此见解之提出盖与植自幼受到的多方面的文学熏染不无关系。曹植“十余岁，诵读诗论及辞赋数十万言”。同时又能背诵“俳优小说数千言”(《魏书》本传)。从曹植的创作中，亦可以看出他从乐府民歌中吸取了艺术养料。其善用比兴手法，其精粹的语言，多来自乐府而又比乐府更精粹，更高超。

这又是一篇充满朋友情谊的书信。自然亲切，语言流畅，骈散交错，骈而不板，散而不懈。

原文

植白[1]：数日不见，思子为劳，想同之也[2]。仆少小好为文章[3]，迄至于今，二十有五年矣[4]。然今世作者，可略而言也[5]。昔仲宣独步于汉南[6]，孔璋鹰扬于河朔[7]，伟长擅名于青土[8]，公幹振藻于海隅[9]，德琏发迹于此魏[10]，足下高视于上京[11]，当此之时，人人自谓握灵蛇之珠[12]，家家自谓抱荆山之玉[13]。吾王于是设天网以该之[14]，顿八纮以掩之[15]，今悉集兹国矣[16]。然此数子，犹复不能飞轩绝迹[17]，一举千里。以孔璋之才，不闲于辞赋[18]，而多自谓能与司马长卿同风[19]，譬画虎不成，反为狗也[20]。前书嘲之[21]，反作论盛道仆赞其文[22]。夫钟期不失听[23]，于今称之。吾亦不能忘叹者，畏后世之嗤余也[24]。

世人之著述，不能无病。仆常好人讥弹其文[25]，有不善者，应时改定[26]。昔丁敬礼常作小文，使仆润饰之[27]，仆

自以才不过若人[28],辞不为也。敬礼谓仆:卿何所疑难[29],文之佳恶,吾自得之[30],后世谁相知定吾文者邪?吾常叹此达言[31],以为美谈。昔尼父之文辞[32],与人通流[33],至于制《春秋》,游夏之徒乃不能措一辞[34]。过此而言不病者[35],吾未之见也。盖有南威之容[36],乃可以论其淑媛[37];有龙泉之利[38],乃可以议其断割[39]。刘季绪才不能逮于作者[40],而好诋诃文章[41],掎摭利病[42]。昔田巴毁五帝,罪三王,呰五霸于稷下,一旦而服千人[43]。鲁连一说,使终身杜口[44]。刘生之辩[45],未若田氏,今之仲连,求之不难,可无息乎[46]!人各有好尚[47],兰茝荪蕙之芳[48],众人所好,而海畔有逐臭之夫[49];《咸池》《六茎》之发[50],众人所共乐[51],而墨翟有非之之论[52],岂可同哉!

今往仆少小所著辞赋一通相与[53]。夫街谈巷说,必有可采[54];击辕之歌,有应风雅[55];匹夫之思,未易轻弃也[56]。辞赋小道,固未足以揄扬大义[57],彰示来世也[58]。昔扬子云先朝执戟之臣耳[59],犹称壮夫不为也[60]。吾虽德薄,位为蕃侯[61],犹庶几戮力上国[62],流惠下民[63],建永世之业[64],留金石之功[65],岂徒以翰墨为勋绩[66],辞赋为君子哉[67]!若吾志未果[68],吾道不行[69],则将采庶官之实录[70],辩时俗之得失[71],定仁义之衷[72],成一家之言[73]。虽未能藏之于名山[74],将以传之于同好[75],非要之皓首[76],岂今日之论乎[77]!其言之不惭[78],恃惠子之知我也[79]。明早相迎[80],书不尽怀。植白。

注释

〔1〕白:古代书信开头的一种格式,犹"敬启"。

〔2〕子:古代对男子的尊称。　劳:苦。

〔3〕仆:自称之谦词。

〔4〕迄(qì 气)至:至。　有:又。

〔5〕然:这样。　略:大略。

〔6〕仲宣:王粲,字仲宣。建安七子之一。　独步:超群出众,独一无二。汉南:荆州。《尔雅》:"汉南曰荆州。"王粲先依刘表,后归曹操。

〔7〕孔璋:陈琳,字孔璋,建安七子之一。　鹰扬:如鹰之高飞。比喻扬名。河朔:指黄河以北地区。陈琳曾在冀州任袁绍的记室,后归曹操。

〔8〕伟长:徐幹,字伟长。建安七子之一。　擅名:名盖众人。　青土:指青州。李善注:"徐伟长居北海郡,《禹贡》之青州也。"今山东,辽宁部分地区。

〔9〕公幹:刘桢,字公幹,建安七子之一。　振藻:显露文学才华。　海隅:海边。公幹,东平宁阳人。宁阳属齐,靠海。

〔10〕德琏:应玚,字德琏。建安七子之一。　发迹:犹扬名。　此魏:德琏南顿人,南顿地近许昌,曹操迎汉献帝建都许昌,故言发迹于此魏。

〔11〕足下:指杨德祖。　高视:居高临下。　上京:京师。杨修随其父一直在京师。

〔12〕灵蛇之珠:宝珠。即隋侯之珠。李善注引《淮南子》高诱注:"隋侯见大蛇伤断,以药傅而涂之。后蛇于大江中衔珠以报之,因曰隋侯珠。"

〔13〕荆山之玉:宝玉,即和氏璧。李善注引《韩子》:"楚人和氏,得玉璞于楚山之中,奉而献之。文王使五人治其璞而得宝。"

〔14〕吾王:指曹操。　天网:可笼罩天地的大网。《老子》:"天网恢恢。"李善注引崔实《本论》:"举弥天之网,以罗海内之雄。"　该:全。用如动词,全收。

〔15〕顿:停止,引申为列。　八纮(hóng 宏):八方极远之处。　掩:搜求。

〔16〕悉:全。　兹国:此国,指魏都。

〔17〕飞轩绝迹:比喻达到最高峰。飞轩,飞举。　一举千里:一振翅就飞千里之远。

〔18〕闲:精熟。

〔19〕司马长卿:司马相如,字长卿,西汉著名词赋家。其《子虚》、《上林》等大赋,始铸出汉赋之模式。　风:指风格。

〔20〕画虎不成反为狗:画虎不成反类犬。李善注引《东观汉记》:"马援《戒子严书》,效杜季良而不成,陷为天下轻薄子,所谓画虎不成反类狗也。"

〔21〕前书嘲之:六臣本作“前有书嘲之”。　嘲,嘲谑,指以玩笑的口气加以暗示。

〔22〕盛道:大讲。吕延济注:“子建前有书与陈琳,嘲讥其文,琳反以为论其盛道而赞美其文。”

〔23〕钟期:钟子期。伯牙善鼓琴,钟子期善听音。他能从伯牙不同的琴声听出其不同的心情。　不失听:善听。

〔24〕忘叹:六臣本作“妄叹”。胡克家《考异》谓忘乃“妄”之传写之误。嗤(chī 吃):讥笑。

〔25〕讥弹(tán 谈):指责缺点和错误。

〔26〕应时:应及时。　改定:改正。

〔27〕丁敬礼:丁廙(yì 易),字敬礼,建安时官为黄门侍郎,与其兄丁仪同为曹植好友,共同谋划拥立植为太子,曹丕继位,兄弟被杀。　润饰:润色。

〔28〕若人:那个人。指丁敬礼。

〔29〕卿:旧时朋友间亲昵之称。　疑难:为难。

〔30〕佳恶:好坏,主要指好。　自得:归己。

〔31〕达言:通达之言。

〔32〕尼父:即孔子。孔子,字仲尼。父是尊称。孔子死后,鲁哀公在诔文中称孔子为尼父。

〔33〕通流:同流,共用。

〔34〕《春秋》:儒家经典之一。为孔丘依据鲁国史官所编《春秋》改定的编年体春秋史。　游、夏:子游、子夏,皆孔子门徒。　措:置,加。

〔35〕过此:除此。此,指《春秋》。　不病:无毛病。

〔36〕南威:古代美女。李善注引《战国策》:“晋平公得南威,三日不听朝。遂推而远之,曰:后世必有色亡国者。”　容:美貌。

〔37〕淑媛:美女。

〔38〕龙泉:古代宝剑名。又称“龙渊”。　利:锋利。

〔39〕议:与“论”义近,犹评论。　断割:切割之作用。李善注引《战国策》:“苏秦说韩王曰:韩之剑戟,龙渊、大阿,陆断牛马,水击鸿雁。”

〔40〕刘季绪:刘表之子,官至乐安太守,著诗、赋、颂六篇。　逮:到,抵。

〔41〕诋诃(dǐ hē 底喝):指摘。

〔42〕掎摭(jǐ zhí 挤直):挑剔。　利病:优点与毛病,主要指毛病。指摘利

病,犹言“吹毛求疵”。

〔43〕田巴:战国时齐国的辩士。 毁:毁谤。 罪:历数其罪过,用如动词。呰(zī 资):毁。 五帝:指少昊、颛顼、高辛、唐尧、虞舜。 三王:指夏禹、商汤、周文王、武王。 五霸:秦穆公、楚庄王、齐桓公、晋文公、宋襄公。李善注引《鲁连子》:“齐之辩者曰田巴,辩于狙丘而议于稷下,毁五帝,罪三王,一日而服千人。有徐劫弟子曰鲁连,谓劫曰:臣愿当田子,使不敢复说。”

〔44〕鲁连:即鲁仲连,战国齐人。隐居不仕,喜为人排忧解难。 杜口:不说话。

〔45〕刘生:指刘季绪。 辩:辩才。

〔46〕息:停止。

〔47〕好尚:爱好。

〔48〕兰茝荪(chǎi sūn 孙)蕙:皆香草名。

〔49〕海畔有逐臭之夫:《吕氏春秋》载一寓言:一人有强烈的狐臭,家人、朋友无法与之共处,只好独自住到齐国一个大薮泽边,不料竟有酷爱其臭的,昼夜追随着他。比喻臭味相投,此指同爱坏文章。海:指齐国一薮泽。

〔50〕咸池:黄帝乐曲名。 六茎:颛顼乐曲名。 发:声。

〔51〕共乐:共同喜欢。

〔52〕墨翟:墨子。春秋、战国之际思想家,墨家学派创始人。主张兼爱、非攻、尚贤、尚同,反对儒家的繁文缛(rù)节,提倡薄葬,非乐。著有《非乐篇》。

〔53〕往:送去。 一通:犹一卷。 相与:相赠。

〔54〕街谈巷说:指民间传说,口头文学。

〔55〕击辕(yuán 元)之歌:拍打车辕为节唱的歌,泛指民歌。 风雅:指风雅精神。《诗经》有《风》、《大雅》、《小雅》。

〔56〕匹夫:一个普通人。 思:情思。指民歌中表达的思想感情。

〔57〕辞赋小道:小玩艺儿。 揄(yú 鱼)扬:宣扬。 大义:大道理。

〔58〕彰示:昭示。 来世:未来。

〔59〕扬子云:扬雄,字子云,西汉著名辞赋家。 先朝:前朝,指汉朝。 执戟之臣:执戟侍卫之臣。扬雄曾做过给事黄门郎,系执戟保卫宫廷的小吏。

〔60〕壮夫不为:扬雄在《法言》中说,辞赋乃“雕虫篆刻,壮夫不为也”。意为辞赋乃雕虫小技,男子大丈夫不屑一作。

〔61〕蕃侯:诸侯。诸侯国似为王室之屏障,故诸侯亦称蕃侯。蕃,屏障,

蕃篱。

〔62〕庶几:希望。　戮力:努力。　上国:指中央政府。诸侯国居附庸的地位,称主国即中央为上国。

〔63〕流惠:施恩。惠,恩惠。　下民:指蕃国百姓。

〔64〕永世:千秋万代。

〔65〕金石之功:不朽之功。古人记颂功德,将事迹刻在金石之上,以流传后世。金,指钟鼎之类;石,指碑碣之类。李善注引《吴越春秋》:“乐师谓越王:君王德可刻金石。”

〔66〕翰墨:笔墨。指文章。　勋绩:功绩。

〔67〕君子:文质相称。

〔68〕果:实现。

〔69〕行:通。

〔70〕庶:众。又《三国志》注:“庶”作“史”。　实录:《汉书·司马迁赞》:“有良史之才,其文直,其事该,不虚美,不隐恶,故谓之实录。”

〔71〕时俗:当代风俗。

〔72〕衷:正。

〔73〕成一家之言:建立自己的一说。司马迁《报任少卿书》:“通古今之变,成一家之言。”

〔74〕藏之于名山:《报任少卿书》:“仆诚已著此书,藏之名山,传之其人。”

〔75〕同好:志同道合者。

〔76〕要:约。　皓首:白头。

〔77〕岂今日之论:岂有今日之论。论,指上述见解。

〔78〕惭:羞愧。

〔79〕恃:仰仗。　惠子:惠施。战国人,庄子的好友。施死,庄子过其墓,说:“自夫子之死也,吾无以为质也,吾无与言之矣。”惠子,比杨修。

〔80〕相迎:相见。

今译

曹植敬启:数日不见,想您想得很苦,料想你也同样。我青少年时期就喜欢写文章,直到现在,二十五年了。这样,对当代作者,可

以大略说说。从前王粲在汉南出类拔萃,陈琳在河北大扬其名,徐幹在青州美名盖世,刘桢在海边文采焕发,应玚在魏地文名大振,足下在京都居高临下。在这个时候,人人说自己的创作成就如隋侯之珠,个个讲自己的文学业绩似和氏之璧。我王这时广泛网罗人才,八方搜求文士,现在都集中在京城了。但是这些人,尚未能达到艺术之极致,而一日千里。以陈琳之才而论,其不精于辞赋,却常常自诩与司马相如等同,比如画虎不成反类犬。以前我有书信嘲讽他,而他作文章大讲我赞成他的文章。钟子期善于听琴,现在还被人称道。我也不能胡乱赞赏,害怕后人耻笑我。

当代作家的著述,不能没有毛病。我经常喜欢别人指摘我的文章,有不妥之处,及时改正。过去丁敬礼曾作短文让我润色,我自以为不如他,推辞不作。敬礼对我说:"您有何为难的,文章的好坏,是属于我自己的,后世谁知道修改我文章的是谁呢?"我经常叹赏这通达之言,以为美谈。从前孔夫子的一般文辞,与普通人无别,而其所作《春秋》,连善于作文的子游、子夏之辈也不能增减一字。除此而说文章无毛病的,我没见过。有南威的美貌,才可以品评美女;有龙泉的锋利,才可以谈论切割。刘季绪之才不如作者,却喜欢批评文章,吹毛求疵。从前田巴诋毁五帝,怪罪三王,诽谤五霸,一日而使千人信服。但鲁连一通论辩,使其终身不敢开口。刘季绪的辩才,不如田巴,当今寻找鲁仲连式的人物不难,胡乱批评可以不止吗?人各有所好,兰茝荪蕙的芳香,人人喜欢,但薮泽边亦有追闻臭味的人;《咸池》、《六茎》之声,大家都喜欢,而墨子却有否定"二乐"之论,怎能强求一律呢?

今送去我年轻时所作辞赋一卷给您。民间口头文学,亦有可取之处,车夫击辕之歌,亦有风雅之旨。一个普通人的思想感情,也不要轻易抛掉。辞赋是小玩艺儿,本来不足以宣扬大道理,展示未来。过去扬雄只是汉朝执戟侍卫小臣,还说辞赋乃雕虫小技,壮夫不为。我虽然德浅,地位仅是藩侯,还是希望努力尽忠朝廷,施惠百姓,建

立不朽的功业，名刻金石，怎能只以写作为功绩，靠辞赋做君子呢？如果我的志向不能实现，我的主张行不通，就要采摘翔实的史料，辨析风俗的得失，确定仁义核心，成一家之言。虽然不能藏之于名山，也要传给志同道合之人。这种愿望不必等到白头之日才说，难道今天就不能说吗！大言不惭，倚仗你像惠子理解庄子一样理解我。明早相迎，此信难以完全表达我的情思。

曹植敬启。

（赵福海译注并修订　陈延嘉再修订）

与吴季重书一首　曹子建

题解

这是吴质任朝歌县令时曹植写给他的信。从文中“所得来讯”诸语推断，吴质在此信前，曾给曹植来过信，并赠“诸贤所著文章”。

建安时期，以曹氏父子为中心，形成邺下文人集团。除七子外，如丁仪、丁廙、杨修、应璩、吴质等皆有文名。曹植、曹丕兄弟争夺太子位，互相拉文人，为自己造舆论，献计策，文人自然卷入权力之争的旋涡。吴质在植、丕矛盾斗争中，虽善周旋，然终不能没有倾向。曹丕更器重吴质，“昔日游处，行则连舆，止则接席”；吴质亦为曹丕夺太子位献过高策。《世说新语》载：“魏王（曹操）尝出征，世子（丕）及临菑侯植并送路侧。植称述功德，发言有章，左右属目，王亦悦焉。世子怅然自失。吴质耳曰：‘王当行，流涕可也。’及辞，世子泣而拜，及王左右咸歔欷。于是皆以植辞多华，而诚心不及也。”此虽小说家言，但亦有纪实性，可见曹丕与吴质关系之一斑。

曹植这封信，首先回顾昔日宴饮，借以抒发个人怀抱，接下两段训导吴质勉力从政：“改辙易行，非良乐之御；易民而治，非楚郑之政。”盖对“凤叹虎视”，文武双全的吴质未能做出更大的政绩，带有微辞。因此吴质复信则加以辩驳。全文气势磅礴，“举太山”数句尤为豪壮。张孝祥“尽挹西江，细斟北斗，万象为宾客”，或许由上文脱化而来。

原文

植白:季重足下[1]。前日虽因常调[2],得为密坐[3],虽燕饮弥日[4],其于别远会稀[5],犹不尽其劳积也[6]。若夫觞酌凌波于前[7],箫笳发音于后[8],足下鹰扬其体[9],凤叹虎视[10],谓萧曹不足俦[11],卫霍不足侔也[12]。左顾右眄[13],谓若无人[14],岂非吾子壮志哉[15]!过屠门而大嚼[16],虽不得肉,贵且快意[17]。当斯之时,愿举太山以为肉,倾东海以为酒,伐云梦之竹以为笛[18],斩泗滨之梓以为筝[19],食若填巨壑[20],饮若灌漏卮[21],其乐固难量,岂非大丈夫之乐哉[22]!然日不我与[23],曜灵急节[24],面有逸景之速[25],别有参商之阔[26]。思欲抑六龙之首[27],顿羲和之辔[28],折若木之华[29],闭濛汜之谷[30]。天路高邈,良久无缘,怀恋反侧如何如何[31]!

得所来讯[32],文采委曲[33],晔若春荣[34],浏若清风[35],申咏反覆[36],旷若复面[37]。其诸贤所著文章[38],想还所治[39],复申咏之也,可令憙事小吏讽而诵之[40]。夫文章之难,非独今也。古之君子,犹亦病诸[41]。家有千里,骥而不珍焉[42];人怀盈尺,和氏无贵矣[43]。夫君子而知音乐,古之达论[44],谓之通而蔽[45]。墨翟不好伎,何为过朝歌而回车乎[46]?足下好伎,值墨翟回车之县[47];想足下助我张目也[48]。

又闻足下在彼,自有佳政[49]。夫求而不得者有之矣,未有不求而得者也[50]。且改辙易行,非良乐之御[51];易民而治,非楚郑之政[52],愿足下勉之而已矣[53]。适对嘉宾[54]口授不悉[55]。往来数相闻[56],曹植白。

注释

〔1〕季重:吴质(177—230),字季重,三国魏文学家。济阴(今山东定陶西北)人。吴质才学博通,为曹丕及诸侯礼爱。曹丕兄弟间有矛盾,而吴质善处其兄弟之间。曹丕为世子,吴质为朝歌长,迁元城令。曹丕尤欣赏其文才。入魏,官振威将军,假节都督河北诸军事,入为侍中,封列侯。其事迹附《三国志·王粲传》后。其文留下不多,有《答魏太子笺》、《在元城与魏太子笺》、《答东阿王书》,皆收入《文选》。

〔2〕常调:平常取乐。

〔3〕密坐:靠近而坐。吕向注:"环坐也。"不拘礼节,表示亲密。

〔4〕燕饮:宴饮。 弥日:终日。

〔5〕别远:相别时间长。 会稀:相会时间少。

〔6〕劳积:忧郁。

〔7〕觞酌:饮酒。 凌波:形容女性走路时步履轻盈。曹植《洛神赋》:"凌波微步,罗袜生尘。"此指舞蹈。

〔8〕箫笳:指音乐。笳,古代的管乐器。凌波、箫笳,泛指歌妓舞女之表演。

〔9〕鹰扬:逞威。

〔10〕凤叹:凤鸣。继声和唱曰叹。如一唱三叹。 虎视:虎目圆睁。李善注:"凤以喻文也,虎以喻武也。叹犹歌也,取美壮之意。"传说凤"饮食自歌自舞"。

〔11〕萧曹:指萧何、曹参,皆为西汉开国功臣。参继萧何而为汉惠帝丞相,有"萧规曹随"之说。 俦:同辈,引申为等同。

〔12〕卫霍:指卫青、霍去病,皆西汉名将。 侔(móu 谋):相等。言萧曹为文臣,卫霍乃武将,吴质文武双全,萧曹卫霍不能与之相提并论。

〔13〕眄(miǎn 免):斜视。

〔14〕若:像,如。李善注引《史记》:"荆轲与高渐离歌于市,已而相泣,傍若无人。"

〔15〕吾子:对人相亲爱的称呼。指吴质。

〔16〕屠门:屠夫门前。 大嚼:指作大吃之状。

〔17〕贵:以示富有。李善注引《桓子新论》:"人闻长安乐,则出门向西而笑;知肉味美,对屠门而大嚼。"

〔18〕斯:此。 倾:倒尽。 云梦:指云梦泽。

〔19〕斩:砍断。 泗(sì 四):泗水。源出山东泗水县之东蒙山南麓,四源并发,故名。 梓(zǐ 子):落叶乔木。材质轻软,耐朽,适合作乐器。

〔20〕巨壑:深谷。

〔21〕漏卮(zhī 枝):渗漏的酒器。《淮南子·汜论训》:"今夫溜水足以溢壶榼(酒器),而江河不能实漏卮。"

〔22〕量:衡量。 岂非:难道不是。

〔23〕日不我与:时间不等人。

〔24〕曜灵:太阳。

〔25〕面:见面。 逸景:如光消失。逸,过。

〔26〕别:离别。 参商:二星名。此出彼落,两不相见,因比喻人分别不得相见。 阔:兼指时空之遥远。

〔27〕抑:制止。 六龙:传说中太阳神乘的车子。

〔28〕顿:停止。 羲和:传说中太阳神的车夫。 辔:马笼头、缰绳。

〔29〕若木:古代神话中的树名。生在昆仑山的极西日落的地方。《离骚》"折若木以拂日。"王逸注:"若木在昆仑,言折取若木以拂击蔽日使之还却也。" 华:花。

〔30〕闭:合。 濛汜:传说中日落的地方。

〔31〕高邈:高而遥远。 反侧:辗转反侧。翻来覆去睡不着。

〔32〕来讯:指来信。讯,问。

〔33〕委曲:曲折婉转。

〔34〕晔(yè 叶):繁盛。 春荣:春天的花朵。

〔35〕浏(liú 流):风疾的样子。此指文辞明快。

〔36〕申咏:反复吟咏。

〔37〕旷:心中畅快。 复面:见面。

〔38〕诸贤:指各位作家。

〔39〕所治:即治所。指曹植封地首府临菑。

〔40〕憙:同"喜"。

〔41〕病:犹难。 诸:之乎合音词。

〔42〕千里:指千里马。 骥:千里马。

〔43〕人:犹人人。 盈尺:指宝玉。李善注引《淮南子》:"圣人不贵尺璧而

重寸阴。” 和氏：和氏璧，价值连城的宝玉。因其为楚人卞和得璞于心中，遂名曰和氏璧。

〔44〕达论：常理。

〔45〕蔽：与“通”相反。

〔46〕墨翟：墨子。 伎：同“妓”。女乐即古代女子乐队。好伎，指爱好音乐。 朝歌：地名。殷之都城，汉置县，故址在今河南淇县。

〔47〕墨翟回车之县：县，指朝歌。

〔48〕助我张目：别人赞助自己的主张或行动，使自己的气势更壮。“墨翟”数句，意谓“朝歌”非声乐之地，墨翟不知音，所以恶其名而不入。吴质为知音者，今为朝歌令，是可以帮助我（曹植）壮大声势，你也可以大有作为的。

〔49〕彼：指朝歌。 佳政：美好的政绩。

〔50〕“夫求”二句：刘良注：“佳，善也。言求而不得善者，日日有之；未有不求善而自得善者。言吴质为政，故有善也。”

〔51〕良：王良，战国赵人，善相马。 乐：伯乐，战国秦人，善相马。 御：驾驭车马。

〔52〕楚郑：楚国和郑国。 政：政策。李善注引《史记》：“循吏楚有孙叔敖、郑有子产，而二国俱治。是不易之民也。”

〔53〕勉：努力。

〔54〕适：恰。 嘉宾：佳宾，盖指曹植方面所来之人。

〔55〕口授：指口授于嘉宾。 不悉：不一一详谈。

〔56〕数（shuò 硕）：屡次。

今译

曹植敬启：季重足下。前日虽然是平常取乐，团团围坐，即使已宴饮终日，于远别少见之时，也未尽思念情怀。如果饮酒舞女在前，歌妓在后，足下大逞文采，文如凤鸣，武如虎视，可谓萧曹难比美，卫霍不足观。左顾右盼，旁若无人，难道不足以表现您的雄心壮志吗？过屠户之门而做大嚼之状，虽然未能吃到肉，也足以表现富有和快意。在这时，愿意举起太山当肉，倒尽东海作酒，砍下云梦之竹为笛，伐断泗水之树当筝，食量如填深谷，酒量似灌漏杯，其乐固然难

量，难道这不是大丈夫的欢乐吗！然而时间不等人，太阳疾驰，见面时间如流光之速，离别两地似参商之遥。想要阻止太阳之车的马首，拉住车夫手中的绳缰，折断神木用以退日，封闭太阳落入的山谷。上天之路高又远，等待许久无机缘，心中怀念，辗转反侧，怎么办，怎么办呢！

收到您的来信，辞采婉转，明丽若春花，流畅似清风，反复吟诵，心旷神怡，如同晤面。那些名家所作的文章，待回到治所，再反复吟诵，也可以让喜欢文学的小吏去诵读。欣赏文章之难，不独现在。古代君子，也以为难。家家有千里马，骏马就不珍贵了；人人有尺长宝玉，和氏璧就不珍贵了。君子懂得音乐，这是古来的常理，对此理有人通，有人不通。墨子不懂音乐，为何经朝歌而抹车回转呢？足下懂音乐，又在墨子回车的朝歌县任职，想来你会助我壮大声势，自己也会大有作为的。

听说足下在朝歌，自己建立了美好的政绩。求美政而不能得到美政的人有，不求美政而得到美政的人没有。且改辙易行，不是王良、伯乐驾车之术；易民而治，不是楚国郑国的良策，愿足下努力就是了。正好对来宾口述，不一一详叙。从来往的人中屡屡听到你的情况。曹植敬启。

（赵福海译注并修订　陈延嘉再修订）

答东阿王书一首

吴季重

题解

吴质出任朝歌令后，曹植曾给吴质写过信（《与吴季重书》），此书即是对植信之回复。

曹植曾被其兄曹丕（文帝）封为东阿王，故吴质给曹植复信称《答东阿王书》。开头数语，不过是“强作周旋”之辞。其实全文处处针对曹植的来信。就连周旋之语亦多弦外之音。承认曹氏对自己的礼遇甚厚，然自己并无毛遂、冯谖、侯生之德才，虽曾“历玄阙、排金门、升玉堂”，终不过是个“知百里”的小小县令而已。因此既“非敢羡宠光之休，慕猗顿之富”，又无公子“倾海为酒，并山为肴，伐竹云梦，斩梓四滨”的壮志。“质之志，实在所天”。即志在报效君王，尽人臣之道。“钻仲父之遗训，览老氏之要言，对清醇而不酌，抑嘉肴而不享，使西施出帷，嫫母侍侧”，这是先哲之德操，而“北慑肃慎”、“南震百越”，蔑视孙刘，建大功，做大事乃吾之宿愿。这是吴质要表达的真实思想，不过说得委婉而已。

最后一段是对曹植“重惠答言，训以政事”的答辩。吴质虽受曹丕青睐，然官职不高。丕即王位后，与吴质书曰：“南皮（渤海郡）之游，存者二人，烈祖龙飞，或将或侯。今惟吾子，栖迟下士。”裴松之注云：“初，曹真、曹休亦与质等俱在渤海游处，时休、真亦以宗亲并受爵封，出为列将，而质故长史。王顾质有望（怨言），故称二人以慰之。”吴质对自己的卑微官职本来就有不满情绪，曹植又要他“助我张目”，以“又闻足下在彼，自有佳政”，对其政绩轻描淡写，接着要他

不“改辙易行”，一如既往，尽心焉而已，吴质不满，委婉回敬。言自己做四年朝歌县令，政绩突出：“墨子回车，而质四年，虽无德与民，式歌且舞。”自己是英雄无用武之地：“一旅之众，不足以扬名，步武之间，不足以骋迹。”焉得不改辙易行？“今处此而求大功，犹绊良骥之足，而责以千里之任；槛猿猴之势，而望其巧捷之能者也。”这怨气既是对曹植而发，也未尝不是对曹丕而发；曹植的情绪是对吴质而发，也未尝不是对曹丕而发。李兆洛在《骈体文钞》中评曰：“往还两书皆足以府怨不如其已。”这是非常中肯的。曹植的《与吴季重书》与吴质的《答东阿王书》，都是在抒发怀才不遇的“府（腑）怨”。

原文

质曰：信到[1]。奉所惠贶[2]，发函伸纸[3]，是何文采之巨丽[4]，而慰喻之绸缪乎[5]！夫登东岳者，然后知众山之逦迤也[6]；奉至尊者，然后知百里之卑微也[7]。自旋之初[8]，伏念五六日[9]，至于旬时[10]，精散思越[11]，惘若有失[12]。非敢羡宠光之休[13]，慕猗顿之富[14]。诚以身贱犬马，德轻鸿毛，至乃历玄阙[15]，排金门[16]，升玉堂[17]，伏虚槛于前殿[18]，临曲池而行觞[19]。既威仪亏替[20]，言辞漏渫[21]，虽恃平原养士之懿[22]，愧无毛遂耀颖之才[23]。深蒙薛公折节之礼，而无冯谖三窟之效[24]。屡获信陵虚左之德，又无侯生可述之美[25]。凡此数者，乃质之所以愤积于胸臆[26]，怀眷而悁邑者也[27]。

若追前宴[28]，谓之未究[29]，倾海为酒，并山为肴，伐竹云梦，斩梓泗滨[30]，然后极雅意，尽欢情，信公子之壮观[31]，非鄙人之所庶几也。若质之志，实在所天[32]。思投印释黻[33]，朝夕侍坐[34]，钻仲父之遗训[35]，览老氏之要言[36]，对清酤而不酌[37]，抑嘉肴而不享[38]，使西施出帷[39]，嫫母

侍侧[40],斯盛德之所蹈[41],明哲之所保也[42]。若乃近者之观[43],实荡鄙心[44]。秦筝发徽[45],二八迭奏[46]。埙箫激于华屋[47],灵鼓动于座右[48]。耳嘈嘈于无闻[49],情踊跃于鞍马[50]。谓可北慑肃慎[51],使贡其楛矢[52];南震百越[53],使献其白雉[54],又况权备[55],夫何足视乎!

还治讽采所著[56],观省英玮[57]。实赋颂之宗[58],作者之师也。众贤所述,亦各有志。昔赵武过郑[59],七子赋诗[60],《春秋》载列,以为美谈。质小人也[61],无以承命[62]。又所答贶[63],辞丑义陋,申之再三,赧然汗下[64]。此邦之人,闲习辞赋[65],三事大夫[66],莫不讽诵,何但小吏之有乎[67]!重惠苦言[68],训以政事,恻隐之恩,形乎文墨[69]。墨子回车[70],而质四年,虽无德与民,式歌且舞[71]。儒墨不同,固以久矣。然一旅之众,不足以扬名[72],步武之间,不足以骋迹[73],若不改辙易御,将何以效其力哉[74]!今处此而求大功,犹绊良骥之足,而责以千里之任[75];槛猿猴之势,而望其巧捷之能者也[76]。不胜见恤[77],谨附遣白答[78],不敢繁辞。吴质白。

注释

〔1〕信:使者。《世说新语·文学》:“司空图郑冲,驰遣信就阮籍求文。”

〔2〕惠贶(kuàng 况):指赐书。贶,赐与。

〔3〕发函:开信。　伸:展。

〔4〕巨丽:极华美。

〔5〕慰喻:用好话慰解。《三国志·魏书·张鲁传》:“(曹操)又以鲁本有善意,遣人慰喻。”　绸缪(chóu móu 仇谋):情意深厚。

〔6〕东岳:泰山。五岳之尊。　逦迤(lǐ yǐ 里已):迤逦。连绵不断。

〔7〕至尊:指天子。　百里:言统百里之地。指县令。吴质自谓。

〔8〕自旋:自回来。旋,还。吕向注:“谓质前从朝歌至邺,又从邺还县之时也。”

〔9〕伏念:思念。伏,旧时下对上之敬辞。

〔10〕旬时:十日。

〔11〕思越:思想不集中。

〔12〕惘(wǎng 往):失意的样子。

〔13〕宠光:恩宠和荣耀。　休:福禄。

〔14〕猗(yī 衣)顿:春秋时鲁人。以经营畜牧及盐业、十年之间,成为富豪,财同王侯。因发家于猗氏,故名猗顿,世称陶朱猗顿之父。事见《史记·货殖传》。

〔15〕玄阙:玄武阙,指宫殿。

〔16〕金门:汉代宫门名。又称金马门。汉代征召来的人,都侍召公车(官署名),其中被认为才能优异者,令待诏金马门。”

〔17〕玉堂:汉代宫殿名。《三辅黄图·汉宫》:“建章宫南有玉堂……阶陛皆玉为之。”一说官署名。汉侍中(权势过于宰相)有玉堂署,宋以后翰林院亦称玉堂。　历、排、升:皆有登上之意。

〔18〕伏:凭。　虚槛:长廊旁的栏杆。

〔19〕曲池:古代文士于三月三日集会,引水环曲为渠,流行酒杯,杯经过则可取饮赋诗。曲池即“环曲为渠”的池水。　行觞:即流行酒杯。觞,饮酒器。

〔20〕威仪:典礼,即行事进退的仪式。　亏替:缺失。

〔21〕漏渫(xiè 谢):漏泄。犹泄漏。《韩非子·王征》:“浅薄而易见,漏泄无藏,不能周密,而通群臣之语者,可亡也。”此指漏洞。

〔22〕恃:仰仗。　平原:指战国平原君赵胜。懿(yì 艺):美德。

〔23〕毛遂:赵胜的门客。　耀颖:指脱颖而出。《史记·平原君虞卿列传》载:秦兵围邯郸,赵派平原君求救于楚。拟带门客文士武夫二十人同往,只选出十九人,余无可选。此时门客毛遂自荐。平原君曰:“夫贤士之处俗,譬若锥之处囊中,其末立见。今在左右,未有所称诵,是先生无所有也。毛遂曰:臣今日请处囊中耳。使遂早得处囊中,乃脱颖而出,非特其末见而已。平原君未能说动楚王救赵,毛遂挺身而出,陈述利害,说服了楚王,派春申君领兵救赵。耀颖之才指此。

〔24〕蒙:受。　薛公:指齐国孟尝君田文。因封于薛,故称薛公。　折节:

屈己下人,此指礼贤下士。 冯谖(xuān 宣):孟尝君的门客。 三窟:三个洞穴。《战国策·齐策》载:齐有冯谖,家贫不能自存,托人投孟尝君门下。孟尝问门下客,谁习会计?为我到薛地收债。冯谖曰:能。于是整装出发,行前问孟尝君,债收毕买何而返。孟尝君曰:视吾家所寡有者。谖驱车入薛,假传孟尝君之命,以债赐诸人,烧掉契券,人呼万岁。冯谖归齐,孟尝君问购何而返?冯谖曰:君家无所不有,所乏者唯义耳,为君买义而归。尝君不悦。后有人在湣王前毁谤孟尝君,尝君不得不回封地薛。远离百里,男女老幼迎于道中。孟尝君对冯谖说,先生为我所买之义今天见到了。冯谖说,狡兔有三窟,免其死耳。今君有一,未得高枕而卧也。请为君复凿二窟。劝孟尝君用车五十乘,金五百斤,西游于梁。梁惠王延请孟尝君,齐王闻之,君臣恐惧,派太傅谢孟尝君曰:"愿君顾先王之宗庙,姑反固统民。冯谖对孟尝君说,请先王之祭器,立宗庙于薛。"庙成,还谓孟尝君曰:三窟已就,请君高枕为乐矣。

〔25〕信陵:即魏公子魏无忌,魏安釐王之弟,封于信陵,故称信陵君。信陵善养士,有食客三千。 虚左:指空出车的上座。 侯生:侯嬴。战国时魏国人,七十岁任大梁夷门的看门小吏。后被信陵君迎为上客。李善注引《史记》:"魏公子置酒大会宾客,公子从车骑,虚左,自迎夷门侯生。侯生摄衣冠,直载公子上坐,不让,欲以观公子,公子执辔愈恭。侯生谓公子曰:今日嬴之为公子亦足矣!市人皆以嬴为小人,而以公子为长者,能下士。"信陵虚左迎侯嬴成为礼贤下士之典范。

〔26〕愤积:积愤。 胸臆:胸怀,内心。

〔27〕怀眷:怀思眷顾。 悁邑(juān yì 捐义):忧郁。邑,同"悒"。

〔28〕前宴:曹子建《与吴季重书》:"前日虽因常调,得为密坐。虽燕饮弥日,其于别远会稀,犹不尽其劳积也。"前宴即指此。

〔29〕究:穷尽。此指尽兴。

〔30〕"倾海"四句:曹子建《与吴季重书》:"愿举太山以为肉,倾东海以为酒,伐云梦之竹以为笛,斩泗滨之梓以筝。"

〔31〕雅意:美意。 信:确实。

〔32〕天:指君侯。李善注:"君,天也。"此指东阿王曹子建。

〔33〕投印释黻(fú 伏):指放弃官职。黻,通"绂",系官印的丝带。

〔34〕侍坐:陪坐。《孝经·开宗明谊章》:"仲尼闲居,曾子侍坐。"

〔35〕仲文:孔子。孔子字仲尼。 遗训:指儒家经典。

〔36〕老氏:即老子。 要言:指《老子》五千言。

〔37〕清酤(gū 估):酒。

〔38〕抑:遏止。 嘉肴:美味。

〔39〕西施:此泛指美女。李善注引《越绝书》:“越王乃饰美女西施,使大夫种献之于吴王。” 帷:帷房,即妇女居住的内室。

〔40〕嫫(mó 模)母:丑女。

〔41〕盛德:美盛之德。 蹈:履,实行。

〔42〕明哲:明智。此指明智者。 所保:指情操,操守。

〔43〕近者之观:指“前宴”之景象。

〔44〕荡:动。 鄙心:吴质自谓。鄙,粗俗。自谦之词。

〔45〕徽:美音。

〔46〕二八:女乐以八人为一队,二八即两队。傅毅《舞赋》:“于是郑女出进,二八徐侍。” 迭奏:交替演奏。

〔47〕埙(xūn 勋):古代吹奏乐器,多为陶制,故又称陶埙。殷以前有球状和椭圆形等数种,音孔一至三五个不等。 激:荡漾,指乐声飘动。 华屋:华丽的屋室。

〔48〕灵鼓:古乐器。一说六面鼓,一说四面鼓。 座右:座之右旁,此指座席间。

〔49〕嘈嘈:喧哗之声。

〔50〕情踊跃于鞍马:“欢乐之情极踊跃,如鞍马也。”

〔51〕慑:震慑。 肃慎:古代北方的少数民族,分布在黑龙江、松花江流域。

〔52〕楛(hù 户):木名。楛矢,即用楛木制的箭头。李善注引《家语》:“昔武王克商,于是肃慎氏贡楛矢石砮箭簇。”

〔53〕百越:南方少数民族。

〔54〕白雉:古代迷信以白雉为吉祥的征兆。雉,野鸡。

〔55〕权备:指孙权和刘备。

〔56〕治:治所。指朝歌。 讽采:风采。

〔57〕观省:观览。 英玮(wěi 伟):精华。

〔58〕宗:祖。

〔59〕赵武:即赵文子,又称赵孟。春秋时晋国大夫。后执晋国政。 过(guò):访问。 郑:郑国。

〔60〕七子:指郑国的子展、伯有、子西、子产、子太叔、叔段、公孙段。　赋诗:此指诵诗。春秋时期,有赋诗言志之风,特别在外交场合,赋《诗经》中的某篇,借以表达自己的志向和观点。据《左传·襄公》载,赵武与诸侯大夫会盟,回来顺访郑国,郑伯在垂陇招待赵武,七子陪同。赵武曰:"七子从君(指郑伯),以宠(荣耀)武也。请皆赋以卒(尽)君贶(恩赐),武亦观七子之志。"子展赋《草虫》(《诗经·召南》中篇名)、伯有赋《鹑之奔奔》(《诗经·鄘风》中篇名)、子西赋《黍苗》(《诗经·小雅》中的篇名)、子产赋《隰桑》(《诗经·小雅》中的篇名)、叔段(李善注作叔段)赋《蟋蟀》(《诗经·唐风》中的篇名)、公孙段赋《桑扈》(《诗经·小雅》中的篇名)。

〔61〕质:吴质自谓。　小人:地位低下的人。自谦之词。

〔62〕无以承命:吕延济注:"言无文才以承君命。"

〔63〕答贶:指答曹植赐书。贶,赐。

〔64〕赧(nǎn)然:脸羞红。

〔65〕此邦:指朝歌。　闲习:熟习。闲,通"娴"。

〔66〕三事大夫:三公,又称三事。指高官。

〔67〕但:只。

〔68〕苦言:苦口良言。指植《与吴季重书》中言及政事的话。

〔69〕恻隐:怜悯。　形:表现。　文墨:指植《与吴季重书》。

〔70〕墨子回车:李善注引《淮南子》:"曾子至孝,不过胜母里;墨子非乐,不入朝歌。"邹阳《狱中上书自明》:"故里名胜母,曾子不入;邑号朝歌,墨子回车。"

〔71〕式:助词,用于句首,无义。

〔72〕旅:古代一旅五百人。

〔73〕步武:比喻距离甚近。古以六尺为步,半步为武。　骋迹:驰骋。

〔74〕改辙易御:吕向注:"此叠子建书改辙行言也。质托言若不改职大任,将何以用之力也。"

〔75〕骥:千里马。　责:要求。

〔76〕槛:关野兽的笼子。此用如动词,犹关入笼中。　势:冲发或冲击的力。　巧捷:灵巧迅疾。李善注引《淮南子》:"两绊骥而求其致千里,置猿槛中,则与豚同。非不巧捷也,无所肆其能也。"

〔77〕见恤:指别人给予的怜悯、同情。

〔78〕附遣:捎送。

今译

吴质敬启:信使已到。手捧惠书,开封展信,文采何等华美,慰解之情何等深厚!人登上东岳泰山,然后才能知道众山的矮小!人臣侍奉天子,然后才能知道县令官职的卑微。自从邺都回来起,思念五六天,到了一旬,还心猿意马,惘然若失。不敢羡慕恩宠荣耀的福分,向往猗顿那样的富有。诚然以贱如犬马之躯,轻如鸿毛之德,而登上玄武阙,进入金马门,荣升玉堂殿,凭栏杆于廊前,临曲池而宴饮;既然自己不懂为官的礼仪,言辞常有漏洞,即使仰仗平原君那样养士的美德,自愧没有毛遂自荐的才能。深蒙孟尝君那样折节的礼遇,自恨无有冯谖营造"三窟"的智谋。屡次得到信陵君那样"虚左"的恩惠,自惭没有侯嬴可称道的美行。以上这些,乃使我吴质愤积于胸中,怀思眷顾而又抑郁不快之所在。

如果追忆前次宴会,说未能尽兴,应倾大海作酒浆,并高山为佳肴,伐云梦之竹作笛,砍泗水之木制筝,然后穷美意,尽欢情,的确是公子的壮怀,不是粗俗之人可比的。像我吴质的志向,确实在于侍奉君王。思想放弃官职,朝夕伴师而坐,从而诵赞孔子之遗教,观览老子之妙言,对美酒而不饮,弃佳肴而不餐,让美女离卧室,令丑妇伴身边,这乃是圣德之人的追求,明哲之士的情操。要如前宴的景象,实在令我心神激荡。秦筝频频奏美音,女乐两队献妙曲。埙篪在华屋里荡漾,灵鼓在座席上震响。两耳只有嘈杂的乐声,情绪像鞍马一样跳动。可谓能威慑北方的肃慎,使其进贡楛矢;震撼南方的百越,令其献上白雉,更何况孙权、刘备,还值得一顾吗!

回到朝歌吟诵充满文采的著述,体味佳作之精华,实可谓赋颂之宗祖,作者之榜样。众贤的著述,各言其志。从前赵武顺访郑国,七子赋诗,《春秋》载入,成为美谈。质是小人物,不能以文才禀承君命。奉答惠书,辞丑义陋,反复试读,羞惭汗下。此地之人,娴熟辞

赋，三事大夫，无人不能讽诵，岂只有小吏才能呢？君侯再赠苦口良言，以政事相训导，怜悯之心，洋溢笔墨之中。墨子曾闻朝歌之名而回车，而质任朝歌令四年，虽然对百姓无恩，但百姓生活亦载歌载舞。崇礼的儒家与尚简的墨家不同，本来是由来已久的了。然而只有一旅之众，不足以扬名，只有咫尺之地，无法驰骋，如不改职委以大任，我将怎样效力呢？我今置身狭小之地而要求建立大功，犹如绊住良马之足，而要求它承担日行千里之重任；关猿猴于笼中，而希望它施展灵巧迅疾之才能。

不胜先生怜悯之情，谨捎书奉答，不敢多言。吴质敬启。

（赵福海译注并修订）

与满公琰书一首

应休琏

题解

应璩(190—252),字休琏,三国魏汝南南顿(今河南项城西南)人,建安七子中的应玚之弟。博学好属文,善为书记,文帝、明帝两朝历官散骑常侍。齐王(曹芳)即位,迁侍中、大将军长史。曹爽秉政,多违法度,璩作诗讽谏,颇中时要,有名者为《百一诗》,《文选》已录(卷二十一)。

其书体之文,《文选》录《与满公琰书》等四篇。张溥说:"汝南应氏,世济文雅,德琏幸遇子桓,时可著书,忽化蒿莱,美志不遂。休琏历事二主,喉舌可舒,而世无赏音,义存优孟,嗟乎命也!"(《汉魏六朝百三家集题辞》)乃兄未及著书而亡,却很受魏文帝的赏识;休琏之文生时未为二主所赏,而三百年后却颇为昭明推尊,正由于其文章风格与萧统沉思翰藻之论多所吻合。

本篇是写给满公琰的一封报书。李善注引贾弼之《山公表注》:"满宠,子炳,字公琰,为别部司马。"宠字伯宁,山阳昌邑人,历武帝、文帝、明帝三朝,讨袁绍,征蜀吴,均有大功,拜前将军,封昌邑侯,官至太尉。故其子炳,当然是地位显赫、炙手可热的人物。五臣注说:"公琰前日曾过休琏,至明日,(休琏)欲遣书谢,值公琰又使人来召璩,璩别事不得往,故为报。"

文章开头对满炳屈驾来访表示真诚感谢。其次追忆招待满炳共同宴乐的情景。最后想象满炳主持漳渠之会的盛况,为自己因故不能赴约表示遗憾。

本篇注重隶事用典，刻意恢张藻丽。刘勰说："休琏好事，留意词翰。"精确地概括出了应璩的风格特征。

原文

璩白：昨者不遗[1]，猥见照临[2]，虽昔侯生纳顾于夷门[3]，毛公受眷于逆旅[4]，无以过也。外嘉郎君谦下之德[5]，内幸顽才见诚知己[6]，欢欣踊跃[7]，情有无量[8]。是以奔骋御仆[9]，宣命周求[10]，阳书喻于詹何[11]，杨倩说于范武[12]。故使鲜鱼出于潜渊[13]，芳旨发自幽巷[14]，繁俎绮错[15]，羽爵飞腾[16]，牙旷高徽[17]，义渠哀激[18]。当此之时，仲孺不辞同产之服[19]，孟公不顾尚书之期[20]。徒恨宴乐始酣[21]，白日倾夕，骊驹就驾[22]，意不宣展[23]，追惟耿介[24]，迄于明发[25]。

适欲遣书[26]，会承来命[27]，知诸君子复有漳渠之会[28]。夫漳渠西有伯阳之馆[29]，北有旷野之望[30]，高树翳朝云[31]，文禽蔽绿水[32]，沙场夷敞[33]，清风肃穆[34]，是京台之乐也[35]，得无流而不反乎[36]？适有事务[37]，须自经营[38]，不获侍坐[39]，良增邑邑[40]。因白不悉[41]。璩白。

注释

〔1〕不遗：不弃。谓受到爱重。

〔2〕猥（wěi 伟）：苟且。自谦之词。　照临：光临，到来。表敬之词。

〔3〕侯生：战国魏隐士，名嬴。年七十，为大梁夷门守门小吏，曾被信陵君迎为上客。后献计助信陵君窃符救赵，事成自杀。　纳顾：接纳光顾。此谓接受信陵君拜访。顾，光顾，拜访。　夷门：战国魏大梁城的东门。吴季重《答东阿王书》李善注引《史记》："魏公子（信陵君，名无忌）置酒，大会宾客。公子从车骑，虚左，自迎夷门侯生。侯生摄（整理）衣冠，直载（坐）公子上坐，不让，欲

以观公子。公子执辔愈恭。侯生谓公子曰:‘今日嬴之为公子,亦足矣。市人皆以嬴为小人,而以公子为长者,能下士也。’”

〔4〕毛公:战国赵的处士。率魏军解邯郸之围以后,魏公子信陵君寄居于赵,后秦军攻魏,毛公与薛公共劝公子归国援救,击败秦军。 受眷:接受拜访。眷,眷顾,探望。 逆旅:客舍。李善注引《史记》:“赵有处士毛公,藏于博徒(赌徒),薛公藏于卖浆(酒)家。魏公子欲见之。两人自匿不肯见。公子闻所在,乃闲步往,从(跟)此两人游甚欢。”

〔5〕外:外面,外表。 嘉:赞许,颂扬。 郎君:指满炳。汉制,二千石以上的官员得任其子为郎,后来门生故吏以郎君为长官或师门子弟之称呼。张铣注:“炳父宠为太尉,璩曾事之,故呼曰郎君。” 谦下:谦虚而能就下。下,就下,谓与地位低下的人相结交。

〔6〕内:内心。 幸:庆幸,感到幸运。 顽才:愚昧无知的人。此璩自谦之词。 见诚:受到至诚的对待。 知己:情谊深厚的朋友。此句意谓内心感到幸运,像我这样愚昧无知的人却受到满炳至诚的对待,并且被当作知心的朋友。

〔7〕踊跃:欢欣跃起的样子。

〔8〕无量:无法量度,无法形容。

〔9〕奔骋:驰骋,驱使。 御仆:五臣本作“仆御”,仆役御者,驾车的人。

〔10〕宣命:宣布教命。 周求:谓广为购求酒食。周,全。求,购买。

〔11〕阳书:深通钓鱼之道的人。李善注引《说苑》:“宓子贱(人名)适单父(地名)。阳书谓子贱曰:‘吾少贱,无以送子。今赠子以钓道。夫投纶(钓丝)错饵(放置鱼食),迎而吸之者,杨鲚(鱼名)也。其为鱼味薄而美;若亡若存,若食若不食者鲂,其为鱼味厚。’子贱至单父,冠盖(指官宦)逆(迎)之者交接于道。子贱曰:‘阳书所谓杨鲚者也。’乃请耆老(年高有德者)尊贤,与之共化(施以教化)。” 喻:告诉。詹何:善于钓鱼的人。李善注引《列子》:“詹何,楚人也。以独玺(玺绶)为纶,芒针为钩,荆棘为竿,剖粒为饵,而引盈车之鱼。”

〔12〕杨倩:古深通售酒之道者。李善注引《韩子》:“宋人有酤(卖)酒者,升概(量酒工具)甚平,遇客甚谨,为酒甚美,悬帜甚高,然而不售(卖不出去),酒酸。怪其故,问其所知闾长者杨倩,曰:‘汝狗猛。’曰:‘狗猛则酒美,何故而不售?’曰:‘人畏焉。’或令孺子(小孩童)怀钱携壶瓮而往酤(买酒),狗迎而龁(咬)之,此酒所以酸不售也。夫国亦然,有道之士怀其术而欲以辅万乘之主,

大臣为猛狗,迎而龁之。人主之所以蔽胁(蒙蔽胁迫),而有道之士所以不用也。" 范武:李善注未详。李周翰注曰古之善为酒者。后世诸家,解说纷纭。惟梁章钜以为:"注引《韩非子》宋人有酤酒者一节,今《外储说》于此一节后,复有宋之酤酒者有庄氏者云云,庄(莊)氏与范武字体相似。或休琏所见本尚是范武,至李注时已传写讹作庄氏,故不引为注也。"此用周翰、章钜说。以上两句皆联合两个事典构成一句,上句喻求鱼,下句喻酤酒,形容筹备宴饮的盛况。

〔13〕潜渊:藏鱼的深水。

〔14〕芳旨:美酒。 幽巷:深巷。当为善酿者所居。

〔15〕繁俎:繁布酒肉的几案。俎,几,古时祭祀、宴会用以盛猪牛羊的器具。 绮错:纵横交错。

〔16〕羽爵:酒杯,呈鸟形,左右如两翼。 飞腾:飞举。此谓迅速传送。

〔17〕牙旷:伯牙师旷,皆古代音乐家。李善注引《列子》:"伯牙善鼓琴。"又引《左传》:"师旷侍于晋侯。"杜预注:"师旷,晋乐太师也。" 高徽:高雅的曲调。李善注引许慎《淮南子注》:"鼓琴循弦谓之徽。"

〔18〕义渠:古西戎国名。今甘肃境内。 哀激:哀伤激越的乐曲。吕延济注:"义渠,国名,其乐哀也,激重也。" 以上四句描述宴饮中肴馔陈列、杯盏传送、乐歌迭起的热烈场景。

〔19〕仲孺:西汉灌夫字。夫颍阴人。曾任太仆,徙燕。任侠,好酒,与魏其侯窦婴友善,为田蚡所弹劾,族诛。 不辞:不推辞,不谢绝。 同产:谓同母所生。此谓灌夫同母姊。 服:丧服,有丧服在身。谓在服丧期。李善注引《汉书》:"灌夫,字仲孺。夫曾有姊服(谓姐姐的丧期),过丞相田蚡。蚡从容曰:'吾欲与仲孺过魏其侯(窦婴),会仲孺有服。'夫曰:'将军乃肯幸临魏其侯,夫安敢以服为辞。'"

〔20〕孟公:西汉陈遵字。遵杜陵人。以功封奋威侯,豪爽好客,会友大饮,每用计使客不得脱。 尚书:官名。汉成帝时主管受理群臣奏章之事。 期:约期。李善注引《汉书》:"陈遵,字孟公,嗜酒好宾客,每取客车辖(车轴两端的档铁,用以挡住车轮,使之正常运行)投井中。虽有急,终不去。曾有部刺史奏事,过遵,值其方饮,刺史候遵沾醉时,突入见遵母,叩头白(禀告)曰:'当对尚书有期会状。'母乃令刺史从后阁出去。" 以上两句谓满炳高兴地留在应璩处,开怀畅饮,极尽其欢。

〔21〕恨:遗憾。 酣:酒意正浓。

〔22〕骊(lí 离)驹:逸诗篇名,告别之歌。李善注引《汉书》:"诸博士共持酒肉劳王式(汉新桃人,昌邑王师,授鲁诗),江翁(汉鲁人,为博士)谓歌吹诸生曰:'歌骊驹。'王式曰:'闻之于师,客歌《骊驹》,主人歌《客毋庸归》。今诸君为主人,日尚早,未可也。'"服虔曰:"《大戴礼篇》:'客欲去,歌之。'" 就驾:登车将归。

〔23〕意:意兴,情意。 宣展:宣泄,抒发。

〔24〕追惟:追思,回忆。 耿介:不安的样子。

〔25〕迄:至,达。 明发:拂晓,清晨。

〔26〕遣书:遣使致书。

〔27〕来命:谓使者送书来。

〔28〕漳渠:即漳水,源出山西、流经河南。

〔29〕伯阳:一说以为老子字(李善注),伯阳之馆,即老子庙;一说以为地名,即伯阳城,在故邺城西。(朱珔《文选集释》,卷三十一)

〔30〕望:远望,眺望。

〔31〕翳(yì 义):遮蔽。

〔32〕文禽:身上有花纹的鸟雀。

〔33〕沙场:沙滩。 夷敞:平坦明亮。

〔34〕肃穆:形容清风凉爽的样子。

〔35〕京台:高台。

〔36〕流:流连,谓乐而忘返。李善注引《淮南子》:"令尹子瑕(人名)请饮,庄王许诺。子瑕具(备酒宴)于京台。庄王不往,曰:'吾闻京台者,南望猎山,北临方皇(大泽名),左江右淮,其乐忘归。若吾德薄之人,不可以当此乐也,恐流而不能自返。'" 以上两句用《淮南子》句义。

〔37〕适:遇。

〔38〕经营:此谓规划办理。

〔39〕侍坐:谓卑下者陪伴尊长者而坐。此璩自谦之词,谓参加宴会。

〔40〕邑邑:同"悒悒",愁闷不安的样子。

〔41〕不悉:不能详述。悉,尽,详述。

今译

璩告白：昨日幸蒙郎君厚爱，亲自光临探访，即使古时侯生在大梁东门接待信陵君的问候，毛公在寄居之地受到魏公子的看望，其荣幸也没有超过我。外面我称颂郎君谦逊下交的品德；内心庆幸一个愚昧无知者被郎君待以至诚并当作知心好友，欢欣得起而跳跃，激动心情无法形容。因而差遣仆役，传达教命，筹备宴会，让阳书晓喻詹何钓出鲜鱼，让杨倩告诉范武酿出美酒。于是鲜鱼出于潭水，美酒来自深巷。陈列食品的几案纵横交错，盛满酒浆的杯盏往来传送。伯牙师旷演奏高雅的鸣琴，弹出义渠之乐激越哀伤。当此之时，仲孺不会以同母姊的丧服而推辞赴宴，孟公不会以尚书郎的约期而谢绝到场。只是遗憾宴饮欢乐意兴正浓，而白日却已西斜，客人则歌《骊驹》之诗而登车归返，情意不得尽情宣泄。追忆此景长夜不眠，直达翌日黎明。

正要派人送书，又接到郎君来书，已知诸君子还有漳水会宴。那漳水之西有老子庙堂，其北平旷田野可供眺望。高树浓荫遮朝云，文彩禽鸟蔽绿水，沙岸平阔而敞亮，清风凉爽可人意，这是楚庄王所赞赏过的京台之乐。恰遇我有事务，必须亲自办理，不得陪此盛宴，内心很是郁闷不安，因而禀告来人不能详述。应璩禀告。

（陈复兴译注并修订）

与侍郎曹长思书一首

应休琏

题解

侍郎，官名。曹长思，书传所不载。（吕延济注）据书末大弟之称，似为应璩中表弟之属。

这是一篇对知友倾诉内心苦闷的书信。

开头对曹长思表达怀念之意。中间为文章主旨所在。先说王肃、何曾有父辈的功勋爵位做为依托，以"宿德"、"后进"即可得高位；而自己却没有朝中当权者作靠山，不能进入显贵者的行列，只好块然独处，离群索居。再说对汲黯、何武不愿就高位表示理解，说明宦场情势的险恶可畏。后说自己没有陈平、扬雄等人发迹前那样的道德、学问与声望，只能过一种孤寂清寒的隐者生活。结尾则是自遣自慰之词，说人生贵贱穷通皆为自然之数，不必自怨自恨。

汉魏以来形成的门阀制度，使庶族出身的士人备受压抑，才德虽高而难以竞进。这篇书对于这种封建等级制表示出了最大的不满与愤恨。故本文虽多隶事，而事则有对比陪衬之用；虽重骋词，而词则宣泄怨愤之情。

原文

璩白：足下去后〔1〕，甚相思想〔2〕。叔田有无人之歌〔3〕，闉阇有匪存之思〔4〕，风人之作〔5〕，岂虚也哉〔6〕！

王肃以宿德显授〔7〕，何曾以后进见拔〔8〕，皆鹰扬虎视〔9〕，有万里之望〔10〕。薄援助者〔11〕，不能追参于高妙〔12〕，

复敛翼于故枝[13],块然独处[14],有离群之志[15]。汲黯乐在郎署[16],何武耻为宰相[17],千载揆之[17],知其有由也。德非陈平[19],门无结驷之迹[20];学非扬雄[21],堂无好事之客[22];才劣仲舒[Z3],无下帷之思[24];家贫孟公[25],无置酒之乐[26]。悲风起于闺闼[27],红尘蔽于机榻[28]。幸有袁生[29],时步玉趾[30],樵苏不爨[31],清谈而已[32],有似周党之过闵子[33]。

夫皮朽者毛落[34],川涸者鱼逝[35],春生者繁华[36],秋荣者零悴[37],自然之数[38],岂有恨哉[39]!聊为大弟陈其苦怀耳[40]。想还在近[41],故不益言[42]。璩白。

注释

〔1〕足下:对同辈的敬称。

〔2〕思想:思念,想念。

〔3〕叔:上古时常以伯仲叔季为表字,前人以为指郑庄公之弟共叔段。田:田猎。 歌:指《诗经·郑风·叔于田》篇。原诗是赞美共叔段的,此句是其中“叔于田,巷无居人”句的略语。

〔4〕闉阇(yīn dū 音都):曲城,瓮城重门。 匪存:谓不加思念。《诗经·郑风·出其东门》篇两章有“出其闉阇,有女如荼(花名)”,“虽则如云,匪我思存”等句,写一个青年赞美自己的美妻,表达对其忠诚不二之心。此句是《出其东门》句的略语。以上两句借用《诗经·郑风》句表达对曹长思的赞美与怀念之情。

〔5〕风人:诗人。

〔6〕虚:虚假,不真诚。以上两句意思说,古时诗人怀人之作皆出于至诚,毫无虚饰。

〔7〕王肃:字子雍,东海郡人。三国魏司空王朗之子。黄初中为散骑黄门侍郎,太和间拜散骑常侍,至齐王芳在位,官至光禄勋、中领军。其人耿介不阿,屡上书陈政事,与太尉蒋济、司农桓范论及时弊,使大将曹爽多所顾忌。 宿德:平素的贤德。 显授:授予显要的官职。

〔8〕何曾:字颖考,陈国阳夏人。父夔,为魏太仆(官名,九卿之一),阳武亭侯。曾少袭爵,好学博闻,与同郡袁侃齐名。魏明帝初为平原侯,曾为文学,及其即位,曾迁散骑侍郎、汲郡典农中郎将、给事黄门侍郎。入晋,拜太尉,进爵为公。后进:晚辈,年少。　见拔:受到拔擢。拔,拔擢,擢升。

〔9〕鹰扬:如鹰隼飞举。与“虎视”皆喻雄奇武勇。

〔10〕望:远望,期望。万里之望,谓远大不凡的抱负。

〔11〕薄:微小,缺少。　援助:攀援扶助。援助者,此指在朝居高位的亲友。

〔12〕追参:力争参与。　高妙:指高妙的才能。此指在朝有权位者。

〔13〕敛翼:收敛翅膀,形容不得志的样子。　故枝:故林。

〔14〕块然:孤独的样子。

〔15〕离群:超离世俗人群。

〔16〕汲黯(jī àn 肌暗):汉濮阳人,武帝时为东海郡太守。性情恬淡,无为于世。李善注引《汉书》:“汲黯,字长孺,拜淮阳太守。黯伏地谢(谢绝),不受印绶:‘臣愿为中郎,出入宫闱(宫廷),臣之愿也。’”　郎署:官署名,宿卫之郎官所居之机关。

〔17〕何武:汉蜀郡郫县人。历宣、成、哀帝三朝。严于执法,不徇私情,官至御史大夫、前将军。与左将军公孙禄共同反对王莽擅权,后被逼自杀。　耻:李善注:“耻义未详。”意谓耻为宰相,依《汉书·何武传》释之,似谓虽有宰相之器度与品德,但是并不贪图宰相之禄位,重于秉公执法,而淡于一己之利。本传云:“初武为郡吏时,事太守何寿,寿知武有宰相器,”“入为丞相司直,丞相薛宣敬重之。”又云:“唯内史事施行,多所举奏,号为烦碎,不称贤公,功名略比薛宣,其材不及也,而经术正直过之。”

〔18〕千载:谓千年以后。　揆(kuí 奎):测度,揣摩。

〔19〕陈平:汉阳武人,富于权谋,助刘邦统一天下有功,任护军中尉,封曲逆侯,后为左丞相。

〔20〕结驷:车马相连。驷,驾一车之四马,指车马。　迹:辙迹。结驷之迹,谓贤者来访之多。李善注引《汉书》:“陈平家贫,好读书。张负(人名)随平至其家,家负郭(依城郭为壁)穷巷,以席为门,然门外多长者(年高有德者)车辙。”

〔21〕扬雄:汉蜀郡成都人,字子云。少好学,长于辞赋。成帝时献《甘泉》、《河东》、《羽猎》、《长杨》四大赋,拜为郎。王莽时为大夫,校书天禄阁。

〔22〕堂:正堂,正屋。　好事:喜欢多事。好事之客,指好于结交乐为世务的人。李善注引《汉书》:“扬雄家素贫,嗜酒,人稀至其门。时有好事者,载酒肴,从雄游学。”

〔23〕仲舒:董仲舒,少读书三年不窥园,武帝时以贤良对策称旨见重,曾为胶西王相。生平潜心儒术,抑黜百家,为一代思想领袖。

〔24〕下帷:放下帷幔。下帷之思,谓下帷专心研读思索。李善注引《汉书》:“董仲舒,广川人,以学《春秋》,孝景时为博士(官名),下帷讲诵。”

〔25〕孟公:汉陈遵字。杜陵人,哀帝时以功封奋威侯。性情豪放,嗜酒好客。

〔26〕置酒:谓排设酒宴,会遇宾客。李善注引《汉书》:“陈遵,字孟公,嗜酒。每大饮,宾客满堂。遵过寡妇左阿君,置酒歌讴,遵起舞跳梁,乐之。”

〔27〕悲风:秋风。　闺闼(tà 踏):闺门,内室。

〔28〕红尘:尘埃。　机榻(tà 踏):几案与床。榻,低矮的床。

〔29〕袁生:人名,璩之友人。

〔30〕玉趾:君子的脚步。趾,足。

〔31〕樵苏:打柴割草。　爨(cuàn 窜):烧火做饭。

〔32〕清谈:清雅的谈论。

〔33〕周党:后汉太原广武人,字伯况。少时家产千金,及长尽散与宗族,而至长安游学。束身修志,乡里称颂。王莽篡位,托疾杜门。建武中征为议郎。见光武帝,伏而不谒,自陈愿守所志。获许。隐居渑池,著书而终。　闵子:闵贡。李善注引《东观汉记》:“太原闵贡,字仲叔。与周党相遇,含菽(吃豆)饮水,无莱茹(蔬菜)也。”

〔34〕朽:腐烂。

〔35〕涸(hé 何):水干。　逝:谓死。

〔36〕春生:谓春日万物萌生。

〔37〕秋荣:谓秋日晚生之物。　零悴(cuì 粹):凋落枯槁。以上两句以春生秋荣比喻人间的贵贱穷通。

〔38〕数:命运,规律。

〔40〕大弟:指曹长思。　陈:述说。　苦怀:苦闷的心情。

〔41〕想:想念。　在近:谓彼此相别日短,会聚在即。

〔42〕益言:多谈。

今译

璩告白：足下离去以后，甚为想念。叔田之歌表达赞美怀念之情，闉阇之章抒发忠贞专一之思。诗人之作，确实是真诚不虚啊！

王肃以平素品德而被授予高位，何曾以年轻有为而受到拔擢，其志向有如雄鹰高举猛虎远视，皆有前程万里的抱负。我没有朝中当权者的支持扶助，不能参与位高才妙者之列，只如归鸟收敛羽翼，栖息于旧林，孤单独处，怀有离俗索居之志。汲黯以在郎署宿卫为乐，而不愿就太守之任；何武以秉公执法为荣，而不贪宰相之位。千年以后揣度他们，才知其去就取舍是有原因的。我德行不可比于陈平，门前无贤者来访的辙迹；学问不可比于扬雄，正堂无好事论学的宾客；才智劣于仲舒，无帷幔之内的沉思，家产贫于孟公，无设宴会饮的娱乐。秋风吹起于内室之中，尘埃积满于几床之上。幸有袁生，有时来访，不备酒食，清谈而已，有似隐士周党当年与闵贡相遇。

皮朽而毛必落，河干而鱼必死。春生草木必繁华，秋日发荣必凋零。这是自然的规律，有何遗憾呢？不过暂时对大弟倾诉内心苦闷而已。虽想念而会聚之日将近，故不多谈。璩告白。

（陈复兴译注并修订）

与广川长岑文瑜书一首 应休琏

题解

本篇是应璩写给广川长岑文瑜批评时政的一封书信。广川，古县名，在今河北省境内。李善注："广川县时旱，祈雨不得，作书以戏之。"

首先描述广川旱象的严重，以及当政者的祈雨之法，作为立论的依据。"明劝教之术，非致雨之备也"一句，点出全篇主旨。

其次指出祈雨正途，在于当政者本身要知恤下人，不搞劳民伤财的祭祀，躬自暴露，自责自罚，反省施政的弊端，表现出至诚之心。与昔时夏禹、殷汤以身为质、以己为牺的先例对比，说明今日所以大旱不雨，问题全在于当政者没有古贤那种品德，为政之心与施政之法，也优劣各异。把天灾与人事相联系，语气委婉，针砭甚厉。进而提出天人之际、善否之应的道理，说明有德必有天福，无道必有天灾，对当政者实则是一种警告。

末尾一句交代作书动机。

全文论天灾而究因于人事，述天人感应之理而强调人事的决定意义；批评劳民伤财的虚饰的礼仪而注重为政者的德行与举措优劣；倡导知恤下民，要求当政者自省自罚。这些都是很有民主精神的思想。虽也骋词隶事，并不涩滞，论辩透辟锋利。

原文

璩白：顷者炎旱[1]，日更增甚，沙砾销铄[2]，草木焦

卷[3],处凉台而有郁蒸之烦[4],浴寒水而有灼烂之惨[5]。宇宙虽广,无阴以憩。《云汉》之诗[6],何以过此[7]?土龙矫首于玄寺[8],泥人鹤立于阙里[9],修之历旬[10],静无征效[11],明劝教之术[12],非致雨之备也[13]。

知恤下人[14],躬自暴露[15],拜起灵坛[16],勤亦至矣[17]。昔夏禹之解阳盱[18],殷汤之祷桑林[18],言未发而水旋流[20],辞未卒而泽滂沛[21]。今者云重积而复散,雨垂落而复收,得无贤圣殊品[22],优劣异姿[23],割发宜及肤[24],翦爪宜侵肌乎[25]?周征殷而年丰[26],卫伐邢而致雨[27],善否之应[28],甚于影响[29],未可以为不然也。想雅思所未及[30],谨书起予[31]。应璩白。

注释

〔1〕顷者:近来。

〔2〕沙砾:沙石。　销铄(shuò 朔):熔化。

〔3〕焦卷:干枯卷缩。

〔4〕郁蒸:闷热。郁,盛,滞;蒸,热气上升。　烦:烦闷,烦苦。

〔5〕灼烂:灼热而致伤,形容炎热难忍。　惨:忧苦。

〔6〕云汉:《诗经·大雅》篇名。诗云:“旱既太甚,则不可沮(止)。赫赫炎炎,云我无所(无所庇荫处)。”描写周宣王时天大旱,民近死亡,宣王侧身修行,欲销去之。

〔7〕此:指当时广川县的旱情。

〔8〕土龙:土制龙形之物,用以求雨。李善注引《淮南子》:“圣人用物,若用朱丝约刍狗(结草为狗,以供祭祀),若为土龙以求雨;刍狗待之而求福,土龙待之而得食。”高诱注:“土龙致雨,雨而成谷,故待土龙之神而得谷食。”　矫首:举头。　玄寺:道场,佛寺,祭祀之所。李善注引《风俗通》:“尚书御史所止皆曰寺,故后代道场及祠宇,皆取其称焉。”

〔9〕泥人:泥塑的人像,用以求雨。李善注引《淮南子》:“西施、毛嫱,犹倛

丑（应作“倛醜”，土偶。见朱珔《文选集释》卷三十一）也。” 高诱注：“倛丑，请雨土人也。” 鹤立：如鹤直立。 阙里：原指春秋时孔子授徒之所，在洙泗之间。此指闾里、里巷。亦祭祀求雨之所。

〔10〕修：修治，设置。 经旬：经过十天。

〔11〕征效：征兆效验。

〔12〕劝教：劝勉教化。指为土龙、泥人之祀，以求雨。 术：手段，措施。

〔13〕致雨：求雨。 备：预备，措施。以上两句意思说，以土龙、泥人之祀，举行劝勉教化的活动，都只是表面形式，并不能感动上帝，使之降雨；根本的办法应该是当政者从自身做起，向上帝表现出精诚责我之心。

〔14〕知恤：理解体恤。 下人：下民，百姓。

〔15〕躬自：自身。 暴露：谓赤身立于烈日下，以示精诚。

〔16〕灵坛：神坛。此指祈雨之坛。

〔17〕勤：勤苦，苦心。

〔18〕夏禹：古夏后氏部落领袖，史称禹，大禹。传禹继承鲧的治水事业，疏导九河，历十三年，水患始平。（见《史记·夏本纪》） 解：解脱，解除。此谓解衣赤身，以示精诚。 阳盱（xū 需）：即阳盱河，近名杨华薮，在陕西华阴县。

〔19〕殷汤：商汤王，又称成汤，殷王朝的创建者。 祷：祈祷。 桑林：桑山之林。传汤时大旱，其赤身自责以祈降雨之所。 以上两句李善注引《淮南子》：“禹为水，以身解于阳盱之河。汤苦旱，以身祷于桑林之祭。” 高诱注：“为治水解祷，以身为质。解，读解除之解。阳盱河盖在秦地。桑山之林，能兴云致雨，故祷之。”

〔20〕言：谓夏禹祈祷之言。 水：谓阳盱河之水。 旋流：回流。

〔21〕辞：谓殷汤祈祷之辞。 卒：终。 泽：雨。 滂沛：水流盛大的样子。此形容雨水如注的样子。

〔22〕得无：表疑问的虚词。 贤圣：贤人圣人。指夏禹、殷汤。 殊品：不同的品类。

〔23〕优劣：优秀劣下。此指两种求神祛灾的办法。优，指夏禹以身解于阳盱、殷汤以身祷于桑林，劣，指广川县为土龙、泥人之祀。 异姿：不同的姿态。

〔24〕割发：剪掉头发。

〔25〕翦爪：剪掉指甲。与上“割发”皆表虔诚罪己。 肌：指人肉。李善注引《吕氏春秋》：“昔殷汤克（战胜）夏（夏桀），而大旱五年，汤乃身祷于桑林。

于是翦其发，郦（疑为“磨”字之误，古时一种刑罚，以木棍压手指）其手，自以为牺，用祈福于上帝。民乃甚悦，雨乃大至。” 以上六句就自然灾害，究诘人事方面的原因，意思说当今云积而复散，雨降而复止，恐怕是由于当政者与古代贤圣那种罪己的品德有异，其土龙、泥人之祀也与古时以身为牺有优劣的不同，而且没有割发及肤，剪爪至肌的精诚之心。

〔26〕周：周武王，指仁德之君。　殷：殷纣王，指无道之君。

〔27〕卫：春秋时诸侯国名，今河北南部与河南北部一带。　邢：春秋时诸侯国名，为卫所灭，今河北邢台县境。李善注引《左传》：“卫人伐邢，于是卫大旱。宁庄（即宁庄子，春秋卫大夫）曰：‘昔周饥，克殷而年丰。今邢方无道，诸侯无伯（霸，盟主），天其或者欲使卫讨邢乎？’从之，师兴而雨。”

〔28〕善否（pǐ 癖）：吉祥与灾害。否，凶，灾害。　应：感应。

〔29〕影响：谓影随形响应声。比喻感应迅捷。　以上四句谓天人感应之灵验，意思说殷、邢无道，故天降旱灾，周、卫以有德而灭无道，故天降吉祥，雨顺年丰；人事祸福与天道善否互为感应，有如影随形、响应声一样灵验迅捷。

〔30〕雅思：正确的思索。思索的敬称。

〔31〕起予：启示，提醒。《论语·八佾》：“子曰：‘起予者（能发挥我意者）商（人名，即子夏）也，始可与言诗已矣。’”

今译

璩告白：近来炎旱，日甚一日，沙石熔化，草木枯焦，处于凉台而有蒸热之苦，沐浴寒水而有燃烧之忧。宇宙虽为广大，无荫可以休息。《云汉》之诗所咏干旱，何以超过目前灾情？土龙举首于玄寺，泥人直立于里巷，祭祀已过十日，寂静而无效应，举行劝勉教化的仪式，并非告天求雨的途径。

理解体恤普通民众，赤身跪立烈日之下，叩拜求雨神坛，苦心已达至诚。古时夏禹解衣自罚于阳盱河畔，殷汤赤身祈祷于桑林中间，求告之言未发而河水回流，祈祷之词未终而大雨倾注。今日云雾积聚而复散，雨滴下落而复止，恐怕是当政者与古圣先贤品德各异，祈雨办法与古代又有优劣之分，而且缺乏割断头发、剪断指甲的至诚之心。周武灭殷而年谷丰登，卫国灭邢而风调雨顺，吉凶祸福

皆为天人感应，其灵验超过影随形响应声，此理不可不相信啊！揣想雅正的思索未必体悟天人感应之理，因而敬呈此书给以启示。应璩白。

（陈复兴译注并修订）

与从弟君苗君胄书一首 应休琏

题解

此书大约作于魏齐王芳嘉平二年(250)。《三国志·魏志·王粲传》注引《文章叙录》:“(璩)复为侍中,典著作。”又《朱建平传》:“璩六十一为侍中,直省内。欻见一白狗。问之,众人悉无见者。于是数聚会,并急游观田里,饮宴自娱。”故陆侃如以为,此书“述归老之意,疑即作于此时”。(见《中古文学系年》下,559页)

从弟,即堂弟。君苗、君胄,皆为应璩堂弟。

开头描述北游的经历与感受,赞美隐者弋钓生活之乐,表露出长期宦海浮沉的逆反心理。其次表达对京都嚣尘的厌倦与个人归田隐逸的志向。最后以历史经验揭示出封建等级制与门阀势力对贤能之才的压抑与打击,率直地倾吐了一个正直士人的愤懑不平。其归老郊牧的心志,正是对现实彻底失望的结果。

张溥说:“休琏书最多,俱秀绝时表。”(《汉魏六朝百三家集·应德琏、休琏集题辞》)本篇不只讲求隶事排偶,铿锵有韵,而且颂扬隐逸颇具雅趣,描述现实不失锋利。其清新流丽与潇洒酣畅相统一之美,证明休琏书记之文,确实有超绝于诸子的特色。

《文选》录入以上四篇,也可见萧统对休琏此类作品的推崇。

原文

璩报[1]:间者北游[2],喜欢无量。登芒济河[3],旷若发曚[4]。风伯扫途[5],雨师洒道[6],按辔清路[7],周望山

野[8],亦既至止[9],酌彼春酒[10]。接武茅茨[11],凉过大夏[12];扶寸肴脩[13],味逾方丈[14]。逍遥陂塘之上[15],吟咏菀柳之下[16],结春芳以崇佩[17],折若华以翳日[18],弋下高云之鸟[19],饵出深渊之鱼[20],蒲且赞善[21],便嬛称妙[22],何其乐哉!虽仲尼忘味于虞《韶》[22],楚人流遁于京台[24],无以过也。班嗣之书[25],信不虚矣[26]。

来还京都[27],块然独处[28]。营宅滨洛[29],困于嚣尘[30],思乐汶上[31],发于寤寐[32]。昔伊尹辍耕[33],郅恽投竿[34],思致君于有虞[35],济蒸人于涂炭[36]。而吾方欲秉耒耜于山阳[37],沉钩缗于丹水[38],知其不如古人远矣[39]。然山父不贪天地之乐[40],曾参不慕晋楚之富[41],亦其志也。

前者邑人念弟无已[42],欲州郡崇礼[43],官师授邑[44],诚美意也。历观前后[45],来入军府[46],至有皓首[47],犹未遇也[48],徒有饥寒骏奔之劳[49]。俟河之清[50],人寿几何[51]?且宦无金张之援[52],游无子孟之资[53],而图富贵之荣[54],望殊异之宠[55],是陇西之游[56],越人之射耳[57]。幸赖先君之灵[58],免负担之勤[59],追踪丈人[60],畜鸡种黍[61],潜精坟籍[62],立身扬名[63],斯为可矣。无或游言[64],以增邑邑[65]。郊牧之田[66],宜以为意[67],广开土宇[68],吾将老焉。刘杜二生[69],想数往来。朱明之期[70],已复至矣,相见在近,故不复为书。慎夏自爱。璩白。

注释

〔1〕报:报告,告知。

〔2〕间者:近来。

〔3〕芒:山名,即邙山,又称北邙山。在洛阳北。李善注引《说文》:"芒,洛

北大阜也。” 济:渡。 河:黄河。

〔4〕旷:开阔,明朗。 发矇:谓揭去覆蒙头上之物,眼前一片敞亮。矇,依注当作“蒙”。李善注引《礼记》:“昭然若发蒙矣。”

〔5〕风伯:风神。 途:路。

〔6〕雨师:雨神。

〔7〕按辔(pèi 配):止辔,停车。辔,马缰绳。 清路:清静之路。

〔8〕周望:遍望,四面眺望。

〔9〕既:已经。 止:语气词。

〔10〕酌:斟酒。谓饮酒。 春酒:冬酿春成之酒。李善注引《诗》:“亦既见止。”又:“至止肃肃。”又:“为此春酒。” 以上两句活用《诗》句之义。

〔11〕接武:足迹相接。此谓步入,进入。 茅茨:茅屋,草屋,隐者所居。茨,草,与“茅”义同,皆为盖屋之草。

〔12〕大夏:高大的屋宇。夏,通“厦”。

〔13〕扶寸:古长度单位,铺四指为扶,一指为寸,形容微小。扶,又作“肤”。 肴脩:肉。脩,肉干。

〔14〕逾:超过。 方丈:一丈见方之地。形容肴馔丰盛,摆满方丈之大的桌上。李善注引《墨子》:“美食方丈,目不能遍视,口不能遍味。”

〔15〕逍遥:自由自在。此谓悠闲漫步。 陂(bēi 卑)塘:池塘。

〔16〕菀(yù 玉)柳:茂盛之柳。

〔17〕春芳:春花。 崇佩:谓充作佩饰之物。李善注引毛苌《诗传》:“崇,充也。”

〔18〕若华:若木之花。若木,神话中生长于昆仑山日入处的一种树木。翳(yì 易)日:谓遮住日神,使其留止,以趁时逍遥游乐。李善注引《楚辞》:“折若木以拂日兮,聊逍遥以相佯。”王逸注:“若木在昆仑,言折取若木以拂击蔽日,使之还却也。”

〔19〕弋(yì 易):弋射,用带丝绳的箭射鸟。

〔20〕饵(ěr 耳):钓饵。谓垂钓。 深渊:深水。

〔21〕蒲且(jū 居):即蒲且子,古之善射者。李善注引《列子》:“詹何(人名,善射者)曰:‘臣闻蒲且子之弋,弱弓微缴(系箭的丝绳),乘风振之,连双鸧(鸟名)于青云之上,用心专也。’” 赞善:称善。

〔22〕便嬛(pián xuān 骈轩):古之善钓者。李善注引《淮南子》:“虽有钩针

芳饵(垂钓之具与鱼饵),加以詹何、便嬛之妙,犹不能与网罟(捕鱼鸟之具)争得也。" 高诱注:"便嬛,白翁(传说人名)时人也。"

〔23〕仲尼:孔子名丘,字仲尼。 虞韶:虞舜时之《韶》乐。韶,古乐名。李善注引《论语》:"子在齐闻《韶》,三月不知肉味,曰:'不图(不料)为乐之至于斯也!'"

〔24〕楚人:指楚庄王。 流遁:谓流连忘返。遁,避,回避,谓恐流连不返而有意回避。李善注引《淮南子》:"令尹子瑕(人名)请饮,庄王许诺。子瑕具(备酒宴)于京台(高台)。庄王不往,曰:'吾闻京台者,南望猎山,北临方皇(大泽名),左江右淮,其乐忘归。若吾德薄之人,不可以当此乐也,恐流而不能自返。'" 以上两句以孔子赞赏虞《韶》、楚庄颂扬京台之情,比喻北游之乐。

〔25〕班嗣:西汉人。修儒学而好老庄。绝圣弃智,终生保真。李善注引《汉书》:"桓生(人名)欲借其书,班嗣报(回书)曰:'渔钓一壑(江河),则万物不奸(夺,改变)其志;栖迟(隐居)一丘,则天下不易其乐。'"班嗣之书,指班嗣报桓生之书,其中言渔钓栖迟之乐。

〔26〕信:确实。 虚:虚伪不实。

〔27〕京都:指东汉都城洛阳。

〔28〕块然:孤独无依的样子。

〔29〕营宅:营建宅第。 滨洛:洛阳之近郊。 滨,近。

〔30〕困:围困,困扰。 嚣尘:人事喧闹荡起尘埃。喻俗世。

〔31〕汶(wèn 问)上:指汶水流域,古齐地,今山东省境内。此指避世隐居之所。李善注引《论语》:"季氏(春秋鲁国贵族)使闵子骞(人名)为费宰(费县之长)。闵子骞曰:'善为我辞焉。如有复(再来找)我者,则吾必在汶上矣。'"

〔32〕发:谓发隐居汶上之思,向往隐居之乐。 寤寐:梦寐,睡梦。

〔33〕伊尹:人名。商汤之臣,助其代夏桀,任为宰相。 辍耕:谓停止耕地去做官。李善注引《孟子》:"伊尹耕于有莘(古国名,今河南陈留县)之野,而乐(向往)尧舜之道。汤(商开国之君)使人以币(帛,礼物)聘之,嚣嚣然(闲适的样子)。汤三使往聘之。既而幡(翻)然改之曰:'与(与其)我处畎亩(田地)之中,是以乐尧舜之道,吾岂若使是君为尧舜之君哉?吾岂若使是民为尧舜之民哉?吾岂若于吾身亲见之哉?'"

〔34〕郅(zhì 至)恽:东汉人,治《韩诗》及《严氏春秋》,以《诗》授皇太子,迁长沙太守。李善注引《东观汉记》:"郅恽,字君章,汝南人也。郑次都(人名)隐

于弋阳山中，恽即去，从次都止，渔钓甚娱。留数十日，恽喟然叹曰：'天生俊士，以为民也，鸟兽不可与同群。子从我为伊尹乎，将为许巢（古隐者）而去（离开）尧舜也？'次都曰：'我年耄（老）矣，安得从子？子勉正性命，勿劳神以害生。'（次都）告别而去。恽客于江夏郡，举孝廉为郎。" 投竿：谓放弃垂钓的隐居生活而去做官。

〔35〕致：使之达到。君：指商汤。 有虞：有虞氏，指舜。舜受尧禅，为有虞氏之君。与尧并为古代贤君的代表。此句谓伊尹想帮助商汤成为尧舜那样的贤明之君。

〔36〕济：救济，拯救。 蒸人：众人，民众。 涂炭：水火，喻苦难。此句谓郅恽想要拯救人民，使之出于水深火热之中。

〔37〕方：将。 秉：持，握。 耒耜（lěi sì 累四）：两种农具名。耒，类似犁；耜，犁头。 山阳：地名。李善注引《汉书》："河内郡有山阳县。"今河南修武县境内。

〔38〕沉：沉入。 钩缗（mín 民）：两种钓鱼的用具。钩，鱼钩；缗，钓鱼的丝绳。 丹水：水名。李善注引《汉书》："上党郡高都县有莞谷，丹水所出。"一名莞谷水。在今山西高平县。

〔39〕古人：指伊尹、郅恽，思致时君于尧舜者。

〔40〕山父：古之隐者。李善注："山父，即巢父也。"引谯周《古考史（当作"古史考"）》："许由夏常居巢，故一号巢父。" 天地：当作"天下"（见《文选考异》），谓君临天下。

〔41〕曾参：春秋鲁国人，字子舆。孔子弟子。李善注引《孟子》："曾子曰：'晋、楚之富，不可及也。彼以其富，我以吾仁；彼以其爵，我以吾义。吾何慊（少，欠缺）之？'"

〔42〕邑人：同邑之人。邑，城市，大曰都，小曰邑。 念：怀念。弟：指君苗等。 无已：不止。刘良注此句："乡邑之人念其才行也。"

〔43〕州郡：古代的行政区划单位，州在郡之上。此指州郡之长。 崇礼：崇尚礼教。

〔44〕官师：众官之师。 授邑：谓以礼教授乡邑之人。 以上两句吕延济注："欲令州郡崇礼教，取弟为众官之师，教授乡邑。"黄侃注："谓辟入幕府也。"意思皆谓君苗等以才德而受邑人敬仰，故被任为教授礼仪之职，并非军府大吏，没有仕途竞进之忧，因而谓"诚美意也"，并有下"历观前后"云云，抨击官场门

阀之论。

〔45〕历观:依次观察。 前后:古今。

〔46〕军府:将帅的幕府,军政领导机关。

〔47〕皓首:白头,年老。

〔48〕遇:机遇,谓提拔,升迁。

〔49〕劳:苦,辛苦。

〔50〕俟:待,等待。 河:黄河。河之清,黄河水浊而得以澄清。

〔51〕人寿:人的寿命。李善注引《左传》:"子驷(人名)曰:'周诗有之曰:俟河之清,人寿几何?'" 杜预注:"言人寿促,而河清迟也。"

〔52〕宦:游宦,出外求官。 金张:指汉武帝近臣金日磾与张汤。日磾,字翁叔。本匈奴休屠王太子,归汉,武帝赐姓金。初为马监,迁侍中,甚得信爱。李善注引《汉书·金日磾赞》:"夷狄亡国(指其匈奴部落为汉所破),羁虏(被俘)汉庭。七叶内侍(皇帝的近侍之臣),何其盛矣!"汤,杜陵人。武帝拜为太中大夫,为廷尉,迁御史大夫。李善注引《汉书·张汤赞》:"张氏子孙相继,自宣、元以来,为侍中、中常侍(皆皇帝近侍之官)者凡十余人。功臣之后,唯有金氏、张氏。" 援:支援,支持。

〔53〕游:与上句"宦"互文见义。 子孟:汉霍光字,河东平阳人,名将霍去病之弟。武帝时为奉车都尉,以大将军大司马受武帝诏,辅佐昭帝,后又立宣帝。主政二十余年。其亲族皆以封爵授官。(事见《汉书·霍光传》)资:与"援"义同。

〔54〕图:希图。

〔55〕宠:宠信。谓受到皇帝爱重。

〔56〕陇西:地名,今属甘肃境内。 游:游泳。此句意谓陇西为内陆,其人不善游泳,故游泳迅疾,愈下沉于水。李善注引《淮南子》:"夫乘舟而惑者,不知东西,见斗极(北斗星)则晓然而寤(明白)矣。性亦人之斗极,有自见(自我认识)也,则不失物之情;无以自见,则动而惑。譬若陇西之游,愈躁(急躁)愈沉。"

〔57〕越:地名,今浙江绍兴。此句意谓越人习水,而不善于骑射,故其学射,欲射远则反近。李善注引《淮南子》:"越人学远射,参天而发,适在五步之内,不易其仪(法度,标准)。时已变矣,而守其故,譬犹越之射尔。" 以上两句以陇西之游、越人之射为喻,说明在封建门阀制度之下,贤德之士要想以正路进

取,一切努力都将事与愿违。

〔58〕先帝:似指明帝曹叡。

〔59〕负担:背负肩担。指为生存奔劳。

〔60〕追踪:追随,效法。　丈人:老者。此指古之隐者。

〔61〕畜:豢养。　黍:黍子。指谷物。《论语·微子篇》:"子路从(随从孔子)而后,遇丈人,以杖荷蓧(除草工具)。子路问曰:'子见夫子(老师)乎?'丈人曰:'四体不勤,五谷不分。孰为夫子?'植(拄)其杖而芸(除草)。子路拱(拱手)而立。止子路宿(住宿),杀鸡为黍(黄米饭)而食之,见其二子焉。明日,子路行以告。子曰:'隐者也。'"

〔62〕潜精:专心致志。　坟籍:典籍,经典。

〔63〕立身:树立自身,谓修养才德。

〔64〕游言:虚浮之言,不可用之言。

〔65〕邑邑:通"悒悒",愁闷失意的样子。

〔66〕郊牧:郊外,田野。牧,牧场。

〔67〕为意:合乎心意。

〔68〕土宇:土地屋宇。

〔69〕刘杜:应璩二位友人。

〔70〕朱明:指夏季。《尔雅·释天》:"夏为朱明。"注:"气赤而光明。"

今译

璩报告:近来北方之游,欢喜无限。登芒山渡黄河,一片开阔敞亮,恰如揭下久蒙头面之物。风神清扫路面,雨神洒水大道。车马停在清静大路,环望崇山平野,已到此地留宿,举怀畅饮春酒。步入隐者的茅舍草屋,凉爽清雅胜过显贵的大厦高楼。微量的肉脯,美味超过丰盛的酒宴。悠然漫步于池塘之上,吟咏歌诗于翠柳之下;编织春花以充佩饰之物,折下若木以阻日神西落;以短箭射下高云中的飞鸟,以食饵钓出深渊中的游鱼;蒲且赞赏弋射的美善,便嬛称颂垂钓的高妙。此时该何其快乐!即使孔夫子欣赏《韶》乐而忘掉肉味,楚庄王流连京台而故作回避,其精神享乐也无过于此。班嗣书中所言渔钓隐居之乐,确为真实不虚。

回到京都,孤单独处。建造宅第于洛阳近郊,困扰于俗世喧嚣,向往汶上隐居之乐,几乎梦寐难忘。古时伊尹停止耕田而被聘为宰相,郅恽放下钓竿而入朝做官,或想帮助国君贤德如虞舜,或想拯救民众摆脱水火苦难。而我将要亲把木犁到山阳耕田,手持长竿到丹水钓鱼,自知与古人救世济民之心相差太远了。但是巢父并不贪图占有天下的荣乐,曾参并不羡慕晋楚大国的豪富,那也是他们高尚的志向。

以前同邑之人对我弟才德怀念不已,欲令州郡崇尚礼教,使弟为众官之师,而教授乡邑,诚然是美好的意愿。历观古今,进入军府充任官吏,甚至有满头白发之年,仍未得重用提升,只是白白地付出饥寒奔走之苦。这恰如黄河由浊变清,要等待千年;而人一生寿命,能有几何?况且出外求官而无金张门阀的支援,入朝从政而无子孟权门的靠山,却希图富贵的荣耀,期望特殊的宠信,那就只是陇西人学游水,越想迅疾而越下沉,越地人学射箭,越想致远反而愈近罢了。我幸赖先君在天之灵,免于为生存奔波之苦,追随隐者荷蓧丈人,养鸡种黍,钻研典籍,修身扬名,也就足够了。这不过是虚浮无用之言,徒增内心的抑郁不快。郊外田野,最为适宜中意之所,开避荒土建造屋宇,我将养老于此。刘杜二生,多次往来。炎夏之季,又已来到,相见在近,故不再写信。谨慎夏热,多自保重。璩白。

(陈复兴译注并修订)

与山巨源绝交书一首 嵇叔夜

题解

这是嵇康写给山涛的信。作于魏景元二年(261)。山涛,字巨源,竹林七贤之一,然未能坚持退隐,四十岁后出来做官。据《三国志·魏志》《王粲传》引《魏氏春秋》载:"及山涛为选曹郎,举康自代。康答书拒绝,因自说不堪流俗,而非薄汤武,大将军(司马昭)闻而怒焉。"又《世说新语·栖逸》注引《康别传》载:"山巨源为吏部郎(即选曹郎),迁散骑常侍,举康,康辞之,并与山绝。"李善注引《竹林七贤论》:"嵇康非汤武,薄周孔,所以迕世。"迕世,即触怒标榜汤武周孔,制造舆论阴谋篡魏的司马昭。《绝交书》拆穿了司马氏欲以汤武有道之臣伐无道之君为先例取代曹魏的诡计,使司马昭之心——路人皆知,大将军才"闻而怒之"。可见,《绝交书》不只针对山涛个人,而是一篇不与司马氏合作的声明,是一篇反礼教的宣言,具有更深广的社会内容。后来嵇康被杀,与此信有密切关系。

《绝交书》是"嬉笑怒骂皆文章"的典范。所列"七不堪""二不可",既是对丑恶官场的无情嘲讽,又是自己"刚肠疾恶"人格的表白。自己的天性处处与官场的奉迎、庸俗对立,为样样虚伪的礼法不容。"人伦有礼,朝廷有法",自己全然不能遵守。"简与礼相背,懒与慢相成"。这就是嵇康对封建礼法的态度,对自己人格的固守。

语言尖诮,比喻别致。如"每常小便而忍不起,令胞中略转乃起耳"。"头面常一月十五日不洗,不大闷痒,不能沐也"。"性复多虱,把搔无已"等,小便、虱子、搔痒皆入文章,既是六朝名士傲视礼教的

生动写照，又是对封建礼教的无情嘲弄，焉能不使那些卫道士瞠目？

原文

康白：足下昔称吾于颍川[1]，吾常谓之知言[2]。然经怪此意，尚未熟悉于足下[3]，何从便得之也[4]？前年从河东还[5]，显宗、阿都说足下议以吾自代[6]，事虽不行[7]，知足下故不知之[8]。足下傍通[9]，多可而少怪[10]，吾直性狭中[11]，多所不堪[12]，偶与足下相知耳[13]。间闻足下迁[14]，惕然不喜[15]，恐足下羞庖人之独割[16]，引尸祝以自助[17]，手荐鸾刀[18]，漫之膻腥[19]，故具为足下陈其可否[20]。

吾昔读书，得并介之人[21]，或谓无之，今乃信其真有耳。性有所不堪，真不可强[22]。今空语同知有达人[23]，无所不堪，外不殊俗[24]，而内不失正[25]，与一世同其波流[26]，而悔吝不生耳[27]。老子庄周，吾之师也[28]，亲居贱职[29]；柳下惠东方朔[30]，达人也，安乎卑位[31]。吾岂敢短之哉[32]！又仲尼兼爱[33]，不羞执鞭[34]，子文无欲卿相[35]，而三登令尹[36]，是乃君子思济物之意也[37]。所谓达能兼善而不渝[38]，穷则自得而无闷[39]。以此观之，故尧舜之君世[40]，许由之岩栖[41]，子房之佐汉[42]，接舆之行歌[43]，其揆一也[44]。仰瞻数君[45]，可谓能遂其志者也[46]。故君子百行[47]，殊途而同致[48]，循性而动[49]，各附所安[50]。故有处朝廷而不出，入山林而不反之论[51]。且延陵高子臧之风[52]，长卿慕相如之节[53]，志气所托，不可夺也[54]。

吾每读尚子平台孝威传[55]，慨然慕之[56]，想其为人。少加孤露[57]，母兄见骄[58]，不涉经学[59]。性复疏懒[60]，筋驽肉缓[61]，头面常一月十五日不洗，不大闷痒[62]，不能沐

也[63]。每常小便,而忍不起,令胞中略转乃起耳[64]。又纵逸来久[65],情意傲散[66]。简与礼相背[67],懒与慢相成[68],而为侪类见宽[69],不攻其过[70]。又读《庄老》,重增其放[71]。故使荣进之心日颓[72],任实之情转笃[73]。此由禽鹿少见驯育[74],则服从教制[75],长而见羁[76],则狂顾顿缨[77],赴蹈汤火,虽饰以金镳[78],飨以嘉肴[79],逾思长林[80],而志在丰草也[81]。

阮嗣宗口不论人过[82],吾每师之[83],而未能及。至性过人[84],与物无伤[85],唯饮酒过差耳[86]。至为礼法之士所绳,疾之如雠,幸赖大将军保持之耳[87]。吾不如嗣宗之贤[88],而有慢弛之阙[89],又不识人情[90],闇于机宜[91];无万石之慎[92],而有好尽之累[93],久与事接[94],疵衅日兴[95],虽欲无患[96],其可得乎[97]?

又人伦有礼[98],朝廷有法[99],自惟至熟[100],有必不堪者七[101],甚不可者二[102]:卧喜晚起,而当关呼之不置,一不堪也[103]。抱琴行吟,弋钓草野,而吏卒守之,不得妄动,二不堪也[104]。危坐一时,痹不得摇,性复多虱,把搔无已,而当裹以章服,揖拜上官,三不堪也[105]。素不便书,又不喜作书,而人间多事,堆案盈机,不相酬答,则犯教伤义,欲自勉强,则不能久,四不堪也[106]。不喜吊丧,而人道以此为重,己为未见恕者所怨,至欲见中伤者,虽瞿然自责,然性不可化,欲降心顺俗,则诡故不情,亦终不能获无咎无誉如此,五不堪也[107]。不喜俗人,而当与之共事,或宾客盈坐,鸣声聒耳,嚣尘臭处,千变百伎,在人目前,六不堪也[108]。心不耐烦,而官事鞅掌,机务缠其心,世故繁其虑,七不堪也[109]。又每非汤武而薄周孔、在人间不止,此事会显,世教所不容,

此甚不可一也[110]。刚肠疾恶，轻肆直言，遇事便废，此甚不可二也[111]。以促中小心之性[112]，统此九患[113]，不有外难[114]，当有内病[115]，宁可久处人间邪[116]！又闻道士遗言[117]，饵术黄精[118]，令人久寿[119]，意甚信之[120]；游山泽[121]，观鱼鸟，心甚乐之。一行作吏[122]，此事便废[123]，安能舍其所乐，而从其所惧哉[124]！

夫人之相知[125]，贵识其天性[126]，因而济之[127]。禹不偪伯成子高，全其节也[128]；仲尼不假盖于子夏，护其短也[129]，近诸葛孔明不偪元直以入蜀[130]；华子鱼不强幼安以卿相[131]。此可谓能相终始，真相知者也[132]，足下见直木必不可以为轮[133]，曲者不可以为桷[134]，盖不欲以枉其天才[135]，令得其所也[136]。故四民有业[137]，各以得志为乐[138]，唯达者为能通之[139]，此足下度内耳[140]。不可自见好章甫，强越人以文冕也[141]；己嗜臭腐，养鸳雏以死鼠也[142]。吾顷学养生之术[143]，方外荣华[144]，去滋味[145]，游心于寂寞[146]，以无为为贵[147]。纵无九患[148]，尚不顾足下所好者[149]，又有心闷疾[150]，顷转增笃[151]，私意自试[152]。不能堪其所不乐。自卜已审[153]，若道尽涂穷则已耳[154]。足下无事冤之[155]，令转于沟壑也[158]。

吾新失母兄之欢[157]，意常凄切[158]，女年十三，男年八岁，未及成人，况复多病，顾此悢悢，如何可言[159]？今但愿守陋巷[160]，教养子孙，时与亲旧叙阔[161]，陈说平生[162]，浊酒一杯[163]，弹琴一曲，志愿毕矣[164]。足下若嬲之不置[165]，不过欲为官得人[166]，以益时用耳[167]。足下旧知吾潦倒粗疏[168]，不切事情，自惟亦皆不如今日之贤能也[169]。若以俗人皆喜荣华，独能离之[170]，以此为快，此最近之，可

得言耳。然使长才广度[171],无所不淹[172],而能不营[173],乃可贵耳。若吾多病困[174],欲离事自全[175],以保余年,此真所乏耳[176],岂可见黄门而称贞哉[177]!若趣欲共登王涂[178],期于相致[179],时为欢益[180],一旦迫之[181],必发其狂疾[182],自非重怨[183],不至于此也。

野人有快炙背而美芹子者,欲献之至尊[184],虽有区区之意[185],亦已疏矣[186],愿足下勿似之。其意如此,既以解足下[187],并以为别[188]。嵇康白[189]。

注释

〔1〕足下:敬称。从前书信中常用。　称:称说。指山涛说嵇康不愿出来做官。　颍川:指山涛堂叔山嵚。古代常以做官地方、籍贯等代其名,山嵚为颍川太守,故称。

〔2〕知言:知己之言。

〔3〕经:常常。　怪:奇怪。　此意:指嵇康不愿出仕之意。　熟悉:了解得清楚。

〔4〕何从:从何,从何处。　之:指嵇康不愿为官之素志。

〔5〕河东:地名,今山西夏县西北。

〔6〕显宗:李善注引《晋世八王故事注》:"公孙崇,字显宗,谯国人,为尚书郎。"　阿都:李善注引《嵇康文集录注》:"阿都,吕仲悌,东平人也。"　以吾自代:指山涛拟让嵇康代替自己的职务。当时山涛正任选曹郎。

〔7〕不行:不成。

〔8〕故:原来,本来。　故,通"固"。

〔9〕傍通:博通事理。李善注引"李轨曰:应万变而不失其正者,唯旁通乎?"此有讥刺山涛见风使舵之意。

〔10〕可:认可,许可。　怪:责怪。

〔11〕直性:直性子。　狭中:心地狭窄,不宽容。中,指内心。

〔12〕堪:忍受。

〔13〕偶:李善注:"谓偶然,非本志也。"　相知:互相了解。

〔14〕间:近来。　迁:调动官职。此指升官。山涛先为吏部郎,后升为大将军从事郎中,迁即指此。

〔15〕惕然:忧惧的样子。

〔16〕庖(páo 刨)人:厨师。　独割:一人宰割。

〔17〕尸祝:祭祀时读祝辞的人。《庄子·逍遥游》:"庖人虽不治庖,尸祝不越樽俎而代之。"庖人比喻山涛,尸祝比喻自己。言不能越俎代庖。

〔18〕荐:进。　鸾刀:把上装饰响铃的菜刀。

〔19〕漫:沾污。　膻腥:膻腥气味。

〔20〕陈:陈述。

〔21〕并:指兼善天下。　介:独。指独善其身。并介之人,既能兼善天下,又能独善其身的人。

〔22〕性:天性。　强:勉强。

〔23〕空语:空谈。　同知:共知,公认。　达人:通达之人。

〔24〕外:外表。　殊俗:与世俗不同。

〔25〕内:内心。　正:方正,不受外界左右。

〔26〕同其波流:随波逐流。

〔27〕悔吝:悔恨。

〔28〕老子:李耳,字伯阳,为周之柱下史。　庄周:庄子名周,曾为漆园小吏。嵇康崇尚老庄,故尊老庄为"吾之师"。

〔29〕亲居:身居。　贱职:卑下之职。指柱下史、漆园吏。

〔30〕柳下惠:即展禽,名获,字季,春秋时鲁国人。居于柳下,卒谥惠,故称柳下惠。作过士师(典狱小官)。　东方朔:字曼倩,汉武帝时人。一度为中大夫,但常作郎官,虽上书而不见用。

〔31〕卑位:卑下的职位,指侍郎、士师之职。

〔32〕短:轻贱。

〔33〕仲尼:孔子名丘,字仲尼。　兼爱:谓爱无私。《庄子·天道篇》:"孔子曰:'兼爱无私,此仁义之情也。'"

〔34〕执鞭:指赶车。《论语·述而》:"孔子曰:'富而可求也,虽执鞭之士,吾亦为之。'"

〔35〕子文:春秋时楚人,官至令尹。　卿相:天子诸侯所属的高级官员,此指令尹,楚国最高官职,相当于宰相。

〔36〕三登令尹:三次登上令尹高位。《论语·公冶长》:“子张问:‘令尹子文,三仕为令尹,无喜色;三已之,无愠色。旧令尹之政,必以告新令尹,何如?’子曰:‘忠矣!’”

〔37〕君子:泛指有德行的人。 济物:济世。

〔38〕兼善:使大家皆有好处。《孟子·尽心篇》:“古之人得志,泽加于民;不得志,修身见于世。穷则独善其身,达则兼善天下。” 渝:变。

〔39〕穷:指仕途不通。 无闷:无忧。《易经·乾传》:“遁世无闷。”

〔40〕尧:唐尧。 舜:虞舜。尧舜皆为古之贤君。 君世:作当世之国君,君用如动词。

〔41〕许由:尧时隐士。尧欲让位于由,由不肯,而隐居箕山之下。 岩栖:隐居深山。

〔42〕子房:张良,字子房。汉高祖刘邦之谋士,辅佐刘邦平定天下。 佐:辅助。

〔43〕接舆:即陆通,楚国隐士。曾路遇孔子,歌吟讥讽其热衷于政治,劝其识时务尽快归隐。李善注引《论语》:“楚狂接舆歌而过孔子。”

〔44〕揆(kuí 奎):道理。

〔45〕仰瞻:举目观看。含景仰之意。

〔46〕遂:成功,实现。

〔47〕百行:各种行为表现。

〔48〕殊途同致:殊途同归。致,到达。

〔49〕循性:顺着本性。循,顺着。

〔50〕附:附和,归附。 安:安定。

〔51〕处朝廷二句:《韩诗外传》:“朝廷之人为禄,故入而不出;山林之士为名,故往而不返。”言各按自己性情做事。处朝廷,在朝做官。入山林,过隐居生活。班固《汉书·王贡两龚鲍传赞》曰:“《易》称:‘君子之道,或出或处,或默或语。’”

〔52〕延陵:地名,今江苏武进县,吴公子季札所居之地,以地代名,故称季札为延陵。 高:以……为高。子臧:春秋时曹国的公子。李善注引《左传》:“曹宣公之卒也,诸侯与曹人不义曹公”,欲立子臧为君,“子臧去之,遂弗为也,以成曹。”曹君卒,吴人欲立季札为君,季札以子臧高节为楷模,辞而不受。 风:风格。

〔53〕长卿：西汉辞赋家司马相如字长卿，因钦敬战国赵之蔺相如，改名相如。 节：气节、情操。蔺相如原为宦者令缪贤舍人，因"完璧归赵"而拜为上卿，又"先国家之急而后私仇"，对赵大将廉颇之无礼一让再让，终于感动廉颇负荆请罪，将相和好，强秦不敢加兵于赵。节即指此。

〔54〕托：寄托。 夺：改变。

〔55〕尚子平：东汉人。李善注引《英雄记》："尚子平，有道术，为县功曹，休归，自入山担薪，卖以供食饮。" 台孝威：台佟，字孝威。李善注引《英雄记》："台佟者，字孝威，魏郡人，隐于武安山，凿穴为居。"

〔56〕慨然：赞叹的样子。

〔57〕孤：嵇康幼而丧父，故云。 露：瘦弱。

〔58〕见：被。 骄：骄纵。

〔59〕涉：及。 经学：指儒家六经，汉以后奉为修身致仕之经典。

〔60〕疏懒：懒散。

〔61〕筋驽（nú 奴）：筋骨不灵活。驽，原指劣马，此指迟钝。 肉缓：肌肉松懈。缓，松弛。

〔62〕闷痒：大痒。

〔63〕沐：洗发。

〔64〕胞：膀胱。胞，通"脬"。《说文》："脬，膀胱也。"（用戴明扬说）"胞中略转"，钱钟书释为"恶尿令胞转"，"略转犹稍转"，只是小便不适。

〔65〕纵逸：放纵。

〔66〕傲散：孤傲散慢。

〔67〕简：举止随便。 礼：礼法。

〔68〕慢：傲慢。 相成：相辅相成。

〔69〕侪类：朋辈。 宽：宽容。

〔70〕攻：批评。 过：过错，指傲散简慢等毛病。

〔71〕庄、老：《庄子》、《老子》。 重：又，更加。 放：放荡。吕延济注："庄老忘荣辱，齐是非，故增放逸也。"

〔72〕荣进：求荣上进。 颓：衰退。

〔73〕任实：放任。戴明扬《嵇康集校注》："'实'，本传及七贤帖作'逸'。" 转笃（dǔ 堵）：加强。笃，厚实。

〔74〕由：同"犹"。 禽鹿：《索隐》："禽鹿，犹禽兽也。" 少：幼小。 驯

育:驯养。

〔75〕教制:管教约束。

〔76〕长:长大。　见:被。　羁:拴缚。

〔77〕狂顾:急剧摆头。　顿缨:挣断束缚的绳索。

〔78〕金镳(biāo 标):金饰的马嚼子。

〔79〕飨(xiǎng 响):用酒食款待人,此指喂养。　嘉肴:美食,此指精饲料。

〔80〕逾:通“愈”。更加。　长林:高树之林。

〔81〕丰草:丰茂的草地。长林、丰草,泛指禽兽生活的自然环境。

〔82〕阮嗣宗:阮籍,字嗣宗。竹林七贤之一。

〔83〕师:学。　之:指代阮籍口不论人过之长处。

〔84〕至性:纯真的天性。　过人:超过常人。

〔85〕与物无伤:待人接物,无相害之心。

〔86〕过差:过分。李善注引李尤孟铭曰:“饮无求醉,才(则)以相娱,荒沈过差,可不慎与?”

〔87〕礼法之士:指何曾之流。礼法,封建礼教法规。　绳:制裁。此为弹劾。　疾:恨。　雠:仇。　保持:保护。《文选钞》曰:“干宝《晋纪》云:‘籍母丧服未除,于大将军司马文王坐噉完,时何曾在坐,厉声谓籍曰:‘卿何任情恣性,伤化败俗,如卿之徒,不可长也!’又言于太祖(司马昭)曰:‘明公方以孝治天下,纵阮籍如此,何以刑于海内?宜投之四裔,无令污辱华夏。’太祖曰:‘此贤素羸,卿其忍之。’太祖即文王也,时为大将军,故言幸大将军保持之耳。’”

〔88〕贤:胡克家《文选考异》曰:“何校‘贤’改‘资’,陈云:‘贤’,资误。”戴明扬案:李善注:“资,材量。”所校是也。

〔89〕慢弛:散慢。　阙:缺点。

〔90〕人情:人情世故。

〔91〕闇:暗昧,不清楚。　机宜:事理。

〔92〕万石:石奋。汉景帝时人,与其四子皆食禄二千石,共万石,景帝因此称石奋为“万石君”。　慎:小心谨慎。石家父子皆谨慎至极,长子石建尤甚。李善注引《汉书》曰:“万石君,石奋也。长子建,为郎中令,奏事,事下,建读之,惊恐曰:‘书马者与尾而五,今乃四,不足一,获谴死矣。’其为谨慎,虽他皆如是。”

〔93〕好尽:言则尽情,不知避忌。陆善经注:“丘迟曰:‘好尽,谓好尽直

言。'"　累:毛病。

〔94〕事接:与人事接触。

〔95〕疵:病。　衅:隔阂,嫌隙。

〔96〕患:祸患。

〔97〕得:能。

〔98〕人伦:指君臣、父子、夫妇、兄弟、朋友之间的关系。　礼:泛指奴隶社会封建社会贵族等级制的社会规范与道德规范。

〔99〕朝廷:《文选钞》曰:"诗序云:'厚人伦。'朝廷,谓国家条教也。"　法:法则。

〔100〕惟:思,想。　至熟:极精熟。

〔101〕不堪:不能忍受。

〔102〕不可:不可为。

〔103〕卧喜数句:卧喜,喜卧,即爱睡懒觉。　当关:守卫之差役。张铣注:"汉置当关之职,欲晓,即至门呼人便起。"　不置:不放。

〔104〕抱琴数句:行吟,漫步歌吟。《楚辞·渔父》:"屈原既放,游于江潭,行吟泽畔。"　弋(yì 义):用带绳的箭射鸟。　钓:钓鱼。　草野:野外。　吏卒:听差。

〔105〕危坐:端坐。　痹(bì 必):手脚麻木。　摇:动。　性:身体。　多虱:嵇康服五石散,怕擦伤皮肤,不换衣服,故多虱。　把搔:用手搔痒。　裹:穿,含贬义。　章服:官服。　揖拜:拱手拜见。　上官:上级长官。

〔106〕不便:不习惯。　书:写信札。　人间:世俗间。　机:同"几"。　酬答:应酬。　犯教伤义:有伤礼教。

〔107〕吊丧:祭奠死者,慰问其家属。　人道:世道,世俗。　己为:自己的行为,指不喜吊丧。　未见恕:未被宽恕。　者:四库本作"皆"。作皆可通。　瞿然:惊惧的样子。　性:本性。　化:彻底改变。　降心:违心。　顺俗:随顺世俗。　诡故:违背本性。　不情:不心甘情愿。　咎:过。

〔108〕聒(guā 刮):喧噪。　嚣尘:喧闹嘈杂,尘土飞扬。　百伎:指种种手段。伎,伎俩。

〔109〕鞅(yāng 央)掌:繁忙的样子。　机物:政务。　世故:世俗人情。

〔110〕非:非难。　薄:鄙薄。　汤:商汤。　武:周武王。　周:周公。　孔:公子。汤武皆为以臣伐君之人。司马昭篡魏正想以汤武为先例,嵇康对汤

武加以非议，当然为司马昭所不容，后被杀害是必然的。周孔是封建礼法的奠基者与代表人物，否定了他们就否定了封建秩序，动摇了封建统治，自然为封建卫道士所不容。

〔111〕刚肠：倔强。　疾恶：疾恶如仇。　轻肆：轻率放肆。　发：指发脾气，发火。

〔112〕促中：心胸狭隘。《文选钞》："促，犹狭也。中，中心。"

〔113〕统：总。　九患：指"七不堪"、两"甚不可"。

〔114〕外难：外来的灾难。

〔115〕内病：自身疾病。

〔116〕宁：岂。　久处人间：长活于世。

〔117〕道士：指精于养生之道的人。　遗言：传言。

〔118〕饵（ěr 耳）：服用。　术、黄精：皆药名。李善注引《本草纲目》："术、黄精，久服轻身延年。"

〔119〕久寿：长寿。

〔120〕意：内心。

〔121〕山泽：山林与川泽。

〔122〕一行：一去。　作吏：作官。

〔123〕此事：指游山泽等事。　废：止。

〔124〕安：岂，怎。

〔125〕相知：相互了解。

〔126〕天性：本性。

〔127〕因：循。　济：成全。

〔128〕禹不偪（bī 逼）句：李善注引《庄子》云：尧治理天下时，伯成子高立为诸侯，尧让位给舜，舜让位给禹，伯成子高便辞却诸侯，退而自耕于野。禹问其故，子高曰："昔尧治天下，不赏而民劝，不罚而民畏；今则赏罚而民且不仁，德自此衰，刑自此立，后世之乱，自此始矣！耕而不顾。"偪，同"逼"。　全：成全。　节：节操。

〔129〕仲尼句：李善注引《孔子家语》云：孔子欲出门，天将雨而无伞，弟子建议借于子夏，孔子曰，子夏生活困难，故较吝啬，不要为难他，交友扬其长避其短，"故能久也。"子夏，卜商字子夏，孔子弟子。假盖，借伞。护短，掩饰短处。

〔130〕诸葛句：李善注引《三国志·蜀志》：诸葛亮与徐庶同侍刘备，后庶母

为操所缚,庶辞备而入曹,诸葛亮并未阻止。诸葛亮,字孔明。徐庶,字元直。

〔131〕华子鱼:华歆,字子鱼,魏文帝即位,拜相国。　幼安:管宁,字幼安。《三国志·魏志》载:华歆向文帝推荐管宁,“帝以安车征之”,“诏宁为太中大夫,固辞不受。”华歆不勉强他。华歆句意指此。

〔132〕终始:从始至终。　相知:知心朋友。

〔133〕轮:车轮。

〔134〕桷(jué 决):方形的椽子。

〔135〕枉:屈。　天才:天性。

〔136〕令:让。

〔137〕四民:指士、农、工、商。　业:职业。

〔138〕得志:实现自己的意志。

〔139〕达者:通达的人。　通:通晓,明了。

〔140〕度内:度量之内,想象得到。黄侃《文选平点》:“度内,言涛所知也。”

〔141〕见好:喜欢。　章甫:冠名。　越人:古越地(今闽、浙一带)之人。文冕:饰有花纹的帽子,指章甫。李善注引《庄子·逍遥游》:“宋人资章甫而适诸越,越人断发文身,尢所用之。”

〔142〕嗜:嗜好。　臭腐:指腐烂发臭的食物。　鸳雏:传说中与鸾凤同类的鸟。亦作“鹓雏”。李善注引《庄子·秋水》:“惠子相梁,庄子往见之。或谓惠子曰:庄子来,欲代子相。于是惠子恐,搜于国中,三日三夜。庄子往见之,曰:南方有鸟,名鸳雏,子知之乎?夫鸳雏发南海而飞于北海,非梧桐而不止,非竹实不食,非醴泉不饮。于是鸱得腐鼠,鸳雏过之,仰天而视之曰:嚇!今子欲以子国赫我邪!”臭腐,喻仕途。鸳雏,自喻。

〔143〕顷:最近。　养生术:保养身心,延年益寿之方法。

〔144〕方:正。　外:疏远。外荣华,以荣华富贵为身外之物。

〔145〕去:与“外”义近。远寓。　滋味:美味。

〔146〕游心:谓心神往来、贯注于某一境地。　寂寞:安静。

〔147〕无为:清静无为。指道家顺应自然,不求有所作为。

〔148〕纵:即使。　九患:指“七不堪”、“二甚不可”。

〔149〕尚:尚且。　不顾:不屑一顾,不喜看。　所好者:指荣华。

〔150〕疾:病。

〔151〕增笃:加重。

〔152〕私意:内心。 自试:自问。黄侃:"自试,言自问也。"

〔153〕卜:占卜,此指考虑。 审:决定。

〔154〕若:如果。 道尽涂穷:走投无路。 已:终了。此句有至死不变之意。

〔155〕无事:犹无用。(用黄侃说) 冤:委屈。

〔156〕转于沟壑:指死亡。《孟子·梁惠王》:"凶年饥岁,君之民,老弱转乎沟壑。"

〔157〕新失母兄:指母亲与兄长刚刚去世。

〔158〕意:心里。 凄切:悲切。

〔159〕女、男:指嵇康之子女。 复:又。 顾:回想。 悢悢(liàng liàng亮亮):惆怅。

〔160〕陋巷:狭小简陋之处。 守陋巷,指过贫苦生活。

〔161〕亲旧:亲友。 叙阔:叙说离别之情。阔,阔别。

〔162〕陈:诉说。 平生:指往事。

〔163〕浊酒:指自己酿造的米酒。

〔164〕毕:完成,指完全满足。

〔165〕嬲(niǎo鸟):纠缠。 不置:不放。

〔166〕官:指官家。

〔167〕益:利于。 时用:为世所用,指为当政者所用。

〔168〕旧知:指"昔称吾于颍川"事。 潦倒:落拓不羁。 粗疏:举止不自检束,不拘礼法。

〔169〕不切事情:疏远世事。 贤能:贤能之人,指当朝官员。

〔170〕离之:指离弃俗人追求的荣华富贵。

〔171〕长才:高才,大才。 广度:大度。

〔172〕淹:贯通。

〔173〕营:谋求。

〔174〕病困:病累。

〔175〕离事:指不介入官场。 自全:自己保全自己。

〔176〕真:本性,天性。 乏:短缺。

〔177〕黄门:宦官。 贞:贞节。此句意谓,宦官不淫,非因其守贞,而是缺乏那种天性,以喻自己不慕荣华,因缺乏谋求仕进之天性。

〔178〕趣:催促。　王涂:仕途。登王途,指做官。

〔179〕期:期望。　相致:相一致。

〔180〕欢益:欢乐。

〔181〕迫:逼迫。

〔182〕狂疾:发疯。

〔183〕重怨:深深的怨恨。

〔184〕野人:居于田野之人,指农夫。　快:以……为快。　炙背:烤背。美:以……为美。　芹子:芹菜。李善注引《列子》说:“宋国有个农夫,常穿湿衣服。至春,自暴于日。顾谓其妻曰:‘负日之暄,人莫知之,以献吾君,将有赏也。’其妻讽刺说:从前有人以芹菜为美味,对乡绅称道。‘乡豪取而尝之,苦于口,躁于腹,众哂之。’”　至尊:至高无上的地位,皇帝的代称。

〔185〕区区:至诚。

〔186〕疏:不合事理。

〔187〕解:解脱,摆脱。

〔188〕别:告别,即绝交。

〔189〕白:告语。古代书信常用。《正字通》:“下告上曰禀白,同辈述事陈义亦曰白。”

今译

嵇康敬启:先生过去在堂叔颍川太守处,说我不适合做官,我常称此话为知己之言。但又常觉奇怪,我的思想尚未被先生了解,从哪里知道我不适合做官呢?前年从河东回来,显宗和阿都说先生拟议让我接替你的官职,事虽未成,却知道先生根本就不了解我。先生博通事理,容允之事多,责怪之事少;而我直性且心胸狭窄,很多事忍受不了,先生对我表面了解而已。近来听说先生升官,心中惶恐不悦,怕先生犹厨师羞于独自操刀,硬拉尸祝为己帮厨,让我手执屠刀,也沾满腥膻,故全面地向先生陈述我的意见。

我过去读书,见有既能兼善天下又能独善其身者。有人说没有这样的人,现在我才相信真有。人之天性有忍受不了的东西,绝对不可勉强。现在空说公认有通达之人,没有忍受不了的事,表面与

世俗无二,而内心不失方正,与世随波逐流,而无遗憾。老子、庄子,乃吾之师,身居卑职而安;柳下惠、东方朔,通达之人,安心于地位低下。我怎敢轻贱他们呢?又如孔仲尼不怀私心,不以替人赶车为耻,子文不想作卿相,但三次登上令尹的高位,此是有德之人想济世的心意啊!此所谓达则兼善天下而不变;穷则独善其身而无忧。由此观之,过去尧舜做当代之君,许由隐居深山,张良辅佐汉室,接舆行吟讥孔,其道理皆是"达则兼善天下,穷则独善其身"。仰观以上数人,可以说都能实现他们的意志。所以君子虽表现种种,但殊途同归,遵性而动,各得所安。因此才有"在朝做官而不离去,隐居山林而不返回"之论。况且季札崇尚子臧不就君位之高风,司马长卿仰慕蔺相如有胆有识之亮节,此志气使然,不可改变。

我每次读尚子平、台孝威传,都赞叹羡慕他们,思念其为人。我幼小丧父体弱,受母亲和兄长的骄纵,不读儒家修身经书,天性又懒散,筋骨不灵活,肌肉很松懈。一个月常常十五天不洗头不洗脸,浑身特别发痒,不去洗澡。夜间常常有尿而不愿起来,憋到膀胱涨满才肯去撒。再加放纵时间长了,性情孤傲散漫。举止随便,与礼法相违背。懒散与傲慢相辅相成,但被同辈宽容,不批评我的过错。又读老庄之书,更增加我的放纵。所以求荣上进之心一天天丧失,放任的性情日益加重。这就像禽兽,幼小时被训育,则服从管教,而长大了再拴缚它,就会急剧摆头,挣断束缚它的绳索,不惜赴汤蹈火,即使饰以金镳,喂以美食,它也会更加思念森林,向往草原。

阮籍口不论他人之过,我常常向他学习,但未能做到。他天性超过常人,待人接物不存他害之心,只是饮酒过分而已。竟至被维护礼法之人弹劾,视之如仇敌,幸亏大将军保护了他。我不如阮籍的天性,而有散漫的缺点,又不懂人情世故,不明处世之道,没有石奋的谨慎,而又好说直话,有不知避忌的毛病,长期与人接触,隔阂嫌隙日生,虽然不想招来祸患,那又怎么可能呢?

人与人的关系有礼数,国家规矩有原则,这些我自己都充分想

过了，不堪忍受的事有七个方面，特别不可做的事有两个方面。我喜欢晚起床，而把门差役呼喊起床不停，这是一受不了。我喜欢抱琴漫步歌吟，钓鱼射鸟，而吏卒警卫，不许随便行动，这是二受不了。端坐多时，腿脚麻木而不许活动，身上又多虱子，不停搔痒，还要身穿官服，拱手拜见长官，这是三受不了。平素不习惯写往来书信，也不喜欢写往来书信，但世俗之事多，书札堆满几案，不想应酬，则有伤礼教，想勉强去做，则不能持久，这是四受不了。不喜欢吊丧，而世俗以此为重，自己的行为不被人宽恕而遭人怨恨，甚至还有人借此来中伤我，即使惶恐自责，但因本性不能彻底改变，想违心随顺世俗，而非心甘情愿，也终究不能得到无辱无荣的结果，这是五受不了。不喜欢庸俗之辈，但要与其共事，有时宾客满坐，喊叫之声聒耳，喧闹嘈杂，尘土飞扬，种种丑恶伎俩，暴露在眼前，这是六受不了。心不耐烦，而官事繁忙，政务闹心，人情世故扰乱思想，这是七受不了。又常常非难汤武，鄙薄周孔，在人事中不停止这种行为，此事会张扬出去，为名教所不容，这是一特别不可为之事。性格倔强疾恶如仇，轻率放肆心直口快，遇事就发作，这是二特别不可为之事。以胸襟偏狭之性情，统辖这“七不堪”、“二甚不可”，不招来外灾，也患身病，怎能久活于世呢！又听道士传言，吃术和黄精，使人长寿，心里特别相信这个。一去做官，此事便废，怎能舍弃自己喜欢之事，而去做自己怕做之事呢！

人的相知，贵在了解彼此的天性，并顺其天性而成全之。夏禹不逼伯成子高出来做官，以成全其节操：孔子不向子夏借伞，以掩饰其吝啬的短处；往近说，诸葛孔明不阻止徐庶为母入曹营；华歆不勉强管宁出任曹魏卿相。这些人才始终够朋友，算真正互相知心。您看直木不能曲而为轮，曲木不能直而为椽，大概是人们不想损其天生材质，而让它们各得其所。所以士、工、农、商各有各的职业，各以实现自己的志愿为乐，唯有通达之人才能通晓此理，这是您能想象得到的。不能自己喜欢花冠，就强迫越人去戴，自己嗜好烂臭食物，

就用死鼠去喂养鹫雏。我最近学养生之术,正疏远荣华,舍弃美味,心神处于宁静状态,以清静无为为贵。纵然没有那“九患”,我尚且不屑一顾您喜好的东西,又有胸闷的疾病,最近不断加重,我内心自问,不能忍受自己所不乐于做的事。我自己考虑决定,除非走投无路方可罢休,您不用委屈我,使我陷于绝境。

我刚失去有母亲和兄长的欢乐,心里经常悲凄。女孩十三岁,男孩八岁,未到成人,且又多病,回想这些,无限惆怅,有何可说!现在只愿居住陋巷,教养子孙,常与亲朋故友述阔别之情,道往昔之事。饮一杯米酒,弹一支琴曲,自己的志愿就满足了。您如果纠缠我不放,也不过是为官场拉人,为世所用而已。您本来知道我落拓不羁,疏远世事。我自己也想到一切都不如当朝官员。如果认为世俗之人都喜欢荣华富贵,唯我远之,并以此为快,则最切合我的实际,可算知言。假使人有才分高,度量大,无所不通,而又能不钻营仕途,那才可贵。像我多病累,想不介入官场,保全余年,这是缺乏任其自然的天性,怎么可见了宦官而称赞他贞节呢。如果催逼我与您共登仕途,期望我与你一致,经常欢乐,一旦逼我,我必发狂病,如对我没有深恨,不至如此。

农夫有以晒背为快,以食芹为美者,想以此奉献君王,虽出于至诚之心,然却不切实际。愿您不要那样做。我的想法就是如此,写这封信既是为了摆脱您对我的纠缠,也是与您告别。嵇康启。

(赵福海译注并修订)

为石仲容与孙皓书一首 孙子荆

题解

孙子荆(约218—293),名楚,晋太原中都(今山西平遥西北)人。才藻卓绝,豪爽不群,多所陵傲,于乡里名声不佳。年四十余始参征东军事,迁佐著作郎。后转梁令。惠帝初为冯翊太守,太康三年卒。

其人少时曾有隐居之志。曾对友人王济说“当欲枕石漱流”,而误云“漱石枕流”。济曰:“流非可枕,石非可漱。”楚曰:“所以枕流,欲洗其耳;所以漱石,欲厉其齿。”表现出对社会现实的不满与愤激之情。故任参军之职,负才傲世,轻侮主吏,曾遭诬陷。晋武帝(司马炎)时,京城曾有武库井中见龙的传闻,楚就此上言曰:“夫龙或俯鳞潜于重泉,或仰攀云汉游乎苍昊。而今蟠于坎井,同于蛙蝦者,岂独管库之士或有隐伏,厮役之贤没于行伍,故龙见光景,有所感悟。”尖锐地抨击压抑贤才而不予拔用的弊政,说明其性格中孤傲不群、负才侮上特征的由来。

本文是孙楚代魏将石仲容所写的敦促吴主孙皓投降书。石仲容,名苞,渤海郡南皮(县名,今河北省境)人。其经国才略,深为司马师、司马昭兄弟信重。在魏,都督扬州诸军事,进位征东将军,迁骠骑将军,孙楚即参其军事。入晋迁大司马,封乐陵郡公。孙皓,孙权之孙,为吴末代君主。骄横暴虐,耽溺酒色。后降于晋。

此书作于魏元帝(曹奂)咸熙元年(264)。时司马昭专擅朝政,身为大将军、相国,封晋王,享有天子礼乐。按其统一计划,宜先灭

蜀，然后因巴蜀顺流之势，水陆并进而取吴。此前一年，即景元四年(263)，邓艾、钟会两路大军业已攻取汉中，十一月蜀后主刘禅面缚出降。翌年，即咸熙元年(吴元兴元年)，吴主孙休死，孙皓初立，年仅二十三。此时司马氏专政的曹魏，与孙吴的力量对比已占压倒优势，司马昭的灭吴计划已进入实施阶段。故于同年冬十月，派遣原归降的吴将符劭、孙郁使吴，通告平蜀之事，并送马锦等物，以示威怀。征东将军石苞，积极配合主帅的部署，令楚作此书，命使者转致吴主孙皓。

此书真实地反映出三国末期的现实形势，以及司马昭平蜀取吴的宏图与武威，显示了天下统一的历史要求。

开头引用古经见机而作、以小事大之说，晓之以理。其次以王朝历数之说纵论事势，说明魏之代汉、四方攸同，乃是天命人意的体现，不可抗拒。因而公孙渊不供职贡，南面称王，则遭致城池不守，元凶折首的结局；刘蜀与孙吴结盟，抗拒中国，则有成都自溃，刘禅出降的后果。其中热烈歌颂司马氏的文韬武略、平叛安邦的功勋，正符合石苞的身分与愿望。再次详述伐吴的充分准备，意在迫之以兵威；并且为孙皓摆出两条出路，一是北面称臣，永为藩辅，一是不式王命，宗祀覆灭。其中描写八路兵马，水陆东下的气势，确有王者之师所向披靡的声威。结尾则以同情之心，劝勉孙皓接受致书的忠告，不失良机，决定去就。

于此，显示出作者作为政论家的才质。他善于以一定的历史观念(王朝历数)准确地对现实形势做出分析(魏必代汉，公孙渊必灭)，在其发展中洞察不同社会集团力量均势的变化(蜀亡，魏强，吴危)，预示出不可逆转的历史趋向(吴称臣为藩，天下一统)。其观察与分析虽不免粗糙朴素，仍可见一个古代政论作者的眼力。十六年后孙皓降晋，即为证明。

文章多用四字句，排比联贯，铺张夸饰，整齐而有流动感。写曹魏之强盛、司马氏之武威，近乎雅颂；写进军蜀汉，兵威孙吴，又似辞

赋，潇洒酣畅，走笔自如。于此，充分显示出一个辞章家的才力，善于发挥语言技巧突出自己的主旨，调动刀笔力量慑服对手。何焯评曰："自是大才，不减孔璋，其源出于辞赋，故雅丽过之。"（《义门读书记》）是很精当的。

原文

苞白：盖闻见机而作[1]，《周易》所贵[2]，小不事大[3]，《春秋》所诛[4]。此乃吉凶之萌兆[5]，荣辱之所由兴也[6]。是故许、郑以衔璧全国[7]，曹、谭以无礼取灭[8]。载籍既记其成败[9]，古今又著其愚智矣[10]。不复广引譬类[11]，崇饰浮辞[12]，苟以夸大为名[13]，更丧忠告之实[14]。今粗论事势，以相觉悟[15]。

昔炎精幽昧[16]，历数将终[17]，桓灵失德[18]，灾衅并兴[19]，豺狼抗爪牙之毒[20]，生人陷荼炭之艰[21]。于是九州绝贯[22]，皇纲解纽[23]，四海萧条[24]，非复汉有。太祖承运[25]，神武应期[26]，征讨暴乱[27]，克宁区夏[28]；协建灵符[29]，天命既集[30]，遂廓洪基[31]，奄有魏域[32]。土则神州中岳[33]，器则九鼎犹存[34]，世载淑美[35]，重光相袭[36]，固知四隩之攸同[37]，天下之壮观也[38]。

公孙渊承籍父兄[39]，世居东裔[40]，拥带燕、胡[41]，冯凌险远[42]，讲武盘桓[43]，不供职贡[44]，内傲帝命[45]，外通南国[46]，乘桴沧流[47]，交畤货贿[48]，葛越布于朔土[49]，貂马延乎吴、会[50]。自以为控弦十万[51]，奔走足用[52]，信能右折燕、齐[53]，左振扶桑[54]，凌轹沙漠[55]，南面称王也[56]。宣王薄伐[57]，猛锐长驱[58]。师次辽阳[59]，而城池不守[60]；桴鼓一震[61]，而元凶折首[62]。然后远迹疆场[63]，列郡大

荒[64],收离聚散[65],咸安其居,民庶悦服[66],殊俗款附[67]。自兹遂隆[68],九野清泰[69],东夷献其乐器[70],肃慎贡其楛矢[71],旷世不羁[72],应化而至[73],巍巍荡荡[74],想所具闻[75]。

吴之先主[76],起自荆州[77],遭时扰攘[78],播潜江表[79]。刘备震惧[80],亦逃巴、岷[81]。遂依丘陵积石之固[82],三江五湖[83],浩汗无涯[84],假气游魂[85],迄于四纪[86]。二邦合从[87],东西唱和[88],互相扇动[89],距捍中国[90]。自谓三分鼎足之势[91],可与泰山共相终始[92]。相国晋王[93],辅相帝室[94],文武桓桓[95],志厉秋霜[96],庙胜之筭[97],应变无穷[98],独见之鉴[99],与众绝虑[100]。主上钦明[101],委以万机[102],长辔远御[103],妙略潜授[104],偏师同心[105],上下用力,棱威奋伐[106],罙入其阻[107],并敌一向[108],夺其胆气[109]。小战江介[110],则成都自溃[111],曜兵剑阁[112],而姜维面缚[113]。开地五千,列郡三十。师不逾时[114],梁、益肃清[115],使窃号之雄[116],稽颡绛阙[117],球琳重锦[118],充于府库[119]。夫虢灭虞亡[120],韩并魏徙[121],此皆前鉴之验[122],后事之师也[123]。又南中吕兴[124],深睹天命[125],蝉蜕内向[126],愿为臣妾[127]。外失辅车唇齿之援[128],内有毛羽零落之渐[129],而徘徊危国[130],冀延日月[131],此犹魏武侯却指河山以自强大[132],殊不知物有兴亡[133],则所美非其地也[134]。

方今百僚济济[135],俊乂盈朝[136],虎臣武将[137],折冲万里[138],国富兵强,六军精练[139]。思复翰飞[140],饮马南海[141]。自顷国家[142],整治器械,修造舟楫[143],简习水战[144]。伐树北山[145],则太行木尽[146],浚决河、洛[147],则

百川通流。楼船万艘[148]，千里相望。自刳木以来[149]，舟车之用，未有如今日之盛者也。骁勇百万[150]，畜力待时[151]，役不再举[152]，今日之谓也。然主上眷眷[153]，未便电迈者[154]，以为爱民治国，道家所尚[155]，崇城自卑[156]，文王退舍[157]，故先开示大信[158]，喻以存亡[159]，殷勤之旨[160]，往使所究[161]。

若能审识安危[162]，自求多福，蹶然改容[163]，祗承往告[164]，追慕南越[165]，婴齐入侍[166]，北面称臣[167]，伏听告策[168]，则世祚江表[169]，永为藩辅[170]，丰报显赏[171]，隆于今日矣[172]。若侮慢不式王命[173]，然后谋力云合[174]，指麾风从[175]。雍、益二州[176]，顺流而东；青、徐战士[177]，列江而西；荆、扬、兖、豫[178]，争驱八冲[179]；征东甲卒[180]，虎步秣陵[181]。尔乃皇舆整驾[182]，六师徐征[183]，羽檄烛日[184]，旌旗流星[185]，游龙曜路[186]，歌吹盈耳[187]，士卒奔迈[188]，其会如林[189]，烟尘俱起，震天骇地，渴赏之士[190]，锋镝争先[191]。忽然一旦身首横分[192]，宗祀屠覆[193]，取诫万世[194]，引领南望[195]，良以寒心。

夫治膏肓者[196]，必进苦口之药；决狐疑者[197]，必告逆耳之言[198]。如其迷谬[199]，未知所投，恐俞附见其已困[200]，扁鹊知其无功也[201]。勉思良图[202]，惟所去就[203]。石苞白。

注释

〔1〕机：六臣本作“几”，依注当作“几”。时机，征兆。　作：动作，行动。《周易·系辞》：“几者动之微，吉之先见者也。君子见几而作，不俟（待）终日。”

〔2〕周易：又称《易经》，古时卜筮之书，为儒家六经之首，内含朴素辨证法

的哲学思想。

〔3〕小:指爵位低封土小的诸侯国。　事:服事,谓称臣纳贡。　大:指爵位高封土广的诸侯国。

〔4〕春秋:古书名,儒家六经之一,传为孔子据鲁史修订而成。叙事极简,以一字寓褒贬。　诛:诛伐,谴责。

〔5〕此:指机,几微。　吉凶:吉祥凶灾,指祸福。　萌兆:萌芽预兆。

〔6〕兴:发生。

〔7〕许:春秋时诸侯国名。在今河南许昌县东。　郑:春秋时诸侯国名。在今河南新郑一带。　衔(xián 咸)璧:古礼见尊长者手持玉璧以为礼物。此谓反缚双手,故以口含璧为礼,以示诚心投降。　全国:谓保全国家。李善注引《左传》:"楚子(楚王)围许,蔡侯(蔡穆侯,春秋蔡国的国君)将许僖公(许国的国君)见楚子于武城(楚地名),许男(即许僖公)面缚(反缚双手,唯见其面)衔璧。楚子问诸逢伯(人名,楚大夫)。对曰:'昔武王克殷,微子启(人名,殷纣庶兄)如是,王亲释其缚,礼而命之,使复其所(地位)。'楚子从之。"又引:"楚子围郑,克之。郑伯(郑国的国君)肉袒(赤身,表有罪)牵羊以逆(迎)。王曰:'其君能下人。'退三十里而许之平(讲和)。"

〔8〕曹:春秋时诸侯国名。在今山东定陶县。谭:春秋时诸侯国名。在今山东历城县。　无礼:此谓违背古代的礼仪制度。李善注引《左传》:"晋公子重耳奔狄(因晋内乱而出奔狄地),及曹,曹共公闻其骈胁(肋骨相连为一),欲观其裸(赤身),浴,薄(近)而观之。及即位,晋侯(即重耳)围曹。"又引:"齐桓公(齐国的国君)之出也(因齐内乱早年曾出奔在外),过谭,谭不礼焉。及其入(归国)也,诸侯皆贺,谭又不至。冬,齐师灭谭,谭无礼也。"　以上两句,许郑应"见机而作"句,曹谭应"小不事大"句。

〔9〕载籍:史籍。　成败:成,谓许郑衔璧全国;败,谓曹谭无礼取灭。

〔10〕古今:古往今来,重在今义。谓今日的教训。　著:著明,明显。　愚智:愚,指曹谭;智,指许郑。

〔11〕广引:广泛引用。　譬类:用以说明问题的史实。譬,比喻,说明;类,同类,此谓同类史实。

〔12〕崇饰:修饰,夸饰。　浮辞:虚浮的词藻。

〔13〕名:名号,称说,说法。

〔14〕丧:失。

〔15〕觉悟:启发,使之醒悟。

〔16〕炎精:火德。汉以火德王,故以代汉朝。 幽昧:晦暗。此谓昏乱无道。

〔17〕历数:天历运之数,指王朝依天命前后更替的次序。此指汉王朝统治的命运。

〔18〕桓灵:指东汉王朝的桓帝与灵帝。桓帝,名志;灵帝,名宏。二帝在位四十余年,宠信宦官,迫害清流,党祸频作,是东汉统治最黑暗的时期。 失德:昏庸无道。

〔19〕灾衅:灾祸的征兆。此指反常的自然现象或社会上的怪异之事。古时以为王朝昏乱,上天必有反常现象,预兆惩罚将至。

〔20〕豺狼:喻奸臣乱贼。 抗:举。

〔21〕生人:民众。 荼炭:喻苦难。荼,泥;炭,火。荼,通“涂”。

〔22〕九州:指天下。古分天下为九州,即冀、豫、雍、扬、兖、徐、梁、青、荆。(依《书·禹贡》说) 绝贯:谓纲纪断绝,礼仪破坏。贯,纲纪,指封建礼仪制度。

〔23〕皇纲:王朝的纲纪。此指汉王朝的统治秩序。 解纽:谓混乱无法维系。纽,结,此喻统治机能。

〔24〕四海:指天下四方。 萧条:空远的样子。此指破败凄凉。

〔25〕太祖:指魏太祖曹操。 承运:承受天命。运,天之历运,天命。

〔26〕神武:神明威武。 应期:顺应上天的期运。期,期运,运数。此指封建王朝依天命更替的次序。

〔27〕暴乱:指汉末逞暴作乱的袁绍、董卓等。

〔28〕克宁:克服安宁。 区夏:区域华夏。指中国。

〔29〕协建:谓协和天命,创立功业。协,同;建,立。 灵符:神灵的瑞符。符,瑞符,古时以为上天所降预示福祉的征兆。

〔30〕集:会。此谓人意与天命会合一致。

〔31〕廓:开拓,扩大。 洪基:伟大的基业。

〔32〕奄有:占有。 魏域:魏国。

〔33〕神州:此指洛阳。魏代汉建都之地。 中岳:指嵩山。(东岳泰山、西岳华山、南岳衡山、北岳恒山、中岳嵩山,世称五岳)在河南省。

〔34〕器:礼器。 九鼎:古代象征国家政权的传国之宝。《史记·五帝纪》:“禹收九牧之金,铸九鼎,象九州。”传殷商各代王朝,皆相继迁九鼎于其所

在京邑。

〔35〕世:世代。　载:则。　淑美:善美。

〔36〕重光:谓日月重明,喻后王继先王之功德。此指魏文帝曹丕继承武帝曹操的功业。　袭:因袭。

〔37〕四隩(yù 郁):四方。隩,通“墺”,可以居住之地。　攸同:统一。攸,所。

〔38〕壮观:谓天下壮大宏阔。

〔39〕公孙渊:三国魏人,明帝曾拜为辽东太守。暗通孙权,立为燕王。后为司马懿所灭。　承籍:承袭凭借。籍,通“藉(借)”。　父兄:此指公孙康、公孙恭。李善注引《魏志》:“公孙度,字叔济,本辽东襄平人。度知中国扰攘(动乱),自立为辽东侯。度死,子康嗣位。康死,子晃、渊等皆小。众立兄子恭为辽东太守。渊胁夺恭位。景初(魏明帝年号)元年征(调)渊。渊遂发兵,逆(叛)于辽东,自立为燕王。”

〔40〕东裔:东部边远地区。此指辽东。

〔41〕燕:地名,今河北北部和辽宁南部。　胡:指胡人所居之地。此指东北地区。

〔42〕冯(píng 平)凌:依凭,凭靠。冯,通“凭”。

〔43〕讲武:讲习武事,训练军队。　盘桓:滞留不进的样子。

〔44〕职贡:指诸侯之国依时向天子进献的贡品。

〔45〕傲:傲慢,傲视。　帝命:天子的诏命。

〔46〕南国:指江南的吴国。

〔47〕桴(fú 浮):竹木筏子,渡水的工具。　沧流:沧海。茶陵本“流”作“海”。(见《文选考异》)

〔48〕交畴:谓交流往来。梁章钜说:“六臣本及《晋书》‘畴’并作‘酬’。此或本作‘醻’而误‘畴’。”(《文选旁证》,卷三十五)　货贿:物品贿赂。指金玉珍宝之类。

〔49〕葛越:即葛布,以葛麻纤维制成,产于南国。　朔土:北土,北方。

〔50〕貂马:貂皮与名马,皆产于北方。　延:延伸,送到。　吴、会:吴郡、会稽郡。三国吴所在地区。吴郡,在今江苏省境;会稽郡,在今江苏东南及浙江西部地区。李善注引《魏志》:“公孙渊遣使南通孙权,往来赡(何校改“赂”)遗。权使张弥、许晏等,赍(携带)金玉珍宝,立为燕王。”

〔51〕控弦:指引弓善射之士。

〔52〕奔走:使令,驱使。

〔53〕折:挫折,使受损。　齐:战国时国名,在今山东北部。

〔54〕振:振动。　扶桑:古国名。《梁书·扶桑国传》:"扶桑在大汉国东二万余里,地在中国之东,其土多扶桑木,故以为名。"即相当于日本。以上两句用辞赋的夸张铺排之法,形容公孙渊自以为势力之强大,"右折"、"左振"之义不必过泥。

〔55〕凌轹(lì 立):欺凌压制。

〔56〕南面:面南,表王者之尊。

〔57〕宣王:指司马懿。　薄伐:征伐。薄,发语词。

〔58〕猛锐:勇猛锐利。李善注引《魏志》:"景初三年,遣大司马宣王征渊。斩渊,传首洛阳。"

〔59〕师:指魏国的军队。　次:驻扎。　辽阳:地名。在今辽宁辽阳市附近地区。

〔60〕不守:无力守卫。

〔61〕桴鼓:鼓槌与战鼓。

〔62〕元凶:罪大恶极者。此指公孙渊。　折首:断头。

〔63〕远迹:足迹达到远地。此谓开辟,开拓。　疆场:边疆。

〔64〕列郡:设置郡邑。　大荒:荒僻辽远之地。

〔65〕收离:收聚离散的民众。离散,指战乱中逃亡的难民。

〔66〕民庶:民众。　悦服:诚心服从。

〔67〕殊俗:礼俗不同之地。指异域之民。　款附:真诚归附。

〔68〕自兹:从此。　隆:兴旺。

〔69〕九野:谓八方及中央。指天下。　清泰:清明安泰。

〔70〕东夷:古代东方的少数民族。　乐器:乐舞之器。李善注引范晔《后汉书》:"东夷自少康(夏王朝帝名)已后,世服王化,献其乐舞。"

〔71〕肃慎:古代东北地区的少数民族,分布于黑龙江与松花江流域。贡:进贡,呈献。　楛(hù 户)矢:用楛木作杆的箭。楛,一种荆类之木,可作箭杆。李善注引《魏志》:"常道乡公(曹奂)景元三年,肃慎国遣使重译来贡,弓长三尺五寸,三十张;楛矢长一尺八寸;石砮(箭镞)三百枚。"

〔72〕旷世:古远的世代。　不羁(jī 基):指不受朝廷约束者,不受天子封爵不称臣者。

〔73〕应化:顺应教化,归化。

〔74〕巍巍:与"荡荡"义同,形容仁德崇高,影响广远。

〔75〕具闻:完全听说。

〔76〕先主:指三国吴的开创者孙坚。

〔77〕荆州:地名。古九州之一。后汉刘表为荆州牧。后为孙权攻取。其地在今湖北省境。

〔78〕遭:遇。　扰攘:动乱。　指汉末董卓之暴乱。

〔79〕播潜:迁徙。　江表:指长江以南地区,三国吴建基之地。李善注引《吴志》:"董卓(汉末奸臣)专朝政,孙坚亦举兵荆州讨卓。引军还住鲁阳(地名)。"

〔80〕刘备:蜀汉的开创者,字玄德,涿县人。以讨黄巾军起家。自领益州牧,并为汉中王。曹丕废汉自立,备即皇帝位。　震惧:震慑恐惧。

〔81〕巴、岷:巴山、岷山,皆在今四川省境内。此指益州(今四川省境),即刘备建立蜀汉之地。以上两句谓建安十三年曹操南征刘表,表卒,其子琮请降,刘备惊骇,走夏口,败于当阳长坂;又建安十六年曹操遣钟繇进军汉中,益州牧刘璋恐惧,刘备将步卒数万入益州,至涪(地名),围取成都,占有其地。

〔82〕丘陵:与"积石"皆形容蜀地的险要。

〔83〕三江:与"五湖"皆形容吴地的坚固。

〔84〕浩汗:广阔远大的样子。

〔85〕假气:此谓凭借游魂之气。　游魂:游荡的鬼魂。此句喻凶邪不祥,苟延残喘。李善注引魏明帝《善哉行》:"权实坚(何校坚改竖)子,备则亡虏,假气游魂,鸟鱼为伍。"

〔86〕迄:至。　四纪:一纪十二年,谓四十八年。

〔87〕二邦:指吴蜀。　合从(zòng 粽):联合。

〔88〕东西:东,东吴;西,西蜀。　唱和:谓彼此呼应支援。

〔89〕扇动:鼓动,怂恿。

〔90〕距捍:抗拒,反抗。距,通"拒"。　中国:指曹魏。

〔91〕鼎足:鼎有三足,以喻三方峙立均衡之势。鼎,古代一种烹饪之器。

〔92〕泰山:喻稳定不移、持久不变。

〔93〕相国:即宰相,辅佐皇帝、总揽政务的最高行政长官。　晋王:指司马昭。《晋书·文帝纪》载:咸熙元年三月,司马昭进公爵为王,增封并前二十郡。

〔94〕帝室:指魏室,即魏元帝曹奂。

〔95〕文武：文德武功。　桓桓：威武的样子。

〔96〕厉：严厉。

〔97〕庙胜：指临战前在朝廷内制定克敌制胜的谋略。庙，庙堂，朝廷。筭：计划，谋略。

〔98〕应变：应付事变。此指顺应形势而变换策略的能力。

〔99〕独见：独有的见解。　鉴：明，明智。

〔100〕绝虑：谓思虑超绝众人。

〔101〕主上：即君主，此指魏元帝曹奂。李善注引《魏志》："陈留王奂，字景明，封常道乡公。高贵乡公卒，公卿议迎立。"　钦明：贤明。钦，古代对皇帝的敬词。

〔102〕委：委托。　万机：万事，指国家政务。

〔103〕长辔：长长的缰绳。喻长远的策略。　远御：谓统御远方。

〔104〕妙略：高超的谋略。　潜授：谓秘密地将谋略授予属下。

〔105〕偏师：指军队主力以外的一翼。此指主帅的下属。

〔106〕棱威：威严，威势。　奋伐：奋力讨伐。

〔107〕罙（shēn 深）入：深入。　阻：险阻。指蜀国险要之地。

〔108〕并敌：谓集中兵力攻击敌人。　一向：谓全力攻向敌人。《孙子·九地篇》："并敌一向，千里杀将。"曹公曰："并兵向敌，虽千里能擒其将也。"

〔109〕夺：剥夺，解除。　胆气：勇气。

〔110〕江介：江间。

〔111〕成都：地名，三国蜀汉建都之地。在今四川成都。

〔112〕曜兵：谓显示武力。曜，炫耀，显示。　剑阁：山名，分大剑山与小剑山，山势连绵绝险，为蜀国的要冲之地。

〔113〕姜维：蜀将。天水人，拜征西将军。诸葛亮卒后，任蜀汉军队最高统帅。后受后主命降魏。　面缚：反缚双手而仅露其面，谓主动投降。李善注引《魏志》："景元四年，使征西将军邓艾、镇西将军钟会伐蜀。艾自阴平（地名）先登，至江介，西蜀卫将军诸葛瞻列阵待艾。艾遣子惠唐亭侯忠等大破之，斩瞻。进军到雒（地名），刘禅遣使奉皇帝玺绶，为笺（投降书）诣艾。会统十余万众，分从斜谷、骆谷入，平行至汉中。姜维守剑阁，距（抵抗）会。维等闻瞻已破，以其众东入巴。刘禅诣艾降，勒维等令降于会。维诣会降。"

〔114〕逾：超过。此句谓出师作战不超过预计的时间，以表重民之命爱民之财；而征伐经年，则是无恻隐之心，有贪利之行。李善注引《谷梁传》："伐不

逾时,战不逐奔。"

〔115〕梁、益:二州名,指蜀汉之地。梁州,在今陕西南郑一带;益州,在今四川境内。

〔116〕窃号:窃用皇帝的名号。窃号之雄,指蜀后主刘禅。

〔117〕稽颡(qǐ sǎng 起嗓):同稽首,古时一种跪拜礼,叩头至地,或谓双手拱至地,头至手,不及地。　绛阙:即魏阙,宫殿的门阙。

〔118〕球琳:皆美玉名。　重锦:有花纹的丝织品。重,谓其厚。

〔119〕府库:官府储存财物的仓库。

〔120〕虢(guó 国):春秋时诸侯国名。在今陕西宝鸡县境。　虞:春秋时诸侯国名。在今山西平陆境内。虢、虞,皆被晋所灭。李善注引《左传》:"晋灭虢,虢公丑奔京师。遂袭虞,灭之,执虞公。"

〔121〕韩:战国时国名。在今河南中部和山西东南部。　魏:战国时国名。在今河南北部和山西西南部。韩、魏,皆为秦所灭。李善注引《史记》:"秦始皇十七年,攻韩,得韩王安。二十三年,攻魏,其王请降。"

〔122〕前鉴:前事的教训。鉴,借鉴,教训。　验:验证。

〔123〕后事:后来的事。　师:效法,学习。李善注引《战国策》:"张孟谈谓赵襄子曰:'前事不忘,后事之师。'"　以上四句谓晋灭虢,继而虞亡,秦并韩,继而魏迁于大梁,这些都是前事的教训,后事可以作为借鉴,从中总结经验,意思说蜀汉已经灭亡,倾覆的命运必及于孙吴。

〔124〕南中:地名,即岭南,今广东、广西及越南北部。　吴兴:人名,三国时吴交趾郡吏。

〔125〕深睹:深深理解。　天命:上天的意旨。此谓魏将灭吴。

〔126〕蝉蜕(tuì 退):蝉脱皮。此喻弃吴归魏。　内向:谓归附魏国。

〔127〕臣妾:奴隶。此谓归附称臣。李善注引《吴志》:"交趾郡吏吕兴等杀太守孙谞,使使如魏,请太守及兵。"

〔128〕辅车:颊辅与牙床,喻互为依存的关系。　唇齿:比喻义与"辅车"同。辅车唇齿之援,指与吴结成反曹联盟的蜀国。

〔129〕渐:逐渐的变化。毛羽零落之渐,喻吕兴等叛吴降魏,内部分崩离析。

〔130〕危国:危殆将亡之国。此指吴国。

〔131〕冀延:希望延续。　日月:指时间。

〔132〕魏武侯:战国时魏国的君主,名击,与赵、韩三分晋地。

〔133〕物：事物。

〔134〕美：称美，赞美。李善注引《史记》："吴起（战国时魏将）者，卫人也。魏武侯浮西河而下，中流顾谓吴起曰：'美哉山河之固！此魏之宝也。'起对曰：'在德不在险。若君不修德，则舟中之人，尽为敌国也。'武侯曰：'善。'"

〔135〕百僚：百官。　济济（jǐ jǐ 挤挤）：众多的样子。

〔136〕俊乂（yì 益）：才智杰出之士。　盈：满。

〔137〕虎臣：勇猛之臣。

〔138〕折冲：摧折敌人的战车，而使之后退。此谓冲锋陷阵。李善注引《晏子春秋》："孔子曰：'不出樽俎（饮食之器）之间，而折冲千里之外，晏子之谓也。'"

〔139〕六军：指天子之军。周制，天子六军，诸侯国有三军、二军、一军不等。一军一万二千五百人。　精练：精悍干练。

〔140〕翰飞：高飞。

〔141〕南海：指吴国。吴在古吴郡与会稽郡，地处东南沿海一带，故谓。此句谓即将伐吴。

〔142〕自顷：近来。

〔143〕舟楫（jí 急）：指战船。楫，船桨。

〔144〕简习：选择演习。

〔145〕伐：砍。　北山：北土之山。此指太行山。李善注引高诱《吕氏春秋注》："太行山在河内（郡名，约在今河南省）野王县北。"　此句谓伐树以造船。

〔146〕太行：山名。在今山西，河南、河北三省境内。

〔147〕浚（jùn 俊）决：疏通。　河、洛：黄河、洛水。此句谓浚决以通航。

〔148〕楼船：有叠层的战船。

〔149〕刳（kū 哭）木：挖空树木，谓造船。李善注引《周易》："黄帝、尧、舜，刳木为舟，剡木为楫。"

〔150〕骁（xiāo 消）勇：勇猛的士兵。

〔151〕畜力：蓄积力量。畜，通"蓄"。

〔152〕役：战役。　再举：谓进行两次。此句谓一战即获全胜，不再进行第二次。李善注引《六韬》："太公（指周时吕尚）谓武王曰：'圣人兴兵，为天下除患去贼，非利之也，故役不再籍（举），一举而毕。'"

〔153〕主上：上，或作"相"。主，指魏元帝曹奂；相，指相国晋王司马昭。（据梁章钜《文选旁证》，卷三十五）　眷眷：眷顾怜惜的样子。

〔154〕电迈:雷电乍响,喻迅猛。迈,行。

〔155〕道家:指老庄学派,主张清静自守,无为而治。　所尚:谓崇尚上言爱民治国之道。李善注引《老子》:"爱民治国,能无知(私智)乎?"

〔156〕崇城:崇侯之城垒。崇,指崇侯虎,殷纣之臣,陷害周文王西伯。纣囚西伯于羑里,西伯脱归而伐崇侯虎。　自卑:自以为卑下,谓主动投降。卑,卑微,低贱。此谓降服。

〔157〕文王:周文王,姓姬名昌,殷时诸侯,居于岐山之下,以贤德闻名于世。退舍:退军停战。舍,止。谓退军而修德。李善注引《左传》:"子鱼(即目夷,春秋时宋襄公庶兄,为司马)言于宋公曰:'文王闻崇侯德乱而伐之,军三旬(进攻三十天)而不降。退修教而复伐之,(崇侯军)因垒(城垒)而降。'"　以上两句以崇侯喻孙权,以文王喻魏主与晋王,意思说文王停止进攻,退军修养仁德;崇侯的军队受到感召,则主动弃城降服。

〔158〕开示:开导启发。　大信:至诚,诚心。

〔159〕喻:晓喻,使明白。

〔160〕殷勤:情义深厚。　旨:旨意,意图。

〔161〕往使:派去的使者。　所究,谓详尽说明。究,尽,详尽。

〔162〕审识:慎重观察。　安危:指安危所系的形势,顺应时势则安,悖逆时势则危。

〔163〕蹶(jué 决)然:惊起的样子。　改容:谓改变高傲的态度。

〔164〕祗(zhī 知)承:恭敬地承受。　往告:送往的书告。

〔165〕追慕:追想效法。慕,慕效,效法。　南越:地名,今广东、广西一带。秦末,赵佗自立为南越武王。汉初,高祖遣陆贾立佗为南越王。佗向汉称臣奉约。

〔166〕婴齐:人名,南越王赵胡(佗孙)之子。　入侍:征入汉朝作宫中侍卫。李善注引《汉书》:"南越王胡立,天子(指汉武帝)使严助(人名,任中大夫)往喻意,南越王胡遣其子婴齐入侍宿卫(值夜警卫)。"

〔167〕北面:面向北。古时君主面南而坐,臣子面北而拜,故北面以示称臣。

〔168〕伏听:屈身听受,表谦卑。　告策:策命,诏命。

〔169〕世祚(zuò 作):世代承袭王位。祚,福祚,王位。　江表:江外,江南。

〔170〕藩辅:藩属辅佐,指诸侯。

〔171〕丰报:丰厚的报酬。

〔172〕隆:兴盛,超过。

〔173〕侮慢：轻侮傲慢。　不式：不用，不执行。　王命：皇帝的教命。

〔174〕谋力：谓谋臣武将。　云合：如云会合。

〔175〕指麾（huī 灰）：谓指挥军队。麾，指挥作战的旗子。　风从：如疾风趋从。

〔176〕雍、益：皆古时州名。雍州，今陕西一带；益，今四川一带。

〔177〕青、徐：皆古州名。青州，今山东一带；徐州，今山东、江苏、安徽部分地区。

〔178〕荆、扬、兖（yǎn 眼）、豫：皆古州名。荆州，今湖南、湖北一带。扬州，今江苏一带。兖州，今山东一带。豫州，今河南一带。

〔179〕争驱：争相驰驱。　八冲：四面八方的大道。冲，纵横交错的大道。

〔180〕征东：征东将军，指石苞。　甲卒：士卒。

〔181〕虎步：形容威武举步。　秣陵：地名。今江苏江宁县。此指孙吴都城。建安十六年孙权迁都于此，改名建业。

〔182〕皇舆：君主所乘之车。此代君主。　整驾：整理车驾，谓乘车出征。

〔183〕六师：六军，天子之军。　徐征：徐徐征行。

〔184〕羽檄（xí 习）：紧急的征讨文书。羽，鸟羽，插于檄文之上，以表紧急。烛日：谓赤羽如日闪耀。

〔185〕流星：此喻旌旗前进如流星之疾速。

〔186〕游龙：喻奔驰的战马。李善注引《周礼》："凡马八尺为龙。"

〔187〕歌吹：歌舞与鼓吹之声。此句谓王师征讨不义，深得民心，百姓载歌载舞以迎。李善注引《乐稽耀嘉》："武王兴师诛（讨伐）于商（纣），万国咸喜，前歌后舞。"

〔188〕奔迈：奔行，疾行。

〔189〕如林：形容众多。

〔190〕渴赏：争取立功受赏。

〔191〕锋镝（dí 敌）：指武器。锋，刀剑的利刃；镝，箭头。

〔192〕横分：谓断头。

〔193〕宗祀：祖宗之庙的祭祀。指宗庙，国家。　屠覆：屠灭，覆亡。

〔194〕取诫：被作为教训。诫，警戒，教训。

〔195〕引领：伸颈远望。

〔196〕膏肓（huāng 荒）：心尖脂肪为膏，心脏与膈膜之间为肓。膏肓者，病

入膏肓的人。

〔197〕狐疑:犹豫不决。

〔198〕逆耳:不顺耳。

〔199〕迷谬:迷误。

〔200〕俞附:古时良医名。李善注引《列子》:“杨朱(战国时魏人)之友曰季梁,得病七日,大渐(逐渐加重),谒(见)医俞氏。俞氏曰:‘汝始则胎气不足,乳湩(乳汁)有余,疾非一朝一夕之故,其所由来者渐矣。’季梁曰:‘良医也。’且食之。” 困:困窘,困难。

〔201〕扁鹊:古时良医名。 无功:谓无法治好。李善注引《史记》:“扁鹊过齐,桓侯客之,入朝见曰:‘君有疾在腠理(皮肤的纹理),不疗将深。’桓侯曰:‘寡人无疾。’过五日,扁鹊复见曰:‘君有疾在肠胃间,不疗将深。’桓侯不应。后五日,扁鹊复见,望桓侯而走。桓侯使人问其故,扁鹊曰:‘疾其在骨髓,虽司命(神名)无奈何。今在骨髓,臣是以无请也。’后五日,桓侯体痛,使人召扁鹊,扁鹊已逃去。桓侯遂死。” 以上两句以俞附、扁鹊喻石苞,意思说吴国正处于危亡关头,若能接受此书所奉达逆耳良言,翻然归服魏国,尚可保国家禄位;若恃险据傲与魏对抗,如病入膏肓,虽欲挽救,也不能有成。

〔202〕良图:善谋。

〔203〕去就:谓对抗与归服。

今译

石苞告白:听说见到预兆而及时行动,为《周易》所重视,小国不服事大国,为《春秋》所谴责。这是祸福的端倪,荣辱所以发生的原因。因此,许、郑之君以俯首请降而保全国家,曹、谭之主以傲慢无礼而遭致灭亡。历史典籍记载了他们的成功与失败,古今教训显示出他们的愚昧与明智。不需要广征博引同类事实,过分夸饰虚浮词藻,何去何从,结论自明。假如以夸大其词而故弄虚名,更丧失忠诚告诫的实质。今略论现实形势,而启发其醒悟。

昔日汉朝,昏乱无道,国家命运,即将告终,桓灵二帝,全失德政,灾祸征兆,屡屡发生,豺狼张牙舞爪而逞凶,人民陷于水深火热之中。于是,九州大地,礼仪破坏;王朝纲纪,无法维系,四海之内,

颓败凄凉，天下非为汉帝所有。太祖承受上天之命，神明威武顺应期运；征讨暴乱奸贼，平定华夏区域。建立功业协合神灵瑞符，天命人意会合感应，开拓宏伟基业，占有大魏全部封国。土地则有洛阳嵩山，礼器则九鼎珍宝尚存，美善世代相承，功业先后相袭，可知四方已成一统，天下更其壮观宏伟。

公孙渊继承父兄遗业，世代居住东北边远之区，拥有燕胡广阔之地，依凭地域险要荒远，讲习武事，徘徊不进，而不依时进献贡品；对内傲视天子诏命，对外沟通南国孙吴；舟船越过东海远航，交流财物以行贿赂；江南葛布充满北方乡野，塞外貂马运至吴郡会稽。自以为引弓善射之士十万余众，驰驱攻守足以调用，确能右摧燕齐，左振扶桑，压服沙漠，而南面称王。宣王率师征伐，勇猛锐利，长驱直入。驻军辽阳，而敌城陷落；战鼓一震，而元凶斩首。然后威力远达于边疆，郡邑设置于荒僻之境，聚集离散的百姓，使其安居乐业，民众心悦诚服，异域之人诚意归附。自此国家兴盛，九野清明安泰；东夷献其乐器，肃慎贡其楛矢；世代不服之众，也顺应教化而到京城朝拜。大魏仁德，巍巍荡荡，想来皆有所闻。

吴国先主，起自荆州，遭遇时势动乱，而迁移江南。刘备恐惧大魏之威，而逃入巴岷之间。刘蜀凭借丘陵石壁之固，孙吴据守三江五湖，浩瀚无边，假借凶邪不祥之气，至今四十余年。二邦结盟，东西呼应，互相煽动，抗拒中国。自以为天下已成三分鼎足之势，稳定持久，可与泰山共相终始。相国晋王，辅佐魏室，文武兼长，严如秋霜，神机妙算，应变无穷，独见之明，超越众人。主上英明，国家大政皆委托之。谋划长久，思虑深远，高妙策略，暗自传授。各部同心，上下合力，威严征伐，深入险阻。集中兵力，一致向敌，使其惊恐，丧失勇气。小战于江畔，则成都崩溃；耀兵于剑阁，而姜维降服。开地五千，设郡三十。战争按原计划结束，梁益残敌全部肃清；使窃号蜀主，走出宫门叩首请降。获取美玉锦绣，充满官府仓库。虢国既灭，虞国随亡，韩被兼并，魏也迁徙。此皆前车之鉴，后事之师。又有岭

南吕兴,深悟天命,弃吴归魏,愿为臣妾。外失唇齿相依的盟友,内有分崩离析的隐患,而徘徊于危国之中,期望苟延日月,此如魏武侯手指河山而自谓强大,殊不知事物皆有兴亡之变,其所当称美者在于人和,而并非地利。

当今大魏,百官众多,俊杰之士,充满朝廷。虎臣武将,横冲万里,国富兵强,军队精悍,渴望征战,饮马南海。近来国家,整治器械,修造舟船,演习水战。伐树北山,则太行木尽;疏浚河洛,则百川通流。战船万艘,千里相望。自从古时刳木为舟以来,车船之用,未曾有如今日之盛大。但是,魏主晋王,未便迅猛进军,以为爱民治国,道家所崇尚;殷时崇侯弃城出降,全由文王退军修德所感召。因此,先以至诚之心开导启发,再以存亡之理说服劝喻。情义深厚的意旨,前往使者将详尽转达。

若能详察目前安危所系的形势,自求多福,决心改变傲慢的态度,恭敬地接受使者送往的书告,效法汉时南越王赵胡,送子婴齐入朝侍卫,俯首而拜,甘心称臣,听从天子策命,则世代可保禄位于江南,永为朝廷藩属之国;丰厚的报酬,显赫的赏赐,必超过今日。若轻侮傲慢,不听天子之命,然后朝廷谋臣武将必将集合如云,进军如风。雍益二州之兵,顺江流而东下;青徐战士,沿江畔而西进;荆扬兖豫的队伍,争先驰驱于八方大路;征东士卒,勇猛踏入秣陵。于是天子乘车出征,六军徐徐前行;紧急书檄闪耀如赤日,旌旗招展疾速若流星;战马驰骋于大路,歌舞鼓乐令人耳欲聋;士卒飞奔前进,会师战场人众如林;烟尘骤起,震天骇地;渴求立功封赏之士,引弓搭箭各个争先。忽然一旦身首分裂,宗庙覆灭,万代引为鉴戒。举首南望,确实痛心。

治疗膏肓之病,必进苦口良药;解决犹疑不定,必告逆耳良言。如果陷入迷误,又不知归向,恐怕俞附见到也会困窘,扁鹊得知也难有成。勉力思索良谋,何去何从,望所深虑。石苞白。

(陈复兴译注并修订)

与嵇茂齐书一首

赵景真

题解

关于本文作者,历来有二说。

一说,晋干宝《晋纪》以为吕安与嵇康书(见向子期《思旧赋》李善注引);另说,则《嵇绍(康子)集》以为赵至与嵇蕃书,因而特为驳正。南齐臧荣绪《晋书·赵至传》录其文,乃沿用绍说。《文选》题《赵景真与嵇茂齐书》,而文则以"安白"开头。李善则沿用萧统,并列两说,但是注则详引《嵇绍集》:"赵景真与从兄茂齐书,时人(指干宝)误谓吕仲悌(安)与先君(先父,嵇康)书,故具列本末。赵至,字景真,代郡人,州辟辽西从事,从兄太子舍人蕃,字茂齐,与至同年相亲。至始诣辽东时作此书与茂齐。"李周翰肯定干说,并对绍说加以辨正,曰:"干宝《晋纪》云:吕安,字仲悌,东平人也。时太祖(司马昭)逐安于远郡,在路作此书与嵇康,安(康)子绍《集》云景真与茂齐书。且《晋纪》国史,实有所凭,绍之家集,未足可据。何者?时以太祖恶安之书,又父与康(安)同诛,惧时所疾,故移此书于景真。考其始末,是安所作,故以安为定也。"

后世选家或依绍说,如梁章钜《文选旁证》、高步瀛《魏晋文举要》;或依干说,如黄侃《文选黄氏学》。其中黄氏就文章本身考其内容与吕安经历心志相合,而与赵至相隔,则较有说服力。黄云:"窃疑此延祖(嵇绍字)讳言也。如非嵇吕往还,何得有"平涤九区,恢维宇宙"之议,干生之言,得其实矣。《思旧赋》注引干宝《晋书》:太祖徙吕安远郡,遗书与康。太祖恶之,追收下狱,康理之,俱死。《魏氏

春秋》言安亦至烈，有济世志力。”并就关键文句加以评断，例如，“况乎不得已者哉”句，黄谓：“如景真归就州辟，未既为不得已。”“常恐风波潜骇，危机密发”句，黄谓：“风波潜骇二句，非安不得为此言也。”“又北土之性，难以托根”句，黄谓：“景真乃代郡人，宁得云北土之性，难以托根也。”等等。

以此，干说则近乎是。兹再补说如下：

嵇绍于乃父被害以后，山涛荐为秘书郎，武帝（司马炎）发诏征为秘书丞。惠帝时代封弋阳子，迁散骑常侍，领国子博士，后至侍中。在赵王伦篡位与齐王冏辅政时，绍皆据高位。可谓不倒翁。一次冏与臣下宴会，绍诣冏问事，有人提议令其奏琴为乐，绍推不受，曰：“公匡复社稷，当轨物作则，垂之于后。绍虽虚鄙，忝备常伯，腰绂冠冕，鸣玉殿省，岂可操执丝竹，以为伶人之事。若释公服从私宴，所不敢辞也。”其得意与谄媚之态可掬。后来兵败荡阴山之时，则喋血于晋帝之侧，可见其对晋室之忠。此证明嵇绍生平一改其父之道，一反其兄之风，避讳其父与吕安往还，惧此书为司马氏所疾，有碍于一己的常伯之位，而移之于与嵇氏瓜葛之赵至，则是完全可信的。

文中“吾子植根芳苑”至“岂能与吾同大丈夫之忧乐者哉”一节，选学家多以为不应是吕安对嵇康的口吻，也与康之人品经历不符。梁章钜云：“此等语与叔夜不伦，岂有友善如仲悌而故作此语乎？”（《文选旁证》）黄侃云：“惟此节不似叔夜生平，无以详知也。”但是，此语既与叔夜不伦，对身为太子舍人的茂齐也无以证其相符，而且景真为“自耻士伍，欲以官学立名，期于荣养”，后“以良吏入洛”的君子，也未必对其相亲好友故作此语。不能以此确证为景真所作。其实，汉魏文人多有放浪形骸，任性不羁之行，魏文帝曾宴请诸文学，酒酣坐欢，命夫人甄氏出拜，坐中众人咸伏，而刘桢独平视。其称帝后曾与吴质等欢会，命郭后出见，并曰：“卿仰谛视之。”桢之平视，质之谛视，皆属赏悦美色，而且公子王侯夫人尚许观赏，师老庄薄周孔

的嵇康艳色饵后，弄姿帷房，也不足为怪。故黄侃继而说：“然叔夜本高门，姬侍盖亦有，未足为病，且其笃信导养，以安期、彭祖为可求，然则弄姿帷房，信有之乎，更观酒色令人枯之篇，是又与荒淫者异趣矣。”(《文选黄氏学》)确属通达之论。吕安以此警戒其友，也无损美善之意。至于茂齐之答书(载《艺文类聚》，卷三十)，简单而空洞，与来书之情怀激越大相径庭，很可能是后世伪作。此问题仍在争论，可参见力之《〈与嵇茂齐书〉非吕安作辨及辨之方法》(《中山大学学报》2017年第6期)。

本文首先述别离愁苦，行路之难，并为下文铺垫。其次述仕途之险甚于行路之难，所适非所宜，充满孤独寂寞之悲。再次宣泄个人的济世之志与壮志不酬之愤。蹑云梯、奋八极、蹴昆仑、踏泰山之句，形象地抒发出一位济世豪杰的胸襟气概，构成全文关键。再次述朋友的荣华得志，与自身的远游失志作比，内含警戒启省之意。结尾表达长别难再的眷眷深情，并赠以规箴之语。

通篇辞采绚丽，气势雄浑，波澜宏阔，而富有风致。李兆洛评曰：“尚有内转之气，故丽而不缛。穷士失职，以兀綦见其幽咽；探四六之源者，正在此种意密而局展，亦云跌宕昭彰矣。”(《骈体文钞》，卷十九)该篇确实是以四六之体抒发豪迈之情的佳作。

原文

安白[1]：昔李叟入秦[2]，及关而叹[3]；梁生适越[4]，登岳长谣[5]。夫以嘉遁之举[6]，犹怀恋恨[7]，况乎不得已者哉！

惟别之后，离群独游，背荣宴[8]，辞伦好[9]，经迥路[10]，涉沙漠。鸣鸡戒旦[11]，则飘尔晨征[12]；日薄西山[13]，则马首靡托[14]。寻历曲阻[15]，则沉思纡结[16]；乘高远眺，则山川悠隔[17]。或乃回飙狂厉[18]，白日寝光[19]，踦踽交错[20]，

陵隰相望[21]。徘徊九皋之内[22]，慷慨重阜之巅[23]，进无所依，退无所据，涉泽求蹊[24]，披榛觅路[25]，啸咏沟渠[26]，良不可度[27]。斯亦行路之艰难，然非吾心之所惧也。

至若兰茝倾顿[28]，桂林移植[29]，根萌未树[30]，牙浅弦急[31]，常恐风波潜骇[32]，危机密发[33]，斯所以怵惕于长衢[34]，按辔而叹息也[35]。又北土之性[36]，难以托根[37]，投人夜光，鲜不按剑[38]。今将植橘柚于玄朔[39]，蒂华藕于修陵[40]，表龙章于裸壤[41]，奏《韶》舞于聋俗[42]，固难以取贵矣[43]。夫物不我贵[44]，则莫之与[45]；莫之与，则伤之者至矣[46]。飘飖远游之士[47]，托身无人之乡[48]，总辔遐路[49]，则有前言之艰[50]；悬鞍陋宇[51]，则有后虑之戒[52]；朝霞启晖[53]，则身疲于遄征[54]；太阳戢曜[55]，则情劬于夕惕[56]；肆目平隰[57]，则辽廓而无睹[58]；极听修原[59]，则淹寂而无闻[60]。吁其悲矣！心伤悴矣[61]！然后乃知步骤之士[62]，不足为贵也。

若乃顾影中原[63]，愤气云踊[64]，哀物悼世[65]，激情风烈[66]，龙睇大野[67]，虎啸六合[68]，猛气纷纭[69]，雄心四据[70]，思蹑云梯[71]，横奋八极[72]，披艰扫秽[73]，荡海夷岳[74]，蹴昆仑使西倒[75]，蹋泰山令东覆[76]，平涤九区[77]，恢维宇宙[78]，斯亦吾之鄙愿也[79]。时不我与，垂翼远逝[80]，锋钜靡加[81]，翅翮摧屈[82]，自非知命[83]，谁能不愤悒者哉[84]！

吾子植根芳苑[85]，擢秀清流[86]，布叶华崖[87]，飞藻云肆[88]，俯据潜龙之渊[89]，仰荫栖凤之林[90]，荣曜眩其前[91]，艳色饵其后[92]，良俦交其左[93]，声名驰其右[94]，翱翔伦党之间[95]，弄姿帷房之里[96]，从容顾眄[97]，绰有余

裕[98],俯仰吟啸[99],自以为得志矣,岂能与吾同大丈夫之忧乐者哉[100]!

去矣嵇生,永离隔矣!茕茕飘寄[101],临沙漠矣!悠悠三千[102],路难涉矣!携手之期[103],邈无日矣[104]!思心弥结[105],谁云释矣[106]!无金玉尔音[107],而有遐心[108]。身虽胡、越[109],意存断金[110]。各敬尔仪[111],敦履璞沉[112],繁华流荡[113],君子弗钦[114],临书恨然[115],知复何云!

注释

〔1〕安:吕安自称。

〔2〕李叟:指老子。姓李,名耳,又称老聃。春秋战国楚人,著《道德经》五千余言。入秦:谓老子西游于秦。

〔3〕及关:谓至郊。李善注引《列子》:"杨朱(人名)南之沛(地名),老聃西游于秦,邀于郊。至梁(地名)而过(访问)老子,老子中道仰天叹曰:'始以汝为可教,今不可教也。'杨朱曰:'请问其过。'老子曰:'睢睢而盱盱,而谁与居?'"

〔4〕梁生:指梁鸿。字伯鸾。东汉扶风平陵人。家贫好学,不求仕进。与妻孟光,同入霸陵山中,以耕织为业。鸿因事过京师,作《五噫歌》。后避祸去吴,为人舂米。既归,孟光备食,举案齐眉。 适越:谓去吴。

〔5〕登岳:谓过京师而登北邙山。 长谣:长歌。指《五噫歌》。李善注引范晔《后汉书》:"梁鸿,字伯鸾,扶风人也。东出关,过京师,作《五噫之歌》曰:'陟(登)彼北邙兮,噫!顾瞻帝京兮,噫!宫室崔嵬兮,噫!人之劬劳(劳苦)兮,噫!辽辽未央兮,噫!'肃宗(东汉章帝刘炟)闻而非之,求鸿不得。居齐鲁之间,又去适吴。"李善曰:"然老子之叹,不为入秦,梁鸿长谣,不由适越;且复以至郊为及关,升邙为登岳。斯盖取意而略文也。"此改"至郊"为"及关",改"去吴"为"适越",实则为修辞以避熟的需要。

〔6〕嘉遁:谓合乎正道的退隐。此指老子、梁鸿。李善注引《周易》:"嘉遁,贞吉。"

〔7〕恋恨:留恋怨恨。指老子之叹与梁鸿之歌。

〔8〕背:离。 荣宴:美宴。

〔9〕辞:别。　伦好:同辈好友。

〔10〕迥路;远路。

〔11〕鸣鸡:长鸣报晓之鸡。　戒旦:叫旦,报告天明。

〔12〕飘尔:飘泊无定的样子。　晨征:清晨征行。

〔13〕薄:迫,近,落。

〔14〕马首:指车马。　靡托:无所寄托,无寄宿之所。

〔15〕寻历:经历。　曲阻:曲折艰险。

〔16〕纡结:谓愁绪郁结于心。

〔17〕悠隔:遥远阻隔。

〔18〕回飙(biāo 彪):旋风,暴风。　狂厉:猛烈。

〔19〕寝光:光辉隐没。寝,隐没。

〔20〕踦䟦:形容道路高低不平。犹"崎岖"。

〔21〕陵隰(xí 席):山陵与低地。隰,低而潮湿之地。

〔22〕九皋:幽深的沼泽。九,九折,深曲。

〔23〕慷慨:慨叹失意的样子。　重阜:高山。阜,土山。

〔24〕蹊:路径。

〔25〕披榛(zhēn 真):分开榛莽。榛,榛莽,丛生的草木。

〔26〕啸咏:长啸咏歌。

〔27〕度:越过。

〔28〕兰茝(chǎi):兰草与白芷,两种香草。　倾顿:倾倒疲顿。

〔29〕桂林:桂树,香木。　移植:谓迁徙而植于非所宜之地。　以上两句喻自身被逐之事。

〔30〕根萌:根茎已萌生。根,指兰茝、桂木之根茎。　树:长成。

〔31〕牙浅:谓露出于弩臂的机牙短浅,易于发射。牙,弩牙,弩上发矢的机关。　弦急:谓弓弦已拉紧。弦,弓弦。

〔32〕潜骇:暗中掀动。

〔33〕危机:凶险的机牙。机,机牙,即弩牙。　密发:秘密发动。　李善注以上四句:"喻身之危也。根萌未树,故恐风波潜骇,牙浅弦急,故惧危机密发也。"意思说兰桂之根虽萌生,尚未长成挺拔,所以特别畏惧风波突然袭击,遭致摧折;箭在弩牙之上,弦已拉紧,所以特别骇怕机牙秘密扣动,被暗箭中伤。

〔34〕怵(chù 矗)惕:恐惧担心。　长衢(qú 渠):大路。

〔35〕按辔:扣紧马缰绳,使车马徐行。此句李善注:“本或有‘于长衢’之下云‘按辔而叹息’者,非也。” 张云璈则曰:“息字正与上数韵协,此五字似不当从删。”录以备考。(《文选胶言》,卷十七)

〔36〕北土:北方。指吕安被迁之地。

〔37〕托根:根茎依托,谓扎根。

〔38〕鲜:少。 按剑:以手紧压住佩剑,疑惧警惕的样子。李善注引邹阳《上书》:“夜光之璧,以暗投人于道,众人莫不按剑也。” 以上四句意思说,北土严寒,兰桂难以扎根生长,夜光之璧暗中投人,人不理解,必引起疑惧警惕。

〔39〕橘柚(yòu 又):橘树与柚树。 玄朔:北方。

〔40〕蒂(dì 地):种植。 华藕:莲花与藕茎。藕,莲的地下茎。 脩陵:高山。李善注引《淮南子》:“夫以其所脩(专长),而游(游宦)不用之乡,若树荷山上,畜火井中也。”

〔41〕表:表面,展示。 龙章:龙,衮龙之服,古代的礼服,章,章甫之冠,古代的礼帽。 裸壤:裸体文身之乡。李善注引《庄子》:“宋人资(卖)章甫适诸越,越人断发文身,无所用之。”

〔42〕韶舞:舞,《晋书·赵至传》作“武”。韶,虞舜之乐,武,周武之乐。 聋俗:聋人的世界。以上四句谓桔柚原长于江南气暖之地,却植于寒冷的北方;华藕本生于水中,却移于高山之上;龙章当着于中华,却表于文身之国;韶武宜奏于庙堂,却用于聋人之世。此四者皆喻高雅之士而身处于不适宜之地。

〔43〕取贵:受到珍视。

〔44〕物:事物,世俗。

〔45〕与:结交。莫之与,即莫与之,无人和其结交。

〔46〕伤:伤害。李善注引《周易》:“无交而求,则人不与也;莫之与,则伤之者至矣。”

〔47〕飘飖:飘泊无定。

〔48〕托身:寄身,暂住。

〔49〕总辔:揽辔,谓揽起马缰,令其行进。 遐路:远路。

〔50〕前言:前文所述。前言之艰,谓“经迥路,涉沙漠”以下。

〔51〕悬鞍:谓悬车寄留。 陋宇:简陋的屋宇,指栖居之所。

〔52〕后虑:后来的忧虑。后虑之戒,谓“北土之性,难以托根”以下。

〔53〕启晖:发出光辉。谓天明。

〔54〕遄(chuán 船)征:疾速征行。

〔55〕戢(jí 急)曜:收敛光耀。谓入夜。

〔56〕情劬(qú 渠):心情愁苦。劬,辛苦,愁苦。　夕惕:夜晚恐惧。惕,恐惧不安。

〔57〕肆目:放眼望去。　平隰:平原。隰,低湿之地。

〔58〕辽廓:辽远广廓。　无睹:一无所见,形容荒凉空寂。

〔59〕极听:尽听觉之力去听。　脩原:漫长的原野。

〔60〕淹寂:沉寂。　无闻:一无所闻,形容静无声响。

〔61〕伤悴(cuì 粹):悲伤愁苦。

〔62〕步骤:行走。步骤之士,奔波远行之人。

〔63〕顾影:自视形影。此有自我回忆之意。　中原:当指洛阳。

〔64〕愤气:犹气愤。

〔65〕哀物:哀伤于人世,物,万物,此指人世。

〔66〕风烈:如风暴一样猛烈。

〔67〕龙睇(dì 弟):形容怒视,龙眼圆,故谓。睇,视。

〔68〕六合:谓上下东西南北,指天下或宇宙。

〔69〕纷纭:众多,浓重。

〔70〕四据:占有四方。此谓无所不包。

〔71〕蹑(niè 聂):攀登。　云梯:天梯。

〔72〕横奋:遍飞。奋,鸟振翅飞翔。　八极:四面八方。

〔73〕披艰:排除艰难。披,分散,排除。　扫秽:扫灭污秽。秽,污秽,邪恶。

〔74〕荡:洗涤。　夷岳:夷平山岳。

〔75〕蹴(cù 促):踏,踢。　昆仑:山名。在今西藏新疆之间。

〔76〕蹋:同“踏”。　泰山:山名。在今山东省境。　东覆:东倒。

〔77〕平涤:平定清除。　九区:九州。

〔78〕恢维:扩张维系。

〔79〕鄙愿:个人的愿望。鄙,表谦。

〔80〕垂翼:垂下翼羽,不得高飞。喻不遂其志。　远逝:谓迁徙远方。

〔81〕锋钜:兵器的锋刃。

〔82〕翅翮(hé 合):翅膀。翮,鸟羽的茎。　摧屈:摧折,摧断。

〔83〕自非:除非。　知命:谓安于天命,不求竞进。李善注引《周易》:“乐

天知命,故不忧。”

〔84〕愤悒(yì 易):愤恨忧愁。

〔85〕吾子:第二人称代词。指嵇康。　芳苑:芳草的苑囿。此喻贤德之家。

〔86〕擢秀:开花。擢,抽,拔,开放。　清流:清新的溪水。

〔87〕布叶:散布枝叶。　华崖:华美的山崖。

〔88〕飞藻:飞散文采。藻,水草,文采。　云肆:云朵,云团。肆,列。高步瀛说:“‘云肆’与‘华崖’对文,犹言云所列布处耳。”(《魏晋文举要》,139 页)

〔89〕据:占有。　潜龙:隐伏的神龙。　渊:深水。

〔90〕荫:庇荫,隐伏。　栖凤:栖息的凤鸟。

〔91〕荣曜:指富贵。

〔92〕艳色:美色,女色。　饵:钓饵,诱惑。

〔93〕良俦:好友。俦,类,伴侣。

〔94〕声名:美名,荣誉。

〔95〕翱翔:指游乐。　伦党:同辈,朋辈。

〔96〕弄姿:玩赏容姿。此谓玩赏美色。　帷房:指妇女居住的内室。

〔97〕从容:安逸舒缓。　顾眄(miàn 面):顾,环视;眄,斜视。此谓游赏。

〔98〕绰:宽舒。　余裕:多余的优闲。张铣注:“裕,优也。”

〔99〕俯仰:低头与抬头。此谓自由自在。　吟啸:吟咏长啸。啸,打口哨。

〔100〕大丈夫:指有志气有作为的人物。

〔101〕茕茕(qióng 穷):形容孤独无依。　飘寄:飘泊在异地。寄,寄旅,寄居异地。

〔102〕悠悠:形容漫长。

〔103〕携手:谓同行,相聚。　期:期限。

〔104〕邈(miǎo 渺):远,遥远。

〔105〕思心:思念之情。　结:郁结。

〔106〕释:解开,排解。

〔107〕金玉:喻贵重美好。　尔音:你的声音。

〔108〕遐心:远心,思念远方友人之心。李善注引《毛诗》:“无金玉尔音,而有遐心。”　以上两句意思说思念你的美如金玉之音而不能闻之,我的心驰往远方而追随你。

〔109〕胡、越:胡,胡地,指北方;越,越地,指南方。此谓二人相距遥远。

〔110〕断金:喻友谊坚定不移。李善注引《周易》:“二人同心,其利断金。”

〔111〕各:各自。 敬:慎重,严肃。 尔仪:你们的威仪。《诗经·小宛》:“各敬尔仪,天命不又。”此用《小宛》成句。

〔112〕敦:敦勉。 履:履行,实行。 璞沉:真璞深厚,谓品德。

〔113〕流荡:放荡,放纵。指有失威仪的行为。

〔114〕君子:有品德重操守的人。 不钦:不敬。

〔115〕临书:谓面对所写书信。 悢(liàng亮)然:惆怅眷念的样子。

今译

吕安告白:昔日老聃西游于秦,至关隘而慨叹,梁鸿南往越地,登山岳而长歌。古人有隐退而得福的举动,尚怀留恋遗恨的心情,何况被迫而远游的人呢!

分别之后,离开朋友而独自行游,背离盛宴,辞别友好,经历远路,跋涉沙漠。雄鸡报晓,则清晨飘然远行;日落西山,则车马无所寄托。走过曲折艰险,则心情深沉郁结;登高巅而远眺,则山川悠远而阻隔。有时暴风骤然猛烈,白日光辉隐没,道路崎岖交错,山陵低地相望。车马徘徊于幽深沼泽之内,行人慨叹于重叠山岳之巅。前行无所依,后退无所据,涉过水泽寻小径,披开草莽觅大路,长啸于沟渠之畔,征途确实不可度。此是行路之艰难,但是并非我心所畏惧。

至于兰草白芷倾倒枯萎,桂树之林移植他方,根茎虽生而尚未长成,弩牙搭箭弦已拉紧。常恐风波暗中乍起,机牙秘密发动,此为畏惧担心于长路,缓行叹息之所在。又加北方土性寒,兰桂难扎根,好比投人夜光璧,反遭疑惧多按剑。今将江南桔柚移于塞北,水中莲花栽种于高山,衮龙礼服展示于文身之国,典雅《韶》《武》演奏于聋人之乡,当然难以受人珍惜。那世俗不能尊重我,则无人与我结交;无人结交,则伤害之举即随之而来。飘泊远游之士,寄身于无人之乡,揽辔驰行于遥远之路,则有前文所述之艰难;停车寓居于简陋之室,则有后来感受之忧患;朝霞初现微光,则身体疲惫于疾速前

进；太阳收敛余辉，则心情愁苦而长夜不安；放眼瞭望平原，则大地辽阔一无所见；竭力谛听漫长原野，则四外寂静一无所闻。唉，何其悲哀！何其伤心！然后方知奔波远游之士，实在不足为贵。

若回顾中原，气愤似浓云奔涌，感伤时世，激情似暴风猛烈，如怒龙凝视于广大田野，如巨虎咆哮于无限世界，猛气纷纭弥漫，雄心占有天地，想攀登天梯，飞遍八极，铲除艰难，扫清邪恶，洗荡大海，削平高山，踢昆仑使之西倒，踏泰山令其东覆，平定清洗九州，恢复维系宇宙，此为我个人志愿。时机不与我，被迫收敛羽翼而远游，刀剑尚未临头，而双翅已经摧折，除非安于天命自甘无为，谁能不愤慨伤悲呢？

您植根苑囿如芳草，鲜花开放清流畔；绿叶散布覆山崖，文采飘飞接云端；俯身占据潜龙渊，仰首隐伏栖凤林；富贵炫耀其前，美色诱惑其后；良友相交于其左，声名飞驰于其右；游乐于朋辈之间，玩赏美色于闺房深处。从容游玩，绰有余闲，尽情吟咏长啸，自以为意得志满，怎能与我同有大丈夫之忧乐呢？

别了，嵇生！永远分离两相隔！我自孤独飘异乡，面对荒芜大沙漠！漫漫行程三千里，道路崎岖难跋涉！相约携手会聚时，久远难料长无日！怀念之情深郁结，谁说悲愁能消释！无闻金玉声音美，只有远寄一片心；两人身虽隔胡越，情义坚贞可断金。谨慎保持威仪重，敦勉修养品德真，繁华放荡贪淫乐，君子从来不相近。临纸作书意怅然，笔下不知何所云！

（陈复兴译注并修订）

与陈伯之书一首

丘希范

题解

这是一封用骈体写的书信。据《梁书·陈伯之传》载，伯之力大而勇，十三、四岁即持刀抢邻里稻谷，年长屡次“劫盗”，被人砍去左耳。同乡(齐)车骑将军王广之爱其勇而力大，召为部下。“每夜卧下榻，征伐常自随”。因屡建战功，遂迁冠军将军、骠骑将军，又为鱼复县伯，食邑五百户。萧衍代齐称帝，伯之归附之。先怀二心，后立战功，迁为征南将军，封为丰城县公，食邑二千户，率兵驻守江州。伯之本是一介武夫，目不识丁，有事全凭口传，由属下主管定夺。长流参军朱龙符乘伯之“愚暗”，“恣行奸险”，武帝手谕，将治其罪。符得知，挑拨离间，陈伯之听其流言，与朱龙符等“杀牲以盟”，“次第歃血”，同心叛梁。起事未成，腹背受敌，走投无路，率众亡命江北，归附北魏。梁天监四年(505)，临川王萧宏奉诏率军北伐，伯之率魏军迎敌。萧宏令迟以私人名义给陈伯之写了这封信。实际这是一封劝降书。

作者针对陈伯之的特殊经历，以及特殊处境下的特殊心态，诱之以利，胁之以害，晓之以理，动之以情。开篇即拿陈伯之之今昔作对比。弃齐归梁：“朱轮华毂，拥旄万里，何其壮也。”背梁投魏：“闻鸡鸣而股战，对穹庐以屈膝，又何劣耶！”今昔对比，地位有天壤之别，心绪有壮劣之殊，略略数语，情、理、利、害洒满字里行间。犹如兜头一瓢冷水，将对方从昏惑中激醒，承认这个基本事实，然后再晓之以理。

晓之以理,处处针对陈伯之的思想顾虑,有的放矢。首先分析其背梁投魏的原因:内不能审诸己;外受流言,一时糊涂以至如此。接着针对陈伯之担心武帝能否赦他无罪,能否保住昔日在梁之荣华富贵两个顾虑,引经据典说服他放下包袱,“迷途知返”,“不远而复”。最后告诉他“松柏不翦,亲戚安居,高台未倾,爱妾尚在”。句句鞭辟入理,陈伯之“亦何可言!”

第三段集中笔墨,诱之以利,胁之以害,敦促陈伯之即早弃暗投明。先列举正反两种榜样。一种是梁朝的功臣名将,人人“雁行有序,佩紫怀黄”,且可传之子孙;一种是慕容超和姚泓,他们恃强怙盛,结果落得“身送东市”,“面缚西都”。接着分析北魏形势:“伪孽昏狡,自相夷戮;部落携离,酋豪猜贰。”最后警告陈伯之,北魏靠不住,你的处境十分危险:如“鱼游于沸鼎之中,燕巢于飞幕之上。”危在旦夕。鱼游沸鼎、燕巢飞幕两个比喻,形象生动而又传神,道出陈伯之惶惶不可终日的恐惧心理。

第四段,以景唤情,以情动人。陈伯之虽然生在江北,而他的业绩是在江南建立的。江南是他的第二故乡。现在江南绿草繁茂,百花盛开,黄鹂戏飞,在这最美好的时节,操弓登城,望故乡之旗鼓,抚今追昔,焉能没有感慨!“廉公之思赵将,吴子之泣西河,人之情也。将军独无情哉?”

最后一段道明宗旨:“想早励良规,自求多福。”反正归降,既是唯一出路,又是最佳选择。大兵压境,再不听劝,悔之晚矣。或云“一书力敌百万兵”,然无百万之师,书焉有万钧之力耶!

原文

迟顿首〔1〕。陈将军足下〔2〕:无恙〔3〕,幸甚幸甚〔4〕!将军勇冠三军〔5〕,才为世出〔6〕,弃燕雀之小志,慕鸿鹄以高翔〔7〕。昔因机变化〔8〕,遭遇明主〔9〕,立功立事〔10〕,开国称孤〔11〕,朱轮华毂〔12〕,拥旄万里〔13〕,何其壮也!如何一旦为

奔亡之虏[14]，闻鸣镝而股战[15]，对穹庐以屈膝[16]，又何劣邪！

寻君去就之际[17]，非有他故，直以不能内审诸己[18]，外受流言[19]，沉迷猖獗[20]，以至于此。圣朝赦罪责功[21]，弃瑕录用[22]，推赤心于天下[23]，安反侧于万物[24]，将军之所知，不假仆一二谈也[25]。朱鲔涉血于友于[26]，张绣剚刃于爱子[27]，汉主不以为疑，魏君待之若旧[28]。况将军无昔人之罪[29]，而勋重于当世[30]。夫迷途知反，往哲是与[31]；不远而复，先典攸高[32]。主上屈法申恩[33]，吞舟是漏[34]；将军松柏不翦[35]，亲戚安居[36]，高台未倾[37]，爱妾尚在。悠悠而心[38]，亦何可言[39]！

今功臣名将[40]，雁行有序[41]，佩紫怀黄[42]，赞帷幄之谋[43]，乘轺建节，奉疆埸之任[44]，并刑马作誓，传之子孙[45]。将军独靦颜借命[46]，驱驰毡裘之长[47]，宁不哀哉[48]！夫以慕容超之强，身送东市[49]；姚泓之盛，面缚西都[50]。故知霜露所均，不育异类[51]；姬汉旧邦，无取杂种[52]。北虏僭盗中原[53]，多历年所[54]，恶积祸盈[55]，理至燋烂[56]。况伪孽昏狡[57]，自相夷戮[58]；部落携离[59]，酋豪猜贰[60]。方当系颈蛮邸，悬首藁街[61]。而将军鱼游于沸鼎之中[62]，燕巢于飞幕之上[63]，不亦惑乎！

暮春三月，江南草长，杂花生树，群莺乱飞。见故国之旗鼓，感平生于畴日[64]，抚弦登陴[65]，岂不怆悢[66]？所以廉公之思赵将[67]，吴子之泣西河[68]，人之情也。将军独无情哉？

想早励良规[69]，自求多福[70]。当今皇帝盛明[71]，天下安乐。白环西献，楛矢东来[72]；夜郎滇池，解辫请职[73]；朝

鲜昌海,蹶角受化[74]。唯北狄野心[75],掘强沙塞之间[76],欲延岁月之命耳[77]。中军临川殿下[78],明德茂亲[79],总兹戎重[80],吊民洛汭[81],伐罪秦中[82]。若遂不改,方思仆言[83]。聊布往怀[84],君其详之[85]。丘迟顿首。

注释

〔1〕顿首:叩拜。

〔2〕足下:书信中对对方之尊称。

〔3〕无恙(yàng 样):无病,无忧。书信中常用的问候之辞。

〔4〕幸甚:庆幸得很。书信中常用套语。

〔5〕三军:古时大国有三军,一军一万二千五百人。后来三军指全军。

〔6〕世出:超出世人。

〔7〕“弃燕雀”二句:指陈伯之弃齐投梁事。燕雀,小鸟,喻庸人。鸿鹄,天鹅,喻豪杰。

〔8〕因机:顺应时机。因机变化,指弃齐投梁。

〔9〕遭遇:逢遇,遇到。　明主:英明的君主,此指梁武帝萧衍。

〔10〕立功立事:建功立业。

〔11〕开国:建立邦国。晋代封爵,从郡公到县男,都冠以开国的名号,如陈伯之因力战有功,曾“进号征南将军,封丰城县公,邑二千户。”(《梁书·陈伯之传》)　孤:王侯的自称。此指陈伯之曾帮助萧衍平定国家,因建功立业被封为丰城县公,故可称孤。

〔12〕朱轮华毂(gǔ 古):谓华丽的车子。朱轮,红色的车轮。　华毂,彩饰的车毂。毂,车轮中心之圆木,俗称“车轱辘”。

〔13〕拥旄(máo 毛):持旄节。旄,古代用牦牛尾装饰的旗子,使臣持之以为信物。有时武官也持旄节。　万里:形容统治区域之广大,后为州官之代称。李善注引《汉记》:“今之州牧,号为万里。”陈伯之曾为江州刺史,故称“拥旄万里”。

〔14〕一旦:一朝。　奔亡:逃跑。　虏:敌人。陈伯之背梁降魏,故称“奔亡之虏”。

〔15〕鸣镝(dí 敌):响箭。　股战:大腿发抖。

〔16〕穹(qióng 穷)庐:毡房,今称蒙古包。　屈膝:下跪,指卑躬屈膝。

〔17〕寻:探求。　去就:指陈伯之弃梁投魏。　际:指某种事势形成的时候。

〔18〕直:只。　审:仔细考虑。　诸:“之于”合音。

〔19〕流言:无根据的话,此指朱龙符挑拨离间的话。刘良注:“流言,反间之言也。”

〔20〕沉迷:执迷不悟。　猖獗:任意横行。一说颠覆,失败。

〔21〕圣朝:指梁朝,古时常称本朝为圣朝。　赦罪:免罪。　责功:要求立功。

〔22〕弃瑕:喻不计小过。瑕,玉石上的斑疵。　录用:选用人才。李善注引《吴志·陆瑁与暨艳书》曰:“此乃汉高弃瑕录用之时也。”

〔23〕推:推心置腹之推。　赤心:真心,诚心。李善注引《东观汉记》说,光武帝刘秀攻破铜马等军,不疑投降之人,曾轻骑入降军兵营,降军说萧王“推赤心置人腹中,安得不效死?”

〔24〕安:安定。　反侧:反侧者,指动摇不定之人。　万物:指邯郸官吏攻击刘秀的文书。李善注引《东观汉记》说,刘秀攻破邯郸,把邯郸官吏毁谤他的文字材料当众烧毁,以令“反侧子自安。”

〔25〕假:借助。　一二谈:一一述说。

〔26〕朱鲔(wěi 伟):王莽末年绿林军将领。　涉血:喋血,血流遍地。　友于:原为兄弟相友爱,后为兄弟之代称。李善注引谢承《后汉书》说,朱鲔曾参与杀害刘秀的哥哥刘伯升。刘秀攻打洛阳,朱鲔固守,刘秀派人劝降,朱鲔怕降后被杀,不敢投降。刘秀再派人前去劝降说:“夫建大事不忌小怨。今降,官爵可保,况诛罚乎?”于是朱鲔投降。

〔27〕张绣:三国时代的军阀。　剚(zì 自)刃:用刀刺入人体。　爱子:指曹操的长子曹昂和侄子曹安民。李善注引《魏志》说,建安二年,曹操攻下宛城,张绣投降,过后又反悔,同曹操再战,杀死曹操长子曹昂和侄子曹安民。建安四年又率众投降曹操,而操待之如旧。

〔28〕汉主:指光武帝刘秀。　魏君:指曹操。

〔29〕昔人:前人,指朱鲔、张绣。

〔30〕勋:功绩。　当世:当代。

〔31〕反:同“返”。　往哲:前贤。屈原《离骚》:“回朕车以复路兮,及行迷

之未远。”陶渊明《归去来辞》:“夫迷途之未远,知来者之可追。” 是与:同道。

〔32〕复:返。 先典:前代典籍。 攸高:所高。即崇尚。攸,所。

〔33〕主上:指梁武帝萧衍。 屈法:改变法律,此指轻法。 申恩:重恩。申,同“伸”,伸展。

〔34〕吞舟:吞舟之鱼。此喻罪恶重大之人。桓宽《盐铁论·刑德》:“明王茂其德教而缓其刑罚也,网漏吞舟之鱼。”

〔35〕将军:指陈伯之。 松柏:指祖坟。因古人常于坟旁植松柏,故以松柏代祖坟。 翦(jiǎn 剪):同“剪”。

〔36〕亲戚:指父母兄弟。 安居:生居平安。

〔37〕高台:此指住宅。李善注引桓谭《新论》说,雍门周对孟尝君说:“千秋万岁后,高台既已倾,曲池又已平。” “松柏不翦”四句,李详《选学拾沈》引胡三省《资治通鉴》注:“松柏不翦,谓不毁夷其先世坟墓。亲戚安居,谓其亲戚在江南者,不以叛党连坐。高台未倾,谓其居第未尝污潴。爱妾尚在,谓其婢妾犹守其家,不没于官,及流落他家也。”

〔38〕悠悠:深思的样子。

〔39〕亦:又。

〔40〕今:当今。指梁朝。

〔41〕雁行:如雁飞成行。

〔42〕佩紫怀黄:指掌印作官。紫,紫绶,即系官印的带子。黄,指黄金的官印。

〔43〕赞:协助。 帷幄(wéi wò 围握):指军帐。《汉书·张良传》:“运筹帷幄中,决胜千里外,子房功也。”赞帷幄之谋,指参与军机大事。

〔44〕轺(yáo 摇):二马所驾之轻便车子。 建:竖立。 节:符节,使者所持之信物。 奉:奉使,奉命。 疆埸(yì 易):边境。

〔45〕刑马:宰马。古代诸侯会盟,往往杀白马,饮血为誓,称“刑马为誓”。传之子孙:指官爵传给子孙,即世袭。

〔46〕靦(tiǎn 舔)颜:面有愧色。 借命:指苟活。张铣注:“假借少时之命而为夷狄驱驰也。”

〔47〕驱驰:奔走。 毡裘:胡人衣着,此借指胡人。毡裘之长,指北魏(鲜卑政权)君主拓跋珪。

〔48〕宁:岂。

〔49〕慕容超：十六国时期南燕之君主。 身送：送命。 东市：原为汉代长安处决犯人之所，后泛指刑场。李善注引沈约《宋书》说：晋末宋初，慕容超大掠淮北，刘裕北伐，超越城而走，被高胥拿获，解往京师，于建康斩首。

〔50〕姚泓（hóng 红）：十六国时期后秦（羌族政权）之君主。 面缚：反绑双手到胜利者面前，表示放弃抵抗。 西都：指长安。

〔51〕均：分布。 异类：指外族。李善注引王肃曰："异类，四方夷狄也。"

〔52〕姬汉：周汉，此指汉族。周王姬姓，故称。 旧邦：故国。 杂种：指汉以外的少数民族。异类、杂种，皆汉对少数民族的侮辱性的称呼。

〔53〕北虏：指北魏。虏，是汉人对北方少数民族含有敌意的称呼。 僭（jiàn 见）盗：侵掠。僭，超越本分。 中原：指黄河中下游地区。

〔54〕年所：年数。北魏建于公元 386 年，至 505 年丘迟撰写此文，经历了一百多年。

〔55〕恶积祸盈：恶贯满盈。

〔56〕燋烂：指崩溃灭亡。

〔57〕伪孽（niè 聂）：指北魏当时的统治者宣武帝元恪。孽，通"孽"，妖孽。昏狡：昏庸狡诈。

〔58〕夷戮：杀戮。公元 501 年宣武帝之叔咸阳王元禧图谋作乱，被杀；504 年北海王元祥图谋作乱，又被杀。"自相夷戮"指此。

〔59〕携（xí 习）离：分裂。携，离。

〔60〕酋豪：酋长。 猜贰：互相猜疑，怀有二心。

〔61〕系颈：绳套在颈上，表示伏罪。《史记·高祖本纪》："秦王子婴，素车白马，系颈以组。" 蛮邸（dǐ 底）：外族首领所居之馆舍。 悬首：将头砍下高高挂起示众。 藁（gǎo 搞）街：汉都长安一街名，蛮邸皆在此街。

〔62〕沸鼎：烧得滚开的鼎水。鼎，古代烹煮之器，三足。

〔63〕巢：用如动词，垒巢。 飞幕：悬空摇动的帐幕。

〔64〕平生：平素，指以往之生活。 畴日：昔日。

〔65〕抚弦：带弓箭。弦，弓箭之弦，此代箭。 陴（pí 皮）：城上女墙。

〔66〕怆悢（chuàng liàng 创亮）：悲伤。班彪《北征赋》："心怆悢以伤怀。"

〔67〕廉公：赵国名将廉颇。 思赵将：思再为赵将。《史记·廉颇蔺相如列传》载，赵王以乐乘取代名将廉颇之位，颇怒而投魏，但魏王不信任他，赵国此时又常受秦国威胁，赵王才想再用廉颇，廉颇也想再为赵将。

〔68〕吴子:指魏之名将吴起。李善注引《吕氏春秋》说,吴起为魏国镇守西河(今陕西黄河以西),魏武侯听信王错谗言,将吴起调回。起知走后西河必为秦占,故临行望西河而泣。后西河果被秦国占领。

〔69〕想:盼望之意。　励:努力。　良规:良策,指弃魏归梁。

〔70〕多福:大福。指好的前程。

〔71〕当今皇帝:指梁武帝萧衍。　盛明:圣明。

〔72〕白环:白玉环。李善注引《世本》载:“舜时,西王母献白环及佩。”　楛(hù户)矢:楛木做的箭。楛,似荆色赤的树。李善注引孔子家语载:“昔武王克商,于是肃慎氏贡楛矢石砮。”王母在西,称“西献”,肃慎在东,曰“东来”。

〔73〕夜郎、滇池:汉代西南少数民族建立的两个小国。夜郎在今贵州桐梓县东,滇池在今昆明市南。　解辫:解开发辫,以就衣冠,表示与汉同俗。　请职:请求封官。

〔74〕昌海:今新疆罗布泊。　蹶角:叩头。角,指额角。　受化:接受教化。

〔75〕北狄:指北魏。狄,古代对北方少数民族的称呼。

〔76〕掘强:犹倔强,不驯服。　沙塞:沙漠边塞。

〔77〕岁月之命:不长的生命。“延岁月之命”即苟延残喘之意。

〔78〕中军:中军将军。　临川:指临川王萧宏。　殿下:古代对王侯的尊称。

〔79〕明德:德行好。　茂亲:至亲。宏乃武帝萧衍之弟,故称。

〔80〕总:总揽。　戎重:军事重任。

〔81〕吊民:慰问百姓。　洛汭:洛水隈曲之处,指洛水入黄河处。

〔82〕伐罪:讨伐有罪之人。指北魏统治者。　秦中:今陕西中部地区。

〔83〕若:如果。　遂:仍旧。　方:全面。　仆:丘迟自谦之称。

〔84〕布:陈述。　往怀:往日之情怀。即老交情。

〔85〕君:指陈伯之。　其:加重语气。　详:详加考虑。

今译

丘迟顿首。

陈将军阁下:

您身体康泰,幸甚幸甚!将军勇冠三军,才华盖世,故弃燕雀之

小志，慕鸿鹄而高翔。过去将军不失时机，弃齐投梁，得遇明主，立大功，居高位，爵同王侯，称孤道寡，车朱轮，毂雕饰，拥旌旗，威万里，何等雄壮！为何一旦成了北魏降将，闻响箭而两腿发抖，对毡帐而双膝跪拜，又何等卑微！

考察将军去梁就魏之故，此无他，只因您自己做事缺乏仔细考虑，又轻信外面反间流言，执迷不悟，恣意横行，以至到如此地步！圣朝赦罪奖功，不计较过失，以赤诚之心待天下之人，当众销毁谤主之文数千篇，使降将放心，这些将军都知道，不用我一一细说。从前朱鲔杀害了刘秀兄长，张绣杀害了曹操爱子，光武没有因此不信任朱鲔，魏主对张绣一如既往。何况将军无朱鲔、张绣那样罪过；而功勋大于他们当时的业绩。迷途知返，前贤是榜样；迷途不远知返，先典称之为高明。皇上放宽刑法，施行德政，罪恶极大之臣也会得到宽恕。将军的祖坟无毁，亲戚安然，楼台殿阁，完好无缺，宠姬爱妾，依然如旧，请您仔细想想吧，还有什么可说呢？

现在功臣名将，如雁成行，前后有序。个个腰系紫绶带，人人身怀黄金印。对内佐主运筹帷幄，对外乘二马之车，擎使节之旗，赴边陲之任。主公并屠马为誓，官爵传其子孙。而唯独将军面带愧色，被毡裘之长驱使，岂不悲哀。凭慕容超之强，只身就擒，押送建康枭首；仗姚泓之盛，束手待毙，押解建康砍头。由此可见，霜露普降之处，不许异类生长；周汉之世，不容异族长存。北方夷狄，窃掠中原，历时多年，恶贯满盈，天理必使其焦头烂额。况且魏世宗既昏聩又狡诈，自相残杀；部落离德，酋长二心。正应捉他们于夷邸之中，悬首于藁街之上。现在将军如鱼游沸鼎之中，燕巢飞幕之上，岂不糊涂！

暮春三月，江南绿草繁茂，百树花开，黄莺戏飞。望见故国军旗战鼓，对昔日生活能无感触？登城操弓，怎不感慨！所以廉颇身奔魏国，而心思为赵将；吴起回望西河，两泪双流，这是人之常情！难道唯独将军无情吗？

望君早思良策，自求多福。当今皇上圣明，天下安乐。西方献白环，东方纳弓矢；夜郎、天池，解去发辫，衣冠称臣；朝鲜、昌海，以额叩地，接受教化。唯有北狄，狼子野心，挣扎于河漠边塞之间，企图苟延残喘罢了。中路临川郡王殿下，德高望重，又是圣上之弟，统领重兵，将慰问百姓于洛水，讨伐有罪于秦中。如您仍旧不改，到那时会想起我的话。姑且叙叙旧情，请将军仔细斟酌。丘迟顿首。

（赵福海译注并修订）

重答刘秣陵沼书一首

刘孝标

题解

刘沼，字明信。幼年善属文，长而博学。梁天监初年，拜为后军临川王记室参军。又为秣陵令，故称刘秣陵。

刘峻（462—521），字孝标，平原（今山东汶上西南）人。南朝梁代学者、文学家。幼年家贫，酷爱读书，涉猎极广，时谓之“书淫”。齐竟陵王萧子良招学士，孝标托人求其职，因吏部尚书徐孝嗣反对而未成；明帝时任萧遥欣豫州府刑狱，欣对其礼遇甚厚，然不久欣死去，他又无事可做；梁天监初被召入西省任典校秘书，旋因有司奏其“私载禁物”而免官。后隐居东平金华山。有《世说新语注》十卷，集六卷。

孝标因仕途不得志，曾写过一篇《辩命论》。提出生与死、贵与贱、贫与富、治与乱、祸与福，“此十者天之所赋也”。其实他是假托天命，以发泄不平之气。对“高才而无贵仕，饕餮而居大位”的不合理现实，深深不满。他在《自序》中，说他与冯唐有“三同”“四异”。虽与冯唐同样有雄才大略、高风亮节，但“命世英主”“终不试用”。因而叹息“世不吾知，魂魄一去，将同秋草”。《辩命论》一出，“刘沼致书以难之”，言非由天命，而在人为。彼此书信往答，不止一、二。但这些资料多已亡佚，只有采入《文选》的《辩命论》与《重答刘秣陵沼书》保存下来。

这是答死者之书，实乃创格。全文六句，一百四十五个字。“属词特凄楚缠绵，俯仰裵回，无限痛切。”（许琏评《六朝文絜》语）有

"诘难"必答之,因遭"天伦之戚"而无法答之,此一憾也;过后见书或可答之,"而其人已亡",答复亦无人知,此又一憾也;最后虽答复了,然如"悬剑空垅,有恨如何!"此又一憾也。句句旋折,回肠荡气,确为"含绵邈于尺素,吐滂沛乎寸心"的精品。

原文

刘侯既重有斯难〔1〕,值余有天伦之戚〔2〕,竟未之致也〔3〕。寻而此君长逝〔4〕,化为异物〔5〕,绪言余论〔6〕,蕴而莫传〔7〕。或有自其家得而示余者,余悲其音徽未沫〔8〕,而其人已亡,青简尚新〔9〕,而宿草将列〔10〕,泫然不知涕之无从也〔11〕。虽隙驷不留〔12〕,尺波电谢〔13〕,而秋菊春兰,英华靡绝〔14〕,故存其梗概,更酬其旨〔15〕,若使墨翟之言无爽〔16〕,宣室之谈有征〔17〕,冀东平之树,望咸阳而西靡〔18〕;盖山之泉,闻弦歌而赴节〔19〕。但悬剑空垅,有恨如何〔20〕!

注释

〔1〕刘侯:指刘沼。因沼曾为秣陵令,故称刘侯。 斯难:此难。指刘沼《难辩命论书》。

〔2〕余:我。孝标自指。 天伦之戚:指孝标兄弟之死。 天伦:指父子兄弟等天然的亲属关系。 戚:同"慽"。悲伤。

〔3〕竟:竟然。 致:至。

〔4〕寻:不久。 长逝:死去。

〔5〕化为异物:指死。气为清风身为泥,故称死为化为异物。曹丕《与吴质书》:"元瑜长逝,化为异物。"

〔6〕绪言:遗言,指刘沼《难辩命论书》。 余论:意同绪言。(用张铣说)

〔7〕蕴:藏。

〔8〕音徽:本为琴面上音位的标志,引申为乐器、音声,此进一步引申为人的容范遗教。 沫(mèi 妹):灭,止。李善引王逸注:"沫,已也。"

〔9〕青简:竹简。无纸之前用以书写,因以代书。

〔10〕宿草:隔年之草。　列:成行。

〔11〕泫然:流泪的样子。

〔12〕隙驷(sì 四):如驷过隙,形容其快。隙,缝隙。驷,马驰。孙志祖引《礼记》注:"君子三年之丧,若驷之过隙。"

〔13〕尺波:水波。　电谢:电光消逝。水波电光皆不停止,比喻人的生命亦如此。陆机《长歌行》:"寸阴无停晷,尺波岂徒旋。"

〔14〕秋菊春兰:比喻刘沼的文章。　英华:指花木之美,此喻文章之美。靡绝:不绝。

〔15〕梗概:大概,大略。　酬:回报。　旨:意。

〔16〕若使:假使。　墨翟:墨子,名翟,战国初期的大思想家。　爽:差错。李善注引《墨子》说:从前周宣王杀无罪之臣杜伯。杜伯说:吾君无罪杀我,假若死后无知则罢,死后有知,不出三年,必让吾君知道。过了三年,周宣王会合诸侯畋猎,车数百辆,随从数千人。中午,杜伯乘白马素车,戴红帽,穿红衣,执红弓,挟红矢,追宣王,将其射死在车上。作者用此典在说明人也许死而有知,有知致答不为枉言。

〔17〕宣室:汉未央宫前殿的正室。　征:验。《史记·贾生传》:"贾生征见,孝文帝方坐宣室,上因感鬼神事而问鬼神之本。贾生因具道所以然之状。"

〔18〕"冀东平之树"二句:李善注引《圣贤冢墓记》:"东平思王冢在东平。《无盐人传》云:"思王归国京师,后葬,其冢上松柏西靡。"冀,希望。靡,倒下。此指倾斜。

〔19〕"盖山之泉"二句:李善注引《宣城记》说:临城县南四十里有座盖山,高百丈余。山上有个舒姑泉。从前舒家姑娘与其父到此山砍柴,坐在现在的泉处,其父拉她也不动,便回家告诉妻子。妻子来此,不见女儿,只见一眼清澈的泉水。妻子说:我女儿本爱音乐。于是伴奏歌唱,泉水汩汩回流,一对红鲤鱼在水中嬉游。现在作乐嬉戏,泉水照样涌出。弦歌,乐器伴奏歌唱。赴节,踏着节拍。

〔20〕"悬剑空垅"二句:李善注引刘向《新序》说:延陵季子(季札)出使西方的晋国,顺路看望徐君,腰挎宝剑。徐君嘴上没说,脸上流露出想要宝剑的表情。季子因当时肩负外交使命,需佩剑出使,便没把宝剑献给徐君,但心里已经答应回来给他。可是季子出使晋国回来,再去看望徐君,徐君已经死去。季札

恪守信诺,便将宝剑挂在徐君墓地的树上,然后离去。空垅,坟墓。

今译

刘侯又写了驳难我《辩命论》的文章,正赶上我兄弟病故悲戚,终于没能送到我处。不久刘君与世长辞,化为异物,余言遗教,藏于家中,没有外传。有人从其家中得到文稿,送给我看。我悲痛其音容犹在,而人已亡;文墨尚新,而墓草成行,禁不住潸然泪下。虽然人的生命,犹如日影,难留片刻,好似浪花,逝如闪电;但刘君之文,却如春兰秋菊,菁华永在。我存原文之梗概,再答刘书之宗旨。假如墨子关于鬼神的说法无差错,杜伯死后射杀宣王的话有征验,则愿死者在天有灵,能像东平之树,对咸阳而西倾,像盖山之泉,伴弦歌而流淌。然而,今之答复,如季子挂剑徐君墓树,虽觉遗憾,又无可奈何!

(魏淑琴译注并修订)

移书让太常博士一首

刘子骏

题解

刘歆(？—23)，字子骏，刘向少子。“因通《诗》、《书》，能属文”，被汉成帝召见。“待诏宦者署，为黄门侍郎。河平(成帝年号)中，受诏与父向领校秘书，讲六艺传记，诸子、诗赋、数术、方技，无所不究。”向死，歆为中垒校尉，继父业，整理六艺群书，编成《七略》，对经籍目录学作出了贡献。

汉初所见六艺典籍，皆口耳相传并经汉儒整理的，因用汉代通行的隶书抄写，故称今文经。汉武帝时为今文经立学官，设五经博士。汉景帝时恭王刘余，从孔子旧宅墙壁中得到《礼记》、《尚书》、《春秋左氏传》、《孝经》等，因皆用篆书写成，故称古文经。其字句、篇章、解释，以及对古代制度、人物的评价等都与今文经有出入。然古文经一直秘藏宫中，未曾整理。“及歆校秘书，见古文《春秋左氏传》，歆大好之。……初《左氏传》多古字古音，学者传训诂而已；及歆治《左氏》，引传文以解经，转相发明，由是章句义理备焉。”(以上引文皆见《汉书·刘歆传》)现存的《十三经注疏》，多采用古文经学派之说。

刘歆整理古文经后，建议为《周礼》、《左传》、《毛诗》、《古文尚书》等古文经设置博士，皇帝接受建议并下诏督办，但遭到今文经学派的坚决反对，顶着不办，于是刘歆写了这篇《移书让太常博士》，对今文经学派的抱残守缺进行尖锐的批评。

文章的第一段，是《汉书》史家之笔，交待写作背景，不是原文的

组成部分。正文分三大部分。第一部分,自“昔唐虞既衰”至“离于全经固以远矣”。交待六艺典籍流传的过程,强调今文经籍,虽“皆诸子传说,犹广立于学官,为置博士”。第二部分,自“及鲁恭王坏孔子宅”至“士君子之所嗟痛也”。论述孔宅的古文经籍对考校官学所传今文经籍的重要价值。第三部分,自“往者缀学之士”至“甚为二三君子所不取也”。批评博士们抱残守缺拒绝接受古文经籍的错误。

刘勰《文心雕龙·檄移》,称“刘歆之《移太常》,词刚而义辨,文移之首也”。吴至父评刘歆文说:“子骏文气,骏迈过于厥考。”(《古文辞类纂》)上述批评,皆中肯綮。所谓义辨,就是意义分明。如指责太常博士的理由:一、“学官所传经,或间简,或脱编”,有遗漏,博士不应“保残守缺”。二、“礼失求之于野,古文不犹愈(胜)于野乎?”博士不应“深闭固拒”。三、“今圣上”已“下明诏,试《左氏》可立不”,博士不应“违明诏,失圣意”,“杜塞余道,灭绝微学”。怎么办?“与其过而废之,宁过而立之。”此论即使在今天也是处理学术问题的最高明的见解。所谓“词刚”,是指文辞有力。文辞有力是以击中要害为前提的。如批评博士们何以“保残守缺”?因为他们“挟恐见破之私意,而亡从善服义之公心。或怀疾妒,不考情实,雷同相从,随声是非”。挟私意,无公心,这就是太常博士死命抵制为古文经学设立学官的要害。立了学官,那班靠今文之学吃饭的人再也不能垄断了,治《经》一言而为天下法的日子就要结束了。想占领新的领地,必须从头去学。因刘歆“其言甚切,诸儒皆怨恨。是时名儒光禄大夫龚胜,以歆移书上疏,深自罪责,愿乞骸骨罢。及儒者师丹为大司空,亦大怒,奏歆改乱旧章,非毁先帝所立”。多亏皇上主持公道:“歆欲广道术,亦何以为非毁哉?”

原文

歆亲近〔1〕,欲建立《左氏春秋》及《毛诗》、《逸礼》、《古文尚书》〔2〕,皆列于学官〔3〕。哀帝令歆与《五经》博士讲论

其议[4]，诸儒博士或不肯置对[5]，歆因移书太常博士，责让之曰[6]：

昔唐虞既衰[7]，而三代迭兴[8]，圣帝明王，累起相袭[9]，其道甚著[10]。周室既微[11]，而礼乐不正[12]，道之难全也如此[13]。是故孔子忧道不行[14]，历国应聘[15]，自卫反鲁[16]，然后乐正，《雅》《颂》乃得其所[17]。修《易》序《书》[18]，制作《春秋》，以记帝王之道。及夫子没而微言绝[19]，七十子卒而大义乖[20]；重遭战国[21]，弃笾豆之礼[22]，理军旅之阵[23]，孔氏之道抑[24]，而孙吴之术兴[25]。陵夷至于暴秦[26]，焚经书，杀儒士[27]，设挟书之法[28]，行是古之罪[29]，道术由此遂灭[30]。

汉兴，去圣帝明王遐远[31]，仲尼之道又绝[32]，法度无所因袭[33]。时独有一叔孙通，略定礼仪[34]。天下惟有《易》卜，未有他书[35]。至于孝惠之世[36]，乃除挟书之律，然公卿大臣绛灌之属[37]，咸介胄武夫[38]，莫以为意。至孝文皇帝[39]，始使掌故晁错[40]，从伏生受《尚书》[41]。《尚书》初出于屋壁[42]，朽折散绝[43]，今其书见在，时师传读而已[44]。《诗》始萌芽[45]，天下众书，往往颇出[46]，皆诸子传说[47]，犹广立于学官，为置博士[48]。在朝之儒，唯贾生而已[49]。至孝武皇帝[50]，然后邹鲁梁赵[51]，颇有《诗》《礼》《春秋》先师[52]，皆出于建元之间[53]。当此之时，一人不能独尽其经[54]，或为《雅》[55]，或为《颂》，相合而成。《泰誓》后得[56]，博士集而赞之[57]。故诏书曰[58]："礼坏乐崩[59]，书缺简脱[60]，朕甚闵焉[61]。"时汉兴已七八十年，离于全经固以远矣[62]。

及鲁恭王坏孔子宅，欲以为宫，而得古文于坏壁之

中[63]，《逸礼》有三十九篇[64]，《书》十六篇，天汉之后[65]，孔安国献之[66]。遭巫蛊仓卒之难[67]，未及施行。及《春秋》左氏丘明所修[68]，皆古文旧书，多者二十余通，藏于秘府[69]，伏而未发[70]。孝成皇帝愍学残文缺[71]，稍离其真[72]，乃陈发秘藏[73]，校理旧文[74]，得此三事[75]，以考学官所传经，或脱简，或间编[76]。博问人间，则有鲁国桓公[77]、赵国贯公[78]、胶东庸生之遗学与此同[79]，抑而未施[80]。此乃有识者之所惜闵[81]，士君子之所嗟痛也[82]。

往者缀学之士[83]，不思废绝之阙[84]，苟因陋就寡[85]，分文析字[86]，烦言碎辞[87]，学者罢老[88]，且不能究其一艺[89]，信口说而背传记[90]，是末师而非往古[91]。至于国家将有大事，若立辟雍封禅巡狩之仪[92]，则幽冥而莫知其原[93]。犹欲保残守缺[94]，挟恐见破之私意[95]，而亡从善服义之公心[96]。或怀疾妒，不考情实，雷同相从[97]，随声是非[98]，抑此三学[99]，以《尚书》为不备[100]，谓左氏不传《春秋》[101]，岂不哀哉！

今圣上德通神明，继统扬业[102]，亦愍此文教错乱[103]，学士若兹[104]，虽深照其情，犹依违谦让[105]，乐与士君子同之[106]。故下明诏[107]，试《左氏》可立不[108]，遣近臣奉旨衔命[109]，将以辅弱扶微[110]，与二三君子比意同力[111]，冀得废遗[112]。今则不然，深闭固距而不肯试[113]，猥以不诵绝之[114]，欲以杜塞余道[115]，绝灭微学[116]。夫可与乐成，难与虑始[117]，此乃众庶之所为耳[118]，非所望于士君子也。且此数家之事，皆先帝所亲论，今上所考视[119]，其为古文旧书，皆有征验[120]，内外相应，岂苟而已哉[121]！夫礼失求之于野，古文不犹愈于野乎[122]！

往者博士《书》有欧阳[123]，《春秋》公羊[124]，《易》则施孟[125]，然孝宣帝犹复广立《谷梁春秋》、《梁丘易》、《大小夏侯尚书》[126]，义虽相反，犹并置之。何则？与其过而废之，宁过而立之[127]。传曰：文武之道，未坠于地，在人。贤者志其大者，不贤者志其小者[128]。今此数家之言，所以兼包大小之义[129]，岂可偏绝哉[130]？若必专己守残[131]，党同门[132]，妒道真[133]，违明诏[134]，失圣意[135]，以陷于文吏之议[136]，甚为二三君子不取也。

注释

〔1〕亲近：指直接接触《左传》、《毛诗》、《逸礼》、《古文尚书》等。

〔2〕《左氏春秋》：即《左传》。编年体春秋史，亦称《春秋左氏传》。相传为春秋时鲁国左丘明所撰。《毛诗》：即《诗经》。汉初传播《诗经》的有齐、鲁、韩三家，齐诗原于辕固生，鲁诗源于申公，韩诗源于韩婴。三家之诗皆立于学官，置博士弟子。又有《毛诗》一家，或谓子夏所传，或谓毛苌、毛亨所传，未立学官。魏时《齐诗》已亡，西晋《鲁诗》已亡，《韩诗》仅存外传。流传至今的仅有西汉未立学官的《毛诗》。　《逸礼》：《仪礼》十七篇以外的古文礼经，相传有三十九篇，今佚。《汉书·儒林传》："平帝时又立《左氏春秋》、《毛诗》、《逸礼》、古文《尚书》，所以网罗遗佚，兼而存之，是在其中矣。"《古文尚书》：汉伏生传《尚书》二十九篇，用当时隶书书写，称之为《今尚书》或《今文尚书》。汉武帝时在孔子故宅壁中发现《尚书》，比《今文尚书》多六十篇，用蝌蚪古文书写，故称之为《古文尚书》。

〔3〕学官：学校。

〔4〕哀帝：刘欣，公元前七年至公元前一年在位。　五经博士：官名。汉武帝建元五年开始设置，以传授儒家的经典。六国时有博士，秦汉相承，诸子、诗赋、术数等皆立博士。　议：《汉书》作"义"。

〔5〕置对：辩论。

〔6〕移书：移送文书。　太常：官名。秦置奉常，汉景帝中元六年改名太常，为九卿之一，掌礼乐郊庙社稷兼管选试博士。　责让：责备。让，责。

〔7〕唐:指尧。唐即陶唐氏,传说中远古部落名,尧为其领袖。　虞(yú鱼):指舜。虞即有虞氏,传说中远古部落名,舜是其领袖。

〔8〕三代:指夏、商、周三个朝代。　迭:互。

〔9〕累:接连。

〔10〕道:指帝王之道。　著:明。

〔11〕周室:周之王室,此指周代。自武王至赧王,三十七世,八百六十七年。

〔12〕礼乐:礼与乐的合称。《礼王制》:“春秋教以礼乐,冬夏教以诗书。”此指政教。

〔13〕道之难全:李周翰注:“言天子微弱,政教不行,故国家之道所以不全也。”

〔14〕忧道不行:忧虑三代之道中断。行,施行。

〔15〕历国:经历诸国,即周游列国。　应聘:谓受聘。

〔16〕卫、鲁:春秋时二国名。　反:同“返”。

〔73〕雅、颂:皆《诗经》中的体类。

〔18〕修:编撰。　序:按次序排列。引申为编撰。　《易》:《易经》。吕向注:“修《易》谓作《十翼》也。”十翼,指《易》之《上彖》、《下彖》、《上象》、《下象》、《上系》、《下系》、《文言》、《说卦》、《序卦》、《杂卦》。皆释《易》之辞。　序《书》:吕向注:“谓作《尚书》五十八篇序。”　《春秋》:编年体史书,相传孔子据《鲁史》修订而成。史称孔子删《诗》、《书》,订《礼》、《乐》,编纂《春秋》。

〔19〕没:同“殁”。　微言:含义深远精微的言辞。指修《易》、序《书》、作《春秋》之辞。

〔20〕七十子:指孔子成名之弟子。当为七十二人。　卒:死。　大义:指《诗》、《书》、《礼》、《乐》之主旨。　乖:背离。

〔21〕重:又。　战国:时代名。现多以公元前475年(周元王元年)至公元前221年为战国时代。当时各大诸侯国连年交战,被称为战国。

〔22〕笾(biān边)豆:用于祭祀的食器,竹制曰笾,木制曰豆。

〔23〕军旅:军队。古代二千五百人为军,五百人为旅。　阵:队列之法。

〔24〕抑:压制。

〔25〕孙吴之术:指兵法。孙,指孙子。吴,指吴起,《汉书》说《孙子兵法》八十二篇。吴起三十八篇。

〔26〕陵夷:同“陵迟”。意为衰颓。

〔27〕焚经书,杀儒士:据《史记·秦始皇纪》载:秦始皇三十四年,博士淳于越根据古制,建议分封子弟。丞相李斯则主张禁止儒生以古非今,以私学诽谤朝政。始皇采纳李斯建议,下令除秦记、医药、卜筮、种树之书外,焚毁民间所藏《诗》、《书》及诸子百家书,谈论《诗》、《书》者处死,以古非今者族诛。次年,方士、儒生求仙药终不得,芦生等复亡去,始皇怒,乃活埋咸阳诸生四百六十余人,史称焚书坑儒。

〔28〕挟书之法:私藏书者诛的法律。挟书,藏书。

〔29〕行:施行。　是古之罪:以古事为是者治罪。李善注引《史记》:"李斯曰:臣请天下敢有藏《诗》、《书》百家语者,悉诣廷尉杂烧之,以古非今者族。"

〔30〕道术:道德与学术。

〔31〕去:距离。　遐远:很远。遐,远。　圣帝明王:指尧、舜、禹三王。

〔32〕仲尼之道:指孔孟之道。

〔33〕法度:法律制度。

〔34〕叔孙通:秦末汉初人。曾为秦博士。秦末农民战争时,先为项羽部下,后归刘邦,任博士。汉朝建立,他改造了奴隶主阶级的礼制,与儒生共同创立了封建帝王临朝时典礼。突出皇威,臣子入朝有序。　礼仪:指叔孙通创立的帝王临朝典礼,亦称朝仪。

〔35〕《易》卜:古称《易》为卜筮之书,故称《易》卜。李善注引《汉书》:"秦燔书,而《易》为筮卜之事,传者不绝。"

〔36〕孝惠:汉惠帝刘盈,公元前194年至前188年在位。

〔37〕绛:指周勃。周勃封绛侯。　灌:灌婴。一说"绛灌自一人,非绛侯与灌婴。"　之属:之辈,之类。

〔38〕咸:皆。　介胄:犹甲胄。　披甲戴盔。胄,头盔。

〔39〕孝文皇帝:汉文帝刘恒,公元前180年至前157年在位。

〔40〕掌故:官名。汉设此官,掌管文献制度等故旧之事。　晁错:西汉政论家。文帝时任太常掌故,曾奉命从故秦博士伏生受《尚书》。后为太子家令,得太子(即景帝)信任,号"智囊"。

〔41〕伏生:名胜,字子贱。秦时博士。始皇焚书,伏生将《尚书》藏屋壁中。汉王朝建立后,伏生求遗书,仅得二十九篇,教于齐鲁之间。汉文帝时伏生已九十余岁,文帝派太常掌故晁错往学,由伏生女儿通传口授,即《今文尚书》,立于学官。(详见《史记·儒林传》)

〔42〕屋壁:屋子的夹壁墙。

〔43〕朽折:指串书简的皮条烂断。

〔44〕传读:口授。

〔45〕《诗》:指《诗经》。　萌芽:刚刚出现。

〔46〕往往:每每,时常。　颇:略微。

〔47〕诸子传说:指诸子百家之书。

〔48〕犹:还。　置:设立。

〔49〕贾生:指贾谊。

〔50〕孝武皇帝:汉武帝刘彻,公元前140年至前87年在位。

〔51〕邹鲁梁赵:吕向注:"四国名。邹人庆忌受《诗》于浮丘伯,梁人戴德受《礼》于后巷,贾谊为训诂,授于赵人贯公。"

〔52〕先师:颜师古注:"前学之师也。"

〔53〕建元:汉武帝年号。公元前140年至前134年。

〔54〕独尽其经:独自掌握全部经典。

〔55〕或:有的。　为雅:掌握《雅》。　相合而成:指合成一经。

〔56〕《泰誓》:《尚书》篇名,也作《太誓》。相传为周武王伐纣至孟津时的誓言。有今文、古文二种。李善注引《七略》:"孝武皇帝末,有人得《泰誓》壁中者,献之。与博士,使赞说之,因传以教。今《泰哲篇》是也。"

〔57〕赞:称美。

〔58〕诏书:帝王布告臣民之书。此指武帝所下诏书。

〔59〕礼坏乐崩:礼乐废。李善注引《礼稽命征》:"文王见礼废乐崩,道孤而无主也。"

〔60〕书缺简脱:指经书残缺不全。简,战国至魏晋时的书写材料,竹片称简,木片称札或牍。若干简编缀一起称策,也作"册",皆用毛笔书写。简脱犹书缺页。

〔61〕朕(zhèn阵):古人自称之词。从秦始皇起才专用为皇帝的自称。太后听政时也往往自称朕。　闵(mǐn敏):通"悯"。忧伤。

〔62〕七十八年:李善引服虔《汉书》注:"汉与秦相去七八十年。"秦亡距建元七八十年。　全经:指未被焚烧时经书之数目。

〔63〕鲁恭王:汉景帝之子刘余。《汉书·景十三王传》:"鲁恭王余以孝景前二年立为淮阳王。吴楚反破后,以孝景前三年徙王鲁。好治宫室苑囿狗马。"

李善注引《汉书》:“武帝末,鲁恭王坏孔子宅,欲以广宫(扩建为王宫),而得《古文尚书》及《礼》、《论语》、《孝经》。”

〔64〕《逸礼》:十七篇以外的古文《礼经》,相传有三十九篇,今佚。

〔65〕天汉:汉武帝年号(公元前100年至前96年)。

〔66〕孔安国:西汉人,孔子后裔。受《诗》于申公,受《尚书》于伏生。司马迁曾从孔安国问故。国以治《尚书》为武帝博士。著名经学家。

〔67〕巫蛊(gǔ古):古代迷信,谓巫师使用邪术加害于人。汉武帝时方士和神巫多聚京师,女巫出入宫中,教宫人埋木偶祭祀免灾。时遇帝病,江充说帝祟在巫蛊,因于宫中掘地搜查。充与太子据有隙,便诬称在太子宫得木偶甚多。太子畏惧,起兵捕杀江充,失败自杀。遭巫蛊难即指此。仓卒:骤然而至。

〔68〕左丘明修《春秋》:指其为《春秋》经作传。即撰写《左传》。解经为传。

〔69〕通:卷。　秘府:古代禁中藏秘籍之所。

〔70〕伏:藏。　发:打开。扬子云《剧秦美新》:“是以发秘府,览书林。”

〔71〕孝成帝:汉成帝刘骜,公元前33年至前7年在位。　愍(mǐn敏):哀怜。　学:指经学。文,指经文。

〔72〕稍:渐渐。

〔73〕陈发:阐发。　秘藏:秘府所藏之书。

〔74〕校理:校勘和整理书籍。

〔75〕三事:指《尚书》、《左传》、《逸礼》。

〔76〕脱简:指缺文。　间编:错简,即颠倒失次。颜师古注:“脱简遗失也。间编,谓旧编烂断,前后错乱也。”李善注本作“脱编”。从《汉书》改。

〔77〕桓公:疑即桓生。桓生以习《礼》为礼官大夫。

〔78〕贯公:赵人。从贾谊受《左传》训诂,为河间献王博士。

〔79〕庸生:名谭。通《古文尚书》,为孔安国再传弟子。

〔80〕抑:压制。　施:推行,施行。

〔81〕惜闵:惋惜。李善注本作“叹愍”,从《汉书》改。

〔82〕嗟痛:悲叹。

〔83〕缀学:承袭前人之学。

〔84〕废绝:指脱简、间编。　阙:同“缺”。

〔85〕苟:草率。　因陋就寡:指抱残守缺。

〔86〕分文析字:咬文嚼字。

〔87〕烦言碎辞:语言繁琐。

〔88〕罢(pí 皮)老:终老。罢,尽。一说罢,同“疲”。

〔89〕究:竟,完成。　艺:文。

〔90〕口说:口传,指桓公、贯公、庸生口传之经。　传记:指往古之经典。

〔91〕是:以……为是,用如动词。　末师:末学,即肤浅、无本之学。　非:否定。　往古:古昔。此指古昔之经文。

〔92〕辟(bì 毕)雍:为贵族子弟所设之大学。大学有五,南为成均,北为上庠,东为东序,西为瞽宗,中曰辟雍。一说“天子之学”。《礼·王制》:“大学在郊,天子曰辟雍,诸侯曰頖宫。”　封禅:帝王祭天地的典礼。在泰山上筑土为坛祭天,报天之功,称封;在泰山下梁甫山辟场祭地,报地之功,称禅。相传古时封泰山禅梁甫者七十二家。自秦汉以后,历代封建王朝都把封禅作为国家大典。《大戴礼·保傅》:“封泰山而禅梁甫。”　巡狩:同“巡守”。帝王离开国都巡行境内。《孟子·梁惠王》:“天子适诸侯曰巡狩。巡狩者,巡所守也。”　仪:仪式。

〔93〕幽冥:暗昧。　原:本。

〔94〕保残守缺:抱残守缺。

〔95〕挟:怀藏。　见:被。

〔96〕亡:无。　从善:择善而从。　服:用。李周翰注“保残”数句:“巩立左氏,破其先师文义也。”“无从善服义,言无从善用义之正心也。”

〔97〕情实:实情,真相。《韩非子·外储》:“主不审其情实,坐而患之。”　相从:此指盲从。

〔98〕随声是非:随声附和。

〔99〕三学:吕向注:“三学,谓刘歆欲立者。”

〔100〕以《尚书》为不备:当时学者说《尚书》只有二十八篇,不知本有百篇。备,完备。胡克家《文选考异》:“以《尚书》为不备,当依《汉书》去‘不’字。”

〔101〕左氏不传《春秋》:指《左传》不是解《春秋》经的。解经谓传。

〔102〕上:指汉哀帝刘欣。公元前 6 年至公元前 2 年在位。　神明:谓无所不知,如神之明。《淮南子·兵略》:“见人所不见谓之明,知人所不知谓之神。”　继统:继承统治之位,即指继承皇位。　扬业:发扬帝业。

〔103〕愍(mǐn 敏):忧伤。　文教:礼乐教化。

〔104〕学士:指当时的博士。　若兹:如此,指文教错乱。

〔105〕照:明察。　其情:指“文教错乱”的实情。　依违:犹豫不决。

〔106〕士君子:有节操和学问的人,指当时的博士。

〔107〕明诏:指皇帝诏书。

〔108〕试:试用。　左氏:指《左传》。　不:否。五臣本作“否”。

〔109〕近臣:刘歆自谓。　衔命:奉命。《汉书·孙宝传》:“臣幸得衔命奉使,职在刺举。”

〔110〕弱微:指诸经有缺失者。

〔111〕二三君子:诸君,简称“二三君子”。此指当时诸博士。　比意:同心。

〔112〕冀:希望。　废遗:指遗文。“下明诏”数句,言下诏令试左氏可立不可立。望诸博士同心合力,望得废遗之文以补今经文之所缺。

〔113〕不然:谓博士不肯。　深闭固距:严紧关闭,坚决抵制。距,同“拒”。

〔114〕猥(wěi 伟):苟且。

〔115〕杜塞:堵塞。

〔116〕微学:微弱之学,指诸经有缺失者。

〔117〕乐成:谓事成则乐而从之。　虑:谋。

〔118〕众庶:一般人。庶,古代指百姓、民众。

〔119〕数家之事:指刘歆欲立之事。　先帝:指汉成帝。　今上:当今皇上,指汉哀帝。　考视:考察。

〔120〕征验:证据,证明。

〔121〕内外相应:张铣注:“言古文与时所行者相当,岂为苟且而已。”应,当。

〔122〕“礼失”二句:吕向注:“愈,犹胜也。言礼失其序,尚求之于鄙野之人,今取古文岂不胜求野人乎?”

〔123〕欧阳:字和伯,千乘人,从伏生受《尚书》。

〔124〕公羊:名高,齐人。撰专门阐释《春秋》之作《春秋公羊传》或称《公羊春秋》,简称《公羊传》。

〔125〕施:施雠,字长卿,沛人,从田王孙受《易经》。　孟:孟喜,字长卿,东海人,从田王孙受《易经》。

〔126〕孝宣帝:汉宣帝刘询,公元前 73 年至前 49 年在位。《谷梁春秋》:即《谷梁传》,战国谷梁赤撰。内容以释《春秋经》的义例,与《公羊》、《左传》合称

《春秋》三传。 《梁丘易》:梁丘贺解《易》之作。梁丘,字长翁,琅邪人,从京房受《易经》。其说《易》与施雠、孟喜说《易》共列于学官。大小夏侯:指夏侯胜与夏侯建。夏侯胜从伏生受《尚书》,胜又传给其侄夏侯建。从此《尚书》有大小夏侯之学。胜所传称《大夏侯尚书》,建所传称《小夏侯尚书》。

〔127〕过:颜师古注:“过犹误。”“与其”二句,意谓与其失之于错而废之,宁可失之于错而立之。 立:立于学官。

〔128〕文武:指周文王、周武王。 坠地:落地,指失传。 志:识。 大:指根本。 小:指末节。《论语·子张》:“子贡曰:‘文武之道未坠于地,在人(在人间流传)。贤者识其大者,不贤者识其小者,莫不有文武之道焉。’”

〔129〕数家之言:指上文《谷梁春秋》、《梁丘易》、大小《夏侯尚书》。大小之义:指上文文武之道的根本与末节。

〔130〕偏绝:执于一端。

〔131〕专己:只相信自己的学说。 守残:指诸博士守残缺之业。

〔132〕党:偏私。 同门:受业于一师的同学。《汉书·孟喜传》:“同门梁丘贺,疏通证明之。”

〔133〕道真:真道,指古文之经。

〔134〕违:违背。

〔135〕圣意:皇帝的旨意。

〔136〕文吏之议:张铣注:“言违诏书,当使刀笔之吏议其罪。”

今译

刘歆亲自校理古文经典,想要建立《左传》、《毛诗》、《逸礼》、《古文尚书》之学,将其纳入学校课程。哀帝令刘歆与五经博士讨论古文经典的意义,诸位经学博士不肯与他讨论。刘歆于是送文书与太常博士,责难道:

从前唐尧虞舜衰落,夏商周相继兴起,圣帝明王,接连相袭,使三代王道昭著。周朝已经衰落,政教偏颇,王道同样难以保全。于是孔子忧虑王道不通,受聘周游列国。从卫国返回鲁国,然后政教步入正轨,《雅》《颂》才各得其所。整理《易经》,修订《尚书》,编撰《春秋》,以此记载帝王之道。及其殁世,含义精微之辞泯灭,七十弟

子亡故，经典之义偏离，又遇到战国，抛弃祭祀之礼仪，研究用兵之阵法。孔子之道受压抑，孙吴兵法却兴起。孔道渐衰，至于暴秦，焚烧经书，坑杀儒士，设立私自藏书者诛杀之法律，施行以古为是者治罪之条令，儒家道术由此而亡。

大汉建立，距尧舜三王时代遥远，孔子道术又泯灭，先王法度无法继承。当时只有一个叔孙通，初步建立上朝礼仪。天下只有占卜用的《易经》，没有其他书籍。到了惠帝时代，才解除“挟书”之律令，然而公卿大臣周勃、灌婴之辈，皆为赳赳武夫，无人理会此事。到了文帝时代，才派掌故晁错，跟伏生学习《尚书》。《尚书》从夹壁墙中发现，绳断简散。今有《尚书》存在，当时只能靠教师口传而已。《诗经》开始出现，天下其他书籍，也渐渐出现，皆为诸子百家之书，都广泛地设立学校，配置博士。朝中为官之儒生，只贾谊为博士。到了武帝以后，邹、鲁、梁、赵渐有传授《诗》、《礼》、《春秋》的明师，皆出在建元年间。在这个时期，一人不能独自穷尽儒家全部经典，有的掌握《雅》，有的熟悉《颂》，相互合一而成为完整的《诗》。《尚书·泰誓》是后来得到的，博士集而诵之。所以《诏书》说：“礼坏乐崩，经书残缺，朕极忧伤。”秦亡距汉建元七、八十年，离经书未被焚烧之时当然更远了。

到鲁恭王拆毁孔子故宅，要扩建为宫殿，得到古文经书于夹壁之中。《逸礼》有三十九篇，天汉以后，孔安国献上。因突遭“巫蛊之难”，古文经书未来得及推行。《春秋》为左丘明所撰，皆古文篆书，多到二十余卷，当时藏于秘府，放着未曾打开。成帝痛心经书残缺不全，以致慢慢背离其真谛，便打开秘府藏书，校理旧文，得到《尚书》、《左传》、《逸礼》，用以考校学校所传经书，有的缺文，有的颠倒。广向民间搜寻，则有鲁国桓公、赵国贯公、胶东庸生留下的经学与此相同，但未推行。这是有识之士所惋惜，诸学士所悲叹的。

从前承袭前人之学的人，不考虑脱简缺文，草率因陋就简，析文解字，繁言碎语，学习的人终老而不能穷一经，随便听口传记诵古代

经典，以肤浅无本之学为是，否定真正的古代典籍。到国家要办大事，如为贵族子弟设立大学，确定帝王祭祀天地、离开京城到外视察的仪式，则两眼墨黑而无从知道它的本源。还想抱残守缺，怀藏恐被揭穿之私意，而无服从真理之公心。或者心怀嫉妒，不考核真相，盲目服从，人云亦云，压制这种学问，以为《尚书》不完备，说《左传》不是解释《春秋》的，岂不可悲呀！

当今皇上德通神灵，继承帝位，发扬帝业。同时忧虑礼乐教化混乱。经学博士亦如此，即使深知礼乐错乱的实际，还犹豫不决，乐于同诸博士一样。所以皇帝下诏书，试《左传》可不可以成立，派遣我领旨，奉命修补残缺之经典，与诸博士同心协力，希望得到遗文。现诸博士不肯，紧紧固守，坚决抵制，不肯试行，暗中不让它公开，想要堵塞我设立学校之路，以断绝缺遗的经文。事情成功则乐于随做，事情开始难有人参与，这是一般人的做法，不是所希望的志士君子。而且这诸家立学校之事，皆是先帝亲自说过的，当今皇上亲自考察，它作为古之版本，都有证据，新发现的古文与现流行的版本相同，怎么能是苟合呢！礼仪失序向民间百姓求教，古文不胜于民间百姓吗？

从前博士讲《尚书》有欧阳和伯的著作，讲《春秋》有公羊的著作，讲《易经》的有施雠、孟喜的著作，然而宣帝还扩而大之，建立《谷梁春秋》、《梁丘易经》、《大夏侯尚书》、《小夏侯尚书》，释义虽然相反，也同时设立学校。为什么？与其"错误"的废掉，勿宁错误的保留。《左传》说：文王武王治国之道，没能失传，因为在民间流传。有德才之人记住其根本，无德才之人记住其末节。《谷梁春秋》、《梁丘易》与大小《夏侯尚书》，兼文武之道的大小含义，怎可偏废呢！如果只相信自己的学说，抱残守缺，偏向同师学派，嫉妒真正古道，远离皇帝诏书，背弃圣上旨意，而被文吏议罪，尤为诸博士所不取。

（赵福海译注并修订）

北山移文一首

孔德璋

题解

孔稚珪(447—501),字德璋,会稽山阴(今浙江绍兴)人,南朝齐文学家。萧子显《南齐书》有传。萧道成(齐太祖)为宋散骑将军时,“因稚珪有文翰,取为记室参军,与江淹对掌辞笔。”齐永明七年(490)任骁骑将军,迁黄门侍郎。永元元年(499)为都官尚书,迁太子詹事,加散骑常侍。本传称其“风韵清流,好文咏”,“不乐世务”。“居宅盛营山水,凭几独酌,旁无杂事。门庭之内,草莱不剪,中有蛙鸣”,“以此当两部鼓吹(乐队)”。原有集已散佚,明人辑有《孔詹事集》。《文选》只选录一篇《北山移文》。

文章题目下吕向注道:“钟山在都(今南京)北。其先周彦伦(周颙)隐于此山。后应诏出为海盐令。(秩满入京)欲却过此山,孔乃假山灵之意移之,使不许得至,故云《北山移文》。”然《南史》、《南齐书》皆无周颙先隐后仕的记载。周颙初仕任南朝宋海陵王国侍郎,曾随益州刺史萧惠开入蜀,为厉锋将军,兼肥乡、成都二县令,宋明帝元徽中为剡令;齐高帝建元初为长沙王后军参军、山阴令,又为文惠太子中军录事参军,常侍东宫。“颙音辞辩丽,长于佛理,著《三宗论》言空假义。”“颙于钟山西立隐舍,休沐则归之。”“每宾友会同,颙虚席晤语,辞韵如流,听者忘倦。兼善《老》、《易》,与张融相遇,辄以玄言相滞,弥日不解。清贫寡欲,终日长蔬,虽有妻子,独处山舍。”“转国子博士,兼著作如故。太学诸生慕其风,争事华辩。始著《四声切韵》行于时。后卒于官。”(见《南史·周颙传》)传中所记,

似曾归隐，其实不然。其钟山隐舍，乃别墅之类，官余度假游憩之所；其终日长蔬，独处山舍，乃养生之道，为官、养生并非二者必居其一。周颙始于官，卒于官，一生都在做官，且颇有政绩，“百姓思之”。文中“周子”或为虚构之人。

南北朝时，社会动乱，尤其知识分子，动辄遭杀伐，因而隐逸之风盛行。然不仅有人以隐居作避乱手段，亦有人标榜清高，以之为求官进身之阶。本文即假山灵之口，无情鞭挞那般“身在江海，心存魏阙”的假隐士。全文分三部分：第一部分描写真隐士；第二部分揭露假隐士。前者作为后者的镜子，以观照其种种丑态。他们表里不一：“虽假容于江皋，乃缨情于好爵”；他们装腔作势：“排巢父，拉许由，傲百氏，蔑王侯”；他们自相矛盾：“或叹幽人长往，或怨愆王孙不游”。假的就是假的。一旦“鸣驺入谷，鹤书赴陇”，便原形毕露，丑态百出，令人“喷饭”：“形驰魄散，志变神动。”“眉轩席次，袂耸筵上。焚芰制而裂荷衣，抗尘容而走俗状。”语言既精炼，又形象；既辛辣，又俏皮。真“无语不新，有字必隽。”（《古文观止》评语）第三部分，运用夸张、拟人的手法，对假隐士冷讽热嘲，无限鄙视。周子一类隐士，欲来北山，于是“南岳献嘲，北垄腾笑。列壑争讥，攒峰竦诮。”泉石蒙辱，林壑增秽。

这是一篇精美的骈文。清人许梿称其为“六朝中极雕绘之作。炼格炼词，语语精辟”。“当与徐孝穆《玉台新咏序》并为唐人轨范”。或不无几分道理。

原文

钟山之英[1]，草堂之灵[2]。驰烟驿路[3]，勒移山庭。夫以耿介拔俗之标[4]，萧洒出尘之想[5]，度白云以方絜[6]，干青云而直上[7]。吾方知之矣[8]。若其亭亭物表[9]，皎皎霞外[10]，芥千金而不眄[11]，屣万乘其如脱。闻风吹于洛浦[12]，值薪歌于延濑[13]。固亦有焉[14]。岂期终始参

差[15],苍黄翻覆[16]。泪翟子之悲[17],恸朱公之哭[18]。乍回迹以心染[19],或先贞而后黩[20]。何其谬哉!呜呼!尚生不存[21],仲氏既往[22]。山阿寂寥[23],千载谁赏?

世有周子[24],隽俗之士[25]。既文既博[26],亦玄亦史[27]。然而学遁东鲁[28],习隐南郭[29]。偶吹草堂[30],滥巾北岳[31]。诱我松桂[32],欺我云壑。虽假容于江皋[33],乃缨情于好爵[34]。其始至也[35],将欲排巢父[36],拉许由[37]。傲百氏[38],蔑王侯[39]。风情张日[40],霜气横秋[41]。或叹幽人长往[42],或怨王孙不游[43]。谈空空于释部[44],核玄玄于道流[45]。务光何足比[46],涓子不能俦[47]。

及其鸣驺入谷[48],鹤书赴陇[49]。形驰魄散[50],志变神动[51]。尔乃眉轩席次[52],袂耸筵上[53]。焚芰制而裂荷衣[54],抗尘容而走俗状[55]。风云凄其带愤[56],石泉咽而下怆。望林峦而有失[57],顾草木而如丧[58]。至其纽金章[59],绾墨绶[60]。跨属城之雄[61],冠百里之首[62]。张英风于海甸[63],驰妙誉于浙右[64]。道帙长殡[65],法筵久埋[66]。敲扑喧嚣犯其虑[67],牒诉倥偬装其怀[68]。《琴歌》既断,《酒赋》无续[69]。常绸缪于结课[70],每纷纶于折狱[71]。笼张赵于往图[72],架卓鲁于前箓[73]。希踪三辅豪[74],驰声九州牧[75]。使我高霞孤映[76],明月独举[77]。青松落阴[78],白云谁侣?[79]磵户摧绝无与归[80],石径荒凉徒延伫[81]。至于还飙入幕[82],写雾出楹[83]。蕙帐空兮夜鹄怨[84],山人去兮晓猨惊[85]。昔闻投簪逸海岸[86],今见解兰缚尘缨[87]。

于是南岳献嘲[88],北垄腾笑[89]。列壑争讥[90],攒峰竦诮[91]。慨游子之我欺[92],悲无人以赴吊[93],故其林惭无尽,磵愧不歇[94]。秋桂遣风[95],春萝罢月[96],骋西山之逸

议[97],驰东皋之素谒[98]。今又促装下邑[99],浪栧上京[100],虽情投于魏阙[101],或假步于山扃[102]。岂可使芳杜厚颜[103],薜荔无耻[104]。碧岭再辱[105],丹崖重滓[106]。尘游躅于蕙路[107],污渌池以洗耳[108]?宜扃岫幌[109],掩云关[110]。敛轻雾[111],藏鸣湍[112]。截来辕于谷口[113],杜妄辔于郊端[114]。于是丛条瞋胆[115],叠颖怒魄[116]。或飞柯以折轮[117],乍低枝而扫迹。请回俗士驾,为君谢逋客[118]。

注释

〔1〕钟山:即今南京紫金山,因在城北,又叫北山。

〔2〕草堂:周颙隐居钟山之居室。在钟山钟岭之上。李善注引梁简文帝《草堂传》:"汝南周颙,昔经在蜀,以蜀草堂寺林壑可怀,乃于钟岭雷次宗(宋代隐士)学馆立寺,因名草堂,亦号山茨。" 英、灵:精灵,此指山神。

〔3〕驰烟:指腾云驾雾。 驿(yì 义)路:古代供传送文书的大路,此泛指人道。驿,古时供递送公文的人或往来官员暂住、换马的处所。

〔4〕耿介:正直。 拔俗:脱俗,指清高。 标:表,仪表。

〔5〕出尘:与"拔俗"义近,超脱世俗。 想:情志。

〔6〕度(duó 夺):衡量。 方:比。

〔7〕干:犯,凌驾。《子虚赋》:"上干青云。"

〔8〕方:始,正。

〔9〕亭亭:挺立的样子。 物表:物外。

〔10〕皎皎:洁白的样子。 霞外:云外。

〔11〕芥(jiè 介):小草。此用作动词,即视如草芥。 不眄:不屑一顾。眄,看。《战国策·赵策》:"平原君欲封鲁仲连。鲁仲连辞让者三,终不肯受。平原君乃置酒,酒酣,起,前,以千金为鲁仲连寿。鲁连笑曰:'所贵于天下之士者,为人排患、释难、解纷乱而无所取也。即有所取者,是商贾之人也,仲连不忍为也。'遂辞平原君而去,终身不复见。" 万乘:天子之位。周制,天子地方千里,出兵车万乘,因以"万乘"称天子。《淮南子·主术训》:"尧年衰志闵,举天下而传之舜,犹却行而脱屣也。"

〔12〕凤吹:指吹笙如凤鸣。　洛浦:洛水之畔。李善注引《列仙传》:"王子乔,周宣王太子晋也。好吹笙,作凤鸣。"

〔13〕值:恰逢。　薪歌:砍柴人之歌。　延濑:如同说长河。濑,水流沙上。吕向注:"苏门先生游于延濑,见一人采薪,谓之曰:'子以终此乎?'采薪人曰:'吾闻圣人无怀,以道德为心,何怪乎而为哀也!'遂为歌二章而去。"未详吕注何本。

〔14〕固:本来。

〔15〕期:料想。　参差:指歧路。

〔16〕苍黄翻覆:青黄变化不定。

〔17〕泪:流泪,用如动词。　翟子:墨翟。

〔18〕恸(tòng 痛):大哭。　朱公:杨朱。战国时魏人。字子居,又称杨子。后于墨子,前于孟子,其学说"爱己",与墨子"兼爱"对立。主张不以物累,拔一毛安天下而不为,被当时儒家斥为异端。李善注引《淮南子·说林训》:"杨子见歧路而哭之,为其可以南,可以北;墨子见练丝(素丝)而泣之,为其可以黄,可以黑。"此用上典,讥讽假隐士始终不一,反复不定的二重性格。

〔19〕乍:暂时。　回迹:避迹,指隐居。　心染:内心沾染尘俗。

〔20〕贞:贞洁,清白。　黩(dú 读):污秽。

〔21〕尚生:后汉隐士尚子平。《高士传》:"尚长,字子平,河内朝歌人也。隐居不仕,性尚中和,好通《老》、《易》。……男女嫁娶既毕,敕断家事勿相关,当如我死也。于是遂肆意与同好北海、禽庆,俱游五岳名山,竟不知所终。"

〔22〕仲氏:东汉仲长统。　既往:指已死。《后汉书·仲长统传》:"仲长统,字公理,山阳高平人也。统俶傥(卓异不凡)敢直言,不矜小节,默语无常,时人或谓之狂生。每州郡命召,辄称疾不就。"著有《昌言》。

〔23〕山阿:山之隐曲之处。　寂寥:空寂寥落。

〔24〕周子:李善注引萧子显《齐书》:"周颙,字彦伦,汝南人也。释褐海陵国侍郎,元徽(宋后废帝年号)中,出为剡令。建元(齐高皇帝年号)中,为长沙王后军参军,山阴令,稍迁国子博士,卒于官。"此注不可信,周子乃虚构人物。

〔25〕隽(jùn 俊)俗:才知出众。隽,通"俊"。

〔26〕文:有文采。　博:博学。

〔27〕玄:通玄学。　史:通历史。《南齐书·周颙传》:"颙虚席唔语,辞韵如流,听者忘倦。兼善《老》、《易》。"

〔28〕遁:隐居。　东鲁:指颜阖。春秋时隐士。李善注引《庄子·让王》:“鲁君闻颜阖得道之人也,使人以币先焉。颜阖守陋闾。使者至曰:‘此颜阖之家欤?’颜阖对曰:‘此阖之家。’使者致币。颜阖对曰:‘恐听谬而遗使者罪,不若审之。使者反审之,复来求之,则不得矣。”“学遁东鲁”,指效仿颜阖而隐居。

〔29〕南郭:指南郭子綦。隐士。李善注引《庄子·让王》:“南郭子綦,隐机(几)而坐,仰天而嘘,嗒焉似丧其偶。”“习隐南郭”,指学南郭之态而隐居。

〔30〕偶吹:集体吹。此用滥竽充数之典。《韩非子·内储说》:“齐宣王使人吹竽,必三百人。南郭处士请为王吹竽,宣王说之。禀食以数百人。宣王死,湣王立,好一一听之,处士逃。”

〔31〕滥巾:滥戴隐士头巾。寓意同“偶吹”。北岳,指北山,即钟山。上二句谓周颙如南郭吹竽,冒充隐士。

〔32〕诱:骗。　松桂:青松、丹桂。　云壑:闲云幽涧。

〔33〕假容:指假装隐士模样。　江皋(gāo 高):江边。皋,水边高地。

〔34〕缨情:情系世俗。缨,缠绕。　好爵:指高官。

〔35〕始至:指周颙初到北山。

〔36〕排:排斥。　巢父:尧时隐士。

〔37〕拉:拉下,超过。　许由:尧时隐士。《高士传》载,尧欲让天下与许由,由遁于颍水之阳,躬耕垄亩之中。“尧又召为九州长,由不欲闻之,洗耳于颍水滨。时其友巢父牵犊欲饮之,见由洗耳问其故”,“巢父曰:‘子若处高岸深谷,人道不能通,谁能见子?子故浮游,欲闻求其名誉。污我犊口。’牵犊上流饮之。”

〔38〕傲:傲视。　百氏:诸子百家。

〔39〕蔑(miè 灭):同“蠛”。即蠛蠓,乱飞的小虫。扬雄《甘泉赋》:“历倒景而绝飞梁兮,浮蠛蠓而撇天。”

〔40〕风情:风度和情志。　张(zhàng 涨)日:蔽日。

〔41〕霜气:冷峻的气概。　横秋:凌秋,盖秋。

〔42〕幽人:隐士。　长往:隐而不返。潘岳《西征赋》:“悟山潜之隐士,悼长往而不反(返)。”

〔43〕王孙:古代贵族子弟的通称。李善注引《楚辞·招隐士》:“王孙游兮不归,春草生兮萋萋。”不游:指不来与己交游。

〔44〕空空:佛家语。佛门认为一切都是虚幻的,无实体。如空即是色,色

即是空,万事皆空。 释部:指佛典。

〔45〕核:考核。 玄玄:道家语。《老子》:“玄之又玄,众妙之门。”道流:犹道家。李善注引萧子显《齐书》:“颙泛涉百家,长于佛理,著《三宗论》,兼善《老》、《易》。”

〔46〕务光:李善注引《列仙传》:“务光者,夏时人也。耳长七寸,好琴,服蒲韭根(蒲草根)。殷汤伐桀,因光而谋。光曰:‘非吾事也。’汤得天下,已而让光,光遂负石沈窾水(水名)而自匿。”

〔47〕涓子:李善注引《列仙传》:“涓子者,齐人也。好饵术,隐于宕山,能风。” 俦:匹敌。

〔48〕鸣驺(zōu 邹):指皇帝征召之车。鸣,指车铃之声。驺,主驾之官。一说,“鸣”指喝令开道。“鸣驺”指达官贵人出行时,前呼后拥的侍从。

〔49〕鹤书:指诏书,亦称“鹤头书”。李善注引萧子良《古今篆隶文体》:“鹤头书与偃波书,俱诏板所用,在汉则谓之尺一简,仿佛鹄头,故有其称。” 陇(lǒng 拢):通“垄”。田垄。此指隐居之所。

〔50〕形驰魄散:得意忘形的样子。

〔51〕志:指隐遁之志。

〔52〕尔乃:于是。 眉轩:眉飞色舞的样子。轩,举。 席次(zī 资):坐不住。次,次且(zī jū 资居),且前且却之状。

〔53〕袂(mèi 妹):衣袖。袂耸,扬臂。 筵:长为筵,短为席,皆席子。席铺筵上。

〔54〕芰(jì 记)制、荷衣:用荷叶制的衣服,喻隐者之服饰。芰,菱,李善注引《楚辞·离骚》:“制芰荷以为衣,集芙容而为裳。”

〔55〕抗:举。尘容:俗相。 走:奔赴。此为表露之意。

〔56〕“风云”句:言风云为其举愤恨,山泉为之呜咽。

〔57〕林峦:树木和山冈。 失:失望。

〔58〕丧:丧气。

〔59〕纽:系。 金章:铜印。

〔60〕绾(wǎn 晚):系。 墨绶:黑色绶带,挂印之用。刘良注:“铜章、墨绶,县令之章饰也。”

〔61〕属城:指郡内所属各县。李善注引蔡邕《陈留太守行县颂》:“府君(郡之长官,即太守)劝耕桑于属县。” 雄:长,首。

〔62〕百里：一县之地。李善注引《汉书》："县，大率百里。"

〔63〕张：扬。　英风：美好的声望。李善注引阮籍《咏怀诗》："英风截云霓。"　海甸：沿海地区。因海盐县近海，故云。

〔64〕驰：飞传。　妙誉：美好的声誉。　浙右：指浙江西部。

〔65〕道帙（zhì 至）：谓道家书籍。帙，书套。　长殡：被长期埋葬。

〔66〕法筵：佛法讲坛。

〔67〕敲扑：指拷打犯人。贾谊《过秦论》："执敲扑以鞭笞天下。"　犯：干扰。

〔68〕牒（dié 迭）：公文。　诉：诉讼状。　倥偬（kǒng zǒng 孔总）：困苦。李善注引《楚辞》："悲余生之无欢兮，愁倥偬于山陆。"王逸注："倥偬，困苦也。"

〔69〕琴歌酒赋：指操琴吟咏，饮酒赋诗之雅事。

〔70〕绸缪（móu 谋）：纠缠。　结课：考核官吏政绩。课，考课，考核官吏政绩功过，以便升贬。

〔71〕纷纶：忙碌。　折狱：断案。折，决断。狱，讼事。

〔72〕笼：笼照，指越过。　张、赵：张敞、赵广汉，二人皆西汉名吏，都做过京兆尹。往图：历史资料。

〔73〕架：用同"驾"，超过，凌驾。　卓、鲁：东汉的卓茂和鲁恭。二人皆做过县令，颇有政绩。前箓（lù 录）：前人的记载。

〔74〕三辅：汉代京兆（京都地区）、左冯翊（郡名）、右扶风（郡名），合称三辅。三辅之尹皆为显宦。　豪：指三辅尹。李善注引《汉书》："内史，武帝更名京兆尹；左内史，更名左冯翊；主爵中尉，更名右扶风，是谓三辅。"

〔75〕驰声：飞声，扬名。　九州：古时分天下为九州。　牧：一州之长。

〔76〕高霞：云霞。

〔77〕独举：独自高悬。言无人观赏。

〔78〕青松落荫：松荫落寞。

〔79〕谁侣：与谁为伴侣。亦言无人观赏。

〔80〕磵（jiàn 见）户：指水涧两边的庐舍。磵，水涧。

〔81〕石迳：石头小路。　徒：空。　延伫（zhù 住）：远望。

〔82〕还飙：回风，旋风。　幕：帘幕。

〔83〕写雾：流动的雾气。写，同"泻"。　楹（yíng 营）：堂前的柱子。

〔84〕蕙帐：用香草编制的帷帐。蕙，一种香草。　鹄怨：鹤哀凄的叫声。

〔85〕山人：隐士。

〔86〕投簪(zān):指弃官。簪,连冠与发的饰物。投簪,扔掉簪子则官帽落。 逸:隐逸。此用汉代疏广之典。广,东海人,为太子太傅,后弃官归隐,故曰“逸海岸”。

〔87〕解兰:解去兰佩。指弃隐入仕。兰,兰佩,为隐士所佩之物。 缚尘缨:做官。尘缨,代指官帽。缨,冠带。

〔88〕南岳:指钟山之南峰。 嘲:嘲讽。

〔89〕北垄:指钟山之北峰。 腾笑:哄笑。

〔90〕列壑:一道道山谷。

〔91〕攒(cuán)峰:众峰。 竦诮:耸肩讥笑。

〔92〕游子:离家远游的人。此指周子。周子离开钟山,出外宦游。 我欺:欺骗我。我,指钟山之英,草堂之灵。

〔93〕赴吊:前来慰问。

〔94〕歇:止。

〔95〕遣风:将风打发走,意不用其吹送香气。李善本作“遗风”,据胡克家校改《考异》。“遣风”方与“罢月”对偶。

〔96〕罢月:不要月光,意不借明月以增其美。

〔97〕骋:疾速。 西山:指首阳山,伯夷、叔齐隐居之处。 逸议:隐逸之论。

〔98〕驰:疾传,与骋义同。 东皋:东面的水边高地。陶渊明《归去来辞》:“登东皋以舒啸,临清流而赋诗。” 素谒:陈述真情。谒,陈述。

〔99〕促装:速整行装。 下邑:指县。此指周子所治之县。

〔100〕浪枻(yì 义):犹划桨。枻,楫。浪,犹鼓。李善注引《楚辞》:“渔父鼓枻而去。” 上京:京都。

〔101〕魏阙:指朝廷。魏,巍。阙,宫门两边的门楼。李善注引《吕氏春秋》:“中山公子牟谓詹子曰:‘身在江海之上,心居魏阙之下’。”

〔102〕假步:借路。 山扃(jiōng):山门。指北山。

〔103〕芳杜:杜若,一种香草。

〔104〕薜荔(bì lì 毕力):香草之一种。

〔105〕碧岭:葱翠的山岭。

〔106〕丹崖:红色的山崖。 滓(zǐ 子):污秽。

〔107〕尘:扬尘。 游躅(zhuó 浊):指隐者留下的足迹。 蕙路:长满香草

的路。

〔108〕渌(lù 路)池:清澈的水池。　洗耳:指许由拒闻做官事。

〔109〕宜:应。　扃:关闭。　岫(xiù 袖)幌:山穴的窗帘。岫,山穴。

〔110〕掩:关闭。　云关:犹云门。吕延济注:“云关,谓以云为关键,藏敛湍雾,使无闻见也。”

〔111〕敛:收起。

〔112〕鸣湍:哗哗的泉水。

〔113〕来辕:来车。指周颙之车。　谷口:山谷的入口。

〔114〕杜:杜绝,堵塞。　妄辔:擅自闯入的车马。

〔115〕瞋(chēn 抻)胆:怒从胆边生。瞋,怒。

〔116〕叠颖:一丛丛草梢。

〔117〕柯:树枝。

〔118〕俗士、逋客:皆指周颙。逋,逃亡。　君:指北山山神。

今译

北山的精英,草堂的神灵,腾云驾雾于驿路,刻下文告在山庭:磊落脱俗的风度,潇洒超凡的胸怀,人品可与白雪比纯洁,志向可同青云比飘逸,这才是我所熟悉的隐士。如那超然世俗之外,洁身云霞之上,视千金如草芥不屑一顾,以万乘为敝履随便脱去,在洛水之滨听宛如凤鸣的笙曲,在长河之岸赏质朴的薪歌,这样的隐士本来是有的。可哪里料想,竟有前后不一,反复无常之辈,如“歧路”、“练丝”,墨翟为之下泪,杨朱为之痛哭。这些人或暂时归隐为俗累,或原先贞洁后来污秽。何等荒唐!呜呼!尚生早就做古,仲氏远已仙逝。隐居之山皆寂寂,千百年来谁赏识。

世上有个周先生,才能出众无与伦比。富有文采,博学多识,既懂玄学,又通历史。可他学颜阖避世,效南郭隐居。草堂之中充隐者,北山之上“滥吹竽”。诱骗我青松丹桂,欺诈涧壑云霓。装模作样于江畔,贪官恋爵在心底。刚来隐居,想要压倒巢父,胜过许由,傲对诸子,鄙视王侯。神气咄咄能蔽白日,气概凛凛横扫肃秋。忽

而赞叹隐者往而不返,忽而抱怨王孙不来交游。谈万事皆空引据佛典,论玄而又玄道家者流。务光不能与他相比,涓子似难为俦。

待到皇帝征车进谷口,命官诏书到北山,则得意忘形,神魂颠倒,思想骤变,意志动摇,眉飞色舞,席上耸肩。烧菱衣,毁荷裳,露尘容,现俗相。风云为之哀愁含愤,清泉为之呜咽忧伤。遥望群峰惘然若失,环顾草木无限惆怅。而他身挂铜印,系黑绶带,掌管郡中大县,官为县令之首。炫耀英名于海滨,传扬美誉于浙右。从此道家之书久埋没,佛法讲坛积尘土。审讯拷打之声搅其虑,诉讼公文乱其心。终断弹琴吟咏,停止饮酒赋诗。常被考绩纠缠,每受断案纷扰。功德想超过张、赵的纪录,政绩要压倒卓、鲁的过去。希望追随“三辅”豪俊,向往能够九州扬名。使我云霞无所映,皎皎明月徒升起。青松荫下冷落,白云做谁伴侣?涧舍崩塌无人归,石径荒凉待谁至?旋风入帐幕,白云飘堂前。香帐空啊夜鹤怨,隐士暮逃惊晓猿。昔闻弃官海滨隐,今见弃隐戴缨冠。

于是南山嘲讽,北山哄笑。道道深谷争相讥,排排峻岭耸肩诮。慨叹周生将我骗,我受欺骗无人理。因此林木无限羞惭,涧水悔愧不已。秋桂辞去了送香的清风,春萝罢去了增美的明月。西山将隐逸的高论宣讲,东皋把内心的真情诉说。而今周先生县衙匆忙治行装,风风火火赴京城。虽然一心向往朝廷,却要过访北山神灵。岂能让杜若厚颜相陪,薜荔无耻逢迎。碧岭重受辱,丹崖再玷污。足尘弄脏了香路,秽迹污染了清池。应该拉上山洞的窗帘,插紧白云的门闩,收起轻轻的薄雾,藏起叮咚的山泉,将其来车堵在谷口,把这不速之客拒之山前。于是丛丛枝条怒从胆边生,重重草梢恨从心中起。有时树枝扬起折断车轮,有时枝叶低垂扫除污迹。请俗吏赶快抹车回驾,北山之灵谢绝你这假隐士。

(赵福海译注并修订　陈延嘉再修订)

喻巴蜀檄一首

司马长卿

题解

檄、移皆属公告类，二者作用、体制、基本意义大致相同。故《文心雕龙》将“檄”、“移”合为一体加以阐发。“檄者，皎也，显露于外，皦然明白也。”“移者，易也，移风易俗，令往而民随者也。”“事昭而理辨，气盛而辞断”则是檄移最重要的特点。“檄移为用，事兼文武”，既可用于军事，又可用于政治。唐宋以后，檄则专用于军事，指出师前书面讨伐敌人。

昭明主“檄”之目，实则檄移合为一体。《文心雕龙·檄移》：“相如之难蜀老，文晓而喻博，有移檄之骨焉。”司马相如的《难蜀父老》和本文，如细分，皆属移类，是劝喻对方的文书，不是对敌的。

《喻巴蜀檄》，便是劝喻蜀民改变看法，随顺王命的文告。关于本文的背景，《史记》、《汉书》皆有明确交待。《汉书·司马相如传》云：“相如为郎数岁，会唐蒙使略通夜郎、僰中，发巴蜀吏卒千人，郡又多为发转漕（运粮）万余人，用军兴法诛其渠率（大帅）。巴蜀民大惊恐。上（武帝）闻之，乃遣相如责唐蒙等，因喻告巴蜀民以非上意。”秦时，蜀与西南夷（夜郎、僰中）通。秦灭十余年，及汉兴，“皆弃此国而关蜀故徼（关塞）。”武帝派唐蒙为使，欲通西南夷。然劳扰巴蜀百姓，引起巴蜀人的反对。相如作此文劝喻巴蜀之民。

檄文主要讲三个内容:一为何要通西南夷。因为他们“常效贡职”,但“山川阻深,不能自致”,故“遣中郎将(唐蒙)往宾之”,此乃皇恩浩荡之举。二指斥唐蒙有违君意,惊扰百姓。帝令其“发巴蜀之士各五百人,以奉币帛,卫使者不然”。而唐蒙却“发军兴制,惊惧子弟,忧患长老,郡又擅为转粟运输”,此“皆非陛下之意也”。三切责被征发的巴蜀之人,“或亡逃自贼杀,亦非人臣之节”。此“非独行者之罪”,亦有“父兄之教不先,子弟之率不谨”之过。

意深而言婉。只略责太守与唐蒙,反复切责巴蜀之人。然又寓责于慰,如金圣叹所云:“看他问罪之辞,只作闲闲评断卸过,总是安慰之,便更不生意外事。”“最得安慰远人之体。”(见《金圣叹批才子古文》)

对比见褒贬。用许多文字将“当事者”与“边郡之士”对比。前者“或亡逃自贼杀,亦非人臣之节”。后者则大敌当前,“义不反顾,计不旋踵”,“计深虑远,急国家之难而乐尽人臣之道”。忠有忠报,恶有恶惩:为国“肝脑涂中原,膏液润野草”者,则有“剖符之封,析珪而爵”,为己“亡逃自贼杀”者,“身死无名,谥为至愚,耻及父母,为天下笑。”对比立论,颇有说服力。

原文

告巴蜀太守〔1〕:蛮夷自擅〔2〕,不讨之日久矣。时侵犯边境〔3〕,劳士大夫〔4〕,陛下即位〔5〕,存抚天下〔6〕,安集中国〔7〕。然后兴师出兵〔8〕,北征匈奴,单于怖骇〔9〕,交臂受事〔10〕,屈膝请和。康居西域〔11〕,重译纳贡〔12〕,稽颡来享〔13〕。移师东指〔14〕,闽越相诛〔15〕。右吊番禺,太子入朝〔16〕。南夷之君〔17〕,西僰之长〔18〕,常效贡职〔19〕,不敢堕怠〔20〕,延颈举踵喁喁然〔21〕,皆向风慕义〔22〕,欲为臣妾〔23〕,道里辽远〔24〕,山川阻深〔25〕,不能自致〔26〕。夫不顺者已诛,而为善者未赏,故

遣中郎将往宾之[27]，发巴、蜀之士各五百人[28]，以奉币帛，卫使者不然[29]，靡有兵革之事[30]，战斗之患。今闻其乃发军兴制[31]，惊惧子弟，忧患长老[32]，郡又擅为转粟运输[33]，皆非陛下之意也。当行者或亡逃自贼杀[34]，亦非人臣之节也。

夫边郡之士[35]，闻烽举燧燔[36]，皆摄弓而驰[37]，荷兵而走[38]，流汗相属[39]，唯恐居后[40]，触白刃[41]，冒流矢[42]，议不反顾[43]，计不旋踵[44]，人怀怒心，如报私雠[45]。彼岂乐死恶生，非编列之民[46]，而与巴蜀异主哉？计深虑远，急国家之难，而乐尽人臣之道也[47]。故有剖符之封[48]，析珪而爵[49]，位为通侯[50]，处列东第[51]。终则遗显号于后世[52]，传土地于子孙[53]，行事甚忠敬[54]，居位甚安逸[55]，名声施于无穷，功烈著而不灭[56]。是以贤人君子[57]，肝脑涂中原[58]，膏液润野草而不辞也[59]。今奉币役至南夷[60]，既自贼杀，或亡逃抵诛[61]，身死无名，谥为至愚[62]，耻及父母[63]，为天下笑。人之度量相越[64]，岂不远哉！然此非独行者之罪也。父兄之教不先[65]，子弟之率不谨[66]，寡廉鲜耻，而俗不长厚也[67]。其被刑戮[68]，不亦宜乎[69]！

陛下患使者有司之若彼[70]，悼不肖愚民之如此[71]，故遣信使[72]，晓喻百姓以发卒之事[73]，因数之以不忠死亡之罪[74]，让三老孝悌以不教诲之过[75]。方今田时[76]，重烦百姓[77]，已亲见近县[78]，恐远所溪谷山泽之民不遍闻[79]，檄到，亟下县道[80]，使咸喻陛下之意[81]，无忽[82]。

注释

〔1〕告：告知。　巴蜀：汉设巴、蜀郡，今属四川。　太守：官名。秦设郡守，

管理一郡政事,俸禄二千石,汉景帝时改郡守为太守。

〔2〕蛮夷:古代对四方少数民族之泛称。 自擅:自专。

〔3〕时:不时,常常。

〔4〕劳:忧愁。

〔5〕陛下:臣下对帝王的尊称。此指汉武帝。

〔6〕存抚:安抚。

〔7〕安集:《史记》作“辑安”。集与“辑”通,合睦、齐一。

〔8〕兴师:发兵。师,军队。

〔9〕单于:匈奴最高首领的称号。 怖骇:恐怖惊骇。

〔10〕交臂:拱手。 受事:接受职事。《国语·鲁上》:“诸侯祀先王先公,卿大夫佐之,受事焉。”

〔11〕康居:西域国名,与大月氏同族。分布今新疆北部及俄中亚西亚一带。

〔12〕重译:语言辗转翻译。 纳贡:指四夷向汉王朝缴纳财物。

〔13〕稽颡(qǐ sǎng 起嗓):古时一种跪拜礼,屈膝下拜,以额触地。 享:献,献其国珍。一说“来入朝觐,豫享祀也。”(颜师古注)

〔14〕移师:掉转军队。由北伐匈奴而东指闽越,故曰移师。

〔15〕闽越:地名。越有三,此其一。

〔16〕吊:怜悯。 番禺:南海郡郡府所在地,南越所居。 太子:指南越太子婴齐。颜师古注:“南越为东越所伐,汉发兵救之,南越蒙天子德惠,故遣太子入朝。”番禺在南,故称右。

〔17〕南夷:夜郎等国。 君:南夷的最高统治者。称君,大而言之。

〔18〕西僰(bó 博):西南夷之一种,在云南、四川境内的又称摆夷。

〔19〕效:献。 贡职:贡赋。职,赋税。

〔20〕堕怠:怠慢。

〔21〕举踵:踮起脚跟。 喁喁(yóng):口向上的样子。形容众人向慕之状。

〔22〕向风:指向往汉之风尚。 慕义:指羡慕汉之道义。

〔23〕臣妾:奴隶。男曰臣,女曰妾。这里指称臣。

〔24〕道里:路程。里,里程。

〔25〕阻深:犹言阻隔。

〔26〕致:至。

〔27〕中郎将:官名。秦设,汉因袭。西汉时皇帝的侍卫分五官、左、右三署,各置中郎将以统率侍卫,皆秩二千石,位低于将军。此指唐蒙。　宾:用如动词,以宾客之礼相待。

〔28〕发:派遣。

〔29〕币帛:财帛。帛,丝织物的总称。　不然:犹言不测。

〔30〕靡:无。　兵革:兵器衣甲的总称。引申为战争。革,用皮革制的甲。

〔31〕其:指所遣之中郎将,即唐蒙。　发军兴制:颜师古注:“以发军之法为兴众之制也。”即起军法,诛将帅。

〔32〕子弟:指乡民。　长老:乡官。

〔33〕擅:擅自,指非皇帝之意。　转粟运输:转运粮食。

〔34〕当行者:吕向注:“当行者谓巴蜀人唐蒙点征者也。”　贼杀:杀害。贼,害。

〔35〕边郡:边防。

〔36〕烽举燧燔(suì fán 岁凡):发出边防警报信号。白天放烟叫烽,夜间举火叫燧。燔,焚烧。

〔37〕摄弓:拉开弓箭。摄,引。

〔38〕荷:负。　兵:兵器。

〔39〕流汗相属:汗水成流。

〔40〕居后:落后,在后。

〔41〕触白刃:指被刀砍、剑刺。

〔42〕流矢:飞箭。　冒:犯,与“触”意近。

〔43〕议不反顾:《史记·司马相如列传》作“义不反顾”。即在道义上只能勇往直前,绝对不能徘徊退缩。

〔44〕计不旋踵:决不后退。　旋踵:退缩。

〔45〕雠:同“仇”。

〔46〕编列之民:编户之民,编入户籍的平民。

〔47〕人臣:臣子。

〔48〕剖符:符,符节。剖符之半,作为凭据,信物。

〔49〕析珪:将珪玉从中间分开。白色一半藏于天子,青色一半藏于诸侯,以为符信。《左传》杜预注:“珪,守邑符信。”“剖符之封”、“析珪而爵”,皆指得到皇帝封官进爵,即做高官。

〔50〕通侯:秦制爵级二十,最尊者为彻侯,武帝刘彻,为避其讳改彻侯为通侯。

〔51〕东第:甲宅。位于皇城之东,故称。西为尊,东为下。处列东第,即列于天子之下。

〔52〕遗:留。　显号:指王侯之号。

〔53〕土地:指封地。传土地于子孙,指子孙世袭封爵。

〔54〕行事:做事。

〔55〕居位:身居高位。

〔56〕施(yì 义):延续。　功烈:功业。　著:显赫。

〔57〕贤人君子:指德才兼备之士。

〔58〕肝脑涂中原:即肝脑涂地。

〔59〕膏液:脂血。

〔60〕奉币役:指唐蒙所率之众。

〔61〕亡逃抵诛:李善注有三说:"抵,至也,亡逃而至于诛也。一曰,逃亡被诛而抵拒于诛也。如淳曰:抵其罪而诛戮之也。一曰,诛者亡,不肯受诛也。"逃亡抵拒受诛之解较妥。

〔62〕无名:无善名。　谥(shì 是):称。　至愚:极蠢。

〔63〕耻:耻辱。　及:殃及。

〔64〕相越:相距。越,超出。李周翰注上数句:"言巴蜀之人不立忠节,身被诛戮,耻及父母也。与此境立功之人相去远也。"

〔65〕教不先:事先没教育。

〔66〕率:榜样。　谨:小心慎重。

〔67〕俗:民风。　长厚:温厚。

〔68〕刑戮:诛杀。

〔69〕宜:应该。

〔70〕使者有司:指唐蒙。

〔71〕悼:伤。　不肖愚民:指巴蜀之人。　不肖:不贤。

〔72〕信使:使者。古称使者为"信"或"使",合言之为"信使"。此指司马相如。

〔73〕晓喻:告知。　发卒之事:指发卒奉币和戎之事。

〔74〕数(shǔ 鼠):历数,责备之意。　不忠死亡之罪:指"既自贼杀,或亡逃

抵诛”者。

〔75〕让:责备。　三老、孝悌:皆乡官。

〔76〕田时:农时。

〔77〕重烦:烦扰。

〔78〕近县:指成都附近各县。

〔79〕远所:远地。　溪谷山泽:山沟水泽。　遍闻:皆知。

〔80〕亟:急,速。　道:汉制万户以上曰县,县有蛮夷曰道。

〔81〕咸:皆。

〔82〕无忽:不得忽视。忽,不注意,不重视。

今译

通告巴蜀太守:蛮夷专横,已经许久没有讨伐了。其经常侵犯边境,令士大夫困忧。陛下即位,安抚天下,使国内和睦。然后发兵,北征匈奴,单于惊恐,拱手受职,屈膝请和。西域康居,通过翻译,缴纳贡赋,叩首来献。回师向东,闽越不战自乱。军队南下,击退东越,解救南越,南越太子婴齐入朝叩拜天子。南夷首领,西僰酋长,常献贡赋,不敢怠慢。众人引颈举踵,做向慕之态。人人向往大汉风尚,羡慕大汉道义。愿做臣民,道路遥远,山川阻隔,不能自来。不归顺大汉者已诛,而做善事者未赏,故派中郎将唐蒙礼遇之。征调巴、蜀二郡各五百人,携带财物,保护使者,以防不测,没有甲兵之事,战争之忧。现在听说使者唐蒙起军法,诛将帅,使百姓惊惧,乡官忧虑,郡吏又擅自转运粮食,这些都不是陛下之意。征调之人有的逃亡,有的自杀,不是臣子应有的节操。

边防战士,听到烽火警报,皆拉弓疾驰,负戈奔走,汗水成流,唯恐落后,迎刀锋,冒飞箭,义无反顾,决不退缩,人人怀着愤怒之心,个个如报私人之仇。他们难道喜死厌生,非在籍之民,与巴蜀之人不是一个天子吗?而是考虑长远,以国家的危难为急,乐于尽臣子之道。因此获得剖符之封,分圭之爵,地位居诸侯之首,府宅列天子之东。死则扬名于后世,传封地于子孙,做事甚忠诚,地位甚安逸,

美名流传无穷，功业显赫不灭。因此德才兼备之士，肝脑涂地，脂血灌野，在所不辞。现在唐蒙所率之众到了南夷，自相残杀，有的抵拒受诛之罪而逃亡，死后留下恶名，称其极蠢，玷辱父母，被天下人耻笑。人的度量的差距，不是太大了吗？然而这不独是当事者之罪。父兄事先没有教育子弟，没做谨慎的表率，寡廉鲜耻，民风不温厚，他们遭到诛戮，不是很自然的吗！

陛下如此忧虑唐蒙之徒，这样哀怜巴蜀之民，所以派遣使者，向百姓说明过去发兵之事，谴责既互相残杀又逃亡拒罪的人，责备三老孝悌不教之过。当今正是农时，不再打扰百姓，附近各县已直接告知，担心远处山谷水泽之民不能通晓，接到檄文，火速发至县道，使人人皆知陛下之意，不得疏漏。

（赵福海译注并修订）

为袁绍檄豫州一首 陈孔璋

题解

东汉末年(桓、灵帝),朝廷黑暗,宦官专权,由之引起董卓之乱,又由讨卓而引致群雄割据。汉家天子由豪强势力任意废立,成为其各自争夺以实现个人野心的傀儡。袁绍是当时豪强势力的最大代表。陈琳初为大将军何进主簿,中平六年,进被宦官所杀,琳避乱冀州,为袁绍典文章。

本篇作于建安五年(200),是陈琳为袁绍所作讨曹操的檄文。

袁绍(?—202),字本初,东汉汝阳(今河南息县境)人。初为司隶校尉。灵帝死,何进被杀,率军入宫,尽诛当朝宦官。董卓时为并州刺史,被召入朝,废少帝,立献帝,杀太后,自为相国、太师。献帝初,袁绍被推为讨卓盟主。董卓被诛,袁绍为太尉,封邺侯,又为大将军,领有河北之地,督四州(幽并青冀)之众。其时,在讨黄巾、诛董卓中壮大起来的曹操,迎献帝都于许县,拜司空,行车骑将军,动以天子下诏称制,号令州郡,成为袁绍争霸天下的最强对手。曹操自己曾从容对刘备说:“今天下英雄,惟使君与操耳,本初之徒不足数也。”刘备为豫州刺史,是袁曹之间争取的主要对象,于建安五年春背曹归袁。袁绍于建安四年讨灭辽东公孙瓒,翌年即传檄所属州郡及同盟者,进军许都。于是就演出了中国古代军事史上有名的袁曹官渡之战。这篇檄文就是袁绍于战前发表的动员令,曾经产生过相当大的舆论效应。事隔四年以后,即建安九年,作者陈琳归附曹操,曹操还说:“卿昔为本初移书,但可罪状孤而已,恶恶(谴责罪状)

止其身,何乃上及父祖邪?”琳谢罪说:“矢在弦上,不可不发。”虽说曹操爱琳之才,未究既往,也可见其于怀耿耿。

本篇题目《为袁绍檄豫州》及李善题注,前人多有异议。此题为萧统所加,善注本、宋陈八郎五臣注本和六臣注本,皆从之。《三国志·袁绍传》裴注引《魏氏春秋》作《檄州郡文》。李善注云:“琳避难冀州,袁本初使典文章,作此檄以告刘备,言曹公失德,不堪依附,宜归本初也。”朱珔驳正说:“按《魏志·陈琳传》并‘作此檄’以下数语。赵琴士云:此善妄增。又《后汉书》、《魏志·袁绍传》宣此檄时,已在备奔归绍之后。此非独善注妄也,即昭明标题亦不当云‘为袁绍檄豫州’。宋胡三省注《通鉴》,知善说之非,乃泥于昭明此题,而云:盖帝都许,许属颍川郡,豫州部属也,故《选》专以檄豫州为言。此似但见《文选》之题,而未细看陈琳之文。檄首一行云:‘左将军领豫州刺史郡国相守’,左将军领豫州刺史,非豫州(刘备)而谁?乃以为指其地而言邪?檄末云:‘即日幽并青冀四州并进,书到荆州,便勒见兵,与建忠将军协同声势,各整戎马,罗落境界。’则非专檄豫州可知。裴松之《魏志》注云‘《魏氏春秋》载袁绍檄州郡文’,为得其实。故此处当题为《陈琳为袁绍檄州郡讨操》。‘左将军领豫州刺史’下,‘郡国相守’上,当有‘告’字,如《魏檄吴将校部曲》云‘尚书令彧告江东将校部曲’也。操檄吴,托之彧;绍檄操,托之备;皆依以为重。二檄俱出陈琳之手,其体例同,可知也。或名而备不名者,尊帝室之胄;或本有而传写遗落,俱未可定……”(《文选集释》,卷二十一)

朱说有一定合理性,但有几点需补正:其一,发此檄时,备确已归绍,绍父子亲迎,礼接甚重,因而萧统题为《檄豫州》,以强调绍对备之格外礼重。其二,正因备已归绍,始与绍所属州郡(幽并青冀)同为传檄对象,萧统题为《檄豫州》,以强调绍争取同盟者的用心。其三,《魏氏春秋》云“袁绍檄州郡”,萧统未必不知,而仍另拟“袁绍檄豫州”为题,可见其标题意图所在。其四,本篇开头不能单纯从形

式上与《檄吴将校部曲》比附。荀彧为操尚书令,可以托之为重;刘备归绍,阴欲离去,绍未表以虚衔,未必托以为重,加“告”字不当。故萧统之题与李善之注皆不为妄。

檄文主旨在于,历数被征讨者的种种罪状,暴露其丑恶面目,昭示天下,达到孤立敌人、激励自我与盟友的目的,完全是出于斗争策略上的需要。本篇可为古代檄文代表之作。

首先,论述明主忠臣应该具备制变立权的策略思想,并以秦末赵高执政二世灭亡、汉初诸吕专权周勃诛逆的经验教训加以验证。其次,说明曹操祖为阉宦,父为携养,其本人又无才德,故赴战屡败,揭露其出身与个人品格的丑恶性;同时表明袁绍出于国家利益,屡次表荐其官职,补充其实力,拯救其危难,施以大恩大德。其次,说明曹操挟持献帝,专制朝政,杀戮贤良,祸及人鬼,揭露其行事的残暴性。其次,表明袁绍讨灭公孙瓒,平定匈奴,动员州郡,进军许都的威势,指出曹操内部虚弱即将土崩瓦解的必然性。最后,申明出师目的在于防止篡逆,匡复汉室,号召忠臣烈士建功立勋,并宣布奖赏有功、处理降敌的法令政策。全文扬袁抑曹,处处对比,是非鲜明,富于鼓动性。

李兆洛评曰:“甚有仗义执言之风,绍势方盛,故无苶辞。罪状皆实迹,故操见而骇。斡旋失策,仍多饰辞,不觉瑕衅自露矣。”(《骈体文钞》,卷十七)陈琳当时是为袁绍摇笔呐喊的,故于绍无苶辞;声讨曹操皆依实迹,可见这位政论作手颇明斗争策略。文章内容展示出东汉末叶的某些历史真相,勾勒出封建政治家曹操初期发展自己、排除对手时的一个侧面,具有认识价值。文辞酣畅洒脱,气势若江河奔泻,也有鉴赏价值。

原文

左将军领豫州刺史郡国相守[1]。盖闻明主图危以制变[2],忠臣虑难以立权[3]。是以有非常之人[4],然后有非常

之事;有非常之事,然后立非常之功[5]。夫非常者,故非常人所拟也[6]。

曩者强秦弱主[7],赵高执柄[8],专制朝权,威福由己[9],时人迫胁[10],莫敢正言,终有望夷之败[11],祖宗焚灭[12],污辱至今[13],永为世鉴[14]。及臻吕后季年[15],产禄专政[16],内兼二军[17],外统梁赵[18],擅断万机[19],决事省禁[20]。下凌上替[21],海内寒心。于是绛侯朱虚兴兵奋怒[22],诛夷逆暴[23],尊立太宗[24],故能王道兴隆[25],光明显融[26]。此则大臣立权之明表也[27]。

司空曹操祖父中常侍腾[28],与左悺徐璜并作妖孽[29],饕餮放横[30],伤化虐民[31]。父嵩[32],乞匄携养[33],因赃假位[34],舆金辇璧[35],输货权门[36],窃盗鼎司[37],倾覆重器[38],操赘阉遗丑[39],本无懿德[40],犷狡锋协[41],好乱乐祸。幕府董统鹰扬[42],扫除凶逆[43],续遇董卓侵官暴国[44],于是提剑挥鼓[45],发命东夏[46],收罗英雄,弃瑕取用[47],故遂与操同谘合谋[48],授以裨师[49],谓其鹰犬之才[50],爪牙可任[51]。至乃愚佻短略[52],轻进易退[53],伤夷折衄[54],数丧师徒[55]。幕府辄复分兵命锐[56],修完补辑[57],表行东郡[58],领兖州刺史[59],被以虎文[60],奖蹙威炳[61],冀获秦师一克之报[62]。而操遂承资跋扈[63],肆行凶忒[64],割剥元元[65],残贤害善。故九江太守边让[66],英才俊伟,天下知名,直言正色[67],论不阿谄[68],身首被枭悬之诛[69],妻孥受灰灭之咎[70]。自是士林愤痛[71],民怨弥重[72],一夫奋臂[73],举州同声[74],故躬破于徐方[75],地夺于吕布[76],彷徨东裔[77],蹈据无所[78]。幕府惟强干弱枝之义[79],且不登叛人之党[80],故复援旌擐甲[81],席卷起

征[82],金鼓响振[83],布众奔沮[84],拯其死亡之患[85],复其方伯之位[86]。则幕府无德于兖土之民[87],而有大造于操也[88]。

后会鸾驾反旆[89],群虏寇攻[90]。时冀州方有北鄙之警[91],匪遑离局[92],故使从事中郎徐勋就发遣操[93],使缮修郊庙[94],翊卫幼主[95]。操便放志专行[96],胁迁当御省禁[97],卑侮王室[98],败法乱纪[99],坐领三台[100],专制朝政,爵赏由心[101],刑戮在口[102],所爱光五宗[103],所恶灭三族[104],群谈者受显诛[105],腹议者蒙隐戮[106],百寮钳口[107],道路以目[108],尚书记朝会[109],公卿充员品而已[110]。

故太尉杨彪[111],典历二司[112],享国极位[113]。操因缘眦睚[114],被以非罪[115],榜楚参并[116],五毒备至[117],触情任忒[118],不顾宪网[119]。又议郎赵彦[120],忠谏直言[121],义有可纳[122],是以圣朝含听[123],改容加饰[124]。操欲迷夺时明[125],杜绝言路[126],擅收立杀[127],不俟报闻[128]。又梁孝王先帝母昆[129],坟陵尊显[130],桑梓松柏[131],犹宜肃恭[132]。而操帅将吏士,亲临发掘,破棺裸尸[133],掠取金宝,至令圣朝流涕[134],士民伤怀[135]。操又特置发丘中郎将摸金校尉[136],所过隳突[137],无骸不露[138]。身处三公之位[139],而行桀虏之态[140],污国虐民[141],毒施人鬼[142]。加其细政苛惨[143],科防互设[144],罾缴充蹊[145],坑阱塞路[146],举手挂网罗[147],动足触机陷[148],是以兖豫有无聊之民[149],帝都有吁嗟之怨[150]。历观载籍[151],无道之臣[152],贪残酷烈,于操为甚。幕府方诘外奸[153],未及整训[154],加绪含容[155],冀可弥缝[156]。而操豺狼野心,潜包

祸谋,乃欲摧桡栋梁[157],孤弱汉室[158],除灭忠正[159],专为枭雄[160]。往者伐鼓北征公孙瓒[161],强寇桀逆[162],拒围一年[163]。操因其未破,阴交书命[164],外助王师[165],内相掩袭[166],故引兵造河[167],方舟北济。[168]会其行人发露[169],瓒亦枭夷[170],故使锋芒挫缩[171],厥图不果[172]。

尔乃大军过荡西山[173],屠各左校[174],皆束手奉质[175],争为前登[176],犬羊残丑[177],消沦山谷[178]。于是操师震慑[179],晨夜逋遁[180],屯据敖仓[181],阻河为固[182],欲以螗螂之斧[183],御隆车之隧[184]。幕府奉汉威灵[185],折冲宇宙[186],长戟百万[187],胡骑千群[188],奋中黄育获之士[189],骋良弓劲弩之势[190],并州越太行[191],青州涉济漯[192],大军泛黄河而角其前[193],荆州下宛叶而掎其后[194]。雷霆虎步[195],并集虏庭[196],若举炎火以焫飞蓬[197],覆沧海以沃熛炭[198],有何不灭者哉!又操军吏士,其可战者皆自出幽冀[199],或故营部曲[200],咸怨旷思归[201],流涕北顾。其余兖豫之民[202],及吕布张扬之遗众[203],覆亡迫胁[204],权时苟从[205],各被创夷[206],人为仇敌[207]。若回旆方徂[208],登高冈而击鼓吹[209],扬素挥以启降路[210],必土崩瓦解,不俟血刃[211]。

方今汉室陵迟[212],纲维弛绝[213],圣朝无一介之辅[214],股肱无折冲之势[215],方畿之内[216],简练之臣[217],皆垂头拓翼[218],莫所凭恃[219]。虽有忠义之佐[220],胁于暴虐之臣,焉能展其节[221]?又操持部曲精兵七百[222],围守宫阙[223],外托宿卫[224],内实拘执[225],惧其篡逆之萌[226],因斯而作[227]。此乃忠臣肝脑涂地之秋[228],烈士立功之会[229],可不勖哉[230]!

操又矫命称制[231],遣使发兵,恐边远州郡,过听而给与[232],强寇弱主[233],违众旅叛[234],举以丧名[235],为天下笑,则明哲不取也[236]。即日幽并青冀四州并进[237],书到荆州[238],便勒见兵[239],与建忠将军协同声势[240]。州郡各整戎马[241],罗落境界[242],举师扬威[243],并匡社稷[244],则非常之功,于是乎著[245]。其得操首者,封五千户侯[246],赏钱五千万。部曲偏裨将校诸吏降者[247],勿有所问[248]。广宣恩信[249],班扬符赏[250],布告天下,咸使知圣朝有拘逼之难[251]。如律令[252]。

注释

〔1〕左将军:官名。此指刘备。　豫州刺史,官名。亦指刘备。李善注引《蜀志》:"先主(刘备)归陶谦(徐州牧),谦表先主为豫州刺史。后归曹公,曹公表为左将军。"　郡国:汉行政区划名。郡,直辖于朝廷的区域;国,诸侯王的封地。　相守:相,指诸侯王国的最高行政长官;守,郡守,州郡的最高行政官。此句为檄文开头语,以官职称谓刘备,并及各郡国相守。又,朱珔说:"'左将军领豫州刺史'下,'郡国相守'上,当有'告'字,如魏檄吴将校部曲云'尚书令彧告江东诸将校部曲'也。操檄吴,托之彧,绍檄操,托之备;皆依以为重。二檄俱出陈琳之手,其体例同,可知也。彧名而备不名者,尊帝室之胄;或本有而传写遗落,俱未可定……"(《文选集释》,卷二十一)此录备考。

〔2〕明主:贤明的君主。　图危:思虑危亡。　制变:谓把握形势的变化而确定策略。

〔3〕立权:谓依据客观形势而确定权谋。权,权变,权谋。

〔4〕非常:谓超越凡俗。非常之人,指明主忠臣。

〔5〕功:功勋,功业。非常之功,指图危以制变,虑难以立权。

〔6〕拟:度,测度,谋划。

〔7〕曩(nǎng)者:曩昔,昔日。　弱主:昏庸无能的君主,指秦二世,秦始皇少子胡亥。

〔8〕赵高:秦时宦者。秦始皇崩,与丞相李斯矫诏赐始皇长子扶苏死,立胡

亥为二世,后又谋杀李斯,自为丞相,独揽朝政。　执柄:独持权柄。

〔9〕威福:施威赐福,谓赏罚。

〔10〕时人:指秦时的大臣。

〔11〕望夷:秦宫名。李善注引张华曰:“望夷宫在长安西北长平观故台处,是临泾水作之,以望北夷也。”　望夷之败,指赵高逼秦二世自杀事。李善注引《史记》:“秦二世梦白虎啮(咬)其左骖马,杀之。问占梦,卜(卜者,主占卜吉凶之事),泾水为祟(作祟)。二世乃斋望夷宫,欲祠(祭祀)泾水。使使责让赵高以盗事。高惧,乃阴与其女婿咸阳令阎乐数(列举罪状)二世,二世自杀。”

〔12〕祖宗:指祖宗之庙。代国家。

〔13〕污辱:指秦二世被赵高逼迫而死之事。

〔14〕世鉴:后世的教训。

〔15〕臻:至。　吕后:汉高祖刘邦妻,名雉。佐刘邦定天下,后诛功臣。子惠帝死,临朝称制,主政八年,排斥旧臣,立诸吕为王,族侄吕产、吕禄分掌南北军。后死,周勃、陈平尽灭吕氏,恢复刘氏政权。　季年:末年。

〔16〕产禄:吕产、吕禄,吕后族侄。

〔17〕二军:指汉时南北军。高后时,吕产为相国,居南军;吕禄为上将军,居北军。

〔18〕梁赵:梁地、赵地。高后时,吕产封梁王,吕禄封赵王。李善注引《汉书》:“张辟强(惠帝崩时为侍中)谓丞相陈平,请拜吕台、吕产为将,将兵居南北军。丞相如辟强计。太后临朝,以吕侯子台为吕王,台弟产为梁王,建成侯释之子禄为赵王。吕后崩,将军禄,相国产颛(专)兵秉政。”

〔19〕擅断:专断。独自决定。　万机:谓国家方针大计。

〔20〕省禁:古代总群臣而听政之所为省,皇帝起居之处为禁。尚书、中书、门下等官署皆设于禁中,故谓省禁。

〔21〕下凌:凌下,欺凌臣下。　上替:替上,废黜皇上。替,废。吕后掌政,杀少帝,立常山王义为帝。

〔22〕绛侯:指汉太尉周勃,沛人。随刘邦起义,以功为将军,封绛侯。惠帝六年为太尉。吕后主政,诸吕氏专权。吕后死,周勃与陈平共诛吕氏,迎文帝继位。　朱虚:指朱虚侯刘章。吕后死,与周勃、陈平,共诛诸吕。文帝时封城阳王。　奋怒:谓发扬正义。怒,愤怒,指正义。

〔23〕诛夷:诛灭平定。　逆暴:叛逆暴虐。指吕产、吕禄等。

〔24〕太宗:指汉文帝刘恒。高祖子,封代地。吕后死,周勃、陈平等诛诸吕,迎立为帝。李善注引《汉书》:“吕禄、吕产欲作乱,朱虚侯章与太尉勃等诛之。大臣乃谋迎代王。代王立,是为孝文皇帝。”

〔25〕王道:指先王所行之正道。

〔26〕显融:显扬融洽。

〔27〕明表:卓著的表率。

〔28〕司空:官名。曹操于建安元年拜为司空。　中常侍:官名。秦设置,汉沿用,出入宫廷,侍从皇帝。至东汉始由宦官专任,传达诏令,掌管文书。　腾:曹腾,曹操的祖父。李善注引司马彪《续汉书》:“曹腾,字季兴,少除黄门。桓帝即位,加特进。”

〔29〕左悺(guàn 贯):东汉桓帝初,曾为小黄门,后迁中常侍。　徐璜:桓帝时为中常侍。恃宠骄横,时称徐卧虎。　妖孽(niè 聂):谓祸害。

〔30〕饕餮(tāo tiè):古代传说中的恶兽名,喻贪婪凶暴的恶人。李善注引《左传》:“史克曰:‘缙云氏有不才子,天下之人谓之饕餮。’”

〔31〕伤化:破坏教化。

〔32〕嵩:曹嵩,曹操的生父。

〔33〕乞匄(gài 盖):同“丐”,求乞。　携养:提携抚养。此句谓曹操之父嵩,为曹腾的养子,其原出于夏侯氏。《魏志》裴注:“嵩夏侯氏之子,夏侯惇之叔父,太祖于惇,为从父兄弟。”

〔34〕因赃:谓凭借官府中贪取赃物的机会。指东汉灵帝时卖官鬻爵的黑暗政治。　假位:谓窃据官位。李善注引《魏志》:“曹腾养子嵩,官至太尉,莫能审其生本末。”何焯说:“范书《宦者传》:‘嵩灵帝时,货赂中官,及输西园钱一亿万,故位至太尉。’”

〔35〕舆金:谓以车载金玉。舆,车。　辇玉:与“舆金”义同。辇,车。

〔36〕输货:输送财物。　权门:权贵显要之家。

〔37〕窃盗:窃据,非法占有。　鼎司:三公重臣之位。此指太尉之职。鼎,古代传国之重器,三足,故以喻国之三公。

〔38〕重器:指鼎彝之类的传国之器,喻国家政教。

〔39〕赘阉:宦官养子。赘,赘疣,余肉,喻养子,指曹嵩;阉,阉割,特称宦官,指曹腾。　遗丑:不光彩的后代。

〔40〕懿(yì 义)德:美善的才德。

〔41〕犥(piào 漂)狡:轻疾勇猛。犥,当作"僄"。胡绍煐说:"按'犥'字书所无,当涉'狡'字误从犬旁。'僄',轻也。"(《文选笺证》,卷二十九)　锋协:锋利。何校"协"改"侠",云《魏氏春秋》作"侠"。(见孙志祖《文选考异》,卷三)

〔42〕幕府:将帅的府署。行旅在外,无固定住所,以帐幕为公府,故称。此指袁绍。　董统:督察领导。　鹰扬:雄鹰高飞,喻武威与雄才。

〔43〕凶逆:凶残的叛逆。此指宦官。以上两句言袁绍协同大将军何进于中平五年诛诸宦事。李善注引《魏志》:"大将军何进,与绍诛诸阉官。进被杀,绍遂勒兵捕诸阉人,无少长皆杀之。"

〔44〕董卓:东汉灵帝时拜前将军、并州牧,大将军何进为诛宦官召卓入朝。　侵官:谓越权侵犯他人的官守。　暴国:施暴乱国。此句谓董卓入朝,废少帝,立陈留王为帝,并烧毁洛阳,迁帝于西京事。李善注:"董卓,字仲颖,陇西人,为相国。卓以山东豪杰并起,乃徙天子(献帝)都长安,焚烧宫室(洛阳)。卓至西京,吕布诛卓。"

〔45〕挥鼓:指挥鼓动。

〔46〕发命:谓发布讨卓之命。　东夏:指渤海郡。以上两句谓袁绍为冀州、豫州、辽东、河内、广陵、兖州等州郡推为盟主,发动讨卓事。李善注引《魏志》:"董卓呼绍,欲废帝,绍不应,因横刀长揖而出,遂奔冀州。卓因拜绍渤海太守。绍遂以渤海之众以攻卓。"

〔47〕弃瑕:谓不忌讳缺点。瑕,玉上的斑点,喻缺点、过失。

〔48〕同咨(zī 资):共同商议。

〔49〕裨(pí 皮)师:偏师。谓军队主力之外的一部分。又,五臣师作"帅",偏帅似指曹操于讨董卓联军中,曾行奋武将军。

〔50〕鹰犬:喻可供驱使的勇猛之士。

〔51〕爪牙:喻勇猛善斗的才能。

〔52〕愚佻:愚昧轻薄。佻,轻。　短略:缺乏韬略。

〔53〕轻进:轻心冒进。

〔54〕伤夷:受伤,创伤。夷,与"痍"通。《史记·娄敬传》:"哭泣之声未绝,伤痍者未起。"《汉书·娄敬传》作"伤夷"。　折衄(nǜ):挫折,失败。

〔55〕师徒:军队士卒。《魏志·武帝》载,初平元年二月曹操与卓将徐荣战不利,士卒死伤甚多,自身也为流矢所中,所乘马被创,从弟洪以马与之,始夜

遁去。

〔56〕命锐:命令精锐士卒。

〔57〕修完:修整完备。　补辑:补充聚集。

〔58〕表行:谓袁绍上书皇帝使操担任东郡太守。　东郡:东郡太守的略称。

〔59〕兖州刺史:官名。李善注引谢承《后汉书》:“袁绍以曹操为东郡太守,刘公山为兖州。公山为黄巾所杀,乃以操为兖州刺史。”

〔60〕被(pī 披):穿着。　虎文:有文采的虎皮。此句谓披虎文而实为羊质,喻形象凶猛无畏,实质怯懦胆小。李善注:“被以虎文,则羊质虎文也。”引《法言》:“敢问质。曰:‘羊质而虎皮,见草而说(悦),见豺而战。’”

〔61〕奖蹙(cù 促):奖励并成就之。　威柄:作威作福的权柄。李善注:“《魏志》作‘奖蹙’。蹙,成也。言奖成其威柄也。”

〔62〕冀获:希望获得。　秦师:秦军。　一克:一战而胜。一克之报,谓春秋时秦将孟明事。崤之战,孟明败于晋,穆公未予处罚,后秦又以孟明率师伐晋,取王官之地,并称霸西戎,以立新功报答秦穆公的恩德。李善注引《左传》:“秦孟明帅师伐晋,晋侯御之,秦师败绩。”　又引:“秦伯伐晋,济河焚舟,取王官,及郊,晋人不出,遂霸西戎,用孟明也。”　此谓袁绍不以曹操数败于董卓为罪,望其有一克之报。

〔63〕承资:承受资望。资,资望,资历。此指操所任兖州刺史。　跋扈:骄横强暴。

〔64〕凶忒(tè 特):凶恶。李善注谢承《后汉书》:“操得兖州,兵众强盛,内怀反绍意。”

〔65〕割剥:宰割,残害。　元元:谓众人。

〔66〕九江太守:官名。　边让:字文礼,刚正不阿,善属文,恃才气,对操多有轻侮之言,终至被杀。

〔67〕直言:言论率直。　正色:表情严肃。

〔68〕阿谄(chǎn 产):阿谀奉承。

〔69〕被:遭。　枭悬:谓斩首并悬头于木以示众。　诛:诛杀。

〔70〕妻孥(nú 奴):妻与子。　灰灭:谓诛灭其族。　咎(jiù 旧):灾祸。李善注引《魏志》:“太祖在兖州,陈留边让言议颇侵太祖。太祖杀让,族(灭族)其家。”

〔71〕士林:文士之群。林,喻多。

〔72〕民怨:人民愤恨。

〔73〕奋臂:举臂。形容首倡,号召。

〔74〕举州:全州。　同声:共同声讨。

〔75〕躬:自身。　徐方:指徐州。此句谓兴平元年曹操征徐州牧陶谦事。李善注引《魏志》:"陶谦为徐州刺史。太祖征谦,粮少,引军还。"

〔76〕吕布:东汉九原人,字奉先,初为董卓将,与卓誓为父子。后与司徒王允共灭卓,授奋威将军,封温侯,据濮阳及下邳,为曹操所灭。此句谓兴平元年曹操攻吕布所据之濮阳事。时吕布先以骑卒犯操青州兵。青州兵阵乱奔散,操突火出,坠马烧伤左手,遂引军去。(见《魏志·武帝》)

〔77〕彷徨:惊恐不定。　东裔:东方边远之地,指东郡。

〔78〕蹈据:踏足依据。此谓落脚安身。

〔79〕惟:思。　强干:加强主干,喻增强君主的势力。　弱枝:削弱旁枝,喻削弱诸侯的势力。　义:义理。李善注引《汉书》:"徙二千石高赀富人豪杰并兼之家于诸陵(指汉各代帝王陵墓),盖亦以强干弱枝,非为奉(奉祀)山园(陵园)也。"

〔80〕不登:不成,使不得有成。　叛人:指吕布。　党:党羽,势力。

〔81〕援旍:举旗。援,引,举。　擐(huàn 焕)甲:披甲衣。擐,贯,穿。

〔82〕席卷:有如卷席,喻全面进击。

〔83〕金鼓:金钲与鼙鼓,皆军中用器。金,以止众;鼓,以进众。

〔84〕奔沮:奔逃溃败。李善注:"绍征吕布,诸史不载,盖史略也。"

〔85〕拯:救。　患:灾祸。死亡之患,指曹操濮阳之败。

〔86〕方伯:一方诸侯。此指兖州刺史。李善注引谢承《后汉书》:"操围吕布于濮阳,为布所破,投绍。绍哀之,乃给兵五千人,还取兖州。"

〔87〕无德:无施恩德。　兖土:指兖州。此句谓袁绍举操为兖州刺史,而操残害贤能。此借幕府而言操之罪。

〔88〕大造:大恩。

〔89〕鸾驾:天子之车。此指汉献帝。　反旆(pèi 配):形容返回。旆,旌旗。此谓建安元年秋七月汉献帝返回洛阳事。李善注引《魏志》:"董卓徙天子都长安。后韩暹以天子还洛阳。"

〔90〕郡虏:群敌。指董卓、韩暹、杨奉等。　寇攻:进攻。

〔91〕冀州:时为袁绍所领之州郡,今河北省。　北鄙:北方边鄙之地。

警:告警,危急情况。北鄙之警,谓辽东公孙瓒(令支人,拜降虏校尉)威胁冀州进犯袁绍事。李善注引《魏志》:“冀州牧韩馥以冀州让绍,绍遂领冀州。”引谢承《后汉书》:“公孙瓒非绍立刘伯安,敛其众攻绍。”

〔92〕匪遑(huáng 黄):无暇。　离局:谓离开所领冀州地。局,部分。此指冀州地。

〔93〕从事中郎:官名。　徐勋:人名,袁绍部属。

〔94〕缮修:修缮。　郊庙:宗庙,天子祭祀祖先之所。其设于城郊,故谓郊庙。

〔95〕翊(yì 意)卫:辅佐保卫。　幼主:指汉献帝。李善注引《魏志》:“天子还洛阳,太祖遂至洛阳,卫京师。”

〔96〕放志:意志放肆。

〔97〕胁迁:谓曹操以洛阳残破迁献帝都许事。李善注:“胁迁,谓迫胁天子而迁徙也。”　当御:谓独揽朝政。张铣注:“谓万事自当理之,不令上知也。”黄侃说:“《后汉书》无‘当御’二字,作‘威劫省禁’。此刻书者以《后汉》改此本,而又未删其旧耳,当从旧。”(《文选黄氏学》,卷四十四)

〔98〕卑侮:鄙视轻侮。

〔99〕败法:破坏法纪。

〔100〕坐领:安坐而统领。　三台:指中央最高官职。李善注引应劭《汉官仪》:“尚书为中台,御史为宪台,谒者为外台。”建安元年九月,曹操为大将军,封武平侯。十月以大将军让与袁绍,拜司空,行车骑将军。

〔101〕爵赏:封爵奖赏。　由心:出自私心,谓不论功德。

〔102〕刑戮:刑罚杀戮。　在口:取决于一句话,谓不依据法令。

〔103〕光:光耀。谓使享荣华富贵。　五宗:五族。吕延济注:“五宗,谓上至高祖,下至玄孙也。”

〔104〕三族:指父族、母族、妻族。古有夷三族之刑。李善注引《家语》:“宰予(孔子学生)为临淄大夫,与(参与)田常之乱,夷三族也。”

〔105〕群谈者:群集议论朝政者。　显诛:公开处死。

〔106〕腹议者:内心对朝廷怀有不满者。　隐戮:谓假托别事而杀戮。

〔107〕百寮:百官。寮,通“僚”。　钳口:闭口。谓畏法不敢议论时政。

〔108〕道路:指道路上的人。　以目:谓以目示意,而不敢说话。

〔109〕尚书:官名。东汉时设尚书台,也称中台,掌群臣章奏之事。　朝会:

诸侯或群臣进见君主的仪式。春见曰朝,时见曰会。

〔110〕公卿:三公九卿,指古代国家中央一级的官吏。 员品:人员官级。以上两句谓任何人也不敢议论时政,尚书无章奏可以转达,只记录朝会的形式,公卿也无可议论,只是暂充职位与官级而已。

〔111〕太尉:官名。秦置,掌军事。汉武帝改为大司马。东汉复旧称。多为加官,并无实权。 杨彪:弘农华阴人。汉献帝时拜太尉,曾尽职维护幼主,遭到曹操诬陷。

〔112〕典历:一作"历典",连续担任。典,主管,担任;历,依次。 二司:指司徒司空。杨彪曾先后任此二职。

〔113〕享国:谓享有国家的重任。 极位:最高的官职。

〔114〕因缘:由于。 眦睚(zì yá 自牙):怒目而视,仇视。

〔115〕被以:遭到。 非罪:横加的罪名。

〔116〕榜(bàng 棒)楚:鞭笞。楚,荆条,以荆条抽打。 参并:一作"并兼",加倍。

〔117〕五毒:五刑。谓鞭、箠、灼、徽(以绳索捆绑)、纆(以绳索紧勒之刑)。备至:完全用到。

〔118〕触情:谓触怒其情感。 任忒:任意施恶。

〔119〕宪网:法律。李善注引范晔《后汉书》:"彪字文先,代董卓为司空,又代黄琬为司徒。时袁术僭乱(叛乱),操托(假借)彪与术婚姻(儿女亲家),诬以欲图废置(废黜君主而另立新主),奏收下狱,劾(弹劾)以大逆(叛逆)。"

〔120〕议郎:官名。由贤良方正之士任之,掌顾问应对之事。赵彦:其人李善及五臣无注,未详。《后汉书·方术传》有赵彦,东汉琅邪人,通数术之学。但未载其为议郎,并被曹操收杀事。恐未是。

〔121〕忠谏:诚心劝谏。

〔122〕义:意义,意思。 可纳:可以采纳。

〔123〕圣朝:圣明之朝。指汉献帝。 含听:包容听取。

〔124〕改容:改变仪容,改变态度。 加饰:予以奖励。饰,奖饰,奖励。

〔125〕迷夺:迷惑剥夺。 时明:世人的眼力。明,眼力,眼光。

〔126〕杜绝:堵塞断绝。 言路:发表意见的途径。

〔127〕擅收:擅自逮捕。

〔128〕不俟:不待。 报闻:报告天子。

〔129〕梁孝王:指汉文帝次子刘武。窦后生景帝及梁王,甚为后宠爱。梁孝王大造宫室,招纳豪杰。府库金钱百万,珠宝玉器多于京师。故后有曹操掘其墓葬之事。　先帝:指汉景帝。　母昆:同母弟。

〔130〕坟陵:坟墓陵园。　尊显:尊贵显赫。

〔131〕桑梓(zǐ 子):皆木名。此句谓梁孝王墓地所植树木葱茏茂盛,表后世的景仰追念。李善注引《毛诗》:"维桑与梓,必恭敬止。"

〔132〕肃恭:恭敬。

〔133〕裸尸:暴露尸体。

〔134〕圣朝:指汉献帝。李善注引《曹瞒传》:"曹操破梁孝王棺,收金宝。天子闻之哀泣。"

〔135〕士民:士人与庶民。士,士人,士大夫。

〔136〕特置:特设。　发丘中郎将:官名。　摸金校尉:官名。

〔137〕隳(huī 灰)突:破坏冲撞。

〔138〕骸:骸骨。余萧客引李独《异志·中》:"曹操置发丘中郎将摸金校尉数十员,天下冢墓无新旧,发掘骸骨,横暴草野。"(《文选纪闻》,卷二十四)

〔139〕三公:指封建王朝最高官职。东汉以太尉、司徒、司空为三公。曹操时为司空。

〔140〕桀虏:指恶人。李善注引《家语》:"今人之言恶者,比之于桀、纣(夏桀王、殷纣王),民怨其虐,莫不吁嗟。"

〔141〕污国:污辱国家。

〔142〕毒施:毒害遍布。此句谓戕害忠贤暴露骸骨。

〔143〕细政:繁琐的政令。　苛惨:苛刻惨毒。

〔144〕科防:条律禁令。　互设:交替设置。

〔145〕罾缴(zēng zhuó 增浊):罗网与利箭。罾,捕鱼的网;缴,系在箭上以射鸟的丝绳,此代箭。　蹊:路径。

〔146〕坑阱:暗坑与陷阱,用以捕兽。

〔147〕举手:谓士人一举手。

〔148〕动足:谓士人一动足。　机陷:设有秘密机关的陷阱。

〔149〕兖豫:二州名。曹操所领州郡。　无聊:无以为生。

〔150〕吁嗟:哀叹之声。　怨:恨。

〔151〕载籍:史书。

〔152〕无道：违背仁德，暴虐残忍。

〔153〕诘：责问，惩戒。　外奸：域外奸邪之人。此指辽东公孙瓒，其与袁绍连年混战，建安四年为绍所败。

〔154〕整训：整顿教训。

〔155〕加绪：有余，过分。吕延济注："绪，余也。"　含容：包含容纳。

〔156〕弥缝：弥补缝合。谓弥补过失，自我改悔。何焯注此句云："绍不听郭图、沮授（二人名，皆绍部属）言，天子在曹阳，去邺（时为绍封地）甚近，不肯奉迎，乃为操所先。及见诏书每下，有不便于己者，始悔其失。故檄中极意弥缝之。"（《义门读书记》）

〔157〕摧桡（náo 挠）：摧毁挫败。　栋梁：喻国家重臣。指司空杨彪等。

〔158〕孤弱：谓孤立削弱，除掉辅佐之臣。

〔159〕忠正：谓忠谏正直之臣，指议郎赵彦等。

〔160〕枭（xiāo 肖）雄：凶猛顽强的人。枭，恶鸟，此喻恶人。

〔161〕伐鼓：击鼓。公孙瓒：东汉辽西令支人。汉末举孝廉，为辽东属国长史。屠杀青州、徐州黄巾军，占据幽州，威胁袁绍。李善注引《魏志》："公孙瓒，字伯圭。董卓至洛阳，迁瓒奋武将军，封蓟侯。"

〔162〕强寇：顽敌。指公孙瓒。　桀逆：凶暴忤逆。

〔163〕拒围：抗御围困。

〔164〕阴交：暗里送交。　书命：书信。指操与瓒书。

〔165〕王师：指袁绍的军队。

〔166〕掩袭：暗袭，偷袭。

〔167〕造河：到达黄河。

〔168〕方舟：两船相并。方，并。　北济：北渡。

〔169〕会：遇。　行人：使者。此指曹操派往公孙瓒处之使者。　发露：谓使者向袁绍披露操与瓒书。

〔170〕枭夷：杀戮诛灭。李善注引《魏志》："绍悉军围瓒。瓒自知必败，尽杀其妻子，乃自杀。"

〔171〕锋芒：兵戈。代军队。　挫缩：受挫退却。

〔172〕厥图：其阴谋。　不果：未能实现。何焯注云："《后汉书》注引《献帝春秋》云：'操引军渡河，托言助绍，实欲袭邺，以为瓒援，会瓒破灭，绍亦觉之，以军退，屯于敖仓。'"（《义门读书记》）

〔173〕过荡:经过并洗荡。　西山:指鹿肠山。在古县朝歌。今河南省境内。

〔174〕屠各:东汉时匈奴部落之一。李善注引《晋中兴书》:“胡俗,其人居塞者,有屠各种,最豪贵,故得为单于,统领诸种。”　左校:官名。指郭太贤,为东汉农民起义军黑山部首领之一。

〔175〕束手:谓反缚双手,表主动投降。奉质:奉献礼物。质,通“贽”,古时拜见尊长者进献的礼物。

〔176〕前登:谓争先投降。

〔177〕犬羊:喻屠各等匈奴诸部。　残丑:残余的丑类。指左校郭大贤等黑山起义军。

〔178〕消沦:消灭沦没。李善注引范晔《后汉书》:“黑山贼于毒(东汉响应黄巾的农民起义军首领)等覆邺城,绍入朝歌鹿肠山,破之,斩毒。又击左校郭太贤等,遂及西营屠各战于常山。”

〔179〕震慑:恐惧。

〔180〕逋遁(bū dùn 晡盾):逃走。以上自“尔乃大军”至“晨夜逋遁”诸句,《后汉书》、《魏志》注均不载,待考。

〔181〕屯据:驻守。　敖仓:地名,在河南荥阳县东北敖山上。秦时以此筑粮仓,故名。李善注引《汉书音义》:“敖,地名,在荥阳西北,上临河,有太仓。”

〔182〕阻河:以黄河为险阻。

〔183〕螗螂(táng láng 唐郎):虫名。　斧:指螗螂的两只前足。张铣注:“螳螂,虫也。前有两足,举之如执斧之象也。”

〔184〕御:抵挡。　隆车:高大的车。　隧:车辙。

〔185〕奉:尊奉,尊从。　威灵:威严神灵。

〔186〕折冲:使敌人的战车后撤,谓击溃敌人。冲(衝),战车。此谓战无不胜。

〔187〕长戟:长的兵器。戟,兵器名,戈的一种。指士卒。

〔188〕胡骑:战马,指骑兵。

〔189〕奋:愤发,激励。　中黄:中黄伯,古力士名。李善注引《尸子》:“中黄伯曰:‘余左执太行之獶(兽名),而右搏雕虎(兽名)。’”　育获:夏育、乌获,古力士名。李善注引《战国策》:“范雎说秦王曰:‘乌获之力焉而死,夏育之勇焉而死。’”

〔190〕骋:放任,施展。　劲弩:强弓。　势:力。

〔191〕并州:州名,汉置,地约在今内蒙、山西、河北一带。此指并州刺史高幹。　太行:山名。绵延于山西、河北、河南省境。

〔192〕青州:州名,汉置,地约在山东境内。此指青州刺史袁谭。　济漯(tà踏):二水名。济,源出河南济源县王屋山,东流至山东,与黄河并行入海,漯,在山东省境。李善注引《魏志》:“袁绍出长子谭为青州,外甥高幹为并州。”

〔193〕大军:指袁绍军。　汛:漂浮。　角:谓捉住兽角,喻进攻。

〔194〕荆州:州名,今湖北、湖南一带。此指荆州牧刘表。时刘表与袁绍结盟。　宛叶:二县名。宛,宛城,荆州之地,今湖北境内;叶,叶县,属南阳郡,今河南境内。　掎(jǐ 挤):拉住兽腿,牵制。李善注引《左传》:“狄子驹支(人名)曰:‘譬如捕鹿,晋人角之,诸戎(古西部民族)掎之。征伐,军有前后,犹如捕兽,一人捉角,一人戾(拉住)足。’”

〔195〕雷霆:比喻威势。　虎步:比喻勇猛。

〔196〕集:至。　虏庭:敌人的宫廷。庭,通“廷”,宫廷。此指曹操的大本营。

〔197〕炎火:旺盛的火焰。　焫(ruò 若):同“爇”,燃烧。　飞蓬:随风飞转的蓬草。

〔198〕沧海:大海。　沃:灌,浇。　熛(biāo 标)炭:飞腾的炭火。熛,火飞。

〔199〕幽冀:二州名。幽州,今河北北部和辽宁南部一带;冀州,今山西、河北北部和辽宁西部一带。

〔200〕故营:旧部。　部曲:古时军队的编制单位。《汉书·李广传》注引《续汉书百官志》:“将军领军,皆有部曲,大将军营五部,部校尉一人。部下有曲,曲有军侯一人。”吕延济注:“故营部曲,谓绍之故营部曲之兵也。”东汉兴平元年曹操曾与吕布战于濮阳,为布所败,投袁绍,绍曾给兵五千,故此谓故营部曲。

〔201〕怨旷:怨恨别乡之久。旷,久。

〔202〕兖豫:二州名。兖州,今山东境内,豫州,今河南省。

〔203〕吕布:人名。东汉人,曾为兖州牧。李善注引《魏志》:“吕布,字奉先,五原人也,为兖州牧。建安三年,曹公东征,大破之。布乃还固守,公遂决泗沂水以灌城,禽布杀之。”　张扬:人名。李善又引《魏志》:“张扬,字稚叔,云中

人也。董卓以为建义将军。建安四年,公还昌邑,张扬将杨丑杀扬以应太祖,扬将眭固杀丑,将其众欲北合袁绍。太祖遣史涣邀击之,杀固。”遗众:遗留的部属。

〔204〕覆亡:败亡。　迫胁:胁迫。

〔205〕权时:权衡时势。　苟从:苟且服从。

〔206〕创夷:创伤。夷,通“痍”,伤。

〔207〕仇敌:谓皆以曹操为仇敌。

〔208〕回旆(pèi 配):回转旌旗,谓调遣军队。　方徂:将往。

〔209〕鼓吹:乐名。指古乐之鼓钲箫笳之类。此指军乐。

〔210〕素挥:白旗。素,白;挥,通“徽”,旗幡。　启:敞开。

〔211〕血刃:兵刃见血。谓两方交兵作战。“又操军士”至“不俟血刃”句,《后汉书·袁绍传》与《魏志》注皆不载。

〔212〕汉室:汉家朝廷。　陵迟:逐渐衰败。

〔213〕纲维:纲纪与四维。指国家统治秩序与礼仪制度。　弛绝:松散断绝。

〔214〕一介:一个,表轻微。　辅:辅佐。

〔215〕股肱(gōng 工):大腿胳膊。喻亲近得力的臣子。　折冲:使敌人的战车后退。谓克敌致胜。冲(衝),古代的一种战车。　势:权势,势力。

〔216〕方畿(jī 机):谓京城所辖的区域。张铣注:“天子境内千里曰畿内。”

〔217〕简练:选择,精干。

〔218〕拓(tà 踏)翼:收敛翅膀。形容谨小慎微的样子。

〔219〕凭恃:凭依,依靠。

〔220〕佐:辅佐。

〔221〕展:施展,发挥。　节:诚节,志节。

〔222〕持:掌握。

〔223〕宫阙:宫廷。天子居处之所。

〔224〕托:托名,假借名义。　宿卫:谓担任天子警卫。

〔225〕拘执:拘禁控制。

〔226〕篡逆:谓行叛逆而夺取君位。　萌:萌生。

〔227〕作:动作,行动。

〔228〕肝脑:指生命,肝脑涂地,形容牺牲生命。

〔229〕烈士:指有志建功立业之士。

〔230〕勖(xù 绪):勉励。《后汉书·袁绍传》与《魏志》注并至此句全文结束。

〔231〕矫命:假借君命。　称制:宣称天子之命。

〔232〕过听:误听。　给与:此谓供给军队。

〔233〕强寇:谓使敌人得到加强。　弱主:使君主被削弱。

〔234〕违众:违背人心。　旅叛:帮助叛逆。旅,助。

〔235〕举:举动,举兵。　丧名:丧失名节。

〔236〕明哲:明智之士。

〔237〕幽:指幽州刺史袁熙。熙为绍次子。　并:指并州刺史高幹。　青:指青州刺史袁谭。　冀:指冀州刺史袁绍本人。

〔238〕书:指本檄州郡文。　荆州:指荆州刺史刘表。

〔239〕勒:勒兵,率军。　见兵:谓出征。

〔240〕建忠将军:指张绣。李善注引《魏志》:“张绣以军功称,迁至建忠将军,屯宛,与刘表合。”　声势:声威势力。

〔241〕戎马:兵马。

〔242〕罗落:部署,排列。　境界:疆界。

〔243〕举师:调动军队。　扬威:发扬武威。

〔244〕匡:匡正,匡复。　社稷:指国家。社,土神;稷,谷神。古时新君建国必立社稷之坛,故以代国家政权。

〔245〕著:显著,昭著。

〔246〕五千户:指封地内的户口数。

〔247〕偏裨:偏将与裨将,非主力军以外的将佐。

〔248〕问:追究,问罪。

〔249〕恩信:恩德信义。

〔250〕班扬:颁布宣扬。　符赏:符书与赏赐。

〔251〕圣朝:指汉献帝。　拘逼:拘禁胁迫。拘逼之难,谓献帝为曹操所挟持。

〔252〕律令:法令。

今译

左将军领豫州刺史及诸国相郡守：大概贤明之君能够居安思危，依据形势制定变通的策略；忠诚之臣能够预见艰难，善于依据客观情况确立权宜的谋划。因此，有非常之人，然后能有非常之事；有非常之事，然后能建立非常之功。所谓非常之事与非常之功，实际是非常之人预见与谋划的结果。

昔日强大的秦国，君主昏弱无能，赵高把持权柄，专制朝政，赏功罚过全由一人决定。当时大臣受其胁迫，无人敢于公正直言，终于演成望夷宫的悲剧，其祖庙焚毁灭尽，耻辱流传至今，永为后世戒鉴。及至吕后末年，吕产、吕禄专政，朝内兼领南北二军，朝外统有梁赵二国，独断国家政务，决事宫禁之中，欺凌臣下，废黜皇上，天下百姓无不痛心。于是绛侯周勃，朱虚侯刘章，调遣军队，发扬正义，诛灭叛逆，尊立太宗。因而先王正道得以兴隆，光明显扬而又和融。此为大臣依据形势确立权谋的卓越表率。

司空曹操祖父中常侍腾，与左悺、徐璜共为妖孽，凶恶残暴，狂放横行，伤害教化，虐杀民众。其父曹嵩，乞求于人而被收养，凭借行贿，窃取官位，车载金玉珍宝，奉送权势之门，盗取太尉之职，颠覆国家政权。曹操为宦官后代，原来毫无美德，轻狡锋利，好乱乐祸。幕府统率勇猛大军，扫除凶暴叛逆，继遇董卓侵犯官权，暴乱国家，于是挥剑击鼓，发命于东夏，召集英雄，广加录用，故与曹操共商合谋。授以偏帅，谓其有鹰犬之才，爪牙可任。而曹操却愚昧轻率，缺乏韬略，轻心冒进，随意撤退，个人负伤，战斗失败，多次丧失徒众。幕府又分与精锐士卒，补充整顿其部属，表荐为东郡太守，领兖州刺史。其外表凶猛似虎，实质则怯懦如羊。幕府奖励之，使有施威作福之权柄，希望能得其报答，如秦将孟明，一战而转败为胜。而曹操却凭借其资历，骄横跋扈，放肆无忌，作恶多端，宰割天下百姓，残害贤良善德。故九江太守边让，才德杰出，天下知名，率直庄严，论不

阿谀,其人却遭杀头示众的惩罚,妻子儿女受到灭族的论处。从此士人群众愤然痛心,普通百姓怨恨深重。一人振臂而呼,全州同声响应。其自身失败于徐州,土地被侵夺于吕布,惊慌无依于东郡,落脚安身而无定所。幕府欲依加强朝廷削弱诸侯之理,而且不使叛人之党有所成就,又举义旗披战衣,全面调军开始征讨,战鼓一经震响,吕布之众则奔逃溃败,拯救其灭亡之祸,恢复其刺史之位。如此看来,幕府虽无功德于兖州百姓,却有大恩于曹操本人。

后遇天子返回洛阳,群敌相互攻伐。当时冀州正有北方公孙瓒的侵扰,无暇离开本地,故派从事中郎徐勋就近发令,调遣曹操,使其修缮祖庙,保卫幼主。曹操便放纵野心,专断行事,胁迫天子迁许,独掌朝廷,轻侮王室,败坏法纪,坐领司空要职,专制朝廷大政。封爵赏赐皆由个人私心之意,处罚杀戮皆出其一己之口。被其宠爱则五宗光耀,被其厌恶则诛灭三族。群聚议政者受重罚,心怀不满者借他事而杀,百官闭口,道路示意以目,尚书只记朝会事宜,公卿暂充品位而已。

故太尉杨彪,相继担任二司,享有国家最高职位。曹操与之结怨,以无罪而遭害,鞭笞重罚加倍,五种毒刑皆用。触动私情任意逞恶,不顾法律纲纪。又有议郎赵彦,忠诚劝谏,直言不讳,其意见足可采纳;因此天子包涵听取,改变仪态予以奖饰。曹操欲迷惑剥夺时人眼力,堵塞进言之路,擅自逮捕,立即杀戮,不待上奏天子。又梁孝王为先帝同母兄弟,其陵墓尊崇显贵,桑梓松柏,茂盛葱翠,尤宜肃然恭敬。而曹操率领将吏士兵,亲临发掘,凿破棺椁,暴露尸骨,掠取金玉珍宝,至令天子痛心流泪,士人民众悲伤感慨。曹操特设发丘中郎将摸金校尉的官职,所过之处冲击破坏,尸骸无不暴露于外。身处三公之位,而行恶人之事,污辱国家,虐杀民众,毒害遍施人鬼。再加其苛政惨毒,法律禁令遍设,罗网满布小径,陷阱充塞大路,举手触犯法网,动足落入陷坑,因此兖豫二州有无以生存之民,帝都有悲叹不平之恨。历观史籍所载,暴虐之臣,贪婪残酷,曹

操最甚。幕府正讨伐外敌,对操未及教训,过分包涵宽容,望其自我改悔。而曹操豺狼野心,暗藏叛乱阴谋,妄想摧毁国家重臣,孤立削弱汉家王室,除灭忠实正直之士,专为凶残强横之举。往昔幕府击鼓北征公孙瓒,顽敌凶暴忤逆,抗拒围攻一年。曹操趁其未破之时,暗中与其互通书信,表面支援王师,实际进行偷袭,因此率军到达黄河,并船北渡。遇操使者披露其与瓒密信,瓒也随即灭亡,故使其背叛锋芒受挫,阴谋未能得逞。

于是大军经过西山扫除群盗,屠各之部,左校之贼,皆束手请降,争先归附,其余匈奴诸种,皆消灭于边疆山谷。于是操军震恐,日月逃遁,盘据敖仓,以黄河为阻险而固守,妄想以螳螂之臂,抵挡于高车之辙。幕府尊奉大汉威灵,足以平定天下,持戟之兵达百万,乘马之卒至千群,激励勇猛之士,发挥良弓之力。并州刺史挥师横越太行,青州刺史率众强渡济漯,大军浮过黄河而阻击其前锋,荆州刺史带部属下宛叶而追歼其后卫。如雷霆之迅猛,如虎行之神威,直捣操军大本营;若举烈焰而烧飞蓬,倾沧海而浇炭火,有何等火势不能熄灭呢?又操军官兵,其能战者皆出自幽冀二州,有的是幕府旧时部下,皆怨恨久别而思念故乡,日夜流泪而凝望北方。其余兖豫二州之民,以及吕布、张扬降服之众,皆由于主帅灭亡而被胁迫,权宜时势,苟且屈从,又各有创伤,人人以操为敌。若调军出征,登高冈而奏鼓乐,扬白旗而开降路,操军必土崩瓦解,而不待动用兵刃。

当今汉室逐渐衰落,礼仪制度松弛断绝,天子无得力辅佐之臣,亲信无克敌制胜之力。京都千里之内,精选干练之臣,皆垂头敛翼,无所依托。虽有忠义之佐,畏惧暴虐之臣,怎能施展其志节?又曹操把持部曲,精兵七百,围驻宫阙,外借保卫天子之名,内行拘禁控制之实,幕府忧虑篡位叛逆事生,因此决然采取行动。此是忠臣为国献身之秋,志士立功受赏之机,怎能不努力呢?

曹操又假借天子发布命令,派遣使者调动军队。幕府恐边远州

郡，误听其令而给予支援，增强敌人而削弱君主，违背民心而帮助叛逆，行动丧失名节，变为天下笑柄。此为明智之士所不取。即日幽并青冀四州兵马，同时进发，此书传到荆州，刺史立即率军出征，与建忠将军相互配合，声威阵势彼此协同。各个州郡整顿兵马，部署于全部边境，调遣军队宣扬武威，共同匡复国家正统，建立非常之功，于此最为卓著光荣。其斩得操首者，封五千户侯，赏钱五千万。操军部曲偏裨将校及诸吏降者，概不问罪。广泛宣扬朝廷恩德信义，颁布符命与奖赏数量，告示天下，使全国上下皆知天子有被曹操拘禁逼迫之难。诛伐与赏赐一如法令实行之。

（陈复兴译注并修订）

檄吴将校部曲文一首　陈孔璋

题解

关于本文的真伪及写作年代,向来众说纷纭。

开头以“尚书令彧”称说,《魏志·本传》载彧卒于建安十七年。而文中所述事件,据《魏志》多在其后,若夏侯渊讨马超在十八年,讨宋建在十九年,韩遂之斩、张鲁之降在二十年,等等。姜皋以为荀彧当为荀攸之误,文作于建安二十一年曹操征孙权之前。曰:“彧当是攸之讹。《魏书·太祖纪》:‘建安十八年十一月初置尚书侍中六卿。’裴注引《魏氏春秋》曰:‘以荀攸为尚书令。’《荀攸传》云:‘魏国初建,为尚书令,从征孙权,道薨。’注云:‘建安十九年,攸年五十八。’是也。然文中言张鲁之降年又不符此。或是二十一年将征孙权先有此檄,而攸亦薨于是年。按攸于十八年为尚书令,至二十一年以大理钟繇为相国。《通典》云:‘尚书令魏晋以下任总机衡,然则即相国也。’若攸卒于十九年,中间不闻替者,何以二十一年始以钟繇为相国。《魏公九锡劝进文》攸次即繇,则攸卒繇代,亦其序也。因疑攸卒于二十一年,则檄中情事皆合耳。”(见《文选旁证》,卷三十六)

朱珔则疑为非陈琳所作,而出于齐梁文士之伪托。曰:“若云是建安二十一年征吴之檄,则距彧之薨已五年,檄首不应仍称尚书令彧也,恐彧字或误。然李善注引彧传以证未必误也。岂孔璋此檄是齐梁文士所拟作,而昭明取以入选欤!此说驳辨甚核。善注屡引《魏志》,而未悟及彧薨之年之不相合。今疑非琳作,与前《上书重谏

吴王》或疑非乘作正同。但彼书《汉书》载之,未必然;而此檄不见于《三国志注》,当是矣。”(见《文选集释》,卷二十一)陆侃如赞同朱珔说。(见《中古文学系年》,四一二页)黄侃则曰:“此篇中事多在彧薨后,恐尚书令彧之彧字,为后人以意沾之耳。又疑此‘彧’本作‘或’,犹称何人,称某,称某甲耳。”(见《文选黄氏学》,二〇九页)。以上梁章钜《文选旁证》引姜说,显然有削足适履之嫌,黄说则完全不顾李善注引《魏志·荀彧传》,证其所见本即为彧字,有主观性的偏颇。其中以朱说近是。

其实,即或出于伪托,仍不减文章本身的可鉴赏价值,亦与《上书重谏吴王》相同。

第一段泛论君子善于见机而作,临事制变的明智远虑,以为吴将校部曲之启示。第二段斥责孙权的幼稚狂妄,以春秋夫差及汉吴王濞灭亡的历史经验,分析孙吴不可能以江湖之险抵挡王师的征伐。第三段以二袁吕布以及张鲁破败的现实教训,证明孙吴不可能以暂时势众抗拒天子的诛讨。第四段以翻然归顺者与悍然叛逆者的两种相反命运,为孙权指明可以选择的出路,并以王师五路并进的强大攻势迫其降服。第五段宣布对孙吴方面区别对待的政策,即元恶大憝必当枭首,枝附叶从非所禽疾,列举举事立功者的实例,对吴将校部曲加以分化。第六段揭露孙权贼义残仁的罪恶,号召吴郡顾陆旧族长者弃吴归汉,建功受赏。

全文隶事骋词,气势回荡,恰与陈琳风格一致。论形势,指出路,讲政策,区分打击谁争取谁,表现出我们民族高度的政治智慧,富有政论文的说服力与鼓动性。以古今对照,正反对比之法尤能增强表达效果。故李兆洛评曰:“反正开合,谋篇甚善。”

原文

年月朔日子[1],尚书令彧[2],告江东诸将校部曲及孙权宗亲中外[3]:盖闻祸福无门[4],惟人所召[5]。夫见机而

作[6],不处凶危,上圣之明也[7];临事制变[8],困而能通[9],智者之虑也;渐渍荒沉[10],往而不反,下愚之蔽也[11]。是以大雅君子[12],于安思危,以远咎悔[13],小人临祸怀佚[14],以待死亡。二者之量[15],不亦殊乎!

孙权小子,未辨菽麦[16],要领不足以膏齐斧[17],名字不足以洿简墨[18]。譬犹彀卵[19],始生翰毛[20],而便陆梁放肆[21],顾行吠主[22]。谓为舟楫足以距皇威[23],江湖可以逃灵诛[24],不知天网设张[25],以在纲目[26],爨镬之鱼[27],期于消烂也[28]。若使水而可恃[29],则洞庭无三苗之墟[30],子阳无荆门之败[31],朝鲜之垒不刊[32],南越之旌不拔[33]。昔夫差承阖闾之远迹[34],用申胥之训兵[35],栖越会稽[36],可谓强矣。及其抗衡上国[37],与晋争长[38],都城屠于勾践[39],武卒散于黄池[40],终于覆灭,身罄越军[41]。及吴王濞骄恣屈强[42],猖猾始乱[43],自以兵强国富,势陵京城[44]。太尉帅师[45],甫下荥阳[46],则七国之军[47],瓦解冰泮[48],濞之骂言未绝于口,而丹徒之刃已陷其胸[49]。何则?天威不可当[50],而悖逆之罪重也[51]。

且江湖之众,不足恃也。自董卓作乱[52],以迄于今,将三十载。其间豪杰纵横[53],熊据虎跱[54],强如二袁[55],勇如吕布[56],跨州连郡[57],有威有名,十有余辈[58]。其余锋捍特起[59],鹯视狼顾[60],争为枭雄者[61],不可胜数。然皆伏𫓧婴钺[62],首腰分离[63],云散原燎[64],罔有孑遗[65]。近者关中诸将[66],复相合聚,续为叛乱,阻二华[67],据河渭[68],驱率羌胡[69],齐锋东向[70],气高志远,似若无敌。丞相秉钺鹰扬[71],顺风烈火[72],元戎启行[73],未鼓而破,伏尸千万[74],流血漂橹[75],此皆天下所共知也。是后大军所以

临江而不济者[76]，以韩约马超逋逸迸脱[77]，走还凉州[78]，复欲鸣吠[79]。逆贼宋建[80]，僭号河首[81]，同恶相救[82]，并为唇齿[83]。又镇南将军张鲁[84]，负固不恭[85]。皆我王诛所当先加[86]。故且观兵旋旆[87]，复整六师[88]，长驱西征，致天下诛[89]。偏将涉陇[90]，则建约枭夷[91]，旌首万里[92]；军入散关[93]，则群氐率服[94]，王侯豪帅[95]，奔走前驱[96]。进临汉中[97]，则阳平不守[98]，十万之师[99]，土崩鱼烂[100]，张鲁逋窜[101]，走入巴中[102]，怀恩悔过，委质还降[103]。巴夷王朴胡，賨邑侯杜濩[104]，各帅种落[105]，共举巴郡[106]，以奉王职[107]。钲鼓一动[108]，二方俱定[109]，利尽西海[110]，兵不钝锋[111]。若此之事，皆上天威明，社稷神武[112]，非徒人力所能立也。

圣朝宽仁覆载[113]，允信允文[114]，大启爵命[115]，以示四方[116]。鲁及胡濩皆享万户之封[117]，鲁之五子[118]，各受千室之邑[119]，胡濩子弟部曲将校为列侯[120]，将军已下千有余人[121]。百姓安堵[122]，四民反业[123]。而建约之属[124]，皆为鲸鲵[125]；超之妻孥[126]，焚首金城[127]，父母婴孩，覆尸许市[128]。非国家钟祸于彼[129]，降福于此也[130]，逆顺之分[131]，不得不然。夫鸷鸟之击先高[132]，攫鸷之势也[133]；牧野之威[134]，孟津之退也[135]。今者枳棘翦扞[136]，戎夏以清[137]，万里肃齐[138]，六师无事[139]。故大举天师百万之众[140]，与匈奴南单于呼完厨[141]，及六郡乌桓，丁令屠各[142]，湟中羌僰[143]，霆奋席卷[144]，自寿春而南[145]。又使征西将军夏侯渊等[146]，率精甲五万，及武都氐羌[147]，巴汉锐卒，南临汶江[148]，搤据庸蜀[149]。江夏襄阳诸军[150]，横截湘沅[151]，以临豫章[152]，楼船横海之师[153]，直指吴

会[154]。万里克期[155]，五道并入[156]，权之期命[157]，于是至矣。

丞相衔奉国威[158]，为民除害，元恶大憝[159]，必当枭夷[160]。至于枝附叶从[161]，皆非诏书所特禽疾[162]。故每破灭强敌，未尝不务在先降后诛[163]，拔将取才，各尽其用。是以立功之士，莫不翘足引领[164]，望风响应。昔袁术僭逆[165]，王诛将加[166]，则庐江太守刘勋先举其郡[167]，还归国家。吕布作乱[168]，师临下邳[169]，张辽侯成[170]，率众出降。还讨眭固[171]，薛洪樛尚[172]，开城就化[173]。官渡之役[174]，则张郃高奂举事立功[175]。后讨袁尚[176]，则都督将军马延[177]、故豫州刺史阴夔[178]、射声校尉郭昭临阵来降[179]。围守邺城[180]，则将军苏游反为内应[181]，审配兄子开门入兵[182]。既诛袁谭[183]，则幽州大将焦触攻逐袁熙[184]，举事来服[185]。凡此之辈数百人，皆忠壮果烈[186]，有智有仁，悉与丞相参图画策[187]，折冲讨难[188]，芟敌搴旗[189]，静安海内。岂轻举措也哉，诚乃天启其心，计深虑远，审邪正之津[190]，明可否之分[191]，勇不虚死[192]，节不苟立[193]，屈伸变化[194]，唯道所存[195]，故乃建丘山之功[196]，享不訾之禄[197]，朝为仇虏[198]，夕为上将，所谓临难知变，转祸为福者也。若夫说诱甘言[199]，怀宝小惠[200]，泥滞苟且[201]，没而不觉，随波漂流，与熛俱灭者[202]，亦甚众多。吉凶得失，岂不哀哉！昔岁军在汉中[203]，东西悬隔[204]，合肥遗守[205]，不满五千，权亲以数万之众，破败奔走，今乃欲当御雷霆[206]，难以冀矣[207]。

夫天道助顺[208]，人道助信[209]，事上之谓义[210]，亲亲之谓仁[211]。盛孝章[212]，君也[213]，而权诛之；孙辅[214]，兄

也,而权杀之。贼义残仁[215],莫斯为甚。乃神灵之逋罪[216],下民所同仇。辜仇之人[217],谓之凶贼。是故伊挚去夏[218],不为伤德[219];飞廉死纣[220],不可谓贤。何者?去就之道[221],各有宜也。丞相深惟江东旧德名臣[222],多在载籍[223]。近魏叔英秀出高峙[224],著名海内;虞文绣砥砺清节[225],耽学好古[226];周泰明当世俊彦[227],德行脩明。皆宜膺受多福[228],保乂子孙[229]。而周盛门户无辜被戮[230],遗类流离[231],湮没林莽[232],言之可谓怆然[233]。闻魏周荣虞仲翔各绍堂构[234],能负析薪[235]。及吴诸顾陆旧族长者[236],世有高位,当报汉德,显祖扬名。及诸将校孙权婚亲,皆我国家良宝利器[237],而并见驱迮[238],雨绝于天[239],有斧无柯[240],何以自济[241]?相随颠没[242],不亦哀乎!盖凤鸣高冈以远罻罗[243],贤圣之德也[244]。鸋鴂之鸟巢于苇苕[245],苕折子破[246],下愚之惑也[247]。今江东之地,无异苇苕,诸贤处之[248],信亦危矣。圣朝开弘旷荡[249],重惜民命,诛在一人[250],与众无忌[251]。故设非常之赏,以待非常之功。乃霸夫烈士奋命之良时也[252],可不勉乎!若能翻然大举[253],建立元勋,以应显禄[254],福之上也。如其未能[255],筭量大小[256],以存易亡[257],亦其次也。夫系蹄在足[258],则猛虎绝其蹯[259];蝮蛇在手[260],则壮士断其节[261]。何则?以其所全者重,以其所弃者轻。若乃乐祸怀宁[262],迷而忘复,暗《大雅》之所保[263],背先贤之去就[264],忽朝阳之安[265],甘折苕之末[266],日忘一日,以至覆没,大兵一放,玉石俱碎[267],虽欲救之,亦无及已。故令往购募爵赏[268],科条如左[269]。檄到[270],详思至言[271]。如诏律令[272]。

注释

〔1〕朔日:指农历初一。朔,指月亮运行到地球与太阳中间,地面上见不到月光之时。　子:地支第一位,指子时。相当于夜十一时至一时。李周翰注:"子,发檄时也。"一说以为"子"为"守"字之讹,当与下"尚书令彧"连读。(见张云璈《选学胶言》卷十八,"日子"条)

〔2〕尚书令:官名。秦置汉袭,掌章奏文书。自魏晋,职位渐高。　彧(yù玉):人名,指荀彧。李善注引《魏志》:"荀彧,字文若,颍川人也,太祖(曹操)进彧为汉侍中(官名),守尚书令。"

〔3〕江东:指吴国。自汉以来称长江下游南岸地区为江东,三国时吴全部占有其地。　宗亲:宗族及亲戚。　中外:指宫廷内外的官吏。

〔4〕无门:无有异门。门,指异门,不同的门路。

〔5〕召:招引,招致。以上两句意思说祸临福降没有不同的门路,皆人所招致,招福即有福,招祸即得祸。

〔6〕机:通"几",征兆,预兆。　作:动作,行动。李善注引《周易》:"君子见机而作,不俟终日。"

〔7〕上圣:才智特出之士。

〔8〕制度:制定变通的策略。

〔9〕困:困穷,困窘。　通:通达,畅通,找到出路。李善注引《周易》:"困而不失其所亨(通),其唯君子乎?"

〔10〕渐渍(zì自):浸润,浸染。　荒沉:荒废于沉溺。谓沉醉而不能自省。刘良注:"渍,浸;荒,废也;沉,谓醉冥也。"

〔11〕下愚:愚昧无知者。　蔽:闭塞,愚昧。

〔12〕大雅:才德高尚。

〔13〕远:远离。　咎悔:谓灾祸。

〔14〕怀佚:怀藏安逸之心。

〔15〕二者:指君子小人。　量:气量,度量。

〔16〕菽(shū叔)麦:豆类与麦子。

〔17〕要领:腰与颈。古时重罪腰斩,轻罪颈刑。　膏:沾染。齐斧:利斧。古时一种刑具。李善注引应劭曰:"齐,利也。"

〔18〕洿(wū屋):涂抹,涂染。　简墨:指判决书。吕延济注:"简墨,谓刑

书也。”

〔19〕彀(kòu 叩)卵:新出生而待哺的鸟雏。李善注引《尔雅》:“生而自食曰雏,待哺曰彀。”

〔20〕翰毛:羽毛。李善注引郑玄《尚书大传注》:“翰毛,毛长大者。”

〔21〕陆梁:跳跃的样子。

〔22〕顾行:环视而行。　吠主:对其主人狂叫。刘良注:“此喻权如鸟兽,始生而放纵,还视以吠其主,不从皇化也。”李善注引《战国策》:“刁勃(人名)谓田单(齐国贵族)曰:‘跖(恶人)之狗吠尧,非其主也。’”

〔23〕舟楫(jí 急):船只。楫,船桨。　距:通“拒”,抗拒。皇威:天子的威力。

〔24〕灵诛:神灵的诛讨。

〔25〕天网:天布的罗网,喻国家大法。　设张:布设。

〔26〕纲目:网纲与网眼,喻法网。此谓惩罚。

〔27〕爨镬(cuàn huò 窜货):以火烧热的大锅。爨,烧火;镬,大祸。

〔28〕期:期限,按时。

〔29〕恃:仗恃,依靠。

〔30〕洞庭:湖名。在今湖南省北部,长江南岸。古三苗之国在洞庭之南。三苗:古部族名。《史记·五帝纪》:“三苗在江淮、荆州。”《正义》:“吴起云:‘三苗之国,左洞庭而右彭蠡。’”　墟:废墟。三苗之墟,指三苗被夏禹征服事。李善注引《尚书》:“帝(虞舜)曰:‘咨禹,惟时有苗弗率(不循王道),汝徂(往)征。三旬苗民逆命(不服王命),帝乃诞敷(广施)文德,七旬有苗格(来降)。’”

〔31〕子阳:东汉公孙述字。扶风茂陵人。王莽时,据益州之地(今四川),自为蜀王。后被光武帝讨灭。　荆门:山名,在今湖北省宜都县内。荆门之败,指公孙述被汉将军岑彭讨灭事。李善注引范晔《后汉书》:“公孙述,字子阳,自立为蜀王,遣任满(人名)据荆门。帝令征南大将军岑彭攻之,满大败。”

〔32〕朝鲜:古国名。传说周初箕子封此,后为汉武帝所灭。　垒:壁垒。朝鲜之垒,指古朝鲜国袭击汉朝之事。　刊:除。李善注引《史记》:“天子(汉武帝)拜涉何(人名)为辽东部都尉。朝鲜袭杀何。天子遣左将军荀彘击朝鲜,朝鲜人杀其王右渠来降,定朝鲜为四郡。”

〔33〕南越:古国名。今广东广西。　旌:旌旗。南越之旌,指南越王相吕嘉反汉事。李善注引《史记》:“南越吕嘉反,以主爵都尉杨仆为楼舡将军,下横浦

(地名),咸会番禺(地名),南越以平,遂为九郡。" 以上四句皆谓依恃山水地势之险,不能抗拒天子之师。

〔34〕夫差:春秋时吴王,阖闾之子。其父与越王勾践战,败死,夫差为之复仇。 远迹:达到远方的足迹。此指遗业。

〔35〕申胥:即伍子胥,原为楚人,父奢被楚平王所杀,子胥奔吴,受封于申地,故称申胥。佐吴伐楚。后夫差败越王勾践,勾践请和,许之。子胥强谏,赐死。 训兵:训练军队。此指用兵的谋略。

〔36〕栖:栖止,困守。 越:越王勾践。 会稽:山名。在今浙江绍兴东南。李善注引《史记》:"吴王夫差伐越,败之,越王勾践乃以甲兵五千人栖于会稽。"

〔37〕抗衡:对抗争强。 上国:春秋时称中原诸侯国为上国,对吴楚诸国而言。此指晋国。

〔38〕晋:春秋时诸侯国名。在今山西、陕西中部及河北南部一带。 争长:争霸。

〔39〕都城:指春秋吴国都,今江苏吴县。 屠:毁坏。 勾践:春秋时越王,败吴王阖闾,以雪杀父之辱。又被夫差所败,请和。困于会稽之山,用范蠡、文种策,十年生聚,十年教训,终以灭吴,称霸诸侯。

〔40〕武卒:勇士。 黄池:地名。今河南封丘县南。春秋时吴王夫差会诸侯于此。

〔41〕身罄:身亡。罄,尽,亡。李善注引《史记》:"吴王夫差北会诸侯于黄池,欲霸中国。吴王与晋定公争长,乃长晋定公。吴引兵归国。"又引:"吴与晋人相遇黄池之上,吴、晋争强,晋人击之,大败吴师。越王闻之,袭吴。吴王闻之,去晋而归,与越战,不胜,城门不守,遂围王宫而杀夫差。"

〔42〕吴王:指西汉吴王刘濞。 濞(bì 必):刘濞,汉高帝兄仲之子,立为吴王。孝景帝五年,于广陵(今江苏江都县境内)起兵反叛汉朝。 骄恣:骄傲放肆。

〔43〕猖猾:猖狂狡诈。

〔44〕陵:凌驾,越过。 京城:指西汉朝廷。

〔45〕太尉:官名。指周亚夫,汉沛人。封条侯,为将军,屯细柳。被文帝赞为真将军。景帝时,任太尉,平定吴楚等七国之乱。

〔46〕甫:始。 荥(xíng 形)阳:地名。今属河南省。

〔47〕七国:指吴王刘濞所联合反汉朝的七个诸侯之国,即吴王濞、楚王戊、

赵王遂、胶西王印、济南王辟光、淄川王贤、胶东王渠。

〔48〕冰泮(pàn 判):冰化。此喻兵败。

〔49〕丹徒:地名。汉属会稽郡,今江苏镇江东南。丹徒之刃,指汉使人于丹徒刺杀吴王濞事。　陷:人。李善注引《汉书》:"吴王败,乃与戏下(部下)壮士千人夜亡,渡淮,走丹徒,保东越。汉使人以利啖(引诱)东越。东越即绐(欺骗)吴王。吴王出劳军,汉使人鈯(矛戟之类)杀吴王。"

〔50〕天威:天子的威力。

〔51〕悖逆:背叛。

〔52〕董卓:东汉临洮人。灵帝时为前将军。少帝时,应大将军何进之召,入朝诛讨宦官。遂擅朝政,废少帝,立献帝,杀害何后。讨卓军起,挟献帝西迁长安,烧毁洛阳。凶暴淫乱,人情惶恐。董卓之乱,即指此,时在中平六年至初平二年间。

〔53〕豪杰:英雄人物。指当时割据一方的豪强势力。　纵横:谓众多。

〔54〕熊据:如熊蹲坐一样。据,踞,蹲坐。比喻凶猛威武。　虎跱(zhì 治):如虎站立一样。跱,同"峙",直立。

〔55〕二袁:指袁绍、袁术。绍,东汉汝阳人。汉末,为冀州牧,任讨董卓联军盟主,督四州(幽并青冀)之众,拜大将军。术,绍从弟,灵帝时为虎贲中郎将,献帝时据寿春,僭称帝号。

〔56〕吕布:东汉九原人。善于骑射,骁勇有力。为董卓部将,后与司徒王允合谋诛卓。

〔57〕跨州:占据州郡。李周翰注:"跨,据也。"

〔58〕辈:指某一等级的人物。

〔59〕锋捍:锋利悍勇。捍,通"悍"。　特起:独立起事。

〔60〕鹯(zhān 詹)视:如鹰一样凶视。鹯,似鹞鹰一类猛禽。　狼顾:如狼一样环视。

〔61〕枭(xiāo 宵)雄:凶横的霸主。

〔62〕伏铁(fū 夫):卧于斩首的砧板上,谓受刑。　婴钺(yuè 月):谓以斧斩头。婴,触。张铣注:"铁,椹;钺,斧。"

〔63〕首腰:头颅与腰部。

〔64〕原燎:野原之草被火烧尽。

〔65〕罔:无。　孑(jié 洁)遗:剩余。

〔66〕关中：地名。今陕西省境。汉中诸将，指据关东的马超、杨秋等。李善注引《魏志》："张鲁据汉中，遣钟繇讨之。是时关中诸将，疑繇欲自袭马超，遂与杨秋、李湛、宜成等反。遣曹仁讨之。超等屯潼关，公（曹操）敕诸将：'关西兵精悍，坚壁勿与战。'"

〔67〕二华：即大华山与少华山。大华，五岳之一，世称西岳。在陕西华阴县南。少华，在陕西华县东南，与大华峰势相连而稍低，故名。

〔68〕河渭：黄河渭水。

〔69〕驱率：驱迫统帅。　羌胡：古代西部两个少数民族名。

〔70〕齐锋：谓锋芒齐指。

〔71〕丞相：指曹操。　秉钺：手执斧钺。谓发布军令。　鹰扬：如雄鹰奋飞。比喻勇猛神速。

〔72〕顺风：顺应疾风。比喻迅疾。　烈火：比喻猛烈。

〔73〕元戎：大军。

〔74〕伏尸：倒下的尸体。

〔75〕漂橹：谓血流成河，能使盾牌漂浮而起。李善注引《魏志》："公西征马超。公自潼关北渡，未济，超赴船急战。丁斐（汉末沛人，为曹操典军校尉）'因放马以饵（诱）贼。'贼乱取马，公乃得渡，循河为甬（通道）而南。贼追距（通"拒"）渭口，公乃分兵结营于渭南。贼夜攻营，伏兵击破之，进军渡渭。超等数挑战，不许，公乃与克日（限制日期）会战。先以轻兵挑之。战良久，乃纵犷骑夹击，大破之，斩宜成、李湛等。"　以上述曹操于建安十六年征张鲁、马超等事。

〔76〕大军：指曹操的军队。　济：渡。

〔77〕韩约：即韩遂，东汉末凉州地方割据势力。李善注引《典略》："韩遂，字文约，在凉州阻兵为乱，积三十年，建安二十年乃死。"　马超：东汉陇西人，为偏将军，与曹操战，败奔汉中，后降于刘备。　逋（bū 晡）逸：逃走。　进脱：逃散。

〔78〕凉州：地名，今甘肃省境。

〔79〕鸣吠：谓叛乱。　以上述曹操大军未能渡江伐吴的原因。

〔80〕逆贼：叛贼。　宋建：东汉末凉州地方割据势力。　僭（jiàn 建）号：非天子加封的伪号。谓与封建王朝对立而自我称王称帝。

〔81〕河首：河首平汉王的简称，宋建的僭号。李善注引《魏志》："初，陇西（今甘肃）宋建，自称河首平汉王，聚众枹罕（地名）。夏侯渊讨之，屠枹罕，斩建凉州。"夏侯渊斩宋建在建安十九年。

〔82〕同恶:互相勾结做坏事。同恶相济,谓狼狈为奸,共为叛乱。

〔83〕唇齿:比喻互为依存的关系。

〔84〕镇南将军:官名。　张鲁:东汉末汉中封建地方割据势力,后降曹操,封镇南将军。李善注引《魏志》:"张鲁,字公旗,据汉中,以鬼道教人,自称师君。长雄巴汉,垂三十年。汉末力不能征,遂就宠鲁,为镇民中郎将。汉宁,太祖征之。"

〔85〕负固:依恃险固的地势。

〔86〕王诛:奉天子之命的诛讨。此句谓马超、韩遂、宋建等应先奉命予以诛讨。

〔87〕观兵:谓检阅军队,以显示兵威。　旋旆:谓回师。旆,旗。此句谓陈师江岸,即将伐吴,而又回师先征马超等。李善注引《魏志》:"建安十七年,公征孙权,攻破江西营,乃引军还。"

〔88〕六师:六军,指天子之军。

〔89〕致:实现,进行。　天下诛:谓奉天子之命诛讨有罪者。李善注引《魏志》:"建安二十年,公西征张鲁。"

〔90〕偏将:偏将军,指夏侯渊。　涉:度,越。　陇:山名。在陕西陇县,西北跨甘肃清水县。

〔91〕枭夷:谓讨灭。枭,悬首示众。

〔92〕旌首:谓悬示其首。刘良注:"旌,表也。首,谓建、约之首。万里,谓自凉州入帝都也。"

〔93〕散关:关名,即大散关。在陕西宝鸡县西南大散岭上。建安二十年曹操西征张鲁,自陈仓出散关。

〔94〕群氐:指西部氐族各部落。　率服:相率降服。率,一律,一同。

〔95〕王侯:与"豪帅"皆指氐羌族的部落首领。

〔96〕前驱:谓争先投降天子之师。李善注引《魏志》:"公西征张鲁,自陈仓出散关,至河池。氐王窦茂恃险不服,攻屠之。"

〔97〕汉中:地名。在今陕西南郑县。

〔98〕阳平:关名。在陕西沔县。建安二十年张鲁曾派其弟拒阳平关,抵御曹操。李善注引《魏志》:"西征张鲁,至阳平,鲁使弟卫据阳平关。公乃遣高祚等乘险夜袭,大破之。"

〔99〕师:指张鲁之众。

〔100〕土崩：比喻溃败。　鱼烂：比喻内部溃烂。

〔101〕逋窜：逃窜。

〔102〕巴中：地名。今四川省境。

〔103〕委质：呈送礼品。表示诚心降服。委，交付，呈献；质，通“贽”，礼品。一说，古人臣拜见君主，屈膝委体于地。李善注引《魏志》：“鲁弟卫夜遁，鲁溃走巴中，（曹操）遣人慰喻。鲁尽家属出降。”

〔104〕巴夷王：指古代巴人的部落首领。　朴胡：人名。賨（cóng 从）邑侯：指巴人的部落首领。賨，巴人的别称。　杜濩（huò 货）：人名。吕延济注：“巴、賨，皆地名；朴胡、杜濩，皆夷王姓名也。”

〔105〕种落：部落。

〔106〕巴郡：古郡名。今四川重庆、南充等地。

〔107〕奉：奉行。　王职：天子的职事。李善注引《魏志》：“建安二十年，七姓巴夷王朴胡，賨邑侯杜濩举巴夷、賨民来附。于是分巴郡，以胡为巴东太守，濩巴西太守。”

〔108〕钲（zhēng 征）：古时行军用的一种乐器。击钲以节制步伐。《周礼·地官·鼓人》：“以金钲止鼓。”钲鼓，谓敲钲击鼓，军队出动。

〔109〕二方：指巴蜀与汉中。

〔110〕利尽：利益尽得。　西海：谓西方。此指巴蜀与汉中。李善注引《战国策》：“司马错曰：‘今伐蜀，利尽西海，而诸侯不以为贪。’”

〔111〕钝锋：使兵器锋刃受损，不锋利。不钝锋，谓不动用兵器作战。

〔112〕社稷：土神与谷神，代指国家。　神武：神明威武。

〔113〕宽仁：宽宏仁厚。　覆载：天覆地载。谓关怀万物。李善注引《礼记》：“天无私覆，地无私载。”

〔114〕允：语首助词。　信：诚信。　文：文德，文教。

〔115〕大启：发布，谓赐予。　爵命：封爵授职的诏命。

〔116〕示：显示。

〔117〕享：享有。　万户：谓食邑万户。

〔118〕五子：指张鲁的五个儿子，皆封为列侯。

〔119〕千室：千户。邑：食邑。

〔120〕部曲：古代军队的编制单位。《汉书·李广传》注引《续汉书·百官志》：“将军领军，皆有部曲，大将军营五部，部校尉一人。部下有曲，曲有军候

一人。” 列侯：即彻侯、通侯，秦汉时的最高爵位。

〔121〕有：又。此句谓将军以下的官吏千余人，皆得不同等级的封赐。

〔122〕安堵：安于墙堵之中。谓不失家业。堵，墙。

〔123〕四民：指士农工商。 反业：返于本业。谓不再流离失所，重操旧业。

〔124〕属：类。

〔125〕鲸鲵（ní 泥）：鲸鱼。雄为鲸，雌为鲵。喻叛逆而不义者。此句谓叛逆而不义者必遭极刑。李善注引《左传》：“楚子曰：‘古者明王伐不敬（不敬天子的诸侯），取其鲸鲵（喻不义的诸侯）而封（杀死埋葬），以为大戮。’”

〔126〕妻孥（nú 奴）：妻儿。

〔127〕焚首：焚毁尸首。 金城：郡名，汉置。在今甘肃省境内。

〔128〕覆尸：覆灭尸体。 许市：许都。今河南许昌西南。建安元年曹操迁献帝都此。

〔129〕钟祸：聚集灾祸。 彼：指宋建、韩遂等。

〔130〕此：指张鲁、朴胡等。

〔131〕逆顺：叛逆归顺。 分：缘分，命运，必然的结果。

〔132〕鸷鸟：凶猛之鸟，如鹰、雕之类。此句“鸷”字别本作“击”，无“之击”二字，是也。（见梁章钜《文选旁证》，卷三十六）

〔133〕攫（jué 决）鸷：捕捉小鸟的鹰雕之类。 势：趋势。以上两句意思说，鹰雕之类的猛禽捕击小鸟必先高飞，那是取得居高临下顺其自然的趋势。

〔134〕牧野：地名。今河南淇县南。周十三年正月武王于此灭殷纣。李善注引《尚书序》：“武王与受（殷纣名）战于牧野。”

〔135〕孟津：地名。今河南孟县南。周十一年武王于此观兵而会诸侯。孟津之退，谓周武王伐殷，与八百诸侯结盟而退于孟津。李善注引《尚书序》：“惟十有一年，武王伐殷。” 孔安国注：“诸侯佥同（皆与武王结盟），乃退以示弱。”此句意思说，周武王于牧野讨灭殷纣，正是由于曾退师于孟津，先以示弱后显扬武威，也在顺其自然之势。以上鸷鸟之喻、牧野之事皆述往年未曾渡江伐吴的缘由。

〔136〕枳（zhǐ 只）棘：一种有刺的灌木。此喻残贼。 翦扞（jiǎn hàn 减汉）：翦除而防犯之。

〔137〕戎夏：戎狄华夏。戎，指古代少数民族居住的边远地区；夏，指古代汉民族居住的中原地区。

〔138〕肃齐:肃敬而齐一。

〔139〕六师:六军。天子之军。

〔140〕天师:天子之军。

〔141〕匈奴:中国古代北方的一个民族。　南单于:匈奴部落酋长。呼完厨:匈奴酋长之名。

〔142〕六郡:指汉时陇西、天水、安定、北地、上郡、西河等郡,为多出名将之地。《汉书·地理志》:"汉兴,六郡良家子,选给羽林、期门;以材力为官,名将多出焉。"　乌桓:中国古代北方民族名。　丁令:中国古代北方民族名。　屠各:中国古代北方民族名。李善注引《晋中兴书》:"胡俗其入居塞者有屠各种,最豪贵,故得为单于,统领诸种。"

〔143〕湟中:地名。在今青海省东北部,湟水流经其中,汉时为羌族所居。李善注引《汉书》:"诸羌言愿得度湟水北。然湟水左右,羌之所居。"　羌:中国古代西部民族名。　僰(bó伯):中国古代西南地区少数民族名。

〔144〕霆奋:雷霆震响。形容进军迅猛之势。　席卷:形容全面动员。

〔145〕寿春:地名。今安徽寿县。以上数句述建安二十一年冬,曹操亲征孙权事。《魏志·武帝纪》注引《魏书》:"王亲执金鼓,以令进退。"

〔146〕征西将军:官名。　夏侯渊:东汉末谯人,随曹操起兵,有将略,平氐羌有功。拜征西将军。

〔147〕武都:汉郡名。今甘肃成县境内。　氐羌:指氐羌族的士卒。

〔148〕汶江:即岷江。源出四川省之岷山。

〔149〕搤据:把守占据。　庸蜀:上古西南少数民族二国名。此指西蜀。《尚书·牧誓》:"及庸蜀羌髳微卢彭濮人,称尔戈,比尔干,立尔矛,予其誓。"孔《传》:"八国皆蛮夷戎狄属文王者国名,羌在西蜀,叟髳微在巴蜀,卢彭在西北,庸濮在江汉之南。"此句谓扼守西蜀,以阻止援吴之军。

〔150〕江夏:郡名。东汉置,今湖北黄冈县西北。　襄阳:郡名。东汉置。今湖北襄阳境。

〔151〕横截:横渡。　沅湘:二江名。沅,源出贵州云雾山,流经湖南,入洞庭湖。湘,在湖南省境。

〔152〕豫章:郡名。汉置,今江苏扬州境。

〔153〕楼船:与"横海"皆将军之号。

〔154〕吴会:二郡名。会,会稽,今江苏、浙江境,指吴国。

〔155〕克期:严格限定期限。

〔156〕五道:指五路大军。李善注:“大举天师至寿春而南,一道也;使征西甲卒五万,二道也;及武都至庸蜀,三道也;江夏至豫章,四道也;楼船至会稽,五道也。”

〔157〕期命:期限和命数。李周翰注:“期命,谓权命尽之期至也。”

〔158〕丞相:指曹操。 衔奉:领受奉行。 国威:国家的威命。

〔159〕元恶:大恶。 大憝(duì 对):与“元恶”义同。憝,奸恶。

〔160〕枭夷:诛灭。枭,斩首悬于木;夷,平灭。

〔161〕枝附:树枝附属树干。 叶从:树叶依从树枝。枝附叶从,比喻吴将校与孙权亲党。

〔162〕诏书:皇帝的命令与文告。 禽疾:捉拿而以为祸患。禽,通“擒”。疾,患。

〔163〕先降:以招降为先。 后诛:以诛灭为后。

〔164〕翘足:举足。 引领:伸颈。与“翘足”皆形容急切盼望的样子。

〔165〕僭逆:非法自称帝号而行叛逆。袁术于汉献帝初平四年,据寿春,僭称帝号。

〔166〕将加:谓将加以讨伐。

〔167〕庐江太守:官名。庐江,郡名。今安徽省境。 刘勋:人名。李善注引《魏志》:“建安四年,袁术败于陈(地名)。术病死,庐江太守刘勋率众降,封为列侯。” 举:举起,率领。

〔168〕作乱:举行叛乱。吕布于汉献帝兴平元年与曹操战于濮阳,操败。

〔169〕下邳(pī 丕):地名。今江苏邳县境内。建安三年曹操破吕布于此。

〔170〕张辽:吕布下属。李善注引《魏志》:“张辽,字文远,雁门人也,以兵属吕布。太祖破吕布于下邳,辽将众降,拜中郎将,爵为关内侯。” 侯成:吕布下属。刘良注:“侯成小吏,不知其所赏也。”

〔171〕眭(suī 虽)固:袁绍下属。李善注引《魏志》:“眭固属袁绍,屯射犬(地名)。公进军临河,使史涣、曹仁渡河击之。固使张杨故长史(官名)薛洪、河内太守缪尚留守,自将兵以迎绍求救,与涣、仁遇,交战,大破之,斩固。公遂济河,围射犬。洪、尚率众降,封为列侯。”

〔173〕就化:接受教化。谓降服。

〔174〕官渡:地名。今河南中牟县境。官渡之役,指建安五年冬曹操与袁绍

官渡之战,操以奇袭大败绍军。

〔175〕张郃(hé 合):东汉末郑人,初从袁绍,后归曹操。拜左将军,封都乡侯。 高奂(huàn 焕):奂,《魏志》作“览”,初为袁绍下属,后归曹操。 举事:发动事变。谓脱离袁绍而归服曹操。李善注:“《魏志》:‘公击淳于琼(袁绍部将),留曹洪守。绍使张郃、高览攻曹洪。郃等闻琼破,遂来降。’《魏志》云高览,此云奂,盖有二名。”

〔176〕袁尚:袁绍少子。绍卒嗣位。建安九年为曹操所败。

〔177〕都督将军:官名。 马延:袁尚部将。

〔178〕豫州刺史:官名。豫州,地名。 阴夔(kuí 奎):袁尚部将。

〔179〕射声校尉:官名。 郭昭:袁尚部将。李善注引《魏志》:“公围尚营未合,尚惧,遣故豫州刺史阴夔及陈琳乞降。公不许,围益急。尚夜遁,保岐山。追击之,其将马延等临阵降,众大溃。”

〔180〕邺城:地名。今河南临漳县西。建安元年袁绍封邺侯,都邺城。

〔181〕苏游:袁尚部将。

〔182〕审配:东汉末魏郡人,初为袁绍治中,绍卒,奉袁尚为嗣,为之守邺。兄子:此指审配侄子审荣。李善注引《魏志》:“袁尚走中山(地名),尽获其辎重、印绶、节钺,使尚降人示其家,城(邺)中崩沮(溃乱)。审配兄子荣,夜开所守东城门内兵(引入曹军),配逆(迎)战败。生禽配,斩之。”

〔183〕袁谭:袁绍长子,任青州刺史。自称车骑将军。建安十年为曹操所杀。

〔184〕幽州:地名。今河北省境。 焦触:袁熙部将。 袁熙:袁绍次子,任幽州刺史。李善注引《魏志》:“建安十年,袁熙大将焦触叛,熙、尚奔三郡乌丸,触等举其县来降。”

〔185〕来服:来归,降服。

〔186〕忠壮:忠诚勇壮。 果烈:果断刚烈。

〔187〕参图:参预谋划。

〔188〕折冲:使敌人的战车折回。冲(衝),一种战车。此谓冲锋陷阵。讨难:讨伐叛逆。难,仇敌,叛逆。

〔189〕芟(shān 山)敌:铲除仇敌。 搴(qiān 千)旗:拔掉敌人的旗帜。

〔190〕审:详察。 津:渡口。关键。

〔191〕分:分别,区分。

〔192〕虚死:无意义而死。

〔193〕节:气节,节操,高尚的品德。 苟立:以苟且行为而树立。

〔194〕屈伸:屈曲与伸展。此指进退。

〔195〕道:道理,正道。

〔196〕丘山:形容崇高。

〔197〕不訾(zī 兹):无量。訾,通“赀”,计算,估量。 禄:俸禄。

〔198〕仇虏:仇敌。

〔199〕说(shuì 税)诱:劝说引诱。 甘言:动听悦耳的话语。

〔200〕怀宝:贪图珍爱。 小惠:微小的恩惠。

〔201〕泥滞:沉溺阻滞。 苟且:谓不合正道得过且过的生活。刘良注:“泥,溺也。言溺滞于苟且之间。”

〔202〕熛(biāo 标):火焰。

〔203〕汉中:地名。今陕西南郑县境。此句言曹操于建安二十年进军汉中征张鲁。

〔204〕东西:东,指受曹操之命屯驻合肥的张辽、乐进等;西,指进军汉中的曹操。 悬隔:远隔。

〔205〕合肥:地名。汉属九江郡。今安徽合肥市北。 遗守:以余部驻守。遗,余,余部。指张辽所率之军,对西征汉中的曹军主力而言。

〔206〕当御:抵御,抵抗。 雷霆:比喻曹军征吴的威势。

〔207〕冀:希冀,期望。李善注引《魏志》:“太祖使张辽与乐进等,将七千余人屯合肥。太祖征张鲁,俄而权率十万众围合肥。于是辽夜募敢从之士,得八百人。明日大战,平旦,辽被甲持戟,先登陷阵,杀千人,斩二将。权登高冢,以长戟自守。辽呼,权不敢动。权守合肥十余日,城不可拔,乃引退。”

〔208〕天道:上天之道。

〔209〕信:信义,忠信。

〔210〕事上:为君上做事,忠于君上。 义:忠义。

〔211〕亲亲:热爱亲族。亲族包括五属之内及外亲有服者。 仁:仁爱。指对亲族应有的情谊、态度。

〔212〕盛孝章:名宪,三国吴会稽人。一时名士,器量雅伟。补尚书郎,迁吴郡太守。后为孙权所害。

〔213〕君:主,主宰。张铣注:“盛孝章为吴郡太守,权吴人,故云君也。”

〔214〕孙辅：三国吴人，佐孙策平江东三郡，任庐陵太守，迁平南将军。恐孙权不能保吴地，乃通曹操。李善注引《典略》："孙辅恐权不能守江东，因权出行东治，乃遣人赍书呼曹公。行人（使者）以告。权乃还，伪若不知，与张昭共见辅。权谓辅曰：'兄厌乐（享乐厌倦）耶？何为呼他人？'辅云无是。权投书与昭以示辅。辅惭无辞，乃悉斩辅亲近，徙辅置东吴。"

〔215〕贼义：损害忠义之道。 贼，害，损害。 残仁：摧残仁爱之道。李善注引《孟子》："贼仁者谓之贼，贼义者谓之残。残贼之人，谓之一夫。闻诛一夫纣矣，未闻弑其君也。"

〔216〕逋罪：逃亡的罪人。

〔217〕辜仇：谓于神有罪于民有仇。

〔218〕伊挚：伊尹，一名挚，商汤贤臣，佐汤伐夏桀，被任为宰相。去夏：谓离开夏王朝而入殷。传说伊尹离夏而入殷。《孙子·用间》："昔殷之兴也，伊挚在夏。"李善注引《尚书序》："伊尹去亳（商汤都城）适夏，既丑有夏，复归于亳。"

〔219〕伤德：有损为人臣之品德。

〔220〕飞廉：人名，殷纣王之臣。李善注引《孟子》："周公相武王，诛纣，驱飞廉于海隅而戮之。"

〔221〕去就：弃绝与归向。谓人生道路的选择。

〔222〕江东：指长江下游南岸地区。三国时吴国所统治之地域。旧德：指先世贤德之士。

〔223〕载籍：书籍，历史。

〔224〕魏叔英：即东汉魏朗。累官尚书，屡陈事，有所补益。时称天下忠贞魏少英。以党议免归，被迫自杀。何焯云："《后汉书·党锢传》：'魏朗，字少英，会稽上虞人。'当是叔英也。"（《义门读书记》，第五卷） 英秀：英俊秀拔。指才智杰出。 高峙（zhì 至）：高高耸立。形容超群出众。

〔225〕虞文绣：即东汉虞歆，为日南太守。 砥砺：磨练，修养。 清节：清高的节操。节，节操，品格。

〔226〕耽学：耽溺于学问。

〔227〕周泰明：即东汉末周昕，师事太傅陈蕃，官丹阳太守。袁术在淮南，昕恶其淫虐，不与相通。 俊彦：英俊多才。

〔228〕膺受：享受。

〔229〕保乂（yì 义）：保护安定。以上数句皆劝吴国名臣俊贤归降之辞。

〔230〕周盛:周泰明、盛孝章。

〔231〕遗类:后代,子孙。　流离:逃散。

〔232〕林莽:草野,民间。

〔233〕怆然:悲伤的样子。

〔234〕魏周荣:叔英之子。(据张铣注)梁章钜云:“何曰:‘周荣《会稽典录》作周林,《吴夫人传》注中引《典录》名腾,《吴范传》及注中作滕。’余曰:《吴志》注《典录》曰滕字周林,祖父河内太守朗,则魏腾乃魏朗孙,与本篇堂构、析薪不合,又周荣、周林不同。故李注从缺。”(《文选旁证》,卷三十六)　虞仲翔:文绣之子。(据张铣注)精易学,有高气。孙权以为骑都尉,数谏诤,多见谤,屡遭迁徙,讲学不倦。　堂构:立堂基,造屋宇。比喻祖先的德业。《尚书·大诰》:“若考(先父)作室,既厎法(制定法式),厥(其)子乃弗肯堂,矧(况且)肯构。”孔注:“以作室喻治政也。父已致法,子乃不肯为堂基,况肯构立屋乎!不为其易,则难者可知。”

〔235〕析薪:劈柴。喻义与“堂构”同。《左传·昭公七年》:“其父析薪,其子弗克(能)负荷。”孔注:“荷,担也。以微薄喻贵重。”以上两句谓魏周荣、虞仲翔都能继承其祖父辈的德业。

〔236〕顾陆:指三国吴之名臣顾雍、陆逊。代指吴国之名门望族。　旧族:先代大族。　长者:指地位显赫德行高尚之士。

〔237〕利器:锋利之器。喻贤臣。

〔238〕驱迮(zé 则):驱迫,驱逐。

〔239〕雨绝:谓雨离绝天云,落于地,无能复返。此句比喻江东名臣贤士被孙权驱迫,而不得归汉。

〔240〕无柯:谓斧子无把柄,无所施用。李善注引陆贾《新语》:“有斧无柯,何以治之?”此句谓国家利器无处施用,喻江东名臣贤士,无能报效汉德。

〔241〕自济:自救。

〔242〕相随:伴随,谓伴随孙权。　颠没:覆没,灭亡。

〔243〕凤鸣:凤凰鸣叫。　高冈:高山。　远:避。　罻(wèi 尉)罗:罗网。李善注引《毛诗》:“凤皇鸣矣,于彼高冈;梧桐生矣,于彼朝阳。”

〔244〕贤圣:有道德有才智之士。

〔245〕鸋鴂(níng jué 宁决):即鸱鸮,鹞鹰。　苇苕(tiáo 条):芦苇之茎。

〔246〕子破:谓子死卵破。李善注引《韩诗》:“《鸱鸮》:‘既取我子,无毁我

室。'鸱鸮,鸋鴂,鸟名也。鸱鸮所以爱养其子者,适以病(害)之。爱怜养其子者,谓坚固其窠巢;病之者,谓不知托于大树茂枝,反敷(布)之苇蔄(同苕)。风至,蔄折巢覆,有子则死,有卵则破,是其病也。"此句以鸋鴂结巢于苇苕而不筑之于大树,比喻江东名贤不归汉而依附孙权的危险处境。

〔247〕下愚:下贱愚昧之人。　惑:糊涂。

〔248〕诸贤:指江东名贤与顾陆大族。

〔249〕圣朝:指汉献帝之朝。　开弘:宏阔。　旷荡:宽大。

〔250〕一人:指孙权。

〔251〕众:众人。指江东名贤、吴部曲将校。　无忌:无所忌恨。

〔252〕霸夫:霸主,诸侯之雄者。　烈士:志士,有志建立功业之士。　奋命:谓勇于牺牲生命。奋,振作。

〔253〕翻然:转变回归的样子。　大举:谓断然举事。指杀孙权而归附汉朝。

〔254〕应:享受。　显禄:丰厚的俸禄。

〔255〕未能:谓未能如上之计,翻然大举,建立元勋。

〔256〕筭量:计算估量。筭,同"算"。　大小:大,指汉;小,指吴。此句谓估量归汉与附吴的轻重。

〔257〕存:生存。指归汉。　亡:灭亡。指附吴。

〔258〕系蹄:一种捕兽的工具。有绳,兽蹄踏其上即被套住。

〔259〕蹯(fán 烦):野兽的足掌。李善注引《战国策》:"魏魁(战国时游说之士)谓建信君(战国赵宠臣)曰:'人有置系蹄者,而得虎,虎怒,跌(当作'決')蹯而去。虎之情匪(非)不爱其蹯也,然而不以环寸之蹯,害七尺之躯,有权(善于变通)也。今国家者,非直(只)七尺之躯也,而君之身于王,非环寸之蹯也,愿公早图之也。'"

〔260〕蝮(fù 富)蛇:毒蛇。

〔261〕节:骨节。此指手的骨节。李善注引《汉书》:"项梁(秦末起义军首领)使使趋(催促)齐兵击章邯(秦将)。田荣(原齐国贵族,继其兄儋自立为齐王)曰:'楚杀田假(秦末齐王),赵杀田角(秦末齐相)、田间(秦末齐将),乃出兵。'楚不杀假,赵亦不杀角、间。齐王曰:'蝮蠚(螫)手则斩手,蠚足则斩足。何者?为害于身也。田假、田角、田间于楚赵非手足之戚,何故不杀?'"

〔262〕乐祸:谓以将临的灾祸为乐。祸,指吴国之亡。　怀宁:谓心存苟安

一时的幻想。宁,安。

〔263〕暗:昏暗,迷惑不明。　大雅:指《诗经》中的雅诗,有大雅小雅之分。所保:指《大雅·烝民》"既明且哲,以保其身"句义。

〔264〕先贤:先世贤哲之士。指伊尹。　去就:谓伊尹去夏就殷,而为商汤之相。

〔265〕忽:暗昧。　朝阳:山之东面。此指高冈、高山,安全避祸之所。此句上承"盖凤鸣高冈,以远罻罗"句。

〔266〕甘:快乐。以为快乐。　折苕:折断的苇茎。折苕之末,谓居处于危险之地。此句上承"鸋鴂之鸟,巢于苇苕,苕折子破"句。

〔267〕玉石:玉,喻江东名臣贤俊;石,喻孙权。　俱碎:一同毁灭。

〔268〕令往:使之前往。　购募:购求,争取。　爵赏:爵禄赏赐。此句谓使吴部曲将校杀权归汉,而争获朝廷的封爵赏赐。

〔269〕科条:法令条文。

〔270〕檄:檄文。指本篇。

〔271〕至言:诚挚之言。

〔272〕律令:法令。此句谓赏赐按法令规定施行。

今译

年月朔日子,尚书令彧,告江东军队诸将校,以及孙权宗族亲戚、宫内外官吏:盖闻祸临福降并非各有门径,只是人们自身所招致。发现预兆即采取行动,而不会遇到凶危,是贤能者的明智;面对偶然事故而善于权变,困窘而能通达,是才智者的思虑;浸染美酒而至沉醉,长此以往而不醒悟,是愚昧者的闭塞。因此,高雅君子处安逸而思危难,以远避灾祸;小人面临祸患而心怀安逸,而等待死亡。两者的气量,何其不同!

孙权小子,未能辨别豆麦,颈项不足以承受利斧,名字不足以玷污判书。好比雏鸟,初生羽毛,便跳跃放肆,环顾而行,狂吠其主。认为舟船可以抗拒天子之军威,江湖可以逃避神灵之诛讨;不知法网张设,自身已在惩罚之中,正如鼎镬之鱼,即将按时消烂。假如山水之险可以依恃,洞庭湖畔则无古国三苗的废墟,公孙子阳则无荆

门的败绩，古朝鲜的壁垒不会被削平，南越国的旌旗不会被拔除。昔时夫差继承阖闾之遗业，采用伍子胥用兵之谋略，战败越王，使之困于会稽山，可以称得上强大了。及其抗衡中原大国，与晋争雄，都城毁于勾践，军队溃于黄池，吴国终于覆灭，个人亡于越军。汉时吴王濞骄横倔强，猖狂暴乱，自以为兵强国富，势胜朝廷。太尉率军，始下荥阳，则七国之军，瓦解冰消。濞之骂语未绝于口，而丹徒利刃已插入其胸。道理何在？天子武威不可阻挡，而背叛之罪实在重大。

况且江湖之众，不足以依恃。自董卓叛乱，以至于今，将近三十年。其间英雄众多，熊蹲虎立，强如二袁，勇如吕布，占据州郡，有威有名，十有余辈。其余锋锐强悍，独立而起，鹰隼凶视，豺狼环顾，逞强争雄者，不可胜数。然而皆遭斧钺极刑，身首分离，若云烟飘散，野草烧尽，不留遗迹。近来关中诸将，又相聚合，续为叛乱，凭借大小华山，依据黄河渭水，驱使羌胡之兵，一齐东犯，志气高远，似若无敌。丞相发令调军，迅如疾风，猛如烈火，大军刚刚出动，战鼓未响而敌已破，横尸千万，血流漂橹。此为天下所共知。此后大军所以临江而不渡者，乃由于韩遂、马超逃离走脱，奔回凉州，复欲叛乱。逆贼宋建，自封河首平汉王，与韩、马同恶互救，唇齿相依。又有镇南将军张鲁，依恃险固，不恭朝廷，皆我天子所当首先诛讨。因此对吴显示兵威，而后回师，再整天子六军，长驱直入，西征张鲁，以行天子之诛。偏将夏侯渊越过陇山，宋建韩遂相继灭亡，悬起敌首而示众，万里凯旋归京都。主力大军进入散关，氐羌部族相率降服，各部王侯豪帅，争先恐后归附朝廷。大军进逼汉中，阳平险关守敌溃散，十万敌师，土崩鱼烂，张鲁逃窜，走入巴中，感恩悔过，献礼归降。巴夷王朴胡、賨邑侯杜濩，各率部落，共同献出巴郡之地，愿意奉行天子之事。大军一经出动，巴蜀汉中立即平定，利益尽得于西方，而军力丝毫无损。若此之事，皆由上天威明，朝廷神武，并非人力所能确定。

圣朝宽宏仁德，博爱万物，诚信教化，感召远近，广施封赏，显示四方。张鲁、朴胡以及杜濩，皆享万户之封；鲁之五子各受千户之邑；胡濩子弟以及部队将校皆封列侯，将军以下官吏而受封赏者千有余人。百姓安于故居，四民重理旧业。而建约之类，皆以叛逆而遭诛灭；马超妻子，焚首于金城，其父母婴孩，灭尸于许市。并非国家加祸于彼，而降福于此，实由于叛逆归顺之必然归宿，不可能摆脱如此结局。猛禽搏击必先高飞，那是为捕捉小鸟而取自然趋势；周武于牧野施展灭纣之威，那是由于事先孟津退师而修德。如今残贼覆灭，天下清平，万里统一，军队无事。因此，调动天子大军百万之众，以及六郡乌桓丁令屠各，湟中羌僰，迅猛如雷霆，扫荡如席卷，自寿春而南进。又使征西将军夏侯渊等，统率精兵百万，及武郡氐羌士卒，巴蜀汉中精锐，南临汶江，占据庸蜀之地。江夏襄阳诸军，横渡湘江沅水，以达豫章；楼船将军、横海将军之师，直向吴郡会稽。万里长征，限期完成；五路大军，分头并进。孙权命运，至此已尽。

丞相奉行国威，为民除害。罪大恶极者，必当诛灭。至于依附随从者，皆非诏书要求擒拿的对象。因此每次破灭强敌，总是招降为先诛戮为后，选拔将才，各尽其用。所以自愿立功之士，莫不翘足伸颈，望风响应。往昔袁术叛逆称帝，王师即将诛讨，而庐江太守刘勋先举其郡，还归国家。吕布作乱，王师进至下邳，张辽侯成，率众出降。回师诛讨眭固，薛洪樛尚，开城降服。官渡之战，而张郃高奂起义立功。后讨袁尚，其都督将军马延、故豫州刺史阴夔、射声校尉郭昭临阵来降。王师围困邺城，而其将军苏游反为内应，守将审配兄子开门迎王师而入。既诛灭袁谭，而幽州大将焦触攻逐袁熙，起义来归。凡此之辈数百人，皆忠诚豪壮，果敢刚烈，有才智，有仁义，皆与丞相出谋划策，冲锋陷阵，消灭强敌，安定海内，难道是轻举妄动吗？诚然是上天启迪其心，深谋远虑，详察去邪归正之关键，明了可为不可为之区分，义勇而不虚死，节操而不苟立，屈伸变化，唯道是依。故乃建立崇高功勋，享有无量俸禄，朝为朝廷仇敌，夕为国家

上将。此即所谓临难知变，转祸为福。至于为甜言蜜语所劝诱，为小恩小惠所感动，沉溺于苟且偷安的生活，日益没落而不知觉悟，随水波而漂流，与火焰而同灭者，也甚众多。其人不辨吉凶得失，岂不哀哉！昔年大军进驻汉中，东部张辽侧翼与西部丞相主力相隔遥远，合肥驻守之军只为余部，兵员不满五千，而孙权亲率数万之众，尚且破败奔逃，如今却欲抵抗势如雷霆的天子大军，就更难有望了。

天道辅助顺应时势者，人道辅助忠信者，奉事君上谓之忠义，热爱亲族谓之仁爱。盛孝章为吴郡主宰，而孙权加以诛灭，孙辅为孙权族兄，而孙权加以杀害。毁灭忠义，摧残仁爱，没有比这更为严重的了。孙权乃是神灵的罪人，下民的公敌。于神灵有罪于下民有仇之人，谓之凶贼。因此伊尹去夏而入殷，不为败坏道德，飞廉为商纣而死，不可谓忠贤。为什么呢？只在人生选择的道路，各有所宜罢了。丞相深思江东贤士名臣，多载于史籍。近时魏叔英才智超众，著名海内；虞文绣志节清高，勤学好古；周泰明当世俊杰，德行修明，皆应享受多福，保佑子孙。而周盛两家无辜被戮，后代逃散，湮没草野，说来令人感叹。听说魏周荣、虞仲翔皆能继承祖德，发扬家风。至于吴国顾陆旧族长者，世代占有高位，本当报答汉朝恩德，光耀祖先，显扬声名。至于诸将校，孙权亲族，皆我国家珍宝利器，而同被驱逐，如雨离天落地，永无归返，如利斧无柄，无所施用。相继覆没，何等悲哀！凤凰鸣于高冈，远避罗网，是圣贤的明德。鷦鹰结巢于芦苇之茎，苇折而卵破，是愚人的困惑。今江东之地，无异于苇茎，诸贤处之，也确实危险。圣朝宽宏坦荡，珍惜民命，诛戮只在孙权一人，对众贤无所忌恨。因此设置非常之赏，以期待非常之功。此为英雄志士献身建功之良机，可要努力啊！若能翻然起义，建立伟大功勋，以享高爵厚禄，此为幸福之上等。如果不能如此，那就估量附吴归汉之利弊，以生存代替灭亡，也属其次。若系蹄之器套在足上，猛虎宁愿折断足掌；若毒蛇咬住手指，壮士宁愿折断骨节。为什么呢？因为保全生命为重，绝弃手足为轻。若以将临祸患为乐事，心

怀苟安之想，走入迷途而不知归返，暗于《大雅》明哲保身之理，违背先贤去夏就殷之道，不明凤鸟鸣于高山之安，愿如鷦鹰结巢苇茎之末，日忘一日，以至覆没，大军一至，玉石俱碎，虽欲挽救，也已不及。因此号召吴部曲将校争取立功受赏，法令如左。此檄送达之时，望深思至诚之言。如诏律令。

（陈复兴译注并修订）

檄蜀文一首

钟士季

题解

钟会(225—264),字士季,颍川长社(今河南许昌)人。生于魏文帝黄初六年,卒于魏元帝咸熙元年,年四十岁。钟会少年时就表现出与众不同的智慧和才能,思路敏捷,学习刻苦。后来精研名理,很有心得,加上学识渊博,于是有了名气。正始(齐王曹芳年号)年间,由秘书郎而升任尚书中书侍郎。景元三年(262),为镇西将军,次年,与邓艾分兵讨伐蜀国。魏军攻入汉中后,钟会囚禁了一位代蜀大将,勾结姜维,意图谋反,终被部下所杀。

据《魏志》记载,魏军进入汉中以后,遭到姜维率领的蜀军抵抗。为了瓦解敌方的军心,钟会发布了这篇《檄蜀文》。

刘勰在《文心雕龙·檄移》中说:“(檄文)植义扬辞,务在刚健。……插羽以示迅,不可使辞缓;露板以宣众,不可使义隐。”道出了“檄”这种文体的特点,而钟会的这篇《檄蜀文》是完全符合这两个特点的。

首先是刚劲有力。全文一气呵成,斩钉截铁,毫无拖泥带水之感。既充分表现一个战胜者的豪迈气势,但对形势也作了合情合理的细致分析,并非以空言吓人。

其次是语言的大众化和口语化。在这样的文告中,既不需要含蓄,也不需要过多的比喻,意思说得明明白白,体现出时效性强的特点。

《文选》选录文章,少有门户之见,本文就是明证吧!

原文

往者汉祚衰微，率土分崩，生民之命，几于泯灭。我太祖武皇帝神武圣哲，拨乱反正，拯其将坠，造我区夏[1]。高祖文皇帝应天顺民，受命践祚[2]。烈祖明皇帝奕世重光[3]，恢拓洪业[4]。然江山之外，异政殊俗，率土齐民，未蒙王化，此三祖所以顾怀遗志也。今主上圣德钦明，绍隆前绪[5]，宰辅忠肃明允[6]，劬劳王室[7]。布政垂惠，而万邦协和；施德百蛮[8]，而肃慎致贡[9]。悼彼巴蜀，独为匪民，愍此百姓，劳役未已。是以命授六师[10]，龚行天罚[11]，征西、雍州、镇西诸军，五道并进[12]。古之行军[13]，以仁为本，以义治之，王者之师，有征无战。故虞舜舞干戚[14]，而服有苗[15]，周武有散财发廪[16]，表闾之义[17]。今镇西奉辞衔命，摄统戎车[18]，庶弘文告之训，以济元元之命[19]。非欲穷武极战，以快一朝之志，故略陈安危之要，其敬听话言：

益州先主[20]，以命世英才，兴兵新野[21]，困踬冀、徐之郊[22]，制命绍、布之手[23]。太祖拯而济之，兴隆大好，中更背违，弃同即异。诸葛孔明仍规秦川[24]，姜伯约屡出陇右[25]，劳动我边境，侵扰我氐羌[26]，方国家多故，未遑修九伐之征也[27]。今边境乂清，方内无事，蓄力待时，并兵一向[28]。而巴蜀一州之众，分张守备，难以御天下之师。段谷侯和[29]，沮伤之气，难以敌堂堂之阵。比年已来[30]，曾无宁岁，征夫勤瘁，难以当子来之民[31]，此皆诸贤所共亲见。蜀侯见禽于秦[32]，公孙述授首于汉[33]，九州之险[34]，是非一姓，此皆诸君所备闻也。明者见危于无形，智者规福于未萌[35]，是以微子去商[36]，长为周宾，陈平背项[37]，立功于

汉。岂宴安鸩毒[38]，怀禄而不变哉？今国朝隆天覆之恩[39]，宰辅弘宽恕之德[40]，先惠后诛，好生恶杀。往者吴将孙壹[41]，举众内附，位为上司，宠秩殊异。文钦、唐咨，为国大害[42]，叛主雠贼，还为戎首。咨困逼禽获[43]，钦二子还降，皆将军封侯，咨豫闻国事。壹等穷踧归命[44]，犹加上宠，况巴蜀贤智，见机而作者哉？诚能深鉴成败，邈然高蹈，投迹微子之踪，措身陈平之轨，则福同古人，庆流来裔[45]。百姓士民，安堵乐业，农不易亩，市不回肆，去累卵之危，就永安之计，岂不美与？若偷安旦夕，迷而不反，大兵一放，玉石俱碎，虽欲悔之，亦无及也！

各具宣布，咸使知闻。

注释

〔1〕区夏：华夏，泛指中国。

〔2〕践祚：登上皇帝位。

〔3〕奕世：一代又一代。

〔4〕恢拓：扩大的意思。语见《后汉书·窦宪传》："下以安固后嗣，恢拓境宇，振大汉之天声。"

〔5〕绍隆：继续发扬光大。绍，继续；隆，光大、兴旺。

〔6〕宰辅：丞相，这里指三国（魏）丞相司马昭。　明允：贤明而诚信。

〔7〕劬（qú 渠）劳：辛勤而劳苦。劬，辛勤。

〔8〕百蛮：泛指边远地区的各少数民族。语见《诗·大雅·韩奕》："以先祖受命，因时百蛮。"

〔9〕肃慎：古代民族名。据传说，在周成王时，肃慎族曾以楛矢、石砮入贡。居于松花江流域，即后来女真族的祖先。用"肃慎致贡"往往是表示远方民族的臣服，并非专指。

〔10〕六师：又称六军，即王师。语见《诗·大雅·棫朴》："周王于迈，六师及之。"后泛指军队。

〔11〕龚行:恭恭敬敬地行使。语见汉班固《东都赋》:“龚行天罚,应天顺人。”

〔12〕五道:五条道路。指三国时,魏以大军从五路伐蜀。李善《注》引《魏志》:“诏使征西将军邓艾,督诸军趋甘松、沓中;雍州刺史诸葛绪,督诸军趋武街、高楼;镇西将军钟会,由骆谷伐蜀。”

〔13〕行军:指挥作战。语见《孙子·军争》:“不知山林险阻沮泽之形者,不能行军。”

〔14〕干戚:斧头和盾牌。古代舞蹈者常手持用为道具。

〔15〕有苗:又称三苗,古代传说中的民族部落名。

〔16〕发廪:散发粮库的粮食。据李周翰《注》:“武王伐殷,发廪粟府财以赈贫乏。”

〔17〕表闾:古代刻石于闾门,以表彰某个人的功德。语见《后汉书·淳于恭传》:“诏书褒叹,赐谷千斛,刻石表闾,除子孝太子舍人。”这里是指周武王伐纣后,亲自登门寻访殷纣时的贤人商容,以表彰他的功德。

〔18〕戎车:兵车,后泛指军队。

〔19〕元元:老百姓。

〔20〕先主:刘备。

〔21〕新野:地名,属河南省。汉末刘备投刘表,表遣兵助备,使屯新野。

〔22〕蹶:困顿或挫折。

〔23〕绍布:袁绍和吕布。据李善《注》引《蜀志》:“备字玄德……。吕布袭徐州,虏先主妻子,乃求和于布。后归曹公,曹公厚遇之,以为豫州牧,后背曹公归袁绍。”

〔24〕规:通“窥”,窥测。　秦川:地名。以秦之故国故称秦川,今陕甘两省之地。

〔25〕姜伯约:姜维,字伯约,天水人。在蜀汉任征西将军、卫将军、大将军等,诸葛亮死后,曾多次率兵伐魏。　陇右:地名。指陇山以西至黄河以东之地。

〔26〕氐羌:古代西部的两个民族。

〔27〕九伐:指天子对诸侯需进行讨伐的九种情况。语见《周礼·夏官·大司马》:“以九伐之法正邦国。凌弱犯寡则眚(削地)之,贼贤害民则伐之,暴内陵外则坛(伐击)之,野荒民散则削之,负固不服则侵之,贼杀其亲则正之,放弑其君则残之,犯令陵政则杜之,外内乱、鸟兽行则灭之。”

〔28〕一向:向一个目标。

〔29〕段谷:地名。在上邽以南,今甘肃省天水县境内。李善注引《魏志》:“姜维趣上邽,邓艾与战于段谷,大破之。” 侯和:地名。李善注引《魏志》:“姜维寇圯阳,邓艾拒之,破维于侯和。”

〔30〕比年:近年。

〔31〕子来:原意为百姓急于公事,如子女急于父母之事。语见《诗·大雅·灵台》:“经始勿亟,庶民子来。”这里是效忠顺从的意思。

〔32〕蜀侯:古蜀国的君主。李善注引《史记》:“秦惠文君八年,张仪复相,伐蜀,灭之。”

〔33〕公孙述:人名,汉代蜀郡太守,后自立为天子。李善注引《后汉书》:“公孙述,字子阳,扶风人也。王莽时为导江卒正,更始立,述恃其地险众附,遂自立为天子。十二年,光武遣吴汉攻述,汉因令壮士突之,述兵大乱,被刺洞胸堕马,左右舆入城,其夜死。明旦述将延岑举军来降,汉乃夷述妻子,尽灭公孙氏。”

〔34〕九州:原指中国古代的九个州,后泛指中国。

〔35〕规福:谋画富贵和寿考。

〔36〕微子:人名。李周翰《注》:“微子,纣兄,去纣归周,封于宋。”

〔37〕陈平:人名。李善注引《史记》:“陈平惧项王诛,遂至修武降汉,拜平为都尉。”

〔38〕宴安:安逸、闲适。

〔39〕天覆:天遮盖着。李善注引《礼记》:“孔子曰:‘天无私复,地无私载。’”

〔40〕宽恕:宽宏大量。

〔41〕孙壹:人名。原为吴国江夏太守,后率部投降魏国,被封为车骑将军、吴侯。

〔42〕文钦:人名。李善注引《魏志》:“文钦,字仲若,曹爽之邑人也。与毌丘俭举兵反,大将军司马文王临淮讨之。诸葛诞杀钦,钦子鸯及虎逾城出,自归大将军,大将军表鸯、虎为将军,各赐爵关内侯。” 唐咨:人名。原为魏国大将,后在利城举兵反魏,魏文帝派司马懿率兵讨伐,唐咨兵败投奔吴国,被封为安远将军。在魏、吴交战中,唐咨被魏军击败,又投降魏国,魏不加罪,反封他为将军。

〔43〕困逼:被逼无奈。

〔44〕穷踧(dì 地):走投无路。

〔45〕来裔:子孙后代。

今译

汉朝已经成为过去,它的国运早就衰微了。汉朝统治的地方分崩离析,老百姓的生命也都几乎濒临灭绝了。我大魏朝太祖武皇帝神明威武,具有圣贤般的智慧,扫除了一切纷乱,才使各项事业进入正轨。就在国家将要衰败和灭亡的关头,挽救了华夏大地,使它重新振兴起来。魏高祖文皇帝上符合天命,下顺达民情,接受上天的安排,登上皇帝的宝座。烈祖魏明帝接替前代的业绩,更加发扬光大,又扩展了大魏的帝业。然而,在我魏朝以外的地方,国政、人情和风俗都不一样,这些地方的老百姓,也都没有接受过魏朝皇帝的教化,这就是三位皇帝一直放心不下的原因。所以,他们都有遗言,希望收服这些地方。现在的皇帝德行崇高,才智过人,继承并光大了祖先的功业。司马丞相忠心耿耿,诚信待人,为王室辛勤操劳,由于他处理政事以实行恩惠为主,所以全国各地都能协调一致,和谐安乐。最边远的地方,那些部落民族也都受到德行的感化,不断派使臣前来进贡。可怜你们巴蜀各地,仍然不属于魏朝,对这里的老百姓还在受到劳役驱使,真是感到痛心。所以,皇帝命令发出大军,恭恭敬敬地代替上天对这里进行征伐。征西将军邓艾,雍州刺史诸葛绪,镇西将军钟会,分别从甘松、沓中、高楼、武街和骆谷五个地方向巴蜀进军。从古以来,指挥作战的人,总是仁爱为本,以道义去征服敌人,帝王派出的大军,虽是为了讨伐敌人的,但决不会是随便作战的。所以,舜让舞蹈者以斧头和盾牌作为道具来舞蹈,却征服了有苗族。周武王在殷纣灭亡以后,曾经将鹿台的财宝散发给百姓,将钜桥粮库的粮食分给贫民,亲自登门拜访隐于民间的商容,这都是大仁大义的行为呀!今天,我镇西将军钟会,奉了皇帝的旨意,统

率精锐部队前来，希望这文告能给你们教诲，从而拯救老百姓的生命。我并非想用武力，依靠好战，痛快而迅速地解决问题。所以，简要地向大家陈述一下怎样做才是安全，否则将会带来危险。你们要恭敬地听我说：

益州的开国君主刘备，是应天命而出世的英雄，开始他在新野起兵，后来受到挫折，在冀州和徐州，先后被吕布和袁绍所挟制。魏太祖武皇帝不但救了他，还帮助他，让他担任豫州牧的职务。这时刘备是兴旺发达的，形势很好，可中途他却背叛了。既然不能与魏太祖共谋大业，当然就是敌人了。诸葛孔明多次窥测秦川，姜伯约也屡次出兵陇右，侵犯我魏朝的边境，骚扰当地氐族和羌族的百姓。那个时候，魏朝自己的事情还很多，没有多余的时间来考虑对地方势力的讨伐。如今魏朝的边境是安宁的，国内也没有什么大事情，积蓄力量，只等时机一到，大军就会向一个目标去进攻了。而巴蜀不过是一个州，军队却要分散守卫在各个地方，这是抵抗不了拥有天下的天子大军的。蜀军在段谷和侯和都曾吃过败仗，受过打击而灰心丧气的军队，还怎么能与浩浩荡荡并有堂皇阵式的魏军对抗呢？近几年来，没有一年是安宁的，巴蜀的军队都受到多次调遣，被劳苦和疾病所拖累，怎么能挡得住效忠天子的军队？这些事实，各位有才识的人是亲眼看到的。从前，秦惠文王攻打蜀国，俘虏了蜀侯。在东汉的时候，公孙述自恃蜀地险要自称天子，光武帝派吴汉伐蜀，终于杀了公孙述。全国任何险要的地方，都不是哪一个人可以专有的。这些事实，诸位先生都听说过的吧？聪明的人，在危险没有到来的时候就看到了，智慧的人，在一开始就要筹划富贵和寿数。所以，微子见纣王无道，就离开殷商，成为周朝的上宾。陈平背叛项羽，后来为汉朝立了大功。贪图安逸就像服毒药自杀，难道为了高官厚禄就不再改变了吗？现在，魏王朝蒙老天的保佑，神明的庇护，司马丞相具有宽宏大量的美德，以施行恩惠在先，而后才会讨伐杀戮，喜欢给人以生路，讨厌杀人。过去吴国的大将孙壹率领部

属投靠魏朝，被封为吴侯，拜为车骑将军，受到特别的宠信。文钦和唐咨二人，都曾是魏将，但他们先后举兵反魏，成为国家的祸害。后来文钦为叛将诸葛诞所杀，他两个儿子文鸯和文虎又归附魏朝，结果两人都被任命为将军，赐给关内侯的爵位。唐咨投降东吴后，在一次魏吴交战中被魏军俘虏，投降后，魏天子仍然让他参与国事。孙壹等人都是穷途末路，在被迫无奈的情况下降魏的，但是仍然受到朝廷的宠信，何况巴蜀的有识之士是看准时机而行动的呢？如果能够深切地理解和借鉴那些成功和失败的经验教训，高瞻远瞩，像微子那样，走他的路，学习陈平，照他那么做，那么福运定会和古人是一样的，而且会延续到子孙后代的身上。广大的老百姓，还有读书人和商人，都可以安居乐业，农民不用更换自己的土地，还继续耕种，贸易市场也不用改变，还继续在那里买卖交易。这样就免除了像堆叠起来的鸡蛋那样的危险，带来的将是永远安定的生活，难道不好吗？假如只顾眼前早晚一时的安全，而执迷不悟，那么我大军一进攻，就会玉石俱焚，再要后悔可就来不及了。

各个地方都应该张贴这张布告，要使所有的人都知道。

（王存信译注并修订）

难蜀父老一首

司马长卿

题解

《难蜀父老》、《喻巴蜀檄》是两篇公告，体裁属于移檄类。继唐蒙通夜郎之后，司马相如拜中郎将，持节往使西南夷。然遭到巴蜀父老的反对，认为通西南夷，忧苦百姓，劳民伤财，司马相如便撰此文，晓喻巴蜀之人，其内容和用意，同《喻巴蜀檄》亦有相同之处。《汉书·司马相如传》对此次通西南夷的经过，做了简略记叙：

"相如还报。唐蒙已略通夜郎，因通西南夷道，发巴、蜀、广汉卒，作者数万人。治道二岁，道不成，士卒多物故（死亡），费以亿万计。蜀民及汉用事者多言其不便。是时邛、莋（zuó）之君长，闻南夷与汉通，得赏赐多，多欲愿为内臣妾（称臣），请吏，比南夷。上问相如，相如曰：'邛、莋、冉、駹（máng）者近蜀，道易通，异时（指秦时）尝通为郡县矣，至汉兴而罢。今诚复通，为置县，愈于（超过）南夷。'上以为然，乃拜相如为中郎将，建节往使。副使者王然于、壶充国、吕越人，驰四乘之传（驿站上所备的车马），因巴蜀吏币物以赂西南夷。……相如使略定西南夷，邛、莋、冉、駹、斯榆之君，皆请为臣妾，除边关益斥（开扩），西至沬、若水，南至牂牁为徼（边塞），通灵山道，桥孙水，以通邛、莋。还报，天子大说（悦）。"

从公告内容及出笼背景，皆可看出是告喻巴蜀父老的，故曰《难蜀父老》。难就是诘责、驳诘之意，即批驳蜀之父老反对通西南夷之论。然班固、金圣叹皆以此文讽谏天子不宜再开边，未免牵强。

全篇的大部分文字和主要内容，都是驳诘蜀之父老。其反对通

西南夷的理由是:①"士卒劳倦,万民不赡","百姓力屈,恐不能卒业";②西南夷自古以来未曾被征服。"仁者不以德来,强者不以力并。"③即使征服也无用。"割齐民以附夷狄,敝所恃以事无用,鄙人固陋,不识所谓。"这是第一段。第二段至第四段,为批驳父老之辞:①自己受命建节通西南夷,如大禹治水,乃非常之人,做非常之事,建非常之功,蜀之父老这些常人无法理解。②贤君即位,不束缚于传统,不取悦于世俗,而要"崇论吰议,创业垂统,为万世规。"通西南夷,乃贤君"兼容并包"之宏业,"参天贰地"之大德。③通西南夷乃救民于水火之义举。蛮荒之地,"政教未加,流风犹微","君臣易位,卑尊失序","父老不辜,幼孤为奴虏",百姓举踵思慕大汉天子,"若枯旱之望雨",通西南夷乃"拯民于沉溺"。继周绝业,实为"天子之亟务"。④王者"未有不始于忧勤,而终于逸乐者也"。这是上天之"符命",汉顺应天命,乃德"上减五,下登三",蜀之父老"未睹旨","未闻音","悲夫!"最后一段,言蜀之父老终于心悦诚服:"百姓虽劳,请以身先之。"

这是一篇早期的典型的骈文。句子基本成双,且长短整齐。既不牵强为偶,也不破偶为奇,故意错落。辞意充沛,明白晓畅,虽为精心结构,然无雕琢之痕。姜书阁先生评曰:"义严而闳,气厚以愉,运精微之思,奋瑰烁之辞,故高而不险,华而不缛,雄而不矜,逶迤而不靡。"(见《骈文史稿》)盖不为过矣。

原文

汉兴七十有八载,德茂存乎六世[1],威武纷纭[2],湛恩汪涉[3],群生沾濡[4],洋溢乎方外[5]。于是乃命使西征[6],随流而攘[7],风之所被[8],罔不披靡[9]。因朝冉从駹[10],定筰存邛[11],略斯榆[12],举苞蒲[13],结轨还辕[14],东乡将报,至于蜀都[15]。耆老大夫搢绅先生之徒二十有七人[16],俨然造焉[17]。辞毕[18],进曰:"盖闻天子之牧夷狄也[19],其义羁

縻勿绝而已[20]。今罢三郡之士[21],通夜郎之涂[22],三年于兹[23],而功不竟[24],士卒劳倦,万民不赡[25]。今又接之以西夷[26],百姓力屈[27],恐不能卒业[28],此亦使者之累也[29]。窃为左右患之[30]。且夫邛笮西夷之与中国并也[31],历年兹多,不可记已[32]。仁者不以德来[33],强者不以力并[34],意者其殆不可乎[35]!今割齐民以附夷狄[36],敝所恃以事无用,鄙人固陋[37],不识所谓[38]。"使者曰:"乌谓此乎[39]?必若所云,则是蜀不变服而巴不化俗也[40]。仆常恶闻若说[41]。然斯事体大,固非观者之所觏也[42]。余之行急[43],其详不可得闻已,请为大夫粗陈其略[44]:

"盖世必有非常之人[45],然后有非常之事;有非常之事,然后有非常之功。夫非常者,固常人之所异也[46]。故曰:非常之原,黎民惧焉[47],及臻厥成[48],天下晏如也[49]。昔者洪水沸出[50]泛滥衍溢[51],民人升降移徙[52],崎岖而不安[53]。夏后氏慼之[54],乃堙洪、塞源[55]、决江、疏河[56],洒沉、澹灾[57],东归之于海,而天下永宁。当斯之勤[58],岂惟民哉[59]。心烦于虑,而身亲其劳[60];躬腠胝无胈,肤不生毛[61]。故休烈显乎无穷[62],声称浃乎于兹[63]。

"且夫贤君之践位也[64],岂特委琐喔龊[65],拘文牵俗[66],循诵习传[67],当世取说云尔哉[68]?必将崇论吰议[69],创业垂统[70],为万世规[71]。故驰骛乎兼容并包[72],而勤思乎参天贰地[73]。且《诗》不云乎?'普天之下,莫非王土;率土之滨,莫非王臣'[74]。是以六合之内[75],八方之外,浸淫衍溢[76],怀生之物有不浸润于泽者[77],贤君耻之。今封疆之内[78],冠带之伦[79],咸获嘉祉[80],靡有阙遗矣[81]。而夷狄殊俗之国[82],辽绝异党之域[83],舟车不通,

人迹罕至，政教未加[84]，流风犹微[85]。内之则时犯义侵礼于边境[86]，外之则邪行横作[87]，放杀其上[88]。君臣易位，尊卑失序[89]，父老不辜[90]，幼孤为奴虏[91]，系缧号泣，内向而怨[92]，曰：'盖闻中国有至仁焉[93]，德洋恩普[94]，物靡不得其所，今独曷为遗己[95]？举踵思慕[96]，若枯旱之望雨[97]。'戾夫为之垂涕[98]，况乎上圣，又焉能已[99]？故北出师以讨强胡[100]，南驰使以诮劲越[101]。四面风德[102]，二方之君[103]，鳞集仰流[104]，愿得受号者以亿计[105]。故乃关沫若[106]，徼牂牁[107]，镂灵山[108]，梁孙原[109]。创道德之涂[110]，垂仁义之统[111]，将博恩广施[112]，远抚长驾[113]，使疏逖不闭[114]，曶爽闇昧[115]，得耀乎光明，以偃甲兵于此[116]，而息讨伐于彼。遐迩一体[117]，中外禔福[118]，不亦康乎[119]？夫拯民于沉溺[120]，奉至尊之休德[121]，反衰世之陵夷[122]，继周氏之绝业[123]，天子之亟务也[124]。百姓虽劳，又恶可以已乎哉[125]？

"且夫王者固未有不始于忧勤[126]，而终于逸乐者也[127]。然则受命之符[128]，合在于此[129]。方将增太山之封，加梁父之事[130]，鸣和鸾[131]，扬乐颂[132]，上减五，下登三[133]。观者未睹旨[134]，听者未闻音，犹鷦鹏已翔乎寥廓之宇[135]，而罗者犹视乎薮泽[136]，悲夫！[137]"

于是诸大夫茫然丧其所怀来[138]，失厥所以进[139]，喟然并称曰[140]："允哉汉德[141]，此鄙人之所愿闻也[142]。百姓虽劳，请以身先之[143]。"敞罔靡徙[144]，迁延而辞避[145]。

注释

〔1〕茂:盛。 六世:指自汉高祖刘邦至汉武帝刘彻。

〔2〕纷纭:繁盛的样子。

〔3〕湛(zhàn 战):厚。颜师古注,湛读曰沈。 汪涉(wèi 魏):深广的样子。

〔4〕群生:指百姓。 沾濡(zhān rú 瞻如):犹滋润,喻恩惠。

〔5〕洋溢:广泛传播。 方外:中原以外的地区。《汉书·路温舒传》:"暴骨方外,以尽臣节。"

〔6〕使:使者,相如自谓。

〔7〕攘(rǎng 嚷):使退,排除。

〔8〕风:风教,教化。 被(pī 劈):披,覆盖,引申为施及。

〔9〕罔:无。 披靡:草木随风偃倒,比喻顺随教化。

〔10〕因:遂。 冉、駹(máng 忙):蜀郡西部的两个民族,时称西夷。居四川茂县境。

〔11〕筰、邛(zé qióng 责穷):西夷中的两支,居四川汉源县地。朝、从、定、存,皆招慰之意。

〔12〕略:巡行。 斯榆:西夷的一支,一名才俞,又名斯叟。

〔13〕举:征服。 苞蒲:西夷中的一支。

〔14〕结轨:旋车,掉转车。结,旋;轨,车迹,此指车。 还辕:与结轨同义。

〔15〕东乡:向东方。《史记·吴起传》:"守西河而秦兵不敢东乡。" 将报:吕延济注:"将还归以报命。" 蜀都:指成都。

〔16〕耆老:德高望重的老人。 搢(jìn 进)绅:旧时高级官吏的装束,亦用为官宦的代称。此为后者。

〔17〕俨然:庄重严肃的样子。 造:拜访。

〔18〕辞:指初谒见之辞。

〔19〕牧:治民。 夷狄:泛指少数民族。

〔20〕羁縻:束缚。 系马曰羁;系牛曰縻。羁縻,言四夷如牛马之受羁縻也。又意为笼络。

〔21〕罢(pí 皮):通"疲"。 三郡:巴、蜀、广汉三郡。 士:士卒。

〔22〕夜郎:南夷,在今贵州西部。 涂:同"途"。

〔23〕兹:此。指通夜郎之途。

〔24〕竟:完成。

〔25〕不赡:不胜负担。赡,供给。《汉书·西南夷传》:“当是时,巴蜀四郡通西南夷道,载转相饷。数岁,道不通,士罢饿馁,离暑湿,死者甚众。”

〔26〕西夷:指邛、笮。

〔27〕力屈(jué 决):竭,穷尽。

〔28〕卒业:完成事业。指通西夷之途。

〔29〕累:麻烦,负担。

〔30〕窃:自谦之词,犹私下。 左右:对对方的婉称。不直呼,而称其左右。患:担忧。

〔31〕并:比并,齐等。

〔32〕历年兹多:犹历史很久。 已:语终之辞。

〔33〕仁者不以德来:颜师古注:“言古往帝王虽有仁德,不能招来之。”

〔34〕强者不以力并:颜师古注:“虽有强力,不能并吞之,以其险远,理不可也。”

〔35〕意者:犹想来。 殆:大概,恐怕。 不可:不堪。李善注:“不可,犹不堪也。以其不堪为用,故弃之也。”

〔36〕割:弃。 齐民:犹平民。 附:依附。

〔37〕敝:弃。 所恃:颜师古注:“所恃即中国人也。” 无用:颜师古注:“无用谓西南夷也。” 鄙人:耆老等自谦之称。 固陋:见识鄙陋。

〔38〕所谓:所说。

〔39〕乌:安,何。六臣本作“安”。

〔40〕若:如。 变服:改变服饰。巴蜀之地,古皆蛮夷之人。为髻如椎之形,衣服前襟向左掩,异于中原一带人右衽。 化俗:改变风俗。《后汉书·曹褒传》:“褒初举孝廉,再迁圉令,以礼理人,以德化俗。”

〔41〕仆:耆老等自谦之称。 常:《汉书》作“尚”。“仆尚恶闻若说”,颜师古注:“尚,犹也。若,如也。言仆犹恶闻如此之说,况乎远识之人也。”

〔42〕斯事:此事。指通西夷事。 覯(gòu 构):见。

〔43〕余:我。相如自谓。 行急:行程急速。

〔44〕其详不可得闻已:颜师古注:“不暇为汝详言之。” 粗:略。 略:大概。

〔45〕非常之人：指圣人。

〔46〕常人所异：常人见之以为异。

〔47〕原：本。　黎民：众人。原，《汉书》作“元”。颜师古注：“元，始也。非常之事，其始难知，众人惧之。”

〔48〕臻（zhēn 珍）：至。　厥：其。指非常之事。

〔49〕晏如：安然。

〔50〕沸：水涌起的样子。

〔51〕衍溢：横流。

〔52〕升降移徙：奔走迁徙。

〔53〕崎岖：地面高低不平，比喻处境困难。

〔54〕夏后：谓大禹。　慼：忧。

〔55〕堙（yīn 因）：堵塞。

〔56〕疏：通。决江疏河，吕延济注：“谓理水也。”

〔57〕洒：分。　沉：深水。　澹灾：减缓灾情。澹，流水纡回。

〔58〕斯：指治水。　勤：劳苦。

〔59〕岂惟民哉：刘良注：“当理水之时，非独百姓，禹亦劳也。”

〔60〕“心烦”二句：指既劳心又劳力。劳，劳作。

〔61〕躬：体。　腠胝（còu zhī 凑支）：《史记》无“腠”字，是。胝，胼胝，即手掌脚掌长期磨擦而生的厚皮，俗称老茧。　胈（bá 拔）：人体脚腿上的细毛。肤不生毛：刘良注：“言艰苦至使肤累茧而不生毛也。”

〔62〕休：美。　烈：业。

〔63〕声称：声名。　浃（jiā 加）：通“彻”。　于兹：于今。

〔64〕践位：践祚，即皇帝登位。

〔65〕委琐：拘于小节。　喔龊（chuò 绰）：亦作“齷齪”。器量狭小。

〔66〕拘文牵俗：拘于琐细条文，牵累于流俗之议。

〔67〕循诵习传：遵循传统。诵，诗篇，此指《诗经》。“循”，李善作“修”，据《汉书》改。黄侃《文选平点》：“循诵习传，言循其所诵，习其所传也。”

〔68〕当世取说：取悦当世。说，同“悦”。

〔69〕崇论：高论。　吰（hóng 红）议：宏论。

〔70〕垂统：把基业传给后世子孙，多指王位。此当指建立法统。

〔71〕规：规范。

〔72〕驰骛:奔走。

〔73〕参天贰地:为《易》卦立数之义,引申为人之德可与天地相比。《易·说卦》:"参天两地而倚数。""以奇数的一代表天,用偶数的二代表地,但因为天的功能包含地,所以奇数的一代表的天,包括偶数的二代表的地,成为三代表天。"(见孙振声《易经今译》)

〔74〕"普天"句:见《诗经·小雅·北山》。率,循。滨,水边。古人认为中国四周皆海,故云"四海之滨"。

〔75〕六合:指上下四方。

〔76〕浸淫:逐渐扩及。

〔77〕怀生之物:有生命之物,指动植物。 浸润:逐渐浸染。 泽:指恩惠。

〔78〕封疆之内:犹言国内。

〔79〕冠带:官吏或士大夫。 伦:类。

〔80〕咸:皆。 嘉祉(zhǐ 止):幸福。祉,福。

〔81〕靡:无。 阙遗:缺漏。阙,同"缺"。

〔82〕殊俗:指与中原风俗不同。《晏子春秋·内篇》:"古者,百里而异习,千里而殊俗,故明王修道,一民同俗。"

〔83〕辽绝:辽远。绝,极远。 异党:异类。

〔84〕政教:统治教化。 加:施及。

〔85〕流风:犹言遗风。指前代流传下来的良好风尚习惯。

〔86〕犯义侵礼:违犯礼义。

〔87〕邪行横作:指胡作非为。 内之,外之:颜师古注:"内之,谓通其朝献也;外之,谓弃而绝之也。"

〔88〕放杀:放逐杀害。

〔89〕易位:地位颠倒。 尊:与卑相对,指地位或辈分高者。

〔90〕父老:泛指老人。 不辜:无罪。《韩非子·说疑》:"赏无功之人,罚不辜之民,非所谓明也。"

〔91〕幼孤:与父老相对,指小孩。 奴虏:奴仆。

〔92〕系缧:绑缚。 号泣:哭号。 内向:向内,指向中原。吕延济注"父老"诸句:"言巴蜀父老,无罪被杀,掠取孤幼,束缚以为奴仆,所以号泣,向中国而怨。"

〔93〕至仁:刘良注:"至仁,谓天子也。"

〔94〕洋:大。　普:遍。

〔95〕曷:何。　遗:弃。

〔96〕举踵:踮起脚跟,有企盼之意。

〔97〕枯旱:大旱,草木枯干。

〔98〕戾(lì 力)夫:暴戾之人。戾,凶狠。

〔99〕上圣:圣上,指皇帝。　已:止。指无动于衷。

〔100〕强胡:指匈奴。

〔101〕驰使:速遣使臣。　诮:责。

〔102〕四面:四方。　风德:化德,以道德教化。

〔103〕二方:指西夷、南夷。

〔104〕鳞集:如鱼鳞相次。　仰流:仰首承流。

〔105〕受号:受天子的爵位。一说受天子之号令。

〔106〕关沫若:以沫若水为关。　沫(mò 末):沫水,古水名。今四川大渡河。司马相如通夜郎、滇、邛都、嶲、昆明、莋都、冉駹等地,西至沫水,即此地。若,若水,古水名,在今四川省,亦名鸦龙江。

〔107〕徼(jiào 叫):边界,用如动词,以……为界。　牂牁(zāng kē 臧科):今北盘江,由贵州云南广西入广东为西江。一说汉郡名,据《华阳国志》载:楚庄蟜伐夜郎,军至且兰,椓船于岸而步战,既灭夜郎,乃改此名。徼牂牁,即以木栅水为夷狄之界。

〔108〕镂(lòu 漏):疏通。　灵山:山名,在今四川庐山县西北。镂灵山,即凿灵山以开道。

〔109〕梁:桥,用如动词,架桥。　孙原:孙水之源。孙水,一名白沙江,今之安宁河。司马相如拜中郎将,通使西南,桥孙水,以通邛都,即此。

〔110〕创:开创。　道德:通于物谓之道,得于理谓之德。《礼·曲礼》:"道德仁义,非礼不成。"《注》:"道者通物之名,德者得理之称。"此指儒家约束团结人的准则。　涂:同"途"。

〔111〕垂:流传。　仁义:施恩及物谓仁,裁断合宜谓义。仁义为儒家道德准则的重要内容。　统:纲纪。

〔112〕博恩广施:广泛施恩。恩,指皇帝的恩泽。

〔113〕抚:安抚。　长驾:驾驭远行。

〔114〕疏逖(tì 替):疏远。逖,远。　闭:封闭,隔绝。颜师古注:"言疏远

者不被闭绝也。"

〔115〕曶(hū 乎)爽:将明未明。黎明时。曶,暗。爽,明。 闇昧:黑暗。闇,同"暗"。

〔116〕偃(yǎn 眼):停止。 甲兵:铠甲和兵器。此指军事行动。

〔117〕遐迩(xiá ěr 暇耳):远近。指夷狄与中国。

〔118〕禔(zhī 支):安。

〔119〕康:乐。

〔120〕沉溺:沉没,引申为困境。

〔121〕奉:给予。 至尊:指皇帝。 休:美。

〔122〕反:翻过来。此引申为挽救。 陵夷:陵迟,即衰颓。指政教衰。

〔123〕继周氏绝业:吕向注:"周家典礼遭秦焚之,汉灭秦而复修理,故云继周氏绝业也。"

〔124〕亟:急。急务,最迫切的任务。

〔125〕恶:怎。 已:停止。

〔126〕固:根本。 忧勤:指征伐。

〔127〕逸乐:安乐。刘良注:"言王者皆征伐而后逸乐也。"

〔128〕受命之符:符命。古时以所谓祥瑞的征兆附会成君主得到天命的凭证,叫符命。

〔129〕合:当。 此:指忧勤逸乐。张揖注:"合在于忧勤逸乐之中也。"

〔130〕太山之封,梁父之事:指封禅。在泰山上筑土为坛祭天,报天之功,称封;在泰山下梁父山上辟场祭地,报地之功,称禅。封禅是帝王祭天地的典礼。《大戴礼·保傅》:"封泰山而禅梁甫。""梁父"亦作梁甫。

〔131〕和鸾:车铃,亦作"和銮"。

〔132〕颂:指《诗经》中的颂诗。乃祭祀、赞美祖先的乐歌,故称乐颂。

〔133〕上减五,下登三:《汉书》李奇注:"五帝之德比汉为减,三王之德汉出其上。"减,《汉书》作"咸"。颜师古注:"咸,皆也。言汉德与五帝皆盛,而登于三王之上也。相如不当言减于五帝也。"

〔134〕旨:美。

〔135〕鹪鹏(jiāo míng 交明):鸟名,似凤。又作"鹪明"、"鹪鹏"。 寥廓:高远。 宇:空间之总称。此指高空。

〔136〕罗者:张网之人。此喻大夫。薮泽:湖泽。

〔137〕悲夫:吕向注:"谓悲其(大夫)不知于德化也。"
〔138〕所怀来:来所怀。即带来欲陈之事。
〔139〕厥:其,指大夫。 所进:所进之言,与"怀来"意近。
〔140〕喟然:叹美之状。 并称:犹异口同赞。
〔141〕允:诚信。
〔142〕鄙人:浅陋之人,大夫自谦之谓。 愿闻:指愿闻讨西夷之事。
〔143〕身先:身先士卒。
〔144〕敞罔:失志的样子。 靡徙:无地自容。
〔145〕迁延:退却的样子。 辞避:五臣本作"辞退"。

今译

汉朝建立七十八年,盛德已流传六世,极其威武,皇恩浩荡,百姓受惠,滋润外方。在这时命我西征,顺流而下,教化所及,无不折服。于是招慰冉駹,安抚笮邛,巡行斯榆,说服苞蒲,掉转车驾,向东将报告天子,来到成都。耆老、官宦等二十七人,庄重严肃地前来拜见。谒见客套完毕,进言道:"听说天子治理夷狄,意在笼络而已。现在劳累三郡之士卒,开通夜郎之道路,于今已三年,而未完成,士卒疲惫不堪,百姓不胜负担。今天又接着打通西夷,百姓力竭,恐怕不能最后成此功业,这也是您的负担。我们私下为您担心。况且西夷与内地并存,历史很久,记不胜记。古往仁德之君不能招徕,威武之王不能力吞,想来现在的做法恐怕不妥吧?今天舍弃平民去接近夷狄,抛开可靠的百姓去笼络无用的西夷,我们这些见识鄙陋之人,不知为什么。"使者说:"怎么这样讲呢?如真像你们所说,那么这巴蜀就不应改蛮夷之服易蛮夷之俗了。我一向讨厌听到这种说法。然而这事重大,本来不是旁观者一见就能知晓。我的行程很急,其详细情况不可能向你们说明,请向诸位陈其大略:

世上一定得有非常之人,然后才能做出非常之事;有了非常之事,才有非常之功。所谓非常,就是与一般人根本不同。所以说,事情开始,黎民百姓都怕它,等到它成功了,就天下太平了。从前洪水

汹涌,泛滥横流,百姓颠簸迁徙。夏禹为此忧心,于是堵塞洪水之源,疏通河道,分流深水,减缓水势,使之东流入海,天下永远安宁。治水之劳,岂止百姓呢!大禹既劳于心,又亲自出力,手脚磨出茧,腿上无汗毛。因此美业传于万世,声望响彻当代。

况且贤明君主即位,岂能纠缠琐事,器量狭小,拘于繁文缛节,牵于世俗之说,因袭旧的传统,去讨好世俗呢!而是要高谈大计,创业垂范,为万世之法规。所以要为兼收并蓄之大事而奔走,为参天二地之大德而勤思。《诗经》不是说过吗?“普天之下,莫非王土;率土之滨,莫非王臣。”因此六合之内,八方之外,由近及远逐渐施恩,凡有生命的东西不沐浴皇帝的恩泽,贤明之君以此为耻。现在全国之内,官宦之辈,都得到幸福,没有漏掉的了。而那些风俗不同的夷狄之国,种族相异的辽远之邦,车船不通,人迹罕至,未曾施行政治教化,礼义风尚还很薄弱。内之则时犯义侵礼于边境,外之则邪行横作,流放杀戮其王。君臣地位颠倒,尊卑关系错乱,老人无辜受罪,孤幼沦为奴仆,捆缚号哭,面向中原哀怨,说:“听说中国有位天子,大恩大德,物无不各得其所,现在为何单单丢下我们!踮脚向往,如大旱望雨。”连乖戾之人都为此而下泪,何况上圣,又怎能无动于衷?因此出师北伐匈奴,遣使南责夷狄。教化四方,西夷、南夷之君,如鱼鳞相次,仰承流风,愿接受天子封号者以亿计。所以就以沫、若二水为关,栅牂牁之水为界,凿灵山开道,在白沙江上架桥。开创传播道德之途径,建立施行仁义之纲纪,广布皇恩,长途驱车安抚远方,使远方不闭塞愚昧,如黑暗而至黎明。此处放下武器,中原停止讨伐。远近一体,内外安福,不亦乐乎!拯救百姓于困苦之中,尊奉皇上的美德,挽回教化之衰退,延续周代之礼仪,是天子最迫切的任务。百姓即使劳乏,又怎么可以停止呢?

况且君王本来没有不始于忧劳,终于安乐的。这样天授命之兆,就在忧勤逸乐之中。大汉正要在泰山上祭天,在梁甫上祭地,鸾铃和鸣,颂诗齐唱,上齐五帝,下超三王,观者未见其宗旨,听者未闻

其真谛，犹如鹪鹏已翱翔于辽阔的天空，而张网者还眼睛盯着湖泽。可悲呀！士大夫不知德化！

这时，诸位大夫茫然忘掉带来所陈之事，失去欲进之言，异口同声赞叹道："诚信啊大汉之德，这是我们浅陋之人愿意听信的。百姓虽然劳顿，请让我们身先士卒。"失志无地自容，连连退下。

（赵福海译注并修订　陈延嘉再修订）

对问

对楚王问一首

宋 玉

题解

《对楚王问》未必宋玉所作。萧统和刘勰皆将其归入杂文类。《文心雕龙·杂文》言:"自对问以后,东方朔效而广之,名为'客难'托古慰志,疏而有辨。"萧统专设"对问"一门,且只选《对楚王问》一篇。但清之桐城派姚鼐,在其编的《古文辞类纂》中却将《对楚王问》归入"辞赋类",与《登徒子好色赋》临篇。二者在写法上确有相似之处,如皆是有人在楚襄王面前"短宋玉",宋玉从容辩诬,陈情述志,襄王信焉。不同的是,《登徒子好色赋》韵而多骈,《对楚王问》则散而无韵。熔比喻推理于一炉,形象生动而更有说服力,使人不得不承认其志趣高洁,讲述的"曲高和寡"的生活哲理令人信服。而《登徒子好色赋》就说理而论,则偷换概念,多有诡辩色彩。

原文

楚襄王问于宋玉曰[1]:"先生其有遗行与[2]?何士民众庶不誉之甚也[3]?"

宋玉对曰:"唯,然,有之[4]。愿大王宽其罪,使得毕其辞[5]。客有歌于郢中者[6],其始曰《下里》《巴人》[7],国中属而和者数千人[8];其为《阳阿》《薤露》[9],国中属而和者

数百人；其为《阳春》《白雪》[10]，国中属而和者不过数十人；引商刻羽，杂以流徵[11]，国中属而和者不过数人而已。是其曲弥高其和弥寡[12]。故鸟有凤而鱼有鲲[13]。凤皇上击九千里，绝云霓[14]，负苍天[15]，翱翔乎杳冥之上。[16]夫蕃篱之鷃[17]，岂能与之料天地之高哉[18]？鲲鱼朝发昆仑之墟[19]，暴鬐于碣石[20]，暮宿于孟诸[21]。夫尺泽之鲵[22]，岂能与之量江海之大哉！故非独鸟有凤而鱼有鲲也，士亦有之。夫圣人瑰意琦行[23]，超然独处；夫世俗之民又安知臣之所为哉[24]！"

注释

〔1〕楚襄王：即楚顷襄王，战国末期楚国之君。

〔2〕遗行：失德。

〔3〕士民：士人。　众庶：百姓。

〔4〕然：是这样。

〔5〕其：犹"己"，亦犹"我"，第一人称代词。如《论语·颜渊》："攻其恶无攻人之恶。"其犹"己"。《孟子·滕文公上》："今也父兄百官，不我足也，恐其不能尽大事。"赵岐注："父兄百官见我他日所行，谓我志行不足，似恐我不能尽大事之礼，故止我也。"其犹"我"。

〔6〕郢（yǐng 影）：楚之都城，故址在今湖北江陵东北。

〔7〕《下里》《巴人》：皆楚地俗曲，当时认为是低级音乐。

〔8〕属：接连。　和（hè 赫）：随声附和，即跟着唱。

〔9〕《阳阿》、《薤（xiè 谢）露》：楚国之雅曲，认为是高级音乐。

〔10〕《阳春》、《白雪》：楚国高雅的歌曲。

〔11〕商、羽、徵（zhǐ 止）：皆五声之一。古代音乐有宫、商、角、徵、羽五声，后增加"变徵"、"变宫"为七声。即(1)宫；(2)商；(3)角；(4)变徵；(5)徵；(6)羽；(7)变宫。"引商刻羽，杂以流徵"："引用第二度音，刻划第六度音，夹杂运用流动的第五度音。"即运用高超的演唱技巧。

〔12〕弥：愈，更加。

〔13〕鲲(kūn 昆):传说中最大的鱼。《庄子·逍遥游》:“北冥有鱼,其名为鲲,鲲之大,不知几千里也。”

〔14〕绝:穿过。　云霓:云彩。

〔15〕负:背对。　苍天:青天。

〔16〕杳(yǎo 咬)冥:指极高远之处。

〔17〕鷃(yàn 晏):即鹌鹑,一种小鸟。　藩篱:篱笆。

〔18〕料:计算。

〔19〕昆仑:我国西南地区的大山。西起帕米尔高原东部,横贯新疆、西藏,东延青海境内。　墟:山基,山脚。

〔20〕暴:晒。　鬐(qí 奇):鱼脊。　碣(jié 洁)石:李善注引孔安国《尚书传》:“碣石,海畔山。”今河北昌黎北临海有碣石山。

〔21〕孟诸:古大泽名,在今河南商丘东北。

〔22〕尺泽:形容泽之小。　鲵(ní 泥):小鱼。

〔23〕瑰意:卓越之思想。　琦行:非凡的行为。

〔24〕安知:怎知,那知。

今译

楚襄王问宋玉道:“先生的行为恐怕有失检点吧,为什么士民百姓那么不称赞你呢?”

宋玉回答道:“是,是这样,有这回事。请大王宽恕我的罪过,让我把话说完。有位外地人在都城里唱歌,他开始唱《下里》《巴人》,都城中随他唱的数千人;他唱《阳阿》、《薤露》,都城中随他唱的数百人;他唱《阳春》《白雪》,都城中随他唱的不过数十人;最后引用商声,修饰羽声,夹杂流转的徵声,都城中随着他唱的不过数人而已。这说明曲调越高雅,随唱的人越少。所以鸟类中有凤凰,鱼类中有鲲,凤凰搏击长空,扶摇直上九千里,穿过云层,背对青天,翱翔在高远的苍穹之上。篱笆下的小小鹌鹑怎能与他共同计算天之高呢?鲲鱼早晨从昆仑山脚下出发,在碣石山晒鬐休息,晚上住宿在孟诸大泽。生活在咫尺泥潭的小鱼,怎能同他一起测量江海之大呢?不独鸟类中有凤凰,鱼类中有大鲲,士人中也有佼佼者。圣人的伟大

思想与美好德行，高于常人而独立存在；那些世俗之辈又怎能理解我的所作所为呢？

（魏淑琴译注并修订）

答客难一首

东方曼倩

题解

东方朔(前154—前93),字曼倩,平原厌次(今山东惠民)人,西汉文学家。武帝即位,广招天下贤才,东方朔上书自荐:"臣朔少失父母,长养兄嫂,年十三学书,三冬文史足用。十五学击剑。十六学《诗》《书》,诵二十二万余言。十九学孙吴兵法,战阵之具,钲鼓之教,亦诵二十二万言。凡臣朔固已诵四十四万言。又常服子路之言。臣朔年二十二,长九尺三寸,目若悬珠,齿若编贝,勇若孟贲,捷若庆忌,廉若鲍叔,信若尾生。若此可以为天子大臣矣。臣朔昧死,再拜以闻。"武帝"伟之",令待诏公车,然俸禄很薄,等同弄臣侏儒,且不得见天子。后来通过戏弄侏儒,得以向武帝陈情述志,于是待诏金马门,稍得亲近皇帝。继而又与皇帝幸倡郭舍人对问"隐语"。舍人所问,"朔应声辄对,变诈锋出,莫能穷者,左右大惊。上以朔为常侍郎,遂得爱幸。"

但朔敢于直谏,又不拘小节,故"官不过侍郎,位不过执戟。"武帝欲建上林苑,他进谏说:"上乏国家之用,下夺农桑之业","非所以强国富人也"。并以史为鉴说:"殷作九帝之宫而诸侯畔,灵王起章华之台而楚民散,秦兴阿房之殿而天下乱。"昭平君"醉杀主簿,狱系内官",因他是隆庐公主之子,帝欲赦罪,朔进谏说:"臣闻圣主为政,

赏不避仇仇，诛不择骨肉。《书》曰：“不偏不党，王道荡荡。”武帝之姑馆陶公主寡居，与董偃私通，偃从爰叔之计，欲献公主花园与皇帝，以掩其秽，逃其罪，朔又进谏，说董偃“私侍公主”，“败男女之化”，“乱婚姻之流”，“有伤王制”，当斩。用心虽忠，然忠言逆耳。他又不拘小节，戏弄权臣。一次“醉入殿中，小遗殿上”。一次皇帝下诏赐肉，主分肉大官来迟，朔独自拔剑割肉，怀之而去。皇帝令其自责，朔再拜曰：“朔来，朔来，受赐不待诏，何无礼也！拔剑割肉，一何壮也！割肉不多，又何廉也！归遗细君（妻子），又何仁也！”令其自责，反而自誉。

班固称朔为“滑稽之雄”，其实诙谐并非单纯属于性格问题，亦有“容身避害”之需要。他寓庄于谐，批评时政唯“依隐玩世”方能“诡时不逢”。

朔之所为，只能远祸，难以升迁。本传云：“武帝既招英俊，程其器能，用之如不及。时方外事胡越，内兴制度，国家多事，自公孙弘以下至司马迁皆奉使方外，或为郡国守相至公卿，而朔尝至太中大夫，后常为郎，与枚皋、郭舍人俱在左右，诙啁而已。久之，朔上书陈农战强国之计，因自讼独不得大官，欲求试用。其言专商鞅、韩非之语也！指意放荡，颇诙谐，辞数万言，终不见用。朔因著论，设客难己，用位卑以自慰谕。”这就是《答客难》的写作之由，刘勰称《答客难》“托古慰志，疏而有辨。”颇中肯綮。

首段假客之言提出自己为何德高才富，却官卑位下？第二段加以回答：彼一时，此一时，自己生不逢时。话说得宛转。苏秦、张仪荣登卿相之位，因其遇到了识才之明主，现在是“尊之则为将，卑之则为虏；抗之则在青云之上，抑之则在深泉之下；用之则为虎，不用则为鼠。”言外之意：皇帝说你行，你就行，不行也行；说不行，就不行，行也不行。身处此一时，即使是人才，即使“欲尽节效情”，也毫无办法。

第三段的核心是“无求备于一人”，即对人才不要求全责备。

"水至清则无鱼，人至察则无徒"。求全责备，要求人纯而又纯，到头来只能成为孤家寡人。因此应该"明而有所不见，聪而有所不闻"。至于"小人之匈匈"，根本就不要听。

最后一段，说明要发挥人才的作用需两方面的条件：一得真正是人才，是狗而不是鼠，是虎而不是豚；二是君主要"曲从如环"，人才才能"说行如流"。大才要大用，"以管窥天，以蠡测海，以莛撞钟"，不能全面了解人才，更不能激发出人才的积极性。结论是：客在大道面前糊涂。

刘勰评本文为"疏而有辨"。"有辨"就是有分析。作者引经据典，以古证今，对比分析，反复论证，与其说为自己的"卑官"辩护，无宁说抒发有才而不被重用的哀愤。它揭露了封建专制制度下的文士不得不听任皇帝随意摆布的可怜命运。

《文心雕龙·杂文》说：自《对问》以后，"东方朔效而广之，名为《客难》。""扬雄《解嘲》，杂以谐谑，班固《宾戏》，含懿采之华。"萧统特辟《设论》一门，以《客难》为祖篇，又选入《解嘲》、《宾戏》二文。《客难》骈而有韵，敷事说理，实为言理之赋。东方朔除《客难》、《非有》二文，还有《封泰山》、《责和氏璧》、《皇太子生》、《禖》、《屏风》、《殿上柏柱》、《平乐观赋猎》、《从公孙弘借车》，另有《楚辞》载其《七谏》七篇。班固称东方朔文辞中《答客难》、《非有先生论》二篇最善。皆为萧统所选。

原文

客难东方朔曰："苏秦张仪一当万乘之主[1]，而身都卿相之位[2]，泽及后世也[3]。今子大夫修先王之术[4]，慕圣人之义，讽诵《诗》《书》百家之言[5]，不可胜记，著于竹帛[6]，唇腐齿落[7]，服膺而不可释[8]，好学乐道之效[9]，明白甚矣，自以为智能海内无双[10]，则可谓博闻辩智矣[11]。然悉力尽忠，以事圣帝[12]，旷日持久，积数十年，官不过侍郎[13]，位不

过执戟[14]，意者尚有遗行邪[15]？同胞之徒[16]，无所容居[17]，其故何也？”

东方先生喟然长息[18]，仰而应之曰：“是故非子之所能备[19]。彼一时也，此一时也，岂可同哉[20]？夫苏秦张仪之时，周室大坏[21]，诸侯不朝，力政争权[22]，相擒以兵[23]，并为十二国[24]，未有雌雄[25]，得士者强，失士者亡[26]，故说得行焉[27]。身处尊位[28]，珍宝充内[29]，外有仓廪[30]，泽及后世[31]，子孙长享[32]。今则不然。圣帝德流[33]，天下震慑[34]，诸侯宾服[35]，连四海之外以为带，安于覆盂[36]，天下平均[37]，合为一家，动发举事，犹运之掌[38]，贤与不肖[39]，何以异哉？遵天之道[40]，顺地之理[41]，物无不得其所。故绥之则安[42]，动之则苦[43]；尊之则为将，卑之则为虏[44]，抗之则在青云之上，抑之则在深渊之下[45]，用之则为虎，不用则为鼠[46]；虽欲尽节效情，安知前后[47]？夫天地之大，士民之众[48]，竭精驰说[49]，并进辐凑者[50]，不可胜数，悉力慕之[51]，困于衣食，或失门户[52]。使苏秦张仪与仆并生于今之世，曾不得掌故[53]，安敢望侍郎乎！传曰：‘天下无害，虽有圣人无所施才；上下和同[54]，虽有贤者无所立功。’故曰时异事异[55]。”

“虽然[56]，安可以不务修身乎哉[57]？诗曰：‘鼓钟于宫，声闻于外。[58]’‘鹤鸣九皋，声闻于天。[59]’苟能修身，何患不荣[60]？太公体行仁义，七十有二，乃设用于文武，得信厥说，封于齐七百岁而不绝[61]。此士所以日夜孳孳[62]，修学敏行而不敢怠也[63]。譬若鹡鸰，飞且鸣矣[64]。传曰：‘天不为人之恶寒而辍其冬，地不为人之恶险而辍其广，君子不为小人之匈匈而易其行[65]。’‘天有常度，地有常形，君

子有常行[66];君子道其常,小人计其功[67]。'《诗》云:'礼义之不愆,何恤人之言?[68]','水至清则无鱼[69],人至察则无徒[70]。冕而前旒,所以蔽明[71];黈纩充耳,所以塞聪[72]'。明有所不见,聪有所不闻,举大德,赦小过,无求备于一人之义也[73]。枉而直之,使自得之[74];优而柔之,使自求之[75];揆而度之,使自索之[76]。盖圣人之教化如此,欲其自得之;自得之,则敏且广矣[77]。"

"今世之处士[78],时虽不用[79],块然无徒[80],廓然独居[81],上观许由[82],下察接舆[83],计同范蠡[84],忠合子胥[85],天下和平,与义相扶[86],寡偶少徒[87],固其宜也[88],子何疑于予哉?若夫燕之用乐毅[89],秦之任李斯[90],郦食其之下齐[91],说行如流[92],曲从如环[93],所欲必得,功若丘山,海内定,国家安,是遇其时者也,子又何怪之邪?语曰:'以管窥天[94],以蠡测海[95],以筳撞钟[96]',岂能通其条贯[97],考其文理[98],发其音声哉!犹是观之[99],譬由鼱鼩之袭狗[100],孤豚之咋虎[101],至则靡耳[102],何功之有?今以下愚而非处士[103],虽欲勿困,固不得已。此适足以明其不知权变[104],而终惑于大道也[105]。"

注释

〔1〕苏秦:战国时东周洛阳人,字季子,纵横家代表人物。初游说秦惠王并吞天下,不用。后游说齐楚燕韩赵魏六国合纵抗秦,佩六国相印,为纵约之长。纵约为张仪所破,遂至齐为客卿。 张仪:战国纵横家代表人物,系魏国贵族后代。相秦惠王时,以连横之策游说六国,使六国背纵约而共同事秦。秦惠王死,武王立,六国诸侯闻仪不为武王所信任,皆复合纵以抗秦。仪离秦去魏,为魏相一年而卒。 当:遇。 万乘:万辆车。万乘之主,指君王。

〔2〕都:居。

〔3〕泽:恩泽。即指皇帝或官吏给予臣民的“恩惠”。 后世:后代。

〔4〕大夫:指东方朔。 修:美,意动用法,以……为美。 先王:古代圣王。 术:道。

〔5〕讽诵:朗读、背诵。 诗书:《诗经》、《尚书》,此泛指儒家经典。 百家:诸子百家。

〔6〕著于竹帛:指著书。古时无纸,书籍或写于帛上,或刻于竹片上。

〔7〕唇腐齿落:指至老至死。

〔8〕服膺:牢记于心。膺,胸。 释:废置。此指忘记。

〔9〕乐道:喜欢儒家之道。 效:效果,结果。

〔10〕智能:智慧和能力。 海内:四海之内。即普天之下。

〔11〕博闻:见闻广博。 辩智:辩才。

〔12〕悉力:竭尽全力。 圣帝:圣明的皇帝。

〔13〕侍郎:官名。秦汉时郎中令的属官有侍郎,掌侍从,为宫廷近侍。

〔14〕执戟(jǐ 己):汉之官名,主管宿卫诸殿门。李善注引《史记》韩信曰:“官不过侍郎,位不过执戟。”《汉书》本传:“朔陛戟殿下”。颜师古注:“持戟列陛侧。”

〔15〕意者:想来。 遗行:失德。行,指德行。

〔16〕同胞:谓亲兄弟。 徒:辈,类。

〔17〕容居:容纳。

〔18〕喟(kuì 愧)然:叹息的样子。

〔19〕是故:此中缘故。 备:备知,全面了解。

〔20〕彼一时也,此一时也:指时间不同,情况也不同,不能相混。《孟子·公孙丑下》:“彼一时也,此一时也,五百年必有王者兴。” 同:混同。

〔21〕周室:周王朝。

〔22〕力政:犹“力征”,即以武力相争伐。

〔23〕相擒:指相互争战。擒,捉拿。 兵:指武力。

〔24〕十二国:指鲁、卫、齐、宋、楚、郑、燕、赵、韩、魏、秦、中山等十二国。李善注引张晏曰:“周千八百国,在者十二。”即指上述十二国。

〔25〕雌雄:本为雄性与雌性,此比喻胜负、高下。

〔26〕士:贤才。得士者强,失士者亡。李善注引《孔丛子》:“今天下诸侯方欲力争,竞招英雄以自辅翼,此乃得士则昌,失士则亡之秋也。”

〔27〕说(shuì 税):游说。

〔28〕尊位:地位高。尊与“卑”相对。

〔29〕充内:充满内府。

〔30〕仓廪:指储粮之库。李善注引蔡邕《月令章句》:“谷藏曰仓,米蔽曰廪。”

〔31〕泽:指皇帝赐予的恩惠。　后世:后代。

〔32〕长享:长期享受。

〔33〕德流:“德厚流光”之缩称,谓道德高影响深远。光,广。

〔34〕震慑:因强大威力而惊惧。

〔35〕宾服:古指诸侯或边远部落按时朝贡,表示服从。

〔36〕覆盂(yú 鱼):覆置的盂,比喻稳固,不可动摇。盂,盛饮食或其他液体的圆口器皿。“连四海”二句,李周翰释为“言连如衣带也。……言天下无事,人安如在于覆盂器之下。”亦可通。

〔37〕平均:平衡。指无争战。

〔38〕合:融洽。　动发:开始行动。　举事:办大事。《史记》一二八《龟策传》汉褚少孙补:“闻古五帝三王发动举事,必先决蓍龟。”　犹运之掌:运转于掌上,极言其易。上数句,指太平盛世,国家易治。

〔39〕贤:德才兼备之人。　不肖:不贤。

〔40〕天道:自然。王充《论衡·谴告》:“夫天道,自然也,无为。”遵天道,即任其自然。

〔41〕地理:山川土地的环境形势。《易·系辞上》:“仰以观于天文,俯以察于地理。”《疏》:“地有山川原隰,各有条理,故称理也。”地理义与“天道”近,亦指自然。

〔42〕绥(suí 随):安抚。

〔43〕动:动乱。　苦:忧苦。

〔44〕尊:使之尊。　卑:使之卑。　虏:指奴隶。

〔45〕抗:举拔。　抑:压制。

〔46〕用:重用。

〔47〕尽节效情:尽忠效力。　安知前后:吕延济注:“谓无所用其才也。”

〔48〕士民:古代四民之一,即脱离生产的读书人。

〔49〕竭精:用尽全部精力。　驰说:游说。

〔50〕辐(fú 扶)凑:亦作“辐辏”。车辐凑集于毂上,此喻人聚于一处。

〔51〕之:指天子之德。

〔52〕失门户:颜师古注:“言不得所由入也。”

〔53〕掌故:官名。汉设此官,掌文献制度等故旧之事。地位较低,李善注引应劭《汉书注》:“掌故,百石吏,主故事者。”

〔54〕害:灾害。六臣本“害”下有“灾”字。 上下和同:和谐同心。

〔55〕时异事异:李善注引《韩子》:“文王行仁义而王天下,偃王行仁义而丧其国。故曰时异则事异。”

〔56〕虽然:即使这样。

〔57〕修身:修养身心。旧指儒家道德规范修养自身。

〔58〕“鼓钟”二句:语出《诗·白华》。

〔59〕“鹤鸣”二句:语出《诗·鹤鸣》。 九皋(gāo 高):曲曲折折的沼泽。

〔60〕患:忧。 荣:荣华,即显达。

〔61〕太公:姜太公。 体行:身体力行。 设:施。 文武:指文武之道。 信(shēn 申):同“伸”。 厥:其。李善注引《说苑》:“邹子说梁王曰:‘太公年七十而相周,九十而封齐。’”吕延济注:“用文武之道以相周室,得信用其说策也。”

〔62〕孳孳(zī 兹):同“孜孜”,努力不懈的样子。

〔63〕敏:勉。

〔64〕鹡鸰(jí líng 吉灵):鸟名。颜师古注:“鹡鸰,雍渠,小青雀也。飞则鸣,行则摇,言其勤苦也。”

〔65〕辍:止。 匈匈:吵嚷声。 行:指行为。

〔66〕常度:犹言定法。如四季交替,日月推移,皆有规律。 常形:一定的形状,即比较稳定的形状。 常行:公认的行为准则。

〔67〕道:行。 计:计较。刘良注:“言君子行善事乃是其常,而小人则自矜夸争计其功也。”

〔68〕愆:失。 恤:惧,忧。

〔69〕至清:清澈到极点。

〔70〕至察:明察到极点。 徒:众。

〔71〕冕:冠。 前旒(liú 流):指帝王冕前垂下的玉串。 蔽明:遮挡视线。明,敏锐的眼力。

〔72〕黈(tǒu):黄色。 纩(kuàng 矿):丝绵。 充耳:挡耳。 塞聪:阻挡听力。聪,灵敏的听觉。颜师古注:"黈,黄色也。纩,绵也。以黄绵为丸,用组(丝带)悬之于冕,垂两耳旁,示不外听。"

〔73〕举:推荐。 求备:求全责备。颜师古注:"《论语》仲弓问政于孔子,孔子曰:'赦小过,举贤才。'周公谓鲁公曰:'故旧无大故,则不弃也,毋求备于一人。'"

〔74〕枉而直之:使曲变直。枉,曲。

〔75〕优而柔之:使之宽和从容。

〔76〕揆(kuí 奎)而度(duó 夺)之:李周翰注:"揆度其才性所为,使不相夺伦,各自求其分也。"揆度,度量。 索:求。"自得"、"自求"、"自索"义近。李善注引赵岐《孟子》注:"使自得其本善性也。"

〔77〕敏:疾,快。 广:博。

〔78〕今世:犹当今。 处士:未步入仕途的士人。

〔79〕时:时代(指当今)。五臣本无"时虽不用"四字。

〔80〕块然:孤独的样子。

〔81〕廓然:空寂的样子。

〔82〕许由:上古高士,隐于箕山。相传尧让以天下,不受,遁耕于箕山之下。尧又召为九州长,由不欲闻之,洗耳于颍水之滨。

〔83〕接舆:传说为春秋时楚国隐士,佯狂避世。因其迎孔子之车而歌,故称"接舆"。晋《高士传》始称其姓陆,名通,字接舆。

〔84〕范蠡(lí 离):字少伯,春秋时越国大夫。越为吴败,其辅佐越王勾践,励精图治,终灭吴国。蠡视勾践能同患难,不能同富贵,则功成隐退,离越入齐,更名经商,至陶为富豪,世称陶朱公。

〔85〕子胥:伍子胥,名员,春秋时吴国大夫。曾帮助阖闾刺杀吴王僚,夺取王位,整军经武,国势日盛。吴王夫差打败越国,越王请和,子胥苦谏不可,夫差听信伯嚭谗言,强迫子胥自杀。成为"文死谏"之典型。

〔86〕与义相扶:李周翰注:"国家昏乱,忠臣用焉;今虽有贤人,且属于天下和平,而百姓皆与义相扶,是故贤人无用于时,少其匹偶徒侣者,其固宜也。客何疑于我而有难说也?"相扶,相随。指行为符合于义。

〔87〕寡偶少徒:寡偶与少徒同义,指文"块然无徒,廓然独居"。

〔88〕固:本来。 宜:适宜。

〔89〕乐毅:战国燕将。魏乐羊之后,贤而好兵。自魏使燕,燕昭王任为上将,联赵楚韩魏,总领五国之兵伐齐,下齐七十余城,封昌国君。

〔90〕李斯:秦代政治家。楚国上蔡(今河南上蔡西南)人。初为郡之小吏,后从荀卿学。战国末入秦。秦之贵族排外,建议逐客,李斯上书劝阻,被秦王采纳。秦统一六国后任丞相。

〔91〕郦食其(lì yì jī 力义基):秦汉之际陈留高阳乡(今河南杞县)人,秦末农民战争时归刘邦,曾献计克陈留,封广野君。楚汉战争时,说服齐王田广归汉,下齐七十余城。

〔92〕说行如流:形容游说如流水,极顺,极易。

〔93〕曲从如环:刘向注:"燕昭王用乐毅而破齐,秦王用李斯并六国,汉用郦食其说齐,下七十余城。如流,言易也;如环,谓诸侯从其言如环之绕指也。"

〔94〕管:指竹筒。

〔95〕蠡:指蚌壳。一说瓠瓢。

〔96〕筳(tíng 停):同"莛",草茎。

〔97〕条贯:系统,此谓整体。

〔98〕文理:条理。

〔99〕犹是观之:由此观之。

〔100〕譬由:譬如。 鼱鼩(jīng qú 京渠):一名地鼠,形似鼠而小,大可二寸,尾短鼻尖,于田间作穴,常居其中。

〔101〕孤豚(tún 屯):小猪。 咋:咬。

〔102〕靡:灭。

〔103〕下愚:最愚蠢的人,指客。 处士:指朔自己。

〔104〕权变:随机应变。《史记·苏秦列传》:"苏秦兄弟三人,皆游说诸侯以显名,其术长于权变。"

〔105〕大道:大道理,全局的道理。

今译

客人诘难东方朔说:"苏秦张仪一遇大国之君,便身居卿相之位,皇恩施及后代。现在大夫您修养先王之道,仰慕圣人之德,诵读《诗》《书》与诸子百家之书,多得记不胜记,写于著作之中,即使老

死，也牢牢记在胸中不能忘掉。好学乐道之效果，极其明显了。您自认为智慧与能力海内无双，可以说是见闻广博富有辩才。但您竭力尽忠，侍奉圣主，旷日持久，达数十年，官爵不过是侍郎，地位不过是执戟侍卫，想来德行还有失检点吧？连亲兄弟都无处容纳，那是什么缘故呢？”

东方先生长长叹了口气，仰头答道：“此中缘故非您所能全部了解。彼一时，此一时呀，怎能混为一谈呢？苏秦张仪所处的时代，周之王室崩溃，诸侯不再朝拜，互相武力争权，兵戈攻伐，兼并为十二个诸侯国，不分高低。此时得到人才便强盛，失去人才便灭亡，所以游说之士能够发迹。他们身居高位，府库多有珠宝，仓廪堆满粮食，恩惠施及后代，子孙长期享用。现在则不然。圣皇德布四海，天下震慑，诸侯臣服。周边牢如衣带，国家稳如覆盂，天下无战事，和睦似一家，兴办大事，易如反掌，英雄无用武之地，贤才与庸才此时用什么区别呢？遵循天道，顺应地理，物无不各得其所。所以绥靖则安定，动乱则忧苦，尊崇他他是将军，卑视他他是俘虏，举拔他他平步青云，压制他他位下渊底，重用他他是虎，不重用他他是鼠，即使想尽忠效力，又那里去施展才干呢？天地之大，读书人之多，竭尽精力游说，从四面八方聚拢而来的人，数不胜数，全力景慕皇帝仁德，有的缺乏衣食，有的倒在路上。假使苏秦张仪与我同生于当今时代，尚未得到掌故那样的小官，怎敢奢望作侍郎呢？《左传》说：“天下没有灾害，即使有圣人也无从施展才能；上下和谐，即使有能人也无从立功。”所以说时代不同，对待事物也应该不同。

即使如此，又怎可不专力修身呢？《诗经》说：“敲钟在宫中，钟声传宫外。”“鹤鸣于沼泽，声音响云天。”如果致力修身，还用担心不能荣耀显达吗？姜太公对仁义身体力行，七十二岁还受周文王周武王的重用，得以施展他的主张，受封于齐地，影响延续七百年。正因如此，所以士人日夜勤勉，钻研学问，修养品行，不敢怠慢。犹如鹡鸰，边飞边叫。《左传》说：“天不因人们厌恶寒冷而停止冬季，地不

因人们厌恶险阻而不广大,君子不因小人议论纷纷而改变言行。“天有永久的道,地有永久的形,君子有永久的德行;君子奉行常道,小人计较功名。”《诗经》说:“不失礼义,何怕人言。”“水清澈到极点便没有鱼吃,人明察到极点便没有伙伴。帽前垂缌,用来遮挡视力,耳畔悬球,用来妨碍听力。”目明也需有不见之物,耳聪也需有不听之事,举荐大德,赦免小过,是对人不求全责备之意。弯曲要直开,让他自己去做;从容宽待,使自觉改过;用法度衡量,让自己努力。圣人施行教化是这样,让人自己获得善良的本性,自己求得善良的本性,自己就会勤奋而且不断发扬光大。

当今的处士,时下虽然没被任用,孤单无友,超然独立,而上看许由,天下不贪,下看接舆,为政不殆,计谋如范蠡,功成便隐退,亦有伍子胥,忠臣死强谏,天下太平,人各守义,没有友人,你没有朋党也是正常的。你何必为我处境而生疑呢?燕昭王重用乐毅而破齐,秦王任用李斯而吞并六国,汉王利用郦食其说服齐王田广归汉朝,游说顺利如流水,言听计从似绕环,心想必得,功大如山。天下安定,国家稳固,这是赶上了好时代,又何必奇怪呢(怪自己已不逢时)?俗语说:“用细管看长天,拿蚌壳量大海,以枝条撞洪钟,怎能知晓长天的系统,考察大海的条理,敲响洪钟的声音呢?由此观之,譬如老鼠咬狗,猪崽吃虎,到跟前就颓了,有何成功可言?今天何以愚下之见来批评不慕高官之人,你想不陷于窘境,也不可能。这正好足以说明你不知因时因事而变,终于导致在大道理面前糊涂!

(赵福海译注并修订)

解嘲一首

扬子云

题解

《汉书·扬雄传》云:"哀帝时,丁、傅、董贤用事,诸附离(攀附)之者,或起家至二千石。时雄方草《太玄》,有以自守,泊如(淡泊无为)也。或嘲雄以玄尚白,而雄解之,号曰《解嘲》。"这就是本文写作的基本背景。刘汉王朝,经历前、中期的辉煌之后,统治者急剧腐化,从元帝时开始走向衰落。至成帝以后,政治更加黑暗。哀帝时傅太后用权,哀帝母丁姬之兄丁明拜大司马,哀帝皇后傅氏之父傅晏封孔乡侯,他们自恃身为外戚,公然擅权卖爵;小臣董贤,哀帝"悦其仪貌","宠爱日甚","出则参乘,入御左右",权势尤盛。统治阶级内部争权夺势斗争,亦愈演愈烈。"旦握权则为卿相,夕失势则为匹夫"。扬雄既不肯投靠炙手可热的外戚集团以换取高官厚禄,又不敢冒杀身之祸公开反对外戚,故默守《太玄》,以求明哲保身。

但扬雄自身充满矛盾。他有时自甘寂寞,有时又不甘寂寞。他的行为常常与他的宣言相违背,这给他带来不幸与嘲讽。王莽称帝借助符谶迷信手段,即位后为保守机密,杀知情者而灭口,扬雄虽不知情,亦受牵连。逮捕人时,他正在天禄阁校书,闻讯骇极,跳阁自杀。未遂。他在《解嘲》中极力标榜自己"爰清爰静","惟寂惟寞",可人们不承认,仍怀疑他参与伪造符命的勾当。他自杀未遂,京城传开嘲讽他的童谣:"惟寂寞,自投阁。爰清静,作符命。"

《解嘲》全文较长,可分三大段。开头至"何为官之拓落也!"为第一大段:假设有客嘲笑自己不遇之辞,即"玄得无尚白乎?何为官

之拓落也!”“遭明盛之世,处不讳之朝”,全是反话,极有讽刺意味。当今“欲谈者卷舌而同声,欲步者拟足而投迹”,这算什么“不讳之朝”呢!而对《太玄》之自诩则是正言。著作《太玄》五千言,“深者入黄泉,高者出苍天,大者含元气,细者入无间”,德才如此之大,而“位不过侍郎,擢才给事黄门”,这算什么“明盛之世”呢!

自“扬子笑而应之”,至“悲夫!”为第二大段;反驳客之嘲讽之辞,以老庄哲学阐发自己的处世之道。第一,批驳为何不能“朱丹其毂”。“客徒欲朱丹吾毂,不知一跌将赤吾之族也”。第二批驳“不能画一奇,出一策”。当道不需要奇策。“世乱则圣哲驰骛而不足,世治则庸夫高枕而有余”。言外当朝需要庸夫,不需要干才。不只如此。“言奇者见疑,行殊者得辟”。故只好“卷舌同声”,“拟足投迹”。然后上升为理论,用老庄哲学回答“尚白”之论,“拓落”之说。

自“客曰”至结尾为第三大段,说明自己对“成名”的看法,回答何以默然著书。“为于可为之时,则从;为于不可为之时,则凶”。“当也”,“时也”,“适也”,“得也”,“宜也”,说明前人生逢其时,故能出奇谋,划奇策;而自己则不然。前人有建功于世者,有不仕而高隐者,亦有以放诞之行致名者,如东方朔“割炙于细君”,司马相如“盗赀于卓氏”。而自己进不能建功,退不能高隐,又不肯失于放荡之行,惟著书以成名。

《解嘲》在形式上模仿东方朔的《答客难》,二者皆以答客诘难之方式,揭露当朝之时弊。但在内容上各有侧重。《答客难》重在揭露专制君主对“处士”随意与夺的威势;不分“贤与不肖”,“尊之则为将,卑之则为虏;抗之则在青云之上,抑之则在深渊之下;用之则为虎,不用则为鼠”。即使“计同范蠡,忠合子胥”,君王不赏识,也是无名鼠辈。《解嘲》则侧重揭露统治者的腐朽与倾轧。“当今县令不请士,郡守不迎师,群卿不揖客,将相不俛眉,言奇者见疑,行殊者得辟”。从下到上,层层官吏都不是东西!“当涂者升青云,失路者委沟渠;旦握权则为卿相,夕失势则为匹夫”。如何在这种环境中求生

存，老庄思想则是护身法宝："炎炎者灭，隆隆者绝；观雷观火，为盈为实；天收其声，地藏其热；高明之家，鬼瞰其室；攫拿者亡，默默者存；位极者宗危，自守者身全。是故知玄知默，守道之极；爰清爰静，游神之庭；惟寂惟寞，守德之宅；世异事变，人道不殊。"

刘勰将《解嘲》归入《杂文》类，并称赞"扬雄《解嘲》，杂以谐谑，回环自释，颇以为工"。其实《解嘲》更近于赋。萧统归入"设论"类。此类文体宋玉开其先。从宋玉的《对问》，到东方朔的《答客难》、班固的《答宾戏》、韩愈的《劝学解》，明显地看出影响所在。

原文

哀帝时[1]，丁傅董贤用事[2]，诸附离之者[3]，起家至二千石[4]。时雄方草创《太玄》[5]，有以自守[6]，泊如也[7]。人有嘲雄以玄之尚白[8]，雄解之，号曰《解嘲》[9]。其辞曰：

客嘲扬子曰："吾闻上世之士[10]，人纲人纪，不生则已[11]，生必上尊人君[12]，下荣父母[13]，析人之珪[14]，儋人之爵[15]，怀人之符[16]，分人之禄[17]，纡青拖紫[18]，朱丹其毂[19]。今吾子幸得遭明盛之世[20]，处不讳之朝[21]，与群贤同行[22]，历金门[23]，上玉堂有日矣[24]，曾不能画一奇[25]，出一策[26]，上说人主[27]，下谈公卿[28]，目如耀星[29]，舌如电光[30]，一从一横[31]，论者莫当[32]，顾默而作《太玄》五千文[33]，枝叶扶疏[34]，独说数十余万言[35]，深者入黄泉[36]，高者出苍天[37]，大者含元气[38]，细者入无间[39]。然而位不过侍郎[40]，擢才给事黄门[41]。意者玄得无尚白乎[42]？何为官之拓落也[43]？"

扬子笑而应之曰："客徒朱丹吾毂[44]，不知一跌将赤吾之族也[45]。往昔周网解结[46]，群鹿争逸[47]，离为十二[48]，

合为六七[49],四分五剖[50],并为战国[51]。士无常君[52],国无定臣[53],得士者富[54],失士者贫[55],矫翼厉翮[56],恣意所存[57],故士或自盛以橐[58],或凿坏以遁[59]。是故邹衍以颉颃而取世资[60];孟轲虽连蹇,犹为万乘师[61]。

“今大汉左东海[62],右渠搜,前番禺,后椒涂[63],东南一尉[64],西北一候[65]。徽以纠墨[66],制以锧铁[67],散以《礼乐》[68],风以《诗》《书》[69],旷以岁月[70],结以倚庐[71]。天下之士,雷动云合[72],鱼鳞杂袭[73],咸营于八区[74]。家家自以为稷契[75],人人自以为皋陶[76]。载纚垂缨而谈者[77],皆拟于阿衡[78];五尺童子,羞比晏婴与夷吾[79]。当涂者升青云[80],失路者委沟渠[81]。旦握权则为卿相[82],夕失势则为匹夫[83]。譬若江湖之崖,渤澥之岛[84],乘雁集不为之多[85],双凫飞不为之少[86]。昔三仁去而殷墟[87],二老归而周炽[88],子胥死而吴亡[89],种蠡存而越霸[90],五羖入而秦喜[91],乐毅出而燕惧[92],范雎以折摺而危穰侯[93],蔡泽以噤吟而笑唐举[94]。故当其有事也,非萧曹子房平勃樊霍则不能安[95],当其无事也,章句之徒相与坐而守之[96],亦无所患。故世乱则圣哲驰骛而不足[97];世治则庸夫高枕而有余[98]。

“夫上世之士[99],或解缚而相[100],或释褐而傅[101];或倚夷门而笑[102],或横江潭而渔[103],或七十说而不遇[104],或立谈而封侯[105];或枉千乘于陋巷[106],或拥彗而先驱[107]。是以士颇得信其舌而奋其笔[108],窒隙蹈瑕而无所诎也[109]。当今县令不请士[110],郡守不迎师[111],群卿不揖客[112],将相不俛眉[113];言奇者见疑[114],行殊者得辟[115]。是以欲谈者卷舌而同声[116],欲步者拟足而投迹[117]。向使

上世之士,处乎今世[118],策非甲科[119],行非孝廉[120],举非方正[121],独可抗疏[122],时道是非[123],高得待诏[124],下触闻罢,又安得青紫[125]?

"且吾闻之,炎炎者灭[126],隆隆者绝[127];观雷观火,为盈为实[128]。天收其声,地藏其热[129]。高明之家[130],鬼瞰其室[131]。攫拿者亡[132],默默者存[133];位极者宗危[134],自守者身全[135]。是故知玄知默,守道之极[136];爰清爰静,游神之庭[137]。惟寂惟寞,守德之宅[138]。世异事变[139],人道不殊[140],彼我易时[141],未知何如[142]。今子乃以鸱枭而笑凤凰[143],执蝘蜓而嘲龟龙[144],不亦病乎!子之笑我玄之尚白,吾亦笑子病甚不遇俞跗与扁鹊也[145],悲夫!"

客曰:"然则靡玄无所成名乎[146]?范蔡以下,何必玄哉[147]?"

扬子曰:"范雎,魏之亡命也,折胁摺髂[148],免于徽索[149],翕肩蹈背[150],扶服入橐[151],激卬万乘之主[152],介泾阳[153],抵穰侯而代之,当也[154]。蔡泽,山东之匹夫也[155],颔颐折頞[156],涕唾流沫[157],西揖强秦之相[158],搤其咽而亢其气[159],拊其背而夺其位,时也[160]。天下已定,金革已平[161],都于洛阳[162],娄敬委辂脱輓[163],掉三寸之舌[164],建不拔之策[165],举中国徙之长安,适也[166]。五帝垂典[167],三王传礼[168],百世不易,叔孙通起于枹鼓之间,解甲投戈,遂作君臣之仪,得也[169]。《吕刑》靡敝[170],秦法酷烈[171],圣汉权制[172],而萧何造律[173],宜也[174]。故有造萧何之律于唐虞之世[175],则悖矣[176];有作叔孙通仪于夏殷之时[177],则惑矣[178];有建娄敬之策于成周之世[179],则乖矣[180];有谈范蔡之说于金张许史之间[181],则狂矣[182]。

夫萧规曹随[183]，留侯划策[184]，陈平出奇[185]，功若泰山[186]，响若坻隤[187]，虽其人之胆智哉[188]，亦会其时之可为也[189]。故为可为于可为之时，则从[190]；为不可为于不可为之时，则凶[191]。若夫蔺生收功于章台[192]，四皓采荣于南山[193]，公孙创业于金马[194]，骠骑发迹于祁连[195]，司马长卿窃赀于卓氏[196]，东方朔割炙于细君[197]，仆诚不能与此数子并[198]，故默然独守吾《太玄》[199]。"

注释

〔1〕哀帝:刘欣,公元前6年至公元前2年在位。

〔2〕丁:丁明。哀帝母丁姬之兄,时为大司马。 傅:傅晏。哀帝傅皇后之父,封孔乡侯。 董贤:字圣卿,云阳人,哀帝宠臣,出则骖乘,入侍左右,与帝同卧起。善于谄媚,哀帝赏赐无度,年二十二官至大司马。 用事:谓当权。

〔3〕附离:攀附。离,著。

〔4〕二千石:汉官俸禄,内自九卿郎将,外至郡守尉,皆二千石。石,古代重量单位,十斤为钧,四钧为石。

〔5〕草创:开始创作。 《太玄》:亦称《太玄经》,扬雄所撰。雄模仿《周易》作《太玄》,分八十一首,以拟六十四卦。

〔6〕自守:以法度自持。扬雄《法言·修身》:"君子自守。"

〔7〕泊如:淡泊无为。

〔8〕嘲:嘲笑。以玄尚白:颜师古注:"玄,黑色也。言雄作之不成,其色犹白,故无禄位也。"

〔9〕号曰:号称,名曰。

〔10〕上世:前代。

〔11〕人纲人纪:做人的准则。 纲纪,法度。

〔12〕生:为。李善注引《孔丛子》:"子鱼曰:'丈夫不生则已,生则有云为于世也。'"吕向注:"生,犹为也;已,止也。"尊,使之尊。 人君:皇帝。

〔13〕荣:使之荣。

〔14〕析:分。 人:指人君,以上三"人"皆同。 珪(guī 归):守邑之信符。

〔15〕儋(dān单):同"担"。　爵:爵位。

〔16〕怀:怀藏,取。　符:古代朝廷传达命令或征调兵将的凭证。

〔17〕禄:俸禄。

〔18〕纡(yū迂):系结。　拖:下垂。　青紫:指印绶,系印之丝带。李善注引《东观汉记》:"印绶,汉制;公侯紫绶,九卿青绶。"纡青拖紫,指做高官。

〔19〕朱丹:红色,此用如动词,涂上红色。　毂(gǔ古):车轮中心的圆木,俗称车葫芦。

〔20〕幸得:有幸得以。　遭:遇,逢。

〔21〕处:置身在。　不讳:指政令宽松,大臣言行无更多顾忌。

〔22〕同行:并列。

〔23〕金门:金马门,在未央宫。门前有铜马,故名。汉备顾问者待诏多在此。

〔24〕玉堂:天子宫殿。　有日:指日可待。

〔25〕画:谋划。　奇:奇计。

〔26〕策:计策。

〔27〕说(shuì税):游说。　人主:指皇帝。

〔28〕谈:与"说"互文,义同游说。　公卿:原指三公九卿,此泛指朝中官员。

〔29〕耀星:闪光之星。形容眼中有神。

〔30〕电光:电之闪光,形容辞辩迅速,善于应对。

〔31〕一从一横:言辞纵横驰骋。从,纵。

〔32〕论者:辩士。　当:抵挡。

〔33〕顾:反而。　默:默不作声,不求闻达。　五千文:五千字。

〔34〕枝叶:以树喻文。　扶疏:四散分布的样子。枝叶扶疏,言文辞如枝叶四布。

〔35〕独:唯独。　说:解说。　数十万言:《太玄经》原文大约五千字,此言"数十万言",盖指解说文字。

〔36〕黄泉:地底下的泉水。形容其深。

〔37〕出苍天:形容其高。

〔38〕元气:指太空中的大气。形容其博大。

〔39〕无间:谓至微。间,隙。以上四句,言《太玄》之理极其博大深微。

〔40〕侍郎:官名。秦汉时设郎中令,其下属则有议郎、中郎、侍郎、郎中四等,除议郎外,皆需执戟站岗,地位很低。

〔41〕擢(zhuó 浊):提拔,升迁。　才:仅仅,不过。　给事黄门:官名,即给事黄门侍郎,专侍从天子左右,是郎官中地位较高者。

〔42〕意者:犹“想来”。　玄得无尚白:李善注引服虔曰:“玄当黑,而尚白,将无可用。”李周翰注:“黑成,则道行也,言尚白者,讥其道未行也。”颜师古《汉书》注:“玄,黑色也。言雄作之不成,其色犹白,故无禄位也。”此说义近。皆比喻扬是个不善于在仕途中进取之人,即使讲再多的玄奥道理,到头来亦是白废。得无:莫非。　尚:仍。

〔43〕拓(tuò)落:失意,不得志。吕延济注:“拓落,犹排摈也。言其何为官见排摈如此也。”

〔44〕徒:只知。

〔45〕一跌:一旦失足。　赤族:灭族。即诛杀全族人口。颜师古《汉书》注:“见诛杀者必流血,古云赤族。”

〔46〕周:指周朝。　网:喻政权。政权崩溃,犹网坏而失去控制能力。　解结:坏乱。

〔47〕群鹿:比喻诸侯。　争逸:竞相角逐。

〔48〕离:指叛离周朝。　十二:十二国,即春秋时齐、鲁、晋、秦、楚、宋、卫、陈、蔡、曹、郑、燕诸国。见《史记·十二诸侯年表》。

〔49〕合:指相互兼并。　六七:指战国的齐、楚、燕、韩、赵、魏、秦。秦强,制约其他六国。合说则七,分说则六,故言“六七”。吕向注:“后相并合,乃为七国。而秦强,东制诸侯;故别言之则有六,并而言之则有七,故言‘六七’也。”

〔50〕四分五剖:四分五裂。剖,破开。

〔51〕并:并列。　战国:张铣注:“战争之国也。”

〔52〕士:封建地主阶级知识分子,靠依附某个政权而生存。

〔53〕国:指国君。

〔54〕富:国富民强。

〔55〕贫:国弱民贫。

〔56〕矫:举。　厉:振。　翮(hé 合):羽茎。

〔57〕恣意:任意。　存:止息。“矫翼”二句,言人择君而事,如鸟举翼振翮,随意止息。

〔58〕盛:装入。　橐(tuó 驼):囊,口袋。李善注引服虔曰:“范雎入秦,藏橐中。”但沈钦韩说:“范雎传无橐盛事。秦策:范雎说昭王云:‘伍子胥橐载而出昭关。’”或扬雄误引。自盛以橐,指忍辱求仕。

〔59〕坏(péi 陪):墙。　遁:逃走。《淮南子·齐俗训》:“颜阖,鲁君欲相之而不肯,使人以币先焉,凿培(即坏)而遁之。”凿坏以遁,指坚决不仕。

〔60〕邹衍(zōu yǎn 眼):齐国阴阳家。李善注引应劭曰:“邹衍,齐人,著书所言多大事,故齐人号谈天邹衍,仕齐至卿。”　颉颃(xié háng 协杭):怪异之辞。(用苏林说)　取世资:犹言为世所用。

〔61〕孟轲:孟子,名轲。　连蹇(jiǎn 减):境遇窘困的样子。　万乘:指万乘之君,即大国之国君。　师:老师。李善注引赵岐《孟子章指》曰:“滕文公尊敬孟子,若弟子之问师。”

〔62〕东海:指会稽郡的东海,即今浙江东部。

〔63〕渠搜:古西戎国名。其地在今新疆北部及中亚一部分。　番禺:秦置番禺县,以境内有番山禺山得名。秦汉皆属南海郡。　椒涂:地名。应劭《汉书》注“渔阳之北界”。

〔64〕尉:都尉,官名。汉代边疆各郡,除太守外,另设都尉管理军事。东南一尉,指会稽郡都尉。

〔65〕候:关隘上瞭望的哨所。一说迎候外宾的馆舍。

〔6s〕徽:捆绑。　纠墨:绳索。纠,三股绳。墨,索。

〔67〕制:制裁。　锧钛(zhì fū 治夫):古代腰斩的刑具。锧,刀床。钛,铡刀。

〔68〕散:宣教。　礼乐:礼与乐的合称,皆儒家经典。

〔69〕风:感化。　诗:指《诗经》。　书:指《尚书》。诗书亦儒家经典。

〔70〕旷:旷日持久。

〔71〕结:构筑。　倚庐:即“畸庐”,犹言“田庐”,“田舍”。指校舍而言。“旷以岁月,结以倚庐”,谓封建统治者,以诗书礼乐为教化内容,故鼓励人们耗费很长时间,修筑校舍求学。(用北大说)一说“倚庐”为居丧。

〔72〕雷动云合:很快聚拢。雷动,形容快。云合,云集。

〔73〕杂袭:纷至沓来。鱼鳞杂袭,形容天下之士如鱼鳞一样密密麻麻聚拢来。

〔74〕咸:皆。　营:营救,奔走。　八区:八方。李善注引《史记》蒯通曰:

"天下之士,云合雾集,鱼鳞杂遝。"

〔75〕稷、契(jì xiè 季谢):传说中古代辅佐虞舜的两位贤臣。

〔76〕皋(gāo 高)陶:传说舜之贤臣,掌刑狱之事。

〔77〕纚(shǐ 使):包发之巾。古人先用纚包头发,然后戴帽子。 缨:系帽之丝带。戴纚垂缨者,指士大夫者流。

〔78〕阿衡:商代官名。商初大臣伊做过伊尹,故阿衡又为伊尹之代称。

〔79〕晏婴:字平仲,春秋时齐国大夫,曾相齐景公。 夷吾:管仲,名夷吾,春秋初期政治家。相齐桓公,使齐成为春秋时第一个霸主。李善注引《孙卿子》曰:"仲民之门,五尺竖子羞言五伯(霸)。"言汉以王道统一天下,非霸道可比,管晏皆推行霸道,故言羞比。

〔80〕当涂:当道,即当权。涂,同"途"。 升青云:登云天。比喻地位高贵。

〔81〕失路:不当权,失势。 委:弃。 沟渠:沟壑。

〔82〕旦:早晨。 卿相:指朝中高级官员。

〔83〕夕:晚上。 匹夫:普通百姓。

〔84〕譬若:譬如。 崖:岸。 渤澥(bó xiè 勃谢):渤海。

〔85〕乘雁:单雁。 集:栖止。

〔86〕双凫(fú 浮):两只水鸭子。雁、凫,皆喻人才。言朝廷人才济济,多一个少一个无所谓。

〔87〕三仁:指殷朝的微子、箕子、比干。微子,商纣王的庶兄,因见商将亡,数谏纣王,王不听,遂出走;箕子,商之贵族,官至太师,曾劝谏纣王,王不听并将其囚禁;比干,商之贵族,纣王叔父,官至少师,屡谏纣王,被挖心而死。 殷墟:殷都变成废虚,指殷灭亡。《论语·微子》:"微子去之,箕子为之奴,比干谏而死。孔子曰:'殷有三仁焉。'"

〔88〕二老:指伯夷、姜太公。《孟子·离娄上》:"伯夷避纣,居北海之滨,闻文王作,兴曰:'盍归乎来!吾闻西伯善养老者。'太公避纣,居东海之滨,闻文王作,兴曰:'盍归乎来!吾闻西伯善养老者。'二老者,天下之大老也,而归之,是天下之父归之也。天下之父归之,其子往焉。" 炽:兴旺。

〔89〕子胥:伍子胥,名员,曾助吴王阖庐伐楚,破其都郢,为父兄报仇。阖庐伐越受伤而亡,其子吴王夫差再伐越,大破越军。越王勾践请和,伍员劝阻,夫差不听,与越讲和。又听信谗言,赐剑于子胥,逼其自杀。越王勾践,卧薪尝胆,励精图治,终于强大,伐吴而灭之。

〔90〕种蠡(lí 离):文种和范蠡。勾践自吴返越,委政于文种,使范蠡做人质向吴求和。后来吴放回范蠡,种蠡共辅勾践,灭吴而称霸。

〔91〕五羖(gǔ 古):指五羖大夫百里奚。李善注引《史记》曰:"百里奚亡秦走苑,秦缪公闻百里奚,欲重赎之,恐楚不与,请以五羖皮赎之,楚人许与之。缪公与语国事,缪公大悦。"于是委政于百里奚。羖,黑羊。因用五张黑羊皮赎之,故称百里奚为五羖。

〔92〕乐毅:战国时燕国名将。李善注引《史记》:"乐毅伐齐,破之。燕昭王死,立子为燕惠王,乃使骑劫代将,而召毅,毅畏诛,遂西奔赵。惠王恐赵用乐毅以伐燕也。""乐毅出而燕惧"即指此。出,出走。

〔93〕范雎(jū 居):战国时魏国人,曾化名张禄,入秦游说秦昭王,主张对内加强中央集权,对外远交近攻,后被昭王任命为相国。其执政时在长平大胜赵军,后围赵都邯郸失败,自请免去相位。 折摺(lā 拉):折胁摺齿。《史记·范雎蔡泽列传》:"折胁摺齿。"司马贞《索隐》:"摺,力答反。谓打折其胁,而又拉折其齿也。"前传载:"范雎,魏人也,字叔。游说诸侯,欲事魏王,家贫无以自资,乃先事魏中大夫须贾。须贾为魏昭王使于齐,范雎从留数月,未得报。齐襄王闻雎辩口,乃使人赐雎金十斤及牛酒。雎辞谢不敢受。须贾知之,大怒,以为雎持魏国阴事告齐,故得此馈。既归,心怒雎,以告魏相魏齐,魏齐大怒,使舍人笞击,雎折胁摺齿,雎佯死。"后由魏人郑安平携之出亡,更名张禄,被载入秦国。时昭王母弟穰侯魏冉为相,权倾王室,雎乃说昭王废太后,逐穰侯,拜范雎为相。"危穰侯",指此。

〔94〕蔡泽:战国时燕国人,曾到各国游说。入秦,昭王待为客卿,后又做秦相。 噤吟:下巴上翘,唇合不拢的样子。 笑唐举:被唐举见笑。唐举,魏国的相面先生。《史记·范雎蔡泽列传》载,蔡泽游说不遇,找唐举相面,唐举熟视而笑,曰:"吾闻圣人不相(相貌不同常人),殆先生乎?"

〔95〕萧:指萧何,刘邦开国功臣,官为丞相。 曹:指曹参,刘邦的将领,何死参继任丞相。 子房:张良,字子房,刘邦谋士,助邦平天下,封为留侯。 平:陈平,刘邦开国谋臣,惠帝时做了宰相,与周勃合谋平定诸吕之变。 勃:周勃,刘邦将领,后作太尉,封绛侯,平诸吕功臣。 樊:樊哙,助刘邦打天下,为有名将领。鸿门宴范增欲杀刘邦,樊哙闯宴护卫,后封舞阳侯。 霍:霍光,西汉大臣,霍去病异母弟,武帝时为奉车都尉。昭帝年幼即位,光与桑弘羊等同受武帝遗诏辅政,任大司马大将军,封博陆侯。昭帝死后,迎立昌邑王刘贺为帝,后

昌邑王淫乱，不久即废，又迎立宣帝。前后执政二十年。

〔96〕章句之徒：指陋儒，即靠章句之学显达之人。吕向注："言若当时无事，则文儒之士相与守国，亦无所患也。"

〔97〕圣哲：指具有非凡道德才智的人。　驰骛（wù 务）：奔走。张铣注："圣哲不能独济，故云'不足'。"

〔98〕庸夫：平庸之人。　高枕：高枕无忧，即不操心不费力。言世道太平，即使平庸之辈主政，亦可高枕无忧，悠闲有余。

〔99〕上世：前代。

〔100〕解缚而相：指管仲相齐桓公的故事。《左传·庄公九年》载，齐襄公无道，鲍叔牙护送公子小白出奔莒；管仲与召忽又护送公子纠出奔鲁。后襄公被杀，鲁送子纠归齐即位，而小白抢先回齐，做了国君，即齐桓公。秋，齐鲁战于乾时，鲁军大败。齐桓公令鲁杀了子纠，把管仲、召忽送回国。管仲知罪请囚，鲍叔至齐境而释之，且向桓公推荐，管仲可为相，桓公从之。

〔101〕释褐而傅：指傅说为相之典。李善注引《墨子》："傅说被褐带索，庸筑傅岩，武丁（殷之国君）得之，举以为三公。"释褐，脱去粗布短衣。褐乃平民所穿，释褐指做官。　傅：用如动词，指作太傅，三公之一。

〔102〕倚夷门而笑：指信陵君求计侯嬴救赵之典。事详见《史记·信陵君列传》。李善注引应劭曰："侯嬴也。秦伐赵，赵求救于魏。无忌（信陵君名无忌）将百余人往过嬴，嬴无所诫（告诫）。更还见嬴，嬴笑之，以谋告无忌。"韦昭注："笑人不知己也。"　倚：靠。　夷门：魏都大梁之东门。

〔103〕横江潭而渔：此指与屈原谈话的渔父。渔父主张"世人皆浊"，则"淈其泥而扬其波"，"众人皆醉"，"则餔其糟而歠其釃（吃酒糟饮薄酒）"。而屈原"安能以皓皓之白，而蒙世俗之尘埃乎？"

〔104〕七十说（shuì 税）而不遇：指孔子周游列国之典。李善东方朔《答客难》注引《说苑》："赵襄小谓子路曰：吾尝问孔子曰：'先生事七十君，无明君乎？'孔子不对。"此盖讹记，孔子未尝游七十国。王充《论衡·儒增篇》："孔子所至，不能十国。"《史记索隐》："后之记者失辞，孔子历聘无七十余君也。"说：游说。　不遇：未遇明君。

〔105〕立谈封侯：指虞卿受君宠之典。《史记·平原君虞卿列传》："虞卿者，游说之士也。说赵孝成王，一见赐黄金百镒，白璧一双，再见为赵上卿。"立谈，短暂之交谈。

〔106〕枉千乘于陋巷:指齐桓公礼贤下士之典。李善注引《吕氏春秋》:“齐桓公见小臣稷,一日三至弗得见。从者曰:‘万乘之主见布衣之士,一日三至而不得见,亦可以止矣。’” 枉:屈驾。 千乘:千乘之君。 陋巷:贫民百姓居住的里弄。

〔107〕拥彗(huì 会)先驱:燕昭王恭迎邹衍之典。拥彗:执帚。先驱:先行。《史记·孟子荀卿列传》:“邹衍如燕,昭王拥彗先驱,请到弟子之座而受业。”此意为执帚倒行,掸土恐尘埃落长者身上。喻极端恭敬。李善注引《七略》:“《方士传》言邹子在燕,其游,诸侯畏之,皆郊迎拥彗也。”

〔108〕信:同“伸”。信其舌,指逞辩才。 奋笔:奋力书写。

〔109〕窒隙蹈瑕:犹乘机。窒,堵塞。隙,缝隙。窒隙,犹钻空子。瑕,裂缝。诎(qū 屈):阻挠。诎,同“屈”。

〔110〕县令:为一县的长官,掌全县的政令。

〔111〕郡守:一郡之长。秦统一全国后,以郡为最高地方行政区划,每郡置守,掌治其郡。

〔112〕卿:官名。汉代有九卿,即太常、光禄勋、卫尉、廷尉、大鸿胪、宗正、大司农、少府。 揖客:对客作揖,指礼贤下士。

〔113〕俛眉:低眉。谦虚自抑之态。俛同“俯”。

〔114〕言奇:指言论不同常人。 见:被。

〔115〕行殊:指行为与众不同。 辟:罪。

〔116〕卷舌:指不讲话。 同声:人云亦云。

〔117〕拟足投迹:亦步亦趋。

〔118〕向使:假使。 今世:当今。

〔119〕策:指射策和对策,为汉代考试的办法。科考分甲乙丙三科,甲科为最上,人选者可作郎中。

〔120〕行:品行。 孝廉:汉代选拔士子的科目之一。孝廉,要孝敬父母,廉洁奉公。

〔121〕举:选拔。 方正:即贤良方正。汉代选拔士子的科目之一。重在才学,有才学即可选为贤良方正。

〔122〕独:唯独。 抗疏:指向皇帝上书。

〔123〕道:论。 是非:指时政之得失。

〔124〕待诏:官名。汉制凡四方上书之士,其文被皇帝看中者,皆授此衔,留

在官署,以备咨询;看不中者令其回去。

〔125〕触闻罢:李善注:“言抗疏有所触犯者,帝报以闻而罢之,言不任用也。”触闻,指触犯皇帝之讳。罢,不任用。安,哪里。

〔126〕炎炎:炽烈的火光。

〔127〕隆隆:巨大的雷声。

〔128〕盈实:充实。

〔129〕声:指雷声。　热:指火热。颜师古注:“天收雷声,地藏火热,则为虚无。言极声者亦灭亡也。”

〔130〕高明之家:犹富贵之家。

〔131〕瞰(kàn 看):窥视。

以上八句,讲盛极则衰,物极必反的道理。李善注:“如淳曰:《周易》云:雷雨之动满盈。满,水也。雷极则为水,火之光炎炎不可久,久亦消灭为灰炭之实也。”八句之义是从《周易》“丰卦”演绎而来。清代李光地说:“此数语全释‘丰卦’义。‘炎炎’者,火也;‘隆隆’者,雷也。当其炎炎隆隆,以为盈且实矣。然‘丰卦’雷居上,则是天收其声;火居下,则是地藏其热。此其盛不可久,而灭且绝之征也。”“丰卦·上六”说:“丰其屋,蔀(蔽)其家,窥其户,阒其(寂静)无人。”李光地认为,此“即扬子所谓‘高明之家,鬼瞰其实’也。”张云璈称赞李氏“此义精绝。子云当成帝之末,五侯擅政,盛极将危之际,故取象于‘丰屋蔀家’以示戒。”丰卦之象:䷶(震上离下)。震代表雷,又居上,故谓“无收其声”;离代表火,又居下,故谓“地藏其热”。

〔132〕攫拿(jué ná 决拿):妄取。

〔133〕默默:不言不语,此指与世无争。吕延济注:“言执权用事者必亡,默默守道者必存也。”

〔134〕位极:指爵位达到顶峰。　宗危:与危同宗,即与危相连。

〔135〕身全:全身,即保全自己。

〔136〕玄:黑,比喻清静无为。　默:义与玄近,指不求出名。　道:指老庄之道。　极:指最高标准。

〔137〕爰:犹“惟”,语首助词,无义。

〔138〕惟:无义。　寂寞:无声无息,不求闻达。“知玄知默,惟寂惟寞”,皆清静无为之意。“庭”、“宅”:谓精神道德寄托之所。李周翰注:“清静、寂寞,皆

无营欲也;庭、宅谓精神道德之所居处。”

〔139〕世异:时代不同。

〔140〕人道:为人处世之道。

〔141〕彼我:指古今之人。

〔142〕何如:如何。

〔143〕鸱枭(chī xiāo 吃消):猫头鹰。

〔144〕蝘蜓(yǎn tíng 眼蜓):爬行类动物,状如壁虎。“鸱枭”、“蝘蜓”,比喻愚蠢的小人;“凤凰”、“龟龙”,比喻圣贤。拿龟龙当蝘蜓,把凤凰当鸱枭,言不辨贤愚。

〔145〕俞跗(fū 夫):古代之良医。　扁鹊:战国之良医。

〔146〕靡:无。　玄:《太玄经》,此代指所著之书。

〔147〕范、蔡:指范雎、蔡泽。　范蔡等人皆游说之士,非靠著书成名。　以下:指萧何、曹参等人。

〔148〕亡命:逃命,此指亡命之徒。　髂(qià):腰骨。

〔149〕徽索:绳索。免于徽索,指范雎“折胁摺髂”后装死,未被捕获。

〔150〕翕(xī 吸)肩:缩脖耸肩。　蹈背:以足踏背。指别人用足登其背帮他钻入口袋之中。

〔151〕扶服:匍匐。

〔152〕激卬(áng 昂):激怒。　万乘之主:指秦昭王。

〔153〕介:离间。　泾(jīng 精)阳:泾阳君,秦昭王之弟。

〔154〕抵:当为扺(zhǐ 纸),侧击。　穰侯:宣太后之弟,昭王舅父,姓魏,名冉。据《史记》载,昭王母宣太后专制,其弟魏冉擅权,昭王弟泾阳君、高陵君生活奢糜,阔于王室,范雎上书离间,言他们势大必然篡位,昭王怒,免去魏冉相位,并将穰侯及二弟逐出函谷关,任命范雎为相。　当:恰当,指时机正好。张凤翼纂注:“言雎间秦王兄弟,扼穰侯而代之为相,当其机会也。”

〔155〕山东:泛指崤山、函谷关以东地区,即秦以外之六国,蔡泽燕人,故称“山东匹夫”。匹夫,指寻常之人。

〔156〕顩(qīn 亲)颐:垂下巴。　折頞(è 饿):塌鼻梁。

〔157〕涕唾流沫(huì 会):鼻涕眼泪满脸,形容其脏。沫,洗脸。

〔158〕西:向西,秦在燕西。　揖:拱手为礼。　相:指范雎。

〔159〕搤(è 饿):同“扼”。用两手卡住。　亢:绝。

〔160〕拊(fǔ 府):同“抚”。　搤咽、亢气、拊背,既用两手卡住脖子,以断其气,又用手轻轻捶抚使其气通,用以形容蔡泽为夺范雎相位,百般挟持,软硬兼施。当时范雎处境极坏:他为秦相后,使郑安平伐赵,郑安平投降了赵国,任用河东太守王稽,王稽私通六国被诛,按秦法范雎犯灭族之罪,尽管昭王宽容未治其罪,但他惶惶不可终日,蔡泽抓住范雎的心理,软硬兼施,终于使范雎称病免相,使蔡泽得为秦相。　时:指好时机。

〔161〕金革:兵甲,指战争。

〔162〕都:建都。

〔163〕娄敬:即刘敬。汉初齐人。高祖五年,以戍卒求见刘邦,建议都长安,刘邦用其策,赐姓刘氏,后封为关内侯。　委:放下。　辂(lù 路):车前用以拉车之横木。　脱:卸下。　輓:同“挽”,用如名词,即挽车的绳索。委辂脱輓,即放下车子。

〔164〕掉:摇动。

〔165〕不拔:不可动摇。不拔之策,指稳妥之策,即迁都长安。

〔166〕中国:谓京都。颜师古注:“谓京师。”　适:犹事赶凑巧。张凤翼注:“适,会逢其适也。”

〔167〕五帝:指黄帝、颛顼、帝喾、唐尧、虞舜。

〔168〕三王:指夏禹、商汤、周文王。　典:典籍。

〔169〕叔孙通:汉初人,曾为秦朝博士,后降刘邦,任博士,称稷嗣君。刘邦初定天下,诸侯尊之为帝,然群臣争功,醉酒狂呼,拔剑击柱,邦以为患。叔孙通见此则招集儒生,明习君臣礼仪,使贵贱有别,尊卑次第,建立汉之朝仪。群臣饮宴或朝会,再无人敢喧哗失礼,从而显出皇帝之尊贵。　枹(fú 扶)鼓:枹以击鼓,鼓以进军,故以枹鼓代军阵。枹,鼓棒,击鼓用。　君臣之仪:指叔孙通制定的朝仪。得:得刘邦欢心。张凤翼注:“得,得君也。”

〔170〕吕刑:此泛指周代刑法。吕,指吕侯,周穆王之司寇,穆王令其制定刑法,通告四方,故称《吕刑》。　靡敝:败坏。

〔171〕酷烈:刑法严峻。

〔172〕圣汉:汉,称当朝常加“大”或“圣”,以示敬。　权制:犹“权衡制定法律”。

〔173〕造律:制定法律。李善注引《汉书》:“相国萧何捃摭(摘取)秦法,取其宜于时者,作律九章。”

〔174〕宜:合适宜。

〔175〕唐虞:唐尧虞舜。

〔176〕怌(pī 披):荒谬。怌,同“纰”。

〔177〕叔孙通仪:指叔孙通所制汉代朝仪。

〔178〕惑:糊涂。

〔179〕娄敬之策:指建议高祖改都长安之策。 成周:指周公辅佐周成王的时代。周公辅成王时,曾筑城于洛邑,号为成周。

〔180〕乖(guāi):悖谬。

〔181〕范蔡:指范雎、蔡泽。 说:游说。 金张:金日䃅(mì dī 密低)和张安世,皆汉宣帝时显宦。 许:许广汉,宣帝许皇后之父。 史:指许恭及其长子许高。恭为宣帝祖母史良娣之兄。金张、许史权势极大,故金张为显宦之代称,许史为外戚之代称。

〔182〕狂:失去理智胡来。

〔183〕萧规曹随:萧何制定的法规,曹参丝毫不差地遵守。《史记·曹相国世家》:“参代何为汉相国,举事无所变更,一遵萧何约束。”

〔184〕留侯:张良。刘邦谋臣,封留侯。 划策:指为刘邦定天下出谋划策。

〔185〕陈平:原从项羽,后归刘邦,任护军中尉,凡六出奇计,辅佐刘邦平定天下。汉朝建立后,封曲逆侯。

〔186〕若:如。

〔187〕响:指声誉。 坻:当作坘(chí 迟),巴蜀人称山之将崩塌者为坘。隤(tuí 颓):崩倒。坻隤,犹山崩。

〔188〕胆智:胆识。

〔189〕会:逢。

〔190〕从:顺利。

〔191〕凶:不顺利,不吉利。

〔192〕蔺(lìn 吝)生:指蔺相如。 收功:获得成功。 章台:秦国离宫中的台观之一,故址在今陕西省长安县西南隅。《史记·廉颇蔺相如列传》载,秦昭王恃其强,欲以十五城换赵国和氏璧。赵王与诸大臣谋:“欲予秦,秦城恐不可得,徒见欺;欲勿予,即患秦兵之来。”正一筹莫展,蔺相如愿奉璧往使。称“城入赵而璧留秦;城不入,臣请完璧归赵。”秦昭王坐章台见相如。得璧而无意归赵城,相如大智大勇,复取其璧,要昭王斋戒五日,设九宾礼于廷,方可献璧。秦

王度璧不可强夺,故许之;相如知秦王虽斋,亦必负约不肯给城,“乃使其从者衣褐,怀其璧,从经道亡,归璧于赵。”

〔193〕四皓:指秦汉之际四隐士,因皆白发老人,故称四皓。即东园公、绮里季、夏黄公、角(lù)里先生。　采荣:一语双关:①采花而食,此乃隐士生活。②以隐居获取荣誉。　南山:即今河南省商山。

〔194〕公孙:汉武帝时丞相公孙弘。　金马:金马门。李善注引孟康说:“公孙弘对策于金马门。”《汉书·公孙弘传》载,皇上策诏诸儒,公孙弘对策第一。皇上召见,“容貌甚丽,拜为博士,待诏金马。”

〔195〕骠骑:指汉武帝时骠骑将军霍去病。去病乃西汉名将,前后六次出击匈奴,兵至祁连山,捕杀敌军甚多,保卫了与匈奴临接诸郡的安定,解除了汉初以来匈奴对汉王朝的威胁。

〔196〕司马长卿:司马相如,字长卿,西汉著名辞赋家。　窃赀(zī 资):指用诡诈手段获财。赀,同“资”。　卓氏:指卓王孙,蜀之富豪。《史记·司马相如列传》载,卓王孙之女卓文君新寡,好琴,相如以琴挑逗,遂与之私奔。卓王孙怒,不给文君一文钱。司马相如便开设酒肆,令文君当垆。卓王孙怕羞,乃分文君僮百人,钱百万,文君与相如归成都,置田宅为富人。

〔197〕东方朔:字曼倩,西汉文学家。性诙谐滑稽,善辞赋,武帝时为太中大夫。　炙:烤肉。　细君:指妻子。据《汉书·东方朔传》载,武帝于伏天赐群臣烤肉,主持分肉之官至晚未来,东方朔等急了,自己操刀割炙而去。分肉之官奏于武帝,次日武帝令朔自责。朔曰:“受赐不待诏,何无礼也!拔剑割肉,一何壮也!割之不多,又何廉也!归遗细君,又何仁也!”武帝笑曰:“使先生自责,乃反自誉。”又赐酒一石,肉百斤,归遗细君。

〔198〕数子:指蔺相如、四皓、公孙弘、霍去病、司马相如、东方朔。　并:并列。

〔199〕默然:清静的样子。

今译

汉哀帝时,丁明、傅晏当权,许多攀附他们的官吏,俸禄达二千石。当时扬雄正创作《太玄》,坚守自己的人格,淡泊无为。有人用扬雄崇尚黑还是白来嘲笑他没有爵位,扬雄为文辩解,名之曰《解

嘲》,其文说:

客嘲笑扬雄道:"我听说上古之人做人的准则:不做事则罢,做就一定要上使皇帝位尊,下使父母荣耀,从皇上那分得守城的信符,担当皇上授予的爵位,取得皇上调兵遣将的令箭,分享皇上赐予的俸禄,披绶挂印,乘车朱轮。现在您有幸生活在清明昌盛的时代,置身于发表议论勿用顾忌的王朝,与诸位贤臣并列,登金马门,上天子殿,已经很久了,未曾出一奇计,献一妙策,上游说皇帝,下游说公卿,目光炯炯如闪亮的明星,舌头频动似飞快的闪电,言辞纵横驰骋,辩士莫当谈锋,但却默默地去作五千言的《太玄》,文采如枝繁叶茂,单是解说《太玄》的文字就有数十万言。其内容之深下入黄泉,其见解之高上出青天,其内涵之博包容大气,其意义精微至于无间。然而您地位不过侍郎,升迁仅仅为黄门侍郎。想来你讲得再玄,恐怕到头来也是白废,不然为何官场落魄!"

扬雄笑着回答道:"客人只知升官坐红轮之车,不知一旦官场失足,我就要诛灭全族。从前周朝政权衰败,诸侯角逐,分裂为十二国,至战国形成六弱一强,整个大周四分五裂,并列为争战之国。臣子没有固定的国君,国君亦无固定的臣子,得人才者富强,失人才者贫弱。人才如鸟振翅高飞,自由止息,因此有的自藏橐内以出关,有的凿墙外跑以逃官。邹衍凭怪异之辞而为世用,孟轲虽仕途坎坷,终成大国之君的良师。

"大汉王朝疆域扩大,东至东海,西到渠搜,南至番禺,北到椒涂。东南设一都尉镇守,西北置一侯所监听。轻罪绳之以法,重罪斩之以铁。陶冶性灵靠礼乐,教化思想用《诗》《书》。积学累日月,久居依田庐。天下之士,群起响应,快如雷动云集,多如鳞片并生,来此大国安居。家家以为可以同稷契比圣贤,人人自觉能与皋陶争高低。冠冕之士谈吐皆以伊尹自比,五尺童子都以管晏霸世可鄙。当权者直上青云,落魄者一败涂地。早晨握权为卿相,晚上失势成匹夫。朝廷如江湖之畔,大海之滨,飞来四只鸿雁不觉多,翔去两只

水鸭不显少。从前‘三仁’离去,殷都变废墟,‘二老’来归,周朝得昌盛,子胥死谏吴国灭亡,种、蠡重用勾践称霸,五羖入秦,缪公大悦,乐毅亡燕,惠王恐惧,范雎折齿断肋却取代穰侯做了秦相,蔡泽翘颏咧嘴受到相唐举先生取笑。所以当天下动乱之际,非萧、曹、子房、平、勃、樊、霍则不能使之平定,当天下太平之时,靠陋儒坐而守业也不用担忧。因此乱世圣哲奔走不足治其乱,治世庸人高枕多余担其忧。

“前代之士,有的获罪松绑做了宰相,有的脱去短衣拜为高官,有的依城门笑人不了解自己,有的游说七十国未遇明主,有的一席谈位至封侯,有的礼贤下士屈驾访陋巷,有的迎贤才衣襟作帚先扫尘。因此士人极力逞才辩振笔直书,堵漏洞陈己见不受阻挠。而当今县令不请士人,郡守不迎接明师,众卿见客不拱手施礼,将相少礼节不能谦虚自抑。见解出奇被疑,行为殊众获罪。因此讲话人云亦云,投足亦步亦趋。假使前代之士,处于当今时代,策试不够甲级,品行不够孝廉,选举不够贤良方正,只可给皇帝上疏,议论时政,往高说能得待诏之职,往低说触犯君讳不被任用,又怎么能披绶挂印呢?

“而且我听说,火光炽烈就要熄灭,雷声至响,就要断绝,人观火听雷,表面饱满充实,忽然天收其声,地藏其热,便火灭声绝。富贵之家,鬼窥其室。巧取豪夺者亡,与世无争者存;地位极高者危,守朴无求者安。因此通晓清静无为,是守道的最高境界,默默无闻,是道德寄托之所。世道不同,事物变化,而为人之道不变,假如春秋战国圣贤与自己互换所处时代,其今如何尚不好说。今天你用鸱枭嘲笑凤凰,拿蝘蜓嘲笑龟龙,不是有病吗?你笑我崇黑却是白,我也笑你病重而不遇名医俞跗、扁鹊,可悲呀!”

客人说:“既然如此,那么无玄不能成名吗?范雎、蔡泽等人,其成名何必靠玄呢?”

扬雄道:“范雎,魏国的亡命者,断肋条折腰骨,免于被绑,缩脖耸肩,他人踏背,爬进口袋逃命,用话激怒秦昭王,离间泾阳公与昭

王兄弟之情,侧击秦相穰侯并取而代之,这是碰上了好时机;蔡泽,山东一匹夫,大下巴,塌鼻梁,鼻涕眼泪满脸,却西拜强秦之相,百般挟持,软硬兼施,夺其相位,这是碰上了好机遇;天下已定,战争平息,高祖欲建都洛阳,娄敬放下所挽之车,舞动三寸不烂之舌,提出稳妥可靠之策,把京都迁到长安,这合乎时宜。五帝垂留典籍,三王传播礼仪,百世不变。叔孙通起于戎马之中,于甲兵止息之际,创制君臣礼仪,很得刘邦的欢心。周法已经衰败,秦法过于严苛,大汉加以权衡,萧何制造汉律,则是恰当的。所以有人在唐虞时代制定萧何这样的法律,则是荒谬的;有人在夏商时代制定叔孙通这样的朝仪,则是糊涂的;有人在成周时代提出娄敬那样的迁都之策,则是悖理的;有人在金张许史之间鼓吹范蔡式的游说,则是发疯。萧何制定,曹参遵循的法规,张良谋划的良策,陈平运筹的奇计,功劳大如岱宗,声誉响似山崩,虽然出于他们的胆识,但也是赶上了那个可以大有作为的时代。因此在可以大有作为的时代去作为,则顺利;在不可以大有作为的时代去作为,则别扭。至于蔺相如建功于章台,四皓获荣于商山,公孙弘创业于金马门,霍去病扬名于祁连山,司马相如巧取卓王孙巨大财富,东方朔不待诏自己割肉与妻子,我的确不能同这些人相提并论,所以默默无闻地恪守我的《太玄》之理。”

(赵福海译注并修订)

答宾戏一首

班孟坚

题解

班固(字孟坚),不只以史学家著称于世,其继父业而著作的《汉书》,成为断代史体的圭臬,而且也以文学家显赫于时,其所撰《两都赋》,成为京都大赋的范式。所以,《后汉书·班固传赞》曰:“二班(彪、固)怀文,裁成帝坟,比良迁董,兼丽卿云。”《答宾戏》与东方朔《答客难》、扬雄《解嘲》相比并,被萧统视为《文选》设问类的代表之作,也是其文学成就的标志之一。

其写作的时代背景,史书有两种记载。一种是《汉书·叙传上》,以为写于汉明帝永平中,即本文序中所云。另一种是《后汉书·班固传》,以为写于汉章帝建初间:“及肃宗雅好文章,固愈得幸,数入读书禁中,或连日继夜,每行巡狩,辄献上赋颂。朝廷有大议,使问难公卿,辩论于前,赏赐恩宠甚渥。固自以二世才术,位不过郎,感东方朔、扬雄自论,以不遭苏张范蔡之时,作《宾戏》以自通焉。”

陆侃如赞同《后汉书·班固传》之说,推测本文当作于章帝建初二年。该年傅毅被任为兰台令史,拜郎中,与班固共典校书,班固曾作《与弟超书》:“傅武仲以能属文为兰台令史,下笔不能自休。”其本人自永平中迁为郎以来,已著成甚受当世推重的《汉书》,职位却经二十余年未有升迁,而这位“下笔不能自休”的傅毅也居然与他共事,便不禁牢骚满腹,发而为《答宾戏》。(见陆侃如《中古文学系年》,上册,98页)

文章开头是序，说明班固永平以来的经历，以及内心感慨，提示全文主旨。正文第一段是宾客之问，提出两种价值观的对立：一是热中现实，追逐富贵；一是潜心著作，不为世用。第二段是主人之答，说明战国以来乘势以显达、投机以富贵的现实功利者，皆以祸难而终，自悔不及，强调世利荣禄的暂时性过渡性。第三段再以宾客之问，提出缄默非言与优游著述对于行道辅世的意义问题，将主人之论引向深入。第四段以主人之答进一步发挥全文主旨，肯定古昔傅岩、吕望、宁戚、张良为立功者，推尊近世陆贾、董生、刘向、扬雄为立言者，崇尚伯夷、柳惠、颜渊、孔子为立德者；坚信只要慎修所志，信守天性，深味正道，发而为文，必能先贱而后贵，时暗而久章，达到人生真善美之极境，强调修德养志，笃志著述的恒久性永驻性。

文章确然是借正言以出微词，表达了班固以个人才智与所处地位的反差而引发的牢骚不平。同时，主人的答辩也显示出中国知识分子传统文化心理的积极方面，即淡于俗名浅利，超越俗世困扰，而忠于信仰，坚守德操，尊崇著述，追求精神满足的品格。而宾客所表述的浅薄之论、势利之见，则是历来受到鄙弃的。

文章以宾主问答之法，论辩邪正真伪，逐层深入，委婉透彻，笔意酣畅，辞采飞扬，鲜明地表现出古人的幽默之感。

原文

永平中为郎[1]，典校秘书[2]，专笃志于儒学[3]，以著述为业。或讥以无功，又感东方朔扬雄自喻[4]，以不遭苏张范蔡之时[5]，曾不折之以正道[6]，明君子之所守[7]，故聊复应焉。其辞曰：

宾戏主人曰[8]：“盖闻圣人有一定之论[9]，烈士有不易之分[10]，亦云名而已矣。故太上有立德[11]，其次有立功[12]。夫德不得后身而特盛[13]，功不得背时而独彰[14]。

是以圣哲之治[15],栖栖遑遑[16],孔席不暖[17],墨突不黔[18]。由此言之,取舍者昔人之上务[19],著作者前列之余事耳[20]。今吾子幸游帝王之世[21],躬带绂冕之服[22],浮英华[23],湛道德[24],矕龙虎之文[25],旧矣[26]。卒不能摅首尾[27],奋翼鳞[28],振拔洿涂[29],跨腾风云[30],使见之者影骇[31],闻之者响震[32]。徒乐枕经籍书[33],纡体衡门[34],上无所蒂[35],下无所根[36]。独摅意乎宇宙之外[37],锐思于毫芒之内[38],潜神默记[39],絙以年岁[40]。然而器不贾于当己[41],用不效于一世[42],虽驰辩如涛波[43],摛藻如春华[44],犹无益于殿最也[45]。意者,且运朝夕之策[46],定合会之计[47],使存有显号[48],亡有美谥[49],不亦优乎?"

主人逌尔而笑曰[50]:"若宾之言,所谓见世利之华[51],暗道德之实[52],守窔奥之荧烛[53],未仰天庭而睹白日也[54]。曩者王涂芜秽[55],周失其驭[56],侯伯方轨[57],战国横骛[58],于是七雄虓阚[59],分裂诸夏[60],龙战虎争。游说之徒[61],风飑电激[62],并起而救之[63],其余猋飞景附[64],霅煜其间者[65],盖不可胜载。当此之时,搦朽摩钝[66],铅刀皆能一断[67],是故鲁连飞一矢而蹶千金[68],虞卿以顾眄而捐相印[69],夫啾发投曲[70],感耳之声[71],合之律度[72],淫蛙而不可听者[73],非《韶》《夏》之乐也[74]。因势合变[75],遇时之容[76],风移俗易[77],乖迕而不可通者[78],非君子之法也[79]。及至从人合之[80],衡人散之[81],亡命漂说[82],羁旅骋辞[83],商鞅挟三术以钻孝公[84],李斯奋时务而要始皇[85]。彼皆蹑风尘之会[86],履颠沛之势[87],据徼乘邪[88],以求一日之富贵,朝为荣华,夕为憔悴[89],福不盈眦[90],祸溢于世[91],凶人且以自悔[92],况吉士而是赖乎[93]?且功不

可以虚成，名不可以伪立，韩设辨以激君[94]，吕行诈以贾国[95]。《说难》既遒[96]，其身乃囚[97]；秦货既贵[98]，厥宗亦坠[99]。是以仲尼抗浮云之志[100]，孟轲养浩然之气[101]，彼岂乐为迂阔哉[102]？道不可以贰也[103]。方今大汉洒扫群秽[104]，夷险芟荒[105]，廓帝纮[106]，恢皇纲[107]，基隆于羲农[108]，规广于黄唐[109]；其君天下也[110]，炎之如日[111]，威之如神[112]，函之如海[113]，养之如春[114]。是以六合之内[115]，莫不同源共流[116]，沐浴玄德[117]，禀仰太和[118]，枝附叶着[119]，譬犹草木之植山林，鸟鱼之毓川泽，得气者蕃滋[120]，失时者零落[121]，参天地而施化[122]，岂云人事之厚薄哉[123]？今吾子处皇代而论战国[124]，曜所闻而疑所觌[125]，欲从堥敦而度高乎泰山[126]，怀氿滥而测深乎重渊[127]，亦未至也。"

宾曰："若夫鞅斯之伦，衰周之凶人[128]，既闻命矣[129]。敢问上古之士，处身行道[130]，辅世成名[131]，可述于后者，默而已乎[132]？"

主人曰："何为其然也[133]！昔者咎繇谟虞[134]，箕子访周[135]，言通帝王[136]，谋合神圣[137]；殷说梦发于傅岩[138]，周望兆动于渭滨[139]，齐宁激声于康衢[140]，汉良受书于邳垠[141]，皆俟命而神交[142]，匪词言之所信[143]，故能建必然之策[144]，展无穷之勋也[145]。近者陆子优游[146]，《新语》以兴[147]；董生下帷[148]，发藻儒林[149]；刘向司籍[150]，辨章旧闻[151]；扬雄谭思[152]，《法言》《太玄》[153]。皆及时君之门闱[154]，究先圣之壶奥[155]，婆娑乎术艺之场[156]，休息乎篇籍之囿[157]，以全其质而发其文[158]，用纳乎圣德[159]，烈炳乎后人[160]，斯非亚与[161]！若乃伯夷抗行于首阳[162]，柳惠

降志于辱仕[163]，颜潜乐于箪瓢[164]，孔终篇于西狩[165]，声盈塞于天渊[166]，真吾徒之师表也。且吾闻之：一阴一阳[167]，天地之方[168]；乃文乃质[169]，王道之纲[170]；有同有异[171]，圣哲之常[172]。故曰：慎脩所志[173]，守尔天符[174]，委命供己[175]，味道之腴[176]，神之听之[177]，名其舍诸[178]！宾又不闻和氏之璧[179]，韫于荆石[180]，隋侯之珠[181]，藏于蚌蛤乎[182]？历世莫视[183]，不知其将含景曜[184]，吐英精[185]，旷千载而流光也[186]。应龙潜于潢污[187]，鱼鼋媟之[188]，不睹其能奋灵德[189]，合风云[190]，超忽荒而躆昊苍也[191]。故夫泥蟠而天飞者[192]，应龙之神也[193]；先贱而后贵者，和隋之珍也；时暗而久章者[194]，君子之真也。若乃牙旷清耳于管弦[195]，离娄眇目于毫分[196]；逢蒙绝技于弧矢[197]，般输推巧于斧斤[198]；良乐轶能于相驭[199]，乌获抗力于千钧[200]；和鹊发精于针石[201]，研桑心计于无垠[202]。走亦不任厕技于彼列[203]，故密尔自娱于斯文[204]。”

注释

〔1〕永平：东汉明帝（刘庄）年号（58—75）。　郎：官名。汉时属郎中令，为侍从之职。

〔2〕典校（jiào 窖）：谓掌管校勘整理图书之事。　秘书：秘阁中的藏书。秘，秘阁，古代宫禁中藏书之所。

〔3〕笃志：专心致志。　儒学：儒家的学术。

〔4〕东方朔：字曼倩，汉平原厌次人。武帝时为太中大夫，以奇计俳辞得亲近，善于诙谐滑稽之作。　扬雄：字子云，汉蜀郡成都人。长于辞赋，其作多仿司马相如。成帝时献《长扬》、《羽猎》、《甘泉》、《河东》四大赋，拜为郎。王莽时为大夫，校书天禄阁，以事被诛连，投阁自杀，几死。　自喻：自述，自我表白。此指东方朔《答客难》与扬雄《解嘲》。两文皆以设问设答之法，表达作者生不逢时，才不得重用，以及心中的愤激不平之情。

〔5〕苏张:苏秦、张仪,战国时游说之士。秦,东周洛阳人,游说燕赵韩魏齐楚,主张合纵抗秦,佩六国相印,为纵约之长。后失败,入齐为客卿,被刺死。仪,魏人,任秦惠王相,以连横之策游说六国,使之背纵约而共同事秦。惠王死,离秦去魏,为魏相一年而卒。范蔡:范雎、蔡泽,战国时游说之士。雎,魏人,以远交近攻、加强王权之策说秦昭王,任为相,封于应,号应侯。屡败韩、赵之师。后失宠,谢病告归。泽,燕人,入秦说范雎,得见昭王,任为客卿。继代雎为秦相,献计攻灭周室。后谢病归,封纲成君。

〔6〕折:屈服,信服。　正道:正确的治世之道。

〔7〕所守:指操守、志向。此指玄默清静之志。　以上三句述班固由时人讥讽与扬雄、东方朔自喻而引发的感慨,即全文主旨。

〔8〕宾:宾客,本篇设问的人物。　主人:班固自谓。

〔9〕一定:确定不变。

〔10〕烈士:志士,有志建立功业的人。　分:职分,名分。

〔11〕太上:最上等。谓才智最高者。　立德:树立德行,恩泽施于后代。

〔12〕其次:指才智决于太上者。　立功:建立功业,造福于当世。《左传·襄公二十四年》:"太上有立德,其次有立功,其次有立言。"《疏》:"《正义》曰:'太上其次,以人之才智浅深为上次也。太上,谓人之最上者,上圣之人也;其次,次圣者,谓大贤之人也;其次,又次大贤者也。立德,谓创制垂法,博施济众,圣德立于上代,惠泽被于无穷。……立功,谓拯厄除难,功济于时。'"

〔13〕后身:身后,死后。

〔14〕背时:违背时势。　独彰:独自昭著。　以上两句李善注:"言德以润身,而功以济世,故德不得后其身而特盛,功不得背其时而独彰。言贵及身与时也。"　以上两句意思说,修养德行,建立功勋,都不应脱离社会现实,德行应在当世发生影响,不能仅止于卒后特别为人尊崇,功勋应在现实中建立,不能违背时势的客观需要。

〔15〕圣哲:才德超凡的人。　治:治理天下。

〔16〕栖栖遑遑(huáng huáng 皇皇):匆匆忙忙,不得安居的样子。

〔17〕孔:孔子。　席:席子,坐席。　席不暖:坐不暖席,谓坐卧不安。

〔18〕墨:墨子。　突:烟囱。　黔(qián 前):黑色。突不黔,烟囱没有熏黑,谓无暇进食。李善注引《文子》:"墨子无黔突,孔子无暖席,非以贪禄慕位,欲起天下之利,除万民之害也。"

〔19〕取舍:谓进取退守。李善注引刘德曰:“取者,施行道德也;舍者,守静无为也。” 上务:最重要的事情。

〔20〕前列:前贤。

〔21〕吾子:对对方的敬爱之称。此宾称主人。 游:游宦,出外做官。

〔22〕躬:身体。此有身着的意思。 带:大带。 绂冕:冕,古代贵族所戴礼帽。胡绍煐说:“《汉书》无绂字。按“绂”当衍字,善引项岱注不释“绂”字可证。且躬带冕之服与游帝王之世为偶句,若增一绂字则句法参差矣。”(《文选笺证》,卷二十九)

〔23〕浮:飘浮。 英华:指花木的光彩。

〔24〕湛:通“沉”,沉没。 以上两句李善注:“英华,草木之美,故以喻帝德也。浮沉,言其洋溢可游泳也。”

〔25〕沓(mǎn 满):披。 龙虎:喻文章之盛美。 文:文章,文采。李善注引苏林曰:“谓被龙虎之衣也。”

〔26〕旧:久。

〔27〕摅(shū 书):舒展。 首尾:指神龙的首尾。

〔28〕奋:振起。 翼鳞:指神龙的翼鳞。

〔29〕振拔:振起而超越。 洿(wū 污)涂:污浊的泥水。

〔30〕腾:飞腾。

〔31〕影骇:谓见其影而惊骇。

〔32〕响震:谓闻其响而震惧。 以上两句李善注:“言见之者虽影而必骇,闻之者虽响而必震。言惊惧之甚,不俟形声也。”

〔33〕籍:铺,铺垫。 梁章钜说:“《汉书》籍作藉,是也。”(《文选旁证》,卷三十七)

〔34〕纡(yū 迂)体:屈曲身体。 衡门:柴门。贫贱者所居处之门。

〔35〕蒂(dì 弟):花托。花、果与茎相接的部分。

〔36〕根:与“蒂”,皆比喻基础、依靠。

〔37〕摅意:抒发情意。

〔38〕锐思:精思,精微的神思。 毫芒:比喻细微。以上两句说构思文章,其想象宏阔可达天地之外,精微可至毫芒之内。

〔39〕潜神:谓神思沉静专注。 默记:静默记事。

〔40〕絙:与“亘”通,贯通,终止。

〔41〕器：器具，喻才能。　贾：卖。　当己：谓当己身尚在之时，犹当年。

〔42〕用：器用，功用。　效：呈，奉献。

〔43〕驰辩：迅疾的辩说。

〔44〕摛（chī 吃）藻：铺展文采。藻，有花纹的水草，喻文采。

〔45〕殿最：殿，后；最，先。李善注引《汉书音义》：“上功曰最，下功曰殿。”此句谓无益于事功之先后。

〔46〕朝夕：喻随时势而变化。朝夕之策，谓权宜之计。

〔47〕合会：会合，会盟。合会之计，谓纵横之策。

〔48〕显号：显赫的封号。

〔49〕美谥（shì 市）：美善的谥号。谥，古时帝王贵族死后所加的称号。

〔50〕逌（yōu 优）尔：悠闲自得的样子。

〔51〕世利：俗世的小利。

〔52〕暗：昏暗不明。

〔53〕窔（yào 要）奥：幽暗的角落。李善注引《尔雅》：“西南隅谓之奥，东南隅谓之窔。”　荧烛：微小的烛光。

〔54〕天庭：天帝之庭。此指天空。

〔55〕曩（nǎng）者：往昔。　王涂：王道，以仁义治天下之道。　芜秽：荒废秽乱。

〔56〕周：周朝。　驭：治理，指政教制度。

〔57〕侯伯：古代五等爵位（公、侯、伯、子、男）的第二、第三等。此指诸侯。方轨：并辙驰行。方，并；轨，辙。

〔58〕横骛：东西交驰。

〔59〕七雄：指战国时代七个侯国，即齐、楚、燕、韩、赵、魏、秦。虓阚（xiāo hǎn 肖喊）：虎怒的样子。《诗·大雅·常武》：“王奋厥武，如震如怒，进厥虎臣，阚如虓虎。”《笺》：“王奋扬其威武，而震雷其声，而勃怒其色，前其虎臣之将，阚然如虎之怒。”

〔60〕诸夏：周王朝分封的诸侯国。指中国。

〔61〕游说：战国时策士周游各诸侯国，向君主陈述自己的政见，以推行自己的主张，谓之游说。

〔62〕风飑（páo 刨）：暴风。　电激：如闪电一样迅疾。此句比喻策士口辩的迅疾有力。

〔63〕救:谓解救诸侯之危。

〔64〕猋(biāo 标):与“熛”通,火焰。　景:与“影”通。此句亦比喻口辩的迅捷。

〔65〕霅煜(zhá yù 札育):光明的样子。

〔66〕搦(nuò 诺)朽:磨砺朽钝。　磨钝:使钝者磨得锋利。此句比喻平庸不才者皆能自我激励,以逞其能。

〔67〕铅刀:以铅为刀,即钝刀。喻才能低下。

〔68〕鲁连:即鲁仲连,战国时齐之高士,好为人排难解纷,而拒受爵禄。矢:箭。飞一矢,指鲁连助齐迫燕将自杀而下聊城事。据《史记·鲁仲连传》:燕将据齐之聊城,齐田单攻岁余而未下。鲁连为书系之于矢,射入城中,陈说利害。燕将得之,泣三日而自杀。　蹶(jué 决):弃,弃绝。蹶千金,指鲁连助赵却秦军而拒受封赏事。据《史记·鲁仲连传》:赵孝成王时,秦破赵长平军四十余万,遂围邯郸。时鲁连在围城之中,怒斥为秦说降的魏客将军辛垣衍,秦将闻之退军五十里,邯郸之围得解。赵平原君特置酒,以千金为鲁连寿,鲁连坚辞不受。

〔69〕虞卿:战国时游说之士,赵孝成王之相。主张以赵为主,合从以抗秦。顾眄(miǎn 免):转眼之间。顾,环视;眄,斜视。　捐:弃,摈弃。捐相印,指虞卿以义救魏齐而出走事。李善注引《史记》:“秦昭王遗赵王书,持魏齐(魏相,与秦应侯有仇,秦求之急)头来。魏齐亡,出见赵相虞卿,虞卿度赵王终不可说,乃解其印,与魏齐间行。”

〔70〕啾发:指众人发出的吟吟之声。　投曲:指投合俗世的歌曲。

〔71〕感耳:触动于耳,悦耳。

〔72〕合:会合,符合。此有检验的意思。　律度:音律法度。

〔73〕淫蛙:淫邪不正之音。

〔74〕韶:乐名,虞舜之乐。　夏:乐名,夏禹之乐。韶夏,指雅乐。

〔75〕势:时势。　变:权变,变通。

〔76〕时:时机,时运。　容:宜,适宜。李善注引项岱曰:“容,宜也。或因际会之势,合变谲之事,遇时独暂得容也。本遇多为偶,容多为会。”

〔77〕风移:与“俗易”义同,谓风俗改变,道德教化昌明。

〔78〕乖迕(wǔ 五):违背抵触。此谓与正道相抵触。

〔79〕法:法度。此谓处世之法。

〔80〕从(zònɡ 纵)人:指战国时主张关东六国联合抗秦者,其代表为苏秦。从,合纵,指六国抗秦联盟。　合:联合。谓使六国联合。

〔81〕衡人:指战国时主张分离关东六国而使其共同事秦者,其代表为张仪。衡,连衡,指六国共同事秦而与之联盟。　散:分散。谓使六国分离。李善注引韦昭曰:"从人合之,助六国者;衡人散之,佐秦者也。"

〔82〕亡命:谓弃君命而外游者。　漂说:指浮夸诡辩之说。

〔83〕羁(jī 积)旅:指客游而不得志者。　骋辞:迅疾善辩之辞。

〔84〕商鞅(yānɡ 央):战国时卫人,姓公孙,名鞅,封于商,故称商鞅。相秦十九年,以术说秦孝公,助其变法,秦以富强。后被诬死。　挟:持。　三术:指三种治国的策略。李善注引服虔曰:"王,霸,富国强兵,为三术。"　钻:谓使之心服。李周翰注:"钻者,取必入之义也,如以铁钻之也。"　孝公:秦孝公,战国时秦君,名渠梁,用商鞅变法,秦以富强。

〔85〕李斯:战国末楚上蔡人。因说秦王并六国,拜为客卿。始皇灭六国统一天下,又为丞相,实行郡县制等改革措施。后被诬害死。　奋:发挥,推行。时务:符合时势的要务。李善注引项岱曰:"时务,谓六国更相攻伐,争为雄伯之务。"　要:谓使之信任重用。　始皇:秦始皇,名政。先后灭六国,自称始皇帝。废封建,置三十六郡,统一法度,车同轨,书同文,筑长城,治驰道。又用丞相李斯议,而焚书坑儒。在位二十六年。

〔86〕彼:指商鞅、李斯之辈。　蹑:踏。趁。　风尘:喻社会混乱。　会:机会,时机。

〔87〕履:与"蹑"意同。　颠沛:倾覆,仆倒。喻社会动乱。

〔88〕据徼(jiǎo 缴):凭借侥幸的机遇。　乘邪:乘邪险的局势。

〔89〕憔悴(qiáo cuì 乔粹):枯萎。

〔90〕眦(zì 自):眼角。不盈眦,形容极少,而且短暂。李善注引李奇曰:"当富贵之间,视之不满目。"

〔91〕溢:满,充满。

〔92〕凶人:恶人。此指商鞅、李斯。

〔93〕吉士:善士。此班固自托。　是赖:赖是。是,指据徼乘邪,以求富贵。

〔94〕韩:指韩非,战国时韩国公子,喜刑名法术之学。与李斯皆从学于荀卿。以书谏韩王,韩王不用,乃入秦,遭李斯陷害而死。　设辨:设置问题而加以论辩。　激君:谓激励君主,而使其奋发。君,此指秦始皇。《史记·韩非

传》:"人或传其(韩非)书至秦,秦王见《孤愤》、《五蠹》之书,曰:'寡人得见此人与之游,死不恨矣。'"激君指此言。

〔95〕吕:指吕不韦,秦阳翟大商人。庄襄王嗣位,任秦相,封文信侯。始皇时流放四川,途中自杀。 行诈:行骗诈之术。 贾(gǔ 古)国:谓买得秦国的禄位封爵之利。

〔96〕说难:韩非著作篇名,言游说之道难以有功。 遒(qiú 求):终。

〔97〕囚:囚禁而死。李善注引项岱曰:"韩非作《说难》之书,欲以为天下法式,上书既终,而为李斯所疾,乃囚而死。"

〔98〕秦货:秦国的奇货。喻为质于赵时的秦公子子楚。 贵:富贵。谓子楚归秦嗣王位。

〔99〕厥宗:其宗族。 坠:坠落,没落。此谓秦始皇时吕不韦获罪自杀。李善注引《史记》:"秦昭王子子楚质于赵。吕不韦贾(经商)邯郸(赵都城),见曰:'此奇货可居。'乃以五百金与子楚,复以五百金买奇物玩好而游秦,献华阳夫人(秦太子安国君爱姬),立子楚为嫡嗣。秦王薨,谥为孝文。子楚代立,为庄襄王,以吕不韦为丞相,竟引鸩而死。"

〔100〕仲尼:孔子,名丘,字仲尼。 抗:举,高扬。 浮云:比喻虚无缥缈、转眼即逝之物。浮云之志,指藐视富贵利禄的清高之志。《论语·述而》:"子曰:'饭疏食饮水,曲肱而枕之,乐亦在其中矣。不义而富且贵,于我如浮云。'"

〔101〕孟轲(kē 科):孟子,名轲。 浩然:盛大无边的样子。浩然之志,指儒家倡导的正大刚直超离尘俗的精神。李善注引《孟子》:"'我善养吾浩然之气。''敢问何谓浩然之气?'曰:'难言也。其为气也,至大至刚,以直养而无害,则塞乎天地之间。'" 另引项岱曰:"皓,白也,如天之气皓然也。" 梁章钜说:"浩,当作'皓',方与引项注相应。……《后汉书·傅燮传》引《孟子》赵岐注曰:'浩然,天气也。'此即项岱之说。班孟坚以'浩然'与'浮云'相对,是亦以浩然为天气。赵、项之释有本矣。……"(《文选旁证》,卷三十七)其说也通。

〔102〕彼:指孔孟。 辽阔:远离实情。此谓远离富贵。

〔103〕道:指圣人之正道。 贰:违背,背叛。李善注引项岱曰:"君子履端于始,归成于终,拟圣人之道,岂可二行,如斯、鞅、韩非、不韦之徒也。"

〔104〕洒扫:扫除。 群秽:暴乱。

〔105〕夷险:削平险阻。夷,平。 芟(shān 山)荒:芟除荒芜。此句谓平定暴乱,统一天下。

〔106〕廓：开廓，发扬。　帝纮（hóng 红）：皇帝的纲纪。纮，绳，纲。

〔107〕恢：扩大。　皇纲：与"帝纮"同义。　以上两句吕向注："廓，开也；恢，大也。言开大五帝三皇之纲纪也。"

〔108〕基：指国家之基业。　隆：高。　羲农：伏羲、神农，传说中上古的贤君。

〔109〕规：规矩，指国家法度。　黄唐：黄帝、唐尧，传说中上古的贤君。

〔110〕君：主宰，统治。

〔111〕炎：火焰，光明。

〔112〕威：武威，威力。

〔113〕函：包含，包容。

〔114〕养：养育。

〔115〕六合：天地四方。

〔116〕同源：与"共流"，谓普天之下共同承受天子的恩泽教化。源流，比喻天子的恩泽教化。

〔117〕沐浴：洗濯，浸润，受惠。　玄德：自然朴素的道德。

〔118〕禀仰：禀承敬受。　太和：指阴阳相融冲和、哺育万物的元气。《易·乾》："保合大和，乃利贞。"《疏》："以能保安合会大利之道，乃能利贞于万物。"

〔119〕枝附：谓枝附于干。　叶着：叶着于枝。此句比喻诸侯郡县皆归属效忠于天子。

〔120〕气：指太和之气。得气者，指得太和之气者。　蕃滋：繁盛滋长。

〔121〕时：时机，时运。失时者，指不得机遇者。　零落：枯萎衰败。李善注引项岱曰："言遇仕者昌盛，不遇者凋病，如万物于天地之间也。"

〔122〕参：参合，比并。参天地，谓天子之恩德广施，可与天地之哺育万物相比并。　施化：广施德化。

〔123〕厚薄：谓评论德化之厚薄。李善注引项岱曰："参，三也。言汉家之施化布德，周参天地，岂人所能论邪！"

〔124〕吾子：指宾客。　皇代：圣代。此指东汉时期。　战国：指张仪、苏秦所处七雄争霸的时代。

〔125〕曜：日光，光明。　觌（dí 敌）：见。吕延济注："言其以远之所闻为明，以今之所见为疑也。"

〔126〕堥(máo 矛)敦:小丘。　度(duó 夺)高:测量高低。

〔127〕怀:怀抱,内心怀有的看法。　氿滥(guǐ jiàn 鬼槛):小泉。　重渊:大海。　以上两句堥敦,氿滥比喻宾客见识短浅,泰山、重渊比喻主人大道高深。

〔128〕衰周:衰落的周朝,指周末。

〔129〕命:教令,教导。

〔130〕处身:修养自身。　行道:施行正道。

〔131〕辅世:辅佐当世之君。

〔132〕默:静默,谓无所著述。

〔133〕然:那样。此谓静默不语。

〔134〕咎繇(gāo yáo 高摇):也作"皋陶",传说虞舜之臣。　谟虞:谓给虞舜出谋略。谟,谋略;虞,虞舜,传说上古贤君。

〔135〕箕子:商纣叔父,封于箕。纣无道,箕子谏不听,为纣所囚。周武王灭纣,释箕子,载而归镐京。　访周:谓受到周武王的咨询。李善注引《尚书》:"武王胜殷,以箕子归。"又引:"王访于箕子。"

〔136〕通:通达。

〔137〕合:符合。　以上四句李周翰注:"咎繇为舜谟,以致太平;武王访于箕子,问以天道政理之事。言此二臣所谋皆达帝王之至理,合于神明,无所不通。"

〔138〕殷说(yuè 月):殷时的傅说。说,傅说,殷高宗相,曾筑墙于傅岩,佐高宗创造殷中兴局面。　梦发:谓按殷高宗梦中所见形象发现傅说。　傅岩:古地名。传说傅说筑墙处。李善注引《尚书》:"高宗梦得说,使百工营求诸傅岩。"

〔139〕周望:周时的吕望。望,姜姓,吕氏,名尚,周初人。周文王出猎,遇之于渭滨,曰:"吾太公望子久矣!"因号为太公望,立为师。武王即位,辅佐其灭殷。　兆动:谓周文王依占卜之卦象而出动,从而遇吕望。兆,卦象,即占卜时龟甲经烧灼而呈现的裂纹,据以判断吉凶。　渭滨:渭水之滨,传说周初吕尚垂钓于此。李善注引《史记》:"太公望以渔钓奸(求取)周,西伯(西方诸侯之长,指周文王)将出,占(占卜)之,曰:'所获非龙非虎,非熊非罴;所获霸王之辅。'西伯果遇太公渭滨。"

〔140〕齐宁:齐国的宁戚。戚,春秋时卫人,被齐桓公发现,以为非常人,拜

为上卿。 激声:谓发出激昂不平之声。 康衢:四通八达的大路。李善注引《说苑》:“陈子说梁王曰:‘宁戚饭(喂)牛康衢,击车辐而歌,桓公得之而霸(称霸于诸侯)也。’”

〔141〕汉良:汉朝张良。良,汉时韩人,字子良。刘邦响应陈胜、吴广而起义反秦,良为之出谋划策,助汉灭秦、楚,封为留侯。 受书:谓张良少时接受一老父所受兵书。 邳垠(pī yín 丕银):邳水之岸。李善注引《汉书》:“张良从容步游下邳(地名)圯(桥)上,有一老父,出一编书,曰:‘读是则为王者师。’”

〔142〕俟(sì 四)命:等待天命。 神交:与神灵相通。

〔143〕词言:指战国游说之士的浮诡之辞。 所信:为人所信任。

〔144〕必然:必定有所成。

〔145〕展:伸展,发扬。 勋:功勋。

〔146〕陆子:指陆贾。贾,汉初楚人,有辩才,助刘邦建汉王朝,曾劝丞相陈平,深结太尉周勃,谋诛诸吕,立文帝。 优游:谓悠闲自得,不慕荣禄。

〔147〕新语:书名,陆贾所著。 兴:行,行于世。李善注引《史记》:“高帝拜陆贾为太中大夫,谓贾曰:‘试为我著秦所以失天下,我所以得之者何?’陆生乃祖述存亡之征,凡著十二篇,号其书曰《新语》。”

〔148〕董生:指董仲舒。仲舒,汉广川人。少时治公羊学,景帝时为博士。武帝时以贤良对策称旨见重,拜江都相。生平讲学著书,推尊儒术。 下帷:谓放下帷帐,不闻世事,专心讲读。

〔149〕发藻:谓其著作发扬于世,影响广远。藻,文藻,著述。 儒林:儒者之林,广大的知识阶层。李善注引《史记》:“董仲舒以治《春秋》(指《春秋公羊传》)为博士,下帷讲诵,弟子或莫见其面。”

〔150〕刘向:字子政,西汉王朝宗族。成帝时任光禄大夫,校阅经传诸子诗赋等图书典籍,著有《别录》一书,为我国最早的分类目录。 司籍:谓主管校阅典籍。

〔151〕辨章:辨别章句的正误。 旧闻:旧时的传闻。此指旧时传闻的真伪。李善注引《汉书》:“光禄大夫刘向校经传诸子诗赋。每一卷书已,向辄条其篇目,撮其旨意,录而奏之。”

〔152〕谭思:深思。

〔153〕法言:书名,扬雄模仿《论语》所著。 太玄:书名,扬雄模仿《易经》所著。李善注引《汉书》:“扬雄谭思浑天,(指《太玄经》),又撰十二卷象《论

语》,号曰《法言》。"

〔154〕时君:当世的君主。　门闱(wéi 惟):宫廷之门。指皇帝。

〔155〕先圣:古代圣贤。　壶奥:内室。比喻深邃之处,精髓之点。

〔156〕婆娑(suō 梭):悠然安适的样子。　术艺:学术经艺。　场:场圃,讲习经艺之所。

〔157〕篇籍:书籍。　囿:苑囿。此指收藏典籍之所。

〔158〕质:质朴。　文:文采。此句谓既保全质朴又发扬文采,而达到文质统一。

〔159〕用:器用,才能。　纳:采纳。　圣德:贤明有德之君。

〔160〕烈:业,功业。　炳:光明,光耀。此句谓著书立说,流传后代。李善注引项岱曰:"圣德,明君知贤而纳用之也。烈,业也。后人,著书传之后世。"

〔161〕亚:次。以上三句李周翰注:"言陆贾之徒进纳文章,发明天子之圣德,业光乎后世,此岂非次于傅说太公之徒欤!"

〔162〕旧夷:传说中上古高义之士。据《史记·伯夷传》:伯夷与弟叔齐为古商国孤竹君之二子,互让君位,先后逃去,归于周文王。及武王伐纣,叩马而谏。周灭殷后,义不食周粟,饿死于首阳山下。　抗行:树立高洁的志行。抗,立。　首阳:山名。约在今山西永济县南。传为伯夷兄弟饿死处。

〔163〕柳惠:柳下惠,古高贤之士。春秋时鲁僖公大夫,名展禽。因食邑柳下,谥"惠",故称柳下惠。《论语·微子》:"柳下惠为士师(官名),三黜(罢官)。人曰:'子未可以去乎?'曰:'直道而事人,焉往而不三黜?枉道而事人,何必去父母之邦?'"　降志:委屈情志。　辱仕:忍辱而为官。指柳下惠三次被黜而不离父母之邦。

〔164〕颜:颜渊,孔子门徒,古之贤人。李善注引《论语》:"子曰:'贤哉,回(颜渊名)也。一箪食,一瓢饮,在陋巷,人不堪其忧,回也不改其乐。'"　潜:潜身,隐居。　箪(dān 单)瓢:食器与饮器。此形容清寒守志的生活。

〔165〕孔:孔子,名丘,字仲尼,春秋时鲁国人。儒学派的创始者,向被尊为圣人。著有编年史《春秋》,始于鲁隐公元年,终于鲁哀公十四年。　终篇:著作终结。　西狩:谓鲁哀公于鲁西大野狩猎获麟之事。《春秋左传·哀公》:"经十有四年春,西狩获麟。"《疏》:"言麟为圣王之嘉瑞也,此时无明王,麟出无所应也,出而遇获,失其所以归也。夫以灵瑞之物轗轲(坎坷)若是,圣人见此能无感乎?所以为感者,以圣人之生非其时,道无所施,言无所用,与麟相类。

……仲尼见此获麟,于是伤周道之不兴,感嘉瑞之无应,故因鲁《春秋》文加褒贬而修中兴之教。”此句意思说,孔子作《春秋》终结于鲁哀公获麟,那是受到此事的触动,而感慨于自己的命运与灵物相似,周室衰微,言论无明王采用,正道不得施行,因而以著史批评现实,抒发情志。

〔166〕声:声誉,荣耀。 盈塞:充满。 天渊:天际深渊。

〔167〕阴:与“阳”为古代哲学两个基本概念,其对立统一构成自然变化的普遍规律。

〔168〕方:常道,规律。

〔169〕文:文采。谓政教事功。 质:质朴。谓无为而治。

〔170〕王道:谓先王以治天下之正道。 纲:纲维,原则,法度。李善注引项岱曰:“或施质道,或施文道,此王者所以为纲维也。”

〔171〕有同:谓仕进。 有异:谓退隐。

〔172〕圣哲:指才德超众之士。 常:常道,规律。李善注引项岱曰:“有同,仕遇而进;有异,不合而退。此圣人之常道。”

〔173〕慎脩:谨慎修养。 所志:心志的目标。

〔174〕守:坚守。 尔:你。 天符:天命,天性,自然的禀赋。

〔175〕委命:听任命运。 供己:全己,谓超越俗世的污染,保持自身的天性。供,《汉书》作“共”。颜注读曰“恭”。

〔176〕味:体味,领悟。 腴:膏腴,肥美。李善注引项岱曰:“符,相命也。腴,道之美者也。”

〔177〕神:神灵,天神。

〔178〕名:一本作“神”。 舍:遗弃。李善注引项岱曰:“有贤智君子,行之如此,神岂舍之乎?将必福禄之。” 梁章钜说:“师古曰:‘言修志委命,则明神听之,佑以福禄,自然有名,永不废也。’按作‘名’于理固通,然作‘神’字,似与所引项注合。”(《文选旁证》,卷三十七)

〔179〕和氏:指传说中楚人卞和。和氏之璧,古代宝玉名。李善注引《韩子》:“楚人和氏得璞玉于楚山之中,奉而献之成王,使玉人理(治)其璞,而得宝焉,遂名曰和氏之璧。”

〔180〕韫(yùn 运):藏。 荆石:楚山之石。荆,楚,楚山。

〔181〕隋侯:传说中得宝珠者。隋侯之珠,古代宝珠名。李善注引高诱《淮南子注》:“隋侯见大蛇伤断,以药傅而涂之,后蛇于江中衔大珠以报之,因名曰

隋侯之珠。”

〔182〕蚌蛤:软体动物名,甲壳之内有珍珠层。

〔183〕历世:历代。

〔184〕景曜:光芒,光辉。

〔185〕英精:精英,精华。英,花。

〔186〕旷:历,经历。

〔187〕应龙:有翼之龙,古代传说中龙之一种。五百年为角龙,又千年为应龙。 潢(huáng 黄)污:积水池。李善注引《左氏传注》:“蓄小水谓之潢,不泄谓之污。”

〔188〕鼋:即鳖。 媟(xiè 谢):轻慢,欺侮。

〔189〕奋:奋起,发扬。 灵德:神灵的才德。

〔190〕合:符合,应合。

〔191〕忽荒:形容混沌的元气,指天空。 躆(jù 具):行。 昊(hào 号)苍:苍天,天穹。

〔192〕泥蟠:在污泥中盘曲。

〔193〕神:神灵,显出神灵。

〔194〕时暗:谓一时未被显用。 久章:永久显达。李善注引项岱曰:“时暗,未显用时也。久,旧也。章,明也。言君子怀德,虽初时未见显用,后亦终自明达,如应龙蟠屈而升天,隋和先贱而后贵也。如此是比君子道德之真,言屈伸如一,无变也。”

〔195〕牙旷:伯牙师旷,古代传说中两位音乐家。 清耳:谓静耳善听。清,静。 管弦:管,笙箫类的管乐器;弦,琴瑟类的弦乐器。

〔196〕离娄:古代传说中目明者。 眇目:谓明目善察。眇,谛视。李善注引《缠子》:“董无心曰:‘离娄之目,察秋毫之末于百步之外,可谓明矣。’” 毫分:鸟羽毛的末稍,比喻极微小的事物。

〔197〕逢蒙:古代传说中的善射者。李善注引《吴越春秋》:“陈章(当作“音”,见胡氏《考异》)曰:‘黄帝作弓,后有楚狐父以其道传羿,羿传逢蒙。’” 绝技:谓技艺超绝。 弧矢:弓箭。

〔198〕般输:古代传说中的巧匠名。李善注引项岱曰:“公输若之族,名班。” 推(què 却)巧:谓技巧精专。推,专。

〔199〕良乐:良,王良,古代传说中善御马者;乐,伯乐,古代传说中善相马

者。 轶(yì 义)能:才能超众。 相驭:相马御马。

〔200〕乌获:古代传说中大力士名。李善注引《吕氏春秋》:“薄疑说卫嗣君曰:‘乌获举千钧,又况一斤乎?’” 抗力:力抗,力举。 千钧:指三万斤。一钧等于三十斤。

〔201〕和鹊:古代传说中两位名医之名。李善注引《左传》:“晋侯求医于秦,秦伯使医和视之。” 又引《史记》:“扁鹊使弟子子阳厉针砥石。” 发精:发挥精妙的医术。 针石:谓针灸与药石。石,药。

〔202〕研桑:指计研、桑弘羊,皆古时善于计算者。计研,也作计然。梁章钜说:“《史记·货殖传集解》及本书《求通亲亲表注》并引范子谓计研姓辛,字文子,葵邱濮上人,其先晋国亡公子。范蠡师事之,不肯自显,天下莫知,故称计然。”(《文选旁证》,卷三十七)桑弘羊,汉洛阳人,商人之子。武帝时任治粟都尉,领大司农,主张重农抑商,推行盐铁酒类由国家专卖政策。 心计:心算,善于运心筹算。李善注引《汉书》:“桑弘羊,洛阳贾人子,以心计为侍中也。” 无垠(yín 银):无限。

〔203〕走:指仆人。班固自谦之辞。 不任:不能。 厕技:技能并列于其间。厕,参加,并列。 彼列:彼辈,指牙旷研桑等。

〔204〕密尔:安静的样子。李善注引《尔雅》:“密,静也。”

今译

永平年间,班固为郎,主管校勘秘阁藏书,专心致志研究儒学,以著述为本业。有人讥讽他无功勋以取富贵,其自身又感慨于东方朔、扬雄的自嘲之文,其文以没有遇到苏张范蔡的时代,终不能以正道使世人信服,从而表明君子所坚守的玄默清静之志。故暂且做此文以为回答。其辞说:

宾客嘲笑主人说:“听说圣人有坚定不移的信念,志士有始终不变的职分,那也是为了追求功名而已。因此,才智最高者在于树立德行,恩泽施于后辈;才智稍次者在于建立功勋,造福于当代。但是,德行不能期待于死后特别尊崇,功勋也不能违背于时势而独自彰显。因此,圣贤治理天下,长年奔走,匆匆忙忙,孔子寝卧席不暖,墨翟餐饭无暇进。由此说来,仕进隐退是古人抉择的要务,著书立

说则是前辈处理的余事。当今先生游宦于贤君之世,身着高贵礼服,焕发文采,沉溺道德,衣上雕饰如龙似虎,历时已经很久了。最终不能舒展首尾,振起羽翼,脱离污泥,腾越风云,让见其影者惊骇,闻其声者震惧。只是乐于研思经书,隐居柴门,上无所依,下无所托,独自抒发情意于宇宙之外,精思妙想于毫末之内,神思专注而静默记事,贯彻始终而年积月累。然而才智不能受重于当世,功用不能奉献于现实。虽然机敏辩说如波涛,铺张词采如春花,仍旧无益于事功之先后。依我想来,暂且运用权变之策,确定纵横之计,使生时获取显赫封爵,死后荣获美善谥号。不也很优越于人吗?"

主人悠然而笑说:"若宾客所说,就是所谓只见俗世浮利之光华,而不见精神道德之朴实,固守暗角的微弱烛光,未能仰视天空而一睹白日辉煌。往昔王道荒废,周室衰落,诸侯割据,战国争霸,于是七雄凶猛,分裂中华,龙战虎争。游说之徒,善于论辩,迅如暴风激电,同时崛起,挽救诸侯危难。其余口舌之能,如焰火飞腾,影而附形,光明闪烁其间者,大概不胜记载。当此之时,磨砺朽钝,铅刀皆能割断其物。因此,鲁连一箭射入齐城而燕将自杀,解除邯郸围困而拒受千金封赏;虞卿不重爵禄,放弃相印而与魏齐逃亡。那吟吟众声投合世俗的曲调,一时也可悦耳,而验之律度,却淫邪不可听者,则绝非《韶》《夏》之雅乐;那顺应时势善于权变,又暂遇时运之宜,而对风俗改易,道德昌明,却与正道抵触不能通者,则绝非君子处世之常法。至于纵人苏秦使六国联合,衡人张仪又分裂六国联盟,弃君命而出游说,客居异地而发挥辩辞。商鞅以治国三策而说动秦孝公,李斯推行时务而取信于秦始皇。他们都是乘社会混乱,形势危难,依据偶然侥幸,利用邪门歪道,以追求一日之富贵,朝为繁荣鲜花,夕为枝叶憔悴,福禄暂短,祸难终于一世。恶人尚且以此自悔,况且善士怎能依赖于此呢?而且功绩不可以虚假手段而达成,名位不可以作伪方法而树立。韩非设置辩词而激发秦君,吕不韦施行诈骗而盗取秦国相位。《说难》篇一经写成,韩非本身即遭囚

禁;秦子楚既富贵,吕宗族也获罪。因此仲尼高扬超尘脱俗之志,孟轲善养刚直正大之气,其人岂是乐于远离现实吗?其实是他们信守的正道不可以有所背离啊!当今大汉扫除暴乱之徒,平定危难之地,扩大五帝之法度,发扬三皇的纲纪。国家基础远胜羲农,规模制度超越黄唐。其主宰天下,光焰如东升红日,其武威如全能神灵,其容量如无边沧海,其育物如温暖阳春。因此天下四方,莫不同享恩泽,沐浴圣德,领受太和,枝附主干,叶着枝柯。犹如草木植于山林,鸟鱼育于川泽,幸得元气者发荣滋长,偶失机遇者凋零败落。与天地参合而广施教化,岂是人间所能评论何厚何薄?当今先生处于圣明时代而议论战国形势,明于耳闻之远事而疑于眼见之近事,欲从土丘之低而测泰山之高,怀有小溪之见而探沧海之深,也未能达到至理。”

宾客说:“若论商鞅、李斯之辈,确是晚周之恶人,已经领教了。敢问上古之士,修养自身,施行正道,辅君治世,声名远扬,可为后代所称颂者,都是静默而无所著述吗?”

主人说:“为什么是那样呢?古昔咎繇为虞舜出谋略,箕子受周武王所咨询,言论通达帝王之意,谋略符合神灵之心;殷时傅说依高宗之梦被发现于岩壁之下,周初吕望应文王占卜受聘于渭水之滨;齐国宁戚高歌于大路而受桓公重用,汉朝张良得书于邳岸而助高祖灭秦。其人皆依靠天命而与神灵相通,非以浮词诡辩而取得信任,故能创造出言必胜之妙策,发扬崇高无限之功勋。近世陆子悠然闲适,《新语》之作因而得兴;董生下帷研读,文采发扬儒者之林;刘向校勘秘籍,辨析章句考证旧闻;扬雄善于深思,潜心创作《法言》、《太玄》,皆达时君之宫门,探究先圣著述之核心,逍遥于学术之场圃,休息于文章之艺苑,既保持其质朴又发扬其美文,才能采纳于圣明贤君,业迹光耀于后代子孙,此毫不亚于上古之圣贤。至于伯夷保持高洁于首阳之山,柳惠降志为官于父母之邦,颜渊隐居陋巷以清苦为乐,孔子编著《春秋》为西狩获麟感伤,其声名充满天地之间,真可

谓我辈的师表。况且我听说：一阴一阳，是自然的规律；又质又文，是王道的纲维；有仕有隐，是圣贤的常法。因此说：谨慎修养自我心志，始终坚守个人天性，听任命运保全自己，领悟正道朴真美善，神灵必能感动而听信，岂能舍弃而不赐福音？宾客不曾听说和氏之璧，原蕴于荆山之石，隋侯之珠，原藏于蚌蛤之身吗？历代之人皆未曾发现，不知其将含光辉，吐英华，经千年而放异彩。应龙潜于水池，鱼鳖也加轻慢，不见其能发扬灵性，应合风云，超越青空而行于天穹。故其盘曲泥水之下而能飞行青天之上者，那正是出于应龙的神性；先被贱视而后变为贵重者，那正是出于隋珠的珍奇；暂时被埋没而终将显达者，那正是出于君子的真善。至于牙旷静耳善听于管弦，离娄明目善察于分毫；逢蒙技艺超绝于弓箭，般输工巧精专于斧凿；良乐之能施展于相马驾御，乌获之力高举于千钧重物；和鹊医术发挥于针灸药石，研桑心智善算于农商盐谷。我的才技不能并列于此辈之间，因而只能静心自娱于文史经典。”

（陈复兴译注并修订）

秋风辞一首

汉武帝

题解

汉武帝（前156—前87），刘彻，汉景帝之子。承文景之业，对内实行政治经济改革，对外用兵，开拓疆土。尊儒术，倡仁义，而罢黜百家，建太学，置五经博士。在位五十四年，为前汉一代军事政治经济文化的极盛时期。

汉武帝晚年曾巡行河东（今山西省西南部），泛舟于汾河之上，与群臣宴饮，于是写下了这首《秋风辞》。

《秋风辞》把萧瑟悲凉的秋景与渴望获得理想贤才的心情，加之感叹壮年已去的幽怨交织在一起，委婉地表达了箫鼓欢乐之中蕴含在内心的哀怨感情，烘托出乐极生悲的感伤气息。

此辞形式上完全依照楚辞体制而作，句式整齐，词藻秀美，风格清丽。在短小的结构中有着浓厚的抒情意味及诗的音乐美。因此鲁迅称此辞为“缠绵流丽，虽词人不能过也”。（《汉文学史纲要》）

原文

上行幸河东〔1〕，祠后土〔2〕，顾视帝京欣然〔3〕。中流与群臣饮燕〔4〕，上欢甚〔5〕。乃自作《秋风辞》曰〔6〕：

秋风起兮白云飞〔7〕，草木黄落兮雁南归〔8〕。兰有秀兮

菊有芳[9],携佳人兮不能忘[10]。泛楼舡兮济汾河[11],横中流兮扬素波[12]。箫鼓鸣兮发棹歌[13],欢乐极兮哀情多[14]。少壮几时兮奈老何[15]。

注释

〔1〕上,指汉武帝。　行幸:谓皇帝巡视。幸,封建时代称皇帝亲临为幸。这里指汉武帝亲自巡行河东。　河东:古地名。因黄河经此作北南流向,本地区在黄河以东而得名。在今山西省西南部。

〔2〕祠(cí 辞):祭祀。　后土:古时对地神或土神的称呼。此指后土祠,汉武帝时立于汾阴脽上。

〔3〕顾视:回头看。顾,回首。　帝京:帝王的京城,指长安。　欣然:喜悦的样子。

〔4〕中流:河流的中间。　饮燕:宴饮。《诗经·小雅·鹿鸣》:“我有旨酒,嘉宾式燕以敖。”《疏》:“我有旨美之酒,与此嘉宾,用之燕饮以遨游也。”燕,通“宴”。

〔5〕欢甚:非常高兴。

〔6〕辞:古代文体的一种。指楚辞一类的诗歌,是可以歌唱的韵文。此句以上为序。

〔7〕兮(xī 西):语气词,相当于“啊。”

〔8〕黄落:枯黄脱落。草曰零,木曰落。

〔9〕兰:兰草,一种香草。　秀:草木的花。

〔10〕携:带领。　佳人:指群臣。

〔11〕泛:飘浮。　楼舡(xiāng 香):有楼的大船。李善注引应劭《汉书注》曰:“作大舡,上施楼,故号曰楼舡。”　汾河:又称汾水,在今山西省,黄河支流,源出山西宁武县管涔山。

〔12〕横:横渡。　素波:白色的波浪。

〔13〕箫鼓:箫鼓之音。箫,竹制管乐器,古称排箫为箫。　发:唱起。　棹(zhào 照)歌:划船时所唱的歌。棹,船桨。李善注曰:“棹歌,引棹而歌。”

〔14〕极:极点。　哀情:悲哀之情。吕向曰:“物极必反,故乐极而哀多也。”

〔15〕少壮:年轻力壮。古乐府长歌行曰:“少壮不努力,老大乃伤悲。”

今译

汉武帝亲临河东巡行,在后土祠举行祭祀天地的活动。回望京城心中欢喜,与群臣宴饮在汾河之上,非常高兴。于是作《秋风辞》说:

秋风吹起啊白云飞,草木飘零啊雁南归。兰草花开啊菊芬芳,带领佳人啊不能忘。泛起大船啊渡汾河,横渡汾河啊扬素波。箫鼓响起啊唱船歌,欢乐至极啊哀愁多。年轻几时啊老奈何。

(辛玫译注　陈复兴修订)

归去来一首

陶渊明

题解

陶渊明现存之文计十二篇。其中辞赋三篇，韵文五篇，散文四篇。渊明不仅善于诗，而且长于辞赋。其《归去来》，又作《归去来辞》或《归去来兮辞》，就是千古传诵的佳作。后世赞曰："千秋但有一渊明，肯脱青衫伴耦耕。"（转引自《管锥编》一四四）又曰："陶公《归去来》是南北（朝）文章之绝唱。"（同上）对陶人品、文品皆加肯定。有人将他推为"古今隐逸诗人之宗"。沈约《宋书》将陶渊明收入《隐逸传》。其实陶渊明的思想，是个矛盾体。既有"悠然见南山"的一面，又有"金刚怒目"的一面。其摆脱"尘网"，那是经过宦途挣扎之后的。他几次做官，几次辞官。最初出仕，怀有"济世"之志，后来见事不可为，才觉得仕宦拘束了他的形迹，方要回家隐居。《归去来》则是他与官场诀别的宣言。

萧统《陶渊明传》云："（渊明）后为镇军、建威参军，谓亲朋曰：'聊欲弦歌，以为三径之资可乎？'执事者闻之，以为彭泽令。不以家累自随，送一力给其子，书曰：'汝旦夕之费，自给为难，今遣此力，助汝薪水之劳。此亦人子也，可善遇之。'公田悉令吏种秫，曰：'吾常得醉于酒足矣！'"妻子固请种粳，乃使二顷五十亩种秫，五十亩种粳。岁终，会郡遣督邮至，县吏请曰：'应束带见之'，渊明叹曰：'我岂能为五斗米折腰向乡里小儿！'即日解绶去职，赋《归去来》。"《归去来辞序》云："余家贫，耕植不足以自给，幼稚盈室，瓶无储粟。生生所资，未见其术。亲故多劝余为长吏，脱然有怀，求之靡途。会有

四方之事,诸侯以惠爱为德。家叔以余贫苦,遂见用于小邑。于时风波未静,心殚远役。彭泽去家百里,公田之利,足以为酒,故便求之。及少日,眷然有归欤之情。何则?质性自然,非矫厉所得;饥冻虽切,违己交病。尝从人事,皆口腹自役;于是怅然慷慨,深愧平生之志。犹望一稔,当敛裳宵逝。寻程氏妹丧于武昌,情在骏奔,自逸去职。仲秋至冬,在官八十余日。因事顺心,命篇曰《归去来兮》。"

两段文字,对其出仕彭泽县令,辞去彭泽县令的整个过程,叙述颇详。此次归田,将彻底斩断联系官场的情感柔丝。两次吟咏"归去来兮",最后发出"已矣乎"的嗟叹,这里有淡淡的惆怅,有愤世的微辞,更有冲破尘网的轻松!而轻松是其主旋律。"舟遥遥以轻飏,风飘飘而吹衣,问征夫以前路,恨晨光之熹微。"那种"载欣载奔"的喜悦心情,似与杜甫当年"即从巴峡穿巫峡,便下襄阳向洛阳"的欢快急切的心情并无两致。归隐心无一累,万象俱空,涉足田园,其乐无穷。

金圣叹《批才子古文》评此文道:"凡看古人长文,莫以其汪洋一篇便搁过。古人长文,皆积短文所成耳。即如此辞本不长,然皆四句一段。试只逐段读之,便知其逐段各自入妙。"《归去来》也是一篇骈体文。四句一节,乃形式所需。如"实迷途其未远,觉今是而昨非";"舟遥遥以轻飏,风飘飘而吹衣";"木欣欣以向荣,泉涓涓而始流";"悦亲戚之情话,乐琴书以消忧";"既窈窕以寻壑,亦崎岖而经丘"等等,虽非佳对,然皆佳句。非严格对偶,而句句成双。似对非对,半对不对,确乎是骈俪之体。平淡之中有华采,质朴之中含丰韵,如大匠运斤,无斧凿之痕。

原文

序曰:余家贫,又心惮远役[1],鼓泽县去家百里,故便求之。及少日,眷然有归与之情[2],自免去职。因事顺心[3],命篇曰《归去来》[4]。

归去来兮[5],田园将芜胡不归[6]!既自以心为形役[7],奚惆怅而独悲[8]。悟已往之不谏,知来者之可追[9]。实迷途其未远[10],觉今是而昨非[11]。舟遥遥以轻飏[12],风飘飘而吹衣。问征夫以前路,恨晨光之熹微[13]。乃瞻衡宇[14],载欣载奔[15]。僮仆欢迎,稚子候门[16]。三径就荒[17],松菊犹存,携幼入室,有酒盈樽[18]。引壶觞以自酌[19],眄庭柯以怡颜[20]。倚南窗以寄傲[21],审容膝之易安[22]。园日涉以成趣[23],门虽设而常关。策扶老以流憩[24],时矫首而遐观[25]。云无心以出岫[26],鸟倦飞而知还。景翳翳以将入[27],抚孤松而盘桓[28]。

归去来兮,请息交以绝游[29]。世与我而相违[30],复驾言兮焉求[31]?悦亲戚之情话[32],乐琴书以消忧。农人告余以春兮[33],将有事乎西畴[34]。或命巾车[35]或棹孤舟[36]。既窈窕以寻壑[37],亦崎岖而经丘。木欣欣以向荣,泉涓涓而始流[38]。善万物之得时[39],感吾生之行休[40]!已矣乎[41]!寓形宇内复几时[42],曷不委心任去留[43]!胡为遑遑欲何之[44]?富贵非吾愿,帝乡不可期[45]。怀良辰以孤往[46],或植杖而耘耔[47]。登东皋以舒啸[48],临清流而赋诗。聊乘化以归尽[49],乐夫天命复奚疑[50]!

注释

〔1〕惮(dàn 但):害怕,畏惧。

〔2〕眷然:思恋的样子。　归与(yú 鱼):回乡。《论语》:“子在陈曰:‘归欤,归欤’。”归,回家。与,表语气,同“欤”。

〔3〕因事:就此事。　顺心:顺着心绪。

〔4〕命篇:名篇。

〔5〕归去:回去。来,助词无意。

〔6〕芜:荒芜。　胡:何。李善注引《毛诗》:"式微式微,胡不归?"

〔7〕心为形役:心被形体所役使。指违心出仕做官。为,介词,表被动。李善注引《淮南子》曰:"是皆形神俱役者也。"逯钦立《陶渊明集》:"形,躯体,指口腹。心不愿仕,而为了口腹去作官,认为是精神为躯体所役使。"

〔8〕奚:为何。

〔9〕谏(jiàn 见):谏正,改正。　追:挽回,补救。李善注引《论语》:"楚狂接舆歌曰:'往者不可谏,来者犹可追。'"

〔10〕迷途:误入迷途,指出仕。丘希范《与陈伯之书》:"夫迷途知反,往哲是与。"陶渊明《归田园居》:"误落尘网中,一去十三年。"

〔11〕今是:指现在归隐。　昨非:指过去做官。

〔12〕遥遥:漂流摇摆的样子。遥同"摇"。　轻飏(yáng 扬):船徐徐漂流的样子。

〔13〕征夫:行人。　熹(xī 西)微:微明。熹同"熙",光明。

〔14〕瞻:望见。　衡宇:横木为门的房子,言其简陋。衡同"横"。

〔15〕载:又。

〔16〕僮(tóng 同)仆:未成年的仆人。　稚子:幼小之子。萧统《陶渊明传》:"为彭泽县令,送一力(僮仆)给其子,书曰:此亦人子也,可善遇之。"

〔17〕三径:院内小路。李善注引《三辅决录》:"蒋诩(西汉人,王莽时免官),字元卿,舍中三径,唯羊仲、求仲从之游,皆挫廉(辱名)逃名不出。"

〔18〕樽(zūn 尊):盛酒的器具。李善注引嵇康《赠秀才诗》:"旨酒盈樽"。

〔19〕引:举起。　觞:酒杯。

〔20〕眄(miǎn 免):斜视。　庭柯:院中的树木。　怡颜:神情愉悦。

〔21〕寄慠:寄托傲世的情怀。慠,同"傲"。

〔22〕审:详知,明白。　容膝:形容屋小,仅能放下双膝。李善注引《韩诗外传》:"北郭先生妻曰:今结驷列骑,所安不过容膝。"　易安:屋小,少人打扰,故容易安静。

〔23〕涉:涉足,引申为散步。　成趣:成乐趣。一说"成趣,成趋,成了散步场所。"

〔24〕策:拄着。　扶老:拐杖名。　流憩(qì 汽):随处休息。

〔25〕矫:举。　遐观:远望。

〔26〕岫(xiù 秀):山穴谓"岫",此指山峰。李周翰注:"言云自然之气,无心

意以出于山岫之中，自喻心不营事，自为纵逸；言鸟昼飞倦而暮还故林，亦犹人日出而作，日入而息也。”

〔27〕景：日光。　翳翳：昏暗不明。

〔28〕盘桓：徘徊，流连。

〔29〕息交绝游：停止与外界交往。李善注引《列子》：“公孙穆屏亲昵，绝交游。”

〔30〕违：原作遗，据元翻宋本改。

〔31〕驾言：“驾言出游”。言，助词。　焉求：求什么。李善注引《毛诗》：“知我者谓我心忧，不知我者谓我何求。”

〔32〕情话：知心话。

〔33〕春兮：春天到了。

〔34〕畴：田亩。

〔35〕巾车：有帷幕的车子。李善注引《孔丛子》：“孔子歌曰：巾车命驾，将适唐都。”

〔36〕棹：船桨。用如动词。

〔37〕窈窕（yǎo tiǎo）：山水幽深曲折的样子。李善注引曹摅《赠石荆州诗》：“窈窕以道深。”

〔38〕涓涓：水细细流动的样子。

〔39〕善：喜，羡慕。

〔40〕行休：将要结束。行，将。休，完。李善注引《庄子》：“其生若浮，其死若休。”

〔41〕已矣乎：算了吧。已，停止。矣、乎，两个助词连用，加强语气。

〔42〕宇内：天地间。

〔43〕曷：何。　委心：随心。　去留：停止，即生死。李善注引《尸子》：“老莱子曰：人生于天地之间，穿也。”又引《琴赋》：“委性命兮任去留。”

〔44〕遑遑：急急忙忙，心神不定。

〔45〕帝乡：指仙境。

〔46〕孤往：独往。

〔47〕植杖：把手杖插在田边。　耘耔（zǐ）：除草培苗。

〔48〕东皋（gāo 高）：东边的山冈。皋，山冈。　舒啸：慢慢地放声长啸。舒，徐，缓。啸，撮口发出长而清越的声音，此指高歌。

〔49〕聊：姑且。　乘化：顺着自然的变化。　归尽：回到生命的尽头，指死。

李善注引《庄子》:“生有所乎萌,死有所乎归。”

〔50〕乐夫天命:乐天知命。李善注引《周易》:“乐天知命,故不忧。”奚疑:疑奚,疑何。

今译

序曰:我家贫,又怕远处供职,彭泽县离家百里,所以求在那里做事。上任不多时,恋乡有思归之情,自己辞去官职。借此事随当时心绪,命篇叫《归去来》。

回去吧,田园将要荒芜,为何还不回去?既然过去违心做官,何必独自惆怅伤悲!觉悟已往错误,知道未来尚可补回。其实迷途不远,晓得今是昨非。归舟荡荡悠悠轻轻前进,和风飘飘吹动衣襟。问行人前路多远,恨晨曦朦胧不清。刚刚看到自家柴门,兴高采烈直往前奔。僮仆前来欢迎,幼子恭候家门。院里小路长满荒草,松菊依然尚存。手拉孩子入室,有酒满满一樽。举起酒杯自斟自饮,观赏庭树无限开心。靠着南窗寄托傲世情怀,斗室仅搁双膝容易清静。成天散步庭院已成乐趣,柴扉虽有经常关门。手柱拐杖随处歇息,不时抬头观赏烟云。云彩无意飘出山峦,鸟儿飞倦知道归林。日光昏暗太阳将落,手抚孤松流连忘返。

回去吧,让我谢绝与外界交游。世俗与我心愿相违,我出去还有什么追求?亲戚拉家常令我喜悦,弹琴读书使我消愁。农人告诉我春天已到,将有农事在西边田畴。或驾着巾车,或荡着小舟。有时沿着弯弯曲曲的河谷,有时循着高高低低的山丘。树木已欣欣向荣,清泉则潺潺始流。羡慕自然万物逢好时节,感慨自己人生即将到头。算了吧!寄身天地还有几时,何不放心求自由。为何心意惶惶还想得到什么?富贵并非我的愿望,仙境亦不可希求。或天晴日朗独自游览,或插杖田边除草田畦。登上东山抒怀长啸,面对清流尽情赋诗。姑且顺应自然变化了此一生,乐天知命还有何疑虑!

(魏淑琴译注并修订)

毛诗序一首

卜子夏

题解

汉代传《诗》的有齐(辕固生所传)、鲁(申公所传)、韩(韩婴所传)、毛四家。前三家虽都立学官,但所传之诗早已亡佚;只有毛诗保存下来。现在看到的《诗经》就是毛诗。毛诗每首诗题下都有小序,少则几字,多则几十字,简述诗的主旨、背景、作者等。在《诗经》的第一篇《关雎》的小序之下,有一段较长的文字,论述诗的性质、作用、体裁、手法等,历来称其为“大序”。陆德明《经典释文》解释说:“起此至‘用之邦国焉’,名《关雎》序,谓之‘小序’;自‘风,风也’讫末,名为‘大序’”。这里所选的是“大序”和“关雎序”,萧统名之《毛诗序》(一般称之《诗大序》)。关于《毛诗序》的作者,说法不一,郑玄《诗谱》说《大序》为孔丘弟子子夏所作,《小序》为子夏、毛公合作。范晔《后汉书·儒林传》则认为是后汉卫宏所作。还有些其他说法,至今没有定论。从关于作者说法纷纭和诗序中包含的许多旧说来看,不是一人一时之作,而是对从先秦到两汉的儒家诗论的总结,最后完成于汉代学者之手。

《毛诗序》主要讲三个问题:

一、诗歌的艺术特征。《毛诗序》指出,诗有两个特征:一个是情、志结合;一个是诗、乐结合。谈到诗的这两个特征,不始于《毛诗

序》。《毛诗序》是对前人之说的理论概括。关于这一点，一比较就看得分明。

《毛诗序》："诗者，志之所之也，在心为志，发言为诗。情动于中而形于言，言之不足故嗟叹之，嗟叹之不足故永歌之，永歌之不足，不知手之舞之，足之蹈之也。"最早讲到情志结合的不是《毛诗序》，而是先秦的《乐记》："诗，言其志也；歌，咏其言也；舞，动其容也。""情动于中，故形于声。""故歌之为言也，长言之也。说之故言之，言之不足故长言之，长言之不足，故嗟叹之。嗟叹之不足，故不知手之舞之足之蹈之也。"

显然，前者的意思与后者是一脉相承的，甚至连语言都差不多。《毛诗序》直接把情和志结合起来；更显示出诗歌的特征。情和志是二而一的东西。如唐孔颖达概括的那样："在己为情，情动为志，情志一也。"

但是，《毛诗序》和孔颖达所讲的情，与明清时一些离经叛道诗论家所讲的情不同。前者囿于"君臣"，"父子"之情，没有超出封建伦理道德的范围。到了明清，随着资本主义的萌芽和发展，人们开始有了自我意识，朦胧地提到了个性问题。袁中郎主张，作诗要"独抒性灵，不拘格套"，袁枚提出"性灵之外无诗"。这对"君君臣臣父父子子"的纲常伦理是个背叛，对"温柔敦厚"的儒家诗教是个突破，就这个意义讲，在诗歌理论上是一大进步。

诗乐结合，更是我国诗歌形成过程的一个突出特点。诗歌形成之初，它与乐和舞是三位一体的。"三人操牛尾，投足以歌八阙"，(《吕氏春秋·古乐》)就反映出诗、乐、舞三者的密不可分。"诗言其志也；歌咏其声也；舞动其容也。"特别是诗与乐的结合，成为我国诗歌的一个重要特征。随着时间的推移，文学领域的分工越来越细，诗和乐逐渐成为各自独立的艺术部门，诗由唱而吟，由吟而诵，其音乐性不断减弱，但诗和乐的血缘关系始终没有断绝，就是说诗始终保持着音乐美。关于诗的情志结合，诗乐结合，虽然不是《毛诗

序》的创见，但经过它的理论概括，对我国诗歌理论的发展产生了深远的影响。

二、诗歌的教化作用。重视诗的政治教化作用，是儒家诗论的核心，《毛诗序》使之更加理论化、系统化。首先，它指出诗乐与时代政治的关系："治世之音安以乐，其政和；乱世之音怨以怒，其政乖；亡国之音哀以思，其民困。"就是说，诗是时代政治状况在人民情绪上的反映。可以从安乐、怨怒、哀思之音中，看出时代政治的好坏、国家的兴亡。其次，正因为诗与政治的关系如此密切，所以历代君王都把它作为"经夫妇、成孝敬、厚人伦、美教化、移风俗"的工具。《毛诗序》开篇就是："《关雎》后妃之德也，风之始也，所以风天下而正夫妇也。故用之乡人焉，用之邦国焉。风，风也，教也；风以动之，教以化之。"显然教化的主要对象是被统治者。"动之"、"化之"的目的，是让他们恪守封建纲常，不越其轨，以维护封建秩序，巩固封建统治。当然，《毛诗序》也讲到了"下以风刺上"的问题。下边可以表现某种不满情绪，也可以用诗来批评统治者，但是这种不满是有限度的，这种批评是受限制的。可以"发乎情"，但必须"止乎礼义"；可以"刺上"，但必须"主文而谲谏。"上以风化下无条件，下以风刺上有条件。那就是要讲究态度和方法。既要指出统治者的过失，又要不损伤统治者的尊严。不批评过失，可能招致祸害；损伤尊严，可能动摇统治者的权威，两全的办法是"主文而谲谏"。比兴都是《大序》(即《毛诗序》)所谓的主文而谲谏。"不直陈而用比喻叫'主文'，委婉讽刺叫'谲谏'。"(《朱自清古典文学论文集》)通过比兴的手法，暗示统治者，启发统治者，使之醒悟，纠正错误，这就是"温柔敦厚"的儒家诗教，其目的在于维护统治阶级的统治。但它强调"主文"，注意到诗歌与政治的关系，注意到诗歌发挥教化作用的形象含蓄的特点，还是有借鉴意义的。

三、诗的体裁和手法。《诗经》有所谓六义：风、雅、颂三者是诗的体裁；赋、比、兴是诗的表现手法。关于"六义"的名称，在先秦时

期就已形成。《周礼·春官》说:“大师教六诗:曰风、曰赋、曰比、曰兴、曰雅、曰颂。”《毛诗序》对风、雅、颂做了进一步阐述。它从音乐上区分风、雅、颂:“以一国之事,系一人之本,谓之风;言天下之事,形四方之风,谓之雅。雅者,正也,言王政之所由废兴也。政有大小,故有小雅焉,有大雅焉。颂者,美盛德之形容,以其成功告于神明者也。”这段话说明,风是产生于各国地方的诗歌,雅是产生于周朝中央的诗歌。颂是祭祀、赞美祖先的乐歌。这种分法,比较合乎事实。关于赋比兴的含义,《毛诗序》没有做说明。宋代朱熹曾做过这样的解释:“赋者,直书其事,体物写志”,“比者,以彼物比此物也。”“兴者,先言他物,以引起所咏之辞也。”比、兴的方法,实质就是形象思维的方法。它在中国古代诗歌理论与诗歌创作上都产生过深远的影响。特别是比兴两法,影响尤大。钟嵘的《诗品序》,刘勰的《文心雕龙·比兴》,以及陈子昂、白居易等人的诗歌理论,都吸收了《毛诗序》的比兴说,并有了新的发展。

原文

《关雎》后妃之德也[1],风之始也[2],所以风天下而正夫妇也[3]。故用之乡人焉[4],用之邦国焉[5]。风,风也,教也[6];风以动之,教以化之[7]。

诗者,志之所之也[8]。在心为志,发言为诗。情动于中而形于言[9],言之不足,故嗟叹之;嗟叹之不足,故永歌之[10],永歌之不足,不知手之舞之、足之蹈之也[11]。

情发于声,声成文谓之音[12]。治世之音安以乐,其政和[13],乱世之音怨以怒,其政乖[14];亡国之音哀以思,其民困[15]。故正得失,动天地,感鬼神,莫近于诗[16]。先王以是经夫妇,成孝敬,厚人伦,美教化,移风俗[17]。

故诗有六义焉:一曰风,二曰赋,三曰比,四曰兴,五曰

雅，六曰颂[18]。上以风化下，下以风刺上[19]，主文而谲谏[20]，言之者无罪，闻之者足以戒，故曰风[21]。至于王道衰[22]，礼义废[23]，政教失[24]，国异政[25]，家殊俗[26]，而"变风""变雅"作矣[27]。国史明乎得失之迹[28]，伤人伦之废[29]，哀刑政之苛[30]，吟咏情性，以风其上[31]，达于事变，而怀其旧俗者也。故变风发乎情，止乎礼义[32]。发乎情[33]，民之性也[34]；止乎礼义，先王之泽也[35]。是以一国之事[36]，系一人之本，谓之风；言天下之事，形四方之风，谓之雅。雅者，正也[37]，言王政之所由废兴也。政有小大，故有《小雅》焉，有《大雅》焉。颂者，美盛德之形容，以其成功告于神明者也。是谓四始，诗之志也[38]。

然则《关雎》《麟趾》之化[39]，王者之风，故系之周公[40]。南，言化自北而南也[41]。《鹊巢》《驺虞》之德[42]，诸侯之风也，先王之所以教，故系之召公。《周南》《召南》[43]，正始之道[44]，王化之基[45]。是以《关雎》乐得淑女[46]，以配君子，忧在进贤，不淫其色[47]，哀窈窕，思贤才，而无伤善之心焉，是《关雎》之义也[48]。

注释

〔1〕关雎(jū 居)：《诗·国风·周南》中的第一篇。　后妃：天子之妻妾。

〔2〕风：指《诗》中的十五国风。　始：首。

〔3〕风(fěng 讽)：同讽，用含蓄的话暗示或劝告。　正：纠正。使……正。

〔4〕乡：一万二千五百家为一乡。

〔5〕邦国：邦与国同义，指诸侯国。

〔6〕教：教化。

〔7〕动：感动。　化：感化。

〔8〕志：思想感情。

〔9〕中:心。

〔10〕永:长。

〔11〕之:助词,无义。

〔12〕文:宫、商、角、徵(zhǐ 旨)、羽五声交织而成的曲谓之文。

〔13〕治世:太平的时代,与“乱世”相对。 和:和谐。

〔14〕乖(guāi):背离,不和谐,与“和”相对。

〔15〕其:代词,他的,指既亡之国。

〔16〕莫近:莫过。

〔17〕以是:以此,是为代词,指诗。 经:治理。

〔18〕风、雅、颂、赋、比、兴:前三者是诗的体裁,后三者是诗的表现方法。风,是产于各国地方的诗歌。雅,是产于周朝中央的诗歌。颂,是祭祀、赞美祖先的乐歌。赋,铺陈直叙。“赋之言铺,直铺陈今之政教善恶”。(郑玄《周礼注》)比,比喻。“比者,比方于物也。”(郑众语)兴(xìng 姓),起的意思。“先言他物以引起所咏之词也”。(朱熹《诗集传》)

〔19〕化:教化。

〔20〕主文:不直陈而用比喻。 谲(jué 决)谏:委婉讽刺。

〔21〕风:讽。

〔22〕王道:儒家所谓以“仁义”治理天下之道。

〔23〕礼:我国奴隶社会和封建社会的等级制度,以及与此相适应的一整套礼节仪式。

〔24〕政:政治。

〔25〕政:政策,法令。

〔26〕殊:不同。 俗:风俗习惯。

〔27〕变风变雅:指《诗经》中那些反映时世由盛变衰,政教纲纪大坏的《风》《雅》。 作:兴起。

〔28〕国史:王室的史官。

〔29〕人伦:儒家所宣扬的人与人之间的关系。

〔30〕刑政:刑法和政令。

〔31〕上:指统治者。

〔32〕礼义:指奴隶社会和封建社会等级制的社会道德规范。

〔33〕发:表现。

〔34〕性:人的本性。

〔35〕泽:恩泽,恩惠,此指遗教。

〔36〕“是以”下二句:“……言风雅之别,其大意如此也。一人者,作诗之人。其作诗者,道己一人之心耳,要所言一人心,乃是一国之心。诗人览一国之意以为己心,故一国之事系此一人使言之也。但听言者,直是诸侯之政,行风化于一国,故谓之风,以其狭故也。言天下之事,亦谓一人言之。诗人总天下之心,四方风俗,以为己意,而咏歌王政,故作诗道说天下之事,发见四方之风,所言者乃是天子之政,施齐政于天下,故谓之雅,以其广故也。”(孔颖达《毛诗正义》)

〔37〕正:同政。

〔38〕四始:“《关雎》风始,《鹿鸣》小雅始,《文王》大雅始,《清庙》颂始。”(清·陈奂《毛诗传疏》)始即开始。 至:最高点。

〔39〕《麟趾》:《诗·国风·周南》的最后一篇。

〔40〕系:关联。

〔41〕南:方位词,与北相对。

〔42〕《鹊巢》:《诗·国风·召南》的第一篇。写诸侯之女嫁于诸侯的事。《驺(zōu)虞》:《诗·国风·召南》的最后一篇。写诸侯打猎的事。

〔43〕周南、召南:南,商代诸侯国名。周、召二公分陕而治,以陕原(在今河南省西部陕县的西南)为界,周公主陕以东,召公主陕以西,就是分别统治古南国之地,所以周、召二公辖境各称南。

〔44〕正始之道:正王道之始。

〔45〕基:本。

〔46〕乐得淑女,以配君子:《关雎》:“窈窕淑女,君子好逑(配偶)。”

〔47〕淫:沉溺。

〔48〕义:主旨。

今译

《关雎》是赞美后妃德行的,它是《国风》中的第一篇,用以教化天下人和匡正夫妇之道的。因此,乡大夫用它来教化乡民,诸侯用它来教育臣下。风,就是讽喻、教化的意思。讽喻使人受到感动,教

化使人得到感化。

诗是思想感情的体现。在心里为志，用语言表达出来是诗。心情激动就要表现在语言上。语言不足以表达激动的情感，就要咨嗟长叹。咨嗟长叹不足以表达激动的情感，就要引声长歌，引声长歌不足以表达激动的情感，于是情不自禁地手舞足蹈起来。

情感通过声音表现出来。把声音按一定旋律组织起调子就是音乐。太平时代的音乐平和欢快，那是因为这个时代的政治局面安定团结；动乱时代的音乐悲哀愤怒，那是因为这个时代的政治不得人心；亡国之音哀伤忧愁，那是人民不堪困苦。因此，纠正过失，打动天地，感化鬼神，力量没有超过诗的。所以先王用诗端正夫妇之道，促进孝敬，加强人伦，赞美教化，移风易俗。

故诗有六义，一叫风，二叫赋，三叫比，四叫兴，五叫雅，六叫颂。国君用“风”教化臣民，臣民用“风”批评国君。用辞文雅，婉言劝谏，言者无罪，闻者足戒，所以叫讽喻。到了王道衰微，礼义废弃，教化丧失，国政有变，家俗反常的时候，就产生了变风、变雅。史官熟知得失的经过，伤叹伦理道德的衰败，哀痛刑法的苛酷，令瞽蒙歌咏表达这种感情的诗，以此讽谏国君，使他了解世态这种变化和人们对传统风俗的怀念。所以，变风表达人的性情而又不超越礼义界限。抒发性情是人的天性，不超越礼义界限是先王的遗教。因此，诗人个人之言表现着一个诸侯国人民的心愿，叫作风。诗人言天下之事，体现各诸侯国的心愿，叫做雅。雅就是政。它是言说天子政治兴衰原因的。政有天子的大政和诸侯的小政，所以雅分大雅、小雅。颂是赞美天子、诸侯大德并把他们的功绩报告给神明的。《关雎》、《鹿鸣》、《文王》、《清庙》此谓“四始”，是诗的最高典范。

既然这样，那么《关雎》《麟趾》的风行，就是先王的教化，所以与周公有关。南，说的是教化从北到南。《鹊巢》、《驺虞》的美德，是诸侯之风，先王教化的结果，所以和召公相关。《周南》、《召南》是正道的开始，是天子实行教化的基础。因此，《关雎》中愿意得到美丽贤

慧的女子，作为有德之人的配偶，是关心举荐贤才，不是迷意于美色。怜爱美女，意在思慕贤德之才，并无损害善良的意图，这就是《关雎》的宗旨。

（赵福海译注并修订）

尚书序一首

孔安国

题解

孔安国,西汉经学家,孔子后裔。以治《尚书》为武帝博士,官至谏议大夫、临淮太守。他曾得孔子住宅壁中所藏《古文尚书》,把这部《古文尚书》依照古文字形状写成隶书,故又称隶古定本,开《古文尚书》学派。但《古文尚书》东汉时即已亡佚。至晋梅赜(一作颐)献孔安国《尚书孔氏传》,唐孔颖达为作《正义》,颁行全国。然自宋以来,学者即疑为伪造,清人阎若璩作《古文尚书疏证》,列举一百多条证据,证明《孔传》及《孔安国序》皆系伪作,已成定论。但《孔传》虽非孔安国所作,而为魏晋人所写,其学术价值亦不容否定。焦循说:"《孔传》之善有七,若置其伪托之孔安国,而以魏晋人之传注视之,则当与何晏、杜预、郭璞、范宁之书异存。"它汇集了前人的研究成果,比汉儒之传注更加精审,具有很高的学术价值,是研读《尚书》的重要训诂材料。

这篇序文旨在说明得书及作传之情况。全文可分为三段。第一段指出《尚书》与之古三皇五帝时之书旨趣相同,是对后世最重要的教导,即所谓"大训"。第二段说明孔子整理古籍之做法及目的,今、古文《尚书》之来历与异同。末一段则说明作传之情况及没有上奏朝廷的原因。通篇为纯正之散体,颇似西汉文风;又多依据《史记》、《汉书》之说。亦见作伪者之巧也。

原文

古者伏羲氏之王天下也[1],始画八卦[2],造书契[3],以

代结绳之政[4],由是文籍生焉[5]。

伏羲、神农、黄帝之书[6],谓之《三坟》[7],言大道也[8];少昊、颛顼、高辛、唐、虞之书[9],谓之《五典》[10],言常道也[11]。至于夏、商,周之书,虽设教不伦[12],雅诰奥义[13],其归一揆[14],是故历代宝之,以为大训[15]。八卦之说,谓之《八索》[16],求其义也。九州之志[17],谓之《九丘》[18]。丘,聚也。言九州所有,土地所生,风气所宜,皆聚此书也。《春秋左氏传》曰:"楚左史倚相能读《三坟》、《五典》、《八索》、《九丘》[19]。"即谓上世帝王遗书也。

先君孔子[20],生于周末,睹史籍之烦文[21],惧览之者不一[22],遂乃定《礼》、《乐》[23],明旧章[24],删《诗》为三百篇[25],约史记而修《春秋》[26],赞《易》道以黜《八索》[27],述职方以除《九丘》[28]。讨论《坟典》[20],断自唐虞以下,讫于周[30]。芟夷烦乱[31],剪截浮辞[32],举其宏纲[33],撮其机要[34],足以垂世立教[35]。典、谟、训、诰、誓、命之文凡百篇[36],所以恢弘至道[37],示人主以轨范也[38]。帝王之制,坦然明白[39],可举而行[40],三千之徒并受其义[41]。

及秦始皇灭先代典籍,焚书坑儒,天下学士逃难解散,我先人用藏其家书于屋壁[42]。汉室龙兴[43],开设学校,旁求儒雅[44],以阐大猷[45]。济南伏生[46],年过九十,失其本经,口以传授,裁二十余篇[47]。以其上古之书,谓之《尚书》。百篇之义,世莫得闻[48]。至鲁共王好治宫室[49],坏孔子旧宅以广其居,于壁中得先人所藏古文虞、夏、商、周之书及传、《论语》、《孝经》,皆科斗文字[50]。王又升孔子堂,闻金石丝竹之音[51],乃不坏宅,悉以书还孔氏。科斗书废已久,时人无能知者[52]。以所闻伏生之书考论文义,定其

可知者为隶古定[53]，更以竹简写之，增多伏生二十五篇。伏生又以《舜典》合于《尧典》，《益稷》合于《皋陶谟》，《盘庚》三篇合为一，《康王之诰》合于《顾命》，复出此篇并序，凡五十九篇，为四十六卷。其余错乱摩灭[54]，不可复知，悉上送官，藏之书府，以待能者。

承诏为五十九篇作传[55]，于是遂研精覃思[56]，博考经籍，采摭群言[57]，以立训传[58]。约文申义[59]，敷畅厥旨[60]，庶几有补于将来[61]。

《书》序，序所以为作者之意，昭然义见[62]，宜相附近[63]，故引之各冠其篇首，定五十八篇。既毕，会国有巫蛊事[64]，经籍道息[65]，用不复以闻，传之子孙，以贻后世[66]。若好古博雅君子[67]，与我同志[68]，亦所不隐也。

注释

〔1〕伏羲氏:古代传说中的部落酋长，即太昊。风姓。相传他始画八卦，教民捕鱼畜牧，以充庖厨。又作“庖羲”、“宓羲”、“伏戏”。　王(wàng 旺):统治。

〔2〕八卦:由阴(两短横“— —”)阳(一长横“——”)两种线形组成的八种符号，各用以代表一定属性的若干事物。八卦又以两卦两卦相叠演为六十四卦，用以象征自然现象与社会现象的发展变化。八卦最初是上古记事的符号，后被用作卜筮符号，逐渐神秘化。

〔3〕书契:文字。《释文》:“书者，文字;契者，刻木而书其侧。”

〔4〕结绳:以绳打结，用不同的形状和数量标记不同的事件。是文字产生以前的一种记事方法。

〔5〕由是:因此。　文籍:文章典籍。

〔6〕神农:传说中的古帝名，三皇之一，古史又称炎帝、烈山氏。相传始教民稼穑以兴农业，尝百草为医药以治疾病。　黄帝:古史记黄帝为少典之子，姓公孙，居轩辕之丘，故号轩辕氏。又居姬水，因改姓姬。国于有熊，故亦称有熊氏。曾打败炎帝，斩杀蚩尤，诸侯尊为天子，以代神农氏。有土德之瑞，故号“黄

帝”。传说蚕桑、医药、舟车、宫室、文字等都创制于黄帝。与神农、伏羲合称“三皇”。

〔7〕三坟:传说中我国最古的书籍。《孔疏》:“坟,大也。以所论三皇之事其道至大,故曰‘言大道也’。”

〔8〕大道:大道理。

〔9〕少昊(hào 浩):传说古部落首领名。黄帝之子,己姓,名挚,字青阳。以金德王,故号金天氏。亦作“少皞”。与颛顼、高辛、唐、虞合称“五帝”。　颛顼(zhuān xū 专须):黄帝之孙,昌意之子,称高阳氏。　高辛:黄帝曾孙,少昊之孙,又称帝喾(kù 酷)。　唐:即尧帝,属陶唐氏,又叫唐尧,简称唐。　虞:即舜帝,属有虞氏,又叫虞舜,简称虞。

〔10〕五典:相传为古书名,后人附会为少昊、颛顼、高辛、尧、舜之书。《孔疏》:“典者,常也。言五帝之道可以百代常行,故曰‘言常道也。’”

〔11〕常道:通常的道理。

〔12〕设教:施设教化。　伦:类。《礼记·曲礼下》:“拟人必于其伦。”郑玄注:“伦,犹类也。”

〔13〕雅诰:雅正辞诰。指夏、商、周三代的文章。在《尚书》中,夏书、商书、周书有训、诰、誓、命、歌、贡、征、范八类,这里用诰代表。　奥义:深奥的义旨。

〔14〕归:指归,旨趣。　揆:道理。

〔15〕大训:重大的教导。

〔16〕八索:相传为古代书名。《孔疏》:“引言为论八卦事义之说者,其书谓之八索。”又说:“此索为求索,亦为搜索。”

〔17〕九州:此指冀、豫、雍、扬、兖、徐、梁、青、荆等九州之地。后泛指中国。志:记述。

〔18〕九丘:相传为古书名。《孔疏》:“其论九州之事所有志记者,其书谓之九丘。”

〔19〕左史:官名。周代史官分左史和右史,左史记行动,右史记语言。

〔20〕先君:子孙称自己的祖先。

〔21〕烦:烦琐,不必要的。

〔22〕不一:不相同。

〔23〕遂乃:于是就。　定:修订。《孔疏》:“修而不改曰定。”

〔24〕明旧章:明确旧有的篇章。《孔疏》:“明旧章者,即《礼》、《乐》、《诗》、

《易》、《春秋》是也。"

〔25〕删《诗》为三百篇:旧说,古代有诗三千余篇,孔子除去重复的,选取可施于礼义者三百十一篇,其中六篇有序无诗,完整的共三百零五篇。说三百篇,是取其整数。删,《孔疏》:"就而减削曰删。"

〔26〕约:依照。《孔疏》:"准依其事曰约。"

〔27〕赞:《孔疏》:"因而佐成曰赞。"《史记·孔子世家》:"孔子晚而喜《易》,序《彖》、《系》、《象》、《说卦》、《文言》。读《易》,韦编三绝。" 黜:退而不用。

〔28〕职方:官名。《周礼·夏官司马·职方氏》:"职方氏掌天下之图,以掌天下之地。辨其邦国、都鄙、四夷、八蛮、七闽、九貉、五戎,六狄之民,与其财用、九谷、六畜之数要,周知其利害。"

〔29〕讨论:整理。《论语·宪问》:"世叔讨论之。"郑玄注:"讨论,整理。理,亦治也。谓整比其辞而治之也。"

〔30〕讫(qì 气):完结,终止。

〔31〕芟(shān 山)夷:削除。 烦乱:烦琐杂乱的文字。

〔32〕剪截:删减。《孔疏》:"去而少者为剪截也。" 浮辞:虚浮不实的言辞。

〔33〕宏:大。

〔34〕撮:摘取。 机要:精义和要点。

〔35〕垂世:流传后世。 立教:给人制定规范而施行教育。

〔36〕典、谟、训、诰、誓、命:都是《尚书》的文体。典,大册,五帝之书,如《尧典》、《舜典》;谟,谋议,如《皋陶谟》;训,训导,教导,如《伊训》;诰,古代诸侯朝见君主时,君主告诫诸侯的言辞,如《汤诰》;誓,誓词,如《汤誓》;命,命令,如《说命》。

〔37〕恢弘:发扬。亦作"恢宏"。 至道:最深刻的道理。

〔38〕人主:人君。指国君。 轨范:楷模,法式。

〔39〕坦然:坦露。

〔40〕举:举动,实行。

〔41〕三千之徒:指孔子的学生。《史记·孔子世家》:"孔子的诗书礼乐教,弟子盖三千焉,身通六艺者七十有二人。" 义:道理,意义。

〔42〕先人:《孔子家语》:"子襄以秦法峻急,壁中藏其家书。"据《史记·孔

子世家》,子襄是孔子后裔,孔安国的曾祖。　用:因此。

〔43〕龙兴:比喻新王朝的兴起。《孔疏》:“言龙兴者,以《易》龙能变化,故比之圣人九五飞龙在天,犹圣人在天子之位,故谓之龙兴也。”

〔44〕旁求:广泛寻求。

〔45〕大猷(yóu 犹):大道。指三坟五典等先王典籍。

〔46〕伏生:名胜,字子贱,汉济南人。秦时博士。汉文帝时,伏生已九十多岁,文帝派太常使掌故晁错向伏生学《尚书》,由伏生女儿口授二十余篇,即今文《尚书》。

〔47〕裁:通:“才”,只。

〔48〕莫:没有谁。

〔49〕鲁共王:又作“鲁恭王”。汉景帝之子,名余。好治苑囿狗马,又好音乐。曾拆毁孔子故宅,从壁中得到古文经传。

〔50〕科斗文字:我国古代的一种文字,以头粗尾细形似蝌蚪而得名。魏三体石经中古文,即为头粗尾细的蝌蚪文。科斗,同“蝌蚪”。

〔51〕金石丝竹:泛指音乐。金,钟;石,磬;丝,琴;竹,管。

〔52〕时人:当时的人。

〔53〕隶古定:用隶书的笔划写古文。

〔54〕摩灭:消失,湮灭。摩通“磨”。

〔55〕承诏:秉承皇帝的命令。

〔56〕研精:精深的研究。　覃(tán 谈)思:深思。

〔57〕采摭(zhí 直):拾取,采纳。

〔58〕训传:解说经义的文字。

〔59〕约:简明,简要。　申:申述。

〔60〕敷畅:铺叙发挥。　厥:其。

〔61〕庶几:大概可以。

〔62〕昭然:明显。

〔63〕宜相附近:书序应该与各篇的正文相互靠近。

〔64〕会:碰上。　巫蛊(gǔ 古)事:据《汉书》记载,汉武帝末年迷信巫术,江充与太子有嫌隙,用骗术陷害太子,被太子杀掉,武帝听信江充说太子宫中有蛊气,命令丞相发兵讨伐太子,太子出走湖灵自杀。蛊,毒虫。

〔65〕经籍道息:爱好经籍的道路断绝了。《孔疏》:“好爱经籍之道灭息。”

〔66〕贻:遗留。

〔67〕博雅:学问广博,志趣高雅。

〔68〕志:志向、抱负。

今译

古代伏羲氏治理天下的时候,开始画八卦,造文字,用来代替结绳处理政事,因此文章典籍便产生了。

伏羲、神农、黄帝三皇时代的书籍,叫做"三坟",是讲大道理的;少昊、颛顼、高辛、唐尧、虞舜五帝时代的书籍,叫做"五典",是讲通常的道理的。至于夏、商、周三个朝代的书籍,虽然施设教化与三坟五典不相类,但雅正辞诰的深奥意义,它们的旨趣都是同一个道理。因此,各个时代都很珍视它们,把它们当作最重要的教导。八卦的演述,叫做"八索",即求索八卦的意义。记述九州的书,叫做"九丘"。丘,是聚集的意思。意思是说九州所有的,土地所生长的,风气所适宜的,都聚集在这种书里。《春秋左氏传》说:"楚国的左史倚相能够阅读三坟、五典、八索、九丘。"就是说的上古之世帝王们遗留下来的书籍。

我的祖先孔子,生在周代末年,看到史籍中的一些烦琐不必要的文字,怕阅读它们的人发生不同的理解,于是就修定《礼》、《乐》,使旧有的篇章更加明确,削减《诗》成为三百篇,按照历史事实的记载去整理写作《春秋》,帮助完善《易》的道理而废弃了"八索",阐述了职方的职责而排除了"九丘"。整理三坟五典,断代从尧舜以后,到周代为止。删掉烦琐杂乱的文字,削减虚浮不实的言辞,称引宏大的纲领,摘取精义和要点,足以流传后世,给人制定规范而施行教化。典、谟、训、诰、誓、命各类文章共一百篇,都是用来发扬最深刻的道理,向国君示以楷模。帝王的制度,书中写得显著明白,可以举措施行,三千学生都接受了其中的道理。

到秦始皇消灭先代的文献典籍,焚毁书籍坑杀儒生,天下的学

士纷纷逃难四散，我的先人也因此把家里的书籍收藏在住宅的墙壁中。汉家兴起，开设学校，到处寻求博学的儒士，以便阐释先代典籍中的大道。济南有一位伏生，年龄已经超过了九十，失掉了原有的经书，便用口传授，只有二十多篇。因为它是上古时候的书，就称它为《尚书》。而百篇的内容，世上没有谁能够知道。到鲁共王时，喜欢修筑宫室，拆毁孔子的旧居用来扩大自己的房屋，在墙壁中发现了先人所收藏的、用古代文字所写的虞、夏、商、周的书以及传、《论语》、《孝经》，都是蝌蚪文字。鲁共王又登上孔子的庙堂，听到了金石丝竹所奏出的音乐声，于是不再毁坏旧宅，并将书籍全部还给孔家。用蝌蚪文字写的书很早就已经废除了，所以当时人没有能看得懂的。用从伏生那里听到的书考察讨论文中的内容，确定其中可以认识的写成隶书，再用竹简写下来，比伏生口传的增多二十五篇。伏生又把《舜典》合并在《尧典》中，《益稷》合并在《皋陶谟》中，《盘庚》三篇合为一篇，《康王之诰》合并在《顾命》中，再分出这些篇，连同序一共五十九篇，为四十六卷。其余错乱散失，不能理解，全部上送官府，收藏在书库中，以等待能够读懂它们的人。

我秉承皇帝的命令为五十九篇作传，于是就精心研究深思熟虑，广泛参考经书典籍，采取各家的说法，写下解说的传注。用简明的文字申述书中的意义，铺陈发挥其中的旨趣，或许可以对将来有点用处吧。

《尚书》的序，是叙述作者之所以作序的用意，意思明明白白地表现出来了，应该把它们分别放在各篇和正文一起，因此援用它们时各放在相应篇章的前面，定为五十八篇。写完以后，正碰上国家发生了巫蛊事件，爱好经籍的道路断绝了，因此不能再把《书》传上奏朝廷，只有把它传给子孙，以留给后代。如果有爱好古道、学问广博、情趣高雅的君子与我有相同的志向，我也不会隐蔽我的《书》传啊。

（周奇文译注并修订）

春秋左氏传序一首

杜　预

题解

《春秋左氏经传集解》是西晋杜预所作。他把《春秋》经文和《左传》传文按年排在一起，加以注解。共三十卷，是现存最早的《左传》注本。本文是这本书的序，简称《春秋左氏传序》。

这篇序言首先说及《春秋》成书的由来，其次叙说左丘明作传解释《春秋》，阐发孔丘撰经有五种写法，左丘明作传有三种体例。再次说明作者作集解的用意，最后用问答形式围绕《春秋》成书时间及记事起止等批判了先儒的错误观点，表明了自己的见解。

作者杜预（222—284），字元凯，西晋京兆杜陵（今陕西西安东南）人。博学多通，明于兴废之道。常言德不可企及，立功立言还是可以办得到的。综观一生，果如其言。他任度支尚书七年，损益万机，朝野称美，号曰"北武库"，谓多筹略且无所不有。力主平吴，终奏大功。身不能骑，射不穿札，却每战必胜。后在地方修水利灌溉水运，公私两便，百性赖之，人称北父。杜凡有兴造必考度始终，鲜有败事。立功之后，从容无事，埋头于经籍研究，有《春秋左氏经传集解》、《春秋释例》、《春秋长历》等著作问世，成一家之言。自称有"《左传》癖"。

原文

《春秋》者〔1〕，鲁史记之名也〔2〕。记事者，以事系日〔3〕，以日系月，以月系时，以时系年。所以纪远近、别同异也〔4〕。

故史之所记,必表年以首事[5]。年有四时,故错举以为所记之名也[6]。《周礼》有史官[7],掌邦国四方之事,达四方之志。诸侯亦各有国史,大事书之于策[8],小事简牍而已[9]。《孟子》曰[10]:楚谓之《梼杌》[11],晋谓之《乘》,而鲁谓之《春秋》,其实一也。韩宣子适鲁[12],见《易》、《象》与鲁《春秋》[13],曰:"周礼尽在鲁矣,吾乃今知周公之德与周之所以王也。"韩子所见,盖周之旧典《礼经》也。

周德既衰,官失其守。上之人不能使春秋昭明,赴告策书[14],诸所记注[15],多违旧章。仲尼因鲁史策书成文,考其真伪,而志其典礼[16],上以遵周公之遗制,下以明将来之法。其教之所存[17],文之所害[18],则刊而正之[19],以示劝诫;其余皆即用旧史。史有文质[20],辞有详略,不必改也。故传曰:"其善志。"又曰:"非圣人,孰能修之"。盖周公之志,仲尼从而明之。

左丘明受经于仲尼,以为经者不刊之书也[21]。故传或先经以始事[22],或后经以终义[23],或依经以辩理[24],或错经以合异[25]。随义而发其例之所重[26]。旧史遗文[27],略不尽举[28],非圣人所修之要故也[29]。

身为国史,躬览载籍,必广记而备言之。其文缓,其旨远,将令学者,原始要终[30],寻其枝叶,究其所穷。优而柔之,使自求之[31];餍而饫之[32],使自趋之。若江海之浸,膏泽之润,涣然冰释,怡然理顺,然后为得也。

其发凡以言例[33],皆经国之常制[34],周公之垂法,史书之旧章[35];仲尼从而修之,以成一经之通体。其微显阐幽,裁成义类者,皆据旧例而发义,指行事以正褒贬。诸称"书"、"不书"、"先书"、"故书"、"不言"、"不称"、"书曰"

之类，皆所以起新旧，发大义，谓之变例[36]。

然亦有史所不书，即以为义者。此盖《春秋》新意，故传不言凡，曲而畅之也。其经无义例，因行事而言，则传直言其归趣而已，非例也。

故发传之体有三，而为例之情有五。一曰微而显。文见于此，而义起在彼。称族，尊君命；舍族，尊夫人。梁亡、城缘陵之类是也。二曰志而晦。约言示制，推以知例，参会不地[37]，与谋曰及之类是也[38]。三曰婉而成章。曲从义训，以示大顺，诸所讳避，璧假许田之类是也[39]。四曰尽而不汙[40]。直书其事，具文见意[41]，丹楹刻桷[42]、天王求车[43]、齐侯献捷之类是也[44]。五曰惩恶而劝善。求名而亡，欲盖而章[45]，书齐豹盗，三叛人名之类是也。

推此五体[46]，以寻经传，触类而长之[47]，附于二百四十二年行事，王道之正，人伦之纪备矣。

或曰[48]：《春秋》以错文见义。若如所论，则经当有事同文，异而无其义也。先儒所传，皆不其然。答曰：《春秋》虽以一字为褒贬[49]，然皆须数句以成言，非如八卦之爻[50]，可错综为六十四也[51]。固当依传以为断[52]。

古今言《左氏春秋》者多矣[53]。今其遗文可见者十数家，大体转相祖述[54]，进不成为错综经文以尽其变，退不守丘明之传。于丘明之传，有所不通，皆没而不说，而更肤引《公羊》、《谷梁》[55]，适足自乱。预今所以为异，专修丘明之传以释经。经之条贯[56]，必出于传；传之义例，总归诸凡[57]。推变例以正褒贬，简二传而去异端[58]盖丘明之志也。其有疑错，则备论而阙之[59]，以俟后贤。然刘子骏创通大义[60]，贾景伯父子、许惠卿[61]，皆先儒之美者也。末有

颍子严者[62]，虽浅近，亦复名家。故特举刘、贾、许、颍之违[63]，以见同异。分经之年，与传之年相附，比其义类[64]，各随而解之，名曰《经传集解》[65]。又别集诸例及地名、谱第、历数[66]，相与为部，凡四十部，十五卷。皆显其异同，从而释之，名曰《释例》[67]。将令学者观其所聚，异同之说，《释例》详之也。

或曰:《春秋》之作，《左传》及《谷梁》无明文。说者以为仲尼自卫反鲁[68]，修《春秋》，立素王[69]，丘明为素臣。言《公羊》者，亦云黜周而王鲁[70]，危行言逊[71]，以避当时之害，故微其文，隐其义。《公羊》经止获麟[72]，而《左氏》经终孔丘卒[73]，敢问所安?

答曰:异乎余所闻。仲尼曰:“文王既没，文不在兹乎[74]?”此制作之本意也。叹曰:“凤鸟不至，河不出图，吾已矣夫[75]!”盖伤时王之政也。麟凤五灵[76]，王者之嘉瑞也。今麟出非其时，虚其应而失其归，此圣人所以为感也。绝笔于获麟之一句者，所感而起，固所以为终也。

曰:然《春秋》何始于鲁隐公?答曰:周平王，东周之始王也;隐公，让国之贤君也。考乎其时则相接;言乎其位则列国;本乎其始，则周公之祚胤也[77]。若平王能祈天永命，绍开中兴，隐公能宏宣祖业，光启王室，则西周之美可寻，文武之迹不坠。是故因其历数[78]，附其行事，采周之旧，以会成王义，垂法将来。所书之王，即平王也;所用之历，即周正也;所称之公，即鲁隐也。安在其黜周而王鲁乎?子曰:“如有用我者，吾其为东周乎[79]?”此其义也。

若夫制作之文，所以彰往考来，情见乎辞，言高则旨远，辞约则义微，此理之常，非隐之也。圣人包周身之防[80]，既

作之后，方复隐讳以避患，非所闻也。子路使门人为臣，孔子以为欺天。而云仲尼素王，丘明素臣，又非通论也。

先儒以为制作三年，文成致麟，既已妖妄[81]；又引经以至仲尼卒[82]，亦又近诬。据《公羊》经止获麟，而《左氏》小邾射不在三叛之数[83]，故余以为感麟而作，作起获麟，则文止于所起，为得其实。至于反袂拭面[84]，称吾道穷，亦无取焉。

注释

〔1〕《春秋》：鲁国史官记载历史的书名，经孔子整理、修订而行于世。开创历史编年体之先河。记述了上起鲁隐公元年(前722)下迄鲁哀公十四年(前481)，共二百四十二年间周王朝、鲁国和其他诸侯国的历史。此书被儒家奉为经典。

〔2〕史记：指史官记载的书。

〔3〕记事者：指记事史官。左史记行，右史记言。

〔4〕纪远近、别同异：纪录时间的远近，区别事件的异同。纪，记载，同记。

〔5〕表年以首事：把表明事件的年代当作首要之事。

〔6〕“年有”二句：一年有春、夏、秋、冬四季，交错互举，取“春秋”二字，作为记载史事的书名。这是杜预对《春秋》书名由来的解释。

〔7〕《周礼》有史官：《周礼》春官宗伯的属官有大(太)史、小史、内史、外史。《周礼》亦是儒家经典之一。

〔8〕策：较简大的竹片，也指编串好的竹简。

〔9〕简牍：都是书写工具。简，竹简，较小的竹片；牍，古代写字用的木板。

〔10〕《孟子》：儒家经典之一，记载孟轲的政治活动、言论和思想的著作。

〔11〕《梼杌》(táo wù 桃误)：楚国史书的名称。

〔12〕韩宣子适鲁：事载《左传·昭公二年》：“二年春，晋侯使韩宣子来聘。”韩宣子，晋国大夫，名起，谥宣子。适，往也。

〔13〕《易》：即《周易》，亦称《易经》，儒家重要经典之一，相传为周文王作。《象》，即《象魏》，此指鲁国发布的政令，相传乃周公所制。

〔14〕赴告:古代诸侯以崩薨祸福相告曰赴告。用以报丧,也作讣告。古代凶事谓之赴,一般事谓之告。策书:君主命令之一种,多用于封土授爵、任免三公。

〔15〕记注:记载。

〔16〕志:记。　典礼:典法礼制。

〔17〕教:政教、教化。《书·舜典》:“汝作司徒,敬敷五教。”五教,五种封建伦理道德,即父义、母慈、兄友、弟恭、子孝。

〔18〕文之所害:指文辞不能表达义理和寓褒贬。害,妨害。

〔19〕刊而正之:删削简策而修正它。刊,砍斫,削除。

〔20〕文质:辞章华丽谓文,言辞质朴谓质。

〔21〕不刊:不能砍削磨减。

〔22〕先经以始事:传文置于经文之前,用以,说明事情的发端。

〔23〕后经以终义:把传文放在经文之后,以便终归微言大义。

〔24〕依经以辩理:依照经文来辩明事理。

〔25〕错经以合异:把几条相关的经文合并写成一个传文。

〔26〕随义而发,其例之所重:《左传》条例所着重之处都是顺缘经义显现出来的。

〔27〕旧史遗文:指成文的旧史散失,仅存零散的策书。

〔28〕略不尽举:作传时略去而不一一列举。

〔29〕所修之要:修撰的重点所在。

〔30〕原始要终:推原其初始,归纳其终结。

〔31〕优而柔之:宽舒从容貌。

〔32〕餍饫(yàn yù 厌预):饱食,喻为学之深入体会。

〔33〕发凡:揭示全书要旨和编纂体例。

〔34〕经国:治理国家。　常制:常用的法度。

〔35〕旧章:原有的章法体例。下文“旧例”同。

〔36〕变例:以上“书”、“不书”等七类用法,针对旧的凡例而言,是新发明经文七义,谓之变例,即例外。

〔37〕参会不地:《左传·桓公二年》:“特相会,往来称地,让事也。自参以上,则往称地来称会,成事也。”引文大意是鲁君单独(与别国国君)相会,无论(国君)前往,(或是别国国君)前来,都记录会见地点;如果是三个以上(国君)

会盟,国君前往就记录地点,别国前来就不记录地点而只称“会”。参,同三。

〔38〕与谋曰及:《左传·宣公七年》:“凡师出,与谋曰‘及’,不与谋曰‘会’。”意即:出兵前,参与谋划,记录说“及”;不曾参与谋划,只记曰:“会”。

〔39〕璧假许田:桓公元年经书:“郑伯以璧假许田”,表面义是郑伯用璧暂借许田这地方,其实是永久的交换。郑用祊(bēng崩)田加璧与鲁换取了许田。许田,古地名,今河南许昌市西南。经传这样写,是婉曲其辞,以顺大义,而成篇章。

〔40〕汙(yū):同“纡”,曲折。《左传·成公十四年》:“春秋之称,尽而不汙。”《释文》:“汙,曲也。”《说文通训定声》:“汙,假借为纡。”

〔41〕具:全部,一五一十地。

〔42〕丹楹刻桷:漆红庙柱雕刻庙椽。楹,宫庙的柱子;桷,宫庙的椽子(方形曰桷,圆形曰椽)。《左传·庄公二十三年》:“丹桓公之楹。”又二十四年:“刻其桷,皆非礼也。”天子诸侯的宫庙屋柱用微青黑色,用赤色为非礼;自天子以至大夫、士,皆不雕刻桷,否为非礼。周礼,尚节俭,耻奢侈。奢侈为非礼。

〔43〕天王求车:《左传·桓公十五年》:“天王使家父来求车,非礼也。”车与戎服,是上赐于下,诸侯不贡于天子,天子不应向下索求。反其道故曰非礼。

〔44〕齐侯献捷:《左传·庄公三十一年》:“齐侯来献戎捷,非礼也。”戎捷,戎俘。诸侯之间不能互赠俘虏。以上是直书其事为非礼的例子。

〔45〕亡:通无,没有记载。　章:同彰,显著。

〔46〕五体:《春秋左传正义》疏:“上云情有五,此言五体者,言其意谓之情,指其状谓之体,体情一也,故互见之。”

〔47〕触类而长之:《易·系辞上》:“引而伸之,触类而长之,天下之能事毕矣。”

〔48〕或曰:这是作者假设问者说。

〔49〕以一字为褒贬:一字见褒贬。这就是所谓春秋笔法。例如书写人名,褒则称字,贬则称名等等。

〔50〕爻(yáo尧):构成《易》卦的基本符号。“—”是阳爻,“— —”是阴爻;每三爻合成一卦,可得八卦。卦的变化取决于爻的变化,所以爻表示交错和变化的意义。

〔51〕六十四:《周易》中的八卦,两卦相重,可组成六十四卦。

〔52〕依传以为断:言《左传》文与《春秋》经有矛盾的,一般是传对经的纠

正，所以依传为断。

〔53〕古今句：先于杜预研究《左传》的人，据《汉书·儒林传》载，前汉著名的有张仓、贾谊、张敞、抗禹、翟方进、刘歆；后汉则有陈元、郑众、贾逵、马融、许惠卿、服虔、颍容等。

〔54〕祖述：引述承接前人之说。

〔55〕《公羊》、《谷梁》：专门阐释《春秋》的两本书，都较《左传》简略，被视为儒家经典之一。东晋范宁在《春秋谷梁传序》中对三书作了比较："《左氏》艳而富，其失也巫；《谷梁》清而婉，其失也短；《公羊》辩而裁，其失也俗。"

〔56〕条贯：条理，系统。

〔57〕凡：凡例。

〔58〕简：简选。　二传：即《公羊传》和《谷梁传》。　异端：儒家称其他持不同见解的学派，后泛指不合正统者为异端。此文指《公羊》《谷梁》不合经义者。

〔59〕备论：一一记述。备，具备。　阙：缺。

〔60〕刘子骏：西汉刘歆字子骏，刘向子，经学家。他治《左传》始用传文解经文，经传互相启示，词章义理从此具备，故云创通大义。

〔61〕贾景伯父子：东汉贾逵字景伯。其父贾徽字元伯，授业于刘歆，作《春秋条例》。贾逵承父业，作《左氏传训诂》。　许惠卿：名淑，东汉魏郡（今属河北）人，经学家。

〔62〕颖子严：名容，东汉陈郡（今属河南）人。也注述《春秋》，名为一家。

〔63〕违：差异，此处似应指不同观点。

〔64〕比：排比。

〔65〕《经传集解》：即《春秋左氏经传集解》，杜预撰。他把经传按年排列、聚集，加以解释。

〔66〕谱第：亦即谱牒，专记帝王诸侯世系的古籍。　历数：推算岁时节候的次序。

〔67〕《释例》：即《春秋释例》，杜预撰。该书参考经义，阐释《左传》凡例。原书佚失，今本从《永乐大典》辑出。

〔68〕仲尼自卫反鲁：孔子离开鲁国是鲁定公十四年（前496），从卫国返回鲁国是哀公十一年（前484）。反，同返。

〔69〕立素王：素，空，有名无实或有实无名。素王、素臣，即空王、空臣。素

王,有帝王之道德而未居其位的人。后世儒家专以素王称孔子。

〔70〕黜周而王鲁:贬黜周天子而尊崇鲁侯。王,称王。

〔71〕危:正,端正,公正。 逊:谦逊,恭顺。《论语·宪问》:"邦有道,危言危行;邦无道,危行言逊。"

〔72〕经止获麟:《公羊传》一书终止于鲁哀公十四年春"西狩获麟"。《春秋左传正义》杜预注:"麟者仁兽,圣王之嘉瑞也。时无明王出而遇获,仲尼伤周道之不兴,感嘉瑞之无应,故因鲁《春秋》而修中兴之教,绝笔于'获麟'之一句。所感而作,固所以为终也。"

〔73〕《左氏》经终孔子卒:《左氏》,即《左传》。孔子卒于鲁哀公十六年四月,《左传》中提到的《春秋》终止于此,但《左传》文则写到哀公二十七年。

〔74〕"文王既没,文不在兹乎?":语出《论语·子罕》。兹,此,孔子自称,以传文王之道自居。

〔75〕凤鸟:即凤凰,传说中百鸟之王。 河图,即《周易》。传说伏羲氏时,有龙马从黄河出现,背负"河图"。

〔76〕麟凤五灵:麟、凤、龟、龙、白虎,古代视它们是五种灵异之物,兆祥瑞。

〔77〕祚胤:后嗣子孙。祚,皇位;胤,后嗣。

〔78〕历数:古人迷信天人感应,认为帝王相继与天象运行的次序相应,故称帝王世代相替为历数。《论语·尧曰》:"天之历数在尔躬。"朱熹注:"历数,帝王相继之次第,犹岁时气节之先后也。"

〔79〕"如有用我者,吾其为东周乎?":语出《论语·阳货》。

〔80〕包周身之防:防备周遍全身。意即非常谨慎,惟恐越礼。

〔81〕妖妄:不真实可靠。

〔82〕引经:延长经文。引,延伸,延长。春秋终于获麟,而古传所引经文到鲁哀公十六年孔子卒,十四年到十六年之经文,杜以为是孔门弟子续写的。

〔83〕小邾射:小邾国的大夫射,叛离小邾国用句绎作礼物投奔鲁国,应属叛臣,因事出获麟之后,非孔丘所书,所以没算在上文之叛臣数内。

〔84〕袂(mèi 妹):衣袖。反袂,反转袖口。

今译

《春秋》,是鲁国史官记载的史书的名字。史官记事用日期统率

史实，月份统率日期，季节统率月份，年度统率季节。以此记录时间的远近、区别史实的异同。所以史事的记载，一定要把表明事件年代当做首要之事。一年有春、夏、秋、冬四季，因此交错互举，摘取其中春秋二字作为鲁国所记录史实的书名。《周礼》记载，朝廷设置太史、小史、内史、外史等史官，共同执掌国家和四方大事，还把国内发生的大事通报四方诸侯。诸侯国也有各自的史官记载国史。他们把大事书写在策，小事只是书写在简片或木牍上罢了。《孟子》书上说，楚国国史名叫《梼杌》，晋国国史称作《乘》，而鲁国国史名为《春秋》，其实都一样。晋国大夫韩宣子到鲁国去观太史书，看到《易》、《象》和《春秋》，感慨地说："周朝的法典、礼制全在鲁国了。直到现在，我才知道周公圣德不虚，周之统一天下也绝非偶然了。"韩宣子所见到的乃是西周古旧典籍《礼经》。

周王朝衰落以后，百官失于职守，史官也不例外。生于孔子之前的人，不能使周之春秋褒贬劝诫之法昭明于世，遇丧奔赴，他事相告，君王封授任免记录在策，种种史事的记载，往往也不再遵循原来的章法。孔子依据鲁史典籍整理成书，考核它的真伪，记下它的典章制度，对上遵守周公留下来的礼法，对下期望将来的法制能得到彰明。其中名教善恶所存事实，文辞如不能表达义理寓含褒贬的，就一律予以删削和修正，以便起到劝善惩恶的作用；其余就都利用旧史料。史官的素质有华丽与质朴的分别，记录史事的文辞有详略的不同。因为无关义例，用不着去改动。所以《左传》说："《春秋》真是善长于记事。"又说："要不是圣人，谁能修撰出这么好的史书？"周公的礼法，仲尼在《春秋》一书中再度给予阐明。

左丘明接受了为孔子之经《春秋》作传的使命，他认为经书是不能任意删削更改的。所以为传之时，他有时将传文置于经文前边，以说明事情的开端；有时传文放在经文之后，以说明事情的结果；有时传文依据经文辩明义理；有时把几条经文合并写成一传……总之是随时依据经文的内容阐发经书体例的重点。旧史成文已散佚的，

就略去而不一一列举,因为它不是圣人修撰要点的缘故。

左丘明身为国家史官,亲自阅览记载的史籍,必须广泛记录而完备地书写出来。它的文辞舒缓,它的意旨深远,将使学习它的人推究它的起始,归纳它的终结;沿着它的枝叶,追究它的底奥。宽舒从容,让他自己去探求它的高深含义;学得深透,疾进锐取。就像江海浸透沿岸,像膏雨滋润大地,像冰块融解消化,心情和悦,义理顺遂,然后才算有所收获。

《春秋》所建立的体制和条例,都是治理国家的常用法度,周公传留的礼法,史书编纂书写的体制,孔子因而修撰,把它作为贯穿全书的体例。它阐发幽微,渐至显著,裁制成义类,都依据旧有体例阐发大义,根据所作所为修正褒贬,善者褒之,恶者贬之。诸如传文上所称的“书”、“不书”、“先书”、“故书”、“不言”、“不称”、“书曰”之类说法,都是用以区别新旧体例,阐发经文大义,称它是变例。

然而也有鲁史所不记载的,事合仲尼之意,即用之以为义例,这大概就是《春秋》的新意。所以《左传》不谈凡例,使迂曲的事实变为流畅的语言。至于经文没有义例,根据其行为做事而书写,《左传》就直接说明它的指归趋向罢了,这不属于褒贬之例。

所以左传阐发经书的体例有三,即发凡正例、新意变例、归趣非例。而造成以上体例的情况有五种:一是微而显——言词不多而意义明显。行文于此,立义却在别处。称呼它的族名,是由于尊重国君鲁成公的命令;不称呼族名,这是要尊重夫人。梁国亡、诸侯筑城在缘陵皆不言名就属这一类。二是志而晦——记载史实文辞简约,收敛其事,隐晦其义。简约其言,以示法制;推究其事,以知其例。三国以上盟会,鲁君前往,就记录会盟地点,他国前来就只记录会见;凡出兵,事先与谋曰“及”,否则曰“会”——这些记载方法就属此类。三是婉而成章,说得通俗些就是:表达婉转委曲却又顺理成章。遣词委曲又服从义训,显示大顺且成就篇章,循守各种避讳,比如郑国用璧暂借鲁国许田之地这类记载即是。第四叫作尽而不汙。直

接记载史实，全部文字都可发现其意义，诸如丹漆庙柱且雕刻桷椽、周王到鲁国索求车乘、齐侯来献俘虏等都属这一种。第五叫做惩恶劝善。有人求名见史籍而不可得，有人想隐匿史实反而明文记载，齐豹做不义事称其曰盗，庶其、黑肱、牟夷三臣率地叛投鲁国，史书留下"叛臣"的耻名。以上都是警戒邪恶、奖励善良的一类。根据这五种情体，推究经与传，触类而皆可旁通，寄托在《春秋》所载二百四十二年史实中，王道的正法，人伦关系的纲纪实在是很完备了。

假使有人问：《春秋》用不同的文辞体现不同的义，如果像上面所论说的，那么经文中就会有史事相同所记文辞不同，但却体现不出义这类情况出现。先儒所传，都不这样。回答说：《春秋》一书虽然用一字可体现褒贬，可是却还要用几句话来记录事实的，不像八卦中的爻，错综排列可成六十四种卦式。所以应当依照《左传》加以判断。

古往今来研究《左氏春秋》的人是很多的。如今有留传著作可见的就有十几家，他们大多是辗转承述前人的著作。前进一步不能交错综合经文以揭示其变化；退后一步又不能坚持维护左丘明的著作。对于丘明的《左传》不能通晓明晰的，又都避而不谈，却另外肤浅地引述《公羊》、《谷梁》二传，恰好搞乱了自己的思想体系。我如今与别人不同的是，专门研修《左传》用以解释《春秋》经。经书的条理系统，一定要考究于传；传的义例体系，总括归结于经的凡例。推究变例核正褒贬，简选《公羊》、《谷梁》二传而屏弃异端，这大约就合于左丘明的初衷吧。对有疑惑差错、不同意见，而我不能明断者，都一一记叙，等待后来人去研究评说。可是刘子骏初创以传解经、经传互相证的方法，并贾逵父子、许惠卿等人，都是研究儒学之佼佼者。最后还有东汉的颍子严，研究尽管有浅近之嫌，也成为又一名家。所以特别列举刘、贾、许、颍等人的观点，以显示他们的异同。经传按年代排列，比较它的义例分类，各随时随处加以解释，书名曰：《春秋左氏经传集解》。又另外汇集诸例及地名、谱谍、历数，按

类分部，共有四十部，十五卷，都显示他们的异同，从而解释，书名叫《春秋释例》。将使学习的人看到它汇集的各种相同和不同的说法，《释例》收集甚详。

有人问：《春秋》写作于何时？《左传》和《谷梁》都没有明文记载。说者以为仲尼从卫国回到鲁国，开始修撰《春秋》，自立为素王，左丘明自称素臣。持《公羊》之说者，也有贬黜周天子而尊崇鲁王的说法，还说孔子做公正事，讲顺时话，以便躲避当时的迫害，所以经之文辞微约，含义隐蔽。《公羊》经终止于鲁哀公十四年“西狩获麟”，可是《左传》言经却终止于鲁哀公十六年孔子去世。请问赞成哪一说法呢？

回答说：我所听到的说法与上不同。仲尼曾说过：“文王已经不在人世了，他的仁义之道不就在这里吗？”这就是仲尼编制《春秋》的本意。他还叹息说：“凤凰也不飞来，黄河不再显现《周易》，吾道到此为止了！”这大约是为王政不兴而感伤。麒麟凤鸟等五种灵异之物，乃王朝兴盛的嘉瑞祥兆。现在麟的出现并非盛时，应兆不实却又不得其归，这是圣人所以为之伤感的原因。主张绝笔在“西狩获麟”这一句的，因有所感而作起，固然可以作为终止的原因的。

可是《春秋》为何开始于鲁隐公？回答说：周平王，东周的开国之君；隐公，让国与弟的贤君。考核两者时间，是相衔接的；说到他的地位，是列国诸侯；推究他的本源，乃是周公的后代子孙。如果周平王能祈求苍天永赐福命，继先王之业开中兴之道；隐公能宏大宣扬祖宗的功德，光辉启导王室，那么西周的仁政王道可以寻回，文武开创的伟业不会衰坠。因此沿循君王世代接替的次序，附着史实政事，采用周之成法，聚合成王道正义，留传礼法给将来。书中所书之王，就是周平王；所采用的历法，乃周朝正统历法；所言之公，就是鲁隐公，怎么可说孔丘贬黜周天子而尊崇鲁王呢？孔子说：“如果有采用我的主张的，我将要兴周道于东方吧？”这才是经义所在。

至于制作《春秋》文字，目的是彰明以往，考虑未来，情感体现于

言辞。立言高妙,就旨趣深远;言辞简约,就含义幽微,这是常理,并未隐瞒。圣人防身之虑包备周全,提笔写作之后,方才想隐讳避害,这是不曾听到过的。子路打算让门人对孔子称臣,孔子认为这是欺天。有人还说孔子自立素王,丘明自称素臣,这实在不是讲得通的说法。

先儒们认为《春秋》写了三年,经书编成而招致麒麟出现,已经是不真实了;又把经书终止延长到孔子去世,此说也近于虚假。根据《公羊》经辍笔于获麟,而《左传》书中小邾射没有算在三叛臣数字中,所以我认为,《春秋》因有感于麟而制作,制作起始于获麟,那么书亦编成于当年,这才算是获得了它的真实情况。至于说到仲尼翻转袖口擦拭面上眼泪,说我的抱负难以施展了,就更无可取之处了。

(吴科元译注并修订　陈延嘉再修订)

三都赋序一首

皇甫士安

题解

李善注引臧荣绪《晋书》云："皇甫谧，字士安，安定朝那（今甘肃平凉县西北）人。年二十始受书，得风痺疾，犹手不辍卷。举孝廉，不行；又辟著作，不应，卒于家。"刘孝标注《世说新语》引《左思别传》："皇甫谧西州高士，挚仲洽宿儒知名。"挚虞（字仲洽）是士安之高足，师生皆西晋名儒。其对辞赋的看法，不出儒家诗教。《晋书》本传称其著有《高士传》、《逸士传》、《列女传》等。

《文选》选两篇《三都赋序》，一篇是左思自序《三都》，一篇是皇甫谧应左思之邀而作。但亦有人认为，士安《三都赋序》是左思假大儒之名而自作，甚至认为刘渊林等人的注也是左思自为，"欲重其名，故假时人名姓也。"此说无多少根据，不被学术界所取；不过左思欲假名人以张其赋则是有的。《世说新语·文学门》载："左思作《三都》初成，时人互有讥訾，思意不惬。后示张华，张曰：'君文未重于世，宜以经高名之士。思乃询求于皇甫谧。谧见之嗟叹，遂为作叙。"《晋书·左思传》也持此说。称："及（三都）赋成，时人未之重。思自以其作不谢班、张，恐以人废言；安定皇甫谧有高誉，思造而示之，谧称善，为其赋序。"

晋代赋作赋论，皆有很大发展。有人将两晋赋论分为"体物浏亮"和"讽谏征实"两大派。从创作与理论上看，前者以陆机、潘岳等人为代表；后者以左思、皇甫谧、挚虞等人为代表。皇甫谧的《三都赋序》则集中地表达了讽谏征实派的辞赋观。

全序分两大部分。头两段为第一部分。简略论述赋史的发展脉络及对“体物浏亮”和“讽谏征实”两派的看法。他对赋的源流之见,继承了班固的观点,即“赋者,古诗之流也。”这是讽谏征实的理论根据。他谈赋与古诗之关系,讲三条:第一条,“古人称不歌而诵谓之赋。”就是说诗赋的区别,前者“被于管弦”,重在音乐性;后者“因物造端,敷弘体理”,重在可诵性。第二条,“诗人之作,杂有赋体。”就是说赋本来就是《诗》的一部分。风是民间歌谣,直接反映民情风俗;而赋则是士大夫写下的“不歌而诵”的作品,为反映更复杂的思想和事物,“引而申之,故文必极美;触类而长之,故辞必尽丽”。虽应踵事增华,但不能丢掉《诗》的传统,即“纽之王教,本乎劝戒”。第三条,“孙卿屈原之属”,“咸有古诗之意”。他们虽“遗文炳然”,却“托理以全其制”,即保持“归于讽谏”的传统,因而称其为“赋之首也”。不仅说孙、屈开辞赋之先,亦谓其辞赋为一流之作,因为它是正宗的“古诗之流”。讽谏是与征实分不开的。左思的《三都赋序》对此说得最明确:“发言为诗者,咏其所志也;登高能赋者,颂其所见也。美物者,贵依其本,赞事者,宜本其实。匪本匪实,览者奚信?”根本不可信又有何教化可言?可见征实是教化的先决条件。士安、左思从这个观点出发,虽然承认司马相如、扬雄、班固、张衡、马融、王延寿诸人之代表作为“近代辞赋之伟”,仍批评其“过以非方之物,寄以中域,虚张异类,托有于无”。认为“祖物其风,雷同影附”,是一股逆流。显然这是肯定了左思《三都赋序》批评马、扬、班、张赋作的意见。左思认为“相如赋上林,而引‘卢桔夏熟’;扬雄赋甘泉,而陈‘玉树青葱’;班固赋西都,而叹以出比目;张衡赋西京,而述以游海若”,皆匪本匪实,无益讽谏。

讽谏征实派的理论,不仅为挚虞所继承,且在《文章流别论》中加以系统化。他说:“古诗之赋,以情义为主,以事类为左;今之赋,以事形为本,以义正为助。情义为主,则言省而文有例矣;事形为本,则言富而辞无常矣。文之烦省,辞之险易,盖由于此。夫假象过

大,则与类相远;逸辞过壮,则与事相违;辩言过理,则与义相失;丽靡过美,则与情相悖。此四者,所以背大体而害政教。是以司马迁割相如之浮说,扬雄疾"辞人之赋丽以淫。"皇甫谧、左思、挚虞未免矫枉过正。强调生活"实录",排斥艺术真实,否定虚构和夸张,这有很大的片面性。

皇甫谧勾勒的赋史的发展脉络,基本符合赋的创作实践。荀子和屈原,实为古诗与辞赋的转捩点;宋玉首开辞人之赋的先河;马、扬、班、张等两汉辞赋家,确乎皆为赋史上的路标。皇甫谧划定的这条历史线索,亦为萧统、刘勰所接受。《文心雕龙·诠赋》所勾划的脉络,所举的实例,都与本序接近。只是另立《辨骚》之篇,骚列赋外而已。

最后的一段为本文的第二部分。是关于《三都赋》的评价。除简略概述《三都赋》之内容与线索外,主要肯定"其物土所出,可得披图而校;体国经制,可得按记而验。"这与左思赋序中自诩"余既思摹《二京》而赋《三都》;其山川城邑,则稽之地图;其鸟兽草木,则验之方志;风谣歌舞,各附其俗;魁梧长者,莫非其旧",并无二致。《全晋文》卫权《左思三都赋略解序》亦称《三都赋》"言不苟华,必经典要,品物殊类,禀之图籍,辞义瑰玮,良可贵也"。可见"征实"已是当时被许多人接受的一条评赋标准。

原文

玄晏先生曰[1]:古人称不歌而颂谓之赋[2]。然则赋也者,所以因物造端[3],敷弘体理[4],欲人不能加也。引而申之,故文必极美[5];触类而长之,故辞必尽丽[6]。然则美丽之文,赋之作也。昔之为文者,非苟尚辞而已[7],将以纽之王教[8],本乎劝戒也[9]。自夏殷以前[10],其文隐没[11],靡得而详焉[12]。周监二代[13],文质之体[14],百世可知。故孔

子采万国之风[15],正雅颂之名[16],集而谓之《诗》[17]。诗人之作,杂有赋体[18]。子夏序《诗》曰[19]:“一曰风,二曰赋。”故知赋者,古诗之流也[20]。

至于战国,王道陵迟[21],风雅寖顿[22],于是贤人失志辞赋作焉[23]。是以孙卿屈原之属[24],遗文炳然[25],辞义可观[26]。存其所感[27],咸有古诗之意[28],皆因文以寄其心[29],托理以全其制[30],赋之首也[31]。及宋玉之徒[32],淫文放发[33],言过于实,夸竞之兴[34],体失之渐[35],风雅之则[36],于是乎乖[37]。逮汉贾谊[38],颇节之以礼[39]。自时厥后[40],缀文之士[41],不率典言[42],并务恢张[43],其文博诞空类[44]。大者罩天地之表[45],细者入毫纤之内[46],虽充车联驷,不足以载[47];广夏接榱,不容以居也[48]。其中高者,至如相如《上林》[49],扬雄《甘泉》[50],班固《两都》[51],张衡《二京》[52],马融《广成》[53],王生《灵光》[54],初极宏侈之辞[55],终以约简之制[56],焕乎有文[57],蔚尔鳞集[58],皆近代辞赋之伟也[59]。若夫土有常产[60],俗有旧风[61],方以类聚,物以群分[62];而长卿之俦[63],过以非方之物[64],寄以中域[65],虚张异类[66],托有于无[67]。祖构之士[68],雷同影附[69],流宕忘反[70],非一时也[71]。

曩者汉室内溃[72],四海圮裂[73]。孙、刘二氏[74],割有交益[75];魏武拨乱[76],拥据函夏[77]。故作者先为吴蜀二客[78],盛称其本土险阻瑰琦[79],可以偏王[80],而却为魏主述其都畿[81],弘敞丰丽[82],奄有诸华之意[83]。言吴蜀以擒灭比亡国[84],而魏以交禅比唐虞[85],既已著逆顺[86],且以为鉴戒[87]。盖蜀包梁岷之资[88],吴割荆南之富[89],魏跨中区之衍[90],考分次之多少[91],计殖物之众寡[92],比风俗之

清浊[93],课士人之优劣[94],亦不可同年而语矣[95]。二国之士[96],各沐浴所闻[97],家自以为我土乐,人自以为我民良,皆非通方之论也[98]。作者又因客主之辞[99],正之以魏都,折之以王道[100],其物土所出[101],可得披图而校[102]。体国经制[lo3],可得按记而验[104],岂诬也哉[105]!

注释

〔1〕玄晏先生:李善注:“谧自序曰:始志乎学,而自号玄晏先生。玄,静也。晏,安也。先生,学人之通称也。”

〔2〕不歌而诵谓之赋:《汉书·艺文志·诗赋略》:“不歌而诵谓之赋,登高能赋可以为大夫。言感物造端,材知深美,可以图事,故可以列大夫也。”诵,朗读。李善作“颂从《汉书》改。” 赋:铺陈。《释名》:“赋,敷也,敷布其义则谓之赋。”

〔3〕因物造端:颜师古注:“因物动志,则造辞义之端绪。”

〔4〕敷弘:广布,即极力铺陈。 体理:指人情物理。

〔5〕引而申之:指演绎推理。

〔6〕触类而长之:指想象联想。李善注引《易经》:“引而申之,触类而长之,天下之能事毕矣。”

〔7〕苟:草率。 尚辞:崇尚华丽辞藻。

〔8〕纽:系。 王教:王道教化。

〔9〕劝戒:讽谏。

〔10〕夏、殷:夏朝、殷朝。夏代有《五子之歌》,殷代有《汤颂》。

〔11〕隐没:埋没,见不到。

〔12〕靡:不,无。

〔13〕周:周代。 监:兼。 二代:指夏、殷。《论语·八佾》:“子曰:周监于二代,郁郁乎文哉!吾从周。”

〔14〕文质:指内容与形式。形式主要指语言。 体:体式。

〔15〕万国:指周代各诸侯国。 风:地方的诗歌,主要指民歌。

〔16〕正:正名。 雅、颂:《毛诗序》:“《诗》有六义焉:一曰风,二曰赋,三曰比,四曰兴、五曰雅,六曰颂。”风,产生于各诸侯国地方的诗歌;雅,产生于周朝

中央的诗歌;颂,祭祀、赞美祖先的乐歌。

〔17〕集:结集成册。　《诗》:又称《诗三百》即《诗经》。孔子曾删《诗》、《书》,定《礼》、《乐》。《汉书·艺文志·诗赋略》:"古有采诗之官,王者所以观风俗,知得失,自考正也。孔子纯取周诗,上采殷,下取鲁,凡三百五篇。"

〔18〕赋体:指铺陈的特点,而铺陈是赋体的重要特点之一。

〔19〕子夏:卜商,字子夏。春秋卫人,孔子弟子。长于文学,相传曾讲学于西河,序《诗》传《易》,为魏文侯师。《诗经》有大序、小序。大序是总论整部《诗经》大义的,小序是论每篇诗意旨的。相传大序为子夏所作,小序为毛公所作。陆德明、孔颖达等皆持此说。亦有人不同意此说。"一曰风,二曰赋",出自《诗·大序》。

〔20〕古诗:指以《诗经》为代表的古代诗歌。　流:支流,流变。班固《两都赋序》:"赋者,古诗之流也。"

〔21〕王道:先王所行之道,即尧舜周文武王治国之道。《书·洪范》:"无偏无党,王道荡荡;无党无偏,王道平平;无反无侧,王道正直。"　陵迟:本为斜平,引申为衰颓。

〔22〕风雅:指《诗经》的传统。　寖(qìn 沁)顿:渐衰。寖,坏。

〔23〕贤人:有德有才之人。指屈原等人。　失志:不得志。《汉书·艺文志》:"春秋之后,周道寖坏,聘问歌咏不行于列国,学诗之士逸在布衣,而贤人失志之赋作矣。"失志之赋,指《离骚》等。

〔24〕孙卿:战国时思想家,儒家大师。名况,时人尊而号为"卿"。汉人避宣帝刘询讳,称为孙卿。著作有《荀子》。其《赋篇》为第一首以赋名篇之作,包括《礼》、《智》、《云》、《箴》、《佹诗》,对汉赋的兴起有一定影响。　屈原:战国时楚国人,伟大的诗人。《汉书》著录屈原赋二十五篇,其书久佚,后代所见屈原作品,皆出自刘向辑集《楚辞》。《汉书·艺文志》:"大儒孙卿及楚臣屈原离谗忧国,皆作赋以风,咸有侧隐古诗之义。"　属:等辈。

〔25〕炳然:光辉灿烂的样子,指极富文采。班固《两都赋序》:"大汉文章炳焉。"

〔26〕辞义:指辞藻与思想内容。　可观:可取。《论语·子张》:"虽小道,必有可观者焉。"

〔27〕存:存问。黄侃注:"存其所感句,存,省也。"引申为考察。

〔28〕咸:皆。　古诗之意:指征实与讽谏相统一。

〔29〕寄其心:指寄托作者讽谏之意。

〔30〕托理:言理。　制:指讽喻。

〔31〕赋之首:居赋之首,即赋中属一流。班固称孙卿、屈原之赋“蔚为辞宗,赋颂之首。”

〔32〕宋玉:战国辞赋家。后于屈原,或称是屈原弟子,曾事顷襄王。《史记·屈原贾生列传》:“屈原既死之后,楚有宋玉、唐勒、景差之徒者,皆好辞而以赋见称;然皆祖屈原从容辞令,终莫敢直谏。”《汉书·艺文志》著录宋玉作品十六篇,然多已亡佚。今存《九辩》、《高唐赋》、《神女赋》、《登徒子好色赋》、《风赋》等五篇为宋玉之作品。

〔33〕淫文:大逞文藻。李善注引扬雄《法言》:“辞人之赋丽以淫。”　放发:放纵。

〔34〕夸竞:指竞相浮夸,言而无征之文风。

〔35〕体:指《诗》之正体,即《诗》之传统。

〔36〕风雅之则:指《诗经》的传统。

〔37〕乖:背离。李善注引《汉书》:“其(指屈原)后宋玉、唐勒、竞为侈丽宏衍之词,没其风(讽)喻之义。”

〔38〕逮:到。　贾谊:西汉政论家、辞赋家。《汉书·艺文志》著录贾谊赋七篇。其《鹏鸟赋》、《吊屈原赋》皆有名。《鹏鸟赋》被誉为“成熟的哲理赋”。

〔39〕节之以礼:指发乎情而止乎礼。节,节制。礼,指封建社会道德规范。

〔40〕自时:自是。时,通“是”。　厥:犹之。《书·无逸》:“自时厥后。”

〔41〕缀文:属文,即写作。

〔42〕率:遵循。　典言:有典籍可据之言。

〔43〕务:追求。　恢张:扩展,张大。

〔44〕博诞:大。诞,大。　空类:吕延济注:“空类,谓不附实,但为空大。”黄侃《文选平点》:“空类,谓虚构形象。”

〔45〕表:外。罩天地之表,言能包容宇宙。

〔46〕毫纤:形容极细微之处。

〔47〕联驷:驷马车并排。

〔48〕广夏:大屋。夏,同“厦”。　榱(cuī 催):屋椽。

〔49〕《上林》:《上林赋》,西汉司马相如所作,与《子虚赋》是姊妹篇。属“畋猎”类。《子虚》,赋诸侯之猎,《上林》赋天子之猎。《上林赋》借亡是公之

口，极力铺张天子上林苑的山水土山石、草木虫鱼、珍禽异兽，夸耀天子校猎，士卒英武，车骑凌厉，极写人间的荒淫奢侈。结尾归于天子醉酒酣乐之中翻然悔悟，去奢靡重节俭，行仁义之道。刘勰《文心雕龙·诠赋》，称"《上林》，繁类以成艳"，概括了其主要特征。

〔50〕《甘泉》：《甘泉赋》，西汉扬雄所作。为扬雄四大赋（《羽猎》、《长杨》、《河东》、《甘泉》）之冠。属"郊祀"类。汉成帝忧虑无嗣，郊祀于甘泉宫，以祈子嗣。甘泉宫极其华奢，几令能工巧匠望而却步。赋家临此，想到夏桀修琁室殿，殷纣修倾宫，以至国灭家亡的教训，则不寒而栗。其主旨不在忧成帝无子，而顾念国家之命运。

〔51〕《两都》：《西都赋》、《东都赋》，为东汉史学家、辞赋家班固所撰。为"京都"类开篇之作。《西都赋》侧重于借西都宾之口，渲染夸耀旧日西京（长安）的宫室苑囿和奢侈逸乐。主旨在"以极众人之所眩曜，折以今之法度。"《东都赋》以东都主人之口，"以极众人之所眩曜"。如果说《西都赋》是赞叹形势之胜，宫阙之丽，畋猎之壮，礼仪法度尽泯；那么《东都赋》则颂扬东都（洛阳）礼仪法度之行，仁义威德之广。前者主讽谏，后者则主颂扬。

〔52〕《二京》：《西京赋》、《东京赋》，为东汉科学家、辞赋家张衡所作，属"京都"类。《两都》、《二京》虽然皆以长安、洛阳为描写对象，而后者较前者更加铺张扬厉，被称为京都大赋"长篇之极轨"。《西京赋》借凭虚公子之口，《东京赋》借安处先生之口，在富丽堂皇的描写中，寄寓"民怨""下叛"之可忧可惧，讽谏当朝，覆舟之鉴不可不省。

〔53〕《广成》：李善注引《后汉书》："马融为校书郎，时邓太后临朝，遂寝搜狩（停止以畋猎方式演武）之礼，故滑贼纵横。融以为文、武之道，圣贤不坠，上《广成颂》以讽谏。"广成，东汉宫苑名，为帝王狩猎之所。

〔54〕《灵光》：《鲁灵光殿赋》，为东汉辞赋家王文考所作，属"宫殿"类。鲁灵光殿，汉景帝之子恭王刘余所建。现已不存，故址今山东曲阜。作者以如椽大笔，极尽铺陈之能事，形象生动地描绘了宫殿的建筑和壁画。宫殿本身就是一座艺术之宫。从赋中可以窥见古代宫殿建筑之一斑，对研究我国古代建筑艺术，有很高的史料价值。

〔55〕初：指辞赋之发端。　宏侈：侈丽闳衍，即指辞繁富华丽。

〔56〕终：指辞赋之终篇。　约简：节俭。　制：法式。

〔57〕焕：鲜明光亮。

〔58〕蔚尔:文盛的样子。　鳞集:相次。指上举各赋如鱼鳞一样密集而有光彩。《文心雕龙·诠赋》:“观夫荀结隐语,事数自环;宋发巧谈,实始淫丽;枚乘《兔园》,举要以会新;相如《上林》,繁类以成艳;贾谊《鹏鸟》,致辨于情理;子渊《洞箫》,穷变于声貌;孟坚《两都》,明绚以雅赡;张衡《二京》,迅发以宏富;子云《甘泉》,构深玮之风,延寿《灵光》,含飞动之势。凡此十家,并辞赋之英杰也。”

〔59〕伟:英杰。

〔60〕土有常产:即土特产。

〔61〕旧风:传统风俗。

〔62〕“方以”二句:周振甫《周易译注》:“方:《周易本义》:‘谓事情所向’,指事情。这两句是互文,即方与物以类聚,以群分,事情和人物,都是类聚群分的。”《周易·系辞上》:“方以类聚,物以群分。”

〔63〕俦:同一类人物。

〔64〕过:错。　非方:非同类事物。

〔65〕中域:谓中国。

〔66〕虚张:指虚构。

〔67〕托有于无:无中生有。

〔68〕祖构:仿效。

〔69〕影附:如影随形。言机械模仿。

〔70〕流宕(dàng 荡):放荡。《后汉书·方术传序》:“意者多迷其统,取遣颇偏,甚有虽流宕过诞亦失也。”　忘反:无返,指无法纠正。

〔71〕非一时:指此风由来已久。

〔72〕曩(nǎng):昔日。　内溃:内乱。

〔73〕四海:指中国。古人以为中国四面环海,故称。　圮(pǐ 痞)裂:四分五裂。圮,毁。

〔74〕孙刘:指孙权、刘备。

〔75〕交:汉代交州的略称。东汉建安八年(203)改交趾刺史部为交州。三国时吴分交、广二州。交,此当指孙吴之地。　益:益州的略称。蜀原为益州所辖。益,此指蜀汉之地。诸葛亮《出师表》:“今天下三分,益州疲弊。”

〔76〕魏武:魏武帝曹操。　拨乱:拨乱反正。治平乱世,使之恢复正常。班固《汉书·礼乐志》:“汉兴,拨乱反正,日不暇给。”

〔77〕函夏:指全中国。夏,华夏,中国之别称。

〔78〕作者:指《三都赋》作者左思。　吴、蜀二客:指《蜀都赋》虚构人物西蜀公子和《吴都赋》虚构人物东吴王孙。

〔79〕险阻:谓山川艰险梗塞之地。主要指蜀。《蜀都赋》:"夫蜀都者,盖兆基于上世,开国于中古。廓灵关以为门,包玉垒而为宇。带二江之双流,抗峨眉之重阻。"又云:"至乎临谷为塞,因山为障,峻岨塍埒长城,豁险吞若巨防,一人守隘,万夫莫向。公孙跃马而称帝,刘宗下辇而自王。"　瑰琦:珍宝。西蜀公子,矜蜀之险阻,东吴王孙则夸吴之富饶。

〔80〕偏王:指吴、蜀可据一隅而为王。

〔81〕却:黄侃注:"而却为魏主,却即后也。"　魏主:指《魏都赋》中的魏国先生。主对前客而言。　都畿(jī 鸡):京畿,指京城管辖的地区。

〔82〕弘敞:辽阔平旷。　丰丽:富饶美丽。

〔83〕奄(yǎn 眼):涵盖,包括。　诸华:指华夏各地。

〔84〕擒灭:捕灭。

〔85〕交禅:指王位的推让。　唐、虞:指唐尧、虞舜。尧禅与舜。

〔86〕著:显明,昭示。　逆顺:逆,指吴蜀;顺,指曹魏。作者认为魏代汉祚是"交禅",即合乎传统,故谓"顺";吴、蜀为魏之对立面,自然称"逆"。

〔87〕鉴戒:引他事以为警戒。《国语·楚下》:"人之求多闻善败,以鉴戒也。"

〔88〕梁、岷:二山名。岷山,在蜀境,绵延四川、甘肃两省边境。其脉干分为二支:一为岷山山脉,其南为峨嵋山;一为巴山山脉,其东为三峡。梁山,在蜀境,今四川梁山县东北,与万县接界。亦称剑门山,高梁山。东西数千里,山岭长峻,形势险要,古为军事要冲。

〔89〕荆南:地区名。

〔90〕中区:中国,即国之中,与边远之地相对。　衍:衍沃。平坦肥沃的土地。

〔91〕考:考核,考校。　分次:星宿之分野。李善注:"星之分次,物之生殖也。"引《周礼》:"以星土辨九州之地所封域。"李周翰注:"牵牛、婺女、翼轸星皆扬州之分,属吴也;觜、参益州之分;余皆属魏分也。"

〔92〕殖物:土地所产之物,包括有生命的,无生命的。

〔93〕清浊:指美丑,贤愚。

〔94〕课:考察。

〔95〕同年而语:相提并论,今言“同日而语”。

〔96〕二国:指吴、蜀。

〔97〕沐浴:比喻身受其润。《后汉书·班固传》:“久沐浴乎膏泽。” 所闻:指个人的见闻。

〔98〕通方:通晓为政之道。《汉书·韩安国传》:“清水明镜,不可以形逃;通方之士,不可以文乱。”方,道。通方,此亦有无局限之意。

〔99〕因:借。 客:指西蜀公子、东吴王孙。 主:指魏国先生。

〔100〕折:折服。 王道:与霸道相对,指以仁义礼让治国。

〔101〕物土所出:指土地所产之物。李善注引杜预《左传注》:“播殖之物,各从土宜。”

〔102〕披图:打开地图。 校:核实。

〔103〕体国经制:即体国经野。《周礼·天官》:“惟王建国,辨方正位,体国经野,设官分职,以为民极。”此指京城的规模体制,郊野河渠之划分等。

〔104〕记:指他书之记载。

〔105〕诬:无稽之谈。

今译

玄晏先生说:古人称不歌唱而朗诵叫做赋。然而所谓赋,是情因物感,辞因情发,极力铺陈人情物理,致使无以复加。不断引申,所以文一定要尽美;连类想象,所以辞一定要极丽。这样那么美丽之文,就是赋作了。从前作文的人,不是草率地崇尚辞藻而已,而是要联系王道教化,以讽谏为本。自夏、商以前,那时的文章不见了,详细情况不得而知。周兼有夏商两代之长,文质相得的体式,百代可知。所以孔子采各邦国之风,为雅、颂正名,编成集子叫做《诗》。“诗人”的作品,掺杂赋体。子夏序《诗》说:“一叫风,二叫赋。”由此可知所谓赋,是古诗的一个分支。

到了战国,王道衰微,《诗》的传统逐渐破坏,于是有德之人不得志,辞赋便开始兴起。此时孙卿、屈原之辈,留下的著作光辉灿烂,其辞藻与思想皆可取。考察作品的感受,都有古诗之意,皆用文词

寄托思想，言理以寓讽喻，保持赋的体制，乃赋作之首。到了宋玉之流，大逞辞藻，言过其实，竞相夸饰之风兴，《诗》的传统渐失，于是风雅准则背离。到了汉代的贾谊，发乎情而止乎礼。从那以后，作文之人，不遵循有典可稽之言，皆极力铺张扬厉，其文规模庞大，内容虚构。大者笼罩天地之外，小者入于毫毛之内，即使众多驷马车辆，也不足以载完；无数大厦相连，也容纳不下。这些辞赋中高水平的，至如司马相如的《上林赋》，扬雄的《甘泉赋》，班固的《两都赋》，张衡的《二京赋》，马融的《广成颂》，王延寿的《鲁灵光殿赋》，开始极尽繁富华丽之辞，终篇归结朴素节俭之意，文采焕发，诸多佳作犹如密集有序的鱼鳞放射灿烂的光辉，都是近代辞赋中杰出的作品。地有固定的物产，俗有传统的风气，物以类聚，人以群分；而司马相如之辈，错误地将不是同类的物产，寄托在中原，虚构异物，无中生有。模仿相如的作者，如影随形声从雷，放荡难收，并非一时。

从前汉室内乱，天下四分五裂。孙权、刘备二人，割据交州、益州；魏武帝拨乱反正，拥有华夏。故作者先假设吴、蜀二客，盛赞他们本国山川险阻，多产珍宝，可以据其一方称王。而后是魏国先生讲述魏国京都及统辖地区，宽广辽阔，富饶美丽，包括天下的一切。说到吴蜀用捕灭比喻其亡国，说到大魏接受禅让比做唐尧传虞舜，已经昭示出“逆”和“顺”，并以此做为借鉴。西蜀囊括梁岷的物产，东吴据有荆南之富庶，魏国横跨中原之沃土，考校星宿分野之多少，计算物产生长之多少，比较风俗的美丑，考察士人的优劣，吴蜀也不可与魏国相提并论。吴蜀二国之士，各受其见闻熏陶，家家以我国为乐土，人人以我国人为优秀，这都不是通晓治国之道的言论。作者又借客、主的话，用魏都加以矫正，用王道使其折服，赋中土地所出物产，可以打开地图加以核实。京城的规模体制，郊野河渠的划分，可按方志记载验证，这难道是无稽之谈吗？

（赵福海译注并修订）

思归引序一首

石季伦

题解

石崇石季伦为古琴曲《思归引》填了歌词,写了序文。《文选》只收其序文而未收歌词。

此序极为简短,不足二百字。层次和内容有三:先是叙述自身经历,高度概括简练;其次描绘他的河阳别居,构筑豪华讲究,宏大壮观;叙述了他养尊处优、舒适享受的所谓“肥遁”生活。这部分可以说是短文中的浓墨重彩。最后交待他在怎样的心境下为《思归引》这支古曲填了歌词。

石崇是西晋豪富、首富,他与人夸富斗富的故事,尽人皆知。他穷奢极欲,极尽挥霍,动辄杀死奴婢侍妾,其残暴极其出名。他的追求隐居,不是苦于对官场腐败的认识,而是因为厌倦官务烦劳,渴望过优裕闲散舒适的享乐生活,因而有别于其他隐逸者。本序洋溢着他对自己所谓隐居生活的自鸣得意的情致。

原文

余少有大志,夸迈流俗[1],弱冠登朝。历位二十五年,五十以事去官[2]。晚节更乐放逸[3],笃好林薮[4],遂肥遁于河阳别业[5]。其制宅也,却阻长堤,前临清渠,柏木几于万株,流水周于舍下[6]。有观阁池沼,多养鱼鸟。家素习技,颇有秦赵之声[7]。出则以游目弋钓为事[8],入则有琴书之娱。又好服食咽气[9],志在不朽,傲然有凌云之操[10]。歘

复见牵羁[11]，婆娑于九列[12]，困于人间烦黩，常思归而永叹[13]。寻览乐篇，有《思归引》[14]。傥古人之情[15]，有同于今，故制此曲。此曲有弦无歌，今为作歌辞，以述余怀。恨时无知音者，今造新声而播于丝竹也[16]。

注释

〔1〕夸：极。　迈：远。

〔2〕以事去官：据史载，石崇征为大司农，未见诏书就擅离官守，坐免。

〔3〕晚节：晚年。　放逸：放任自由。

〔4〕林薮（sǒu 擞）：山林水泽之间。

〔5〕肥遁：以饶裕的条件隐居避世。　别业：别墅，别居。

〔6〕周：围绕。柏，李善作"百"，从六臣改。

〔7〕秦叔之声：古代秦地赵地的音乐。

〔8〕弋（yì）：以绳系箭射鸟。

〔9〕咽（yàn 厌）气：练吐纳气功以求长寿。

〔10〕傲：原文作慠，同。　操：志。

〔11〕欻（xū 需）：忽然。　牵羁：牵制，拘束。

〔12〕九列：九卿，太仆卿位列九卿。

〔13〕烦黩（dú 读）：烦劳，烦扰。　永，同泳，今作咏。

〔14〕《思归引》：古琴乐曲，相传为春秋卫侯女所作，表达其思归不得之情。

〔15〕傥（tǎng 躺）：或者义，通作倘。

〔16〕丝竹：弦乐器和竹管乐器。

今译

我从小就有宏图大志，远超流俗卓然不群，二十多岁就入朝做官。居官位历时二十五载，因为一点小事故五十岁时被免了官。到晚年更乐于放任自由，酷爱山林湖泊。隐居在我的河阳别墅，享受无忧无虑的生活。那里盖造的居舍，截断水流，砌成长堤。宅前下临清渠水道，园内栽植翠柏将近万株，清澈流水绕舍流过。造有楼

台亭阁，池沼里养着数不清的鱼和禽。家中的婢妾们习就了娴熟的技艺，天天造秦声鼓赵瑟。出门要做的事情，就是游览山水，射林中飞鸟，钓水里游鱼。回到家中美妾如云，轻歌曼舞，琴棋书画，乐似神仙。我还爱好服食长生丹药，练吐纳气功，期望修成不朽之体，飘飘然有凌云之志。

倏忽之间，又官授太仆，位列九卿，如同绳缠索绕，将身躯拴得牢牢。官务烦劳令人厌倦，常常思归，久久叹息。翻阅乐谱发现，有《思归引》一首名曲。或许古人也有如我一样的思归情感，因此才谱了这首乐曲。可惜它有曲谱却没有歌词。现在我为乐曲填了歌词，用它表达自己的感怀，遗憾此时没有知音相伴。如今创造了新乐曲，并用弦乐和管乐配合伴奏。

（吴科元译注并修订）

豪士赋序一首

陆士衡

题解

陆机入晋为官不久,就遭遇“八王之乱”。晋惠帝永康元年(300)赵王伦与齐王冏等合谋杀贾后,伦废惠帝而自篡位。后齐王冏与成都王颖联合讨伐伦,伦被处死。冏诛灭伦党,而机因任伦中书郎,受牵连被捕入狱,多亏颖等救护,机才幸免一死。机被赦出狱后,反思当时动乱及其根源,于永宁元年(301)写下这篇《豪士赋并序》。本想讽谏齐王冏之类,但是,冏辅政掌权,骄恣日甚,大失民心,而不听劝谏。指出怙恶不悛,终不免重蹈覆辙,太安二年(303),冏被长沙王乂所杀。(参见陆侃如《中古文学系年》下)

“豪士”,谓杰出人才。语本《孟子·尽心上》:“若夫豪杰之士,虽无文王犹兴。”机创作用意,史有明文:“冏矜功自伐,受爵不让,机恶之,作《豪士赋》以刺焉。”(《晋书·陆机传》)机厌恶大动乱。战祸连年,祸国殃民,其祸根就在于诸王争权夺利,互相倾轧。从一个侧面反映了人民憎恶动乱,期盼安居乐业的愿望。继承、阐发前哲如老子的格言,进行讽谏:“持而盈之,不如其已……富贵而骄,自遗其咎。功遂身退,天之道也。”“自伐者无功,自矜者不长。”(《老子》)化而用之,说明“盈难久持”,“圣人忌功名之过己,恶宠禄之逾量”,不该“饕大名以冒道家之忌”,应当“超然自引,高揖而退”。但是,齐王冏之类,不可能领悟机讽谏主旨,“冏不之悟,而竟以败”。(《晋书·陆机传》)

序文可分四部分:首先,阐明立功要靠时势机遇,矜功自伐是没

有道理的;其次,引用历史正反经验教训,一再论证贪慕功名、权势、富贵,必然招来祸殃;再次,反复说明安危道理,如:“身危由于势过”,“祸起积于宠盛”;结尾重在讽谏。指出当实践前贤至言,含藏收敛,消除争权夺利之心,才合乎自然规律。

《文选》删去赋,仅录其序,原因何在?大概因为序的思想性、艺术性较高吧。序文长达八八五字,而赋仅只一六三字,两者之比约为五比一。似乎萧统偏爱字多,其实不然。相形之下,序文另有优势,思想性方面,擅长引用前贤至言、历史事实雄辩说理,已详见前述,例从略。艺术性方面有如下特色:一、情文并茂,层次井然,说理透辟;二、遣词造句极其婉曲隐晦,着意追求意在言外,如不明言齐王冏,而善于通过引用史事暗示出来;三、注重用事,讲究对偶,追求四字句六字句相间,已经具备骈体文特点。如:“且夫政由宁氏,忠臣所为慷慨;祭则寡人,人主所不久堪。是以君奭鞅鞅,不悦公旦之举;高平师师,侧目博陆之势。”

原文

夫立德之基有常,而建功之路不一[1]。何则[2]?循心以为量者存乎我[3],因物以成务者系乎彼[4]。存夫我者,隆杀止乎其域[5],系乎物者,丰约唯所遭遇[6]。落叶俟微风以陨,而风之力盖寡[7],孟尝遭雍门而泣,而琴之感以末[8]。何者[9]?欲陨之叶无所假烈风[10],将坠之泣不足繁哀响也[11]。是故苟时启于天[12],理尽于民[13],庸夫可以济圣贤之功[14],斗筲可以定烈士之业[15]。故曰才不半古,而功已倍之[16],盖得之于时势也。历观古今[17],徼一时之功,而居伊周之位者有矣[18]。夫我之自我[19],智士犹婴其累[20],物之相物[21],昆虫皆有此情[22]。夫以自我之量而挟非常之勋[23],神器晖其顾眄[24],万物随其俯仰[25],心玩居常之

安[26],耳饱从谀之说[27],岂识乎功在身外、任出才表者哉[28]?

且好荣恶辱,有生之所大期[29];忌盈害上,鬼神犹且不免[30];人主操其常柄[31],天下服其大节[32],故曰天可雠乎[33]?而时有裓服荷戟,立于庙门之下[34],援旗誓众,奋于阡陌之上[35]。况乎代主制命,自下财物者哉[36]?广树恩不足以敌怨[37],勤兴利不足以补害[38],故曰代大匠斫者,必伤其手[39]。且夫政由宁氏,忠臣所为慷慨[40],祭则寡人,人主所不久堪[41]。是以君奭鞅鞅,不悦公旦之举[42];高平师师,侧目博陆之势[43]。而成王不遣嫌吝于怀[44],宣帝若负芒刺于背[45],非其然者与?嗟乎!光于四表,德莫富焉[46];王曰叔父,亲莫昵焉[47]。登帝大位,功莫厚焉[48];守节没齿,忠莫至焉[49]。而倾侧颠沛,仅而自全[50],则伊生抱明允以婴戮[51],文子怀忠敬而齿剑[52],固其所也[53]。因斯以言,夫以笃圣穆亲,如彼之懿[54],大德至忠,如此之盛[55],尚不能取信于人主之怀[56],止谤于众多之口[57],过此以往,恶睹其可[58]?安危之理,断可识矣[59]。又况乎饕大名以冒道家之忌[60],运短才而易圣哲所难者哉[61]?

身危由于势过[62],而不知去势以求安;祸积起于宠盛[63],而不知辞宠以招福[64]。见百姓之谋己,则申宫警守[65],以崇不畜之威[66];惧万民之不服,则严刑峻制[67],以贾伤心之怨[68]。然后威穷乎震主,而怨行乎上下[69],众心日陊[70],危机将发[71],而方偃仰瞪眄[72],谓足以夸世[73],笑古人之未工[74],亡己事之已拙[75],知囊勋之可矜[76],暗成败之有会[77]。是以事穷运尽[78],必于颠仆[79],风起尘合[80],而祸至常酷也。圣人忌功名之过己[81],恶宠禄之逾

量[82],盖为此也。

夫恶欲之大端[83],贤愚所共有[84],而游子殉高位于生前[85],志士思垂名于身后[86],受生之分[87],唯此而已。夫盖世之业[88],名莫大焉;震主之势[89],位莫盛焉;率意无违[90],欲莫顺焉。借使伊人颇览天道[91],知尽不可益[92],盈难久持[93],超然自引[94],高揖而退[95],则巍巍之盛[96],仰邈前贤[97],洋洋之风[98],俯冠来籍[99],而大欲不乏于身[100],至乐无愆乎旧[101],节弥效而德弥广[102],身逾逸而名逾劭[103]。此之不为,彼之必昧[104],然后河海之迹堙为穷流[105],一篑之亹积成山岳[106],名编凶顽之条[107],身猒荼毒之痛[108],岂不谬哉?故聊赋焉,庶使百世少有寤云[109]。

注释

〔1〕立德:树立德业。　建功:立功。

〔2〕何则:同下文“何者”,谓“何哉”。

〔3〕心:谓仁爱之心。　量:准则。

〔4〕物:外物,谓“彼”,与“我”相对。　成务:成就事业。

〔5〕隆杀(shài 晒):隆重与减省。　域:谓自身。

〔6〕丰约:丰富与贫乏。　遭遇:际遇,机遇。

〔7〕俟(sì 四):等待。　陨(yǔn 允):坠落。　寡:少。

〔8〕孟尝:孟尝君,即田文。战国时齐国贵族,门下有食客数千,显贵一时。雍门:借代雍门周,亦称雍门子周,名周,因居住齐国西城门雍门,故称。事见刘向《说苑·善说》等载,雍门子周设身处地为孟尝君陈说行将危亡以及其后来凄惨境况,孟尝君听后,为不幸遭遇而伤感含泪。随着,子周应邀为其弹琴,抒发悲音,进而感发孟尝君泪流满面。

〔9〕何者:《晋书·陆机传》作“何哉”。

〔10〕假:借助。　烈风:暴风。

〔11〕哀响:悲凉的乐声。

〔12〕时:谓时势。

〔13〕理:谓理事,处理政事。 民:谓人事。

〔14〕庸夫:犹庸人,见识浅陋的人。 济:成就。 圣贤:圣人与贤人。

〔15〕斗筲(shāo 稍):比喻才短识浅。 烈士:有气节有壮志的人。

〔16〕化用"事半功倍"典故,谓适逢时势。《孟子·公孙丑上》:"故事半古之人,功必倍之。"

〔]7〕历:普遍。

〔18〕徼(yāo 邀):通"邀",求取。 一时:谓短期。 伊、周:指伊尹、周公,旧时都称为贤相。伊尹,商初大臣,名伊,尹是官名。一说名挚,辅佐商汤。周公,西周初年政治家。姬姓,周武王之弟,名旦,因其采邑在周(今陕西岐山北),故称周公,辅佐成王。

〔19〕自我:自己肯定自己。

〔20〕智士:有智慧的人。 婴:遭受。

〔21〕相物:谓物皆互相轻视。

〔22〕昆虫:众虫。

〔23〕挟(xié 协):带着。 非常:不同寻常。

〔24〕神器:借代帝位、政权。 顾眄(miǎn 免):回头看。眄,李善本作"盼",据文臣本改。

〔25〕俯仰:一举一动。

〔26〕玩:爱好,乐于。 居常:守常不变。

〔27〕从谀(sǒng yú 怂鱼):怂恿,奉承。

〔28〕身外:自身之外。任出才表:谓职位重要而才能不够用。

〔29〕好荣恶(wù 务)辱:喜爱荣耀厌恶耻辱。《荀子·荣辱》:"材性智能,君子小人一也。好荣恶辱,好利恶害,是君子小人之所同也。" 有生:犹言生人,谓民众。 大期:共同的意愿。

〔30〕忌:憎恶。 盈:谓满溢,指自满自骄。

〔31〕人主:君主。 常柄:固定的权柄。

〔32〕服:服膺,信服。 大节:基本法纪。

〔33〕天:天命,指君主。

〔34〕袨(xuàn 炫)服:黑色礼服。 荷(hè 贺):扛。 戟(jǐ 己):古代兵器。此化用任章谋刺汉宣帝典故,事见《汉书·梁丘贺传》,代郡太守任宣坐谋

反诛,宣之子章为公车丞,亡在渭城界中,夜玄(袨)服入庙居郎间,执戟立庙门,待汉宣帝至,欲为逆。被发觉,章伏诛。

〔35〕援:执。　誓众:犹言誓师,出兵时告诫将士。　奋:奋起。　阡陌(qiān mò 千莫):田间小路。此化用陈涉起义推翻强秦典故,事见贾谊《过秦论》,陈涉蹑足行伍之间,俯起阡陌之中,斩木为兵,揭竿为旗,山东豪俊遂并起而亡秦族矣。

〔36〕主:君主。　制命:拟定命令。　下:臣下。　财:通"裁",裁断。

〔37〕树恩:广施恩泽。　敌怨:犹报怨,报复仇怨。

〔38〕勤:致力于。　兴利:谓创办利益。　害:祸患。

〔39〕代斫(zhuó 卓):谓代替有名的木工斫木头,借指代替别人做自己难以胜任的事情。语出《老子》:"夫代大匠斫者,希有不伤其手矣。"

〔40〕宁氏:宁喜,又称宁子。春秋时卫国大臣。　慷慨:愤慨激昂。此用卫献公时大政交由大臣宁氏掌管典故,事见《左传·襄公二十六年》,卫献公使与宁喜言,曰:苟反,政由宁氏,祭则寡人。

〔41〕寡人:古代君主自称。　人主:君主。　堪:能忍受。

〔42〕君奭(shì 事):召(shào 邵)公,一作邵公、召康公。姬姓,名奭。君为尊称。因其采邑在召(今陕西岐山西南),故称。西周初年大臣,辅佐周武王灭商,被封于燕,成王时任太保。　鞅鞅(yāng 央):同"怏怏",形容郁郁不乐。　公旦:周公,姬姓,周武王之弟,成王之叔,名旦,因采邑在周(今陕西岐山北),故称。西周初年政治家,辅助周武王灭商。成王年幼时,由他摄政,并任成王太师。事见《书·君奭》:"召公为保,周公为师,相成王为左右,召公不说。"

〔43〕高平:高平侯,指魏相。　师师:相效法。　侧目:怒目而视。　博陆:博陆侯,指霍光。事见《汉书·魏相传》,魏相通过平恩侯许伯向汉宣帝奏封事,进言应损夺霍氏权势,破散其阴谋,以固皇帝万世之基,汉宣帝从其议,后任命魏相为丞相,封高平侯。又见《汉书·霍光传》载,霍光为汉武帝、昭帝、宣帝三朝重臣,秉政二十年,官至大司马大将军,封博陆侯。光死,子禹袭封。三年后,光的子孙谋反,宗族尽诛灭。

〔44〕成王:周成王,西周国王,姬姓,名诵。其父周武王死,他继位,因年幼而由叔父周公旦摄政,成年后,周公归政于他。　嫌:嫌疑。　吝:鄙吝。此用成王听到流言蜚语而怀疑周公的典故,事见《书·金縢》载,武王既丧,管叔及其群弟乃流言于国,周公将不利于孺子成王,成王亦不敢诮周公。伪孔传:成王

信流言而疑周公。

〔45〕宣帝:汉宣帝(前91—前49),刘询,西汉皇帝。昭帝死,他为霍光所立。 负芒:背负芒刺。芒刺于背;即芒刺在背。两成语都形容极度不安。芒刺:草木茎叶、果壳上的小刺。 此用汉宣帝恐惧霍光威严而极度不安的典故,事见《汉书·霍光传》载,汉宣帝始立,谒见高庙,大将军光从骖乘,上内严惮之,若有芒刺在背。

〔46〕光:通“广”,充满。 四表:指四方极远之处。

〔47〕王曰叔父:《诗·鲁颂·闷宫》:毛传:“王,成王也。”郑玄笺:“叔父,谓周公也。” 昵(nì溺):亲近。

〔48〕大位:当作“天位”,帝位。(依胡克家考异)此用霍光拥立幼主而一辈子忠心事主的典故,事见《汉书·霍光传》载,霍光等上奏,孝武皇帝曾孙病已,可以嗣孝昭皇帝后,是为孝宣皇帝。

〔49〕守节:坚守节操。 没(mò末)齿:终身。

〔50〕倾侧;困顿,颠沛。 颠沛:倾覆,仆倒。 自全:自我保全。

〔51〕伊生:尊称伊尹,商初大臣,名伊,尹是官名。一说名挚。 明允(yǔn殒):明察而诚信。 婴戮(lù路):遭到杀戮。事见《书·太甲上》:“太甲既立,不明,伊尹放诸桐。” 又见《竹书纪年》卷五:“王(太甲)潜出自桐,杀伊尹。”

〔52〕文子:尊称文种,春秋末年越国大夫。字少禽(一作子禽),楚国郢(今湖北江陵县西北)人。 忠敬:忠诚恭敬。 齿剑:犹言触刃,指自杀。事见《史记·越王勾践世家》载,越被吴大败,文种献计越王勾践,到吴贿赂吴太宰嚭,使越得免亡国。后勾践与群臣刻苦图强,终于灭了吴国。后来,勾践听信谗言,赐剑命文种自杀了。

〔53〕固其所也:谓本来为臣下所疑惑不解。

〔54〕笃(dǔ睹):诚笃。 穆:和美。 懿(yì意):美德。

〔55〕大德:盛大的功德。 至忠:最高的忠诚。

〔56〕取信:取得信任。 人主:君主。

〔57〕止谤:止息谤言。

〔58〕过此以往:除此以外。《易·系辞下》:“过此以往,未之或知也。” 恶(wū乌):哪里。

〔59〕断:断然,绝对。

〔60〕饕(tāo滔):贪。 大名:崇高美好的名声。 冒:冒犯。 道家:我

国古代以老子、庄子为代表的一种思想流派。　忌:憎恶。《老子》中有许多憎恶自满、自矜的格言,如:"持而盈之,不如其已……富贵而骄,自遗其咎。"

〔61〕短才:低下之才。　圣哲:指有超人的道德才智的人。

〔62〕势:威势。　过:过分。

〔63〕宠盛:得宠过甚。

〔64〕辞:辞谢。　招:招来。

〔65〕申宫:守宫。申,通"司"。(依杨伯峻注)《左传·成公十六年》:"申宫、儆备、设守。"

〔66〕崇:高。　畜(xù 蓄):通"蓄",积聚。

〔67〕严刑峻制:犹言严刑峻法,严厉的刑法。

〔68〕贾(gǔ 古):招致。　伤心:心灵受伤。

〔69〕震主:使君主震惊恐惧。

〔70〕众心:民心。　陊(duò 堕):坠落。

〔71〕危机:潜伏的祸害或危险。

〔72〕偃(yǎn 掩)仰:骄傲。　瞪眄(dèng miǎn 邓免):傲视的样子。

〔73〕夸:炫耀。

〔74〕笑:讥笑。　工:善。

〔75〕亡:当作"忘"。(依胡克家考异)　拙:笨拙。

〔76〕曩(nǎng 囊):从前。　矜(jīn 今):自夸。

〔77〕会:运会,时运际会。

〔78〕运:世运,国运。

〔79〕颠仆:倾倒。

〔80〕风起尘合:谓大风飞扬,尘土聚会,比喻世道动乱。

〔81〕忌:畏惧。　功名:功绩、名声。

〔82〕恶(wù 务):厌恶。　宠禄:谓荣宠和禄位。　逾量:超过限度。

〔83〕恶(wù 务):憎恶,指厌恶死亡贫苦等。　欲:贪欲,指饮食男女等。大端:主要的端绪。语本《礼记·礼运》:"饮食男女,人之大欲存焉;死亡贫苦,人之大恶存焉。故欲恶者心之大端也。"

〔84〕贤、愚:有才德的人与一般人。

〔85〕游子:离家远游的人。　殉:追求。

〔86〕志士:有远大志向的人。　垂名:谓流传名声。

〔87〕受生:犹禀性。生,通“性”。

〔88〕盖世:才能、功绩等高出当代之上。

〔89〕震主:使君主震动恐惧。

〔90〕率意:肆意。　无违:没有违背。

〔91〕伊人:此人。　颇:稍微。　天道:指自然规律。

〔92〕尽不可益:谓世运已尽不可增加。

〔93〕盈:满溢,过度。谓自满、自骄。

〔94〕超然:高远的样子。　自引:自行引退。

〔95〕高揖:极言谦让。

〔96〕巍巍:形容高大。

〔97〕仰:敬慕。　邈(miǎo 渺):远。　前贤:前代的贤人或名人。

〔98〕洋洋:美善。

〔99〕冠(guàn 贯):位居第一。　籍:史籍。

〔100〕大欲:最大的欲望。　乏:缺乏。

〔101〕至乐(lè 勒):最大的快乐。　无愆(qiān 牵):没有丧失。

〔102〕节:忠节,忠贞的节操。　效:竭尽。

〔103〕逸:超逸。　劭(shào 绍):美。

〔104〕此:谓自引。　彼:谓贪图荣宠。　昧:贪图。

〔105〕河、海:黄河与沧海。　堙(yīn 因):堵塞。　穷流:干涸的河流。

〔106〕一篑(kuì 馈):一筐,形容小。　衅(xìn 衅):罪过,过失。

〔107〕凶顽:凶恶愚顽。　条:谓史籍的条目。

〔108〕猒(yàn 厌):同餍,饱受。　荼(tú 途)毒:毒害。

〔109〕庶:希望。　百世:世世代代,指久远的岁月。　少:稍。　寤:醒悟。

今译

树立德业的基础有固定规律,而建树功勋的途径各不相同。为什么呢?树立德业以内心修养为标准,建树功勋以客观形势为条件。内心修养的高低取决于自我,建树功勋的大小取决于机遇。将要落的树叶只待微风就坠落,风力的作用大概不大。孟尝君遭逢雍门周一席话而感悟泪水汪汪,继而又听到其琴奏悲音,更加感伤泪

流满面。为什么呢？将要坠落的树叶不必借助猛烈风力；行将落泪当然不能禁受繁多哀伤的琴声。因此如果时势开导于天道，理事尽心于人事，平庸之辈亦可成就圣贤功绩，才短识浅的人亦可以奠定志士功业。所以说才能不及古人的一半，而立功却比古人加倍，大概得益于时势机遇。通观古今，谋求一时功业而处于丞相要职的大有人在。自己肯定自己，聪明人尚且遭受其累，动物互相轻视争斗，虫类也都有这种情形。依据自我肯定自己作准则，而挟带异乎寻常的功勋，回头看着闪烁光辉的皇帝宝座，万物都随顺其一举一动，一心乐于守常不变的安乐，满足于奉承阿谀的话语，岂知立功本在自身之外，职位超出自己实际才能呢？

至于说喜爱荣耀，厌恶耻辱，是民众相同的期望；鬼神憎恶骄傲自满、杀害在上位的人，不免将施加惩罚；君主掌握固定权柄，天下臣民服膺其基本法纪，所以说君主可以仇恨吗？然而时时有身着黑色礼服、手握兵器、站在庙门之下阴谋行刺君主的，时时有举旗誓师、奋起于田间而起义夺权的。何况代君主拟定命令，由臣下裁断事物的呢！广泛施与恩泽而不能报复仇怨，致力兴办利益而不能补救祸患，所以说代替有名木工砍木头，一定会砍伤自己的手。至于说政事交由宁氏执掌，忠臣所以愤慨激昂，祭祀才由寡人主持，君主亦不能长久忍受。因此召公郁郁不乐，不高兴周公的举动；高平侯效法前代贤相，敌视博陆侯专权而危及国家的威势。然而周成王不能排遣心中对周公的嫌疑鄙吝，汉宣帝恐惧霍光威严，好像芒刺在背而极度不安。事情不就是这样的吗？唉！充满四方极远之处，周公圣德丰厚无与伦比；周成王说，叔父周公亲近自己无与伦比；拥立幼主登上皇位，霍光丰功伟绩无与伦比；坚守节操，至死不变，霍光忠心至极无与伦比。然而一经困顿倾覆，霍光仅仅保全了自身；伊尹抱明达诚信遭到杀戮，文种心怀忠诚恭敬而惨遭赐剑自杀，这些本来为臣下所疑惑不解。根据这种情况而言，像周公这样诚笃温和、可亲可近、道德极高、如此完美的，像霍光这样盛大功德、忠诚至

极、有如此盛誉的，尚且不能取得君主内心深信不疑，制止众人谗言。除此以外，一般人哪里可望能安然存在呢？安危的道理断然可以明了。更何况贪图大名声而冒犯道家所憎恶，运用低下之才而改变圣贤哲人也难以避免的不幸遭遇呢？

身处危险由于权势过分，却不知去掉威势以求转危为安；祸患积聚以宠幸太多而起，却不知辞谢恩宠以招来幸福。看到百姓图谋危害自己，就守宫警戒保卫，用以加高不积德的威势；害怕万众不驯服，就施行严刑峻法，用以招致心灵受伤的怨恨。然后威势登峰造极而使君主震惊恐惧，抱怨盛行在君臣上下之间，民心日益低落涣散，潜伏的祸害将要暴发，而正骄横傲视一切，以为足以炫耀功绩于当代，讥笑古人不能尽善，忘记自己处事已经笨拙，只知从前功勋可以自夸，不明成败得失当有际会。因此事情窘困世运穷尽，一定发生倾倒；大风飞扬，尘土聚会，而祸患伴随动乱而来常常酷烈。圣人畏惧功绩、名声超过自身实际，厌恶恩宠、俸禄超出限度，大概就是这种缘故吧。

厌恶死亡贫苦，喜爱饮食男女两个重要方面，是贤人与一般人所共有的，而游子只顾生前追求高位，志士一心想着身后流传美名，两种人禀性不同，只此而已。盖世无双的大业，名声没有比之更大的；使君主震动恐惧的威势，职位没有比之更显赫的；肆意而行没有违背，欲望没有比之更顺遂的。如果使此人稍稍观览天道，了解世运已尽不可增加，盈满难以长久保持，高举远离，自行引退，极度谦让，功遂身退，就高大至极。敬慕久远前贤，美善风范，将位居未来史籍的首位，自身最大欲望不会缺乏，旧有最大快乐没有丧失，愈竭尽忠贞节操而立德愈广，愈超逸自身而名声愈美。不愿抽身引退，一定贪图荣宠，这样以后黄河大海将会被堵塞而干涸，小罪潜滋暗长如同一筐土一筐土逐渐堆积终于形成山岳一样，名字将编次在史籍凶恶愚顽的条目之中，自身饱受毒害惨痛，岂不谬误吗？因此姑且写作《豪士赋并序》，希望使世世代代稍有醒悟。

（张厚惠译注　陈复兴修订）

三月三日曲水诗序一首 颜延年

题解

李善注引裴子野《宋略》曰:“文帝(刘义隆)元嘉十一年(434),三月丙申,禊饮于乐游苑(晋宋时游乐之地,故址在今江苏江宁县),且祖道(设酒饯行)江夏王义恭、衡阳王义季,有诏会者咸作诗,诏太子中庶子(官名)颜延年作序。”

古俗农历三月三日,人们集于水边盥洗洁身,以为祛除疾邪,祈求福祉,称为上巳节。又于流水之上浮起酒杯,依次而饮,作诗行乐,称为“曲水”。其源可溯自上古时期。李善注引《风俗通》:“《周礼》:女巫掌岁时祓除疾病。禊者,絜也,于水上盥絜也。巳者祉也,邪疾已去,祈介祉也。”又《韩诗》:“三月桃花水之时,郑国之俗,三月上巳(上旬巳日),于溱、洧两水之上,执兰招魂,祓除不祥也。”又《续齐谐记》:“晋武帝问尚书挚虞曰:‘三月曲水,其义何?’答曰:‘汉章帝时,平原徐肇以三月初生三女,至三日而俱亡,一村以为怪,乃招携至水滨盥洗。遂因水以泛觞,曲水之意起于此。’帝曰:‘若所谈,非好事。’尚书郎束皙曰:‘仲治(挚虞字)小生,不足以知,臣请说其始。昔周公成洛邑,因流水以泛酒,故逸诗曰:羽觞随流波。……’帝曰:‘善。赐金五十斤,左迁(贬官)仲治为阳城令。’”

本文主旨在于借行祓禊之礼,而歌颂南朝宋文帝的文德功业,表达其北伐中原收复两京的理想。

开头泛论宴乐之礼为历代帝王所崇尚,以其具有开拓世业发扬传统的意义。第二段颂扬刘宋王朝建国以来的德业,国内政教兴

旺,社会安宁,与四外少数民族交往密切,关系亲善。第三段描述曲水流觞并为江夏王、衡阳王祖饯的情景。最后描述宴礼乐舞,以及君臣和谐、华裔咸集的盛况。

何焯批评曰:"颜王二序皆出班张,颜犹有制,王则以夸以丽,欲以掩颜而转见卑冗,宋齐文格,不止判若商周也。"(《义门读书记》,第五卷)中肯地说明了此篇的形式特征及其风格与汉赋的联系。但是,文章对宋文帝及其执政初期的颂扬也表现出某种历史真实。文帝即位伊始,诛灭权臣傅亮、徐羡之、谢晦等,亲览朝政,诏举贤才,鼓励农桑,重视文教,并遣到彦之、檀道济先后北伐,邻国如天竺、百济、高丽、倭国等,相继遣使献纳方物。这位青年帝王(时年二十八岁)确实在江南创造出一个东晋以来"内清外晏,四海謐如"相对稳定的政治局面。文章则以赋家笔法相当形象地表现了这种社会气氛。

其于描写祓禊之礼的进程中,所谓"将徙县中宇,张乐岱郊,增类帝之宫,饬礼神之馆,涂歌邑诵,以望属车之尘者久矣","怅钧台之未临,慨酆宫之不县,方且排风阙以高游,开爵园而广宴",云云,不只表达出北方沦陷区人民对民族光复的渴望,也抒发出一位有抱负的君主向往国家统一的志愿,是很值得赞赏的。

原文

夫方策既载[1],皇王之迹已殊[2];钟石毕陈[3],舞咏之情不一[4]。虽渊流遂往[5],详略异闻[6],然其宅天衷[7],立民极[8],莫不崇尚其道[9],神明其位[10],拓世贻统[11],固万叶而为量者也[12]。

有宋函夏[13],帝图弘远[14]。高祖以圣武定鼎[15],规同造物[16];皇上以睿文承历[17],景属宸居[18]。隆周之卜既永[19],宗汉之兆在焉[20]。正体育德于少阳[21],王宰宣哲于

元辅[22]。晷纬昭应[23]，山渎效灵[24]。五方杂遝[25]，四隩来暨[26]。选贤建戚[27]，则宅之于茂典[28]；施命发号[29]，必酌之于故实[30]。大予协乐[31]，上庠肆教[32]。章程明密[33]，品式周备[34]。国容视令而动[35]，军政象物而具[36]。箴阙记言[37]，校文讲艺之官[38]，采遗于内[39]；辅车朱轩[40]，怀荒振远之使[41]，论德于外[42]。赪茎素毳[43]，并柯共穗之瑞[44]，史不绝书；栈山航海[45]，逾沙逸漠之贡[46]，府无虚月[47]。烈燧千城[48]，通驿万里[49]。穹居之君[50]，内首禀朔[51]；卉服之酋[52]，回面受吏[53]。是以异人慕响[54]，俊民间出[55]；警跸清夷[56]，表里悦穆[57]。将徙县中宇[58]，张乐岱郊[59]，增类帝之宫[60]，饬礼神之馆[61]，涂歌邑诵[62]，以望属车之尘者久矣[63]。

日躔胃维[64]，月轨青陆[65]。皇祇发生之始[66]，后王布和之辰[67]，思对上灵之心[68]，以惠庶萌之愿[69]，加以二王于迈[70]，出饯戒告[71]，有诏掌故[72]，爰命司历[73]，献洛饮之礼[74]，具上巳之仪[75]。南除辇道[76]，北清禁林[77]，左关岩磴[78]，右梁潮源[79]。略亭皋[80]，跨芝廛[81]，苑太液[82]，怀曾山[83]。松石峻垝[84]，葱翠阴烟[85]，游泳之所攒萃[86]，翔骤之所往还[87]。于是离宫设卫[88]，别殿周徼[89]，旌门洞立[90]，延帷接枑[91]，阅水环阶[92]，引池分席[93]。春官联事[94]，苍灵奉涂[95]。然后升秘驾[96]，胤缇骑[97]，摇玉鸾[98]，发流吹[99]，天动神移，渊旋云被[100]，以降于行所[101]，礼也。

既而帝晖临幄[102]，百司定列[103]，凤盖俄轸[104]，虹旗委旆[105]。肴蔌芬藉[106]，觞醳泛浮[107]。妍歌妙舞之容[108]，衔组树羽之器[109]。三奏四上之调[110]，六茎九成之

曲[111]。竞气繁声[112],合变争节[113]。龙文饰辔[114],青翰侍御[115]。华裔殷至[116],观听骛集[117]。扬袂风山[118],举袖阴泽[119]。靓庄藻野[120],袨服缛川[121]。故以殷赈外区[122],焕衍都内者矣[123]。上膺万寿[124],下禔百福[125]。匝筵禀和[126],阖堂依德[127]。情盘景遽[128],欢洽日斜[129]。金驾总驷[130],圣仪载伫[131]。怅钧台之未临[132],慨酆宫之不县[133]。方且排风阙以高游[134],开爵园而广宴[135]。并命在位[136],展诗发志,则夫诵美有章[137],陈信无愧者欤[138]?

注释

〔1〕方策:谓史籍。方,版;策,简。皆用以记事。

〔2〕皇王:指上古帝王,若夏禹、商汤、周文武等。　迹:事迹,功业。

〔3〕钟石:指乐器。钟,铜制,中空,以木槌击之发声;石,石磬。　陈:陈列。毕陈,此谓演奏。

〔4〕舞咏:谓手舞咏歌。

〔5〕渊流:源流。　往:此谓发展变化。

〔6〕详略:谓记述评论。　异闻:谓传闻不同。

〔7〕宅:居,处。　天衷:天之中心。衷,心。

〔8〕民极:民众之极则。极,则,法则。

〔9〕其道:指宴乐之道。

〔10〕神明:以之为神明。谓恭敬,崇尚。　其位:指宴乐的位次。

〔11〕拓世:开创世业。　贻统:遗留传统。

〔12〕万叶:万代。　量(liàng):法度,准则。

〔13〕有宋:指南朝宋。　函夏:诸夏,中国。

〔14〕帝图:帝王的版图。

〔15〕高祖:指宋高祖刘裕,彭城人,字德舆。初为东晋北府兵将领,镇压孙恩等农民起义军,又讨桓玄有功,封宋公。又两次北伐,灭南燕、后秦。元熙二年代晋自立,建宋王朝,与新崛起的北魏,形成南北对峙的局面。　定鼎:谓建

立宋王朝。鼎,古代传国的宝器。传说夏禹铸九鼎以象九州,商周置于国都,因谓建立王朝为定鼎。

〔16〕规:规矩,法度。 造物:造化万物,指自然之道。

〔17〕皇上:指宋文帝刘义隆,高祖第三子,博涉经史,善隶书,重文学。勤于政事,江左称治。睿(ruì 瑞)文:明智而有文德。 承历:禀承天命。历,历数,由天命所预定的帝王统治时间。

〔18〕景属:光明继承。 宸居:喻帝位。宸,北极星所在之处,借喻为帝王所居。

〔19〕隆周:崇高的周朝。 卜:占卜,以龟甲裂纹判断吉凶。 永:久长。李善注引《左传》:"王孙满(人名)曰:'成王定鼎于郏鄏(古地名),卜世三十,卜年七百。'"

〔20〕宗汉:尊崇的汉室。刘良注:"宋为汉后,故云宗汉。" 兆:指占卜时龟甲经烧灼呈现的裂纹,以判断吉凶。李善注引《汉书·文帝纪》:"兆得大横(龟纹正横)。占曰:'大横庚庚(龟甲所呈繇文的样子),余(原谓夏启,此指汉文帝)为天王。'" 以上两句谓周成王预卜周朝可延续十代七百年,汉文帝预卜陈平等诛灭诸吕之后,自己当即位称帝;意思说刘宋继承周汉,国运必当天长地久。

〔21〕正体:指太子,此指刘劭。 少阳:东方之极地,此指东宫,太子之宫。《史记·司马相如传》:"邪绝少阳而登太阴兮,与真人乎相求。"《集解》引《汉书音义》:"少阳,东极;太阴,北极。"

〔22〕王宰:帝王的宰辅。 宣哲:发挥才智。 元辅:为国君辅佐。元,君。

〔23〕晷(guǐ 鬼)纬:日影与五星。纬,行星的古称,对经星而言。《史记·天官书》:"水、火、金、木、填星,此五星者,天之五佐,为纬。" 昭应:光明而不错乱。

〔24〕山渎:指五岳(泰山、华山、衡山、恒山、嵩山)和四渎(江、淮、河、济)。效灵:呈现神灵。李善注:"效灵,山出器车,渎出图书之类。"

〔25〕五方:指东、西、南、北、中。 杂遝:形容人物众多。

〔26〕四隩(ào 奥):四方可居之地。指四方边远之地的各少数民族。暨:至。

〔27〕建戚:树立亲戚,以之为公侯。

〔28〕宅:当作"择"。(据《文选旁证》,卷三十八) 茂典:美好的典则。指

国家的宪章法令。

〔29〕施命:发布命令。

〔30〕酌:斟酌,吸取。　故实:可以效法的史实。此指历史经验。

〔31〕大予:乐名。此指掌乐官,称大予乐令。　协乐:协和乐律,谓掌管乐舞之事。

〔32〕上庠(xiáng 祥):古代的大学。　肆教:施行教化。

〔32〕章程:章术法式。《史记·太史公自序》:"于是汉兴,萧何次律令,韩信申军法,张苍为章程,叔孙通定礼义。"《集解》:"如淳曰:'章,历数之章术也;程者,权衡丈尺斛斗之平法也。'"

〔34〕品式:指官吏的品级法式。

〔35〕国容:国家的礼仪。

〔36〕象物:谓象熊罴虎豹之威猛。

〔37〕箴阙:谓箴戒天子百官的过失。箴,告诫;阙,过失。　记言:记录帝王的言辞。

〔38〕校文:校理秘阁之文。　讲艺:讲授经艺。

〔39〕采遗:采拾遗缺之事。

〔40〕辅(yóu 由)车:轻车。　朱轩:红漆之车,与辅车皆为使臣所乘之车。

〔41〕怀荒:安抚荒远之人。　震远:意思与"怀荒"相同。

〔42〕论德:谓讲论天子之仁德。

〔43〕赪(chēng 瞠)茎:朱草。　素毳(cuì 翠):似为草名。李善注:"素毳,白虎也。"朱珔说:"案白虎即驺虞,此以素毳与赪茎连言,下并柯共穗亦草木之类,独杂入兽,似觉不伦。方氏《通雅》以为素毳乃白叠草也,颇近之。"(《文选集释》,卷二十二)

〔44〕并柯:指连理木,根异而枝干连生。　共穗:穗相连而生之草。与赪茎、素毳、并柯皆祥瑞之草木。

〔45〕栈山:依山筑栈道而越过。栈,以竹木依山筑起的道路。

〔46〕逸:越。　贡:贡物。古时诸侯或地方官向皇帝进献的土特产品。

〔47〕府:府库,古时国家收藏财物之所。

〔48〕烈燧(suì 隧):众多的烽火。烈,当作"列"。(见胡克家《文选考异》)燧,古时边城用以报警的烽火。

〔49〕通驿:畅达四方的驿站。驿,古时供传送公文的驿马,供其休息之处

为驿站。以上两句谓城镇众多,交通便利。

〔50〕穹居:以毡帐为居处之所。穹居之君,指北方匈奴首领。穹,穹庐,古时北方游牧民族居处的毡帐。

〔51〕内首:内向,谓归附中央政权。　禀朔:奉行正朔,谓归附听命。朔,正朔,一年之始与一月之始。古时改朝换代,则重定正朔。此禀朔,谓奉行朝廷所定正朔,以表归顺。

〔52〕卉服:草织的衣服。卉服之酋,指南方少数民族的酋长。

〔53〕回面:与"内首"义同。　受吏:谓接受郡县官吏之命。

〔54〕异人:非常之人。　慕响:谓向往朝廷的仁德。

〔55〕俊民:贤明之民。

〔56〕警跸(bì 毕):指天子出入的大道。警,警戒;跸,止人清道。　清夷:清静平坦。

〔57〕表里:指都城内外。　悦穆:愉悦和穆。

〔58〕徙县:谓迁都。县,都城。　中宇:中国,中原。指洛阳。

〔59〕张乐:设置乐舞,谓祭祀。　岱郊:泰山南郊。李善注:"言将徙都洛邑,封禅泰山也。"　以上两句谓宋都于江东建康,欲恢复中原,故欲徙都洛阳,祭祀泰山。

〔60〕增类:多次祭祀。类,祭。

〔61〕饬(chì 斥)礼:恭敬地拜祭。

〔62〕涂歌:在大路上歌舞。　邑诵:城邑中在诵美。

〔63〕属车:皇帝的侍从之车。此指天子之车。　尘:车行之尘。以上两句谓沦陷区的中原人民,四处歌舞赞颂,景仰大宋的仁德,热切盼望天子车驾的到来。

〔64〕躔(chán 禅):次,度次,指日月运行的轨迹。　胃维:胃星之畔。胃,星宿名,二十八宿之一。维,畔。李善注引《礼记》:"季春之月(农历三月),日在胃。"

〔65〕轨:行。　青陆:即青道,月亮运行的轨道。李善注引《河图帝览嬉》:"立春春分,月从东青道。"

〔66〕皇祇(qí 其):天神与地神。　发生:谓发生万物。李善注引《尔雅》:"春为发生。"

〔67〕后王:君王。　布和:布德和令,广施德化宣扬禁令。李善注引《礼

记》:“孟春之月,命相(指三公,古代中央最高官职)布德和令。” 辰:日。

〔68〕上灵:上天。

〔69〕惠:谓施予恩惠。 庶萌:众人。萌,通“氓”,老百姓。

〔70〕二王:指江夏王义恭、衡阳王义季。 于迈:出行。

〔71〕出饯:以酒宴送行。 戒告:告诫。此句谓于送行酒宴上,告诫江夏、衡阳二王,于各自封国布德行惠于百姓。

〔72〕有诏:命令。诏,命。 掌故:官名。掌礼仪制度等故事。

〔73〕爰:语助词。 司历:官名。吕延济注:“司历,知时历之官也。”

〔74〕洛饮:指昔周公于洛邑,因流水以泛酒之事。洛饮之礼,此指宋文帝于乐游苑为江夏王、衡阳王祖道禊饮之礼。

〔75〕具:备酒食。上巳:农历每月上旬的巳日。此指三月三日。上巳之仪,指元嘉十一年三月三日宋文帝于乐游苑行祓禊之礼。

〔76〕除:扫除。 辇(niǎn 碾)道:帝王之车所行的大道。辇,原为以人力所挽之车,后指帝王所乘之车。

〔77〕禁林:帝王的苑囿。

〔78〕关:关卡。谓设立关卡。 岩磴:岩坂,岩石山坡。

〔79〕梁:桥,筑桥。

〔80〕略:巡行。 亭皋:水边的平野。亭,平;皋,水旁地。

〔81〕芝廛(chán 缠):芝田。刘良注:“芝廛,芝田也,洛阳地名。”

〔82〕苑:以为苑囿。 太液:池名。在汉长安建章宫北,汉武帝所建。

〔83〕怀:怀抱。 曾山:高山。

〔84〕峻垝(guǐ 鬼):险峻的样子。

〔85〕葱翠:深青色。 阴烟:阴暗如烟雾。

〔86〕游泳:指鱼龙。 攒(cuán)萃:聚集。

〔87〕翔骤:指鸟兽。

〔88〕离宫:天子出游之宫。 设卫:设置宿卫。

〔89〕别殿:别于正殿,便殿。 周徼(jiào 叫):普遍巡察。徼,巡察。闵齐华说:“周徼,周巡也。”(《文选瀹注》,卷二十三)又吕向注:“徼,循也。言周循于山水之间也。”周徼与设卫相对,闵说为是。

〔90〕旌门:以旌旗为门。李善注引《周礼》:“王之会同,为帷宫,设旌门。” 洞立:通立。

〔91〕延帷:排列的帷帐。延,列。　接枑(hù 互):梐枑相连接。枑,梐枑,古时设置在官府门前的障碍物,即以木条交叉制作的栅栏以阻止行人。

〔92〕阅水:流水。

〔93〕分席:谓水分流而至席座之所。

〔94〕春官:掌礼之官。《周礼》以宗伯为春官,掌邦礼。　联事:谓上下联络出游之事。

〔95〕苍灵:苍帝,传说为主东方的青帝神。　奉涂:奉事于途。谓前驱以清道。李善注:"言春官联事以供职,苍灵奉涂以卫行也。"

〔96〕秘驾:天子的车驾。

〔97〕胤(yìn 印):引,引导。　缇(tí 提)骑:指负责京城治安的骑兵部队。因其着桔红色装,乘马,故称缇骑。

〔98〕玉鸾(luán 峦):系于帝王车驾上的铃。有时以代帝王之车。鸾,也作"銮"。

〔99〕流吹:指箫笳之类的乐器。

〔100〕渊旋:泉流旋转。　云被:彩云笼罩。

〔101〕行所:行游之所。

〔102〕帝晖:指天子。　幄:帷帐。

〔103〕百司:百官。　定列:谓就位。

〔104〕凤盖:凤凰伞,帝王出行所用仪仗。　俄轸(zhěn 枕):俄然停止。

〔105〕虹旗:彩旗。　委斾(pèi 配):旗上的饰物垂下不动。李善注:"俄轸、委斾,不行也。"

〔106〕肴蔌(sù 素):鱼肉菜蔬。　芬藉:芬香盛多。

〔107〕觞醳(shāng yì 伤义):杯盏中的醇酒。　泛浮:谓美酒浮动盛多。

〔108〕容:仪容。此指歌舞的仪节姿容。

〔109〕衔组:指乐器上的装饰。组,丝织的彩饰。　树羽:指乐器上的装饰。羽,鸟羽。　器:乐器。李周翰注:"钟磬之格两头并刻为龙头,以衔彩组,又树以羽毛为幢者,皆乐器也。"

〔110〕三奏:反复演奏。李善注引《韩子》:"师旷奏清徵,一奏有玄鹤二八来集,再奏而列,三奏延颈而鸣,摅翼而舞。"　四上:指四国的音乐。《楚辞·大招》:"四上竞气,极声变只。"《注》:"四上,谓上四国,代、秦、郑、卫也。"　洪兴祖《楚辞补注》:"四上,谓声之上者有四,谓代秦郑卫之鸣竽也,伏戏(古帝

名)之驾辩也,楚之劳商也,赵之箫也。”

〔111〕六茎:乐曲名,传为古帝颛顼所作。李善注引《汉书》:“颛顼作六茎。” 九成:多次演奏。音乐奏完一曲叫一成。李善注引《尚书》:“《箫韶》(乐名)九成,凤皇来仪。”

〔112〕竞气:竞发美妙之气。 繁声:声音繁富交错。

〔113〕合变:谓声音和谐多变。 争节:谓音乐节奏激越紧张。

〔114〕龙文:骏马名。《汉书·西域传赞》:“蒲梢、龙文、鱼目、汗血之马,充于黄门。”《注》:“孟康曰:‘四骏马名也。’” 饰辔:谓戴上文饰的辔头。辔,辔头,马嚼子和缰绳。

〔115〕青翰:船名。李善注引《说苑》:“庄辛谓襄城君曰:‘鄂君乘青翰之舟,泛新波之中。’” 侍御:陪侍泛舟。以上两句谓骏马画船备好待用。

〔116〕华裔:华夏与边鄙之地。 殷至:成群而至。殷,盛,众。

〔117〕骛集:奔跑而聚集。

〔118〕袂(mèi 妹):衣袖。 风山:谓衣袖掀动草木,如清风吹山。

〔119〕阴泽:谓掩蔽川泽,如阴云笼罩。

〔120〕靓(jìng 静)庄:艳丽的庄饰。指美人的脂粉之色。 藻野:使原野呈现文采。

〔121〕袨(xuàn 炫)服:盛服。 缛(rù 入)川:使川泽呈现出繁杂斑斓之色。

〔122〕殷赈(zhèn 振):殷富,富裕。 外区:外方,边远之地。

〔123〕焕衍:鲜美充溢。以上两句谓中国与外方生活富裕,景物灿烂,一片祥和气象。

〔124〕上:君上。 膺:受。

〔125〕下:臣下。 禔(zhī 知):安享。

〔126〕匝(zā)筵:全部座席。匝,周,全。 禀和:领受祥和之福。

〔127〕阖堂:满堂群臣。 依德:凭靠仁爱之德。

〔128〕情盘:心情欢乐。 景遽(jù 据):时光疾速而过。景,日光;遽,急速。

〔129〕欢洽:欢欣和洽。

〔130〕金驾:天子的车驾。 总驷:整理车马,谓即将出行。

〔131〕圣仪:天子的仪容。 载伫(zhù 住):谓久立未去。

〔132〕怅:慨叹。　钧台:台名。传古帝夏禹之子启会诸侯于此,在洛阳。

〔133〕酆宫:宫名。传周康王会诸侯于此,在长安。　县(xuán 玄):指悬挂钟磬等乐器之架。不县,谓未能设乐舞以朝诸侯。李善注引《左传》:"楚子合诸侯于申(地名),椒举(人名)言于楚子曰:'夏启有钧台之享,康王有酆宫之朝。'"　以上两句慨叹未能恢复中原,不能在京洛设乐舞而饮宴。

〔134〕方且:即将。　排:安排酒宴。　凤阙:汉宫阙名。汉武帝所建,在建章宫东。李善注引《关中记》:"建章圆阙临北道,铜凤在上,故号凤阙。"　高游:谓高雅游宴。

〔135〕爵园:汉魏园名。李善注引《邺中记》:"铜爵台(曹操所建,在邺城)西有爵园。"　广宴:设盛大酒宴。

〔136〕在位,在座者。

〔137〕章:辞章。

〔138〕陈信:陈述忠信。李善注引《左传》:"楚子木(人名)问赵孟(人名)曰:'范武子(人名)之德何如?'对曰:'祝史(官名)陈信于鬼神无愧辞。'"此句谓当今天子贤明仁德,群臣歌颂其恩泽,陈述其忠信于鬼神,也当之而无愧。

今译

宴乐之事史籍既有记载,帝王业迹历代各个相异;铜钟石磬全都演奏,舞蹈歌咏情绪不一。虽然源流变化,记述详略不尽相同;但是居住天地之中,为民众树立法则,无不崇尚乐舞之道,尊奉其礼仪之位。开创世业延续传统,巩固万代统治,必以大道为衡量一世兴衰的标准。

大宋地处中原,版图弘阔辽远。高祖以其圣明武威建立国家,政教法度协同于万物自然。皇上以其明智文德禀承天命,继承帝位。隆盛的周朝七百年国运的预卜,延续久远;崇高的汉朝必为天王的吉兆,至今尚在。太子修养仁德于东宫,宰相发挥才智为君王辅佐。日光五星光明而不错乱,五岳四渎现出神灵。五方民众旺盛众多,四边民族皆来朝贡。选拔贤能为重臣,树立亲戚为公侯,则依据宪章法典;颁布诏命,发号施令,必参照历史经验。大予协和乐律,上庠施行教化。历数的法式和度量衡的标准明确严密,官吏品

级的规章周全完备。国家礼仪依号令而举动，军事政务如虎豹而威猛。箴戒缺失记录言辞，校勘秘文讲述经艺之官，采拾遗缺于朝廷之内；或乘轻车或坐朱轩，安抚荒远少数民族之使，发扬仁德于国都之外。朱草与白叠草，连理木与共生穗等祥瑞之物，史官记载不尽；攀登高山横渡大海，越过沙漠而进献的贡品，府库收藏不完。千座城镇烽火高照，万里驿站畅通四方。匈奴的君王，归服中国而听从诏命；南蛮的酋长，投向朝廷而接受吏治。因此，杰出之人仰慕仁德，贤俊之民层出不穷。天子大路清静平坦，国都内外愉悦和穆。即将迁都于中原，张设乐舞而封禅泰山，祭祀汉帝之宫，礼拜神灵之馆；而百姓歌舞于道路诵美于城邑，盼望天子的来临已经很久了。

日运行于胃宿之畔，月正循行于青道之上。天帝生育万物之始，帝王布德宣令之日，思以报答上天之心，而施恩于百姓渴望仁德之愿。再加二王出发返国，排设酒宴并且告诫，命令掌故，授意司历，献宴饮之礼，备祓禊之仪。南面扫除天子大道，北面清洒禁苑园林，左面设关卡于岩坂，右面架桥梁于河川。巡行平野，跨过芒田，苑囿也有太液池，池中包容崇高仙山。松树巨石险峻欲倾，葱翠无际阴暗如烟。鱼龙之族所聚集，禽兽之群所往还。于是离宫设置宿卫，别殿巡察周遍。旌门畅通耸立，帷帐梐枑接连，流水沿阶环绕，引水为池酒杯浮席间。春官联络礼仪之事，苍灵负责清道止人。然后天子登上车驾，率领骑士，摇动玉銮，演奏箫管，天地动，神灵移，泉流转，彩云随，降临行游之所，一切皆依礼制而行。

既而皇帝降临帷帐，百官各就其位，凤盖俄然停止不动，彩旗下垂不扬。鱼肉菜蔬芬香丰郁，杯中美酒泛浮清波。艳歌妙舞的容姿优雅赏心，彩组羽饰的乐器悠扬悦耳。反复演奏四上之调而玄鹤长鸣，反复演奏六茎之曲而凤凰来舞。气息竞发而声音繁富，和谐多变而节奏激越。龙文之马整好辔头，青翰之舟陪侍漫游。华夏边疆民众纷纷赶到，观者听者奔走集合。扬衣袂荡起清风吹拂山谷，举长袖结成阴云笼罩川泽。美人艳装使原野色彩缤纷，身着盛服使河

流光色斑斓。因此四外之区物产殷富,国都之内景象灿烂。君上享有万寿,臣下安得百福。四座禀受祥和之气,满堂幸赖仁德之化。心情快乐而光景迅疾,欢欣和洽而日影已斜。御驾备好待发,天子久立依恋。惆怅未临钓台畅饮,感慨未及酆宫张乐。即将安排乐舞于凤阙,而高雅漫游;设置酒宴于爵园,而广会群臣。并命在座贤士,铺展诗篇抒发情志,则赞美天子仁德而成美好辞章,陈述其忠信于鬼神,也当之无愧。

(陈复兴译注并修订　陈延嘉再修订)

三月三日曲水诗序一首 王元长

题解

王元长，即王融，南朝齐著名文学家。永明九年(491)，齐武帝萧赜临幸芳林苑，王融受命作《曲水诗序》，当时他官任秘书丞，年仅二十五岁。作品传出后，很受时人赞赏，说它超过颜延之的同名作品，后人更是赞声不绝。明代的张溥在《王宁朔集·题辞》中，称扬它是“词涉比偶，而壮气不没”。其实王融的这篇作品，思想内容极其一般，不过是根据统治者的需要，进行歌功颂德的应制之作。但是，对这篇文章的语言运用功夫确实不能低估。

我国骈文的发展，在魏晋以后有了较大的变化，到了齐梁时期专门注重文字上的精雕细刻，务使色彩艳丽，着意描绘山水风景成为时尚，写景抒情几乎不再考虑文体的特点。王融的这篇《曲水诗序》就很有代表性，它本属记序书启类的文章，然而却以景物描绘为主体，写得又是那么流美自然，确实可称为一件艺术珍品。

它最杰出的艺术成就，应该是绘景与抒情的高度融合。由于作者对自然风光的把握与理解，所以写来十分得心应手，在作者的笔下，景物中不同色彩的交替使用，使人们阅读时可以产生逼真的色感。不仅色彩艳丽，同时情深意浓，发之于肺腑的激情，贯穿于对各种景物的描绘，使读者备感生动、亲切。特别是从“青鸟司开，条风发岁”开始，大段的情、景交融，一气呵成，历来受到文评家的赞叹，使人感到文章虽长，却毫无冗长之感。

其次，也不可忽略了王融在用字、造句和文章结构上所下的功

夫。整篇文章不仅辞藻华美，而且力求作到均匀和整齐，四六骈偶，对仗工稳，取势自然，毫无勉强凑合的痕迹，就是三字一顿的排比，也作到两两相对，妙合天成。如“天瑞降，地符升，泽马来，器车出，紫脱华，朱英秀，佞枝植，历草孳……”。而且事物连类相接，皆有出处，足见语言文字运用上的独到功夫。

古代即席应制的诗、文，都需要临场发挥，学识贫乏的人是不能胜任的。《南齐书·王融传》说他“文辞辩捷，尤善仓促属缀”，“以为贾谊、终军之流”。这也从另一个侧面说明，《曲水诗序》的写作，绝非偶然成功。

原文

臣闻出《豫》为象[1]，钧天之乐张焉[2]；时乘既位[3]，御气之驾翔焉[4]。是以得一奉宸[5]，逍遥襄城之域[6]；体元则大[7]，怅望姑射之阿[8]。然窅眇寂寥[9]，其独适者已。至如夏后两龙[10]，载驱璿台之上[11]；穆满八骏[12]，如舞瑶水之阴[13]。亦有飨云，固不与万民共也。

我大齐之握机创历[14]，诞命建家，接礼贰宫[15]，考庸太室[16]。幽明献期[17]，雷风通飨。昭华之珍既徙[18]，延喜之玉攸归[19]。革宋受天，保生万国。度邑静鹿丘之叹[20]，迁鼎息大坰之惭[21]。绍清和于帝猷，联显懿于王表，骏发开其远祥，定尔固其洪业。皇帝体膺上圣，运钟下武，冠五行之秀气，迈三代之英风[22]；昭章云汉，晖丽日月；牢笼天地[23]，弹压山川；设神理以景俗，敷文化以柔远；泽普氾而无私[24]，法含弘而不杀。犹且具明废寝，昃晷忘餐[25]，念负重于春冰，怀御奔于秋驾[26]。可谓巍巍弗与，荡荡谁名？秉灵图而非泰[27]，涉孟门其何险[28]！储后睿哲在躬[29]，妙善居质，内积和顺，外发英华。斧藻至德[30]，琢磨令范，言

炳丹青[31],道润金璧[32]。出龙楼而问竖[33],入虎闱而齿胄[34]。爱敬尽于一人,光耀究于四海。

若夫族茂麟趾[35],宗固盘石,跨掩昌姬[36],韬轶炎汉[37]。元宰比肩于尚父[38],中铉继踵乎周南[39],分陕流勿翦之欢[40],来仕允克施之誉[41],莫不如珪如璋,令闻令望[42],朱芾斯皇[43],室家君王者也[44]。本枝之盛如此[45],稽古之政如彼[46],用能免群生于汤火,纳百姓于休和,草莱乐业[47],守屏称事。引镜皆明目[48],临池无洗耳[49],沉冥之怨既缺[50],莛轴之疾已消[51]。兴廉举孝,岁时于外府;署行议年,日夕于中甸[52]。协律总章之司[53],厚伦正俗;崇文成均之职[54],导德齐礼。挈壶宣夜[55],辩气朔于灵台[56];书笏珥彤[57],纪言事于仙室[58]。褰帷断裳[59],危冠空履之吏[60];彯摇武猛[61],扛鼎揭旗之士。勤恤民隐[62],纠逖王慝[63]。射集隼于高墉[64],缴大风于长隧[65]。不仁者远,惟道斯行。谗莠蔑闻[66],攘争掩息,稀鸣桴于砥路[67],鞠茂草于圆扉[68]。耆年阙市井之游,稚齿丰车马之好。宫邻昭泰[69],荒憬清夷。侮食来王[70],左言入侍[71],离身反踵之君[72],髽首贯胸之长[73],屈膝厥角[74],请受缨縻[75]。文钺碧砮之琛[76],奇干善芳之赋[77],纨牛露犬之玩[78],乘黄兹白之驷[79],盈衍储邸[80],充仞郊虞。瓯牍相寻[81],鞮译无旷[82],一尉候于西东[83],合车书于南北[84]。畅毂埋辚辚之辙[85],绥旌卷悠悠之旆[86]。四方无拂[87],五戎不距[88],偃革辞轩[89],销金罢刃[90]。天瑞降[91],地符升[92],泽马来[93],器车出[94],紫脱华[95],朱英秀[96],佞枝植[97],历草孳[98]。云润星晖,风扬月至,江海呈象,龟龙载

文。方握河沈璧[99],封山纪石[100],迈三五而不追[101],践八九之遥迹[102]。功既成矣,世既贞矣[103],信可以优游暇豫,作乐崇德者欤?

于时青鸟司开[104],条风发岁[105],粤上斯巳,惟暮之春。同律克和[106],树草自乐,禊饮之日在兹[107],风舞之情咸荡,去肃表乎时训,行庆动于天瞩。载怀平圃[108],乃睠芳林,芳林园者[109],福地奥区之凑,丹陵若水之旧[110],殷殷均乎姚泽[111],朊朊尚于周原[112],狭丰邑之未宏[113],陋谯居之犹褊[114]。求中和而经处,揆景纬以裁基[115],飞观神行,虚檐云构,离房乍设[116],层楼间起。负朝阳而抗殿,跨灵沼而浮荣,镜文虹于绮疏[117],浸兰泉于玉砌。幽幽丛薄,秩秩斯干,曲拂邅回,潺湲径复。新萍泛沚[118],华桐发岫,杂夭采于柔荑[119],乱嘤声于绵羽[120]。禁轩承幸[121],清宫俟宴,缇帷宿置,帟幕宵悬[122]。既而灭宿澄霞,登光辨色[123],式道执殳[124],展轸效驾,徐銮警节,明钟畅音。七萃连镳[125],九斿齐轨[126],建旗拂霓[127],扬葭振木。鱼甲烟聚[128],贝胄星罗[129],重英曲瑵之饰[130],绝景遗风之骑[131]。昭灼甄部,驵骏函列[132],虎视龙超,雷骇电逝,轰轰隐隐,纷纷轸轸,羌难得而称计。尔乃回舆驻罕,岳镇渊渟,睟容有穆[133],宾仪式序。授几肆筵,因流波而成次;蕙肴芳醴,任激水而推移。葆佾陈阶[134],金匏在席[135],戚奏翘舞,籥动邠诗[136]。召鸣鸟于弇州[137],追伶伦于嶰谷[138],发参差于王子[139],传妙靡于帝江[140]。正歌有阕,羽觞无筭[141],上陈景福之赐,下献南山之寿。信凯讌之在藻[142],知和乐于食苹[143]。桑榆之阴不居[144],草露之滋方渥[145]。有诏曰:"今日嘉会,咸可赋诗。"凡四十有五人,其辞云尔。

注释

〔1〕豫：卦名。　象：万象，天地万物的变化。语见《易·豫卦》：“先王以作乐崇德象。”此句意为，打出豫卦，显示出万物更新的气象。

〔2〕钧天：即天上帝王居住的地方。钧天之乐，即是天上的音乐。又作钧天广乐。

〔3〕时乘：语见《易·乾卦》：“大明终始，六位时乘。时乘六龙，以御天也。”大明，指太阳。意即太阳神乘飞龙游天。后以“时乘”代指帝王即位。

〔4〕御气：即驭气，驭风。一般指神话中的驾龙飞行。

〔5〕一：纯一、纯真。　宸：上帝。得一奉宸的意思是，将纯真的大道奉献于上帝。

〔6〕襄城：地名，属河南省，周襄王避狄难居此，故名。襄城之域，又作襄城之野或襄野。见《庄子·徐无鬼》：“黄帝将见大隗（tài wěi 太伟，神名）乎具茨之山，方明为御，昌宇骖乘，张若、謵明前马，昆阍、滑稽后车。至于襄城之野，七圣皆迷，无所问途。适遇牧马童子，问途焉，曰：‘若知具茨之山乎？’曰：‘然’。黄帝曰：‘异哉小童！非徒知具茨之山，又知大隗之所在。请问为天下。’”后遂以襄城之野比喻受到帝王称许的少年童子。

〔7〕体元：体，效法的意思。元为生物之始，或指天地之德。

〔8〕姑射（yè 夜）：山名，在今山西省临汾县西。《庄子·逍遥游》有“藐姑射之山，有神人居焉！肌肤若冰雪，淖约若处子”句。后人将姑射列为神女住的地方，又比喻为神仙、美女。

〔9〕窅（yǎo 咬）眇：深远的意思。

〔10〕夏后：即夏朝的帝王，名启。　两龙：是他的两匹马。

〔11〕璿台：饰有美玉的台，古代帝王宴请诸侯的地方。

〔12〕穆满：人名，即西周穆王，名满。民间传说中有周穆王乘八骏西行见王母的故事。八骏为八匹马，它们的名称是：骅骝、绿耳、赤骥、白仪、渠黄、逾轮、盗骊和山子。

〔13〕瑶水：瑶池，传说中西王母居住的地方。

〔14〕握机：执掌天下大权，指皇帝登上皇位。　创历：指新皇帝登位后改立年号。这里是说南齐高帝萧道成取南宋而代之，改年号为建元。

〔15〕贰宫：天子的宫殿之一，古代用于皇帝接见贤能人才的地方。

〔16〕太室:太庙的中室,也称大室或明堂,是古代"飨功养老,教学选士"的地方。

〔17〕幽明:见《大戴礼·曾子·天圆》:"天道曰圆,地道曰方,方曰幽,圆曰明。"也可代指天地。

〔18〕昭华:美玉名。古代认为得此玉者得天下。语见《淮南子》:"赠以昭华之玉,而传天下焉!"

〔19〕延喜:美玉名,古代认为此玉为吉祥的征兆,后来将美玉通称延喜。语见《尚书·璇玑钤》:"夏禹治水,开龙门,导积石,得玄圭,上刻'延喜之玉'。"

〔20〕度邑:《周书》篇名。　鹿丘:指商殷都城朝歌内的鹿台和糟丘,都是商纣王淫乐的地方。相传周武王伐纣克殷以后,来到鹿台和糟丘,终夜未寝。

〔21〕大坰:坰(jiōng),大坰,古代地名。相传成汤即天子位后,迁九鼎至商邑大坰。

〔22〕三代:指夏、商、周。

〔23〕牢笼:包罗。

〔24〕普汜:普遍。

〔25〕昃晷(zè guǐ 仄轨):午后日偏斜的时候。

〔26〕怀:引申为忧虑之意。　御奔:驾御奔跑的骏马。　秋驾:驾马的技术。

〔27〕秉灵图:指登天子之位。

〔28〕孟门:山名,在今山西省吉县西,因位于龙门之北,故称"龙门上口",山形险峻。

〔29〕储后:即储君,这里指太子萧赜,也就是南齐武帝。

〔30〕斧藻:修饰。

〔31〕言炳:说话清楚明白。炳,明白的意思。　丹青:指人物绘画,比喻人的形象光彩照人。语出汉扬雄《法言·君子》:"或问圣人之言,炳若丹青。"

〔32〕金璧:黄金宝玉,比喻帝王的尊贵,代指齐武帝。

〔33〕龙楼:宫殿名,为汉代太子居住的地方,后泛指太子宫室。　竖:太监。

〔34〕虎闱:国子学的别称。　齿胄:太子贵族子弟依年龄大小入学。这句的意思是齐武帝当太子,在国子学读书,从不以太子的身份自居。

〔35〕麟趾:颂扬宗室子弟众多,皆如麒麟美好有德。源自《诗·周南·麟之趾》:"于嗟麟兮!"言文王子孙宗族,皆化于善,无犯非礼。

〔36〕昌姬:周文王。

〔37〕韬轶:胸怀超过,韬,本意掩藏,引申为胸怀。　炎汉:指汉朝,汉自称以火德王,故称炎汉。这里代指汉高祖刘邦。

〔38〕元宰:丞相。　尚父:姜太公,辅佐周武王灭纣,武王称他为尚父。

〔39〕中铉:鼎耳。举鼎时必握的地方,鼎耳有三,被喻为三公,中铉指三公之司徒。　周南:喻周公。

〔40〕分陕:将陕西陕县分为东西。据《公羊传》记载,周初,周公召公分陕而治,周公治陕以东,召公治陕以西。后来封建王朝的官出任地方官吏,也称分陕。　翦:斩断。

〔41〕来仕:来做官的人。　施:施政。语出《尚书·君陈》:"克施有政。"

〔42〕令闻:好名声。　令望:好名望。以上诸语皆出自《诗·大雅·卷阿》:"如珪如璋,令闻令望。"形容人具有美玉般的品质和好的名声。

〔43〕朱茀:官吏的红色服饰。

〔44〕室家:李周翰注:"室犹亲密也,言为臣皆亲密于君,一心尽忠也。"

〔45〕本枝:比喻宗族子孙。

〔46〕稽古:考察古道,喻古帝王。

〔47〕草莱:泛指山野樵夫,耕作农夫。

〔48〕引镜:照镜子。据谯周《考史》记载,汉公孙述据蜀地,自立为天子。蜀地的贤士任永,自称双目失明了。汉光武帝刘秀伐蜀,诛杀公孙述,任永梳洗整衣,引镜自照说:"时清则目明也。"后来以此典故,比喻时势由乱而治,政局清明。

〔49〕洗耳:洗耳孔。晋代皇甫谧《高士传·许由》记载:"尧让天下于许由,……(许)由于是遁耕于中岳颍水之阳,箕山之下,终身无经天下色。尧又召为九州长,由不欲闻之,洗耳于颍水滨。"后以"洗耳"比喻为不愿过问世事的贤人。这里是说齐武帝即位后,天下清明,再没有隐逸于山林的贤人了。

〔50〕沉冥:本意为隐晦。后代指对世事不满的隐士。

〔51〕荄轴:荄(ké 咳),饥饿。轴,病。荄轴是病困的意思。

〔52〕中甸:京都附近的地方。或指京都。

〔53〕协律:校正音乐律吕,使之和谐。古代有协律都尉、协律郎等官职,后以协律泛称掌管音乐的官吏。　总章:乐官名。

〔54〕崇文:即崇文观,三国(魏)明帝青龙四年(236 年)设置,专门招纳和

安置文学人才。　成均：古代大学的别称。

〔55〕挈壶：古代计时的器具，以壶滴水来计算时间，这里代指计时的官吏。　宣夜：古代一种天体学说的名称。

〔56〕灵台：观察天象的地方。

〔57〕书笏：写在笏板上。引申为史官。　珥：插的意思。《文选·潘安仁秋兴赋》："珥蝉冕而袭纨绮之士，此焉游处。"　注："珥犹插也。"　彤：朱红色，这里代指史官的笔。

〔58〕仙室：宫殿名。

〔59〕褰帷：用手撩起帐子。张铣注："后汉贾琮为冀州刺史，车垂赤帷而行，及至州，自言曰：'刺史当远视广听，何反垂帷于车，以自掩蔽。'乃命御者褰去其帷。"　断裳：斩断衣裳。据张铣注："朱博为琅琊太守，俗多舒缓，衣长不中节度，皆断其衣裳，令去地三寸，以便于事。"

〔60〕危冠：坏帽子。　空履：破鞋子。张铣注："危冠，坏冠也。空履，蔽履也。言其吏清廉而贫也。"

〔61〕彯摇：又为嫖摇，武将职官名。汉霍去病曾为彯摇校尉。但也表示轻捷的意思。

〔62〕民隐：民间的痛苦，指老百姓的痛苦。

〔63〕纠逖：治理，惩处。　慝：邪恶的。

〔64〕隼：鹗鸟，凶猛善飞。用以比喻恶人。　高墉：高墙。引申为众人聚居的地方。

〔65〕缴：本是射鸟时系在箭上的生丝绳。这里为射的意思。　长隧：深长的地下洞穴。据传说，尧时大风为害，尧命羿射大风于青丘之泽，为民除害。见《淮南子·本经》："缴大风于青丘之泽。"高诱《注》认为大风指风伯。

〔66〕谗莠：谗言就如同稗草一样。莠，稗草，对庄稼有害。

〔67〕桴（fú浮）：鼓锤，指鼓，古代报警的工具，遇有盗贼时则鸣鼓示警。

〔68〕鞠：养。　圆扉：狱门，代指监狱。

〔69〕宫邻：接近皇帝的（人）。　昭泰：清明正直的。

〔70〕侮（当作"海"）食：指南方沿海以蛤为食的人，比喻南方少数民族。

〔71〕左言：指少数民族的语言，谓与汉语相左。李善引扬雄《蜀王本纪》："蜀之先，名曰蚕丛、柏濩、鱼凫、开明，是时椎髻左言，不晓文字。"这里代指少数民族地区。

〔72〕离身:神话传说中国名,传说国中人皆一目、一鼻孔、一臂、一腿脚,又称半体国。　反踵:国名,传说国中人南行而足迹向北。

〔73〕髽首:髽(zhuā 抓)首是古国名,又称三苗国,国中人民皆以麻絮束发。见《淮南子·齐俗》:"三苗髽首。"　贯胸:古代传说中的国名,国中人皆胸前穿孔达于后背。见《山海经·海外南经》:"贯胸国……,其为人皆胸有窍。"

〔74〕厥角:叩头。

〔75〕缨縻:带子绳子,可作捆人用,故引申为约束。

〔76〕文钺:刻有花纹的斧头。　碧砮(nǔ 努):用青绿色石作的箭镞。

〔77〕奇干:奇异的草木。　善芳:鸟名。见《逸周书·王会》:"善芳者,头若雄鸡,佩之令人不昧。"

〔78〕纨牛:小牛犊。　露犬:传说中的野兽名。见《逸周书·王会》:"鼬犬者,露犬也,能飞,食虎豹。"

〔79〕乘黄:四匹黄色的马。语见《诗·秦风·渭阳》:"何以赠之,路车乘黄。"　兹白:传说中的神兽名。见《逸周书·王会》:"义渠以兹白,兹白者,若白马,锯牙,食虎豹。"

〔80〕盈衍:充满。

〔81〕匦(guǐ 鬼):匣子。　牍:木简,引申为书信。

〔82〕鞮(dī 低)译:指专门从事少数民族语言的翻译。

〔83〕尉候:招待迎送宾客的官吏。语见扬雄《解嘲》:"东南一尉,西北一候。"

〔84〕车书:泛指国家的体制和典章制度。语见《礼·中庸》:"今天下车同轨,书同文。"

〔85〕畅毂:长车。语见《诗·秦风·小戎》:"文茵畅毂,驾我骐异。"《传》:"畅毂,长毂也。"后代指战车。

〔86〕绥旌:古代战旗上的飘带。绥旌,李善本作"绥斿",从六臣注改。旆(pèi 沛):对旗帜的总称。

〔87〕无拂:没有祸乱。拂,违抗。

〔88〕五戎:古代对我国西部各少数民族的通称。

〔89〕偃革:脱去盔甲。　辞轩:离开战车。

〔90〕销金:销毁武器。　罢刃:放下刀,引申为不再打仗。

〔91〕天瑞:天上出现的祥瑞。古人附会自然界出现的某种现象,称为吉祥

之兆。比如天降甘露之类。

〔92〕地符:庆云,即五色云,古代以为祥瑞之气。

〔93〕泽马:神马。语见《孝经·援神契》:“王者德至山林,则景云见,泽出神马。”表示吉瑞的马。

〔94〕器车:表示祥瑞的车。李善注引《礼记》:“山出器车。”

〔95〕紫脱:瑞草名。李善注引《礼斗威仪》:“人君乘土而王,其政太平,而远方神献其朱英、紫脱。”又引宋均《注》:“紫脱,北方之物,上值紫宫。”

〔96〕朱英:又名朱草,表示祥瑞的草名。李善注引《尚书·大传》:“德先地序则朱草生。”《瑞应图》:“朱草亦曰朱英。” 秀:开花。

〔97〕佞枝:神话传说中的仙草名,又称屈轶,传说能指出佞人。李善注引《田俅子》:“黄帝时,有草生于帝庭阶,若佞臣入朝,则草指之,名曰屈轶,是以佞人不敢进也。”

〔98〕历草:又名历荚、蓂荚,神话传说中的仙草名。李善注引《田俅子》:“尧为天子,蓂荚生于庭,为帝成历。”又据汉班固《白虎通·封禅》记载,相传尧时有草夹阶而生,随月生死。每月朔日生一荚,至月半则生十五荚。至十六日后,日落一荚,月晦而尽。月小余一荚,厌而不落。以是占日月之数。

〔99〕握河:祭河神的仪式。祭祀时将珍宝投入河中,请求河神赐福。据《水经注·河水》:“后尧坛于河,受《龙图》,作《握河记》。”李善注引晋皇甫谧《帝王世纪》:“尧与群臣沉璧于河,乃为《握河记》,今《尚书候》也是。”后以“握河”代称帝王祭河。

〔100〕封山:给名山赐封号,一般指封为泰山。

〔101〕三五:三皇五帝的简略语。

〔102〕八九:指上古七十二君,代指上古圣君。

〔103〕贞:正。语见《书·太甲》:“一人元良,万邦以贞。”

〔104〕青鸟:神话传说中象征春天的神鸟名。

〔105〕条风:春风。

〔106〕律:六律。 克和:和谐。

〔107〕禊饮:古代民俗于三月上旬巳日,临水洗濯,祓除不祥,并携带酒食在水边宴饮,称为禊饮。

〔108〕平圃:山名,《山海经·西山经》载:“西三百二十里,曰槐江之山,……其阳多丹粟,其阴多采黄金银,实惟帝之平圃。”意即神仙居住的地方。

〔109〕芳林园:地名,原为青溪宫,又名桃花园,南齐武帝萧赜建宅,改名芳林苑。

〔110〕丹陵:地名。传说中尧的出生地。 若水:传说中颛顼帝的出生地。

〔111〕姚泽:即姚墟与雷泽,姚墟相传是舜的出生地。《史记·五帝纪》:"舜耕历山,渔雷泽。"

〔112〕朊朊(wǔ 五):肥美的样子。 周原:周朝的原野,在岐山之南,后为地名,《诗·大雅》有"周原朊朊"句。又《孟子·离娄》载:"文王生于岐周。"所以这里代指周文王出生地。

〔113〕丰邑:汉高祖刘邦的出生地。

〔114〕谯居:魏太祖曹操的出生地。

〔115〕裁基:建筑以前,决定(东南西北)位置。

〔116〕离房:除主要房屋以外的各种房舍、廊室。

〔117〕文虹:虹蜺形的花纹。 绮疏:装饰花纹的窗户。

〔118〕新萍(píng 平):即新生的浮萍。

〔119〕夭采:根据《诗》的"桃之夭夭",泛指桃花。

〔120〕绵羽:文采美丽的一种黄色翠鸟。

〔121〕禁轩:指皇帝专用的马车。

〔122〕帟幕:帟(yì 意)幕是一种用丝绸制作的小帐幕,供皇帝的寝宫应用。

〔123〕登光:日出。

〔124〕式道:官名。《汉书·东方朔传》:"宋万为式道候。"师古注:"式,表也,表道之候,若今之武候引驾。"

〔125〕七萃:七支精悍的卫队,喻壮士。

〔126〕九斿(yóu 尤):九辆皇帝出行的车。

〔127〕拂霓:指旗帜高高飘扬,几乎触及天上的虹霓。

〔128〕鱼甲:用鲨鱼皮所制的衣甲,坚如金石,不怕刀砍。

〔129〕贝胄:一种镶嵌着珍珠的头盔。

〔130〕重英:彩色花纹。指画在矛杆上的花。 曲瑵(zhǎo 爪):车盖顶部伸出的弯曲的雕饰。

〔131〕绝景(yǐng 影):古代骏马名,又称绝影。

〔132〕驵骏:古代骏马名。

〔133〕睟容:睟(suì 岁)容是指面貌丰润,或俗称满面红光。

〔134〕葆佾:佾(yì 意),随乐起舞;葆佾是一种手执翠色羽毛的舞蹈。

〔135〕金匏:乐器名,钟镈和笙竽类乐器。

〔136〕龠(yuè 月):古代乐器名,但龠有两种,一种是供吹奏用的,一种是供舞者做道具用的,前者较短小,后者较长大。

〔137〕鸣鸟:传说中有四只翅膀的神鸟,《山海经》载:"弇州之山,五彩之鸟名鸣鸟,其声皆有曲度。"

〔138〕伶伦:传说中黄帝的乐官,《吕氏春秋·古乐》:"昔黄帝令伶伦为律"。传说伶伦于昆仑山之阴的嶰谷,将竹子断为两节,创造了最早的乐器。

〔139〕王子:即王子乔,传说中的神仙。据《列仙传》载,"王子乔者,太子晋也,道人浮丘公接以上嵩高山。"

〔140〕帝江:传说中的神仙,《山海经·西山经》载:"有神焉,其状如黄囊,赤如丹火,六足四翼,浑敦无面目,是识歌舞,实惟帝江也。"

〔141〕筭:古代记数的工具。这里的"无筭"即无数的意思。

〔142〕在藻:指(鱼)在水草中,比喻君臣如鱼得水,欢乐无间。

〔143〕食蘋:乐曲名。专门在宴会宾客时奏的乐歌。《诗·小雅·鹿鸣》:"呦呦鹿鸣,食野之蘋。"

〔144〕桑榆:桑树和榆树,比喻日暮。《太平御览》引《淮南子》:"日西垂景(影)在树端,谓之桑榆。"《注》:"言其光在桑榆上。"

〔145〕渥:丰厚。

今译

臣听说,打出了豫卦,就表示万物更新的气象到来了,于是天上就会奏起美妙的乐曲。太阳神在宇宙中驾六龙车驭风而行,到达一定的位置就会飞翔起来。黄帝拜见大隗,来到襄城之野,因此得到纯一大道而奉献于天帝。尧帝出游,往见四位得道人士,来到姑射之山,也明白了深远的大道。但是,纯一大道虚无缥缈,他们只是独善其身而已。至于像夏朝的君主启,曾经骑两龙骏马,登上璿台,大宴诸侯;像周穆王坐上八匹骏马拉的车子,奔驰于昆仑山,在瑶池与西王母相会,虽然都同时举行盛大的宴飨活动,但是,都没有做到与万民同乐啊!

我大齐执掌了天下的大权，齐高帝创立了建元新历，这是仰承天命诞生的国家。以礼在贰宫接见有才智的人，在明堂考核和选拔有才能的人。天地神明都献出祥瑞的征兆，雷神风伯受到祭祀，所以风调雨顺。稀世珍宝“昭华”和“延喜”如今都归了大齐朝，这是得天下的象征呀！齐朝取代宋朝，这是按照天命行事，为的是保护万国生民。不用像周武王伐纣以后在鹿台感叹不安；也不用像成汤那样，将九鼎迁往商邑大坰而感到惭愧。我朝是继承五帝的清正和顺之道，联结的是三王的明美之德。齐高帝的美德迅速传遍天下，从而引来远方的祥瑞，必定使帝王大业更加坚固。当今皇帝就像周武王继承周文王的事业一样，承继先皇的业绩。美好的气质是金木水火土，五行之首；英姿威武超过了夏商周。法度光照天下，日月生光，包罗天地，镇压山川。设立神道以端正民风，传布文化以安定远方。普遍地施行恩惠，而不念私情；实行宽大的刑法，而不随便杀人。而且陛下常常处理国事直到天亮，中午过去却忘了进餐。总是念念不忘国事，就像身负重担在春天的薄冰上行走，就像驾驭奔跑的马，稍有不慎就会带来危险。像这样高瞻远瞩的德行，谁能够与之相比呢？执掌天子的权力，不认为是平安悠闲可以做到，处处小心谨慎，这样，即使攀登险峻的孟门山也没有任何危险。陛下还在当太子的时候，就表现出圣明和智慧，形貌体质美好，内心温和柔顺。有玉一样的美质，又加强良好品德的修养。陛下说话清楚明白，像绘画一样发出光彩，如同大道大德滋润过的纯金和宝玉。出了太子居住的宫殿，做什么总是先询问太监。到国子学去读书，也从不以太子的身份自居。一心热爱和尊敬高皇帝，您的光辉普照天下。

如今宗室繁茂，子弟众多，坚固得如同巨石般不可动摇。陛下的品德越过周文王，陛下的胸怀超过汉高祖刘邦。宰相的才能可与辅佐周武王的姜子牙相比，司徒等三公是沿着周公的足迹。派往地方上的官吏，受到老百姓的欢迎；来做官的人，都有能施善政的声

誉。没有一个官吏不像美玉和珪璋一样,有美好的声望。他们都穿着红色的服饰,叩见陛下,热爱万邦之主啊!宗族是这样的繁盛,古帝王的德政又得到实行,老百姓避免了祸乱和灾害,使他们得享安乐与和平。山野里的农人和樵夫能够安居乐业,守卫边境的官吏也都忠于职守。就好像东汉的隐士任永,在光武帝伐蜀后,照着镜子说:“政局清明,我的眼睛又能见物了!”许由听说尧想让位给他,急忙到颍水边去洗耳朵。如今,像许由这样的人也没有了。对政局不满的人没有了,一切灾害疾病也都消除了。推荐廉洁奉公和孝顺父母的人,每年都从地方做起。考察官吏的优劣和评议年成的丰歉每天都在京都进行。“协律”、“总章”之官,校音律之序,正风俗之轨,崇文观和国子学以道德为本,以礼乐为先。掌管计时和天体变化的官吏,在观象台观察天象的变化和分辨灵异之气。史官帽旁插着朱红色的笔,在仙室殿内,随时将大事记载下来。官吏讲究清廉,头上戴的是旧帽子,脚上穿的旧鞋子,都跟汉代的贾琮、朱博一样。嫖摇校尉和武猛校尉,都是武将,力能扛鼎和举起大旗。他们经常关心百姓困苦,惩治邪恶,把聚集于高墙上的恶鸟射死,就像羿在深深的洞穴中射死风怪一样,让缺乏仁义的人走得远远的,这样大道才能实行。再也见不到说人坏话的人,捋起胳臂争吵不休的事也没有了。大路上,很少听到报警的鼓声,牢狱中没有犯人可以关押,到处是茂草丛生。老年人都不为生活而去市场,六七岁的小孩也有玩具车马可以玩耍。接近皇帝的人,都是清明正直的,荒远国家也受到清平盛德的感染。沿海少数民族委派使臣来朝见陛下,遥远的蜀地部族也来侍奉,离身国和反踵国的国王,鬓首国和贯胸国的酋长,都跪下叩头,愿意接受陛下的约束。雕有花纹的玉石斧,碧绿翠玉制作的箭头,还有奇异的香草,珍贵的飞鸟,都是各方的贡品。细小的牛犊和会飞的狗是供赏玩的,清一色的黄马和那名叫“兹白”的神兽是用来拉车的。奇珍异宝装满了仓库,珍禽怪兽充满郊泽和林野。荒远的国家用匣子装着国书,不断的来到,负责翻译的官吏没有空

闲的时候。尉候忙于迎送宾客,国家的典章制度已经统一。战车的声音听不到了,悠悠飘扬的战旗和旗上的飘带也都卷起来,因为四方没有战乱,五戎再不抗拒,脱去盔甲,离开战车,销毁武器,停止杀戮。上天降下甘露,地下升起彩云,神马来自河泽,器车出自深山,瑞草紫脱和朱草开花,佞枝和历草又滋生。白云滋润,星光明亮,微风和煦,月上中天。大江大海呈现出崭新的气象,灵物龟龙出水五彩纷呈。刚刚举行过祭河的典礼,又赐予泰山封号并作石碑纪念。超过了三皇五帝还不算,还依循着七十二贤君的轨迹。如今功业成就,世风端正,实在有闲暇的时间来游乐,创作乐曲来发扬崇高的德行。

这时,青鸟带来了春天,吹起和暖的微风,万物萌发诞生。三月上旬巳日,到了暮春季节,万物声气相和,连草木也感到快乐。临水洗濯,祓除不祥,带着酒食在水边集会的日子到了,大家歌唱舞蹈,尽情地欢乐。放弃了外表的严肃和平时的教训,举行庆贺以得到天子的注目。虽然想念神山平圃,但还是眷念芳林园。芳林园是最有福运的汇集地,如同尧的出生地丹陵,颛顼的出生地若水一样。与舜的出生地姚泽的盛大相比差不多,但超过了周文王的出生地美丽的周原。刘邦的出生地丰邑狭小而不够宽大,而曹操的出生地谯居则更加狭窄了。测得了大地的中心,根据太阳和星辰,决定了房基的位置。筑起的高台,神仙也可以行走;屋檐飞翘,高入云端。各种配衬的房舍,都刚刚建起,平房中夹着楼房,此起彼伏。巍峨的宫殿向阳而立,跨过水池,飞檐像浮在水面上。将虹霓一样的花纹雕刻在窗户上,水中的兰花绕着玉石砌成的台阶。草木丛生,溪水潺潺,迂回曲折,在山谷间流进流出。满池是新生的浮蘋,生长在山上的桐树已经开花。鲜艳的桃花在嫩草的陪衬下开放,文采美丽的黄鸟叫声唧唧喳喳。备车驾奉迎皇帝乘用,清理宫室等待举行宴会。寝宫专用的黄色幔帐和丝绸帐幕,整夜悬挂着。黑夜很快就过去了,天开始放亮。太阳出来以后,天空有了亮色。式道候在前面引导,

手执兵器的士兵护卫路旁。车轮转动，驾车人在试车，马慢慢地前行，振动銮铃，响起钟声，清晨听起来，特别响亮。由精悍壮士组成的卫队，两骑并行；皇家的车队前后相接，轮迹十分整齐。旗帜高高飘扬，几乎触及天上的彩虹；用力吹奏箫管，振得树木摇动。有许多士兵，穿着鲨鱼皮制作的衣甲，戴着镶嵌珍珠的头盔。矛杆和车顶都绘有花纹，车盖弯曲地伸出来。还有像“绝影”、“追风”那样的名马。光彩照人的军队列为长阵，无数骏马有次序的排列，像龙虎那样的威风和快捷，像雷电那样迅猛和突然。车轮声轰轰隆隆，大队人马声势浩大，真是难以计算到底有多少啊！车徐徐转回来，将车停下，那么大队人马立即像山岳一样巍然不动，像水面一样平静无声。陛下满面红光、态度温和，接待宾客的侍从按照顺序，将宾客领到皇帝赐予的筵席前，依循流水而按次序坐下，香味浓郁的肉和酒，随着水势的流动或受阻向下转移。在宫殿的台阶下，舞者手执羽毛而翩翩起舞；在筵席上，吹奏笙竽等乐器。还有持斧头跳“翘舞”的，等到籥舞开始后，就唱起了颂诗。这时的盛况就好像：从弇州之山召来了声如乐曲的鸣鸟，在嶰谷找来了黄帝的乐官伶伦，弹奏神仙王子乔的笙曲《参差》，还有那能歌善舞的怪神帝江。纯正的礼歌有终了之时，而饮的美酒却无须计数。上天赐给皇帝最大的福分，万民献给皇帝如南山之寿。君臣欢乐的宴会，如鱼得水。“鹿鸣”的诗乐奏起来，深知和顺康乐的含义。虽然美好的景物是留不住的，但是皇帝如雨露的恩泽却非常丰厚。皇帝诏书说：“今天进行的美好的盛会，大家都要作诗。”到会的一共是四十五人，他们写的诗在下面。

（王存信译注并修订）

王文宪集序一首

任彦升

题解

王文宪，即南朝齐王俭（451—489），字仲宝，琅玡临沂（今山东临沂县）人，谥曰文宪。本文是任昉为王俭文集所作序言，大约写于齐永明七年，王俭卒后不久。

任昉（460—508），字彦升，乐安博昌（今山东博兴县）人，南朝梁文学家。历官宋齐梁三朝，文名大振于齐梁之际。《梁书·本传》谓："昉雅善属文，尤长载笔（文章），才思无穷，当世王公表奏，莫不请焉，昉起草即成，不加点窜，沈约一代词宗，深所推挹。"但是，最早发现任昉才智，并将其引上仕途的则是王俭。齐永明初，王俭为卫将军，领丹阳尹，权倾一时，引昉为其主簿，特钦重其才，以为当时无辈。并且将其比做前代辞章大家傅亮（季友），以自作文令其点正，称赏备至。对任昉来说，王俭确然是引导其政途与文事达到极致的恩师与尊长。因而本文的感激颂扬之情，诸多赞美之辞，甚至不避繁冗之句，也就是可以理解的了。

王俭长任昉十岁。俭彪炳于齐，昉显赫于梁。颇为耐人寻味的是，两人的社会阅历与为人品格极为相似。两人皆得各自侍奉君主的知遇与信赖。齐高帝萧道成即位之后感叹说："今亦天为我生俭也。"梁武帝萧衍称帝之前即对任昉说："我登三府（三公之府），当以卿为记室（官名）。"两人皆先后做过秘书丞与秘书监，俭于宋表校坟籍，依《七略》撰《七志》，昉于梁亲手雠校秘阁四部。两人分别于齐梁初建时为所主草拟诏命，齐初礼仪诏策，皆出于俭，梁初禅让文

诰，皆昉所具。两人分别于齐梁领吏部参选事，俭爱惜才俊，奖掖后进，“士流选用，奏无不可”，“昉好交结奖进士友，得其延誉者，率多升擢”。两人的学问文章皆为当时的翘楚，士林的楷范。至于待人宽厚，处己简约，为政清廉，英裁明断，则更是两人共有的美德。因而本文结尾说：“昉行无异操，才无异能，得奉名节，迄今一纪。一言之誉，东陵侔于西山；一眄之荣，郑璞逾于周宝。士感知己，怀此何极！”可见王俭的行事为人对任昉一生濡染之深。文中对王俭待人接物，为政为人的追述与赞扬，也近乎任昉自我情志的寄托与写照。

文章开头交代王俭的家世渊源与祖先的名德盛誉。其次缕述其一生阅历，赞美其才智学问皆出于神性天赋，其宦途政绩皆因于道德操行。其次描述其居身待物、制礼执法的宽和严谨与器识英断，进一步强调其天得神授的禀赋。末尾是任昉的自述之词，深深怀念并感激这位导师与尊长的提携奖掖之恩。

本文词采典雅，情思深挚。例如，“立言必雅，未尝显己所长；持论从容，未尝言人所短”，“无是己之心，事隔于容谄；罕爱憎之情，理绝于毁誉”，“理积则神无忤往，事感则悦情斯来”，“固以理穷言行，事该军国，岂直雕章缛采而已哉”等等，不只骈偶对称的形式有鉴赏的价值，其表述的为人为文之道也有警世的意义。

原文

公讳俭[1]，字仲宝，琅邪临沂人也。其先自秦至宋[2]，国史家牒详焉[3]。晋中兴以来[4]，六世名德[5]，海内冠冕[6]。古语云：“仁人之利[7]，天道运行[8]。”故吕虔归其佩刀[9]，郭璞誓以淮水[10]。若离翦之止杀[11]，吉骏之诚感[12]，盖有助焉[13]。

公之生也，诞授命世[14]，体三才之茂[15]，践得二之机[16]。信乃昴宿垂芒[17]，德精降祉[18]，有一于此，蔚为帝

师[19]。况乃渊角殊祥[20]，山庭异表[21]，望衢罕窥其术[22]，观海莫际其澜[23]。宏览载籍[24]，博游才义[25]。若乃金版玉匮之书[26]，海上名山之旨[27]，沉郁澹雅之思[28]，离坚合异之谈[29]，莫不总制清衷[30]，递为心极[31]。斯固通人之所包[32]，非虚明之绝境[33]，不可穷者[34]，其唯神用者乎[35]？然检镜所归[36]，人伦以表[37]，云屋天构[38]，匠者何工[39]？自咸洛不守[40]，宪章中辍[41]，贺生达礼之宗[42]，蔡公儒林之亚[43]，阙典未补[44]，大备兹日[45]。至若齿危发秀之老[46]，含经味道之生[47]，莫不北面人宗[48]，自同资敬[49]。性托夷远[50]，少屏尘杂[51]，自非可以弘奖风流[52]，增益标胜[53]，未尝留心。

期岁而孤[54]，叔父司空简穆公[55]，早所器异[56]。年始志学[57]，家门礼训[58]，皆折中于公[59]。孝友之性[60]，岂伊桥梓[61]；夷雅之体[62]，无待韦弦[63]。汝郁之幼挺淳至[64]，黄琬之早标聪察[65]，曾何足尚[66]？年六岁，袭封豫宁侯[67]。拜日[68]，家人以公尚幼，弗之先告。既袭珪组[69]，对扬王命[70]，因便感咽[71]，若不自胜[72]。初，宋明帝居蕃[73]，与公母武康公主素不协[74]。及即位，有诏废毁旧茔[75]，投弃棺柩[76]。公以死固请[77]，誓不遵奉[78]，表启酸切[79]，义感人神[80]。太宗闻而悲[81]之，遂无以夺也[82]。初拜秘书郎[83]，迁太子舍人[84]，以选尚公主[85]，拜驸马都尉[86]。元徽初[87]，迁秘书丞[88]。于是采公曾之《中经》[89]，刊弘度之《四部》[90]；依刘歆《七略》[91]，更撰《七志》[92]。盖曾赋诗云：稷契匡虞夏[93]，伊吕翼商周[94]。自是始有应务之迹[95]，生民属心矣[96]！时司徒袁粲[97]，有高世之度[98]，脱落尘俗[99]。见公弱令[100]，便望风推服[101]，

叹曰:衣冠礼乐在是矣[102]。时粲位亚台司[103],公年始弱冠[104],年势不侔[105],公与之抗礼[106]。因赠粲诗,要以岁暮之期[107],申以止足之戒[108]。粲答诗曰:老夫亦何寄[109]?之子照清襟[110]。

服阕[111],拜司徒右长史[112],出为义兴太守[113]。风化之美[114],奏课为最[115]。还,除给事黄门侍郎[116]。旬日[117],迁尚书吏部郎参选[118]。昔毛玠之公清[119],李重之识会[120],兼之者公也。俄迁侍中[121],以愍侯始终之职[122],固辞不拜[123]。补太尉右长史[124]。时圣武定叶[125],肇基王命[126],寤寐风云[127],实资人杰[128]。是以宸居膺列宿之表[129],图纬著王佐之符[130]。俄迁左长史[131]。齐台初建[132],以公为尚书右仆射[133],领吏部[134],时年二十八。宋末艰虞[135],百王浇季[136]。礼紊旧宗[137],乐倾恒轨[138],自朝章国纪[139],典彝备物[140],奏议符策[141],文辞表记[142],素意所不蓄[143],前古所未行[144],皆取定俄顷[145],神无滞用[146]。

太祖受命[147],以佐命之功[148],封南昌县开国公[149],食邑二千户[150]。建元二年[151],迁尚书左仆射[152],领选如故[153]。自营部分司[154],卢钦兼掌[155],誉望所归[156],允集兹日[157]。寻表解选[158],诏加侍中[159],又授太子詹事[160],侍中仆射如故。固辞侍中,改授散骑常侍[161],余如故。太祖崩[162],遗诏以公为侍中尚书令镇国将军[163]。永明元年[164],进号卫将军[165]。二年,以本官领丹阳尹[166]。六辅殊风[167],五方异俗[168]。公不谋声训[169],而楚夏移情[170]。故能使解剑拜仇[171],归田息讼[172]。前郡尹温太真刘真长[173],或功铭鼎彝[174],或德标素尚[175],臭味风云[176],千

载无爽[177]。亲加吊祭[178]，表荐孤遗[179]，远协神期[180]，用彰世祀[181]。时简穆公薨，以抚养之恩，特深恒慕[182]，表求解职，有诏不许。

国学初兴[183]，华夷慕义[184]，经师人表[185]，允资望实[186]。复以本官领国子祭酒[187]，三年，解丹阳尹，领太子少傅[188]，余悉如故。挂服捐驹[189]，前良取则[190]，卧辙弃子[191]，后予胥怨[192]。皇太子不矜天姿[193]，俯同人范[194]，师友之义[195]，穆若金兰[196]。又领本州大中正[197]，顷之解职。四年，以本号开府仪同三司[198]，余悉如故。谦光愈远[199]，大典未申[200]。六年，又申前命[201]，七年，固辞选任[202]，帝所重违[203]。诏加中书监[204]，犹参掌选事[205]。长舆追专车之恨[206]，公曾甘凤池之失[207]。

夫奔竞之涂[208]，有自来矣。以难知之性[209]，协易失之情[210]，必使无讼[211]，事深弘诱[212]。公提衡惟允[213]，一纪于兹[214]，拔奇取异[215]兴微继绝[216]。望侧阶而容贤[217]，候景风而式典[218]。春秋三十有八[219]，七年五月三日，薨于建康官舍[220]。皇朝轸恸[221]，储铉伤情[222]。有识衔悲[223]，行路掩泣[224]。岂直舂者不相[225]，工女寝机而已哉[226]！故以痛深衣冠[227]，悲缠教义[228]，岂非功深砥砺[229]，道迈舟航[230]？没世遗爱[231]，古之益友[232]。追太尉[233]，侍中中书监如故。给节[234]，加羽葆鼓吹[235]，增班剑六十人[236]。谥曰文宪[237]，礼也。

公在物斯厚[238]，居身以约[239]。玩好绝于耳目[240]，布素表于造次[241]。室无姬姜[242]，门多长者[243]。立言必雅[244]，未尝显其所长；持论从容[245]，未尝言人所短。弘长风流[246]，许与气类[247]；虽单门后进[248]，必加善诱；勖以丹

霄之价[249]，弘以青冥之期[250]。公铨品人伦[251]，各尽其用，居厚者不矜其多[252]，处薄者不怨其少[253]。穷涯而反[254]，盈量知归[255]。皇朝以治定制礼[256]，功成作乐，思我民誉[257]，缉熙帝图[258]。虽张曹争论于汉朝[259]，荀挚竞爽于晋世[260]，无以仰摸渊旨[261]，取则后昆[262]。每荒服请罪[263]，远夷慕义[264]，宣威授指[265]，寔寄宏略[266]。理积则神无忤往[267]，事感则悦情斯来[268]。无是己之心[269]，事隔于容谄[270]；罕爱憎之情[271]，理绝于毁誉[272]。造理常若可干[273]，临事每不可夺[274]；约己不以廉物[275]，弘量不以容非[276]。攻乎异端[277]，归之正义[278]。

公生自华宗[279]，世务简隔[280]。至于军国远图[281]，刑政大典[282]，既道在廊庙[283]，则理擅民宗[284]。若乃明练庶务[285]，鉴达治体[286]，悬然天得[287]，不谋成心[288]。求之载籍，翰牍所未纪[289]；讯之遗老[290]，耳目所不接。至若文案自环[291]，主者百数[292]，皆深文为吏[293]，积习成奸[294]，蓄笔削之刑[295]，怀轻重之意[296]。公乘理照物[297]，动必研机[298]。当时嗟服[299]，若有神道[300]。岂非希世之俊民[301]，瑚琏之宏器[302]？

昉行无异操[303]，才无异能，得奉名节[304]，迄将一纪。一言之誉[305]，东陵侔于西山[306]，一眄之荣[307]，郑璞逾于周宝[308]。士感知己，怀此何极[309]！出入礼闱[310]，朝夕旧馆[311]，瞻栋宇而兴慕[312]，抚身名而悼恩[313]。公自幼及长，述作不倦。固以理穷言行[314]，事该军国[315]，岂直雕章缛采而已哉[316]？若乃统体必善[317]，缀赏无地[318]，虽楚赵群才[319]，汉魏众作[320]，曾何足云！昉尝以笔札见知[321]，思以薄技效德[322]，是用缀缉遗文[323]，永贻世范[324]。为如

干秩[325],如干卷。所撰《古今集记》、《今书七志》,为一家言,不列于集。集录如左。

注释

〔1〕公:对德高望重者的尊称。　讳:古时称已故尊长者的名,以表敬。

〔2〕先:祖先。　宋:指南朝宋。

〔3〕家牒(dié 迭):家族的谱牒,用以记载家族世系。李善注引《琅邪王氏录》:“王氏之先出自周王子晋。秦有王翦、王离,世为名将。”

〔4〕晋中兴:指晋司马氏政权迁徙江南,建立东晋政权暂时偏安的局面。

〔5〕六世:六代。　名德:谓德高望重。李善注引《晋中兴书》:“王祥弟览生导,导生洽,洽生珣,珣生昙首。”　又引沈约《宋书》:“王僧绰,昙首长子,遇害,子俭嗣。”

〔6〕冠冕:喻受世人敬仰拥戴的杰出人物。

〔7〕仁人:有仁爱之心的人。　利:利于物,此谓施恩德于万物。

〔8〕天道:天象,指日月星辰的运行。此句意谓仁爱之人施德于万物,故其名德之位如日月星辰运行,延续久长而不绝。

〔9〕吕虔:字子恪,三国魏任城人。曹操在兖州,闻其有胆策,任为从事,后迁徐州刺史,以琅邪王祥为别驾。世人称其能任贤。李善注引《晋中兴书》:“魏徐州刺史任城吕虔有刀,工相之,为三公(中央最高官职)可服此刀。虔谓别驾(官名)王祥曰:‘苟非其人,乃或为害。卿有公辅之量,故以此相与。’及祥死之日,以刀授弟览曰:‘吾儿凡,汝后必兴之,足称此刀,故以相与。’”

〔10〕郭璞:字景纯,晋河东闻喜人。好经术,擅词赋,通阴阳历算、卜筮之术。　晢:据李善注作“筮”。　淮水:水名。源出河南桐柏山,经由安徽、江苏入洪泽湖。李善注引《王氏家谱》:“初王导渡淮,使郭璞筮之,卦成,璞曰:‘吉无不利。淮水绝,王氏灭。’”

〔11〕离翦:王离、王翦,皆为秦将。李善注引《史记》:“王翦者,频阳人也。事秦,始皇使翦将兵而攻赵阏与(地名),破之,后遂拔赵。陈胜之反秦,秦使王翦之孙王离击赵王。”　止杀:谓以杀止杀,以战争平息战争。李善注引孔安国《尚书传》:“以杀止杀,终无犯者。”

〔12〕吉骏:王吉、王骏,皆西汉人。吉,宣帝召为博士、谏大夫,屡上书言事,

时以忠贤著称。其子骏,曾为幽州刺史、京兆尹。李善注引《汉书》:“王吉,字子阳,琅邪人也,为谏议大夫。子骏,亦为谏议大夫,超迁御史大夫。吉居长安,其东家有大枣树,垂吉庭中,吉妇取枣以啖吉。吉后知之,乃去妇。东家闻而欲伐其树,邻里固请吉令还妇。子骏,元帝时为御史大夫,妻死不复娶。”

〔13〕有助:谓仁道之心所助益。

〔14〕诞授:谓上天授予。诞,大。　命世:指治世之才。

〔15〕体:体察,领悟。　三才:指天道、地道、人道。《易·系辞下》:“易之为书也,广大悉备,有天道焉,有人道焉,有地道焉,兼三材而两之,故六。”　茂:美。六臣本“茂”下有“典”字。

〔16〕践:实现,实行。　得二:指贤人预知善事与不善征兆的能力。圣人在善与不善未现之前即有先见之明,即所谓知几,从而以相应举措成就善者避免不善。这是知几的最高境界,即老子所谓“侯王得一以为天下贞”。贤人预知善事与不善征兆的能力未达到这种境界,却接近这种境界,在善与不善初见征象之始,就能体悟到,从而以相应举措成其善者而避其不善,故谓得二。李善注引《周易》:“知几其神乎?颜氏之子(贤人),其殆庶几(接近于知几)乎?有不善未尝不知,知而来尝复行(知不善之初即欲纠正而不复行)。”　又引韩康伯曰:“在理(善与不善之几)则昧,造形(善与不善初露征象)则悟,颜子之分(天分)也。失之于几(未能达到知几),故有不善,得之于二,不远而复(不善未能发展之时即予纠正),故知之未尝复行也。”　张凤翼《文选纂注》“得二”作“得一”,并引《老子》“侯王得一以为天下贞”句释义。此录以备考。　机:当作“几”,几微。指事物出现前的征兆。六臣本“几”上有“庶”字。　以上两句意谓王俭禀受上天赋予的智慧,具有圣贤的先见之明,善于促进吉祥之事,避免不祥之事的发生。

〔17〕昴宿(mǎo xiù 卯秀):星名。二十八宿之一。　垂芒:发光。

〔18〕德精:德星,岁星。与昴星皆为圣贤之星。　降祉:降福。李善注引《异苑》:“汝南陈仲弓从诸息姓诣颍川荀季和父子,于时德星为之聚。太史奏,五百里内必有贤人集焉。”

〔19〕蔚:蔚然,盛大的样子。　帝师:帝王之师。

〔20〕渊角:月形的额角。李善注:“《论语撰考谶》曰:‘颜回有角额似月形。’渊,水也。月是水积,故名渊。”　殊祥:特别祥善。

〔21〕山庭:指鼻子。　异表:异常突出。李善注:“《摘辅像》曰:‘子贡山庭

斗绕口。'谓面有三庭,言山在中,鼻高有异相也。故子贡至孝,颜回至仁也。"

〔22〕望衢(qú 瞿):谓了解其道术。衢,四通八达的大道。喻道术。 术:邑中的道路。亦喻道术。

〔23〕际:至,达到。 澜:波澜。 以上两句意谓欲了解其道术,道术幽深,而难以探寻,犹如观海,难以测知其波澜的广大无边。

〔24〕载籍:指经典。

〔25〕博游:广泛阅览。 才义:指有才艺而富义理之作。

〔26〕金版:古书名。 玉匮:古书名。李善注引《七略》:"太公金版、玉匮,虽近世之文,然多善者。"

〔27〕海上:指隐于海上所著之书。李善注引范晔《后汉书》:"荀爽遭党锢(指东汉桓帝时太学生反对宦官而遭致的禁锢杀身之祸),隐于海上,又遁汉滨,以著述为事,题为新书,凡百余篇。" 名山:指藏之名山之书。此指《史记》。李善注引司马迁书曰:"仆诚著此书,藏诸名山。" 海上名山,指忠贤之士被难发愤而著之书。 旨:美。

〔28〕沉郁:意蕴深邃。 澹雅:清新雅正。沉郁澹雅,指扬雄所著《方言》。李善注引刘歆与扬雄书:"非子云(雄字)澹雅之才,沉郁之志,不能成此书。"

〔29〕离坚:谓离坚白,离其坚者使不坚,辨其白者使不白。 合异:谓合异同,合其异者使同,离其同者使异。离坚合异,指古代公孙龙学派的诡辩论。李善注引《庄子》:"公孙龙问于魏牟曰:'龙少学先王之道,长明仁义之行,合同异,离坚白。'" 又引《吕氏春秋》:"相剑者曰:'白所以为坚也,黄所以为纫也,黄白杂,则坚且纫,良剑也。'难者曰:'黄白杂,则不坚且不纫,又柔则锩,坚则折,剑折且锩,焉得为利剑也?'"

〔30〕总制:谓融会贯通,领会掌握。 清衷:清静的内心。

〔31〕递:互。 心极:心灵的极致。极,极致,准则。

〔32〕通人:学识博通的人。

〔33〕虚明:指心灵。 绝境:绝妙的境界。

〔34〕穷:穷尽。彻底认识。

〔35〕神用:神明的作用。李善注:"言金版玉匮之书,无不制在情衷,为心之极。斯固通人君子,或能兼而包之,故非王公之绝境也。然其不可穷而尽者,其唯有神用乎? 言难测也。"

〔36〕检镜:谓检验道术以之为借镜。 所归:谓人群以之为依归。

〔37〕人伦:人间,人群。　表:表率,楷模。

〔38〕云屋:崇高壮丽的屋宇。喻崇高的道术造诣。　天构:谓天然成就的,非后天努力的结果。

〔39〕何工:善本无“工”字,此依六臣本补。　以上四句赞王俭个人独擅的德行与道术,皆出自天性。

〔40〕咸洛:指长安洛阳。此句谓西晋丧乱。

〔41〕宪章:典章制度。此指记载典章制度的经籍。

〔42〕贺生:指晋贺循,擅礼学。李善注引《晋中兴书》:“贺循,字彦先,博览群书,尤明《三礼》(《周礼》、《仪礼》、《礼记》),为江东儒宗,征拜博士。”　达礼:通达《礼经》。　宗:宗师。

〔43〕蔡公:指晋蔡谟,通儒学,时礼仪祖庙制度,多为谟所议定。李善注引《晋中兴书》:“诸葛恢,字道明,时颍川荀颉,字道明,陈留蔡谟,字道明,俱有名誉,号曰中兴三明。时人为之歌曰:‘京都三明各有名,蔡氏儒雅荀、葛清。’”　儒林:指儒门学者之群。　亚:次。

〔44〕阙典:有阙疑或遗漏的经典。

〔45〕大备:谓修补完备。

〔46〕齿危:谓牙齿将落。　发秀:发白。

〔47〕含经:钻研经典。　味道:领悟道术。　生:指有德之人。

〔48〕北面:面北而拜。　人宗:指为人间景仰的尊师。

〔49〕资敬:谓尊敬之如对待父母。李善注引《孝经》:“资于事父以事母,而敬同。”

〔50〕托:寄托。　夷远:平易淡远。

〔51〕屏(bǐng 禀):排除。　尘杂:人间琐事。

〔52〕弘奖:弘扬劝勉。　风流:风俗教化。

〔53〕标胜:高胜。谓高尚的道术。

〔54〕期(jī 基)岁:一周岁。　孤:谓幼年丧父。

〔55〕司空:官名。汉魏以来为三公之官,参议国事。　简穆公:指王僧虔,僧绰弟。宋文帝时为太子舍人,迁尚书令。入齐为侍中。李善注引萧子显《齐书》:“世祖(齐武帝萧赜)即位,迁僧虔为侍中,薨,赠司空,侍中如故,谥简穆公。”

〔56〕器异:以为多才而不凡。

〔57〕志学:有志于学问之年。指十五岁。李善注引《论语》:“子曰:‘吾十有五而志于学。’”

〔58〕家门:家族。　礼训:礼仪教训。

〔59〕折中:谓中正而无偏颇,不为极端。

〔60〕孝友:孝敬父母友爱兄弟。

〔61〕伊:语助词。　桥梓:二木名。喻父子之道。李善注引《尚书大传》:“伯禽(人名)与康叔(人名)朝于成王。见于周公,三见而三笞(鞭打)之。康叔有骇色,乃与伯禽问于商子(人名)曰:‘吾二子见于周公,三见而三笞,何也?’商子曰:‘南山之阳,有木名桥,北山之阴,有木名梓。二子盖往观焉。’于是二子如其言而往观之,见桥木高而仰,见梓木实而俯,反以告商子。商子曰:‘桥者,父道也;梓者,子道也。’二子明日复见,入门而趋,登堂而跪。周公迎,拂其首而劳之曰:‘汝安见君子乎?’二子以实对。公曰:‘君子哉,商子也。’”

〔62〕夷雅:平易雅正。　体:性,性格。

〔63〕韦弦:柔软的皮革与紧直的弓弦。指古人用以自警的饰物。韦,喻柔和;弦,喻紧急。李善注引《韩子》:“西门豹之性急,故佩韦以自缓,董安于之心缓,故佩弦以自急。”　以上两句意谓王俭有孝友之性是天然而成,不需见桥梓而后知,其平易雅正之性是生来具有,无需佩饰韦弦以自警。

〔64〕汝郁:东汉人,曾为鲁相。以仁德著称于世。李善注引《东观汉记》:“汝郁,字幼异,陈国人。年五岁,母被病不能饮食,郁常抱持啼泣,亦不肯饮食。母怜之,强为餐饭,欺言已愈。郁察母颜色不平,辄复不食。宗亲共奇异之,因字幼异。”　幼挺:幼年卓异。　淳至:淳孝至诚。

〔65〕黄琬:东汉人,一世名臣,以忠直著称于时。李善注引范晔《后汉书》:“黄琬,字公琰,少失父母而辨慧。祖父琼育之。琼初为魏郡太守,建和元年正月,日蚀,京师不见,而琼以状闻。梁太后诏问所蚀多少。琼思其对而未知所出。琬年七岁,在傍曰:‘何不言日蚀之余,如月之初。’琼大惊,即以其言应诏。”　早标:少年独立。标,立。　聪察:聪敏明智。

〔66〕曾:竟。　尚:高尚,突出。此句意谓汝郁、黄琬与王俭比较并无突出之处,俭胜过之。

〔67〕袭封:承继父祖的爵号而受封。　豫宁侯:王俭祖父昙首卒后,宋文帝追封为豫宁县侯。

〔68〕拜日:封授爵号之日。

〔69〕珪组:珪,诸侯参加朝会、祭祀典礼时手执的一种玉器;组,系印的丝带。

〔70〕王命:指皇帝封其为豫宁侯的诏命。

〔71〕感咽:因感动而哽咽。

〔72〕自胜:谓自我控制。不自胜,此谓悲感至极而不能言语。

〔73〕宋明帝:指南朝宋第七代君主刘彧。　居蕃:谓王侯居封国之中。蕃,通"藩",诸侯的封国。

〔74〕武康公主:即宋文帝长女,亦称东阳南公主。梁章钜说:"王氏志坚曰:《南史·王僧绰传》尚东阳公主,而俭传及此文皆作武康,巫蛊事中绝无武康名,不知何故。杨氏凤苞曰:初封武康,进封东阳。林先生曰:武康即东阳也。"(《文选旁证》,卷三十八)

〔75〕旧茔:指武康公主的茔墓。

〔76〕棺柩:装有尸体的棺材。

〔77〕固请:坚决请求。此谓坚决请求废止毁坏嫡母茔墓的诏命。

〔78〕遵奉:遵诏奉命。

〔79〕表启:臣下给皇帝的上书。

〔80〕义:指思想感情。

〔81〕太宗:即宋明帝刘彧。

〔82〕夺:谓剥夺其志向。李善注引萧子显《齐书》:"宋明帝以俭嫡母武康公主,同太初巫蛊事(指太子刘劭用巫师使邪术,欲谋害文帝之事),不可以为妇姑,欲开冢离葬。俭因人自陈,密以死请,故事不行。"

〔83〕拜:授予。　秘书郎:官名。

〔84〕太子舍人:官名。太子官属。

〔85〕尚:谓娶公主为妻。　公主:指阳羡公主。宋明帝女。

〔86〕驸马都尉:官名。魏晋以后为帝婿的专职。

〔87〕元徽:宋后废帝(刘昱)的年号。

〔88〕秘书丞:官名。

〔89〕采:摘取。　公曾:晋荀勖字。　中经:书名。李善注引王隐《晋书》:"荀勖,字公曾,领秘书监,与中书令张华依刘向《别录》整理错乱,又得汲冢竹书,身自撰次,以为《中经》。"

〔90〕刊:删削。　弘度:晋李充字。　四部:古代丛书名。李善注引臧荣绪

《晋书》:"李充,字弘度,为著作郎。于时典籍混乱,删除颇(当作"烦")重,以类相从,分为四部,甚有条贯,秘阁(国家图书馆)以为永制。五经为甲部,史记为乙部,诸子为丙部,诗赋为丁部。"

〔91〕刘歆:西汉人,字子骏,与父向整理群书六艺。编成《七略》。七略:丛书名,刘歆撰。包括《辑略》、《六艺略》、《诸子略》、《诗赋略》、《兵书略》、《术数略》和《方技略》。

〔92〕七志:书名。王俭依《七略》体例所撰。

〔93〕稷契(xiè 谢):稷,后稷,虞舜之臣;契,也为虞舜之臣,其时助夏禹治水有功,封为司徒。　匡:匡正,辅助。　虞夏:虞舜夏禹,传说中古帝名。

〔94〕伊吕:伊,伊尹,商汤王的贤臣,助汤灭夏桀王;吕,吕望,周文王的贤臣,助周武灭殷纣王。　翼:辅佐。　商周:商,商汤王,殷的开国之君,灭夏桀而有天下;周,周武王,周的开国之君,灭殷纣而有天下。余萧客引刘敞《南北朝杂记》谓:"王俭四五岁与凡童有异,曾为五言诗曰:'契稷匡虞夏,伊吕翼商周,抚己愧前哲,敛衽归山邱。'论者以宰相许之。"(《文选纪闻》,卷二十六)以上两句谓王俭赋诗言志,以古贤臣自况,撰《七志》以佐宋帝。

〔95〕应务:应合时务。　迹:足迹,业迹。

〔96〕生民:百姓。　属心:归心,向往。

〔97〕司徒:官名。三公之一,主管教化。　袁粲:南朝宋阳夏人,字景倩。孝武帝时,除尚书吏部郎。明帝时为司徒左长史,并受托拥立太子。顺帝时迁中书监,司徒,侍中。其人博学多才,早以操立志行,著称于世。

〔98〕高世:超拔于世俗。

〔99〕脱落:脱离,不与之相合。

〔100〕弱令:少年。

〔101〕望风:景仰其风采。

〔102〕衣冠:士大夫的衣着礼帽,指文明礼教。李善注引吴均《齐春秋》:"俭精神秀彻,体识聪异。司徒袁粲见之,叹曰:'宰相之门也。栝柏豫章(木名)虽小,已有栋梁之气矣。'"

〔103〕台司:指三公,朝廷中辅助国君握有军政大权的高官。东汉以太尉、司徒、司空为三公。袁粲于后废帝(刘昱)时授中书监,领司徒,此前官至太子詹事,迁尚书令。故此句谓亚台司。

〔104〕弱冠:二十岁。古男子年二十始戴冠,体尚弱,故谓弱冠。

〔105〕年势:年龄地位。 侔(móu 谋):相等。

〔106〕抗礼:行平等之礼。抗,平。

〔107〕要:约定。 岁暮:一年将尽之时。岁暮之期,谓岁寒而有松柏后凋的高远之志。

〔108〕申:申明,陈述。 止足:知止知足。止足之戒,谓警戒自满自傲贪图荣禄之心。

〔109〕何寄:谓无所寄托,无所贪求。

〔110〕之子:夫子。指王俭。 照:见,了解。 清襟:清白之心。

〔111〕服阕:服丧期满。阕,止,终了。古礼规定,父母亡故,服丧三年,期满除服,故谓服阕。

〔112〕司徒右长史:官名。李善注:“俭遭所生母忧服阕也。司徒,袁粲也。”

〔113〕义兴:郡名。在今江苏宜兴县境。

〔114〕风化:风俗教化。

〔115〕奏课:呈进考核。 最:第一。

〔116〕给事黄门侍郎:官名。在皇帝左右,备顾问应对等。

〔117〕旬日:十天。

〔118〕尚书吏部郎:官名。 参选:参预选拔人才之事。

〔119〕毛玠(jiè 介):三国魏人。典选举,清正廉洁。李善注引《魏志》:“毛玠,字孝先,陈留人也。少为县吏,以公清称。魏国初建,以玠为尚书仆射,复典选举。”

〔120〕李重:晋钟武人,字茂曾。任尚书吏部郎,留心隐逸,才智之士多得荐举。 识会:识鉴,识别人才,鉴别优劣。李善注引傅畅《晋诸公赞》:“王戎为选官,时李重、李毅二人操异(品德各异),俱处要职,戎以识会待之,各得其所。”

〔121〕侍中:官名。侍从皇帝左右,备顾问应对。

〔122〕愍(mǐn 敏)侯:王俭父僧绰为刘劭所害,宋孝武帝即位,谥曰愍侯。

〔123〕固辞:坚决辞让。

〔124〕太尉右长史:官名。为太尉的官属。太尉,指齐高帝萧道成。

〔125〕圣武:英明威武。指齐高帝萧道成。

〔126〕肇(zhào 赵)基:开创基业。 王命:指帝王之位。

〔127〕寤寐:寤,醒;寐,睡。喻日夜。此谓日夜思索。　风云:谓风云与龙虎相感应。《周易·乾卦》:"云从龙,风从虎,圣人作而万物睹。"此喻帝位与天象的感应。

〔128〕人杰:智慧超众的人。此指王俭。　以上两句意谓齐高帝萧道成日夜思得上天感应而成帝业,实赖王俭的拥戴与辅佐。

〔129〕宸居:北极星所在之处。喻帝位。此指齐高帝萧道成。　膺:当,受。列宿(xiù 秀):指五星(金、木、水、火、土)。五星现于天为帝王出世的瑞应。此指齐高帝萧道成必将称帝的瑞应。　表:标志,征兆。

〔130〕图纬:图,河图,一种谶纬之书;纬,纬书,包括六经诸《纬》与《孝经纬》,都是汉末以来附会经义并以占验术数为内容的著作。　著:明,显示。王佐:帝王的辅佐。此指王俭。　符:符命。指以占验术数之法显示出的祥瑞征兆。李善注以上两句说:"若汉高祖之膺五星,李通(后汉人,汉光武帝的功臣)之著赤伏(符命之名)。"意思是说,齐高帝代宋即皇帝位,和汉高祖出而五星现一样,是以上天的祥瑞为征兆的;王俭成为辅佐王业的功臣,也和李通辅助东汉帝业一样,是有图纬显示符命的。这是以天人感应与谶纬之说,强调萧氏开创帝业与王俭成为功臣,都是符合天命神意的。

〔131〕左长史:官名。

〔132〕齐台:指齐高帝萧道成被宋帝封为齐公,单独设立百官台署。

〔133〕尚书右仆射:官名。近于宰相之职。

〔134〕吏部:古时中央六部之一,主管官吏的选任与勋阶的评定等事。

〔135〕艰虞:艰危荒乱。

〔136〕百王:历代君主。　浇季:风化浇薄的末世。

〔137〕礼:礼仪制度。　旧宗:固有的宗旨,固有的传统。

〔138〕乐:音乐。古时礼乐并称,皆指国家政教制度而言。　倾:斜,偏离。恒轨:经久的轨道,原有的制度。

〔139〕朝章:朝廷的章程法纪。

〔140〕典彝(yí 夷):经常的法度。彝,常,法度。　备物:常备之事。指朝廷威仪。

〔141〕奏议:臣下向皇帝陈述政事评论得失的奏书。　符策:策书。皇帝用以封土授爵、任免官员的命令。

〔142〕表记:上表奏记。表,用于臣下向皇帝陈述衷情;记,用以记载事件。

〔143〕素意:平时的意念。　蓄:蓄积,积累。

〔144〕未行:没有施行,没有先例。

〔145〕取定:决定。　俄顷:顷刻。

〔146〕神:神思,灵感。　滞用:阻滞而不能发挥。此句意谓神思之用畅达而无所滞碍。

〔147〕太祖:指齐高帝萧道成。

〔148〕佐命:辅佐皇帝承受天命。谓拥立齐高帝代宋即位。

〔149〕南昌县:地名。今江西省南昌市。此指王俭封地。　开国公:王俭的封号。

〔150〕食邑:封地。收缴封地赋税以为生活用度,故谓食邑。

〔151〕建元:齐高帝年号。

〔152〕尚书左仆射:官名。职位与尚书右仆射相近。

〔153〕领选:谓主管选任官吏之事。指领吏部言。

〔154〕营部(hé 合):人名。据李善注当作"策劭"。李善注引应劭《汉官仪》:"献帝建始四年,始置左右仆射,以执金吾(官名)营部为左仆射,卫臻为右仆射。"又按断谓:"今以策劭为营部。误也。"　分司:谓仆射之职分为左右,由不同的人担任。

〔155〕卢钦:人名。李善注引虞预《晋书》:"卢钦少好学,为尚书仆射,领吏部。钦清实选举,称为廉平。"　兼掌:谓兼任尚书仆射与吏部之职。

〔156〕誉望:荣誉声望。

〔157〕允:信,实。　兹日:今日。指王俭。

〔158〕寻:不久。　解选:请求辞去吏部选举之职。

〔159〕诏:下达诏命。

〔160〕太子詹事:官名。掌太子家事。

〔161〕散骑常侍:官名。东晋以后掌表诏。

〔162〕崩:帝王死为崩。

〔163〕遗诏:临终的诏命。

〔164〕永明:齐武帝(萧赜)年号。

〔165〕进号:提升官职。　卫将军:官名。掌宫廷宿卫。

〔166〕本官:此指侍中尚书令。　丹阳尹:丹阳郡的行政长官。丹阳,今江苏省境内。

〔167〕六辅：汉以京城长安附近六郡为六辅。李善注引韦昭《汉书注》："六辅，谓京兆、冯翊、扶风、河东、河南、河内。"此指齐都建康附近的地区。

〔168〕五方：指四方及京都。

〔169〕声训：声明教训。指宣传教化措施。

〔170〕楚夏：楚地与夏地。李善注引《史记》："淮南、沛、陈、汝南郡，此西楚也。颍川、南阳，夏人之居也，故至今谓之夏。"　移情：谓受到德风感化而情操变为良善。

〔171〕解剑：谓德风行世，使仇人和解而不思报复。此用后汉许荆事。李善注引谢承《后汉书》："许荆，字子张，吴郡人。兄子世，尝报仇杀人，其仇操兵欲杀世，荆与相遇，乃解剑长跪曰：'今愿身代世死。'仇者曰：'许掾，郡中称君为贤，何敢相侵。'遂解剑而去。"

〔172〕归田：谓德风行世，使争田者自悔而放弃诉讼。此用汉韩延寿事。李善注引《汉书》："韩延寿为东郡太守，春，因行县（视察县区）至高陵（地名），人有昆弟相与讼田，延寿乃自悔责，闭阁（门）不出。于是讼者宗族传相责让，此两昆弟深自悔，皆自髡（自己剃光头，表有罪）肉袒谢，愿以田相移，终不敢复争。延寿乃起听事。"　息讼：平息诉讼。

〔173〕前郡尹：指丹阳郡前任郡尹。　温太真：即温峤，东晋贤臣。李善注引王隐《晋书》："温峤，字太真，太原人也。为郡（丹阳）尹，后平苏峻之乱。"　刘真长：即刘惔，东晋贤臣，有远谋，政清廉。李善注引臧荣绪《晋书》："刘惔，字真长，沛国人也。为丹阳尹，性重庄、老。"

〔174〕铭：铭刻，镌刻。　鼎彝：两种青铜器物，指宗庙祭祀用的礼器。古时将贤君忠臣的生平、事业及功勋以铭文的形式镌刻于鼎彝，以示纪念，警戒后代。

〔175〕德标：德行。

〔176〕臭（xiù 秀）味：气味。比喻同类的人气味相通。　风云：谓虎从风，龙从云。此喻同类的人物，彼此感应。李善注引《楚辞》："虎啸而谷风至，龙举而景云从。"王逸注："虎，阳物也；谷风，阳气也。言虎悲啸而吟，则谷风至而应其类。龙，介虫，阴物也；景云，亦阴也。言神龙将举升天，则景云覆而扶之，辅其类也。"此句谓王俭与温、刘同类相感，意气相合。

〔177〕无爽：无所差错。

〔178〕吊祭：悼念祭奠。

〔179〕表荐:上表进荐。　孤遗:父母卒后的子孙。此指温峤、刘惔的后代。

〔180〕协:合,相合。　神期:鬼神的期望。

〔181〕彰:明,显示。　世祀:当世的祭祀之礼。

〔182〕恒慕:永远哀痛。慕,哀慕,哀痛。

〔183〕国学:国家设立的学校。此指声明文教。

〔184〕华夷:华夏四夷。华,指中国;夷,指边远的少数民族地区。

〔185〕经师:传授经典之师。　人表:众人的表率。

〔186〕允:信,诚信。　资:凭借,借助。　望实:指道德与才智。

〔187〕本官:此指侍中尚书令、镇国将军。　国子祭酒:官名。掌太学、国子监等学校。

〔188〕太子少傅:官名。太子的辅佐之官。

〔189〕挂服:谓去官时将所用之物留挂于官舍。喻为政廉洁。此用三国魏裴潜事。李周翰注:"魏裴潜(以博雅清洁著称)为兖州刺史,曾作一胡床,及去,留挂于官第。凡所用物必皆呼为服。"捐驹:谓做官时自己的马生驹则归公所有。喻为政廉洁。此用晋王逊事。李善注引王隐《晋书》:"王逊,字劭伯,为上洛太守。逊在郡有私马生驹,私牛生犊,悉留以付郡,云是为郡所产,以还官也。"

〔190〕前良:前代贤良。指裴潜、王逊。　取则:作为榜样。

〔191〕卧辙:谓百姓卧于辙下以挽留清官。　弃子:谓百姓抛弃怀中之子,感动清官留任。皆以喻深得民望。此用东汉侯霸事。李善注引范晔《后汉书》:"侯霸,字君仲,为临淮太守。王莽败,霸卒全(保全)一郡。更始元年,遣使征(征召)霸,百姓号哭遮使者车,或当道而卧,皆曰:'愿乞侯君,复留期年。'百姓乃戒其乳妇,弃其孩子,侯君当去,必不能全也。"

〔192〕后予:谓为何不及时解救我们摆脱苦难。　胥怨:相怨。喻百姓渴望清官的迫切心情。此用成汤事。李善注引《尚书》:"汤(商开国之君)初征自葛(古侯国名,其君无道),东征西夷(西方少数民族)怨,南征北狄(北方少数民族)怨。曰:'奚(何)独后予。'"　以上四句意谓王俭任丹阳尹时清正廉洁,无私奉公;其解职归京时,百姓恋念不舍,民望甚高。

〔193〕皇太子:指齐武帝太子萧昭业。　天姿:天赋的姿容、才质。

〔194〕人范:常人的德范。

〔195〕师友:此谓君臣之间融洽关系如同师友。

〔196〕穆:美好。　金兰:谓友谊坚如金,香如兰。李善注引《周易》:“二人同心,其利断金;同心之言,其臭如兰。”

〔197〕本州:指丹阳郡。　大中正:官名。掌一州之内人才考选,分成九等,上报司徒,以资任用。

〔198〕本号:此指卫将军。　开府仪同三司:谓将军所享有的政治待遇。开府,开建府署,设置僚属。仪同三司,享有的仪制与三司相同。三司,即三公,指朝廷的最高官职大司马、大司徒和大司空。

〔199〕谦光:因谦让而显出光明正大。

〔200〕大典:重大的法令典章。此指开府仪同三司之命。

〔201〕前命:以前宣布的诏命。此指开府仪同三司之命。

〔202〕选任:吏部选举人才之事。

〔203〕重违:谓屡次不允许。

〔204〕中书监:官名。魏晋以来权位相当宰相。

〔205〕选事:吏部选举之事。

〔206〕长舆:晋和峤字。　专车:个人独乘　车。谓自傲不群。李善注引臧荣绪《晋书》:“和峤为黄门侍郎,迁中书令,旧(以往)监令(中书监与中书令)共车入朝。及峤为令,荀勖为监,峤不礼勖,常以意气加之,每同乘高抗,专车而坐,乃使监令异车,自峤始也。”

〔207〕公曾:晋荀勖字。　凤池:凤凰池。禁苑中池沼。魏晋南北朝设中书省于禁苑,掌管机要,接近皇帝,故称中书省为凤凰池,权重于尚书。李善注引《晋中兴书》:“荀勖,字公曾,从中书监为尚书令,人贺之,乃发恚(发怒)云:‘夺我凤凰池,卿诸人贺我邪?’”　以上两句意谓王俭贤德有众望,其任中书监,人人钦服;能使昔日以中书令而专车独坐志满意得的和峤感到追悔莫及,使失掉凤凰池之位而怨恨不已的中书监荀勖感到心悦诚服。

〔208〕奔竞:谓奔走竞争权势。　涂:道。

〔209〕性:人性。指人之贤愚善恶。

〔210〕易失:谓才智杰出的人易于被世俗遗失,不得荐用。李善注引《桓子新论》:“凡人性,难极也,难知也,故其绝异者,常为世俗所遗失焉。”　情:情实。真实情况。

〔211〕无讼:无所诉讼。谓公正而无不平。

〔212〕弘诱:宽宏善诱。　以上四句意谓人性贤愚善恶难以确知,杰出之

才往往被世俗遗失,这两种情况是互有联系的。要把对难以确知的人才的识别评鉴,同其易于被忽略的真实情况,完全统一起来,是很困难的,所以一定要使选举公正而无不平,必须做事深入,宽宏大度而善于诱导。

〔213〕提衡:掌握标准。提,掌握;衡,秤杆,标准。 允:公平。

〔214〕一纪:十二年。梁章钜谓:"林先生曰:俭年二十八领吏部,至卒年三十八,故云一纪。"(《文选旁证》,卷三十八)

〔215〕拔奇:选拔奇异之才。

〔216〕兴微:谓使诸侯公卿之衰微者得以振兴。 继绝:谓使诸侯公卿世系将绝者得以延续。

〔217〕侧阶:下阶。望侧阶,谓望于下阶,不敢正立,示礼接贤士。 容贤:谓接纳贤士。

〔218〕景风:东风。 式典:效法而以为常典。式,法,效法。李善注引《淮南子》:"景风至,施爵禄,赏有功。"

〔219〕春秋:指年龄。

〔220〕建康:东晋及南朝诸帝建都之地。今江苏省南京市。

〔221〕皇朝:指天子。 轸恸:悲痛。

〔222〕储:国储,太子。 铉(xuàn 炫):鼎耳,比喻三公。李善注引《周易》:"鼎,金铉。"又郑玄《尚书》注:"鼎,三公象也。"

〔223〕有识:有识之士,有卓见之人。 衔悲:心怀悲伤。

〔224〕行路:行路之人。 掩泣:掩面哭泣。

〔225〕舂(chōng 冲)者:舂米的人。舂,用杵与臼捣谷成米。 不相:没有杵声。谓停止舂米。相,送杵声。《礼记·曲礼上》:"邻有丧,舂不相。"郑玄注:"相,谓送杵声。"

〔226〕工女:纺织女工。 寝机:停下机杼不织。李善注引《史记》:"赵良谓商鞅曰:'五羖大夫(百里奚,秦臣)死,秦国男女流涕,童子不歌谣,舂者不相杵。'"又刘绍《圣贤本纪》:"子产(郑贤相)治郑二十年,卒,国人哭于巷,妇人哭于机。"此句意谓王俭贤德感人,其死,君臣朝野皆哀痛不已,非秦人哀百里奚、郑人哀子产所能比拟。

〔227〕衣冠:谓穿戴衣冠之士。指公卿士大夫。

〔228〕悲缠:悲哀缠绕于心。 教义:谓修习教义之士。所指与"衣冠"同。吕向注:"以其修衣冠之礼,故衣冠之士痛深也;以其明教义之道,故教义之子

悲缠。”

〔229〕砥砺:磨石。喻磨利其器而利人。

〔230〕迈:超过。　舟航:舟船。喻济于江河而济人。砥砺、舟航皆指殷相傅说事。李善注引《尚书》:“高宗(殷中兴之君)曰:‘若金,用汝(指傅说)作砺,若济巨川,用汝作舟楫。’”　以上两句意谓王俭功勋利于国,仁德济于世,远超被殷高宗赞为砥砺与舟船的傅说。

〔231〕没世:没于世。谓死后。　遗爱:谓为后人所爱戴。此指郑贤臣子产事。李善注引《左传》:“子产卒,仲尼闻之出涕,曰:‘古之遗爱也。’”

〔232〕益友:益于世人之友。此指汉刘向事。李善注引《汉书·赞》:“刘向指明梓柱,以推废兴,岂非直谅(正直诚信)多闻,古之益友与?”　以上两句意谓王俭卒后的影响,足可比于被孔子叹为古之遗爱的子产、被史家赞为古之益友的刘向。

〔233〕追:追封,追授。　太尉:官名。其尊与丞相等。此为人死加封的荣衔。

〔234〕给节:供给符节。节,符节,朝廷用作凭证的信物。

〔235〕羽葆:一种仪仗。以鸟羽为饰,挂于杆头,其形如盖。　鼓吹:指乐器。主要包括鼓钲箫笳,本为军中之乐,用以赐有功之臣。

〔236〕班剑:以虎皮所饰之剑。班剑六十人,指持班剑的仪卫的人数。张铣注:“羽葆、班剑并葬之,仪卫增于常仪,为六十人也。”

〔237〕谥(shì 市):古代帝王将相死后所加的称号,含有褒贬意义。

〔238〕在物:待人。

〔239〕居身:自处,自我居处。　约:简朴。

〔240〕玩好:赏玩嗜好之物。指歌舞美色。

〔241〕布素:布衣素士。清贫的士人。　表:出。　造次:仓促,急遽。此谓危急紧迫之需。此句意谓清寒之士发生急难,王俭必出财物解救之。

〔242〕姬姜:指美女。周王室姓姬,齐国诸侯姓姜,姬姜常通婚,因以为贵妇美女之称。

〔243〕长者:年高有德者。

〔244〕立言:提出主张。　雅:雅正,正确。

〔245〕持论:发表议论。　从容:舒缓柔和,不过激。

〔246〕弘长(zhǎng 掌):鼓励扶助。长,诱掖,扶助。　风流:风流儒雅之

士。指多才而不拘礼法之士。

〔247〕许与:接引,招纳。　气类:指声气相通以类相聚的人。指与己志同道合者。

〔248〕单门:寒门。门第寒微的家庭。

〔249〕勖(xù 续):勉励。　丹霄:天空。丹霄之价,谓高举丹霄之凤的美价。

〔250〕青冥:青云。青冥之期,谓腾达青冥之龙的期望。李善注引《钟会集》言:"程盛曰:'丹霄之凤,青冥之龙。'"此"丹霄""青冥"皆用作勖勉希冀之词。

〔251〕铨品:衡量品评。此谓量才授官。　人伦:指人的才德品级。

〔252〕居厚:谓处于俸禄优厚的地位。居厚者,指俸禄多职位高的官吏。矜:骄傲,夸耀。

〔253〕处薄:谓处于俸禄低薄的地位。处薄者,指俸禄少地位低的官吏。以上两句意谓经王俭品评推荐的官吏,皆能知其分而安其位。

〔254〕穷涯:到达涯岸。涯,水边。　反:返回。李善注引《庄子》:"市南子曰:'君涉于江南,而浮于四海,望之而不见其涯,愈往而不知其所穷(尽头),送君者皆自涯而反。'"

〔255〕盈量:以物将量器装满。量,量器,若斗斛之类。与"穷涯"皆喻知止知足。　以上两句谓由王俭品评推举的官吏皆能知足知止。

〔256〕治定:社会安定。　制礼:制定礼仪以教民。

〔257〕我:指帝王。　民誉:谓人民讴歌帝王美德。誉,赞誉,讴歌。

〔258〕缉熙:光明。谓天下清平安定。　帝图:帝王所承受的图籍。此指国家政局。

〔259〕张曹:张酺与曹褒。酺,字孟侯,东汉细阳人。章帝为太子时,曾向酺学《尚书》,其即位命酺修君臣之礼。褒,字叔通,东汉薛人,长于礼学,拜博士。章帝召定礼制。　争论:谓张曹关于制定汉礼的争论。李善注引《东观汉纪》:"张酺拜太尉,章帝诏射声校尉曹褒,案汉旧仪制汉礼。酺以为褒制礼,非祯祥(吉祥的预兆)之特达,有似异端之术,上疏曰:'褒不被(受)刑诛,无以绝毁实乱道之路。'"

〔260〕荀挚:荀顗挚虞。顗,西晋颍川颍阴人,字景倩。入晋进爵为公,精于三礼及朝廷大仪。虞,西晋长安人,字仲洽。才学博通,曾考正旧典,修定礼制。

竞爽:竞争并修正错误。谓荀挚关于制定新礼的讨论。爽,差,误。李善注引臧荣绪《晋书》:“太尉荀觊,先受太祖敕(诏令),述新礼。太康初,尚书仆射朱整奏付尚书郎挚虞讨论之,虞表(上表)所宜增损条目,改正礼新昔异状,凡十五事。”

〔261〕仰摸:模仿,效法。　渊旨:精深的旨意。此指王俭所制礼仪。

〔262〕取则:汲取其精要以为准则。　后昆:后世子孙。　以上四句意谓汉晋张曹荀挚四家虽精于礼学,其所制礼仪,也不能与王俭制礼之精深、影响之久远相比拟。

〔263〕荒服:古指距京畿二千五百里的地区。此指远方之国。

〔264〕远夷:远方的夷人。夷,指古边远之地的少数民族。　慕义:向慕中华的礼义,谓来中国进贡朝拜。

〔265〕授指:谓发布诏令。指,指挥,发令。

〔266〕寔:实在。　宏略:宏大的谋略。

〔267〕理积:谓义理蕴蓄于心。　神:神思。　无忤(wǔ 午):无所抵触,无所阻滞。谓畅达流利。

〔268〕事感:谓阅历世事而心有感触。　悦情:谓情思愉悦而畅发。张凤翼谓:“即所谓涣然冰释,怡然理顺也。”(《文选纂注》,卷十)以上两句意谓王俭义理久蕴,阅事丰富,写作文章则神思情采畅然勃发,挥洒自如。

〔269〕是己:谓自以为是,固执己见。此谓处事以一己私利为转移。

〔270〕隔:隔绝。　容谄:取悦谄媚。

〔271〕罕:少。

〔272〕毁誉:毁谤赞誉。　以上两句意谓王俭毫不利己,摒弃私情,处事绝然不取悦谄媚于世俗;崇尚至理,出以公心,绝不以主观爱憎而毁伤或赞誉他人。

〔273〕造理:探讨义理。造,至,探讨。　可干:可以批驳。干,犯,侵犯,批驳。

〔274〕临事:实施其事。　可夺:可以改变。夺,夺取,改变。以上两句意谓王俭性情宽和,不固执己见,探讨事理的时候,其主张常常是可以批驳的;到了实行其事的时候,其意志则坚定而不可改变。

〔275〕约己:谓于己俭约。　廉物:谓待人悭吝不施。廉,俭约。此有悭吝义。

〔276〕弘量:宽宏的度量。　容非:容忍他人之非。

〔277〕异端:邪恶的主张。此指儒家正统以外的学说。

〔278〕正义:正确的义理。此指儒家的学说。　以上两句意谓王俭对错误的思想主张不能相容,对异端邪说必予攻击,而使正大之道得以发扬光大。

〔279〕华宗:华族。富贵之家。

〔280〕简隔:简略隔绝。

〔281〕远图:远大的图谋。

〔282〕刑政:刑法政令。　大典:伟大的法典。

〔283〕道:大道,基本原则。　廊庙:指朝廷。廊,指宫殿四周的长廊;庙,太庙。皆为古代帝王与大臣议论政事之所,故称朝廷为廊庙。

〔284〕理:政理,处理政务的法则。　擅:独。　民宗:谓为人所尊奉。张凤翼谓:"理擅民宗,谓政理之善,独为人所宗依也。"(《文选纂注》,卷十)以上两句意谓王俭考虑军国刑政大事,基本原则是朝廷利益,其处理政务的法则独为世人所遵循。

〔285〕明练:精明练达。　庶务:多种政务。

〔286〕鉴达:明白通晓。　治体:治国的体要。施政的基本方针。

〔287〕悬然:高远的样子。　天得:得自于天赋。

〔288〕谋:谓与人谋划。　成心:谓形成于内心。

〔289〕翰牍:指书籍。翰,笔;牍,木版。皆为记事之具。

〔290〕讯:询问。　遗老:阅历丰富见识广博的长者。

〔291〕文案:公文案卷。指诉讼的案件之类。　自环:环绕自己。谓案件积压之多和历时之久。

〔292〕主者:指主管狱讼的官吏。　百数:谓先后易人之多,案件堆积之久。

〔293〕深文:谓援用法律条文,苛细周纳,以入人罪。

〔294〕积习:长期形成的习惯。　奸:奸伪,伪诈。

〔295〕畜:蓄积,存心。　笔削:谓随意删改法律条文。古代记事写于木版竹简上,有需要修改之处,则以刀削之,再以笔改动,因以随意增删为笔削。李善注引《汉书》:"今有司请定法,削即削,笔即笔。"服虔曰:"言随君意也。"　刑:刑罚。指法律条文。

〔296〕轻重:谓判罪随意加重或减轻,并不依法论处。李善注引《汉书》:"严延年为涿郡太守,掾(官名)赵绣按(审判)高氏,即为两劾(罪状),欲先白

(报告)其轻者,观延年意焉,怒,乃出其重劾。"

〔297〕乘理:利用法理。　照物:参照物证。

〔298〕研几:穷究几微之兆。几,几微,指事物的征兆。

〔299〕当时:指当时之人。

〔300〕神道:神明之道。道,道术。

〔301〕希世:稀有于世。　俊民:才智出众的人。

〔302〕瑚琏(hú liǎn 胡连):古时祭祀盛黍稷的器皿。喻堪当大任的宝贵人才。

〔303〕行:品德。　异操:异于常人的操守。

〔304〕奉:尊奉。　名节:名誉节操。此句意谓钦敬王俭的品德,并追随其后。

〔305〕誉:称赞。

〔306〕东陵:山名。传说上古时盗跖死于此。　侔:比,等。　西山:指首阳山。传说上古仁人伯夷死于此。李善注引《庄子》:"伯夷死名(为名节而死)于首阳之下,盗跖死利(为货利而死)于东陵之上。彼所殉仁义也,则俗谓之君子;其所殉货财也,则俗谓之小人。其所殉,一也。"

〔307〕一眄(miǎn 免):一顾,一看。

〔308〕郑璞:郑国的璞玉。璞,未经加工之玉。　周宝:周人的珍宝。李善注引《战国策》:"应侯(人名,秦相)曰:'郑人谓玉之未理(治)者为璞,周人谓鼠之未腊(晾干)者为璞。周人怀璞过郑,问贾(商人)曰:'欲买璞乎?'郑贾曰:'欲之。'出其璞示之,乃鼠也,因谢而不取。"　以上两句任昉感念王俭对自己的扶植奖掖,以东陵、郑璞自喻,以西山、周宝比况贤德之士,意谓自己得到王俭的鼓励提携,也由平庸之辈进入才智之群了。

〔309〕何极:无极,无限。

〔310〕礼闱(wéi 维):礼门。指尚书省。尚书省二门以礼名,故称礼闱。

〔311〕旧馆:旧时的馆舍。与礼闱皆指王俭生前理政起居之所。

〔312〕兴慕:内心兴起悲悼之情。

〔313〕抚:抚摩,感触。　身名:身分名誉。　悼恩:感念恩德。

〔314〕理:谓陈述义理。　言行:言论行动。此指做人的道德规范。

〔315〕事:谓议论政事。　该:包括。　军国:谓有关军国的大事。

〔316〕雕章:词章华美。　缛(rù 入)彩:色彩繁杂。

〔317〕统体:通体。

〔318〕缀赏:追赏。赏鉴。　无地:此谓王俭述作无所不美。吕向注:"无地,谓不择地,遇之则为胜也。"

〔319〕楚赵:指楚国的屈原、赵国的荀卿。　群才:众多的才士。

〔320〕汉魏:指汉司马相如、扬雄,魏曹植、王粲。　众作:众多的作者。

〔321〕笔札:指文章。札,木板,发明纸以前书写于札。《南史·任昉传》:"王俭每见其文,必三复,曰:'自傅季友以来,始复见于任子。'于是令昉作一文,及见曰:'正得吾腹中之欲。'乃出自作文,令昉点正。昉因定数字,俭拊几叹曰:'后世谁知子定吾文。'其见知如此。"

〔322〕薄技:微薄的技艺。此指诗文之事。

〔323〕缀辑:整理编辑。　遗文:人死后所留的文章。

〔324〕贻:遗留。　世范:为后世所师范。

〔325〕秩:当作"袟",书套。

今译

先生名俭,字仲宝,琅玡临沂人。祖先自秦迁移至宋,国史家谱都有详细记载。晋中兴以来,六代德高望重,海内尊为冠冕。古语说:"仁人施恩于万物,如日月运行,名德不朽。"故吕虔以王祥有公辅之才,自愿赠予佩刀;郭璞为王导占卜,其族与淮水长流。若王离王翦以杀戮平息杀戮,王吉王骏以贤德感人至深,大概都有仁道之心的辅助。

先生降生,禀承上天所授治世之才,领悟天地人道合一之美,实现成就吉祥之征,避免破除凶异之兆。确然是昴宿发出仁爱之光,德星降下贤良之福。有一人应天命于此,蔚然成为帝王之师。况且月形的前额特别祥善,隆起的鼻梁异于凡人;望胸襟难窥其道术高深,如观海莫测其波澜广远。宏览经典,博通文史。至于上古《金版》《玉匮》之书,隐于海上欲藏名山而述之旨,意蕴深邃清新雅正之思,离坚白合异同之谈,无不融会贯通于内心,逐渐成为心灵的极致。这一切当然是某些学问博通的士人可能包容,并非先生个人心

灵独具的妙境;但是不可穷究的是,恐怕先生不是凭借后天的苦功,只是出于先天的神性吧? 然而世间检验道术纯正皆以先生为明镜而归依,鉴别人格品级皆以先生为表率而效法。其崇高道德,若接云屋宇,皆出自天性,只凭功夫能有何成? 自中原失守,宪章典籍残破中断。贺生为通达礼学之师,蔡公立儒门学者之林,残缺经典未能修补,整理完备只在当今。甚至齿落发白的老年人,读经学道的后生,无不面北而拜,尊先生为宗师,敬仰之如子事父与事母。天性平易淡远,少时摒弃尘俗。除非弘扬风俗教化,有益高雅道术,未尝有所留心。

先生周岁丧父,叔父司空简穆公,早年即以为大器不凡。初为志学之年,家族礼仪教训,即以先生为道德标准。孝敬友爱的天性,岂用桥梓加以启迪;平易雅正的品格,无需柔皮弓弦加以警惕。汝郁幼年卓异,淳厚至诚,黄琬少年独立,聪敏睿智,与先生比较,又有何值得称扬? 年六岁,袭封豫宁侯。授爵之日,家人以为先生尚幼,未曾预先告知。承受珪板与组绶,敬听宣扬皇帝诏命,立即感动呜咽,几乎难以抑制。当初,宋明帝身居封国之时,与先生嫡母武康公主平素不和。及其即皇帝位,则发布诏命,废毁武康茔墓,投弃官柩。先生冒死请求收回诏命,誓不遵从奉行,上表酸楚悲切,大义感动人神。太宗听闻而悲怜之,于是不再迫他服从毁墓之命。初拜秘书郎,迁太子舍人,以受选拔聘娶阳羡公主,拜驸马都尉。元徽元年,迁秘书丞。于是摘取荀公曾的《中经》,删削李弘度的《四部》;依刘歆的《七略》,进而撰著《七志》。少时曾经赋诗云:“后稷与契帮助虞夏功勋著,伊尹吕望辅佐商周立新朝。”从此始有应合时务的政绩,百姓皆怀向往归附的诚心。时司徒袁粲,有超拔于世的气度,脱离尘俗的品格。见先生年小而志大,便仰慕风采而格外钦服。便赞叹说:“文明礼乐皆在于此了。”时粲位在三公之列,先生年始二十,年龄地位不能相比,先生则与之行平等之礼。因之曾有赠粲诗,以岁寒松柏之志相期,以知止知足之戒相勉。粲答诗云:“老夫于世何

所求？夫子当知我清心。”

生母丧期已满，拜司徒右长史，出任义兴太守。所属郡内风俗教化之美，经考核呈报为全国第一。回京授给事黄门侍郎。十日之后，迁尚书吏部郎，参与荐举人才。昔日毛玠选才公正清廉，李重知人善鉴优劣，两者兼而有之者则为先生。不久迁侍中，由于其父愍侯生前始终任此职，坚决辞让而不受。补任太尉右长史。时齐高帝初定大业，始就王位，思得上天感应而称帝，实赖人间俊杰诚心拥戴。因此，五星祥瑞是帝位的感应，图纬显示功臣的符命。不久迁左长史。齐国初建，以先生为尚书左仆射，兼领吏部之职，时年仅仅二十八。宋末天下艰难荒乱，历代帝王以来，最为浮薄之世。礼乐紊乱违背固有传统，政教倾覆偏离正常轨道。齐代自朝廷典章国家纲纪，正规法度常备事宜，奏章评议符命策书，文章辞赋上表奏记，平时胸中无所蓄积，前古未有先例，先生则顷刻构思拟定，神思妙用畅发无碍。

齐太祖承天命称帝，先生以辅佐天命之功，封南昌县开国公，食邑二千户。建元二年，迁尚书左仆射，兼领选事如故。自营郃独掌左仆射，卢钦兼任尚书仆射与吏部之职以来，荣誉声望所归，确实集中于今日之先生。不久上表请辞吏部之职，下诏加任侍中，又授太子詹事，侍中、仆射如故。请辞侍中，又改授散骑常侍，其他官职如故。太祖亡，留下诏命以先生为侍中尚书令，镇国将军。永明元年，进号卫将军。二年，以本官领丹阳尹。京郊六辅，风情特殊；中央四方，习俗各异。先生不用声教训诲的行政措施，而以德风感化，影响楚夏之民情操改易，日趋良善。因此，能使仇敌放下刀剑不思报复，使土地纠纷者平息诉讼田归其主。前任丹阳郡尹温太真、刘真长，有的功勋铭刻鼎彝，有的德行清素高尚，先生与温刘馨香互通，同类相感，千年不差。亲自吊慰祭奠，上表荐其后代子孙，远以符合鬼神期望，近以显示当世祭典。时简穆公亡故，先生由于叔父抚养之恩，特别悲哀于心，上表请求解职，诏命不予准许。

国子之学刚刚兴建，华夏四夷向慕礼义，经师成为人群表率，确实凭借德望才智。又以本官领国子祭酒，三年，解除丹阳尹，领太子少傅，其他官职完全如故。为官清廉，私用器物尽充公有，效法前代贤良，做为处世楷模；解职离任，百姓舍生弃子恋念挽留，同声抱怨为何弃我不顾。皇太子不以天赋才质自傲，谦逊德风与常人相同，与先生结成师友之义，情谊如金之坚如兰之香。又领本州大中正，不久解职。四年，以本号享有开府仪同三司之遇，其他官职完全如故。谦虚光明，影响愈远；开府诏命，没有实现。六年，重又申明以前之诏。七年，坚辞吏部选任，皇帝依旧不许。下诏加任中书监，仍然参与选事。先生担任此职，能使昔日傲慢的和长舆为专车独坐而追悔莫及，能使往时愤懑的荀公曾为失掉凤池之职而情愿心甘。

奔走竞争权势之途，古今相同。由于人性贤愚难以深知，杰出人才往往被世俗遗失，因而一定要使选举公正而无争讼，选官必须做事深入，而且宽宏善诱。先生掌握选才标准公正允当，于今已有一十二年，选拔奇才异能之士，振兴衰微破败之家。立于侧阶之下而接纳贤士，候东风之来，而荐举于朝廷，授予官职，形成常法。先生年交三十八岁，七年五月三日，卒于建康官舍。皇帝悲恸，太子伤情。有识之士满怀悲伤，行路之人掩面哭泣，岂只舂者罢杵，女工停机而已吗？因而痛惜深入于衣冠之士，悲戚缠绕于教义之子。功勋仁德不已远超殷高宗赞为利人如砥砺济人若舟船的傅说吗？其后世影响也可比于被孔子叹为没世遗爱的子产、被史家赞为古之益友的刘向。追封为太尉，侍中、中书监如故。给予符节，加赐羽葆、鼓吹，增佩班剑的仪仗为六十人。谥号为文宪，合于礼制。

先生待人丰厚，自处简约。乐舞美色断绝于耳目，贫士急难则赈济财物。室内不蓄美艳少女，门前多有贤德长者。发表言论必求雅正，未尝显示个人所长；议论政务必求宽和，未尝讥评他人所短。扶持奖掖风流儒雅之士，接纳相交引为同类。虽寒门后进之辈，必加善意诱导。以青云之凤的身价给予勖勉，以苍空之龙的期望给予

鼓励。先生衡量品评士人才德，皆能各尽其用。位高禄厚者不夸耀其多，位低禄薄者不抱怨其少。满于所任官职，如到达涯岸而知返；足于所受俸禄，如盛满量器而知归。皇朝以天下大治而制定礼仪，功业完成而创作乐舞。感念皇恩人民讴歌，帝王版图清平安乐。虽张酺曹褒争论礼制于汉朝，荀𫖮挚虞修正礼制于晋世，皆不能相比于先生制礼之深意，为后代效法之久远。每有远方之国降服请罪，边地夷人向往礼义；宣扬皇威发布指令，实为依赖先生宏大才略。义理蕴蓄于内则神思畅然而出，事势感触于外则激情愉悦而来。毫无利己之心，处理事物绝不取悦谄媚于世俗；极少爱憎之情，遵循至理绝不毁谤或赞誉于他人。探讨至理，其主张常可以批评；实施政务，其意志总不可改变。自身简约而不以此待人悭吝，度量宽宏而不以此容人之非。攻击异端邪说，而归之于雅正大道。

先生出身于富贵之族，而与俗世杂务隔绝甚远。至于有关军国的远大图谋，刑罚政令的重要法典，基本原则皆以朝廷利益为本，处事方针独为众人遵循。至于精明练达多种政务，明白通晓治国体要，则悬然得自天赋，不需谋划暗成于心。寻求于历史，则书籍并无记载；询问于长辈，其见闻毫无经历。至于昔时诉讼案件环绕于前，其主管官吏已经易人百次，皆援引法律条文致人于罪，积久成习妄作奸伪，法律可以存心删改，刑罚可以随意增减。先生主政则依据法理参照物证，动必深究至于细微之处。时人叹服，似有神明道术。先生岂非稀世俊杰之人，堪当重任的宏伟之器？

昉德无特殊的操守，才无特殊的智能，侍奉先生左右，并得到高尚品格的熏陶，至今已经一十二年。先生一言之赞誉，使我如东陵比并于西山；先生一顾之荣耀，使我如郑璞超越于周宝。士人感激知己，心怀此情无限！先生曾经出入于礼门，朝夕起居于旧馆。今日瞻仰梁栋屋宇而心中激起悲酸，感慨自我身分名位而悼念提携深恩。先生自幼及长，述作不倦。阐发义理则探究道德规范，议论政事则包括军国策略，岂只雕琢章句铺陈华采而已？著作通体必达至

善，追赏情词无所不美，虽楚赵群才，汉魏众作，竟何足称道！昉曾以文章受到先生知赏，思以浅薄小技报答恩德，因而收集编辑先生遗文，使之永远流传，成为后世规范。为若干帙、若干卷。所撰《古今集记》、《今书七志》，为一家言，不列于文集。集录如左。

（陈复兴译注并修订）

圣主得贤臣颂一首

王子渊

题解

王褒，字子渊，西汉蜀郡资中(今四川资阳)人。宣帝时，益州刺史王襄想要向百姓宣扬教化，听说王褒有非凡的智慧、出众的才能，就请他写了《中和》、《乐职》、《宣布》三篇颂诗，来歌颂政治和平、百官各得其职和风化普施无所不被，并令乐人演唱。之后，王襄上奏宣帝，帝赞王褒的轶才。于是宣帝征召他入京，命他作《圣主得贤臣颂》。当时宣帝颇好神仙之道，所以王褒针对他的所好写了这篇"颂"。宣帝听后令其待诏(候命)，随后在游放及田猎时命其随从，所幸宫馆，王褒则作颂以歌之。不久擢为谏大夫。

刘勰《文心雕龙·颂赞》说："颂者，容也，所以美盛德而述形容也。""颂，容也"之"颂"，音róng，即容字，本义是仪容。古作容，今作颂。歌颂之"颂"功用是"美盛德而述形容也"。《诗经》之"颂"就是以舞容来歌颂祖先功德，为文"颂"体之始；左丘明所记之颂，及于人事，为"颂"体之变；屈原《橘颂》颂物，成为"颂"的另一内容；自秦始皇巡游各地，李斯刻石记功，"颂"的写作代代相继，体制臻于完善。本篇即是具备颂体特点的范文之一。

"颂"在内容上是歌功颂德的，所以往往有像三国魏桓范《世要论·赞象篇》指出的缺点："若言不足纪，事不足述，虚而为盈，亡而

为有。”写得有思想性的较少。但本文能从大处着眼确立内容，虽也脱离不了歌功颂德的樊篱，却不是歌哪一人之功，颂哪一人之德。而是从悠久的历史中选出典型的事例，论说圣主贤臣相互依存的重要关系，圣主需有贤臣谋划方略，贤臣需有圣主重用信任，双方互为配合，则令行禁止，化被四表。就鼓励封建皇帝招贤纳士这一点来说，本文的思想意义是积极的。

文章名为“颂”体，实为说理，在歌颂中含着理蕴。为了说理透辟并易于接受，全文运用博喻的手法，层层设喻，譬况比方，寓理于情，增强了说服力。

“颂”的形式和“赋”很相似，汉代常以赋颂连称。本文虽然记叙近似赋，但不流于华靡，而以朴素见长。用典古雅，造语庄重。长句短句交互运用，反诘感叹杂侧其间，骈散结合，虚实相配，读来有流畅之美，无聱牙之弊。

广用对比是本文的一大特色。作者善于运用多种对比手法：或以叙述性对比，互相映衬，感染读者；或以议论性对比，突出主题，揭示本质。每一用典，每一论证，甚至每一骈偶，几乎全以对比构成。由于处处注意显示事物的对立和差别，论述则条分缕析，叙事则相映成趣。

原文

夫荷旃被毳者〔1〕，难与道纯绵之丽密〔2〕；羹藜含糗者〔3〕，不足与论太牢之滋味〔4〕。今臣僻在西蜀〔5〕，生于穷巷之中〔6〕，长于蓬茨之下〔7〕，无有游观广览之知〔8〕，顾有至愚极陋之累〔9〕，不足以塞厚望〔10〕，应明旨〔11〕，虽然〔12〕，敢不略陈愚心〔13〕，而抒情素〔14〕！

记曰〔15〕：恭惟《春秋》法五始之要〔16〕，在乎审己正统而已〔17〕。夫贤者，国家之器用也〔18〕。所任贤，则趋舍省而功

普施[19];器用利,则用力少而就效众[20]。故工人之用钝器也[21],劳筋苦骨,终日矻矻[22]。及至巧冶铸干将之朴[23],清水淬其锋[24],越砥敛其锷[25],水断蛟龙,陆刳犀革[26],忽若彗泛画涂[27]。如此则使离娄督绳[28],公输削墨[29],虽崇台五层,延袤百丈而不溷者[30],工用相得也[31]。庸人之御驽马[32],亦伤吻弊策而不进于行[33],胸喘肤汗[34],人极马倦[35]。及至驾啮膝,骖乘旦[36],王良执靶[37],韩哀附舆[38],纵骋驰骛[39],忽如影靡[40],过都越国[41],蹶如历块[42];追奔电,逐遗风[43],周流八极[44],万里一息[45]。何其辽哉[46]!人马相得也。故服絺绤之凉者[47],不苦盛暑之郁燠[48];袭狐貉之暖者[49],不忧至寒之凄怆[50]。何则?有其具者易其备[51]。贤人君子,亦圣王之所以易海内也[52]。是以呕喻受之[53],开宽裕之路[54],以延天下之英俊也[55]。夫竭智附贤者[56],必建仁策[57];索人求士者[58],必树伯迹[59]。昔周公躬吐握之劳[60],故有圄空之隆[61];齐桓设庭燎之礼[62],故有匡合之功[63]。由此观之,君人者勤于求贤而逸于得人[64]。

人臣亦然[65]。昔贤者之未遭遇也[66],图事揆策[67],则君不用其谋[68];陈见悃诚[69],则上不然其信[70]。进仕不得施效[71],斥逐又非其愆[72]。是故伊尹勤于鼎俎[73],太公困于鼓刀[74],百里自鬻[75],宁戚饭牛[76],离此患也[77]。及其遇明君、遭圣主也[78],运筹合上意[79],谏诤则见听[80],进退得关其忠[81],任职得行其术[82],去卑辱奥渫而升本朝[83],离蔬释屩而享膏粱[84],剖符锡壤[85],而光祖考[86],传之子孙,以资说士[87]。故世必有圣智之君[88],而后有贤明之臣[89]。虎啸而谷风冽[90],龙兴而致云气[91],蟋蟀俟秋

吟[92],蜉蝣出以阴[93]。《易》曰[94]:"飞龙在天,利见大人[95]。"《诗》曰[96]:"思皇多士,生此王国[97]。"故世平主圣[98],俊乂将自至[99],若尧舜禹汤文武之君[100],获稷契皋陶伊尹吕望之臣[101],明明在朝[102],穆穆列布[103],聚精会神[104],相得益章[105]。虽伯牙操篪钟[106],蓬门子弯乌号[107],犹未足以喻其意也[108]。

故圣主必待贤臣而弘功业[109],俊士亦俟明主以显其德[110]。上下俱欲[111],欢然交欣[112],千载一会[113],论说无疑[114]。翼乎如鸿毛遇顺风[115],沛乎若巨鱼纵大壑[116]。其得意如此[117],则胡禁不止[118],曷令不行[119]？化溢四表[120],横被无穷[121],遐夷贡献[122],万祥必臻[123]。是以圣主不遍窥望而视已明[124],不殚倾耳而听已聪[125]。恩从祥风翱[126],德与和气游[127],太平之责塞[128],优游之望得[129]。遵游自然之势[130],恬淡无为之场[131]。休征自至[132],寿考无疆[133],雍容垂拱[134],永永万年。何必偃仰诎信[135],若彭祖呴嘘呼吸[136],如乔、松眇然绝俗离世哉[137]!《诗》曰:"济济多士,文王以宁[138]。"盖信乎其以宁也[139]!

注释

〔1〕荷(hè 贺):扛、担,此指穿戴。 旃(zhān 沾):通"毡"。 被(pī 披):同"披"。 毳(cuì 脆):粗糙的毛织物。

〔2〕道:谈论。 纯:丝。 绵(mián 棉):丝绵。刘良注:"纯绵,缯帛也。"丽密:精美。

〔3〕羹(gēng 庚):用肉或菜调和五味做成少汤的食物。 藜(lí 梨):草名,又名莱,俗名红心灰藋,嫩叶可食。羹藜,以藜做的羹。 糗(qiǔ):冷粥。

〔4〕太牢:古代祭祀或宴会时用的牲畜。牛羊猪名一曰太牢,羊猪各一曰

少牢。　滋味：美味。

〔5〕僻：居处偏僻。　西蜀：地名，指今四川省。

〔6〕穷巷：陋巷。

〔7〕蓬茨（cí 词）：用蓬蒿、茅草、芦苇盖的屋顶，指穷人的住屋。茨，覆盖。

〔8〕游观（guān 官）：游学，学习观察。　广览：广泛地观览。

〔9〕顾：反而。　极陋（lòu 漏）：最鄙陋。陋，见闻少，知识浅薄。　累（lèi 类）：缺点。

〔10〕塞（sāi 腮）：满足。

〔11〕应（yìng 硬）：回答。　明旨：英明的旨意。指宣帝之命。

〔12〕虽然：虽然如此，但……

〔13〕敢：怎敢。　愚心：谦称自己的意见。　略：大概，大致。

〔14〕抒：表达。　情素：感情。

〔15〕记：典籍。

〔16〕恭惟：自谦之词。等于说敬思。　《春秋》：编年体史书，相传孔子据鲁史修订而成。　法：取法。　五始：公羊家所说的《春秋》章法。一、元年，二、春，三、王，四、正月，五、公即位。据《汉书》颜师古注："元者，气之始；春者，四时之始；王者，受命之始；正月者，政教之始；公即位者，一国之始；是为五始。"

〔17〕审：谨慎。　正统：旧称一系相承、统一全国的封建王朝为正统。反之则称为僭窃。

〔18〕器用：工具，指人才。

〔19〕趋舍：义同取舍。指用人用或不用。　省：用力少。　施：加惠，恩惠。　普：通"溥"，雨泽广大。

〔20〕利：锋利。　效：功效。

〔21〕钝（dùn 顿）：不锐利。

〔22〕矻矻（kū 枯）：特别疲乏的样子。

〔23〕巧冶：优秀的冶金工匠。　干将（gān jiāng 甘江）：古剑名。春秋时吴人干将与妻莫邪善铸剑。铸有二剑，锋利无比，一名干将，一名莫邪。后来因以干将为利剑的别称。　朴：未加工成器的原材料。

〔24〕淬（cuì 萃）：淬火，俗称"蘸火"。　锋：兵器锐利的部分。

〔25〕砥（dǐ 底）：磨刀石。砥石出产于南昌，所以称越砥。　敛（liǎn 脸）：

指磨砺。　锷(è 饿):刀剑的刃。

〔26〕钊(tuán 团):割。　犀(xī 西)革:犀牛皮。

〔27〕忽:迅速。　彗(huì 会):扫帚。　泛:洒,以水遍洒。　涂:泥。　彗泛画涂:用扫帚扫用水遍洒之地,用刀画于泥中。比喻极其容易。

〔28〕离娄:古代眼力好的人,能于百步之外,见秋毫之末。　督:察视。绳:墨线,木工画直线的工具。

〔29〕公输:即公输般,古代著名工匠,春秋时鲁国人,又称鲁班。　削:刮削,指修正。　墨:绳墨,木工用来校正曲直的墨斗线。

〔30〕袤(mào 贸):南北距离的长度。　延袤:连绵、伸展。　溷(hùn 混):混乱。

〔31〕工用:工匠和劳作。

〔32〕庸人:平庸、没有作为的人。　御(yù 玉):驾驭。　驽(nú 奴)马:能力低下的马。

〔33〕吻:唇的两边。　弊(bì 毕):败坏。　策:马鞭子。　行(háng 杭):道路。

〔34〕汗:流汗。

〔35〕极:疲困。

〔36〕啮(niè 聂)膝、乘旦:都是良马名。　骖(cān 参):车前三或四匹驾马中边上的马。指驾骖马。

〔37〕王良:春秋时晋国优良的驭马手。　靶(bà 把):缰绳。

〔38〕韩哀:古代擅长驾车的人。　附:附着,指驾。　舆(yú 于):车箱。附舆即作御,指驾车。

〔39〕纵骋:纵马奔驰。　骛(wù 务):奔驰。

〔40〕靡(mí 迷):隐没。　影靡:像光影隐没。

〔41〕都:大城市。　国:周代诸侯以及汉以后侯王的封地。

〔42〕蹶(guì 贵):跑得快。　历块:越过一小块土地。比喻疾速。

〔43〕遗风:疾风。逐遗风,指落在风后亦能驱马追及之。

〔44〕周流:周行各地。　八极:八方极远的地方。

〔45〕一息:一呼一吸。比喻时间很短。

〔46〕何:多么。　辽:遥远。

〔47〕绨绤(chī xì 吃细):葛布。绨为细葛布;绤为粗葛布。

〔48〕郁(yù 玉):热气。 燠(yù 玉):热。

〔49〕袭:加衣。 狐貉(háo 毫):指狐皮、貉绒衣服。

〔50〕凄怆(chuàng 创):凄惨,悲伤。

〔51〕具:器物。 备:预备。

〔52〕贤人:贤明的人。 君子:有道德有学问的人。 圣王:德行才智超凡的君王。 易:容易治理。 海内:等于说天下。古人认为我国疆土四面环海,所以称国境以内为海内。

〔53〕呕(xū 虚)喻:和悦的样子。 受:接纳。

〔54〕开:开辟,扩展。

〔55〕延:引进。 英俊:才智杰出的人物。

〔56〕竭智:使智者尽来。 附贤:使贤者归附。

〔57〕建:设置。 仁策:实现仁政的策略。

〔58〕索:寻求。 士:名士。

〔59〕树:建立。 伯:同"霸"。

〔60〕周公:姬旦。周文王之子,辅助武王灭纣,建周王朝。 躬:亲自。吐握:吐哺握发的省称。相传周公一沐三握发,一饭三吐哺,停下来招呼客人,"犹恐失天下之事也"。(见《韩诗外传》)

〔61〕圄(yǔ 雨)空:无人犯罪,狱中为空。圄,监狱。

〔62〕齐桓:春秋时齐侯,五霸之一,名小白。任管仲为相,九合诸侯,一匡天下,终其身为盟主。 庭燎:庭中照明的火炬。据《周礼》:"凡邦之大事,共坟烛庭燎。"《韩诗外传》载:齐桓公设庭燎以待士,有一八十一岁的东野老人前来求见,桓公待之以礼,四方之士相遝并至。

〔63〕匡合:九合诸侯,一匡天下的省称。匡,匡正,纠正。

〔64〕君人者:指皇帝或国君。 勤:劳苦,辛苦。 逸(yì 义):安闲、无所用心。

〔65〕人臣:臣下。

〔66〕遭遇:遭逢。指遇明主。

〔67〕图事:谋划事情。 揆(kuí 葵)策:筹划策略。

〔68〕君:国君。 谋:谋略。

〔69〕陈见:陈述表现。见,同"现"。 悃(kǔn 捆):诚恳,诚实。

〔70〕上:君上。 然:认为对。 信:言语真实,此指诚实。

〔71〕进仕：进授爵禄。　施效：效力。

〔72〕斥逐：驱逐。　愆（qiān 迁）：过失、过错。

〔73〕伊尹：商汤之臣，名挚，是汤妻陪嫁的奴隶。后辅佐汤伐夏桀，被尊为阿衡（宰相）。　鼎俎（zǔ 组）：烹调用的锅和割牲肉的砧板。指伊尹做厨师。

〔74〕太公：即太公望，姓姜名尚。曾于朝歌操刀屠牛为业，钓于渭滨。周文王出猎相遇，立为师。武王即位，尊为师尚父，辅佐武王灭殷，封于齐。　困：困窘。　鼓刀：屠宰时敲击其刀有声。

〔75〕百里：百里奚。春秋时秦穆公的贤相。原为虞国的大夫，晋献公向虞公借路伐虢时，百里奚离虞到秦，想拜见穆公，行而无资，以五张羊皮的价格，把自己卖给秦客，替人养牛。一年后，穆公知其贤，委以国政，建成霸业。　鬻（yù 玉）：卖。

〔76〕宁戚饭牛：宁戚是春秋时卫国人，在齐国经商，住宿在东门外，夜里喂牛，见齐桓公夜出，就敲着牛角唱歌，慨叹怀才不遇。桓公听后找他谈话，任他为客卿。

〔77〕离：通“罹”，遭受。　患：忧患，患难。

〔78〕明君、圣主：均指英明、圣智的君主。　遭：遇。

〔79〕运筹：策划谋略。

〔80〕谏（jiàn 荐）：规劝君主、尊长或朋友，使之改正错误和过失。　诤：以直言劝告，使人改正错误。

〔81〕进退：指入朝和出朝。　关：用。李周翰注：“关犹用。”

〔82〕行：实行。　术：思想，学说。

〔83〕卑：低贱。　辱：耻辱，屈辱。　奥：幽暗。　渫（xiè 谢）：污浊。　升：登。

〔84〕离：去掉。　蔬：粗食，粗粝的食物。　释：抛去。　屩（juē 撅）：草鞋。　膏粱：精美的食物。膏，肥肉；粱，精细之粮。

〔85〕剖符：古时帝王授予诸侯和功臣的凭证。符，竹制，剖分为二，帝王与诸侯各执其一，故称剖符。　锡壤：赐与土地。锡，同“赐”。

〔86〕祖考：祖先。生曰父，死曰考。

〔87〕资：资助，资益。　说：同“悦”。

〔88〕世：天下，世间。　圣智之君：圣明睿智的君主。

〔89〕贤明之臣：德才兼备的臣下。

〔90〕啸(xiào 孝):动物长声吼叫。 谷风:生长之风。 冽(liè 列):清。

〔91〕兴:兴起,出现。 致:招引,引来。虎啸风生,龙兴云起,比喻英贤被用,各因其时。

〔92〕俟(sì 四):等待。 吟:鸣,叫。传说蟋蟀立秋以后才鸣叫。

〔93〕蜉蝣(fú yóu 乎油):昆虫,寿命短者数小时,长者六七日。陆机《毛诗草木鸟兽虫鱼疏》"蜉蝣之羽"载:"……夏月阴雨时地中出。随雨而出,朝生而夕死。" 以:在。蟋蟀、蜉蝣都是依时而动。

〔94〕《易》:《周易》,古代的卜筮之书。

〔95〕飞龙句:《周易》"乾卦"之辞。龙飞于天,腾升之象。比喻大人居高贵之位,有所作为,人见之则有利。筮遇此爻,一见大人,即可显达。

〔96〕《诗》:《诗经》,我国第一部诗歌总集。

〔97〕思皇句:引自《诗经·大雅·文王》。意为愿天给这个王国多生贤人。思,愿。皇,天。

〔98〕世平:天下太平。 主圣:君主英明。

〔99〕俊乂(yì 义):德高望重的老人。俊,才智非凡。乂,才能出众。

〔100〕尧、舜:传说中的远古帝王,又称"唐尧"、"虞舜"。 禹:传说中的夏朝第一代君主。 汤:商朝的第一代君主。 文:周文王,姬昌。 武:文王之子,姬发,灭殷,建立周王朝。这六位都是历史上纳贤的名君。

〔101〕稷(jì 计):周的祖先。姓姬,名弃,号后稷,是舜的农官。 契(xiè 泄):传说中商族始祖帝喾的儿子,舜时助禹治水有功,任为司徒,赐姓子,封于商。 皋陶(gāo yáo 高摇):传说中的舜臣,掌刑狱之事,姓偃。 吕望:即太公望,参见注〔73〕。

〔102〕明明:明察的样子。多用于歌颂帝王、神灵。

〔103〕穆穆:端庄盛美的样子。 列布:排列分布。

〔104〕聚精会神:君臣遇合,集思广益。

〔105〕相得益章:相互配合协助,双方的优点和长处就更能显露出来。章,同"彰",明显,显著。

〔106〕伯牙:春秋时人,传说善于鼓琴。 操:演奏。 篪(dì 弟)钟:琴名。

〔107〕蓬门子:亦写做"逢门"、"逢蒙",古代善射者。 乌号:良弓名。

〔108〕喻:告诉,使人知道。

〔109〕弘(hóng 红):光大。 功业:功勋事业。

〔110〕俊士:才智出众的人。 显:显扬。

〔111〕上下:指君主与臣子。 俱(jū 居)欲:愿望相同。

〔112〕欢然:高兴的样子。 交欣:互相喜悦。

〔113〕千载:千年。 会:时机,机会。

〔114〕论说:评论陈述。

〔115〕翼乎:迅疾,快速的样子。 鸿毛:大雁的羽毛,比喻极轻之物。

〔116〕沛乎:行动迅速的样子。 纵:放任。 壑(hè 贺):山沟,大水坑。

〔117〕得意:因如愿以偿而感到满意。

〔118〕胡:什么。

〔119〕曷:什么。 行:执行。

〔120〕化:教导、教化。 溢:充满。 四表:四方极远的地方。

〔121〕横:纵横。 被:覆盖。

〔122〕遐(xiá 霞)夷:边远的少数民族。 贡献:进奉,进贡。

〔123〕万祥:各种祥瑞。 臻(zhēn 贞):到达。

〔124〕遍:普遍。 窥:看。 明:看清楚。

〔125〕殚(dān 丹):尽,竭尽。 倾耳:侧耳而听,注意听取之意。 聪:听清楚。

〔126〕祥风:和风。 翱(áo 敖):翱翔,展开翅膀回旋地飞。

〔127〕和气:温和的云气。 游:遨游。

〔128〕太平:时世安乐。 塞(sè 色):尽。责塞,责任已尽。

〔129〕优游:悠闲自得。 得:实现。

〔130〕遵游:顺势而游。遵,沿着。 自然:天然。

〔131〕恬淡:淡泊、安静闲适。 无为:道家指顺应自然。不求有所作为。

〔132〕休征:吉利的征兆。

〔133〕寿考:年高,长寿。 疆:田界。此指极限,尽头。

〔134〕雍(yōng 拥)容:容仪温文。 垂拱:垂衣拱手。形容无所事事,不费力气。此用以颂扬帝王无为而治。

〔135〕偃(yǎn)仰:俯仰,低头和抬头。指活动头部。 诎信:屈曲与伸展。指肢体的屈张活动。诎,通"屈"。信,通"伸"。

〔136〕彭祖:传说中长寿的人,活了八百岁。是颛顼帝玄孙陆终氏的第三子,姓篯名铿,尧封之于彭。 呴(xǔ 许)嘘:开口出气。指吐故纳新以求长寿。

〔137〕乔:指王子乔,传说中的仙人。《列仙传》:“王子乔好吹笙,道人浮丘公接以上嵩山。” 松:指赤松子,传说中的仙人。《列仙传》:“赤松子者,神农时雨师也,至昆仑山上,常止西王母室中。” 眇(miǎo 秒)然:高远的样子。绝俗:遗弃世事。 离世:远于世事。

〔138〕济济句:贤士多又多,文王以此得安宁。诗句出自《诗经·大雅·文王》。《史记·周本纪》:“文王礼下贤者,日中不暇食以待士,士以此多归之。”济济:形容众多。

〔139〕盖:大概,表推测。 信:真实。 其:代文王。

今译

头戴毡帽,身披粗毛毡的人,很难和他谈论丝和帛的精美;以藜做菜羹,吃冷米粥的人,没法跟他论说盛宴上的美味。现在我居处在偏僻的西蜀,出生在狭窄鄙陋的街巷里,成长在蓬茅苫顶的房屋中,没有周游学习广观博览的知识,反而有最愚笨、最鄙陋的缺点。不能够来满足您深厚的期望,回报您的英明的旨意。虽然如此,怎敢不大致陈述一下自己的意见,并表达我的忠诚。

典籍说:敬思《春秋》以“五始”为其写法的要点,在于国君谨慎地认识自己的责任而以“五始”继承先代的统系来统一天下。贤士是国家的工具。所任用的人贤明,用或不用都而功德大;工具锋利,就用力少却成效多。因此,工人使用不锋利的器具,就筋骨劳累,整天特别疲乏。等到优秀的冶金工匠铸造出铁剑干将的毛坯,剑身用清水淬火增加硬度,用南昌出产的磨刀石磨砺剑刃,这样,在水中可以斩断蛟龙,在陆地可以割断犀牛皮,像用扫帚清扫洒水之地,用钢刀挥画于软泥之中一样迅速。与此同理,让离娄察视墨线,公输修正墨线,即使修建五层高台,伸展百丈城墙,但是不混乱的原因,在于工匠的本领和他们从事的活计互相投合。平庸的人驾驭低下的马,抽伤了马嘴,打坏了马鞭,但仍不能使马在路上行进,累得胸脯起伏皮肤流汗,人疲乏马困倦。等到良马啮膝驾车辕,乘旦拉边套,优秀驭手王良握缰绳,韩哀驾车舆,纵马奔驰,快得像影子消失,驶

过都城，飞越封地，迅速得就像跨越一小块土地；追闪电，赶快风，周行八方极远之地，一呼一吸之间驰骋万里。飞驶得多么遥远啊！这是人马配合得默契。所以身穿凉爽的葛布的人，不烦苦酷暑的闷热，外套温暖的狐裘貉绒的人，不担忧严冬的寒冷。为什么呢？具有那些器物的人容易为自己做好准备。贤人君子也是圣王用来统辖海内的。因此，和悦地接纳他们，开辟宽阔的道路，来引进天下才智杰出的人物。凡是使智者尽来，让贤者归附的，一定会实行仁政的政策；寻求能人追索名士的，必定会建树霸业。从前，周公一饭三吐哺，一沐三握发，热情接待来客，亲受劳苦，所以才有无人犯罪狱中为空的盛世。齐桓公在庭院里设置照明火炬的大礼来接待贤士，所以有会合诸侯、匡正天下的功业。由此看来，君主只要辛苦地寻求贤士，就会安闲地得到人才。

臣下也是这样。先前，贤明的人未遇明主的时候，谋划事情，筹划策略，国君却不用他们的谋略。陈述并表现诚恳，君上却不认为他们是诚实的。晋官任职不得施功尽力，遭受驱逐又不是他的过错。所以伊尹曾在饭锅砧板之间劳苦，太公曾受到操刀屠牛的困窘，百里奚曾自卖其身，宁戚曾经商喂牛，这些人都遭受过忧患。等到他们遇见英明的君上、圣智的国主，策划谋略合于国君的意图，直言规劝就被采纳，入朝和出朝能表达他们的忠心，担任官职能实行他们的办法。抛弃了低贱屈辱幽暗污浊的生活而登上本朝的官位，去掉了粗劣的食物，丢弃了草编的鞋子，而享受精美的食物，得到君王授予的凭证、赏赐的土地，光耀祖先，传给子孙，以使贤士得到资益而喜悦。所以天下必先有圣明睿智的君主，而后有德才兼备的臣下。猛虎一啸就生出清风，游龙出现就引来云气，蟋蟀要等到立秋才鸣叫，蜉蝣要在阴雨之时才出来。《周易》说：“云龙飞于苍天，见到即可显达。”《诗经》说：“愿天多赐贤良臣，就在这个王国出生。”所以天下太平君主英明，才智非凡才能出众的人将会自己到来。比如唐尧虞舜夏禹商汤周文王周武王这些君主，得到后稷、契、皋陶、伊

尹、吕望这些臣子,在朝廷者一副明察的样子,端庄盛美地排列分布,君臣遇合,集思广益,互相配合,尤显长处。即使伯牙善于弹奏箎钟琴,音韵和合,蓬门子能拉开乌号弓,矢必中的,也不够用来说明君臣德义谐和之意。

所以圣主必等待贤臣光大功勋事业,俊士也等待明主显扬美好德行。国君和臣下愿望相同,彼此喜悦,千年一遇的机会,谈论述说互不疑心。像鸿毛遇上顺风一样迅疾,如大鱼纵游长川一样快速。他们如愿以偿如此满意,那么有什么禁令不能禁止?什么命令不能推行?教化充满四方极远之地,纵横覆盖无边无际,边远的少数民族前来进贡,各种祥瑞吉兆一齐出现。因此圣主不用四下张望已看清楚,不必完全侧耳已听清楚。恩惠随从和风翱翔,恩德并与和气遨游,使天下太平的责任已尽到,悠闲自得的愿望已实现。在自然的环境里顺势而游,于无为的场所中安静闲适。吉兆自己到来,长寿没有极限,容仪温文,垂衣拱手,无为而治,万年久长。何必又抬头又低头,又弯腰又伸臂,像彭祖那样呼吸空气吐故纳新,像王子乔、赤松子那样远远地遗弃尘俗远于世事呢!《诗经》说:“贤明臣士多又多,文王凭此得安宁。”文王凭借招纳的贤士得以安宁大概是真实的吧。

(吕庆业译注并修订　陈延嘉再修订)

赵充国颂一首

扬子云

题解

扬雄(前53—18),字子云,蜀郡成都人,西汉辞赋家。成帝时,以献《甘泉》、《河东》、《长杨》、《羽猎》四大赋拜为郎。这篇颂为受成帝之命而作。李善注引《汉书》:“成帝时,西羌常有警(边防紧急情况)。上思将帅之臣,追美充国,乃召黄门郎扬雄,即充国图画而颂之。”汉宣帝甘露三年,命画功臣霍光、张安世、赵充国等十一人的图像于未央宫麒麟阁。这篇颂就是根据赵充国画像书写而成。

赵充国(前137—前52),字翁孙,陇西上邽人。西汉宣帝时著名的守边良将。少善骑射,沉勇有谋略,通兵法,知四夷事。武帝时,以破匈奴有功,拜为中郎。昭帝时,以平武都氐人反,迁中郎将,擢为后将军。与大将军霍光定册尊立宣帝,封营平侯。时西羌侵扰,充国以七十高龄亲自出征,以威德招降罕开,以武力击破先零。与力主单纯军事冒进的酒泉太守辛武贤相左,倡导屯田靖边之策,上书言屯田十二便,朝臣十之八皆顿首服。充国以其屯田御边的方略,最终排除了诸羌侵扰之患,奏凯还京。

他的守边政策与业绩,有利于社会生产的发展与国家民族的统一,很有积极的历史意义,永远值得歌颂。

这篇颂精炼地概括了赵充国的守边方略,赞颂了他的个人品质与功勋。前八句描述赵充国赴边靖难的背景。次十六句描述其威德兼行的御边方略及其实施过程,歌颂其忠诚国家、坚守信念的品格。后八句以周宣王比汉武帝,以方叔、召虎比赵充国,歌颂赵充国

以其武威贤智造成西汉中兴的局面。

颂，为文章之一体，属有韵之文。刘勰说："颂者，容也，所以美盛德而述形容也。……颂惟典雅，辞必清铄。敷写似赋，而不入华侈之区；敬慎如铭，而异乎规戒之域。揄扬以发藻，汪洋以树义，唯纤曲巧致，与情而变。其大体所底，如斯而已。"（《文心雕龙·颂赞篇》）这篇颂，敷写其事，颂扬其功，而无华侈与规戒之嫌。四言成句，三十二句成篇，隔句用韵，叙事详赡，情致内涵，典雅曲致，可为颂体文佳作之一。

原文

明灵惟宣〔1〕，戎有先零〔2〕。先零猖狂，侵汉西疆。汉命虎臣〔3〕，惟后将军〔4〕。整我六师〔5〕，是讨是震〔6〕。既临其域，谕以威德〔7〕。有守矜功〔8〕，谓之弗克〔9〕。请奋其旅〔10〕，于罕之羌〔11〕。天子命我〔12〕，从之鲜阳〔13〕。营平守节〔14〕，屡奏封章〔15〕。料敌制胜〔16〕，威谋靡亢〔17〕。遂克西戎〔18〕，还师于京〔19〕。鬼方宾服〔20〕，罔有不庭〔21〕。昔周之宣〔22〕，有方有虎〔23〕。诗人歌功〔24〕，乃列于雅〔25〕。在汉中兴〔26〕，充国作武〔27〕。赳赳桓桓〔28〕，亦绍厥后〔29〕。

注释

〔1〕明灵：英明神灵。　宣：指汉宣帝。汉武帝曾孙，名询。在位期间，选贤任能，励精图治。其所任大臣，多有廉正奉公者。所行经济政策，较为宽缓。史称汉之中兴期。

〔2〕戎：古代对西部少数民族的总称。先零：汉时西部羌族的一支。原居甘肃、青海的湟水流域。汉武帝西伐匈奴，又迁于西海、盐池一带。宣帝时又渡湟水，为赵充国所破。

〔3〕虎臣：勇猛之臣。

〔4〕后将军：官名。指赵充国。

〔5〕六师:六军。泛指军队。

〔6〕震:震惧,威慑。

〔7〕谕:告谕,使其知道。　威德:武威仁德。李善注引《汉书》:“充国至西部都尉府,欲以威信招降罕开(西部羌族两个支系),乃上疏曰:‘因田致穀,威德兼行。’”

〔8〕有守:指汉宣帝时酒泉太守辛武贤。以勇武著称,曾请击罕开,拜破羌将军。

〔9〕弗克:不胜。谓施以威德,不如战而胜之。李善注引应劭曰:“酒泉太守辛武贤言充国屯田之(当作“非”)便,不如击之。”

〔10〕奋:振作,发动。　旅:军队。

〔11〕罕:古代西部羌族的一支。　羌:古代西部少数民族名。

〔12〕天子:指汉宣帝。　我:指赵充国。

〔13〕鲜阳:鲜水之阳。鲜水,即青海。阳,水之北。

〔14〕营平:营平侯,赵充国的封号。　守节:坚守气节。

〔15〕封章:密封的章奏。古代官吏上书奏机密之事,为防泄露,用皂囊封缄呈进,故称封章。李善注引《汉书》:“充国封营平侯,屡奏封章,言屯田之便,不从武贤之策。”

〔16〕料敌:估计敌情。　制胜:制服敌人而取得胜利。

〔17〕靡亢:不可抗拒。

〔18〕西戎:西部的戎狄。

〔19〕京:京都。指长安。

〔20〕鬼方:远方。指远方异域的少数民族。　宾服:归顺,臣服。

〔21〕罔:无。　不庭:不臣服于帝庭。

〔22〕宣:指周宣王。厉王之子,名静。厉王死,周、召共立之,用仲山甫、尹吉甫、方叔、召虎等贤能之臣,北伐猃狁,南征荆蛮。史称周之中兴。

〔23〕有方:方叔,辅佐周宣王中兴的重臣。　有虎:召虎,亦为辅佐周宣王中兴的重臣。

〔24〕诗人:指《诗经》的作者。

〔25〕雅:指《诗经》中的雅诗,即大雅与小雅。《小雅·采芑》为歌颂方叔出征诗,云:“方叔莅(临)止,其车三千,师干(佐师扞敌)之试。方叔率止,乘其四骐(马),四骐翼翼(健壮)。”《大雅·江汉》为歌颂召虎平淮夷诗,云:“江汉之

浒(畔),王命召虎,式辟四方,彻我疆土。”

〔26〕中兴:指汉宣帝在位时期。

〔27〕武:武勇。

〔28〕赳赳:雄壮威武的样子。　桓桓:与“赳赳”义同。

〔29〕绍:继续,继承。　厥后:其后。指周宣之臣方叔、召虎的遗风。

今译

英明神灵汉宣帝,戎人部族名先零。先零背叛势猖狂,侵犯大汉西边疆。汉皇任命猛虎臣,惟有忠诚后将军。整顿天子六军众,讨伐叛逆敌震惊。大军既达其地域,宣示武威与仁德。酒泉太守居功傲,认为不如动战争。请求发动大军行,直向罕开扫氐羌。天子命我同出征,与之进军鲜水阳。营平侯重守气节,屡向朝廷奏封章。估量敌情善取胜,威武权谋不可抗。克服强敌破西戎,大军凯旋返京城。远方异族皆归顺,无有不服汉朝廷。古时贤明周宣王,方叔召虎大臣忠。诗人赋诗歌其功,大雅小雅颂美名。大汉王朝中兴日,凭借充国献赤诚。雄壮威武传万代,继承方虎功德风。

(陈复兴译注并修订)

出师颂一首

史孝山

题解

关于此颂作者，史书未有详载，大约为东汉明帝至安帝时人。陆侃如说："岑生年无考，年辈似近苏顺、刘珍，可假定生于七〇年左右。"(《中古文学系年》上册，134页)

李善注："范晔《后汉书》曰：王莽末，沛国史岑，字孝山，以文章显。《文章志》及《集林》、《今书七志》并同，皆载岑《出师颂》。而《流别集》及《集林》又载岑《和熹邓后颂并序》。计莽之末，以迄和熹，百有余年。又《东观汉记》：东平王苍上《光武中兴颂》，明帝问校书郎此与谁等，对云前世史岑之比。斯则莽末之史岑，明帝之时已云前世，不得为和熹之颂明矣。然盖有二史岑，字子孝者仕王莽之末，字孝山者当和熹之际。但书典散亡，未详孝山爵里，诸家遂以孝山之文，载于子孝之集，非也。"李注考证，指明了孝山非子孝，纠正了《文章志》等将此颂列于莽末子孝名下之误，堪称严谨。

此颂大约写于汉安帝永初元年(107)冬，为献大将军邓骘征凉部叛羌班师而归所作。李善注引范晔《后汉书》："邓骘，字昭伯。女弟为和熹皇后(汉和帝后)。安帝立，骘为虎贲中郎将，封上蔡侯。凉部叛羌，摇荡西州，诏骘将兵击之。车驾幸平乐观饯送。骘西屯汉阳，征西校尉任尚与羌战，大败之。遣中郎将迎拜骘为大将军。既至，大会群臣，赐以束帛乘马。"以此，此颂主旨当然是歌颂邓骘平定叛羌的赫赫战功的。这是李善的看法。

清何焯则以为此颂是以正言出微词，有反讽之意，评曰："文虽

曰颂,其实刺也。骘先败冀西,再拜平襄,辱国数奔,议弃凉州,称引古烈所以愧之。太后临朝不加之罪,反迎拜为大将军,失政刑矣。末又深著天子笃念渭阳,使自知其非,据而思所以,善其后也。"(《义门读书记》,卷四十九)何氏之见,是根据颂文所颂与《后汉书·邓骘传》所载史实的反差得出的。《邓传》记此次出征的结果谓:"使征西校尉任尚……与羌战,大败。"此与李善引文"大败之",其意正相背反,未详何者为是,抑或李善所见《后汉书》确为"大败之",而后世翻刻遗漏一字欤?又传中所记班师而归,未云由于出征胜利,而云由于"转输疲弊,百姓苦役";拜为大将军,也未云破敌有功,而云"以太后故"。时宫中为邓太后专权。邓氏兄弟皆封列侯,握权要,常居禁中,左右朝政。太后又一向偏爱诸兄弟,以过为功,败北而加封,是很可能的。因而何氏之论,也可备一说。

此颂先述西汉立基到王莽篡位的历史,作为大背景。继而述及东汉安帝时先零之叛,颂扬邓骘的文德武功。再以辅周武王灭殷的太公望,助周宣王伐猃狁的尹吉甫比邓骘对东汉王朝的勋劳。最后颂扬邓骘泽及遐荒,荣耀后世。

原文

茫茫上天〔1〕,降祚有汉〔2〕。兆基开业〔3〕,人神攸赞〔4〕。五曜霄映〔5〕,素灵夜叹〔6〕。皇运来授〔7〕,万宝增焕〔8〕。历纪十二〔9〕,天命中易〔10〕。西零不顺〔11〕,东夷遘逆〔12〕。乃命上将〔13〕,授以雄戟〔14〕。桓桓上将〔15〕,寔天所启〔16〕。允文允武〔17〕,明诗悦礼〔18〕。宪章百揆〔19〕,为世作楷〔20〕。昔在孟津〔21〕,惟师尚父〔22〕。素旄一麾〔23〕,浑一区宇〔24〕。苍生更始〔25〕,朔风变楚〔26〕。薄伐猃狁〔27〕,至于太原〔28〕。诗人歌之〔29〕,犹叹其艰。况我将军〔30〕,穷城极边〔31〕。鼓无停响,旗不蹔褰〔32〕。泽沾遐荒〔33〕,功铭鼎铉〔34〕。我出我师,

于彼西疆。天子饯我,路车乘黄[35]。言念伯舅[36],恩深渭阳[37]。介圭既削[38],列壤酬勋[39]。今我将军,启土上郡[40]。传子传孙,显显令问[41]。

注释

〔1〕茫茫:广大无边的样子。

〔2〕降祚(zuò 作):降福。

〔3〕兆基:创立基业。兆,始,开创。

〔4〕攸(yōu 优)赞:所赞助。

〔5〕五曜:五星(金、木、水、火、土)。 霄映:在天上映辉。依古时天人感应之说,五星现于天为帝王将出的瑞应。李善注引《汉书》:“元年冬十月,五星聚于东井(星座名,即井宿),沛公至霸上(地名)。” 又应劭曰:“五星所在,其下以义取天下也。”

〔6〕素灵:指白帝子。李善注引《汉书》:“高祖夜经泽中,有大蛇当径,拔剑斩蛇,蛇分为两。后人至蛇所,有一妪夜哭。人问妪,妪曰:‘吾子白帝子,化为蛇当道,今者赤帝子斩之也。’”以上两句谓汉高祖刘邦创立大汉王朝事,说他是赤帝子转世,上得天命的昭示,下斩白帝子,而起义取天下。

〔7〕皇运:皇帝的运命。 来授:上天授予。

〔8〕增焕:增辉。

〔9〕纪:一纪等于十二年。

〔10〕中易:中途改易。谓改朝换代。 以上两句谓西汉王朝的统治,自高祖建元至王莽篡位为十二纪。

〔11〕西零:即先零。古时西部诸羌之一部。

〔12〕东夷:古代东方少数民族的总称。 遘逆:生事叛逆。

〔13〕上将:指邓骘。

〔14〕雄戟:兵器名。

〔15〕桓桓:威武雄壮的样子。

〔16〕寔:实在。 启:启示。

〔17〕允:确实。

〔18〕诗:指诗书。 礼:指礼乐。

〔19〕宪章:效法。　百揆(kuí 魁):百官。

〔20〕楷:楷模,典范。以上两句谓上将军邓骘富有文韬武略,通达诗礼,为百官所效法,为当世之楷范。

〔21〕昔:古时。此指周武王之时。　孟津:津名。今河南孟县南。传周武王伐纣,与八百诸侯会盟于此。

〔22〕尚父:指太公望。姜姓,吕氏,名尚。周文王遇之于渭滨,立为师。武王即位,尊为师尚父。辅佐武王灭殷。

〔23〕素旄(máo 矛):旌旗。旄,以牦牛尾为装饰的旗帜。　麾(huī 灰):挥动。李善注引《鬻子》:"武王伐纣,乃命太公,把旄以麾之,纣军反走。"

〔24〕浑一:统一。浑,同"混"。　区宇:天下。以上四句谓太公望辅佐周武王灭殷纣而统一天下。

〔25〕苍生:百姓。　更始:新生。

〔26〕朔风:北风。指纣所好亡国之诗。　楚:南方,南风。指舜所好治世之诗。李善注引《史记》:"子贡问乐,曰:'舜弹五弦之琴,歌《南风》之诗,而天下治。纣为朝歌北鄙之音,身死国亡,何也?夫《南风》之诗者,生长之音,舜乐好之,故天下治也。夫北者,败也。鄙者,陋也。纣乐好之,故身死国亡。'"　以上两句谓百姓获得新生,乱世变为治世。

〔27〕薄伐:征伐。薄,语助词。　猃狁(xiǎn yǔn 险允):古代北方少数民族名,即匈奴。

〔28〕太原:地名。指上古周人抗御猃狁之地,约在泾阳、原州间(今宁夏回原县北)(见顾炎武《日知录·太原》)。　以上两句为《诗·小雅·六月》文,歌颂周宣王时尹吉甫征伐猃狁之功。

〔29〕诗人:指《小雅·六月》的作者。

〔30〕将军:指邓骘。

〔31〕穷城:谓摧毁敌城。

〔32〕蹇褰(qiān 迁):暂时撩起,不再飘荡。蹇,同"暂"。

〔33〕遐荒:遥远荒僻之地。

〔34〕铭:刻,雕刻。　鼎铉(xuàn 眩):古时国家的礼器。铉,贯鼎耳之具,用以提举。古时将相功勋铭刻于鼎彝之上,以为永远纪念。

〔35〕路车:驷马之车,天子诸侯所乘。　乘黄:四匹黄马。

〔36〕伯舅:长舅。

〔37〕渭阳:《诗经·秦风》篇名。《诗序》以为秦康公所作,用此诗赠送其舅晋文公(重耳)于渭水之阳。其中云:"我送舅氏,曰至渭阳。何以赠之?路车乘黄。"后以渭阳喻甥舅亲情。　以上四句以秦康公与晋文公重耳之间的甥舅之情,比汉安帝与邓骘之间的君臣之义。

〔38〕介圭(guī 规):大圭。古时以其为信物。　削:剖。谓剖分介圭,封其为侯。

〔39〕列壤:分封土地。

〔40〕启土:开辟封土。　上郡:郡名。今延安、榆林一带。此指邓骘封地。

〔41〕显显:光辉赫赫的样子。　令问:美善的声誉。

今译

茫茫无际的上天,降下福祉与大汉。创立国基开宏业,人间神灵皆来赞。空中五星光辉映,地上白帝夜悲叹。圣皇国运天授予,众多珍宝更灿烂。西汉历经十二纪,天命中途有改易。如今西零不归顺,东夷伺机为叛逆。于是命令上将军,授以军权持雄戟。雄壮威武上将军,实为天意所启迪。富有文韬与武略,通达诗书与礼义。贤德百官皆效法,当世楷模众归依。古昔孟津大会师,武王所尊师尚父。手持旌旗一挥舞,天下一统苦难除。百姓欢乐得新生,北风已去南风拂。宣王授命伐猃狁,驱逐顽敌至太原。诗人歌颂吉甫功,犹叹征途多艰辛。何况当今上将军,拔取敌城至边远。战鼓隆隆震天响,旌旗飘飘迎风展。恩德遍施达异域,功勋铭刻在鼎铉。我率大军上征途,开往西部守边疆。天子设宴送我行,赠我高车骏马黄。不忘伯舅情谊重,恩德深于《渭阳》篇。赐予介圭已剖分,封赏土地奖殊勋。今日大汉上将军,开辟封土于上郡,爵位封地传子孙,声名赫赫天下闻。

(陈复兴译注并修订)

酒德颂一首

刘伯伦

题解

刘伶(约221—300),西晋人。与阮籍、嵇康同隐,为竹林七贤之一。但其"未尝措意文翰,惟著《酒德颂》一篇"。(《晋书》本传)李善注引臧荣绪《晋书》:"刘伶,字伯伦,沛国人也。志气旷放,以宇宙为狭,著《酒德颂》。为建军参军。"司马氏篡魏,残酷杀伐,翦除异己,且用封建名教骗人。《酒德颂》表现的那种佯狂诈醉,实为不满现实的护身之盾,出击之矛。唯此方能既得嘲弄名教,耍戏公子,而又保全自己,得以"寿终"。

酒德,乃饮酒之德性,而刘伶酒后之态,正是名教卫士眼里的"无德"之举,故"怒目切齿","是非锋起"。但刘伶却"衔杯漱醪,奋髯踑踞","枕麯藉糟","其乐陶陶"。行文挥洒自如,形神毕肖,何焯《义门读书记》评其"撮庄生之旨,为有韵之文,仍不失潇洒自如之趣,真逸才也。"

原文

有大人先生[1],以天地为一朝[2],万期为须臾[3]。日月为扃牖[4],八荒为庭衢[5]。行无辙迹[6],居无室庐[7]。幕天席地[8],纵意所如[9]。止则操卮执瓢[10],动则挈榼提壶[11]。唯酒是务[12],焉知其余[13]。有贵介公子[14],搢绅处士[15]。闻吾风声[16],议其所以[17]。乃奋袂攘襟[18],怒目切齿。陈说礼法[19],是非锋起[20]。先生于是方捧罂承

槽[21],衔杯漱醪[22]。奋髯踑踞[23],枕麹藉糟[24]。无思无虑,其乐陶陶[25]。兀然而醉[26],豁尔而醒[27]。静听不闻雷霆之声[28],熟视不睹泰山之形。不觉寒暑之切肌[29],利欲之感情[30]。俯观万物,扰扰焉如江汉之载浮萍[31]。二豪侍侧[32],焉如蜾蠃之与螟蛉[33]。

注释

〔1〕大人:古代称有德之人。　先生:对人之敬称。

〔2〕天地:指开天辟地以来。　一朝:一日。

〔3〕期(jī 机):周年。　须臾:片刻。

〔4〕扃(jiōng):门。　牖(yǒu 有):窗。

〔5〕八荒:八方极远之处。　庭衢(qú 渠):庭院中四通八达的小道。

〔6〕辙迹:辙印。

〔7〕室庐:房屋。

〔8〕幕天席地:拿天当帐篷,拿地当床铺。用以形容心胸旷达。

〔9〕纵意:任意。　如:往。

〔10〕卮(zhī 知):古代盛酒器,圆形。　觚(gū 姑):古代饮酒器。

〔11〕挈(qiè 妾):提。　榼(kē 科):古代的一种盛酒器。

〔12〕务:勉力从事。

〔13〕焉知:哪知,即不知。李周翰注上二句:“专于饮酒,不知其余事也。”

〔14〕贵介:犹言“尊贵”。介,大。　公子:对官宦人家子弟的称呼。

〔15〕搢绅(jìn shēn 进身):亦作“缙绅”,旧时高级官吏的装束,此为官宦之代称。　处士:古称有才德而隐居不仕的人。

〔16〕吾:刘伶自指。　风声:传闻的消息,此指饮酒的名声。

〔17〕所以:原因。

〔18〕乃:于是。　奋袂(mèi 妹):卷袖。　攘(rǎng 壤)襟:撩起衣襟。奋袂攘襟,要打架的姿势。

〔19〕礼法:指封建社会的礼仪法度。

〔20〕是非:主要指非,即批评意见。　锋起:如群蜂齐飞,形容众多。锋,同“蜂”。

〔21〕于是:在这时。　罂(yīng 英):指酒瓮。　槽:贮酒器。

〔22〕衔杯:谓饮酒。　漱醪(láo 劳):指饮酒,与衔杯义近。漱,含。醪,浊酒。李周翰注:“先生不听二人之说,饮酒自若也。”

〔23〕奋髯(rán 然):抖动着胡子,形容悠闲自得。髯,两腮上的胡子。　箕踞(jī jù 机巨):坐地两腿伸直岔开,以示放荡。

〔24〕麹(qū 屈):酒母。　藉:垫着。　糟:酒糟。

〔25〕陶陶:和乐的样子。

〔26〕兀(wù 务)然:昏昏无知的样子。

〔27〕豁尔:犹由幽暗顿至光明,此指清醒的样子。

〔28〕雷霆:疾雷。

〔29〕切:接触。

〔30〕利欲:获取名利的欲望。利,五臣本作“嗜”。　感:动。感情,犹动心。

〔31〕扰扰焉:纷乱的样子。　江汉:长江及其支流汉江,此泛指江河。

〔32〕二豪:指公子和处士。

〔33〕焉如:何如。蜾蠃(guǒ luǒ 果裸):蜂的一种,体青黑,细腰。常用泥土在墙或树上做窝,扑螟蛉为幼虫食物,产卵后将窝口用泥封上。旧时误为蜾蠃养螟蛉为己子。《诗经》:“螟蛉有子,蜾蠃负之。”以二虫喻二豪,以示轻蔑。螟蛉(míng líng 明零):蛾的幼虫。

今译

有位德高望重的先生,把开天辟地以来看做一日,万年之久视为瞬息。日月当窗户,八荒做庭衢。行则不见足迹,住则没有居室。天为帐篷地为床,放纵无拘任来往。静则手不离杯,动则提壶酒浆。唯酒是好,别无他想。尊贵公子,宽衣隐士,听到我嗜酒之风声,便评头品足不已,以致捋袖撩襟,恨得怒目切齿。唠叨讲说礼法,种种谤言蜂起。而我处在此时,手捧酒瓮面对酒槽,频频举杯毫不在意。轻轻抖动络腮胡须,慢慢叉开两腿坐地。铺着酒糟,枕着酒曲,无忧无虑,其乐无比。醉了若无知觉,醒来头脑清晰。倾耳不闻迅雷之声,细看不见泰山之形。寒暑触肌无冷热,利欲面前不动心。俯身大地观万物,乱纷纷犹如江河漂浮萍。二豪立于我身旁,视之如同蜾蠃与螟蛉。

(魏淑琴译注并修订)

汉高祖功臣颂

陆士衡

题解

本文是为汉高祖刘邦的三十一名臣下所写的颂辞。虽然这些人官阶地位相差很大，但都曾为刘邦做出过较为重大的奉献。

刘邦出身微贱，在秦末的大动乱中，他由一个农民起义领袖，经历了无数政治军事上的斗争，终于战胜群雄，统一了中国，建立了西汉王朝。总结他成功的经验，其中非常重要的一条，就是他能广泛罗致人才，合理使用人才，听取他们的意见，指导斗争活动。止因如此，各方贤才辐凑归顺，对他最终取得胜利起了重要作用。文中对他众多臣下的赞颂，也无不反衬出他的这一特点，闪射出一代政治家、军事家的光彩。

文章颂扬众臣下的功德才干，涉及众多史实，而文章的形式又是用极为简约的韵文颂体写出，这就必然还得运用大量典故。但文章概括得体，重点突出，显现出了晋代著名文学家陆机的高超写作水平。

原文

相国酂文终侯沛萧何[1]，相国平阳懿侯沛曹参[2]，太子少傅留文成侯韩张良[3]，丞相曲逆献侯阳武陈平[4]，楚王淮阴韩信[5]，梁王昌邑彭越[6]，淮南王六黥布[7]，赵景王大梁张耳[8]，韩王韩信[9]，燕王丰卢绾[10]，长沙文王吴芮[11]，荆王沛刘贾[12]，太傅安国懿侯王陵[13]，左丞相绛武侯沛周

勃[14]，相国舞阳侯沛樊哙[15]，右丞相曲周景侯高阳郦商[16]，太仆汝阴文侯沛夏侯婴[17]，丞相颍阴懿侯睢阳灌婴[18]，代丞相阳陵景侯魏傅宽[19]，车骑将军信武肃侯靳歙[20]，大行广野君高阳郦食其[21]，中郎建信侯齐刘敬[22]，太中大夫楚陆贾[23]，太子太傅稷嗣君薛叔孙通[24]、魏无知[25]，护军中尉随何[26]，新城三老董公[27]、辕生[28]，将军纪信[29]，御史大夫沛周苛[30]，平国君侯公[31]，右三十一人，与定天下安社稷者也。颂曰：

芒芒宇宙[32]，上墋下黩[33]。波振四海，尘飞五岳[34]。九服徘徊[35]，三灵改卜[36]。赫矣高祖[37]，肇载天禄[38]。沉迹中乡[39]，飞名帝录[40]。庆云应辉[41]，皇阶授木[42]。龙兴泗滨[43]，虎啸丰谷[44]。彤云昼聚[45]，素灵夜哭[46]。金精仍颓[47]，朱光以渥[48]。万邦宅心[49]，骏民效足[50]。

堂堂萧公[51]，王迹是因[52]。绸缪叡后[53]，无竞维人[54]。外济六师[55]，内抚三秦[56]。拔奇夷难[57]，迈德振民[58]。体国垂制[59]，上穆下亲[60]。名盖群后[61]，是谓宗臣[62]。

平阳乐道[63]，在变则通[64]。爰渊爰嘿[65]，有此武功。长驱河朔[66]，电击壤东[67]。协策淮阴[68]，亚迹萧公[69]。

文成作师[70]，通幽洞冥[71]。永言配命[72]，因心则灵[73]。穷神观化[74]，望影揣情[75]。鬼无隐谋[76]，物无遁形[77]。武关是辟[78]，鸿门是宁[79]。随难荥阳[80]，即谋下邑[81]。销印惎废[82]，推齐劝立[83]。运筹固陵[84]，定策东袭[85]。三王从风[86]，五侯允集[87]。霸楚寔丧[88]，皇汉凯入[89]。怡颜高览[90]，弭翼凤戢[91]。托迹黄老[92]，辞世却粒[93]。

曲逆宏达[94]，好谋能深[95]。游精杳漠[96]，神迹是寻[97]。重玄匪奥[98]，九地匪沉[99]。伐谋先兆[100]，挤响于音[101]。奇谋六奋[102]，嘉声四回[103]。规主于足[104]，离项于怀[105]。格人乃谢[106]，楚翼寔摧[107]。韩王窘执[108]，胡马洞开[109]。迎文以谋[110]，哭高以哀[111]。

灼灼淮阴[112]，灵武冠世[113]。策出无方[114]，思入神契[115]。奋臂云兴[116]，腾迹虎噬[117]。凌险必夷[118]，摧刚则脆[119]。肇谋汉滨[120]，还定渭表[121]。京索既扼[122]，引师北讨[123]。济河夷魏[124]，登山灭赵[125]。威亮火烈，势逾风扫[126]。拾代如遗[127]，偃齐犹草[128]。二州肃清[129]，四邦咸举[130]。乃眷北燕[131]，遂表东海[132]。克灭龙且，爰取其旅[133]。刘项悬命，人谋是与[134]。念功惟德[135]，辞通绝楚[136]。彭越观时[137]，弢迹匿光[138]。人具尔瞻[139]，翼尔鹰扬[140]。威凌楚域[141]，质委汉王[142]。靖难河济[143]，即宫旧梁[144]。烈烈黥布[145]，眈眈其眄[146]。名冠强楚，锋犹骇电[147]。睹几蝉蜕[148]，悟主革面[149]。肇彼枭风[150]，翻为我扇[151]。天命方辑[152]，王在东夏[153]。矫矫三雄[154]，至于垓下[155]。元凶既夷，宠禄来假[156]。保大全祚[157]，非德孰可？谋之不臧[158]，舍福取祸[159]。

张耳之贤[160]，有声梁魏[161]。士也罔极[162]，自诒伊愧[163]。俯思旧恩，仰察五纬[164]。脱迹违难，披榛来洎[165]。改策西秦[166]，报辱北冀[167]。悴叶更辉，枯条以肄[168]。

王信韩孽[169]，宅土开疆[170]。我图尔才，越迁晋阳[171]。卢绾自微，婉娈我皇[172]。跨功逾德，祚尔辉章[173]。人之贪祸，宁为乱亡[174]。

吴芮之王，祚由梅铜[175]。功微势弱，世载忠贤[176]。

肃肃荆王，董我三军[177]。我图四方，殷荐其勋[178]。庸亲作劳，旧楚是分[179]。往践厥宇，大启淮渍[180]。

安国违亲，悠悠我思[181]。依依哲母，既明且慈[182]。引身伏剑，永言固之[183]。淑人君子，实邦之基[184]。义形于色，愤发于辞[185]。主亡与亡，末命是期[186]。

绛侯质木，多略寡言[187]。曾是忠勇，惟帝攸叹[188]。云骛灵丘[189]，景逸上兰[190]。平代禽豨，奄有燕韩[191]。宁乱以武，毙吕以权[192]。涤秽紫宫，征帝太原[193]。实惟太尉[194]，刘宗以安。挟功震主，自古所难[195]。勋耀上代，身终下藩[196]。

舞阳道迎，延帝幽薮[197]。宣力王室，匪惟厥武[198]。揔干鸿门[199]，披闼帝宇[200]。耸颜诮项，掩泪悟主[201]。

曲周之进，于其哲兄[202]。俾率尔徒，从王于征[203]。振威龙蜕[204]，摅武庸城[205]。六师寔因[206]，克荼禽黥。

猗欤汝阴[207]，绰绰有裕[208]。戎轩肇迹，荷策来附[209]。马烦辔殆，不释拥树[210]。皇储时乂，平城有谋[211]。

颍阴锐敏[212]，屡为军锋。奋戈东城，禽项定功[213]。乘风籍响，高步长江[214]。收吴引淮，光启于东[215]。

阳陵之勋，元帅是承[216]。信武薄伐，扬节江陵[217]。夷王殄国，俾乱作惩[218]。

恢恢广野，诞节令图[219]。进谒嘉谋，退守名都[220]。东窥白马，北距飞狐[221]。即仓敖庾，据险三涂[222]。辅轩东践，汉风载徂[223]。身死于齐，非说之辜[224]。我皇寔念，言祚尔孤[225]。

建信委辂，被褐献宝[226]。指明周汉，铨时论道[227]。移帝伊洛，定都酆镐[228]。柔远镇迩，寔敬攸考[229]。

抑抑陆生，知言之贯[230]。往制劲越，来访皇汉[231]。附会平勃，夷凶翦乱[232]。所谓伊人，邦家之彦[233]。

百王之极，旧章靡存[234]。汉德虽朗，朝仪则昏[235]。稷嗣制礼，下肃上尊[236]。穆穆帝典，焕其盈门[237]。风睎三代，宪流后昆[238]。

无知叡敏，独照奇迹[239]。察侔萧相，贶同师锡[240]。随何辩达，因资于敌[241]。纾汉披楚，唯生之绩[242]。

皤皤董叟，谋我平阴[243]。三军缟素，天下归心[244]。

袁生秀朗，沉心善照[245]。汉旆南振，楚威自挠[246]。大略渊回，元功响效[247]。邈哉惟人，何识之妙[248]。

纪信诳项，轺轩是乘[249]。摄齐赴节，用死孰惩[250]。身与烟消，名与风兴[251]。周苛慷慨，心若怀冰[252]。刑可以暴，志不可凌[253]。贞轨偕没，亮迹双升。帝畴尔庸，后嗣是膺[255]。

天地虽顺，王心有违[256]。怀亲望楚，永言长悲[257]。侯公伏轼，皇媪来归[258]。是谓平国，宠命有辉[259]。

震风过物，清浊效响[260]。大人于兴，利在攸往[261]。弘海者川，崇山惟壤[262]。《韶》《护》错音，衮龙比象[263]。明明众哲，同济天网[264]。剑宣其利，鉴献其朗[265]。文武四充，汉祚克广[266]。悠悠遐风，千载是仰[267]。

注释

〔1〕萧何（？—前193）：秦末泗水沛（今属江苏）人。二世元年（前209）随刘邦起兵反秦，刘邦称帝后，以功高封酂侯。高祖十一年（前196），因定计助吕

后诛淮阴侯韩信，封相国。孝惠王二年（前193）死，谥文终侯。

〔2〕曹参（？—前190）：秦末泗水沛人，二世元年（前209）随刘邦起兵反秦，刘邦称帝后，任齐相国，高祖六年（前201），封平阳侯。萧何死后，代而为相，以贤明称。卒谥懿侯。

〔3〕张良（？—前190）：字子房。秦末人。先祖为战国韩人，秦灭韩，曾椎秦皇于博浪沙（今河南郏县东）中。二世元年（前209），响应陈胜吴广起义，后归顺刘邦为重要谋士，汉高祖六年（前201）封留侯。高祖十一年（前196），为太子少傅，在定立太子的斗争中起重大作用。卒谥文成侯。

〔4〕陈平（？—前178）：秦末阳武（今河南原阳东南）人。二世元年（前209）参与反秦武装，后归刘邦，为重要谋士，封曲逆侯。在诛灭诸吕，迎立文帝中起重要作用，历任左右丞相。卒谥献侯。

〔5〕韩信（？—前196）：秦末淮阴（今江苏淮阴南）人。秦二世二年（前208）参加项羽反秦武装，后亡楚归汉，任大将军，战功卓著。击灭项羽后，徙为楚王。后被诬告谋反，贬为淮阴侯。后因陈豨谋反，与之暗通声息，被诛。

〔6〕彭越（？—前196）：秦末昌邑（今山东巨野东南）人。二世元年（前209），陈胜、吴广起义，聚兵助刘邦攻昌邑，助汉击楚。项羽死，封梁王，都定陶（今山东定陶西北）。

〔7〕黥（qíng）布（？—前195）：即英布，秦末六安（今安徽六安北）人。早年犯法处黥刑（脸上刺字或记号，再涂上墨），故名黥布。二世元年（前209）起而反秦，依附项羽军。刘邦大败彭城后归汉。高祖四年（前203），立为淮南王。

〔8〕张耳（？—前202）：战国末魏大梁（今河南开封西北）人。二世元年（前209）参加陈胜、吴广义军反秦。后归汉王刘邦，随韩信破赵后，立为赵王。卒谥景王。

〔9〕韩王韩信（？—前196）：秦末人。战国末韩襄王庶孙，秦末，随刘邦入武关。高祖二年（前205）略定韩地十余城，立为韩王。后降匈奴，为汉所杀。

〔10〕卢绾（前256—前193）：秦末泗水沛县丰邑人。二世元年（前209）从刘邦出兵反秦，高祖五年（前202），从击燕王臧荼，立为燕王。

〔11〕吴芮（？—前202）：秦末举兵反秦，从项羽入关，立为衡山王。刘邦称帝，徙为长沙王，都临湘（今湖南长沙市）。卒谥文王。

〔12〕刘贾（？—前196）：汉高祖刘邦堂兄。刘邦称帝后，封荆王。

〔13〕王陵（？—前181）：秦末泗水沛人。刘邦起兵反秦，亦聚军居南阳，后

归高祖,封安国侯。惠帝六年(前189)为右丞相,因反对诸吕参政为吕后所恶,迁为帝太傅。实夺其相权,卒谥懿侯。

〔14〕周勃(?—前169):秦末泗水沛人。二世元年(前209)随刘邦起兵反秦。在反秦及楚汉战争中功勋卓著。刘邦称帝后,封为绛侯。文帝立,为左丞相。卒谥武侯。

〔15〕樊哙(?—前189):秦末泗水沛人。随刘邦起兵,屡立奇功。刘称帝后,任左丞相、相国,封舞阳侯。因娶吕后妹为妻,诛诸吕时险些遭斩。

〔16〕郦商(?—前180):秦末陈留高阳乡(今河南杞县西南)人。随刘邦起事。刘邦称帝后,迁右丞相,定封曲周侯。卒谥景侯。

〔17〕夏侯婴(?—前172):秦末泗水沛人。随刘邦起兵反秦,屡建战功。刘邦称帝后,封汝阴侯。高祖死,以太仆事惠帝、高后及文帝,卒谥文侯。

〔18〕灌婴(?—前176):秦末睢阳(今河南商丘南)人。随刘邦起兵。高祖六年(前201),封颍阴侯。与周勃等共谋诛除诸吕,立文帝。文帝三年(前117)为丞相。卒谥懿侯。

〔19〕傅宽(?—前190):秦末人。初为魏五大夫骑将,随刘邦起兵。高祖六年(前201)封阳陵侯,从击陈豨,徙代相国,后称代丞相。卒谥景侯。

〔20〕靳歙(?—前183):秦末人。随刘邦起兵。高祖六年(前201),封信武侯。次年,从击韩王信,以功迁东骑将军。卒谥肃侯。

〔21〕郦食其(?—前203):秦末陈留高阳乡人。自称"高阳酒徒",刘邦反秦兵至高阳,因献计攻下陈留,封广野君。　大行:官名。掌宾客之礼。《史记》本传:"郦生常为说客,驰使诸侯。"持辞辩揖让进退事,故称。

〔22〕刘敬:原名娄敬。西汉齐人。为建议定都长安,赐姓刘氏,拜为郎中。后封建信侯。　中郎:中郎与郎中均为汉代职官名,但相差甚远。中郎为宫省中充职的郎官;郎中为宿卫皇帝职官,任职者初多为功臣,如樊哙、灌婴等,地位较尊。因后汉将郎中分属五官中郎将,左右中郎将及虎贲中郎将,遂易混称。此刘敬系拜职郎中。

〔23〕陆贾:西汉楚人,从刘邦征战,有辩才。汉初,奉使南越,拜赵佗为南越王,称臣归汉。归来任太中大夫,以天下"马上得之,宁可以马上治乎"说汉王,刘邦乃命其论述秦亡汉兴之由,命其书为《新语》。

〔24〕叔孙通:秦末薛(今山东滕县南)人。原为秦博士,楚汉战争时自项部归降刘邦。复拜汉博士,号稷嗣君。汉高祖九年(前198)为太子太傅。汉初朝

廷礼仪,皆出其手。

〔25〕魏无知:秦末人,楚汉战争时,从汉王刘邦。陈平背楚投汉,因其力荐,陈平始得重用。

〔26〕随何:秦汉之际人。楚汉战争时为汉王刘邦谒者,灭楚后,任其为护军中尉。

〔27〕新城三老董公:新城,原作新成,据何校本改。新城(今河南洛阳南)三老,新城地方的乡官。董公,董姓长者,曾拦道向汉王进谏。

〔28〕辕生:辕姓的诸生。曾向汉王刘邦提出过出兵武关的建议。

〔29〕纪信:汉王刘邦的将军,项羽围刘邦于荥阳,即将攻克。陈平施计离间项羽对范增的信任,纪信主动乘王车,以食尽降楚奔楚营分散注意,刘邦乘机得以突出重围。项羽烧杀信。

〔30〕周苛:汉王刘邦御史大夫。荥阳城破,被羽活捉,羽以任上将军,封三万户的条件劝降,苛骂不绝口,被烹。

〔31〕侯公:高祖四年(前203),汉派陆贾往说项羽,遭到拒绝。复使侯公往说项羽,项羽与汉订约:中分天下,割鸿沟以西为汉,以东为楚。放回了太公与吕后,遂封侯公为平国君。

〔32〕芒芒:广大深远的样子。五臣本作"茫茫"。

〔33〕上墋(chěn):上天混浊。　下黩:(dú 独)地下污浊。李善注:"天以清为常,地以静为本,今上墋下黩,言乱常也。"

〔34〕"波振"二句:李善注:"波振、尘飞以喻乱。"李周翰注:"谓兵戈不息。"

〔35〕九服:相传古代天子所住京都以外的地方按远近分为九等,叫九服。后来泛指全国。　徘徊:李周翰注:"谓人无主不知何从也。"

〔36〕三灵:天、地、人。　改卜:李周翰注:"言将恶秦浊乱,改卜清平之君也。"卜,选择。

〔37〕赫:显赫,盛大。

〔38〕肇载天禄:肇,始。载,运。天禄,上天赐给的福禄。

〔39〕中乡:即中阳里。《汉书·高帝纪》:"高祖,沛丰邑中阳里人也。"

〔40〕飞名帝录:吕向注:"谓预应图谶,如预飞名在其中。"

〔41〕庆云:五色云。古以为祥瑞之气。《汉书·天文志》:"若烟非烟,若云非云,郁郁纷纷,萧索轮囷,是谓庆云。喜气也。"《史记·项羽本纪》范增说项

羽曰:“(沛公)其志不在小,吾令人望其气,皆为龙虎,成五采,此天子气也。”

〔42〕皇阶:张铣注:“谓天位之次也。” 授木:秦汉方士以金、木、水、火、土五行相生相克的道理来附会王朝的命运,称为五德。《春秋保乾图》曰:“黑帝治八百岁,运极而授木。苍帝七百二十岁而授火。”言汉之历运,为周木德所授。

〔43〕龙兴泗滨:《汉书》记载,汉高祖刘邦曾为泗上亭长。

〔44〕虎啸丰谷:《淮南子》:“虎啸而谷风至。”《汉书》载,刘邦曾居丰、沛。

〔45〕彤云昼聚:《汉书·高帝纪》:“高祖隐于芒、砀山泽间,吕后与人俱求,常得之。高祖怪,问之,吕后曰:‘季(刘邦字季)所居上常有云气,故从往常得季。’”彤,紫红色。

〔46〕素灵夜哭:《汉书·高帝纪》载:刘邦夜行,一蛇当道,拔剑斩蛇。后,人至蛇所,有一老妪夜哭,曰:“人杀吾子”,“吾子,白帝子也,化为蛇,当道,今者赤帝子斩之,故哭。”言迄不见。所斩为白帝子,故称“素”灵。

〔47〕金精仍颓:《汉书·郊祀志上》:“秦襄公攻戎救周,列为诸侯,而居西,自以为主少昊之神,作西畤(畤,古代祀处)祠白帝。”“周太史儋见秦献公后七年,栎阳雨金,献公自以为得金瑞,故作畦畤栎阳,而祀白帝。”此言秦已衰颓。仍:乃。

〔48〕朱光以渥(wò 握):《汉书·郊祀志下》:“高祖始起,神母夜号,著赤帝之符,旗章遂赤,自得天统矣。” 朱光:指汉兴。 渥:沾溉,施其惠。

〔49〕万邦宅心:全国上下均居高祖之心。宅,居。

〔50〕骏民效足:《文选考异》:“骏”当作“俊”。效足,谓效力奔走。

〔51〕堂堂:仪容庄严大方。

〔52〕王迹是因:吕向注:“言高祖因之而升帝位也。”

〔53〕绸缪叡后:绸缪,紧缠密绕,此言观察处理问题细致深刻。 叡后:圣明的君王。叡,圣;后,古代称天子和诸侯为后。

〔54〕无竞维人:语出《诗·大雅·抑》:“无竞维人,四方其训之。”谓人君当政,莫不强于任用贤能,这是各地共同的教训。

〔55〕外济六师:李善注引《汉书》曰:汉王与诸侯击楚,何守关中,汉王数失军,何常兴关中卒辄补缺。

〔56〕内抚三秦:李善注引应劭注:章邯为雍王,司马欣为塞王,黄翳为翟王,分王秦地,故曰三秦。

〔57〕拔奇夷难:萧何举拔奇才韩信为将,遂平天下。夷难,平息战难。

〔58〕迈德振民:刘良注:“迈,行也。”言推行德政,赈济民众。

〔59〕体国垂制:班固《汉书·刑法志》:“相国萧何捃摭秦法,取其宜于时者,作律九章。”又于《汉书叙传》论及萧何称:“营都立宫,定制修文”,下文说何亡曹参继为相,悉遵何制,不加改易。

〔60〕上穆下亲:李善注引萧何述曰:“重威则上穆,刑约则下亲。”穆,敬;约,少、轻。

〔61〕名盖群后:《汉书·萧何传》载刘邦“即皇帝位,论功行封,群臣争功,岁余不决。上以何功最盛”,“令何第一”。

〔62〕是谓宗臣:《汉书·萧何曹参传》称颂他俩“擅功名,位冠群臣,声施后世,为一代之宗臣,庆流苗裔,盛矣哉!”宗,尊。

〔63〕平阳乐道:《汉书·曹参传》载:曹参封平阳侯,为相,“其治要用黄老术,故相齐九年,齐国安集,大称贤相。”

〔64〕在变则通:李善注引《周易》:“易穷则变,变则通。”

〔65〕爰渊爰嘿:深沉而少言辞。《汉书叙传》说曹性格玄默。《汉书·曹参传》记载他选拔官吏的条件是“长大(年龄)、讷于文辞、谨厚长者”,这也是他自己性格的写照。爰,于。

〔66〕长驱河朔:李善注引班固《汉书》述曰:“长驱大举,电击雷震。”李善注引《汉书》:“秦将王离围巨鹿,参击王离军成阳南,大破之。”巨鹿在黄河以北。

〔67〕电击壤东:李善注引《汉书》:“又击三秦军壤东,破之。”

〔68〕协策淮阴:李善注引《汉书》:“魏王豹反,参以假丞相别与韩信东攻魏将孙遬,大破之。又从韩信击赵,大破之。又从韩信击龙且,大破之。”

〔69〕亚迹萧公:刘邦即皇帝位,论功行封,谒者鄂秋论辩结论为“萧何当第一,曹参次之。”

〔70〕文成作师:张良卒谥文成侯。《汉书·张良传》载:张良游下邳圯上,一老父出一编书曰:“读是则为王者师。”

〔71〕通幽洞冥:言张良读圯上老人所赐书后,通晓洞察幽界冥域情事。

〔72〕水言配命:句出《诗经·大雅·文王》。 永言:吟咏心声。永,同咏。配,合;命,天命。

〔73〕因心则灵:张铣注此二句谓:“言配合天命筹策,因心而出,则如神灵,无不必中也。”

〔74〕穷神观化:《周易·系下》:“穷神知化,德之盛也。”谓深究事物的精微

道理。

〔75〕揣情：忖度情理。

〔76〕隐谋：隐匿的计谋。

〔77〕遁：逃。刘良注此四句谓："言其观察事变见其形影已能揣度其情，无不知耳。故虽鬼神亦不能隐谋，万物亦莫能逃形也。"

〔78〕武关是辟：《汉书·张良传》载：汉王与良西入武关，汉王欲击秦军，良曰："秦兵尚强，未可轻，臣闻其将屠者子，贾竖易动以利，持重宝啗秦将"，果欲连和，汉王欲听之。良曰："独将欲叛，士卒不从，必危。不如因其懈击之"，大破之。

〔79〕鸿门是宁：项羽至鸿门，欲击汉王，设宴邀汉王与会。良请项伯见汉王，项伯于项羽处具言汉王不敢背项王，项羽意遂解。汉王得以平安返回。

〔80〕荥阳：战国韩荥阳邑，秦置县。在今郑州西部、黄河南岸。

〔81〕即谋下邑：汉王兵败，立下邑，欲捐弃关东土地与有反楚能力的人以共同破楚，张良推荐英布、彭越、韩信三人，后来击败楚此三人起巨大作用。

〔82〕销印惎（jì忌）废：汉二年，项羽围汉王于荥阳，郦生建议汉王立六国之后裔以钳制楚。汉王称善，并催促刻印以授。张良得知后，从八个方面力驳其非。汉王省悟，令速销印。惎，教导。废，废止（郦生之议）。

〔83〕推齐劝立：《汉书·张良传》："韩信破齐欲自立为齐王，汉王怒。良说汉王，汉王使良授齐王信印。"推，此言以辞说动汉王。

〔84〕运筹固陵：《汉书·张良传》："汉王追楚至阳夏南，战不利，壁固陵，诸侯期不至，良说汉王，汉王用其计，诸侯皆至。"

〔85〕定策东袭：《汉书·张良传》：黥布反，上疾，欲使太子往击之。吕后承间为上泣称，诸将莫肯为太子用，布将鼓行而西。上虽疾，自将而东。良疾，起送嘱"楚人慓疾，愿上慎勿与楚争锋。"并说上令太子为将军监关中兵。此言为太子即位奠定基础。定策，拥立皇帝书于简策告之宗庙谓定策。

〔86〕三王从风：《汉书·高帝纪》：汉王与齐王信，魏相国越期会击楚，至固陵，不会。汉王谓张良曰："诸侯不从，奈何？"良谓取睢阳以北至谷城以王彭越，从陈以东傅海与齐王信，信、越皆引兵来。黥布亦随刘贾皆会。三王指此。从风，顺风而从。

〔87〕五侯允集：李善注引《史记》曰："汉部五诸侯兵东伐楚。"吕延济注谓："羽死乌江，而董翳、杨喜、马童、吕胜、杨武等五人各得其一体，高祖乃封五人为

列侯,是谓五侯。允,信,集,至也。”善引出《项羽本纪》文末《太史公曰》,语述项羽“将五诸侯灭秦”,与留侯无涉,吕注近是。

〔88〕霸楚寔丧:谓项羽霸业实亡留侯之手。

〔89〕皇汉凯入:大汉得胜之师凯歌而入其国。皇,大。

〔90〕怡颜高览:和颜悦色,高瞻远瞩。怡,和。

〔91〕弭翼凤戢:如凤凰收止羽翼而藏身不现。弭,止。戢,藏。

〔92〕托道黄老:寄理想于黄老之学。黄指黄帝,老指老子,道教以黄老为始祖。

〔93〕辞世却粒:李善注引《史记》:“良曰‘愿弃人间事,从赤松子(仙人名号,神农时为雨师,可随风雨上下)游耳。’乃学辟谷、导引轻身。” 却粒,即辟谷。

〔94〕宏达:宏大通达。

〔95〕深:能深究事理。

〔96〕游精杳漠:游弋于精微杳暗无声的境界。杳,晦暗不明。漠,无声沉寂。

〔97〕神迹是寻:探寻神秘的事物。

〔98〕重玄匪奥:(因其精通道术玄理)上天亦不深奥。重玄,犹言重天。匪,非。

〔99〕九地匪沉:(因其精通道术)地下最深处亦不为深。吕延济注:“言平妙知天道地理,则天地非为深沉也。”

〔100〕伐谋先兆:在征兆出现之前就破坏敌人的计划。《汉书·息夫躬传》注“伐谋”谓:“言知敌有谋者,则以事而应之,沮其所为,不用兵革,所以为贵耳。”

〔101〕挤响于音:李善注引《鹖冠子》曰:“音者,所以调声也,未闻音出而响过其声者也。”刘良注:“凡响出于音,故须音响相济也。亦如君臣相得也。则平与高祖亦如之也。”挤,通济,助益。

〔102〕奇谋六奋:言陈平曾为高祖六出奇谋。奋,出。《汉书·叙传》言及陈平称“六奇既设,我罔艰难。”指此。

〔103〕嘉声四回:美名播扬四方。回,回荡。

〔104〕规主于足:李善注引《汉书》:“淮阴侯破齐王,使使来言汉王。汉王怒而骂,平蹑汉王,汉王寤,乃厚遇齐使。”蹑谓陈平踩刘邦脚,示其应改换态度。规,谏劝。

〔105〕离项于怀：李善注引《汉书·陈平传》："陈平曰：'项羽骨鲠之臣，亚父、钟离昧、龙且、周殷之属，不过数人。大王捐数万金，行反间，间其君臣，破楚必矣。'汉王以为然。反间既行，羽果疑亚父，亚父去，发病死。"怀，胸前，言亚父等为项羽亲近之臣。

〔106〕格人乃谢：格人，至人，在此指范增。　谢：指亚父范增难忍项羽的猜疑，乃辞官归养。

〔107〕楚翼寔摧：张铣注："谓范增谢病去楚，而楚羽翼寔已摧折。"

〔108〕韩王窘执：李善注引《汉书》："有人上书言楚王韩信反。陈平曰：'陛下第出，伪游云梦，信闻天子以好游出，其势必郊迎谒，陛下因禽之，此特万世（"万世"，一本作"一力士"，近是）之事也。'高祖以为然，信果郊迎，即执缚之。"窘，困。

〔109〕胡马洞开：李善注引《汉书》曰："上至平城，为匈奴所围，高祖用平奇计，使单于、阏氏解围以得出。"胡马，此指代匈奴。洞，通达。

〔110〕迎文以谋：李善注引《汉书》曰："吕太后崩，平与太尉勃合谋诛诸吕，立文帝，平本谋也。"

〔111〕哭高以哀：《汉书·陈平传》："闻高帝崩，（平）驰至宫，哭殊悲。"

〔112〕灼灼淮阴：光彩照人的淮阴侯韩信。灼灼，显明、光亮的样子。

〔113〕灵武：威武的样子。

〔114〕策出无方：计谋所出并无固定法度。

〔115〕思入神契：思路与神契合。

〔116〕奋臂云兴：振臂一呼人们就如风吹云驰一样兴起。

〔117〕腾迹虎噬：腾跃而起的形象如虎搏噬食物一样。

〔118〕凌险必夷：遇到凶险一定平息。凌，乘越。

〔119〕摧刚则脆：再坚强的东西经其摧折就变得脆弱而不堪一击。

〔120〕肇谋汉滨：李善注引《汉书》曰："萧何谓高祖曰：'必长王汉中，无所事信（没有韩信做的事）；必欲争天下，非信无可与计事者。'汉王乃拜信大将军。信说汉王曰：'今王举兵而东，三秦可传檄而定也。'汉王喜，遂听信计，举兵出陈仓，定三秦。"因项羽封刘邦为汉王，刘邦就国汉中，用韩信计举兵东进。肇，始。

〔121〕还定渭表：言高祖自汉中还定秦地。渭水在秦，故以之称代。

〔122〕京索既扼：李善注引《汉书》曰："汉击楚彭城，汉兵败散而还。信复发兵与汉王会荥阳，复击破楚京、索间。齐赵魏皆反，与楚和，以信为左丞相击

魏。”扼，握控。

〔123〕引师北讨：此指韩信北击燕、赵。

〔124〕济河夷魏：李善注引《汉书》曰：“信遂进击魏，魏盛兵蒲坂，塞临晋。信乃益为疑兵，陈船欲渡临晋，而伏兵从夏阳以木罂缶渡军，袭安邑，虏魏王豹。”

〔125〕登山灭赵：李善注引《汉书》曰：“信请北举燕、赵，选轻骑二千人，人持一赤帜，从间道登山而望赵军，戒曰：‘赵见我走，必空壁逐我，若疾入，拔赵帜，立汉帜。’后赵空壁争汉鼓旗，奇兵驰入赵壁，皆拔赵帜，立汉赤帜。赵卒见之，大惊，遂乱走。禽赵王歇。”

〔126〕威亮火烈，势逾风扫：李善注引《孙子》曰：“兵以诈立。以利动，以分合而为变者也。故其疾如风，侵掠如火，则彼三军可夺气，将军可夺心，此用兵之法也。”引张铣注曰：“亮，信；逾，过也。言其威武信为猛烈，破敌之势，过于风扫。言易也。”

〔127〕拾代如遗：《汉书·韩信传》：“进击赵、代，禽夏说阏与。”

〔128〕偃齐犹草：李善注引《汉书》曰：“信发赵兵未发者击齐，信引兵东，遂渡河，袭齐历下军，至临菑。齐王走高密。”《论语》：“草上之风必偃”，偃，倒下。

〔129〕二州：魏、代、赵属冀州，齐属青州。

〔130〕四邦咸举：指攻下魏、代、赵、齐。举，占领。

〔131〕乃眷北燕：李善注引《汉书》曰：“信用广武君策，发使使燕，燕从风而靡。”眷，顾盼。此言占领北燕。

〔132〕遂表东海：李周翰注：“谓立为齐王也。东海，齐地也。表，犹立也。”

〔133〕克灭龙且(jū)，爰取其旅：李善注引《汉书》曰：“齐王走高密，使使于楚。楚使龙且救齐，与信夹潍水阵。信乃夜令人作万余囊盛沙，以壅水上流，引军半渡，击龙且。佯不胜，还走。龙且果喜曰：‘固知信怯。’遂追渡水，信使人决壅囊，水大至，龙且军大半不得渡。即急击，杀龙且。楚卒皆降之。”爰，于是。旅，众师。此指军队。

〔134〕刘项悬命，人谋是与：李善注引《汉书》曰：“蒯通说信曰：‘当今之时，两主悬命于足下，足下为汉则汉胜，与楚则楚胜。’此言刘邦、项羽系命于韩信。惟韩信谋略而给舍。”

〔135〕念功惟德：蒯通游说韩信反汉为楚王三分天下。信曰：“我幸得事项王数年，官不过执戟，故归汉。汉授我上将军，言听计用，背之不祥。”信自以功大，汉不夺我齐，遂不听。

〔136〕辞通绝楚:辞蒯通所说,绝楚王之望。

〔137〕观时:观察时变。

〔138〕弢迹匿光:吕延济注:“陈涉初起,人或谓越曰:‘豪杰相立叛秦,公可效之。’越曰:‘两龙方斗,且待之。’”此谓观时藏迹隐光也。弢,通韬、藏。匿,隐。

〔139〕人具尔瞻:后高祖击昌邑,越乃助之,言其有英雄之才,为天下人所瞻望。

〔140〕翼尔鹰扬:言其勇志疾速如鸟翼之飞,如鹰之击扬。

〔141〕威凌楚域:李善注引《汉书》:“汉使人赐越将军印绶,使下济阴以击楚,大败楚军,拜越为魏相国。”

〔142〕质委:即委质,初次拜见尊长时送礼。引申为臣服、归顺义。

〔143〕靖难河济:《汉书》载:汉败彭城,越皆亡其所下城,独将其兵北居河上,往来为汉王游兵击楚,绝其粮于梁地。靖,平定。

〔144〕即宫旧梁:《汉书》载:项籍死,高祖封越为梁王,因其初为相国,将兵略定梁地后封之,故称“旧梁”。即,就。宫,居。

〔145〕烈烈:凶猛的样子。

〔146〕眈眈其眄(miǎn 免):眈眈,老虎看东西的样子。眄,斜视。

〔147〕锋犹骇电:黥布善战,数以少胜多,此言其锋锐如雷电之惊也。

〔148〕睹几蝉蜕:看清事物发展的苗头而脱壳更新。此指汉王使随何说布,布遂归汉。几,事物发生之前的隐微征兆。

〔149〕悟主革面:感悟汉王仁明而洗心革面。革,改。

〔150〕肇彼枭风:开始时在那儿(指项羽)沐枭鸟之风。肇,始。枭:恶鸟。

〔151〕翻为我扇:转而成为我(汉王)的助力。

〔152〕天命方辑:上天(指汉王)使命开始安抚臣民。辑,安抚。

〔153〕王在东夏:在东夏称淮南王。东夏即阳夏。

〔154〕矫矫三雄:威武雄健的三雄(指前述的韩信、彭越、黥布)。

〔155〕至于垓下:《汉书》载:汉王发使使韩信、彭越至,黥布亦随刘贾来会,围项羽于垓下。

〔156〕假:给予。

〔157〕祚(zuò 作):福。

〔158〕不臧:不善。

〔159〕舍福取祸:言三人虽皆有功于汉王,但皆以反叛被诛而终。

〔160〕张耳:卒谥景王。

〔161〕有声:有名声,有声誉。

〔162〕士也罔极:语出《诗经·卫风·氓》,意为男士之心不可测知。李善注引《汉书》曰:"张耳、陈余相与为刎颈交。耳与赵王歇走入巨鹿,王离围之。余自度兵少,不敢前。后耳得出巨鹿,责余,余怒,脱印绶与耳,耳佩其印绶。后余以兵袭耳,耳败走。"此言二人不终其好。

〔163〕自诒伊愧:诒,给。伊,代词,其。《汉书·张耳陈余传》赞:"势利之交,古人羞之。"

〔164〕俯思旧恩,仰察五纬:李善注引《汉书》:"耳曰:'汉王与我有故,而项王强,立我,我欲之楚。'甘公曰:'汉王之入关,五星聚东井,先至必王。'耳走汉。"此言张耳以旧恩欲归刘,而以项王强又欲归项,甘公谓五星在秦分野,应在高祖入关,汉时弱终立,耳遂归汉。王纬,五星。

〔165〕脱迹违难,披榛来洎(jì 季):李善注引《汉书》曰:"汉定三秦,方围章邯废丘,耳谒汉王。" 脱迹:免除自身灾祸。 违难:逃难。 洎:到。

〔166〕改策西秦:《汉书》载:武臣立为赵王,汉王拟击赵,后听房君之谏,不击反贺。后复遣耳与韩信击破赵井陉,是为改策。

〔167〕报辱北冀:耳后斩陈余泜水上,故曰报辱。赵为冀州分野,故曰北冀。

〔168〕悴叶更辉,枯条以肄:张耳败走犹悴叶枯条,高祖厚遇之,则如树木逢春。 肄:木斩后复生谓肄。

〔169〕王信韩孽:李善注引《汉书》曰:"韩王信,故韩襄王孽孙也。汉立信为韩王。"孽,庶。

〔170〕宅土开疆:《汉书·韩王信传》:"六年春,上以为信壮武,北近巩、洛,南迫宛、叶,东有淮阳,皆天下劲兵处也,乃更以太原郡为韩国。"

〔171〕越迁晋阳:《汉书》载:汉徙信备胡,都晋阳。信以晋阳去敌远,请治马邑,上许之。

〔172〕卢绾自微,婉娈我皇:《汉书·卢绾传》:"及高祖,绾壮,学书,又相爱也。"

〔173〕跨功逾德,祚尔辉章:《汉书·卢绾传》:"上欲王绾,为群臣觖望(怨),……诏诸将相列侯择群臣有功者以为燕王,群臣知上欲王绾,皆曰:'太尉长安侯卢绾常从平定天下,功最多,可王。'上乃立绾为燕王。诸侯得莫如燕王者。"言绾之爵位与其功德不称,赐福给你辉荣之宠章。章,显著。

〔174〕人之贪祸，宁为乱亡：《汉书》载：高祖崩，绾遂将其众亡人匈奴，居岁余，死胡中。宁，竟。

〔175〕吴芮之王，祚由梅鋗（xuān 喧）：李善注引《汉书》曰："天下之初叛秦，吴芮率越人举兵以应诸侯。沛公攻南阳，遇芮之将梅鋗，与偕攻析、郦。上以鋗有功武关，故德芮，徙为长沙王。"

〔176〕功微势弱，世载忠贤：《汉书》载：高祖贤芮，诏御史：长沙王忠，其著之甲令。

〔177〕肃肃荆王，董我三军：肃肃，严整的样子。董：督。《汉书》："（荆王）贾将二万人，骑数百，击楚。"

〔178〕殷荐其勋：李善注引《汉书》曰："汉王追项籍至固陵，贾使人间招楚大司马周殷，周殷反楚佐贾。" 荐，献。

〔179〕庸亲作劳，旧楚是分：李善注引《汉书》曰："高祖子弱，昆弟少。欲王同姓以镇天下，诏立贾为荆王，王淮东。"因贾为高祖堂兄，因亲属关系作劳绩根据，分楚为荆而王之。庸，用。

〔180〕往践厥宇，大启淮濆（fén 坟）：吕延济注："厥，其宇居也。"言往践其荆国之居也。启，开也。淮，水名，在荆地。濆，水滨也。

〔181〕安国违亲，悠悠我思：《汉书》载：安国侯王陵以兵属汉，项羽取陵母置军中，陵使至，则东向坐陵母，欲以招陵。陵母私送使者，泣曰："为老妾语陵，善事汉王，汉王长者也。无以老妾故持二心，妾以死送使者。"遂伏剑而死。违，离开。悠悠，深思的样子。

〔182〕依依哲母，既明且慈：依依，恋恋不舍。 哲，即下句所说的"明"。

〔183〕永言固之：王母死前吐露心声的留言足固定王陵之心。

〔184〕实邦之基：实为邦国之基本。

〔185〕义形于色，愤发于辞：李善注引《汉书》曰："陵为人少文任气，好直言。高后欲立诸吕为王，问陵。陵曰：'高皇帝刑白马而盟曰：非刘氏而王者，天下共击之，今王吕氏，非约也。'"

〔186〕主亡与亡，末命是期：《汉书》载：文帝即位，绛侯为丞相，爰盎进曰：丞相何如人？上曰：社稷臣。盎曰：绛侯，所谓功臣，非社稷臣。社稷臣主存与存，主亡与亡。吕向注："守其遗命，不封吕氏，可谓末命是期也。"末命：帝王临终遗命。

〔187〕绛侯质木，多略寡言：《汉书》载：绛侯周勃木强（质朴）敦厚，不好文

学。高祖每召诸生说士,东向坐责之“趣为我语(快给我说)”。其椎(讷钝如椎)少文如此。　多略:富有谋略。

〔188〕曾是忠勇,惟帝攸叹:李善注引《汉书》曰:“始,吕后问宰相,高祖曰:‘安刘氏者必勃也。’”攸叹,长叹。

〔189〕云骛灵丘:《汉书》载:陈豨反,勃复击豨灵丘,破之,斩豨,定代郡九县。　骛驰:言用兵之速如云飞驰。

〔190〕景逸上兰:《汉书》载:燕王卢绾反,勃破绾军上兰,定上谷、右北平、辽西、辽东。　逸,疾。言飞骑前行,景象后移,同言用兵神速。

〔191〕奄有:全部占有,囊括。

〔192〕宁乱以武,毙吕以权:《汉书》载:高后崩,吕产秉权,欲危刘氏。勃与丞相平诛诸吕。

〔193〕涤秽紫宫,征帝太原:《汉书》载:勃已灭诸吕,遂共迎立代王,是为孝文皇帝。东牟侯兴居曰:“臣无功,请得除宫。”乃与太仆滕公入宫,载少帝出,乃奉天子法驾迎皇帝代邸。少帝非刘氏子,今除之迎立代王,故称涤秽。太原,郡名,指代代地。

〔194〕实惟太尉:汉惠帝六年,置太尉官,以勃为太尉。勃灭诸吕,安刘氏事已见前注。

〔195〕挟功震主,自古所难:《汉书》载:韩信亡楚归汉,屡建奇功,蒯通游说他道:“臣闻勇略震主者身危,功盖天下者不赏。”韩信不听劝告,终为吕后斩首。挟,怀。震,动。

〔196〕勋耀上代,身终下藩:《汉书》载:上曰:“前日吾诏列侯就国,或颇未能行,丞相朕所重,其为朕率列侯之国。”乃免相就国。下藩,指至所封绛。

〔197〕舞阳道迎,延帝幽薮:《汉书》载:舞阳侯樊哙“与高祖俱隐于芒砀山泽间。陈胜初起,萧何、曹参使哙求迎高祖,立为沛公。”延,请。幽薮,草木繁茂的僻暗去处。

〔198〕宣力:致力、用力。　匪:非。　厥:他的。

〔199〕持干鸿门:《汉书》载:项羽在鸿门,亚父谋欲杀沛公,樊哙闻事急,乃持盾入。曰:“沛公先入定咸阳,以待大王。大王听小人之言与沛公有隙,臣恐天下解,心疑大王也。”项羽默然。持干,持着盾。

〔200〕披闼(tà 榻)帝宇:《汉书》载:高祖尝病,恶见人,卧禁中,诏户者无得入群臣。哙乃排闼直入,流涕曰:“始陛下与臣等起丰、沛,定天下,何其壮也。

今天下已定,又何惫也。”高帝笑而起。 披闼:破门而入。宇,居处。

〔201〕耸颜诮项,掩泪悟主:耸颜,谓拉长了脸,严肃的样子。诮,责备。

〔202〕曲周之进,于其哲兄:《汉书·郦食其传》:“食其言弟商,使将数千人从沛公西南略地。”哲,贤明。

〔203〕俾:使。

〔204〕振威龙蜕:《汉书·郦商传》:“燕王臧荼反,商以将军从击荼,战龙蜕,先登陷阵,破荼军易下。”

〔205〕摅武庸城:李善注引《汉书》曰:“商又从击黥布,两阵以破布军。”又曰:“布军与上兵遇蕲西,上乃壁庸城。”摅,抒发,摅武犹言施武、用武。

〔206〕六师寔因:寔,是,犹言因六师。六师即六军。周制,天子有六军,后做军队的统称。

〔207〕猗欤:叹美词。

〔208〕绰绰有裕:宽裕,此言夏侯婴富有才华。

〔209〕戎轩肇迹,荷策来附:《汉书》载:上降沛为沛公,以婴为太仆,常奉车。戎轩,兵车。肇迹,始事高祖。荷策,负着马鞭。

〔210〕马烦辔殆,不释拥树:《汉书》曰:“婴从击项籍,汉王不利,驰去。见孝惠、鲁元,载之。汉王急,马罢(疲),蹶两儿弃之,婴常收载行,面拥树驰(面对二儿抱持站立着驾车奔驰)。汉王怒,欲斩婴者十余,卒得脱,而致孝惠、鲁元于丰。”烦,疲。殆,坏。

〔211〕皇储时乂(yì 义),平城有谋:皇储,指孝惠。乂,安。《汉书》曰:“平城之难,高祖为胡所围,七日不得通,高帝使使厚遗阏氏,冒顿乃开其围一角,高帝出欲驰,婴固徐行,弩皆持满外向,卒以得脱。”

〔212〕颍阴:颍阴侯灌婴。

〔213〕奋戈东城,禽项定功:《汉书》曰:“项籍败垓下去,婴追籍至东城,破之。所将卒五人共斩项籍,皆赐爵列侯。”

〔214〕乘风藉响,高步长江:《汉书》载:渡江,破吴郡长吴下,还定淮北。乘风藉响,《吕氏春秋》:顺风而乎,声乃加疾,所因便也。此言灌婴乘破项军之胜势,扩大战果。

〔215〕光启于东:大力拓开东边的领土。

〔216〕阳陵之勋,元帅是承:《汉书》载:阳陵侯傅宽“属淮阴,击破齐历下军。属相国参,残博(使博残,占领太山县大部土地。)此言傅宽的功勋是承受

大帅曹参的领导指挥而取得的。

〔217〕信武薄伐,扬节江陵:信武侯靳歙别定江陵,身得江陵王,致雒阳。薄伐,即征伐。薄,发语词,无义。扬节,传播名声。

〔218〕殄(tiǎn 舔):灭。 惩:止息。

〔219〕恢恢:宽厚大度。诞:大。 节:度。 令:善。 图:谋。

〔220〕进谒嘉谋,退守名都:李善注引《汉书》曰:"汉王数困荥阳、成皋,计欲捐成皋以东,屯巩、雒以距楚。郦食其曰:'愿足下急进兵,收取荥阳,据敖庾之粟,塞成皋之险,杜太行之道,距飞狐之口,守白马之津,以示诸侯形制之势,则天下归矣。'"名都,指荥阳。

〔221〕东窥白马,北距飞狐:白马,津河名。飞狐,塞名。距,通拒。

〔222〕即仓敖庾,据险三涂:敖庾,即敖仓。三涂,《左传》杜注:"三涂在河南陆浑县南。"吕延济注:"山名。"

〔223〕輶轩东践,汉风载徂:《汉书》载:燕、赵已定,唯齐未下。上使郦食其说齐,齐王田横以为然,罢厉下兵守备。輶轩,轻车,使者所乘车。东践,谓赴齐游说。载,则。徂,往。谓食其说齐,带去汉之雄风。

〔224〕身死于齐,非说之辜:《汉书》载:"韩信闻食其凭轼(未事征战)下齐七十余城,乃夜度兵平原袭齐,齐王田广闻汉兵至,以为食其卖己,乃烹食其。"辜,罪,指说辞不善。

〔225〕我皇寔念,言祚尔孤:《汉书》曰:"高祖举功臣,思食其,封其子为高梁侯。"

〔226〕建信委辂,被褐献宝:《汉书》:建信侯娄敬放下所挽的辂车,语虞将军曰:"臣愿见上言便宜。"虞欲与鲜衣,敬曰:"臣衣帛,衣帛见;衣褐,衣褐见,不敢易衣。"上召见。献宝,指分析形势并建议建都长安事。

〔227〕指明周汉,铨时论道:《汉书》载:娄敬谓上曰:"陛下取天下与周异,而都雒阳不便,不如入关,据秦之固。"铨时,权衡时势。

〔228〕移帝伊洛,定都酆镐:《汉书》载:高帝即日驾西都关中。《汉书·娄敬述》:"敬繇役夫,还京定都。"

〔229〕寔敬攸考:攸,助词,义略近"所"。考,成。

〔230〕抑抑:谨慎的样子。知言之贯:善于言词且所说皆合于先王旧贯之理。

〔231〕往制劲越,来访皇汉:李善注引《汉书》曰:"中国初定,尉佗平南越,

因王之,高祖使贾赐佗印为南越王。贾卒拜佗为南越王,令称臣奉汉约。归报,高帝大悦。”劲,强。

〔232〕附会平勃,夷凶翦乱:李善注引《汉书》曰:“诸吕欲危刘氏,陈平患之。贾说平曰:‘天下安,注意于相;危,注意于将。将相和,天下虽有变,权不分。君何不交欢太尉,深相结?’平乃以五百金为绛侯寿,太尉勃亦报如之,则吕氏谋益坏。及诛吕氏,贾颇有力焉。” 附会:使事之不相连属者相会为一。翦,除去。

〔233〕所谓伊人,邦家之彦:伊,语气词,无义,伊人犹言此人。彦,美好。

〔234〕百王之极,旧章靡存:此言汉承百王敝极之时,而礼仪旧章皆无存者。靡,无。

〔235〕汉德虽朗,朝仪则昏:朗,明。朝仪,朝廷的规章制度。昏,暗。

〔236〕稷嗣制礼,下肃上尊:汉拜叔孙通为博士,号稷嗣君。言其所制礼仪下敬而上尊。《汉书》载:叔孙通曰:臣愿征鲁诸生与臣弟子共起朝仪。高帝曰:得无难乎?通曰:臣愿采古礼与秦仪杂就之。上曰:可。其仪就,皇帝辇出房,诸侯王以下莫不震恐肃敬。高帝曰:今日知为皇帝之贵也。

〔237〕穆穆帝典,焕其盈门:穆穆,端庄盛美的样子。焕,鲜明光亮的样子。

〔238〕风睎三代,宪流后昆:所制礼仪之风可望与夏、商、周三代同盛,而典章法则流传于后嗣不绝。睎,望。宪,典章法则。后昆,后代。

〔239〕无知:魏无知。 叡敏:明达。 独昭奇迹:言无知独具慧眼识才而力荐陈平。

〔240〕察侔萧相,贶(kuàng 况)同师锡:《汉书》载:陈平降汉,因魏无知求见汉王,后上封平,平曰:“非魏无知臣安得进?”上乃赏魏无知。萧何进韩信,无知进陈平,故曰侔(比)。察:观察细致准确。贶:赐与、加惠。 师锡:《书·尧典》:“师锡帝曰。”《传》:“师,众也。锡,与也。”《史记》引述释为“众皆言于尧曰”,后用为舆论的意思。

〔241〕随何辩达,因资于敌:《汉书》载:汉王曰:孰为我使淮南,使之发兵背楚,项王必留,留数月,汉之取天下可万全。随何曰:臣请使之,往说布,布归汉。又,黥布原属项羽,汉之敌也。随何说而背项归汉,是借助敌方力量而致胜。

〔242〕纾汉披楚,唯生之绩:纾,缓解。披,分裂。生,尊称有德者。言此为随何之丰功伟绩也。

〔243〕皤皤(pó 婆):头发斑白。 谋我平阴:谓于平阴津处为我设谋。

〔244〕三军缟素，天下归心：《汉书》载：汉王南渡平阴津，定洛阳，新城三老董公遮说汉王曰："项王无道，放杀其主。三军之众，为之素服东伐，四海之内，莫不仰德，此三王之举也。"汉王曰："善。"于是为义帝发丧，兵皆缟素，击楚之杀义帝者。缟素，指丧服。

〔245〕袁生秀朗，沉心善照：袁生，即辕生。秀朗，贤明。沉，深。善照，善于观察分析事理。

〔246〕汉旆（pèi 配）南振，楚威自挠：李善注引《汉书》曰："袁生说汉王曰：'愿军出武关，项王必引兵南走，王深壁，令荥阳、成皋间且得休。王乃复走荥阳。如此则楚所备者多，力分，汉得休，复与之战，破楚必矣。'汉王从其计，出军宛、叶间。羽乃闻汉王在宛，果引兵南。"旆，此指军旗。挠，乱。

〔247〕大略渊回，元功响效：大略，谓宏大的谋略。渊回，谓深渊之水回旋曲折。喻深不可测。元功，大功。响效，如声音出而响应之速效。

〔248〕邈哉惟人，何识之妙：谓斯人目光远大，见识精妙已极。

〔249〕纪信诳项，轺轩（yáo xuān 尧喧）是乘：李善注引《汉书》曰："项羽围汉王荥阳，将军纪信曰：'事急矣！臣请诳楚，可以间出（从小道出逃）。'纪信乃乘王车，黄屋左纛（天子车黄缯为盖里，车衡左方施毛羽幢）曰：'食尽，汉王降。'楚皆之城东观，以故汉王得遁。羽见纪信，问汉王安在？曰：'已出去矣。'羽烧杀信。"诳，欺。信诈为汉王。轺轩，称代车。言纪信乘车诳楚。

〔250〕摄齐赴节，用死孰惩：摄齐：古人穿长袍，升堂时需提起衣摆，表示恭谨有礼。此写纪信视死如归。用死，效死。惩，恐。

〔251〕烟消：纪信被焚而死。兴，起。

〔252〕周苛慷慨，心若怀冰：周苛在荥阳城破时骂敌被烹。怀冰，喻其品德高洁。

〔253〕刑可以暴，志不可凌：《汉书》载：楚围汉王荥阳急，汉王出去，而使苛守荥阳。楚破荥阳，欲令将。苛骂曰："若趣降汉王，不然，今为虏矣。"项王怒，烹苛。暴，施暴。凌，辱。

〔254〕贞轨偕没，亮迹双升：言纪信、周苛贞烈之士因羽杀害皆没于世，其光辉事迹双双升腾。轨，迹。

〔255〕帝畴尔庸，后嗣是膺：《汉书》载：苛子成，以父死王事，封为高景侯。又曰：襄平侯纪通尚符节。张晏以通为信子，晋灼谓不见其后，《功臣表》载通父名成。未详孰是。畴，通酬。庸，功劳。膺，受。

〔256〕王心有违：高帝不顺心。

〔257〕怀亲望楚，永言长悲：《汉书·高帝纪》："审食其从太公，吕后间行，反遇楚军，羽常置军中以为质。"言高帝遥望楚地怀念亲人。永言，吟咏心声。永，同咏。

〔258〕侯公伏轼，皇媪来归：《汉书·项籍传》："汉王使侯公说羽，羽乃与汉王约，中分天下，割鸿沟而西者为汉，东者为楚，归汉王父母妻子。" 伏轼：即凭轼（轼为车前横木），乘车。此言出使。 媪：对老年妇女的敬称。

〔259〕是谓平国，宠命有辉：《汉书·高帝纪》："乃封侯公为平国君。"颜师古注："以其善说，能平和邦国。"宠命：加恩特赐的任命。

〔260〕震风过物，清浊效响：李善注引《文子》曰："昔尧之治天下也，舜为司徒，契为司马，禹为司空，后稷为田畴，奚仲为工师。是以离叛者寡，听从者众，若风之过箫，忽然感之，各以清浊应物也。" 李周翰注："言风动过于万物之中，无清浊皆应声响，亦如英雄各效其才以成大业。"

〔261〕大人于兴，利在攸往：《周易》："《巽》，小亨，利有攸往，利见大人。"巽：顺从，伏服义。此言众君子兴起佐汉王立国，君臣相应，所往皆利。

〔262〕弘海者川，崇山惟壤：李善注引《管子》："海不辞水，故能成其大；山不辞土，故能成其高；明主不厌人，故能成其众。"此言帝王成功亦需众贤成之。 弘海：使海大。崇山：使山高。

〔263〕《韶》《护》错音，衮龙比象：《韶》为舜乐，《护》为汤乐，一作"濩"。错音：合奏。错：杂。总言天下既平，功成作乐以庆。《周礼》：王之吉服，享先王，即衮龙衣也。比象：用青、黄、赤、白、黑五色给出的山、龙、花、虫之象，为皇帝的服章。此总言皇帝居尊位而行礼仪也。

〔264〕同济天网：李善注引崔寔《本论》曰："举弥天之网，以罗海内之雄。"此言各类英才助汉王扫群雄立国家。

〔265〕剑宣其利，鉴献其朗：宣：显示。鉴：镜。 朗：明。 李周翰注："言群臣如用剑之利以断割事机；如献镜之明以照察事理也。"

〔266〕文武四充，汉祚克广：文臣武将四方繁多，汉室福祚始能赖以光大。

〔267〕悠悠遐风，千载是仰：悠悠与遐均久远义，言君贤臣忠融穆之风久传不衰，千载之后仍受人景仰。

今译

相国酂文终侯沛地的萧何，相国平阳懿侯沛地的曹参，太子少傅留文成侯韩国的张良，丞相曲逆献侯阳武地方的陈平，楚王淮阴的韩信，梁王昌邑的彭越，淮南王六地的黥布，赵景王大梁的张耳，韩王韩信，燕王丰邑的卢绾，长沙文王吴芮，荆王沛地的刘贾，太傅安国懿侯王陵，左丞相绛武侯沛地的周勃，相国舞阳侯沛地的樊哙，右丞相曲周景侯高阳的郦商，太仆汝阴文侯沛地的夏侯婴，丞相颍阴懿侯睢阳的灌婴，代丞相阳陵景侯魏国的傅宽，车骑将军信武肃侯靳歙，大行广野君高阳的郦食其，中郎建信侯齐国的刘敬，太中大夫楚国的陆贾，太子太傅稷嗣君薛地的叔孙通、魏无知，护军中尉随何，新城三老董公、辕生，将军纪信，御史大夫沛地的周苛，平国君侯公，以上的三十一人，是参与平定天下、安定社稷的功臣。为他们作颂词道：

宇宙广阔深远，上天混暗，地下污浊。四海波涛震荡，五岳尘埃飞逐。全国百姓徘徊无所从，天地人民期望把贤君择卜。盛德显赫啊！高祖皇帝，是您开始承受上天赐给的福禄。从早年隐居中阳里，一下蜚声于帝王的簿录。吉庆的云气相映生辉，皇天的位次实为周代木德所授。飞龙兴起于泗水之滨，猛虎咆哮于丰沛之谷。高祖所在，白昼有紫红的云气聚之于上，提剑斩蛇，白帝之神也只好夜间悲哭。金德精灵暴秦已经衰颓，红光普照汉室施民幸福。举国上下都在高祖心上，俊贤才士四方辐凑俱愿效力奔走。

堂堂萧何相国，高祖因你才帝位稳坐，圣明君王目光深刻，再无比起用贤才利国最多。高祖在外用兵，几度补充兵员，对内代做抚慰三秦百姓的工作。简拔奇才平息战乱，赈济百姓又复行功修德。建立国家制订法规，群臣恭顺下属快活。功名居于群臣之上，尊臣美名一致称说。

平阳侯曹参奉行黄老无为而治的方法，认为事物发展变化终能

通达。生性虽深沉而缄默少语，武功显赫而誉满天下。长驱河北成阳灭寇，迅歼东壤，秦军败垮。与淮阴侯韩信协商谋划，功名盖世，除了萧何就得数他。

文成侯张良为王者之师，通晓洞察幽界冥域情事。抒发心声合于天命，由心所出，灵如神示。深究事物精微之理，根据形影即可揣度事实，鬼不能隐匿其计谋，万物也不能逃脱其形姿。帮汉王开辟了武关，鸿门宴安全脱险全把他仗恃。荥阳蒙难，王侧随侍，下邑捐地，远见卓识。销毁欲立六国后裔的印记，引导把腐儒妄议废止。劝说汉王准齐王自立称制。在固陵运筹谋划招来反楚诸侯，汉王亲率大军东征，详加叮嘱为了太子得以继嗣。智教三王顺风而从，佐汉灭楚，也使五侯获封集至。谋略使项羽霸业丧失，汉王才有凯歌入国的得胜之师。和颜悦色，高瞻远瞩，如凤凰藏身不现收拢双翅。年迈寄理想于黄老之学，通过习道家辟谷、导引轻身而弃去人间俗世。

曲逆侯陈平宏大通达，深究事理擅长谋划。飞思精微晦寂境界，把神秘的各类事理寻查。精通天道地理，上天不算深远，九地也不算深沉无涯。独具慧眼，征兆出现之前就能破坏敌人的谋略；君臣相契，像声响在音产生之前散发。为高祖六出奇谋，四方传送声誉有加。规谏高祖，踩脚示意。反间项羽，亲臣相睚。亚父含怨辞归，羽翼实已摧垮。韩信异志，施小术而困擒；匈奴剽悍，用奇计解围不用厮杀。立文帝诛吕以谋，哭高祖哀恸泪下。

光彩照人的淮阴侯韩信，威武敏捷冠世超群。计谋所出不拘固定格式，思路灵活暗合于神。振臂一呼人们如风吹云驰一样兴起，腾跃而起犹如猛虎吃人。遇到风险一定平息，刚强的东西经其摧折也变得脆嫩。为汉王出谋始于汉水河畔，高祖才从汉中还定渭水之滨。京索二地既经扼控，韩信又带领大军向北循进。设计渡河平定魏地，登山易帜消灭赵军。威武如火炬烈烯，破敌之势如风扫残云。收复代地犹如俯身拾物，像风吹草低一样地收拾齐军。冀、青二州

敌人肃清，魏、代、赵、齐也都占领。北面攻下北燕，韩信才有齐王的封称。战胜并消灭了龙且，进而还夺得了他的士兵。刘、项的命运系于其手，给谁划谋谁就一定致胜。思念己功更感只有仁德重要，才拒听蒯通的游说与项羽界线划清。彭越善于观察时变，将自身隐匿绝不显形。才干为人景仰，勇猛疾速如展翅雄鹰。威力深入楚项地域，毅然对汉王臣服归顺。平定战乱领兵河上，封为梁王就地梁境。凶猛的黥布，虎眼斜着看人。名声冠于强楚，锋锐如电闪雷鸣。看准事物预兆及早解脱，感悟汉王仁明而革面洗心。前在项楚沐化枭风，转而助我不惜献身。淮南王之封即在东夏，顺应天命安抚百姓。威武雄健的三位英豪，应召来到垓下把楚王围困。元凶平定之后，汉王给予禄位与宠信。安于大位保全福祚，仁德者之外谁能胜任。英雄志短先后谋事失策，福祚未能享得反而招祸杀身。

张耳的贤能，声誉遍布梁魏。男士之心真不可测，好友反目，自己给自己留下羞愧。低头思念汉王旧恩，抬头察看天象五纬。免祸避难，披开榛丛之路来归。汉王定三秦后改策击赵，招辱北冀，斩陈余于泜水。凋叶逢春再放光辉，枯枝更生重吐新芯。

韩王信是襄王的庶孙，为扩充其疆域，汉王以太原郡赐封。考虑你的才干，超迁你为王，并于晋阳建都修宫。卢绾立身微贱，充当皇上娈童。汉王超越他的功德，赐福光荣并获信宠。人们因贪心而招致的祸患，竟然因反叛逃死于异族而终。

吴芮当上长沙王，福分全由梅鋗。功绩微小势力衰弱，汉王专诏著之甲令，只为表彰他的忠贤。

严肃庄重的荆王刘贾，督领着我三军队伍。为了图求向四方进展，取得功勋，周殷有很大帮助。用亲戚关系当做劳绩升任，分出的荆地原属旧楚。亲自去到荆地居宅，在淮滨土地上大展宏图。

安国侯王陵离开了可敬的母亲，深深思念自己的亲人。恋恋不舍啊，母亲既慈祥又开明。伏剑身亡壮烈牺牲，留下的话语把我的心固定。善良正直的君子，实在是国家的基根。忠义形露于外，愤

恨发表于言论。主上亡故跟着亡故才算社稷之臣,帝王临终遗命才可寄期望于其身。

绛侯周勃质朴敦厚,富有谋略,寡言少语。其一贯忠勇,博得高祖“安刘必勃”的嘉许。灵丘平叛,上兰破绾,军伍神速如云飞景逸。平定代乱,擒斩陈豨,燕、韩全部占据。以武力平息战乱,用权力诛灭诸吕。自皇宫将少帝逐出,自代地迎回文帝。诚如高祖预言,只有太尉周勃,能安刘氏社稷。功高震主身危,自古就难处理。勋劳照耀帝侧,终老赴国定居。

舞阳侯樊哙从荒僻处迎出高帝。竭尽全力效命王室,不只是靠他所有的武力。拥盾闯鸿门救主,破帝王居处之门探疾。直面责备项羽不义,涕泪俱下,感悟高帝谈笑而起。

曲周侯郦商的进用,出自他贤明的兄长。让他带领他的部伍,随从高祖奔赴战场。振发武威在龙蜕击败燕王臧荼,用兵庸城制黥布使其落得失败的下场。只为有郦商善战的军队,才能战胜臧荼叛军,擒拿黥布虎将。

美哉汝阴侯夏侯婴,才华绰绰有余。驾驶战车为功绩的开始,扛着马鞭依附高祖效力。战马疲惫战车损坏,冒着违令被斩的风险不将少帝抛弃。太子得以平安,平城出围徐行诳敌更是妙计。

颍阴侯灌婴攻战疾速,屡次担当出军的前锋。率军挥戈东城,斩杀项籍立下大功。乘胜追击,渡江长驱直进,收复吴郡,接着把淮北平定。这就扩大开拓了东方的边境。

阳陵侯傅宽的功勋,是承受大帅的指挥才有可能。信武侯靳歙出兵征伐,扬名于江陵。身俘其王又灭其国,使得战乱能够平定。

广野君郦食其宽厚大度,又复善于谋划。拜见高祖就提出了很好的建议,名都荥阳只宜攻取固守,不宜弃下。东面窥伺白马津,北面拒守飞狐塞,占有敖仓的粮食,守住险要三涂山崖。使车东践齐地,大汉雄风随之播扬教化。由于误会而身就鼎镬,但绝非说辞不善付出的代价。高皇思念有功旧臣,封侯遗孤安抚群下。

建信侯娄敬放下手挽的辂车，穿着短袄向汉王提出建都关中的宝贵建议。分析了周汉二代的建国的差异，权衡时势论说道理。说服了汉王将国都自伊洛转移，确定建都在丰镐福地。这便于施行怀柔远方镇压近地的策略，实在是娄敬最早想出的主意。

谨严的陆贾，擅长言词，说理能守先王之论去制服了强悍的南越王，使其驯顺地向汉伏首称臣。使陈平、周勃将相融洽联属，诛除凶暴将诸逆平定。正如常言所说，此人才是具有美德的贤臣。

历代帝王之中遗弊甚多，旧有的典章都缺漏不全。汉王的德政如日朗照，但朝廷的礼仪却一片昏暗混乱。稷嗣君叔孙通制定礼仪，臣下肃敬主上尊严。端庄盛美的皇帝的礼法，映照得朝廷满门灿烂。礼仪可望与三代具有同样的风范，典章法规在后代永远流传。

魏无知聪明练达，独具慧眼能识陈平的奇才。进荐陈平，其观察能力可与萧何进荐韩信相比，举荐陈平，可与帝尧选拔舜一样看待。随何富有辩才，游说黥布背楚归汉生面别开。缓解汉王危困，分裂项羽军力，功绩只有随何独领风采。

头发斑白的董老，在我进军平阴津时为我设谋。三军穿起丧服兴为义帝复仇之师，天下百姓一致为我义师出征叫好。

袁生贤明，内心观察分析事理极精。为汉王划策，预见汉军深入楚境，楚军自己先就乱营。宏大的谋略深不可测，伟大的功业立时可见效应。这人的眼光真是深远啊！其见识不知为何如此精妙绝伦。

纪信为救汉王欺骗项羽，乘着王车冒充汉王来到阵地。恭谨有礼从容不迫地赴死全节，效死志坚，更复何惧？肉体被焚随烟消散，美名伴着清风高高升起。周苛胸怀大志，心如冰洁玲珑透剔。刑法可以施暴于他的身体，绝不可凌辱他的浩然正气。两位贞烈之士共同殒灭，其光辉事迹长留人们心底。皇上为了酬答他们的功劳，分封他们的后代用以奖励。

皇天后土虽然和顺，皇上内心确有不平。父母妻子被拘楚地，怀念亲人吟咏心曲高放悲声。侯公乘车出使，迎回父母亲人。才干足可平和邦国，遂赐封平国君，这可是极其光荣的加恩特赐的任命。

风吹万物震动都会发出声响，反映出来声音的清浊各不一样。贤能君子兴起佐汉王立国，利己利民，趋赴以往。海洋不嫌细流小河才成其大，山要高只有不弃堆积的尘埃土壤。四海平定古乐齐奏，皇上即位穿上龙装。济济众臣既贤且明，和衷共济安国兴邦。宝剑显示其锋利果断事机，宝镜献其光亮治政更复恰当周详。文臣武将充满四方，汉室福祚才得扩大发扬。君贤臣忠融穆之风传之久长，千年之后仍然受到人们的景仰。

（王同策译注并修订　陈延嘉再修订）

东方朔画赞一首

夏侯孝若

题解

夏侯湛,字孝若,晋朝谯国谯(今安徽亳州)人。幼有文才,文章宏富,善构新词。姿貌俊美,与潘岳友善,京城称之为“连璧”。但多年做低级官吏,“朝野多叹其屈”。元康(惠帝年号)初(291)卒,年四十九。著论三十余篇,成为一家之言。《晋书》有传。

“赞”与“颂”的作用大体相同,可以说是颂一个细小的分支。赞的原意是为了褒奖赞叹,所以古来的篇章短而不长,一定要把语言组织为四字之句,在只有几个韵脚的文辞上转来转去;要求简洁扼要地把情意表达出来,文字要求明白爽朗。赞发展到后来,则褒美述恶兼而有之,也像颂之有变体了。

夏侯孝若的这篇赞,短小精悍,序文超过了赞文的字数。序文实际上也是对东方朔的赞颂。赞文不过是用四字的韵语把序文的内容加以概括罢了。夏侯湛有一年从京城洛阳到厌次县探望正在这里做县令的父亲,得瞻仰东方朔的祠堂,见到东方朔的画像。看到的景象是一片萧索:“庭序荒芜,榱栋倾落,草莱弗除”,于是感慨生焉。作者仕途不顺,对东方朔的为人处世十分理解并给予了深切的同情。本文语句优美,感情真挚。它不仅寄托了夏侯孝若的人生体验,而且道出了封建社会有识之士怀才不遇的感慨。李善说“此

赞为当时所重”,也就可以理解了。

原文

大夫讳朔[1],字曼倩,平原厌次人也[2]。魏建安中[3],分厌次以为乐陵郡[4],故又为郡人焉。事汉武帝,《汉书》具载其事[5]。

先生瑰玮博达[6],思周变通[7],以为浊世不可以富贵也[8],故薄游以取位[9];苟出不可以直道也[10],故颉颃以傲世[11];傲世不可以垂训也[12],故正谏以明节[13];明节不可以久安也,故诙谐以取容[14]。洁其道而秽其迹[15],清其质而浊其文[16]。弛张而不为邪[17],进退而不离群[18]。若乃远心旷度[19],赡智宏材[20],倜傥博物[21],触类多能[22],合变以明筭[23],幽赞以知来[24]。自《三坟》《五典》[25],《八索》《九丘》[26],阴阳图纬之学[27],百家众流之论[28],周给敏捷之辩[29],支离覆逆之数[30],经脉药石之艺[31],射御书计之术[32],乃研精而究其理[33],不习而尽其功[34],经目而讽于口[35],过耳而闇于心[36]。夫其明济开豁[37],包含弘大,凌轹卿相[38],嘲哂豪杰[39],笼罩靡前[40],跆籍贵势[41],出不休显[42],贱不忧戚[43],戏万乘若寮友[44],视俦列如草芥[45],雄节迈伦[46],高气盖世[47],可谓拔乎其萃[48],游方之外者已[49]。谈者又以先生嘘吸冲和[50],吐故纳新[51],蝉蜕龙变[52],弃俗登仙[53],神交造化[54],灵为星辰[55],此又奇怪惚恍[56],不可备论者也[57]。

大人来守此国[58]。仆自京都[59],言归定省[60]。睹先生之县邑[61],想先生之高风[62];徘徊路寝[63],见先生之遗像[64];逍遥城郭[65],观先生之祠宇[66]。慨然有怀[67],乃作

颂焉。其辞曰：

矫矫先生[68]，肥遁居贞[69]。退不终否[70]，进亦避荣[71]。临世濯足[72]，希古振缨[73]。涅而无滓[74]，既浊能清[75]。无滓伊何[76]？高明克柔[77]。能清伊何[78]？视污若浮[79]。乐在必行[80]，处沦罔忧[81]。跨世凌时[82]，远蹈独游[83]。瞻望往代[84]，爰想遐踪[85]。邈邈先生[86]，其道犹龙[87]。染迹朝隐[88]，和而不同[89]。栖迟下位[90]，聊以从容[91]。

我来自东[92]，言适兹邑[93]。敬问墟坟[94]，企伫原隰[95]。墟墓徒存[96]，精灵永戢[97]。民思其轨[98]，祠宇斯立[99]。徘徊寺寝[100]，遗像在图。周旋祠宇[101]，庭序荒芜[102]。榱栋倾落[103]，草莱弗除[104]。肃肃先生[105]，岂焉是居[106]？是居弗形[107]，悠悠我情[108]。昔在有德，罔不遗灵[109]。天秩有礼[110]，神监孔明[111]。仿佛风尘[112]，用垂颂声[113]。

注释

〔1〕大夫：官名，指东方朔。东方朔做过太中大夫。　诔：指名。

〔2〕平原：郡名，西汉所置，治所在平原（今山东平原县西南）。　厌次：县名。秦朝所置。西汉改名富平，东汉复故名。治所即今山东惠民县东之桑落墅；一说即今陵县东北之神头，东汉始移治桑落墅。

〔3〕魏建安中：建安是汉献帝年号。“魏”字应是“汉”字之误。

〔4〕乐（lào 涝）陵郡：郡名，东汉所置。是把原属于平原郡的厌次县分出来所置之郡。

〔5〕《汉书》卷六十五有《东方朔传》。

〔6〕先生：指东方朔。瑰玮（guī wěi 归伟）：奇特。　博达：博古而达今之省，即通晓古代和当代之事。

〔7〕思周：思考周密。

〔8〕不可以富贵也:六臣本“贵”作“乐”。

〔9〕薄游:减少交游。　取位:取得官位。

〔10〕出:出仕,即做官。　直道:直道而事人。直道,正直之道。

〔11〕颉颃(xié háng 邪杭):指诡异之说。扬雄《解嘲》:“邹衍以颉颃而取世资。”(邹衍以他诡异的学说而为世人谈资。)

〔12〕垂训:留给后人的教训。

〔13〕正谏:正言劝谏。　明节:显示节操。

〔14〕取容:取得容身之地。

〔15〕道:人生之道。　迹:行迹。

〔16〕文:外表。

〔17〕弛张:松弓弦为弛,拉弓弦为张,这里以弓弩喻人,指人的升迁和贬谪,与后一句的“进退”义同。　为邪:做邪恶之事。《周易·乾》:“上下无常,非为邪也。”

〔18〕《周易·乾》:“进退无恒(常),非离群也。”群,众人。

〔19〕旷度:旷达的气度。

〔20〕赡智:丰富的智慧。

〔21〕倜傥(tì tǎng 替倘):卓越豪迈。　博物:广泛地了解各种事物。

〔22〕触类:《周易·系传上》:“触类而长之。”即触类旁通之意。

〔23〕筭:古代计数的工具。

〔24〕幽:深,隐而难见。　赞:赞助,使幽微者显著。

〔25〕《三坟》《五典》:都是古书名。后人附会称《三坟》为伏羲、神农、黄帝之书,《五典》为少昊、颛顼、高辛、尧、舜之书。

〔26〕《八索》《九丘》:相传为古代书名。其说不一,皆无实据。

〔27〕阴阳:指阴阳家,春秋战国时期的九个学派之一,战国时期的代表学者为邹衍、邹奭(shì 是)。其学包括阴阳四时、八位、十二度、二十四时等数度之学和五德终始的五行之说。　图纬:书名。图指《河图》;纬,指六经诸《纬》和《孝经纬》,都是附会经义以占验术数为主要内容的书。

〔28〕众流:众多流派。

〔29〕周给(jǐ 己):指语言周密,口齿伶俐。

〔30〕支离:指庄子虚构的人名支离疏(意思是形体支离不全的人)。李善注:“庄子曰:‘支离疏……鼓策播精(xǔ 许),足以食十人。’”(见《庄子·人间世》)此赞所用“支离”是用支离疏“鼓策播精”之意。但对“鼓策播精’,历来解

释不同。崔譔认为“鼓策”是“揲(shé 蛇)著钻龟”。揲蓍即以蓍草卜卦,用蓍草五十根,先取其一,余下的四十九根分为两叠,然后四根一数,以定阴爻或阳爻。认为“播精”为卜卦占兆。这里所用是崔譔之解,所以吕延济注:“支离,卜也。”覆逆:测度,预料。逆,指预知前事。覆,指射覆,古代一种近于占卜的游戏,猜测覆盖之物。《汉书·东方朔传》:“上尝使诸数家射覆,置守宫(守宫,虫名,蜥蜴的一种,又名壁虎)盂下,射之,皆不能中,朔自赞曰:‘臣尝受《易》,请射之。’乃别蓍布卦而对曰:‘臣以为龙又无角,谓之为蛇又有足,跂跂(qí 其,虫爬行的样子)脉脉(mò 莫,探视的样子)善缘壁,是非守宫即蜥蜴。’上曰:‘善。’赐帛十匹。复使射他物,连中,辄赐帛。”

〔31〕经脉药石之艺:指医药方面的技艺。

〔32〕射:射箭。　御:驾车。　书:写字。　计:计算,指数学方面的学问。

〔33〕乃研精而究其理:五臣本“乃’字下有“不”字。

〔34〕不习而尽其功:不深入学习而能掌握其全部的奥妙。

〔35〕讽:讽诵,背诵。

〔36〕闇(àn 暗):通“谙”,熟悉。

〔37〕明济:明哲,明智,指通达事理。

〔38〕凌轹(lì 力):侵犯。

〔39〕嘲哂(shěn 审):嘲笑。颜鲁公书石“哂”作“哈”。

〔40〕笼罩:如笼之罩于事物之上,犹言高出而无所不包。　靡前:无前,前指上文所说卿相、豪杰之流。

〔41〕跆籍(tái jí 台及):践踏。

〔42〕出:指做官,出人头地。　休:美。

〔43〕贱,贫贱。　戚:悲伤。颜鲁公书石无“笼罩’至“忧戚”十六个字。

〔44〕万乘:指皇帝。　寮友:僚友,同宦之友。

〔45〕俦列:同类之人。

〔46〕雄节:杰出的气节。　迈伦:超越同类。

〔47〕高气盖世:高尚的气概压倒当世之人。

〔48〕拔:超出。　萃:草丛生的样子,比喻聚在一起的人或物。

〔49〕游方之外者:心游于常教之外者。李善注:“《庄子》曰:“子桑户、孟子反、子琴张三人相与交。子桑户死。未葬,孔子闻之,使子贡往侍事焉。或编曲,或鼓琴相和而歌,子贡趋而进曰:‘敢问临尸而歌,礼乎?’二人相视而笑曰:

‘是恶乎知礼意(这种人怎么能了解礼的意义)!’子贡反,以告孔子。孔子曰:‘彼游方之外者也。而丘也,游方之内者也。’司马彪曰:‘方,常也。’言彼游心于常教之外也。”这里是用来说明东方朔才智超群,非一般人所能理解。

〔50〕嘘吸:吐纳呼吸。　冲和:指导引练功时专心致志,心平气和的状态。

〔51〕吐故纳新:吐出浊气,吸入清新之气。是导引之法。

〔52〕蝉蜕:如蝉之蜕壳。　龙变:如龙之变化,指解其骨而腾形。这是说修行到一定阶段,经蝉蜕龙变而弃俗登仙。

〔53〕弃俗登仙:李善注:“《列仙传》曰:东方朔武帝时为郎,宣帝时弃去,后见会(kuài 快)稽。”颜鲁公书石“俗”作“世”。

〔54〕神:精神。　造化:指自然界的创造者。　五臣本“交”作“变”,颜鲁公书石“交”作“友”。

〔55〕灵为星辰:李善注引应劭《风俗通》说:“东方朔是太白星精,黄帝时为风后,尧时为务成子,周时为老聃,在越为范蠡,齐为鸱夷子。”言其变化无常。

〔56〕惚恍:隐约不清,游移不定,不可捉摸。也作“忽恍”。《老子》:“惚兮恍兮,其中有象,恍兮惚兮,其中有物。”又:“是谓无状之状,无物之象。”

〔57〕不可备论:《汉书·东方朔传赞》说:“朔之诙谐,逢占射覆,其事浮浅,行于众庶,童儿牧竖莫不眩耀。而后世好事者固取奇言怪语附著之朔,故详录焉。”颜师古注:“言此传所以详录朔之辞语者,为俗人多以奇异妄附于朔故耳。欲明传所不记,皆非其实也。而今之为《汉书》学者,犹更取他书杂说,假合东方朔之事以博异闻,良可叹矣。他皆类此。”如上注所引应劭《风俗通》说“东方朔是太白星精”之类,就属于这种情况。

〔58〕大人:指夏侯孝若的父亲夏侯庄。　此国:指乐陵郡。夏侯孝若之父曾做乐陵郡守。李善注:“史传不载,难得而知。”据本书《夏侯常侍(即夏侯孝若)诔》“父守淮、岱,治亦有声(有好名声)”可知淮即淮南,岱即乐陵。孝若的祖父名威,字季权,孝若的父亲是夏侯威之次子。

〔59〕仆:我,夏侯孝若自称。　京都:指洛阳。

〔60〕定省(xǐng 醒):昏定而晨省,即早晚向父母问安。

〔61〕县邑:厌次县,也就是乐陵郡。

〔62〕高风:高尚的风范。

〔63〕路寝:原指天子、诸侯的正室。这里指祭祀东方朔的祠堂,与下文之“祠宇”义同。

〔64〕遗像:五臣本“像”作“象”。

〔65〕逍遥:这里是漫步之意。　郭:外城。

〔66〕祠宇:祠堂。

〔67〕慨然:感慨。　有怀:有所思。

〔68〕矫矫:出众的样子。

〔69〕肥遁:隐居避世。这里指东方朔把自己混同于俗人。　居贞:处于正道。贞,正。

〔70〕终否(pǐ 匹):永远不通,指命运永远不好。

〔71〕进亦避荣:五臣本“亦”作“不”。

〔72〕临世:面对浊世。濯(zhuó 浊)足:洗脚。《楚辞·渔父》:“沧浪之水清兮,可以濯吾缨(yīng 英,帽带子),沧浪之水浊兮,可以濯吾足。”

〔73〕希古:希望追及古人。　振缨:犹“濯缨”,指隐居。

〔74〕涅:污泥。　滓(zǐ 子):污垢。

〔75〕浊:污浊之世。

〔76〕伊:助词,无义。

〔77〕克:能。

〔78〕能清:能保持清白。

〔79〕浮:清白。

〔80〕乐在必行:指及时行乐。五臣本“乐在”作“在乐”。

〔81〕沦:沉沦。　罔:无。六臣本“沦”作“俭”,颜鲁公书石“沦”亦作“俭”。

〔82〕凌时:超越时代。

〔83〕远蹈:远避,谓隐居。

〔84〕瞻望:追念。

〔85〕爰:于是。　遐:远。

〔86〕邈邈:远。

〔87〕犹龙:像龙一样变化,屈伸大小而无常形。

〔88〕染迹:沾染上俗人之行迹。　朝(cháo 潮)隐:隐居于朝廷。《史记·滑稽列传》:“朔行殿中,郎谓之曰:‘人皆以先生为狂。’朔曰:‘如朔等,所谓避世于朝廷间者也。古之人,乃避世深山中。……宫殿中可以避世全身,何必在深山之中,蒿庐之下!’”

〔89〕和:和谐。

〔90〕栖迟:居留。

〔91〕从容:安逸舒缓,不慌不忙。

〔92〕我来自东:此用《诗经》原句“我来自东,零雨其濛。”东,在这里指东都洛阳。

〔93〕适:往。　兹邑:此城邑,指乐陵。

〔94〕问:吊问,吊唁。　墟坟:东方朔之坟墓。

〔95〕企伫:踮足而望。　原隰:高平之地叫原,下湿之地叫隰(xí 席),此处指东方朔故居和坟墓之处。

〔96〕徒:独。

〔97〕戢(jí 急):藏。

〔98〕轨:轨迹,指东方朔的所作所为。

〔99〕祠宇:指祭祀东方朔的祠堂。

〔100〕寺寝:指祭祀、供奉东方朔图像之正室。

〔101〕周旋:走遍。五臣本“旋”作“游”。

〔102〕庭序:整个祠堂的院落。　序:东西墙叫序。

〔103〕榱(cuī 崔):椽子。　栋:屋中的正梁。

〔104〕草莱:泛指野草。

〔105〕肃肃:严正。

〔106〕居:指供奉之所。

〔107〕弗形:不是真正的形象。

〔108〕悠悠:远,指很远很远的古代。

〔109〕有德:有德之人。

〔110〕天秩:上天的常规。《尔雅·释诂》:“秩,常也。”

〔111〕监:视,看。　孔:甚,非常。

〔112〕风尘:指东方朔的风貌和踪迹。

〔113〕垂:留传。

今译

太中大夫东方朔,字曼倩,平原郡厌次县人。汉建安年间,将厌次改为乐陵郡,所以又可以说他是乐陵郡人。东方朔曾侍奉汉武

帝,《汉书》详细地记载了他的事迹。

东方朔先生性格奇特,博古通今,思维周密并能随时变通,认为生在浊世不可以大富大贵,故减少交游而谋取小官;如果做官,不可以直道而为,故以诡异之说而傲视社会;傲视社会不能留给人有益的教训,故正言劝谏君王来显示为臣之节操;显示节操不能长久无危险,故以诙谐的言行来取得容身之地。他保持高洁的志向而行为污秽,本质清纯而外表污浊,一言一行都不做坏事,做官为民都不离众人。至于他远大的胸怀,旷达的气度,丰富的智慧,宏大的才能,卓绝豪迈的品格,广博的知识,使他触类旁通,多才多艺,既合于道又适应变化而又神机妙算,深通神明而预知未来。自《三坟》《五典》,《八索》《九丘》,阴阳五行、河图五纬,诸子百家之论,伶牙俐齿之辩,占卜射覆之方,经脉医药之技,射箭、驾车、书写、计算之法,都研究精密而深明其理,不深入学习而能掌握其全部奥妙。书籍一经过目就会背诵于口,事物凡是听说就能熟记于心。他的通达事理,豁达大度,胸怀宇宙,侵犯卿相,嘲笑豪杰,践踏权贵,前无古人;做官不美显,卑贱不忧愁;戏弄天子如僚友,鄙视同类如草芥;杰出的气节无与伦比,高尚的气概压倒当世,真可以说是出类拔萃,心游于名教之外者呀!议论者又认为东方朔先生导引嘘吸、吐故纳新,如蝉之蜕壳,如龙之变化,弃尘世而登仙界,精神与造化相交,灵魂化为星辰,这又是十分奇特、恍惚朦胧、变化不可捉摸,不能详备论说的。

我的父亲来此做郡守。我从京都洛阳来探望双亲。看到东方朔先生出生之邑里,想起先生之高风亮节;徘徊于祭祀先生之祠堂,瞻仰先生之遗像;漫步于城郭,细看先生之祠堂,感慨万端,就作了这篇画赞。其文辞是:

东方先生超群出众,坚守正道,与俗混同。不得志时,终会达通,做官为宦,亦避虚荣。水浊洗足,水清洗缨。污泥不染,既浊能清。不染为何?柔道高明。能清为何?视污如清。必行其乐,沉沦

不愁。超越时代,隐志独游。追思前代,遥想先生,高远超绝,变化如龙,坚守正道,而无常形。隐居朝廷,染沾俗行。能屈能伸,和而不同。居处下位,心存从容。

我自洛阳,来此乐陵。跷足而望,敬吊先生。丘墓独在,精灵永藏。百姓思慕,树立祠堂。徘徊流连,瞻仰遗像。遍游内外,庭院荒芜。椽栋倾落,野草不除。严正先生,怎居此处?供奉之像,非你真形。悠想远古,使我伤情。往昔贤者,无不遗灵。天有常礼,昭示英明。仿佛闻见,先生行踪。写此《画赞》,以传赞颂。

(陈延嘉译注并修订)

三国名臣序赞一首

袁彦伯

题解

袁宏,字彦伯,晋朝陈郡(今河南淮阳)人。少有文才,文章绝美。为大司马桓温府记室参军。性格正直敢言,对答机敏。迁至吏部郎。出为东阳郡(今浙江金华)守。太元初(376),卒于东阳,时年四十九。撰《后汉纪》、《竹林名士传》及诗赋诔表等凡三百篇。

依照刘勰在《文心雕龙·颂赞》对赞的要求"促而不广"来看,此赞可谓长篇宏制。但袁宏所赞之三国名臣多达二十人,如果从对每一个人的赞美来看,还是符合"促而不广"的赞的体制的。这二十人都是袁宏深表钦佩的,而在赞前的序里,袁宏特别地提出荀彧、荀攸、崔琰、诸葛亮、周瑜、张昭六人,先加以介绍,可见对此六人更加赏识。另外,王经在《三国志》没有立传,他的事迹附在高贵乡公的传里。很多立传的人,袁宏不加褒赞,而没有专门立传的王经,袁宏却大加赞美,亦可见对王经的怀念。

袁宏所赞之名臣,出身有别,性格各异,"遭离不同,迹有优劣",但有一点是相同的:忠君报国,亦即"仰挹玄流,俯弘时务"。不论是显亲扬名,还是身遭不幸,他们都把忠君报国放在第一位。袁宏所以把《三国志》所记甚少的王经提出来加以褒赞,就是因为在生命的最后关头,王经忠君而"知死不挠"。

袁宏是站在儒家正统的立场上来赞美他们的。他所赞之第一人荀彧,就是因不赞成曹操进封魏公而被迫自杀的,袁宏认为他"虽亡身明顺,识亦高矣"。表明袁宏是站在以汉室为正统的立场上。

袁宏赞美王经忠于高贵乡公，也出于魏帝是正统，司马昭企图篡魏是大逆不道这样的认识。

此文虽名之为名臣赞，实际上是表达了作者这样的认识：君和臣互为表里，即明君有待于臣的辅佐，贤臣有待于明君之赏识。君和臣的关系“贵在无猜”。“君臣相体，若合符契”，则国家兴盛，社会稳定；“君臣离而名教薄”，则“世多乱而时不治”。而袁宏特别强调的是“遇君难”，这是封建社会士人的共同认识，也是袁宏的亲身体会。袁宏虽才华横溢，希图建功立业，但仕途并不顺利。《晋书·袁宏传》道出了这一原因：“性强正亮直，虽被温（桓温）礼遇，至于辩论，每不阿屈，故荣任不至。”他借助三国名臣之遭际，道出自我的心声，故而文情并茂，成为赞中之佳构。

原文

夫百姓不能自治，故立君以治之。明君不能独治，则为臣以佐之。然则三五迭隆〔1〕，历世承基〔2〕，揖让之于干戈〔3〕，文德之与武功，莫不宗匠陶钧〔4〕，而群才缉熙〔5〕，元首经略〔6〕，而股肱肆力〔7〕。遭离不同〔8〕，迹有优劣〔9〕。至于体分冥固〔10〕，道契不坠〔11〕，风美所扇〔12〕，训革千载〔13〕，其揆一也〔14〕。故二八升而唐朝盛〔15〕，伊、吕用而汤、武宁〔16〕，三贤进而小白兴〔17〕，五臣显而重耳霸〔18〕。中古凌迟〔19〕，斯道替矣〔20〕。居上者不以至公理物〔21〕，为下者必以私路期荣〔22〕，御圆者不以信诚率众〔23〕，执方者必以权谋自显〔24〕。于是君臣离而名教薄〔25〕，世多乱而时不治〔26〕。故蘧、宁以之卷舒〔27〕，柳下以之三黜〔28〕，接舆以之行歌〔29〕，鲁连以之赴海〔30〕。衰世之中，保持名节，君臣相体〔31〕，若合符契〔32〕，则燕昭、乐毅〔33〕，古之流也。夫未遇伯乐〔34〕，则千载无一骥〔35〕，时值龙颜〔36〕，则当年控三杰〔37〕。汉之得材，于斯为

贵[38]。高祖虽不以道胜御物[39],群下得尽其忠;萧、曹虽不以三代事主[40],百姓不失其业。静乱庇人[41],抑亦其次[42]。夫时方颠沛[43],则显不如隐[44];万物思治,则默不如语。是以古之君子不患弘道难[45],患遭时难[46];遭时匪难[47],遇君难[48]。故有道无时,孟子所以咨嗟[49];有时无君,贾生所以垂泣[50]。夫万岁一期[51],有生之通涂[52];千载一遇,贤智之嘉会[53]。遇之不能无欣[54],丧之何能无慨[55]?古人之言,信有情哉[56]!余以暇日[57],常览《国志》[58]。考其君臣[59],比其行事[60],虽道谢先代[61],亦异世一时也[62]。

文若怀独见之明[63],而有救世之心。论时则民方涂炭[64],计能则莫出魏武[65]。故委面霸朝[66],豫议世事[67]。举才不以标鉴[68],故久之而后显[69];筹画不以要功[70],故事至而后定[71]。虽亡身明顺[72],识亦高矣。

董卓之乱[73],神器迁逼[74]。公达慨然[75],志在致命[76]。由斯而谈[77],故以大存名节。至如身为汉隶[78],而迹入魏幕[79];源流趣舍[80],其亦文若之谓[81]。所以存亡殊致[82],始终不同[83],将以文若既明[84],名教有寄乎[85]?夫仁义不可不明,则时宗举其致[86];生理不可不全[87],故达识摄其契[88]。相与弘道[89],岂不远哉[90]!

崔生高朗[91],折而不挠[92],所以策名魏武[93],执笏霸朝者[94],盖以汉主当阳[95],魏后北面者哉[96]。若乃一旦进玺[97],君臣易位,则崔子所不与[98],魏武所不容。夫江湖所以济舟[99],亦所以覆舟[100];仁义所以全身,亦所以亡身。然则先贤玉摧于前[101],来哲攘袂于后[102],岂非天怀发中[103],而名教束物者乎[104]?

孔明盘桓[105]，俟时而动[106]。遐想管、乐[107]，远明风流[108]。治国以礼，民无怨声。刑罚不滥，没有余泣[109]。虽古之遗爱[110]，何以加兹[111]！及其临终顾托[112]，受遗作相[113]，刘后授之无疑心[114]，武侯处之无惧色[115]，继体纳之无贰情[116]，百姓信之无异辞[117]。君臣之际，良可咏矣[118]！

公瑾卓尔[119]，逸志不群[120]。总角料主[121]，则素契于伯符[122]；晚节曜奇[123]，则参分于赤壁[124]。惜其龄促[125]，志未可量[126]。

子布佐策[127]，致延誉之美[128]；辍哭止哀[129]，有翼戴之功[130]；神情所涉[131]，岂徒蹇愕而已哉[132]！然而杜门不用[133]，登坛受讥[134]。夫一人之身，所照未异[135]，而用舍之间[136]，俄有不同[137]，况沉迹沟壑[138]，遇与不遇者乎[139]！

夫诗颂之作[140]，有自来矣[141]。或以吟咏情性，或以述德显功。虽大旨同归[142]，所托或乖[143]。若夫出处有道[144]，名体不滞[145]，风轨德音[146]，为世作范[147]，不可废也，故复撰序所怀[148]，以为之谍云[149]。

《魏志》九人[150]：荀彧，字文若；荀攸，字公达；袁焕，字曜卿；崔琰，字季珪；徐邈，字景山；陈群，字长文；夏侯玄，字泰初；王经，字承宗；陈泰，字玄伯。《蜀志》四人：诸葛亮，字孔明；庞统，字士元；蒋琬，字公琰；黄权，字公衡。《吴志》七人：周瑜，字公瑾；张昭，字子布；鲁肃，字子敬；诸葛瑾，字子瑜；陆逊，字伯言；顾雍，字元叹；虞翻，字仲翔。

火德既微[151]，运缠大过[152]。洪飙扇海[153]，二溟扬波[154]。虬虎虽惊[155]，风云未和[156]。潜鱼择渊[157]，高鸟

候柯[158]。赫赫三雄[159]，并回乾轴[160]。竞收杞梓[161]，争采松竹[162]。凤不及栖[163]，龙不暇伏[164]。谷无幽兰[165]，岭无亭菊[166]。

英英文若[167]，灵鉴洞照[168]。应变知微[169]，探赜赏要[170]。日月在躬[171]，隐之弥曜[172]。文明映心[173]，钻之愈妙[174]。沧海横流[175]，玉石同碎[176]。达人兼善[177]，废己存爱[178]。谋解时纷[179]，功济宇内[180]。始救生人[181]，终明风概[182]。

公达潜朗[183]，思同蓍蔡[184]。运用无方[185]，动摄群会[186]。爰初发迹[187]，遘此颠沛[188]。神情玄定[189]，处之弥泰[190]。愔愔幕里[191]，筭无不经[192]。亹亹通韵[193]，迹不暂停[194]。虽怀尺璧[195]，顾哂连城[196]。知能拯物[197]，愚足全生[198]。

郎中温雅[199]，器识纯素[200]。贞而不谅[201]，通而能固[202]。恂恂德心[203]，汪汪轨度[204]。志成弱冠[205]，道敷岁暮[206]。仁者必勇，德亦有言[207]。虽遇履虎[208]，神气恬然[209]。行不修饰[210]，名迹无愆[211]。操不激切[212]，素风愈鲜[213]。

邈哉崔生[214]，体正心直[215]，天骨疏朗[216]，墙宇高嶷[217]。忠存轨迹[218]，义形风色[219]。思树芳兰[220]，剪除荆棘[221]。人恶其上[222]，时不容哲[223]。琅琅先生[224]，雅杖名节[225]。虽遇尘雾[226]，犹振霜雪[227]。运极道消[228]，碎此明月[229]。

景山恢诞[230]，韵与道合[231]。形器不存[232]，方寸海纳[233]。和而不同[234]，通而不杂[235]。遇醉忘辞[236]，在醒贻答[237]。

长文通雅[238]，义格终始[239]。思戴元首[240]，拟伊同耻[241]。民未知德[242]，惧若在己[243]。嘉谋肆庭[244]，谠言盈耳[245]。

玉生虽丽[246]，光不逾把[247]。德积虽微，道映天下。渊哉泰初[248]，宇量高雅[249]，器范自然[250]，标准无假[251]。全身由直[252]，迹洿必伪[253]。处死匪难，理存则易[254]。万物波荡[255]，孰任其累[256]。六合徒广[257]，容身靡寄[258]。

君亲自然[259]，匪由名教。敬爱既同[260]，情礼兼到[261]。烈烈王生[262]，知死不挠[263]。求仁不远[264]，期在忠孝[265]。

玄伯刚简[266]，大存名体[267]。志在高构[268]，增堂及陛[269]。端委虎门[270]，正言弥启[271]。临危致命[272]，尽其心礼[273]。

堂堂孔明[274]，基宇宏邈[275]。器同生民[276]，独禀先觉[277]。标榜风流[278]，远明管、乐[279]。初九龙盘[280]，雅志弥确[281]。百六道丧[282]，干戈迭用[283]。苟非命世[284]，孰扫雰雺[285]？宗子思宁[286]，薄言解控[287]。释褐中林[288]，郁为时栋[289]。

士元弘长[290]，雅性内融[291]。崇善爱物[292]，观始知终。丧乱备矣[293]，胜涂未隆[294]。先生标之[295]，振起清风[296]。绸缪哲后[297]，无妄惟时[298]。夙夜匪懈[299]，义在缉熙[300]。三略既陈[301]，霸业已基[302]。

公琰殖根[303]，不忘中正[304]，岂曰摸拟[305]，实在雅性[306]，亦既羁勒[307]，负荷时命[308]。推贤恭己[309]，久而可敬。

公衡仲达[310]，秉心渊塞[311]。媚兹一人[312]，临难不

惑[313]。畴昔不造[314]，假翮邻国[315]。进能徽音[316]，退不失德[317]。

六合纷纭[318]，民心将变。鸟择高梧[319]，臣须顾眄[320]。公瑾英达[321]，朗心独见[322]。披草求君[323]，定交一面[324]。桓桓魏武[325]，外托霸迹[326]。志掩衡、霍[327]，恃战忘敌。卓卓若人[328]，曜奇赤壁[329]。三光参分[330]，宇宙暂隔[331]。

子布擅名[332]，遭世方扰[333]。抚翼桑梓[334]，息肩江表[335]。王略威夷[336]，吴魏同宝[337]。遂献宏谟[337]，匡此霸道[339]。桓王之薨[340]，大业未纯[341]。把臂托孤[342]，惟贤与亲[343]。辍哭止哀[344]，临难忘身。[345]成此南面[346]，寔是老臣[347]。

才为出世[348]，世亦须才[349]。得而能任[350]，贵在无猜[351]。

昂昂子敬[352]，拔迹草莱[353]。荷檐吐奇[354]，乃构云台[355]。

子瑜都长[356]，体性纯懿[357]。谏而不犯[358]，正而不毅[359]。将命公庭[360]，退忘私位[361]。岂无鹌鸰[362]，固慎名器[363]。

伯言蹇蹇[364]，以道佐世。出能勤功[365]，入能献替[366]。谋宁社稷[367]，解纷挫锐[368]。正以招疑[369]，忠而获戾[370]。

元叹穆远[371]，神和形检[372]。如彼白珪[373]，质无尘玷[374]。立上以恒[375]，匡上以渐[376]。清不增洁[377]，浊不加染[378]。

仲翔高亮[379]，性不和物[380]。好是不群[381]，折而不

屈[382]。屡摧逆鳞[383],直道受黜[384]。叹过孙阳[385],放同贾屈[386]。

诜诜众贤[387],千载一遇。整辔高衢[388],骧首天路[389]。仰挹玄流[390],俯弘时务[391]。名节殊涂[392],雅致同趣[393]。日月丽天[394],瞻之不坠。仁义在躬[395],用之不匮[396]。尚想重晖[397],载挹载味[398]。后生击节[399],懦夫增气[400]。

注释

〔1〕三五:三皇五帝。 迭隆:相继兴隆。

〔2〕历世:经历各个时代。 承基:继承前代之基业。

〔3〕揖让:禅让,让位于贤人。传说尧让位于舜,舜让位于禹。 干戈:指战争,以武力统一国家。

〔4〕莫:没有谁。 宗匠:效法。匠,指陶工。钧,陶工制陶器时放在下面能旋转的工具。

〔5〕缉(jī 鸡)熙:发扬光大。

〔6〕元首:君王。 经略:筹划。

〔7〕股肱:大腿和胳膊,喻辅佐君主的大臣。 肆力:尽力。

〔8〕遭离:遭遇。离,通"罹",遭遇。

〔9〕迹:业迹。吕向注:"遭离,犹逢遇也。言揖让干戈,所遇时亦不同,而迹有优劣也。"

〔10〕体分(fèn 份):主体和本分,这里指君与臣的职责和权利的限度。冥固:在冥冥不可知中被确定下来,意即君臣的本分是上天决定的。

〔11〕道:君臣之道。 契:合。 坠:失落。

〔12〕风美:美风,美好的风气。指"体分冥固,道契不坠"。 扇:振动。

〔13〕训革:训诫。

〔14〕揆(kuí 奎):尺度,准则。

〔15〕二八:八元八恺的合称。八元,古代传说中高辛氏有八个才子,即伯奋、仲堪、叔献、季仲、伯虎、仲熊、叔豹、季狸。八恺,古代传说中高阳氏有八个

才子,即苍舒、隤敳(tuí ái 颓皑)、梼戭(táo yǎn 陶演)、大临、龙降、庭坚、仲容、叔达。　唐朝:指尧时,尧封唐地。

〔16〕伊:伊尹,辅佐商汤灭夏,综理国事,连保汤、外丙、中任三朝,被称为阿衡。　吕:吕尚,周初人。姜姓,吕氏,名尚,字望,一说字子牙。相传吕尚钓于渭水之滨,周文王出猎相遇,与语大悦,同载而归,立为军师。武王即位,尊为师尚父。辅佐武王灭殷。　汤:商汤王,卜辞作"唐",商朝建立者。　武:周武王,姬姓,名发,文王次子,周朝建立者。

〔17〕三贤:指辅佐齐桓公的管仲、鲍叔牙、隰朋三位贤人。　小白:齐桓公名,姜姓,春秋五霸之一。

〔18〕五臣:指辅佐晋文公的狐偃、赵衰、颠颉(xié 邪)、魏武子、司空季子五位大臣。　重(chóng 虫)耳:晋文公名,姬姓,春秋五霸之一。

〔19〕凌迟:衰败,败坏。

〔20〕替:废弃。

〔21〕居上者:指国君。　理物:处理事物。

〔22〕居下者:指臣子。　私路:个人的门路。　期荣:求荣。

〔23〕御圆者:指君主。

〔24〕执方者:指臣子。李善注:"《吕氏春秋》曰:'天道圆,地道方,圣人之所以立上下(上下,指君臣)。主执圆,臣处方。方圆不易,国乃昌。'"

〔25〕名教:以正名定分为中心的封建礼教。　薄:衰败。

〔26〕治:与"乱"相对,指治理好了的,有秩序。

〔27〕蘧(qú 渠):指蘧伯玉,春秋末卫国大夫,名瑗。《淮南子·原道训》说他"年五十,而知四十九年非",为人勤于改过,能进能退。孔子赞美他说:"君子哉,蘧伯玉!邦(国家)有道则仕(做官)。邦无道,则可卷而怀之(把自己的本领收藏起来)。"(《论语·卫灵公》)　宁:指宁武子,姓宁,名俞,卫国大夫。孔子赞美他:"宁武子,邦有道,则知(智,聪明);邦无道,则愚(装傻)。其知可及也,其愚不可及也。"(《论语·公冶长》)　卷舒:犹屈伸,屈曲与伸展。指蘧伯玉和宁武子政治清明时就"仕"和'智"(即"舒"),政治黑暗时就"卷而怀之"和"愚"(即"卷")。

〔28〕柳下:柳下惠,春秋时鲁国大夫。为官任劳任怨,不以职低而卑,以贤能著称。　三黜(chù 触):多次被撤职。《论语·微子》:"柳下惠,为士师(法官之长),三黜。"

〔29〕接舆:《论语》所记之隐士。曹之升《四书摭余说》说:“《论语》,所记隐士皆以其事名之。门者谓之‘晨门’,杖者谓之‘杖人’,津者谓之‘沮’、‘溺’,接孔子之舆(车)者谓之‘接舆’,非名亦非字也。”行歌:《论语·微子》:“楚狂接舆歌而过孔子曰:‘凤兮凤兮!何德之衰?往者不可谏,来者犹可追。已而,已而!今之从政者殆而!’孔子下,欲与之言。〔接舆〕趋而辟(避)之,〔孔子〕不得与之言。”

〔30〕鲁连:鲁仲连,战国时齐国人,常为人排难解纷,不受报酬。长平战后,秦军围赵都城邯郸。魏使客将军辛垣衍间道入城,劝赵王尊秦王为帝,以解急难。鲁仲连面折辩者,反复诘难,坚持义不帝秦,如果尊秦王为帝,“则连有赴东海而死耳”(《战国策·赵策》)。稳定了士气民心,秦军撤退。平原君要封他,他不接受。后来田单反攻聊城(今山东聊城西北),燕将死守不下。他写信给守将,晓以利害,使城不战而下。田单欲封他爵位,他逃隐海上(《史记》)。

〔31〕体:成为一体。

〔32〕符契:犹符节,古代朝廷用做凭证的信物。符以竹、木或金属为之,上书文字,剖分为二,各执其一,使用时以两片相合为验。契,契约,契也分为两半,双方各持一片作为凭证。

〔33〕燕(yān 烟)昭:燕昭王,名姬职,战国时燕国国君。燕王哙庶子。前331—前279在位。即位之始,筑黄金台求贤,士人争相趋燕。经长期生聚教训,国渐富强。前284年,以乐毅为上将军,联合五国攻齐,直破临淄(今山东淄博东北),下七十余城,燕国从此日益强盛。　乐(yuè 月)毅:战国时燕国将领。灵寿(今河北灵寿西北)人,魏国将领乐羊之后,长于兵术。燕昭王下诏求贤,他为魏出使燕,被留任为亚卿。前284年,秦、韩、赵、魏、燕五国合纵伐齐,他受命为上将军,大破齐兵于济西,继又率燕军长驱直入,攻破临淄,连下七十余城,以功封于昌国(今山东淄博东南),号昌国君。

〔34〕伯乐:春秋时相马家。其人是谁,说法不一。一说是孙阳,曾为秦穆公相马。一说是赵简子的御者,兼善相马,字子良,又称王良。

〔35〕骥:良马,千里马。

〔36〕值:遇。　龙颜:龙的额头,这里指所谓的真龙天子。

〔37〕三杰:指张良(子房)、萧何、韩信。《汉书·高帝纪下》:“夫运筹帷幄之中,决胜千里之外,吾不如子房;镇国家,抚百姓,给饷馈,不绝粮道,吾不如萧何;连百万之众,战必胜,攻必取,吾不如韩信。三者皆人杰,吾能用之,此吾所

以取天下者也。”

〔38〕斯:这,指三杰。

〔39〕道:指儒道。　御:驾驭,控制。

〔40〕萧、曹:萧何、曹参。　三代:指夏商周三代之法。

〔41〕静乱:平靖祸乱。　庇人:庇护百姓。

〔42〕抑亦:也许,或许。

〔43〕时:时代。　颠沛:社会动乱。

〔44〕显:显贵。　隐:隐居。

〔45〕弘道:弘扬正道。

〔46〕患:李善注本无“患”字,据《晋书》补。　时:时机,机会。

〔47〕匪:非,下文之“匪”字义同。

〔48〕君:指英明的君主。

〔49〕有道:政治清明。　无时:没有好时机。　咨嗟:慨叹。《孟子·公孙丑上》:孟子曰:“齐人有言曰:‘虽有智慧,不如乘势;虽有镃錤(锄头),不如待时。’”

〔50〕贾生:指贾谊,西汉大臣,政论家。　垂泣:落泪。贾谊上书中有“臣窃惟(想)事势可为流涕者二”之语。

〔51〕万岁:与下句之“千载”都甚言时期之长。　一期:遇到一位好君主好机会。下文之“一遇”同此。期,遇。

〔52〕有生:人。　通涂:通途,大道。

〔53〕贤智:贤者智者。　嘉会:好机会。

〔54〕欣:快乐,喜悦。

〔55〕丧:失。　慨:慨叹。

〔56〕信:实在,确实。

〔57〕暇日:闲暇之日。

〔58〕国志:指《三国志》。

〔59〕考:考察。

〔60〕比:比较,考校。

〔61〕谢:衰亡。

〔62〕异世:不同的社会。　一时:一样的时机。

〔63〕文若:荀彧(yù 玉),字文若,东汉末曹操谋士,颍川颍阴(今河南许

昌)人。出身于士族。永汉元年(189),举孝廉,任守宫令。初依附袁绍,继归曹操,为司马。建安元年(196),曹操破黄巾军后,献帝自河东还洛阳,他建议迎帝都许,遂取得有利的政治形势。后擢任尚书令,参与军国决策,贡献颇多。因反对曹操称魏公,被迫自杀。

〔64〕涂炭:烂泥和炭火,比喻极困难的境地。

〔65〕魏武:魏武帝曹操。

〔66〕委面:犹委身。　霸朝:指曹操。

〔67〕豫议:参与商讨。豫,通“与”,参与。《三国志·魏书·荀彧传》载:“太祖(曹操)虽征伐在外,军国事皆与彧筹焉。”

〔68〕举人:举荐人才。《荀彧传》载:“太祖问彧:‘谁能代卿为我谋者?’彧言:‘荀攸、钟繇。’先是,彧言策谋士,进志才。志才卒,又进郭嘉。太祖以彧为知人,诸所进达皆称职。”　标鉴:标榜有明鉴之识。

〔69〕后显:越往后越显示出才识过人。

〔70〕筹画:指筹划军国大事。　要(yāo 邀)功:邀功,求取功名。

〔71〕事:指军国大事。　后定:之后由荀彧考虑决定。

〔72〕亡身:杀身,指荀彧被迫自杀事。荀彧为曹操筹划军国之事,是为了匡复汉朝,他认为曹操亦应如此。所以反对董昭等人提出的进封曹操为魏公的建议,曹操对他十分不满。《三国志》裴松之注引《魏氏春秋》载:“太祖馈彧食,发之(打开它)乃空器也,于是饮药而卒。”时年五十。　明顺:明仁义而顺天时。因为荀彧之死为了匡复汉朝,所以作者站在汉朝正统上赞美他“明顺”。

〔73〕董卓:东汉末年将领,字仲颖,陇西临洮(今甘肃岷县)人。灵帝时,任并州牧。昭宁元年(189),率兵入洛阳,废少帝,立献帝,专断朝政。袁绍号召关东州郡起兵反对他,他纵火焚烧洛阳周围数百里,挟持献帝西迁长安,自为太师。初平三年(192)被王允、吕布所杀。

〔74〕神器:指帝位。　迁逼:被迫迁移,指汉献帝被迫迁到长安。

〔75〕公达:荀攸之字,东汉末曹操谋士,颍川颍阴(今河南许昌西)人。何进当权时,征海内名士二十人,他亦在其中,任黄门侍郎,后求为蜀郡太守,因道阻不得至,留驻荆州。在荀彧的推荐下,曹操征其为汝南太守,参赞军事。曾从征张绣,又出谋击败吕布、袁绍等,受任为尚书令。后随曹攻孙权,病死途中。

〔76〕致命:献出生命。

〔77〕斯:此。

〔78〕汉隶:汉朝之属官。

〔79〕迹:行迹,行为。　魏幕:曹操的幕府。

〔80〕趣舍:取舍,进退。

〔81〕文若:荀彧。

〔82〕存亡:指荀攸存而荀彧亡。　殊致:不一致。

〔83〕始终:开始和结束。

〔84〕明:明仁义之道,指荀彧。

〔85〕有寄:有寄托之人。

〔86〕时宗:时代尊崇之人。　举:推崇。　致:道理,指仁义,名教。

〔87〕生理:养生之理。　全:保全。

〔88〕达识:通达有识之士。　摄:行。　契:契约,这里比喻养生之道。

〔89〕相与:一起,一同。　弘道:弘扬正道。

〔90〕远:指意义深远。

〔91〕崔生:指崔琰(yǎn 演),字季珪,清河东武城人。汉末曹操谋士。少好击剑,尚武事。二十三岁时始发愤读《论语》、《韩诗》。二十九岁向经学大师郑玄学习。袁绍闻其名而召之,为骑都尉。谏袁绍而不听,遂败于官渡。袁绍死后,二子争权,各欲得崔琰,崔琰称疾固辞,由此获罪,被关进监狱,经人营救得免。曹操征召崔琰,为别驾从事。曹操征并州时,留崔琰为曹丕之师。魏国初建,拜尚书,迁中尉。为人正直,文武群才多所举荐。后遭人诬陷,曹操认为他腹诽心谤,贬其为徒隶(服劳役的罪犯),而他神色不变,遂赐死。　高朗:高明。

〔92〕挠:弯曲。

〔93〕策名:谓出仕。

〔94〕执笏(hù 户):古时臣下朝见君王或臣僚相见时,手持玉、象牙或竹、木做的手板(即"笏")为礼,称执笏。这里是称臣、做官,与"策名"义同。　霸朝:指魏朝。

〔95〕汉主:汉天子。　当阳:面向南,即坐帝位。阳,南面。

〔96〕魏后:魏君,指曹操。

〔97〕若乃:至于。　进玺:奉上帝印。玺,皇帝印。

〔98〕与(yǔ 雨):赞同。

〔99〕济:渡。

〔100〕覆:颠覆。

〔101〕摧:折,断。

〔102〕来哲:后进高明之人。　攘袂(rǎng mèi 嚷妹):揎袖捋臂,奋起之状。袂,袖口。

〔103〕天怀:天然的情怀,自然的本性。　发中:发动于心中。中,指内心。

〔104〕束物:束缚人。物,这里指人。

〔105〕孔明:诸葛亮,字孔明,三国时蜀国政治家,军事家,丞相。参见《出师表》题解。　盘桓:逗留不进的样子。指诸葛亮在隆中躬耕读书,隐居十年之事。

〔106〕俟(sì 似)时:等待时机。

〔107〕遐:远。　管乐:管仲和乐毅。管仲是春秋初年政治家,辅佐齐桓公,使其成为春秋五霸之一。乐毅见前注。《三国志·蜀书·诸葛亮传》载:诸葛亮“每自比于管仲、乐毅,时人莫之许也。唯博陵崔州平、颍川徐庶元直与亮友善,谓为信然。”

〔108〕远明:远知,早就明了。　风流:遗风,流风余韵。指管仲、乐毅二人的光辉业绩。

〔109〕没:同“殁”,死,指诸葛亮死。　余泣:很多的泪,指国人流下的泪。《三国志·蜀书·廖立传》载,廖立为长水校尉,自以为才名应是诸葛亮第二,有怀才不遇之感,诸葛亮批评他“诽谤先帝,疵毁众臣”,而废他为民,徙汶山郡。当他听到诸葛亮的死讯时,“垂泣叹曰:‘吾终为左衽矣。’”

〔110〕遗爱:流传下来的慈惠之人。《左传·昭公二十年》:“子产卒。仲尼(孔子)闻之,出涕,曰:‘古之遗爱也。’”

〔111〕加兹:超过此人。

〔112〕顾托:遗命托孤,指诸葛亮在刘备临终时受命辅佐刘禅之事。

〔113〕受遗:接受刘备之遗命。《三国志·蜀书·诸葛亮传》:“先主于永安病笃,召亮于成都,属以后事,谓亮曰:‘君才十倍曹丕,必能安国,终定大事。若嗣子可辅,辅之;如其不才,君可自取。’亮涕泣曰:‘臣敢竭股肱之力,效忠贞之节,继之以死!’”　相:相国。

〔114〕刘后:刘备。后,君王。

〔115〕武侯:指诸葛亮。本传载:“建兴元年,封亮武乡侯,开府治事。顷之,又领益州牧。政事无巨细,咸(全)决于亮。”

〔116〕继体:继位,指继位者刘禅。　纳之:接受诸葛亮的建议、安排。贰情:不信任之情。

〔117〕异辞:不赞同的意见。

〔118〕良:很。　咏:歌颂。

〔119〕公瑾:周瑜之字,东汉末孙权部将,庐江舒(今安徽庐江东南)人。出身士族,有姿貌,精于听乐,当时民谣说:“曲有误,周郎顾。”与孙策同岁,少与策友善。袁术闻其名,欲以其为将。瑜寻机还吴,归附孙策,为建威中郎将。策死,与张昭同辅孙权。建安十三年(208),曹操率军南下,欲一举消灭东吴。他与鲁肃力排众议,亲率吴军与刘备联军大破曹操于赤壁,奠定三分天下之势。不久病卒。　卓尔:高超。

〔120〕不群:超凡出众。

〔121〕总角:古代男女未成年时束发为两结,形状如角,故称总角,因此借指童年。　料:忖度。　主:指孙策。裴松之引《江表传》载孙策说:“周公瑾英俊异才,与孤有总角之好,骨肉之分。”

〔122〕素:平素,一向。　契:投合,一致。　伯符:孙策的字,吴郡富春(今浙江富阳)人,东汉末江东豪强,孙坚之子,孙权之兄。少时与周瑜友善。孙坚死,依附袁术。兴平元年(194),袁术把孙坚之部队归他率领。次年,率军渡江,削平当地割据势力,占据吴、会等五郡。善于用人,依靠南北豪强势力,在江东创建孙氏政权。后被曹操看重,封讨逆将军、吴侯。建安五年(200),曹操与袁绍相拒于官渡,他秘密部署,欲进袭许昌,迎献帝。兵未发,被故吴郡太守许贡的门人刺伤而死,时年二十六岁。孙权称帝后,追尊为长沙桓王。《三国志·吴书·周瑜传》:“坚子策,与瑜同年,独相友善,瑜推道南大宅以舍策,升堂拜母,有无通共。”

〔123〕晚节:晚年。周瑜病死之时仅三十六岁,所以李周翰注:“晚节谓壮年也。”　曜奇:炫耀出奇异的光辉,指主持赤壁大战之事。

〔124〕参分:使天下分成三国。　赤壁:地名,今湖北蒲圻西北。

〔125〕龄促:寿命短。促,短。

〔126〕量:估量。

〔127〕子布:张昭,字子布,三国时吴国大臣,彭城(今江苏徐州)人。少好学,善隶书,博览众书。孙策创业,任为长史,抚军中郎将,文武之事,全委于昭。孙策死,辅立孙权,以他为军师。魏黄初二年(221)孙权为吴王,拜昭为绥远将

军,封由拳侯。孙权称帝时,当置丞相,因赤壁之战时主张迎降曹操,虽百僚推荐,孙权不用。更拜昭辅吴将军;改封娄侯。昭以老病辞官居家治学,著《春秋左氏传解》、《论语注》,今佚。　策:指孙策。

〔128〕延誉:播扬名誉。指张昭因辅佐孙策有方,孙策赞美“子布贤”之事。　美:美名。《三国志·吴书·张昭传》:“孙策创业……文武之事,一以委昭,昭每得北方大夫书疏,专归美于昭,昭欲嘿而不宣则惧有私,宣之则恐非宜,进退不安。策闻之,欢笑曰:‘昔管仲相齐,一则仲父,二则仲父,而桓公为霸者宗。今子布贤,我能用之,其功名独不在我乎!’”

〔129〕辍哭:使哭泣停止。辍,使止。下“止”字用法同。《张昭传》载:“策归亡,以弟权托昭……权悲感未视事,昭谓权曰:‘夫为人后者,贵能负荷先轨(担负起先人的遗业),克昌堂构(高筑国之大厦),以成勋业也。方今天下鼎沸,群盗满山,孝廉(指孙权)何得寝伏哀戚,肆匹夫之情哉?’乃身自扶权上马,陈兵而出,然后众心知有所归。”

〔130〕翼戴:辅翼拥戴。

〔131〕神情:精神意态。　涉:涉及,关涉。

〔132〕蹇愕(jiǎn è 俭饿):忠直敢言。张昭传载:“权于武昌,临钓台,饮酒大醉。权使人以水洒群臣曰:‘今日酣饮,惟醉堕台中,乃当止耳。’昭正色不言,出外车中坐。权遣人呼昭还,谓曰:‘为共作乐耳,公何为怒乎?’昭对曰:‘昔纣为糟丘酒池长夜之饮,当时亦以为乐,不以为恶也。’权默然,有惭色,遂罢酒。”又载:“昭坐定,仰曰:‘昔太后、桓王不以老臣属陛下,而以陛下属老臣,是以思尽臣节,以报厚恩,使泯没之后,有可称述……然臣愚心所以事国,志在忠益,毕命而已。若乃变心易虑,以偷荣取容,此臣所不能也。’权辞谢焉。”

〔133〕杜门:闭门。　不用:《张昭传》载:“权既称尊号(帝号),昭以老病,上还官位及所统领。”又载:“昭忿言(张昭劝阻孙权遣使至辽东拜公孙渊为燕王之言)之不用,称疾不朝。权恨之,土塞其门,昭又于内以土封之。权数慰谢昭,昭固不起。权因出过其门呼昭,昭辞疾笃。权烧其门,欲以恐之,昭更闭户。权使人灭火,住门良久,昭诸子共扶昭起,权载以还宫,深自克责。昭不得已,然后朝会。”

〔134〕登坛:指孙权登基称帝。　受讥:遭受讥讽。裴松之引《江表传》曰:“权既即尊位,请会百官,归功周瑜。昭举笏褒赞功德,未及言,权曰:‘如张公之计,今已乞食矣。’昭大惭,伏地流汗。”

〔135〕所照:所显示出的品格。

〔136〕用舍:被任用或不被任用。

〔137〕俄:不久,瞬间。

〔138〕沉迹沟壑:死的婉词。

〔139〕遇:指遇到机会。古人认为遇或不遇,是命运决定的。

〔140〕颂:《诗经》中的一类诗,庙堂祭祀乐歌。

〔141〕自:从。

〔142〕大旨:主要意思。

〔143〕所托:所寄托的内容。 或:有时。 乖:异,不同。

〔144〕若夫:如果。 出处(chǔ 楚):进退。《周易·系辞上》:"君子之道,或出或处。" 有道:有原则,有一定之规。 吕良注:"君子或出或处,各得其道。出则进忠于君,处则固节自守。"

〔145〕名体:犹名实,名称和实体。

〔146〕风轨:高风善行。 德音:善言。

〔147〕范:典范,榜样。

〔148〕撰序:依次撰述。

〔149〕谠:同"赞",文体名,以颂扬人物为主。

〔150〕《魏志》:指《三国志》中之《魏书》、俗称《魏志》,下《蜀志》《吴志》之"志"同。李善注本人名顺序有误,此为改正后之顺序。

〔151〕火德:指汉朝。按五行观点,汉朝属火。 微:衰微,衰败。

〔152〕运缠:运行天体的轨迹。缠,通"躔",指日月星辰运行的轨迹。过:超过。古人把周天分为360度,划分为若干区域,辨别日月星辰的方位。占星术并把日月星辰的运行与国家的命运联系起来。某星辰在一定的区域内运行,则国家平安昌盛,超过了一定的区域,则国家混乱衰亡。"过"即标志着汉朝国运的星辰的运行超过了区域,汉朝混乱衰亡。

〔153〕洪飙(biāo 标):狂风。飙,暴风。

〔154〕二溟:南海、北海。溟,海。

〔155〕虬(qiú 求):虬龙,古代传说中有角的小龙,此处泛指龙,象征君王。虎:象征臣子。

〔156〕风云:《周易》说:"龙从云,风从虎。" 未合:指君臣未相应和。

〔157〕渊:深水。

〔158〕柯：树枝。

〔159〕赫赫：显赫盛大。　三雄：指曹操、刘备、孙权。

〔160〕并：同时，一齐。回：运转。　乾（qián 钱）轴：天轴，天之枢纽，喻君权。

〔161〕杞梓（qǐ zǐ 起子）：杞和梓是两种优质木材，喻优秀人才。

〔162〕松竹：喻优秀人才。

〔163〕凤：喻优秀人才。庞统被誉为凤雏。

〔164〕龙：喻优秀人才。诸葛亮被誉为卧龙。

〔165〕谷：山谷。　幽兰：喻隐居的优秀人才。

〔166〕亭菊：亭亭之菊，喻优秀人才。亭亭，孤峻高洁的样子。

〔167〕英英：俊美的样子。　文若：荀彧的字。

〔168〕灵鉴：天鉴，明鉴。　洞照：明察。

〔169〕知微：了解事物的微细之处。

〔170〕探赜（zé 责）：探索精奥的道理。　赏要：认识主要的部分。

〔171〕躬：我。

〔172〕隐：藏。　弥曜：更光辉灿烂。弥，更。

〔173〕文明：文采光明，文德照耀。

〔174〕钻：钻研。

〔175〕沧海横流：大海之水四处泛滥，喻时世动乱。

〔176〕玉石：玉和石，喻善与恶，好与坏。

〔177〕达人：得志之人。　兼善：不仅求得自身的善，而且使别人也达到善的境界。孟子曰："穷则独善其身，达则兼济天下。"

〔178〕废己：自己被废弃。　存爱：保有仁爱之心。

〔179〕谋：谋划，计谋。　时纷：社会的混乱。纷，乱。

〔180〕济：拯救。　宇内：天下。

〔181〕生人：百姓。

〔182〕终：临终，指死时。　明：显示。　风概：节操。　此句可参阅注〔72〕。

〔183〕公达：荀攸的字。　潜朗：暗藏着聪明。朗，明。《三国志·魏书·荀攸传》载："太祖（曹操）曰：'公达外愚内智，外怯内勇，外弱内强，不伐（夸耀）善，无施劳，智可及，愚不可及，虽颜子、宁武子不能过也。'"

〔184〕蓍（shī 诗）蔡（cài 菜）：蓍指蓍草，蔡指龟（占卜用的大龟产自蔡地，故名），都是卜筮用具，借指卜筮。

〔185〕方:方法,指固定的方法。

〔186〕动摄:统摄,统辖。 群会:众事。

〔187〕爰:语首助词,无义。 发迹:谓立功扬名。

〔188〕遘:遇。 颠沛:社会动乱。这里指荀攸因谋杀董卓而被捕之事。

〔189〕玄定:深定,非常安定。

〔190〕泰:泰然,心情安静。《荀攸传》载,荀攸与郑泰、何颙(yóng)等人谋刺董卓,事泄,被捕入狱。何颙忧惧自杀,荀攸"言语饮食自若,会卓死得免。"

〔191〕愔愔(yīn 音):安静。 幕里:军帐。

〔192〕筭:计谋,克敌谋略。 无:没有什么。《荀攸传》:"冀州平,太祖表封攸曰:'军师荀攸,自初佐臣,无征不从,前后克敌,皆攸之谋也。'"

〔193〕亹亹(wěi 伟):有吸引力,动听,指荀攸之计谋。 通韵:古诗可以用相通的韵,称通韵。如东、冬、江相通,支、微、佳相通。这里指荀攸的计谋根据不同的情况制定,而符合实际的要求,如作诗之用通韵。

〔194〕迹:事迹。指为曹操出谋划策之事。

〔195〕尺璧:直径一尺之璧,指和氏璧,喻极高的才能。

〔196〕顾:反而。 哂(shěn 审):嘲笑。 连城:指和氏璧。《史记》载,秦昭王欲以十五座城交换赵惠文王之和氏璧。张铣注:"言攸之才,可宝过于十五城之价,故顾而哂笑之。"

〔197〕知:智,聪明。

〔198〕全生:保全生命。李善注引《温斯子》:"古者有愚以全身。"参见注〔183〕。

〔199〕郎中:指袁焕,他曾任郎中令。焕,又作"涣"。《三国志·魏书·袁涣传》作"涣"。梁章钜《文选旁证》说:"六臣本'涣'作'焕'。张氏云璈曰:'按《蜀志·许清传》与东莱袁焕亲善',字亦作'焕'。详其字曰曜卿,自当从火,且焕父名滂,不应焕名亦从水也。"袁焕,字曜卿,陈郡扶乐人。初任郡之功曹,迁侍御史。刘备曾推荐他为茂才。后归袁术。吕布击袁术于阜陵,被吕布拘留。吕布被杀后,归曹操,拜为沛南部都尉。他曾多次向曹操建议,深得信任。后征为谏议大夫,丞相军祭酒。前后得赐金物甚多,皆散尽,家无余财,终不问产业。魏国初建,为郎中令,行御史大夫事。居官数年而卒。 温雅:温文尔雅。《袁涣传》载:"当时诸公子多越法度,而涣清静,动必以礼。"

〔200〕器识:度量见识。 纯素:无疵点的素丝,喻品质高洁,没有污点。

〔201〕贞而不谅:讲大信而不讲小信。贞,《贾子·道术篇》:"言行抱一谓之贞。"谅:诚实。《论语·卫灵公》:"君子贞而不谅。"

〔202〕通而能固:变通而能固守正道,万变不离其宗。

〔203〕恂恂:恭顺的样子。

〔204〕汪汪:广大的样子。　轨度:法度。

〔205〕弱冠:二十岁。

〔206〕敷:布施,施行。　岁暮:晚年。

〔207〕德亦有言:李善注:"《论语》子曰:有德者必有言,仁者必有勇。"吕延济注:"言焕仁而能勇也。太上立德,其次立言。言焕言词忠正也。"

〔208〕履虎:履虎尾,踩上老虎尾巴,喻危险处境。《周易》卷二:履虎尾,咥(dié 迭,咬)人凶。"《袁涣传》载:吕布击术(袁术)于阜陵,涣往从之,遂复为布所拘留。布初与刘备和亲,后离隙。布欲使涣作书詈辱备,涣不可,再三强之,不许。布大怒,以兵胁涣曰:'为之则生,不为则死。'涣颜色不变,笑而应之曰:'涣闻唯德可以辱人,不闻以骂。使彼固君子邪,且不耻将军之言;彼诚小人邪,将复将军之意,则辱在此不在彼,且涣他日之事刘将军,犹今日之事将军也,如一旦去此,复骂将军,可乎?'布惭而止。"

〔209〕恬然:安然。

〔210〕行:品行。

〔211〕名迹:名誉事迹。　愆(qiān 千):过失。

〔212〕操:操行。　激切:激励。

〔213〕素风:纯朴的风尚。　鲜:鲜明。

〔214〕邈(miǎo 秒):高。　崔生:指崔琰。

〔215〕体正:体态端正,喻思想作风端正。

〔216〕天骨:天赋的风骨,多指人的气量、风度。　疏朗:俊伟。《崔琰传》:"琰声姿高畅,眉目疏朗,须长四尺,甚有威重。"

〔217〕墙宇:院墙和房舍,比喻人的学问和风度。　高嶷(nì 逆):高峻。《论语·子张》:"子贡曰:'譬之宫墙,赐之墙也及肩,窥见室家之好。夫子之墙数仞,不得其门而入,不见宗庙之美,百官之富。'"

〔218〕轨迹:喻做过的事情。

〔219〕形:表现。　风色:脸色。

〔220〕树:立,培养,推举。裴松之引《先贤行状》曰:"魏氏初载,委授诠衡,

总齐清议，十有余年。文武群才，多所明拔。” 芳兰：喻君子、忠贤之士。

〔221〕荆棘：喻小人，逆乱之人。

〔222〕恶（wù 务）：嫉恶。 上：高出众人的人才。

〔223〕哲：哲人。李周翰注：“人才在人上者，人必恶之。时有奸雄，不容智士。言琰才智过人，曹公惮之。《崔琰传》：‘朝士瞻望，而太祖亦敬惮焉。’”

〔224〕琅琅：俊美的样子。 先生：指崔琰。

〔225〕雅：极，甚。 杖：通“仗”，执持。

〔226〕尘雾：比喻受到侮辱或遭到灾难，指崔琰遭诬陷被曹操罚为徒隶和赐死之事。参见注〔229〕。

〔227〕霜雪：比喻坚贞高洁之节操。

〔228〕极：穷极，达到极点。 道：道义，道理。《周易》：“小人道长，君子道消。”

〔229〕明月：指明月珠，此处比喻崔琰。《崔琰传》载：曹操为魏王时，崔琰为中尉。崔琰推荐的杨训写表赞扬曹操盛德。有人讥笑杨训追逐名利，虚伪浅陋，说崔琰推荐错了人。崔琰取此表看了一下，写信给杨训，本意是不同意别人对杨训的讥笑，认为他们不通情理。但有人向曹操诬告崔琰之信“傲世怨谤”，曹操大怒，罚崔琰做苦役，以羞辱他。曹操“使人视之”，崔琰“辞色不挠（屈服）”，遂赐崔琰死。

〔230〕景山：徐邈的字，燕国蓟（今北京市西南）人。曹操平河朔时，召为丞相军事掾，试用为奉高县令，入京为东曹议令史。魏国初建，为尚书郎，迁抚军大将军军师。明帝时为凉州刺史，兼任护羌都尉，修盐池，开水田，发展生产，禁厚葬，断淫祀，扬善惩恶，百姓归心。讨羌人柯吾反叛有功，封都亭侯，加建威将军。正始元年，还京，为大司农，后为光禄大夫。拜司空，以老病坚辞不受。死于家，时年七十八。 恢诞：浮夸怪诞。

〔231〕韵：神韵。

〔232〕形器：有一定形状之器物。 李周翰注：“形器不存，谓心存万物，不专存一理。”

〔233〕方寸：指心。 海纳：如大海之容纳百川。

〔234〕和：和谐。

〔235〕通：变通。

〔236〕遇醉忘辞：《徐邈传》载：汉末曹操主政，禁酒甚严。当时人讳说酒

字,把清酒叫圣人,浊酒叫贤人。徐邈私饮酒而大醉,部属赵达来问公事,他说:“中(zhòng 仲)圣人。”意思即我喝醉了。赵达报告了曹操,曹操大怒。度辽将军鲜于辅为之讲情,才得以免刑。

〔237〕在醒贻答:《徐邈传》载:“文帝(曹丕)践阼,……车驾幸许昌,问邈曰:‘颇复中圣人不?’邈对曰:‘昔子反毙于谷阳(子反,春秋时楚国大臣,在晋楚鄢陵之战中,楚王召子反议事。子反的侍者谷阳竖献酒给他,他喝醉了,不能见楚王。楚军失败,子反自杀。),御叔(春秋陈国大臣)罚于饮酒,臣嗜同二子,不能自惩,时复中之。然宿瘤(人名,相传为齐国采桑女,颈上有大瘤,因号宿瘤。闵王以为有德,迎立为后。以后用做丑女的代称)以丑见传,而臣以醉见识。’帝大笑,顾左右曰:‘名不虚立。’”贻(yí 遗),留。

〔238〕长文:陈群的字。三国时魏国大臣,颍川许昌(今河南许昌东)人。初为刘备别驾,后归曹操。征召为司空西曹掾属。延康元年(220),曹丕即位,封昌武亭侯,转为尚书。后为镇东大将军,领中护军,录尚书事。曾建议任选官吏,实行“九品中正制”,即推选各州郡有声望之人出任“中正”,将当地士人按才能分为九等,即九品,上报政府,按等选用。这一制度,后来逐渐演变为士族垄断政权的工具。明帝时任司空,录尚书事。　通雅:通达雅正。

〔239〕格:至,贯通。

〔240〕戴:推戴,尊奉。　元首:指文帝。

〔241〕拟:拟做。　伊:伊尹。商汤名臣,佐商灭夏。　同耻:张铣注:“言其志比拟伊尹佐辅,愧耻不能致君如尧舜之德。”

〔242〕德:指君王之德。

〔243〕惧若在己:李周翰注:“言天下之有未知闻君德者,是辅臣之过,故惧若在己也。”

〔244〕嘉谋:善谋,好计策。　肆:尽,满。　庭:朝庭。

〔245〕谠(dǎng 党)言:正直的话。　裴松之引《魏书》曰:“群前后数密陈得失。”

〔246〕玉:比喻君王。

〔247〕逾:超过。　把(bǎ 靶):物一握叫一把,这里指手握起来的距离。

〔248〕渊:渊博。　泰初:夏侯玄,三国时魏国大臣,沛国谯(今安徽亳州)人。曹魏勋戚。少知名,与诸葛诞等互相题表,被誉为“四聪”之一。明帝时,任散骑黄门侍郎,因看不起皇后之弟而贬为羽林监。正始初(240),曹爽辅政,复

升散骑常侍、中护军。又为征西将军,都督雍、凉州诸军事。曹爽被杀后任大鸿胪,转迁太常。因拟谋杀司马师,事泄,被夷三族。精玄理,为玄学创始人之一。原有集三卷,多散失。今存《答司马宣王书》、《皇胤赋》等。

〔249〕宇量:风度气量。

〔250〕器范:器质风范。

〔251〕标准:指做人的标准、原则。　无假:不用借鉴于人。假,借。

〔252〕全身:保全自身。　由:用。

〔253〕迹洿(wū 乌):处于恶浊之世。

〔254〕理存则易:《三国志·魏书·夏侯玄传》载,夏侯玄在曹爽被杀后,因受牵连而被贬,内心不满。中书令李丰密谋以夏侯玄辅政,而欲杀大将军司马师。事泄,李、夏侯等俱被捕入狱,"临斩东市,颜色不变,举动自若,时年四十六。"

〔255〕波荡:动荡,不稳定。

〔256〕累(lèi 类):忧患,危难。李周翰注:"孰任其累,谓谁堪其败也,言人共苦也。"

〔257〕六合:天下。　徒:徒然,白白地。

〔258〕靡:无。

〔259〕君亲:对君王和父母的忠孝之心。

〔260〕敬爱:敬爱君王和父母。李善本"爱"作"授"。梁章钜《文选旁证》:"作'爱'是也。此传写偶误耳。"　既:尽,全。

〔261〕到:周到。

〔262〕烈烈:威武的样子。　王生:指王经,字承宗,又字彦纬,清河(今山东临清)人。曾任雍州刺史,尚书。因高贵乡公事被杀。

〔263〕挠:屈服。裴松之引《汉晋春秋》曰:"帝(指高贵乡公曹髦)见威权日去,不胜其忿。乃召侍中王沈、尚书王经、散骑常侍王业,谓曰:'司马昭之心,路人所知也。吾不能坐受废辱,今日当与卿自出讨之。'"王经加以劝阻,高贵乡公不听。又《世说新语》载,王沈、王业驰告文王(司马昭),王经"以正直不出",遂被司马昭所杀。

〔264〕求仁不远:《论语》:"仁远乎哉?我欲仁,斯仁至矣。"

〔265〕期:必。

〔266〕玄伯:陈泰,字玄伯,颍川许昌(今河南许昌东)人,陈群之子,魏国大

臣。明帝青龙(233—236)年间,为散骑侍郎。正始年,转游击将军,并州刺史,加振威将军。嘉平初年(249),代郭淮为雍州刺史,加奋威将军。郭淮死,代为征西将军,都督雍、凉诸军事,数败蜀将姜维。后征为尚书右仆射,主持选举,加侍中、光禄大夫,转左仆射。景元元年(260)死。　刚简:坚强朴直。

〔267〕名体:名称和实体。

〔268〕高构:高大的建筑,比喻帝王成大业。

〔269〕堂:殿,喻君王。　陛:台阶,喻臣子。

〔270〕端委:朝服之端正而宽长者曰端委。在这里用做动词,穿礼服,表示对国事严肃认真。　虎门:路寝之门。古帝王视朝于路寝,门外画虎像,故称路寝门为虎门。这里指皇宫。

〔271〕弥:更。　启:陈述。干宝《晋纪》:"高贵乡公之杀,司马文王公朝臣谋其故,太常陈泰……垂涕而入。王待之曲室,谓曰:'玄伯,卿何以处我?'对曰:'诛贾充以谢天下。'文王曰:'为我更思其次。'泰曰:'泰言惟有进于此,不知其次。'文王乃不更言。"

〔272〕致命:献出生命。

〔273〕心礼:心意和礼节。　以上从荀彧到陈泰,魏臣共九人。

〔274〕堂堂:容仪庄严大方。

〔275〕基宇:基础和屋檐,指整个建筑,这里比喻诸葛亮。　宏邈:广大开阔。

〔276〕器:形体。　生民:人,这里指人的外形。

〔277〕禀(bǐng 丙):承受。　先觉:预先认识察觉。《孟子·万章》:"天之生斯人,使先觉觉后觉也。予,天民之先觉者也。"

〔278〕标榜:宣扬,夸耀。风流:见注释〔108〕。

〔279〕远明管乐:见注释〔108〕。

〔280〕初九龙盘:《周易·乾卦》:"初九,潜龙,勿用。""初"是由最下方开始,乾卦的第一爻;"九"是阳爻。这是占筮时,得到乾卦,而且第一爻出现老阳,意思是:虽然是阳爻,但也有变为阴爻的可能性。"龙"是我国古代最受崇拜的神秘动物,能够三栖:潜在深渊,行在陆上,也能在天空飞腾,具有变化莫测、隐现无常的性格,用来象征贤能有作为的伟大人物,这里指诸葛亮。"潜"是潜藏。龙的活动属于阳性,这一爻虽然是阳爻,但位置在最下方,亦即阳气刚在地下发生,还不能对外活动,所以用"潜龙"象征。"龙盘"与"潜龙"意义相同。这里指诸葛亮命运此时合于初九之卦,像龙一样盘伏着,隐忍以等待时机。

〔281〕雅志:高雅的志向。 确:坚定。

〔282〕百六:百六阳九之省。古术数家认为,百六阳九是厄运。术数家以四千六百一十七岁为一元,初入元一百零六岁,内有旱灾九岁,谓之“阳九”。处于百六阳九之中即处于厄运之中。 道丧:指汉朝国运丧失。

〔283〕干戈:战争。 迭:相继。

〔284〕命世:名世,闻名于当世者。指诸葛亮。

〔285〕雰霁(wù 务):雾气。比喻战乱。霁,同“雾”。

〔286〕宗子:皇族子弟,指刘备。《三国志·蜀书·先主传》:“先主刘备,讳备,字玄德,涿郡涿鹿(今河北涿县)人,汉景帝子中山靖王胜之后也。”宁:安宁,使天下安宁。

〔287〕薄言:语助词,无实在意义。 解控:排除混乱。控,混乱。

〔288〕释褐:脱去布衣,换着官服,即做官之意。褐,粗毛或粗麻织的布衣,泛指贫苦人的衣服。 中林:林中,山野,指诸葛亮所居之隆中。

〔289〕郁:甚。 时栋:时代栋梁。

〔290〕士元:庞统,字士元,襄阳(今湖北襄樊市)人。刘备谋士。与诸葛亮齐名,号称“凤雏”。刘备做荆州太守时,庞统为耒阳令,在县不治事。吴将鲁肃与刘备书,称“庞士元非百里之才”,诸葛亮也再三推荐,乃得刘备器重。与诸葛亮并为军师中郎将,后随刘备入蜀,出谋使刘备入据成都。建安十九年攻雒县,为流矢所中,死年三十六。 弘长:胸怀宏大、思虑长远。

〔291〕雅性:高雅的品格。 融:明亮。

〔291〕崇善:推崇善行。

〔293〕备:全,齐备。

〔294〕胜涂:胜残去杀之途。胜残去杀,使凶暴的人化而为善,因而可以减去死刑。 隆:兴旺。

〔295〕标:立,树立。

〔296〕清风:清新的风气。

〔297〕绸缪(móu 谋):情意殷勤。 哲后:先王。

〔298〕无妄惟时:处于无妄之灾之时。无妄,《周易》卦名,就是不虚伪,亦即依照道理,自然应当如此的意思。但无妄不一定就有好结果。《周易·无妄》:“无妄之行,穷之灾也。”意思是:不虚伪不逞强,却处于穷途末路,处于灾难之中。

〔299〕夙夜匪懈:从早到晚不懈怠。指勤奋不懈。夙(sù 肃),早。

〔300〕缉熙:光明,使天下光明。

〔301〕三略:指庞统提出的进攻成都三种方案。《三国志·蜀书·庞统传》:"璋(刘璋)既还成都,先主当为璋北征汉中,统复进曰:'阴选精兵,昼夜兼道,径袭成都;璋既不武,又素无预备,大军卒至,一举便定,此上计也。杨怀、高沛,璋之名将,各仗强兵,据守关头,闻数有笺谏璋,使发遣将军还荆州。将军未至,遣与相间闻,说荆州有急,欲还救之,并使装束,外作归形;此二子既服将军英名,又喜将军之去,计必乘轻骑来见,将军因此执之,进取其兵,乃向成都,此中计也。退还白帝,连引荆州,徐还图之,此下计也。若沉吟不去,将至大困,不可久矣。'先主然其中计,既斩怀、沛,还向成都,所过辄克。" 陈:陈述。

〔302〕基:奠定基础。

〔303〕公琰:蒋琬,字公琰,零陵湘乡(今湖南湘乡)人。三国时蜀国大臣。初以州书佐随刘备入蜀,授官广都长。刘备为汉中王,他入为尚书郎。建兴元年(223),诸葛亮开丞相府,蒋为东曹掾,擢升为长史。亮死,代亮执政,领益州刺史,迁大将军,录尚书事,封安阳亭侯,复加为大司马。殖根:树立根基。

〔304〕中正:正直。

〔305〕摸拟:模仿。

〔306〕雅性:高雅的本性。

〔307〕羁勒:马笼头。有嚼口的叫勒,没有的叫羁。比喻牵制,指蒋琬之做官,如良马之有笼头,奉君主之命,为君主驱使。

〔308〕时命:朝廷的命令。

〔309〕恭己:使自己谦恭。

〔310〕公衡:黄权,字公衡,巴西阆(làng 浪)中(今四川阆中县西)人。少为郡吏,州牧刘璋召为主簿。后归降刘备,为偏将军,建议攻取汉中。刘备为汉中王时,黄权为治中从事。刘备称帝后,将伐东吴,黄权提出己为先驱,刘备镇后。刘备不从,以其为镇北将军,刘备自率师南进。刘备败退,道路隔绝,黄权不得还,故率将领降于魏。魏文帝拜之为镇南将军,封育阳侯,加侍中,使其陪乘。魏景初三年(239),迁车骑将军,仪同三司。 仲达:中正通达。

〔311〕渊塞:笃实深远。

〔312〕媚:爱。 一人:指君王,天子。

〔313〕临难:面对危难。指将伐东吴,黄权提出让刘备殿后,自己为前锋之

事。

〔314〕畴昔:从前。　不造:处身失所。指刘备伐吴失败而黄权降魏。

〔315〕假翮邻国:指黄权降魏,魏拜为镇南将军。假翮,借鸟翼〔飞〕。邻国,指魏。

〔316〕徽音:美音,犹德音,指向刘备进善言。

〔317〕退不失德:指不得已降魏,但不失美德,身在魏而心在蜀。《三国志·蜀书·黄权传》:"魏文帝谓权曰:'君舍逆效顺,欲追踪陈、韩邪?'权对曰:'臣过受刘主殊遇,降吴不可,还蜀无路,是以归命。且败军之将,免死为幸,何古人之可慕也!'文帝善之,拜为镇南将军。"

从诸葛亮到黄权,蜀臣共四人。

〔318〕六合:天下。　纷纭:混乱。

〔319〕鸟:指凤,比喻周瑜。　梧:梧桐树。

〔320〕须:等待。　顾眄(miǎn 免):视。

〔321〕公瑾:周瑜。　英达:杰出而通达。

〔322〕朗心:高明的心志。　独见:独到的见识。

〔323〕披草:分开草丛,意即披荆斩棘,历尽艰辛。《三国志·吴书·周瑜传》载:"袁术遣从弟胤(袁胤)代尚(周尚)为太守,而瑜与尚俱还寿春。术欲以瑜为将,瑜观术终无所成,欲求为居巢长,欲假涂东归,术听之。遂自居巢还吴。是岁,建安三年(198)也。"

〔324〕定交一面:指周瑜在历阳见孙策事。《周瑜传》:"瑜从父(叔父)尚为丹阳太守,瑜往省之。会策(孙策)将东渡,到历阳,驰书报瑜,瑜将兵迎策。策大喜曰:'吾得卿,谐也。'"

〔325〕桓桓:威武的样子。

〔326〕托:假托。　霸迹:王霸者之事业,指汉朝。《三国志·蜀书·诸葛亮传》:"今操已拥百万之众,挟天子而令诸侯。"

〔327〕掩:占有。　衡、霍:二山名,在吴之境内,代指吴。

〔328〕卓卓:特立的样子。　若人:此人,指周瑜。

〔329〕曜奇赤壁:指周瑜大败曹操于赤壁。建安十三年(208),曹操占领荆州后,统率水军、步兵数十万南下,想一举消灭东吴。东吴上下一片惊恐,群臣多数主张迎降曹操。周瑜反对投降,极力主战,他向孙权指出:曹操冒险用兵有四患,"将军禽操,宜在今日",他亲率吴军与刘备联军并力击曹,遇于赤壁,又采

纳部将黄盖诈降曹操,以火烧战船之策,大败曹兵,表现出卓越的胆识和才能。

〔330〕三光:指日、月、星。　参分:指分为三国即魏、蜀、吴。

〔331〕隔:指三国各据一方。　宇宙:天下,指中国。

〔332〕子布:张昭,字子布。　擅名:大有名望。

〔333〕扰:混乱。

〔334〕抚翼:收敛起羽翼,指不出去做官。抚,按,敛。《三国志·吴书·张昭传》载:"刺史陶谦举茂才,〔张昭〕不应。"桑梓:故乡。

〔335〕息肩:栖身,立足。指张昭投奔孙策。《张昭传》载:"孙策创业,命昭为长史,抚军中郎将,升堂拜母,如比肩之旧,文武之事,一以委昭。"　江表:江外,指长江以南地区。这里指吴地。

〔336〕王略:王者之法制,即王道,谓先王奉行之正道。　威夷:险阻。

〔337〕宝:指王略。

〔338〕宏谟:远大的计谋。

〔339〕匡:辅助。霸道:王霸之道,指建立吴国。

〔340〕桓王:指孙策。孙权称帝后,追谥孙策为长沙桓王。　薨(hōng 轰):特指君王死。

〔341〕大业:指帝业。　纯:美,善,指成功。

〔342〕托孤:以遗孤相托。《张昭传》载:"〔孙〕策临亡,以弟权托昭,昭率群僚立而辅之。"

〔343〕贤与亲:贤人和亲人,这里有张昭既是贤人又是亲人之意。

〔344〕辍哭止哀:参见注〔129〕。

〔345〕临难忘身:参见注〔132〕。

〔346〕南面:面向南,指称帝。

〔347〕老臣:《张昭传》载,张昭对孙权说:"昔太后、桓王不以老臣属陛下,而以陛下属老臣,是以思尽臣节,以报厚恩。"

〔348〕世:指乱世。

〔349〕须:待。

〔350〕任:用。

〔351〕猜:怀疑。

〔352〕昂昂:志行高超。　子敬:鲁肃,字子敬,临淮东城(今安徽定远东南)人。三国时孙权部将。建安十三年(208),曹操大军南下,欲一举灭吴,他

和周瑜力主应战,并联合刘备共同抗曹,被孙权采纳,任赞军校尉,助周瑜大破曹军于赤壁。周瑜死后,任奋武校尉,擢升偏将军,代领其兵。后从孙权破皖城,转横江将军。

〔353〕拔迹:犹发迹。　草莱:田野,比喻未出仕者。

〔354〕荷檐(dàn 担):肩扛重担,比喻肩负重任。檐通"担"。　吐奇:提出奇异之策。《三国志·吴书·鲁肃传》载:鲁肃初见孙权时,孙权征求他的意见,他说:"肃窃料之,汉室不可复兴,曹操不可卒除。为将军计,惟有鼎足江东,以观天下之衅……然后建号帝王以图天下,此高帝之业也。"

〔355〕云台:高耸入云的台阁,比喻帝业。

〔356〕子瑜:诸葛瑾,字子瑜,琅玡阳都(今山东沂南县南)人。三国时吴国大臣。东汉末,避乱江东。孙策死,由孙权姊婿弘咨推荐于孙权,为长史,转中司马。建安二十年(215),孙权派他出使蜀国通好刘备。后从讨关羽,封宣城侯,以绥南将军代吕蒙领南郡太守,驻于公安。黄武元年(222),迁左将军,封宛陵侯。孙权称帝后,拜大将军,领豫州牧。　都长:貌美性善。

〔357〕纯懿:德行高尚完美。纯,大。懿,美。

〔358〕谏:用语言纠正君王或尊长的过失。　犯:触犯。《三国志·吴书·诸葛瑾传》载:"与(孙)权谈说谏喻,未尝切愕(切愕,急切直言),微见风彩,粗陈指归,如有未合,则舍而及他,徐复托事造端,以物类相求,于是权意往往而释。"

〔359〕正:正直。　毅:强硬。

〔360〕将命:传命,传达宾主的话。　公庭:公堂,贵族的厅堂,这里指蜀国宫廷。

〔361〕退:指退出公堂。　私位:个人的位次,指兄弟之间的关系。诸葛瑾是诸葛亮之兄。诸葛瑾出使蜀国只办公事而不叙兄弟之情。《诸葛瑾传》载:"建安二十年,〔孙〕权遣瑾使蜀通好刘备,与其弟亮俱公会相见,退无私面。"

〔362〕鹡鸰(jí líng 吉铃):鸟名。《诗经》作"脊令"。《诗经·小雅·常棣》:"脊令在原,兄弟急难。"《群书治要》本作"鹡鸰"。遂以鹡鸰喻兄弟。这里指兄弟之情。

〔363〕名器:奴隶社会和封建社会称表示等级的称号和车服仪制等为名器。

〔364〕伯言:陆逊,字伯言,吴郡吴县(今江苏苏州)人。三国时吴国将领。出身士族。孙策之婿。少孤,年二十一,历东西曹令史,出为海昌(今浙江海宁

西南)屯田都尉,并领县事。时值连年干旱,他开仓以赈济贫民,劝督农桑,任定威校尉,军屯利浦。吕蒙病后,掌吴国兵权。善谋略,与吕蒙共谋袭取荆州。黄武元年(222),刘备伐吴,孙权任陆逊为大都督,以火攻大败蜀军,不久,又破魏国扬州牧曹休。后任荆州牧,久镇武昌(今湖北鄂城),复内调,官至丞相。孙权欲废太子,他屡谏,不被采纳,忧愤而死。　蹇蹇(jiǎn 剪):忠直的样子。

〔365〕出:指离开京都任将帅。　勤功:为王事尽力而立功。

〔366〕入:指进入京都为官。　献替:"献可替否"的略语,即诤言进谏之意。献,进献。替,废除。

〔367〕社稷:国家。

〔368〕解纷:排除纷乱。挫锐:打击〔敌人的〕精锐部队。

〔369〕正:正直,公正。

〔370〕戾(lì 利):罪。《三国志·吴书·陆逊传》载:孙权欲更换太子,陆逊多次上疏说:"太子正统,宜有盘石之固,鲁王藩臣,当使宠秩有差,彼此得所,上下获安。谨叩头流血以闻。"孙权甚为不满,遣中使责备陆逊。太子太傅吾粲因数次与陆逊通信,而下狱致死,陆逊愤怒忧闷而死,时年六十三。

〔371〕元叹:顾雍,字元叹,吴郡吴县(今江苏苏州)人。三国时吴国大臣。少时从蔡邕学琴、书。经州郡表荐,为合肥长,后转娄、曲阿、上虞。皆有治绩。孙权做会稽太守,不到郡视事,以他为丞,行太守之责,讨平贼寇,郡内宁静,吏民归服,数年,入为左司马。孙权为吴王,顾雍迁大理奉常,领尚书令,封阳遂乡侯。后改任太常,进封醴陵侯,代孙邵为丞相,平尚书事。为相十九年,赤乌元年(243),年七十六卒。　穆远:壮美高远。

〔372〕形检:形貌严肃。检,通"敛",收敛,这里是严肃之意。

〔373〕珪(guī 归):帝王诸侯所执的长形玉板,上圆或尖,下方,表示信符。

〔374〕尘玷(diàn 电):污染,玷辱。玷,玉的斑点。

〔375〕立上:树立君上之威德。　恒:常,常规。

〔376〕匡上:纠正君上之错误。　渐:渐进。《三国志·吴书·顾雍传》载:"时访逮民间,及政职所宜,辄密以闻。若见纳用,则归之于上,不用,终不宣泄。〔孙〕权以此重之,然于公朝有所陈及,辞色虽顺,而所执者正。"

〔377〕清:指政治清明。

〔378〕浊:指政治混乱。李周翰注:"清不增洁者,谓心清而不自恃,故不洁也。浊不加染者,谓时浊而不随邪,故不染也。"

〔379〕仲翔：虞翻，字仲翔，会稽余姚（今浙江余姚）人。初为会稽太守王朗功曹，历事孙策、孙权，屡次犯颜谏争，获谴徙交州（今越南部分及广西钦州地区、广东雷州半岛）。曾自白："自恨疏节，骨体不媚，犯上获罪，当长没海隅，生无可与语，死以青绳为吊客，使天下一人知己者，足以不恨。"虽处罪放，讲学不倦，门徒常数百人，为《易》、《老子》、《论语》、《国语》作注。　高亮：高雅有神采。

〔380〕和物：与世俗相合。物，指世俗。《三国志·吴书·虞翻传》载："又性不协俗，多见谤毁。"

〔381〕好（hào 号）：喜好。　不群：孤高，不合群。

〔382〕屈：弯曲。

〔383〕摧：摧折，折断。　逆鳞：倒生的鳞片。古人传说龙的喉下有径尺之逆鳞，人若触动，龙必杀人。古以龙为人君之象，因称触人君之怒为批逆鳞或摧逆鳞。《虞翻传》载："翻数犯颜争，权不能悦。"

〔384〕黜（chù 处）：罢免。《虞翻传》载："翻性疏直，……权与张昭论及神仙，翻指昭曰：'彼皆死人，而语神仙，世岂有仙人邪！'权积怒非一，遂徙翻交州。"

〔385〕孙阳：古代善相马的人，又名伯乐。

〔386〕放：流放。　贾屈：贾谊和屈原。屈原，战国时楚国大臣，文学家。楚怀王时任左徒，遭令尹子兰、上官大夫靳尚的反对和谗毁，被流放汉北，顷襄王时再度流放江南。后投汨罗江而死。贾谊，西汉大臣、政论家。因主张改革政治，遭周勃等权贵忌妒毁谤，贬为长沙王太傅、梁怀王太傅。过湘水时，曾作《吊屈原赋》（《文选》名为《吊屈原文》），借悼惜屈原之不幸遭遇，抒发自己怀才不遇之感慨。年三十二，忧郁而死。

从周瑜开始至虞翻，共吴臣七人。

〔387〕诜诜（shēn 申）：众多的样子。

〔388〕整辔（pèi 配）：驾车出行。辔，马缰。　高衢：高远的大道。衢，四通八达的大路。

〔389〕骧首：昂首。骧，举，昂。　路：义同"高衢"。

〔390〕仰：对上，指对君王。　挹（yì 义）：取。　玄流：指皇帝的恩泽。玄，天，指君王。

〔391〕俯：对下，指对百姓。　弘：扩大，推广。

〔392〕名节:名誉和节操,这里是取得名节之意。

〔393〕雅致:风雅的意趣。

〔394〕丽:附着,高悬。

〔395〕躬:自身。

〔396〕匮:乏,缺。

〔397〕尚:上。　重(chóng 虫)晖:特别光辉的事业。

〔398〕载:动词词头,无义。

〔399〕击节:拍节以表示激赏。

〔400〕气:气势。

今译

百姓不能自治,所以立君王来治理他们。英明的君王不能独自治理,就以臣子来辅佐他。既然如此,那么三皇五帝相继兴起,虽经历各个时代,而后代帝王必须继承他们的治国之道。不论是禅让帝位或以武力统一天下,也不论是以礼乐教化进行统治或以武力建树功业,没有谁不像陶工转钧一样自有权衡,但也要靠众多贤才奋发有为。君王筹划方略,大臣尽心竭力。但逢遇的时代不同,业绩也有优有劣。至于君臣的职责和权利,那是在冥冥之中由天意决定的。君臣之道契合如一而不丧失,良好的风气遍全国,圣人的训诫流传千载,它们的标准是一个。所以,十六位贤人被启用而唐尧之朝兴盛;伊尹、吕尚被任用而商汤、周武得安宁;管仲、鲍叔牙、隰朋三位贤才被重用而齐桓公兴起;狐偃、赵衰、颠颉、魏武子、司空季子五位大臣显赫而晋文公称霸。中古之时,社会衰败,此道废弃。居上位之君主不以最大的公心处理国事,在下位之臣子必以个人的门路追求显荣。君主不以诚信统率众人,臣子必以权术显耀自己。于是君臣之间离心离德,名教衰败,社会很混乱,时代不清明。故蘧伯玉、宁武子因而弃官、装傻,柳下惠因而多次被罢黜,接舆因此而行歌以讽劝孔子,鲁仲连因此而逃隐于东海。在衰败的时代里,能保持名节,君臣一体,如符契一样相合,就要算燕昭王和乐毅了,这是

古代的流风余韵吧！在未遇到伯乐之时，则千载无一匹千里马；逢遇真龙天子，如汉高祖刘邦，则当年就会有张良、萧何、韩信这样的杰出人才被重用，汉高祖之得人才，于此三人最为珍贵。高祖虽然不以儒道驾御万物，而群臣能竭尽其忠；萧何、曹参虽然不以夏、商、周三代之法侍奉君主，而百姓不失其业。至于他们消除动乱、庇护百姓的业绩，尚在其次。社会动乱之期，则显赫不如隐居；万物思治之时，则沉默不如说话。因此古代君子不担心弘扬真理难，而担心遇到好机会难。遇到好机会不难，遇到明君难。所以有真理而无机会，是孟子慨叹的原因，有机会而无明君，是贾谊流泪的原因。万年一逢英主，是人生光明之坦途；千载一遇明君，是贤者美好之机会。遇到英主不能无欢欣，丧失明君怎能无感慨。古人之言，确实符合实际呀！我在闲暇之日，经常阅览《三国志》。考察三国之君臣，比较他们之所作所为，虽然其道已衰亡于前代，但也说明在不同的时代里，机遇是同样重要的。

荀彧怀有独见之明，并有救世之心。论时代，则百姓正遭涂炭，论才能，则无人超出曹操。所以他委身曹魏，参与讨论军国大事。推举贤才，但不以此标榜自己有明鉴之识，故时间越久，越显出才识过人；筹划大事，但不以此邀功请赏，故每遇军国大事都由荀彧决定。虽然被迫自杀身亡，却是明仁义而顺天时，见识也是很高了。

董卓之乱，汉献帝被迫迁到长安。荀攸慨然，志在为天子献出生命。由此而谈，故可以说他完全保存了名节。至于他身为汉朝之官，却进入曹魏之军帐，考其动机和进退取舍，也可以说是荀彧一类的人。荀攸存而荀彧亡，开始同而结局不同。荀彧之死在于明仁义之道，那么，名教也就有所寄托了吧。仁义不可不明白，所以时代之贤哲推崇仁义道德；生命不可不保全，所以有识之士善于保护自己。如果这两者相结合共同弘扬正道，不是作用就更加深远了吗！

崔琰高明宁折而不弯，出仕于魏公，称臣于曹操的原因，是以为汉天子应南面称帝，魏公当北面称臣，至于一旦奉上国玺，君位易

位，那是崔琰所不赞同，故而被曹操所不容。江湖可以渡舟，也可以覆舟；仁义可以全身，也可以亡身。既然如此，那么古代贤哲玉碎于前，来世高人奋起于后，难道不是天然之情怀发自内心，而名教束缚了人吗？

诸葛亮盘桓于隆中，俟机而动。遐想管仲、乐毅，早就了解他们二人的丰功伟业。以礼治国，民无怨声。不滥用刑罚，听到他的死讯，国人都悲伤流泪。即便是古代的慈惠之人，也不能超过吧。等到刘备临终托孤，诸葛亮受命做丞相，刘备授权无疑心，诸葛亮接受无惧色。刘禅继位，接受诸葛亮的建议无二心，百姓信任他而无异辞，君臣之间的良好关系，实在是值得歌颂啊！

周瑜卓尔高迈，志在超凡出众。童年时就了解孙策之心，与孙策一向交好，情同骨肉。晚年生命闪耀出奇异的光彩，在赤壁大破曹兵，使天下三分。可惜他命短寿促，而其大志不可估量。

张昭辅佐孙策，招致"子布贤"之美名，劝谏孙权止哭节哀，有辅翼拥戴之功。精神所涉之处，岂只是忠直敢言而已！既然如此，可是竟然闭门谢客，上交官位；孙权登基之时，又遭到孙权的讥讽。一个人显示出的品格并无不同，而被重用和被舍弃之间，转瞬就有不同。何况死于沟壑，遇到机会与遇不到机会的人呢！

诗歌之作，由来久远。有的吟咏情性，有的记德显功。虽主旨相同，而内容有别。如果有德君子出则尽忠于君，处则固守节操，进退有一定之规，名和实因不同情况而变化，并且善行美言可以为社会做典范，就不可以废而不记。所以我又以次撰写值得怀念之人，为他们作了这篇赞。

〔其中〕《魏书》九人，《蜀书》四人，《吴书》七人。〔他们是：〕荀彧，字文若；诸葛亮，字孔明；周瑜，字公瑾；荀攸，字公达；庞统，字士元；张昭，字子布；袁焕，字曜卿；蒋琬，字公琰；鲁肃，字子敬；崔琰，字季珪；黄权，字公衡；诸葛瑾，字子瑜；徐邈，字景山；陆逊，字伯言；陈群，字长文；顾雍，字元叹；夏侯玄，字泰初；虞翻，字仲翔；王经，字

承宗;陈泰,字玄伯。

汉朝火德,国运已过。狂飙激浪,二海扬波。龙虎虽惊,风云未和。鱼潜深渊,鸟候高树。曹魏刘蜀,江东孙吴。赫赫三雄,乾坤翻覆。搜罗人才,争采松竹。凤不得栖,龙无暇伏。谷无幽兰,岭无秀木。

俊美荀彧,万物洞照。随时应变,见微知要。尝识大体,探索精奥。情如日月,蔽之更耀。文德映心,钻研愈妙。沧海横流,玉石俱焚。达人兼善,杀身成仁。排除时乱,功在救民。初衷不改,节操永存。

荀攸公达,聪明暗藏。思如卜蓍,预见凶祥。统辖众事,因时制方。初显功名,际遇非常。谋刺董卓,捕入牢房。神情自若,安泰如常。肃穆军帐,运筹克敌。大小谋略,无不思虑。如诗用韵,和谐美丽。不断献策,永留美誉。胸怀高才,超过尺璧。故而哂笑,连城之璧。智能救世,外貌似愚。

郎中袁焕,温文尔雅。气度见识,如玉无瑕。大信不亏,小信可假。变通应时,固守正路。恭顺德心,恢恢法度。志立青年,道行岁暮。仁者必勇,建德立言。虽履虎尾,神态安然。天性纯美,名节无愆。不须激励,志操愈善。

高远崔琰,体正心直。风骨俊朗,气度豪迈。言行忠诚,义形于色。思育芳兰,剪除荆棘。人妒其才,不容贤哲。琅琅崔琰,坚持名节。虽遇危难,凛如霜雪。君子道消,珠碎“明月”。

徐邈恢诞,神与道合。心存万物,如海容河。和而不同,通而不杂。酒醉忘辞,醒时留答。引经据典,流传佳话。

陈群博雅,义贯终始。拥戴文帝,拟做伊尹。民未知德,错如在己。善谋满庭,直言盈耳。玉虽美丽,光不盈把。积德虽少,道映天下。

渊博夏侯,气量高雅。风范天然,非学贤达。人之立身,皆欲正直。及临浊世,多从虚伪。而乃夏侯,始终如一。处死不难,理存则

易。社会动荡，谁堪其累？天下徒广，身无所寄。

忠于君王，孝于双亲。发自天性，不由名教。事君事父，敬爱周到。威武王经，知死不逃。求仁不远，必在忠孝。

陈泰刚直，名实俱佳。辅佐帝业，构筑大厦。增高堂陛，君臣有差。礼服上朝，陈述正言。临危致命，竭尽忠诚。

堂堂孔明，气量高超。体如常人，独有先觉。夸耀风流，自比管乐。如龙盘伏，高志愈坚。汉朝遭厄，国运惟艰。如非孔明，谁除时乱。皇叔刘备，亟思国宁。三顾茅庐，临危受命。出于山野，为国之栋。

庞统宏伟，品性内明。爱惜人才，推崇善行。思虑长远，观始知终。天灾人祸，丧乱不停。胜残去杀，其道未兴。庞统为政，振此清风。殷勤先主，处于难中。夙夜匪懈，义在光明。统献三策，霸业奠定。

蒋琬立身，不忘中正。不由模仿，实出雅性。骐骥奔驰，为王效命。推荐贤才，自己谦恭。历时经年，久而可敬。

黄权中正，思虑渊博。爱护天子，临难不惑。命运多艰，处身失所。投降曹魏，实出被迫。进能谏言，退不失德。

天下纷乱，民心将变。凤择梧桐，臣待君见。周瑜英达，明心独见。历尽艰辛，求见君面。一言定交，君臣两欢。威武曹操，托名汉帝。欲占吴蜀，自满轻敌。卓尔此人，建功赤壁。天下三分，拥兵割据。

张昭名显，时逢纷扰。隐居故乡，逃难江表。王道虽艰，求者不少。吴魏蜀国，同视为宝。遂献大计，辅此霸道。孙策之死，大业未成。把臂托孤，唯贤与亲。辍哭止哀，临难忘身。成此帝业，实是老臣。

才为世生，世亦需才。得而能用，贵无疑猜。超群鲁肃，发迹草莱。肩荷重任，献计高迈。辅佐帝业，构筑云台。

诸葛子瑜，貌美性善。劝谏委婉，不犯君颜。忠诚正直，春风拂

面。奉命出使，与蜀交善。与弟孔明，大堂相见。公职在身，退不私见。非忘手足，实为避嫌。

陆逊忠直，以道佐世。出能克敌，入能进谏。谋安社稷，排除纷乱。正而招疑，忠而获罪。

顾雍美远，言行检点。如彼白珪，体无尘玷。助君立威，恒有常则。匡正君过，辞顺言和。清不增洁，浊不随波。

虞翻高亮，性不随俗。孤高不群，宁死不服。屡摧逆鳞，天子激怒。贬谪交州，直道受黜。可叹良马，奔驰无路。不遇孙阳，不如劣驽。流放荒蛮，如同贾屈。

济济贤才，不可备叙。如此众多，千载一遇。驾车通衢，昂首大路。上承君恩，下安时务。名誉节操，同归殊途。日月行天，永放光辉。仁义在己，用之不匮。遥想众贤，学习品味。后生击节，懦夫壮气。

（陈延嘉译注并修订）

封禅文一首

司马长卿

题解

封禅,是始于上古盛于秦汉的祭祀天地的重大典礼。所谓圣君治世,皆以封禅夸耀功德,以垂永久。封,谓祭于泰山,报功德于天帝;禅,谓祀于梁父(泰山下山名),报功德于地祇。封禅之礼,在古代一直被视为仁德普洽、国泰民安、洪业稳固的标志,为历代帝王所重视与向往。讲述封禅之文,自然也就成为一代重要文献。

因此,刘勰《文心雕龙》有《封禅》一篇,论评封禅之作的得失,及其体式与功用,称赞司马相如《封禅文》"蔚为首倡","固维新之作"。萧统于《文选》特立《符命》一门,录相如《封禅文》为首篇,视为范例,继而列扬雄《剧秦美新》和班固《典引》,以为仿作。《文心》封禅与《文选》符命,都是指讲述符瑞显示天命,歌颂君主功德的作品,两者用语不同,意旨是一致的。

司马相如《封禅文》(或作《封禅书》),是其死前(前118)绝笔之作。《史记·司马相如传》载:"相如既病免,家居茂陵。天子曰:'司马相如病甚,可往从悉取其书,若不然,后失之矣。'使所忠(人名,汉谏大夫)往,而相如已死,家无书。问其妻,对曰:'长卿固未尝有书也。时时著书,人又取去,即空居。长卿未死时,为一卷书,曰:有吏者来求书,奏之。无他书。'其遗札书言封禅事,奏所忠。忠奏其书,

天子异之。”

文章先述自远古以来崇尚封禅者有七十二君，点出“罔若淑而不昌，畴逆失而能存”之理，已有鉴戒之意。再述自唐尧以下，以周为盛世，而有封禅之举；大汉之德，远超前代，本当行封禅之事。以古昔比当今，铺陈汉德之宏阔远播，符瑞纷然呈现，以激发天子封禅之想。继而以大司马设辞，进一步申说封禅之事乃是神意人愿，是天下之壮观，王者之大业，功业永存之举措。天子最终感动而应允。最后概括全篇意旨，提炼而为一首颂歌。前两章颂君德哺育万民，众物感戴君恩。次三章颂驺虞龙麟瑞应相继呈现，汉德兴旺，远超三代。后一章点出符瑞寓意在于封禅。末尾则以“兴必虑衰，安必思危”二句揭示讽谏之意，恰与开头“罔若淑而不昌，畴逆失而能存”二句先后呼应。

黄侃评曰：“《封禅》亦托以讽谏，纷纷谤议，皆所谓张罗沮泽，不睹鸿雁云飞。”（《文选黄氏学》，225页）“张罗沮泽”即指颂扬汉德，铺陈符瑞，激励封禅之绚丽辞采，“鸿雁云飞”则指隐含于辞采之间的讽谏旨意。作者实际是以正辞出反意，谏戒汉武帝于大汉全盛之日，不可为好大喜功浮夸侈丽之举。不过，正如其献《大人赋》，本意讽谏武帝好仙道，而其读后则产生“飘飘有凌云之气，似游天地之间”的快感；《封禅文》奏后五年，武帝祭后土，八年先礼中岳，封泰山，至梁父禅肃然（山名），说明其作用也只在于劝百而讽一。

司马相如是一位纯粹的文人，只以结构篇章，铺陈词采，创作美文为任。《封禅文》也如其赋作一样，想象奇妙，比喻生动，声韵和谐，颇有审美价值。故六百年后，南朝齐武帝曲宴群臣，各使效技艺。褚渊弹琵琶，王僧虔弹琴，沈文季歌《子夜》，张敬儿舞，王敬则拍张。左仆射吏部郎王俭则即席吟诵相如《封禅文》，可见后世常常是视其为艺术作品而加以欣赏的。

原文

伊上古之初肇[1],自昊穹兮生民[2]。历选列辟[3],以迄于秦。率迩者踵武[4],逖听者风声[5]。纷纶威蕤[6],湮灭而不称者[7],不可胜数。继韶夏[8],崇号谥[9],略可道者七十有二君[10]。罔若淑而不昌[11],畴逆失而能存[12]?

轩辕之前[13],遐哉邈乎[14],其详不可得闻已。五三六经载籍之传[15],维风可观也[16]。《书》曰[17]:"元首明哉[18]!股肱良哉[19]!"因斯以谈,君莫盛于唐尧[20]。臣莫贤于后稷[21]。后稷创业于唐尧,公刘发迹于西戎[22]。文王改制[23],爰周郅隆[24],大行越成[25],而后陵迟衰微[26],千载亡声[27],岂不善始善终哉!然无异端[28],慎所由于前[29],谨遗教于后耳[30]。故轨迹夷易[31],易遵也[32];湛恩庬鸿[33],易丰也[34];宪度著明[35],易则也[36];垂统理顺[37],易继也[38]。是以业隆于襁褓而崇冠于二后[39]。揆厥所元[40],终都攸卒[41],未有殊尤绝迹,可考于今者也[42]。然犹蹑梁父[43],登泰山,建显号,施尊名[44]。大汉之德,逢涌原泉[45],沕潏曼羡[46],旁魄四塞[47],云布雾散,上畅九垓[48],下溯八埏[49]。怀生之类[50],沾濡浸润[51],协气横流[52],武节猋逝[53],迩陿游原[54],遐阔泳沫[55],首恶郁没[56],晻昧昭晢[57],昆虫闿怿[58],回首面内[59]。然后囿驺虞之珍群[60],徼麋鹿之怪兽[61],导一茎六穗于庖[62],牺双觡共柢之兽[63],获周余珍,放龟于岐[64],招翠黄乘龙于沼[65]。鬼神接灵圉[66],宾于闲馆[67]。奇物谲诡[68],俶傥穷变[69]。钦哉,符瑞臻兹[70],犹以为德薄,不敢道封禅。盖周跃鱼陨航[71],休之以燎[72]。微夫此之为符也[73],以登介

丘[74],不亦恧乎[75]!进让之道[76],何其爽欤[77]?

于是大司马进曰[78]:"陛下仁育群生[79],义征不谌[80],诸夏乐贡[81],百蛮执贽[82],德侔往初[83],功无与二,休烈浃洽[84],符瑞众变,期应绍至[85],不特创见。意泰山梁甫,设坛场望幸[86],盖号以况荣[87],陛下谦让而弗发。挈三神之欢[88],缺王道之仪[89],群臣恧焉。或曰且天为质暗[90],示珍符[91],固不可辞;若然辞之,是泰山靡记,而梁甫罔几也[92]。亦各并时而荣[93],咸济厥世而屈[94],说者尚何称于后[95],而云七十二君哉?夫修德以锡符[96],奉命以行事,不为进越也[97]。故圣王不替[98],而修礼地祇[99],谒款天神[100],勒功中岳[101],以章至尊[102],舒盛德,发号荣,受厚福,以浸黎元[103]。皇皇哉,此天下之壮观[104],王者之卒业[105],不可贬也[106]。愿陛下全之[107]。而后因杂搢绅先生之略术[108],使获燿日月之末光绝炎[109],以展寀错事[110]。犹兼正列其义[111],祓饰厥文[112],作《春秋》一艺[113]。将袭旧六为七[114],摅之亡穷[115],俾万世得激清流[116],扬微波[117],蜚英声[118],腾茂实[119]。前圣所以永保鸿名,而常为称首者用此[120]。宜命掌故,悉奏其仪而览焉[121]。"

于是天子俙然改容[122],曰:"俞乎[123],朕其试哉[124]!"乃迁思回虑[125],总公卿之议[126],询封禅之事。诗大泽之博[127],广符瑞之富。遂作颂曰:

自我天覆[128],云之油油[129]。甘露时雨,厥壤可游[130]。滋液渗漉[131],何生不育[132]!嘉谷六穗[133],我穑曷蓄[134]。

非惟雨之,又润泽之。非惟遍之我[135],汜布护之[136]。

万物熙熙[137]，怀而慕思。名山显位[138]，望君之来。君乎君乎，侯不迈哉[139]！

般般之兽[140]，乐我君圃[141]。白质黑章，其仪可嘉[142]。旼旼穆穆[143]，君子之态。盖闻其声，今亲其来。厥涂靡从[144]，天瑞之征。兹亦于舜[145]，虞氏以兴[146]。

濯濯之麟[147]，游彼灵畤[148]。孟冬十月，君徂郊祀[149]。驰我君舆[150]，帝用享祉[151]。三代之前[152]，盖未尝有。

宛宛黄龙[153]，兴德而升[154]。采色炫耀，焕炳辉煌[155]。正阳显见[156]，觉悟黎蒸[157]。于传载之，云受命所乘[158]。

厥之有章[159]，不必谆谆[160]。依类托寓[161]，喻以封峦[162]。

披艺观之[163]，天人之际已交[164]，上下相发[165]，允答圣王之德[166]，兢兢翼翼[167]。故曰于兴必虑衰，安必思危。是以汤武至尊严[168]，不失肃祗[169]，舜在假典[170]，顾省阙遗[171]，此之谓也。

注释

〔1〕初肇：原始。黄侃说："初肇复语也，犹元始。或以肇字下属，甚非。"（《文选黄氏学》，225页）

〔2〕昊（hào 浩）穹：昊天，上天。　兮：或作"之"。

〔3〕历选：历数。　列辟：历代君主。

〔4〕率：大率，大致。　迩（ěr 尔）者：近者。指近世之君。　踵武：追寻其足迹。

〔5〕逖（tì 替）听：当作"听逖"。梁章钜说："《汉书》逖听作听逖。"（《文选旁证》，卷四十）逖者，远者，指远世之君。　风声：名声。李善注："近者蹈其

迹，远者听其风声。”黄侃说：“疑此文当作率迩者踵武，逖者听声。率，大率也。风声，因注而误，或云风讽也，亦通。”（《文选黄氏学》，225 页）此录以备考。以上两句意谓欲知历代君主的命运如何，对近世之君可以追寻其足迹，对远世之君可以考察其名声。

〔6〕纷纶：众多杂乱的样子。　威蕤（ruí）：萎顿不振的样子。

〔7〕湮灭：湮没无闻。谓典籍无所载。

〔8〕韶夏：指光明正大之道。韶，一作“昭”，明；夏，大。

〔9〕号谥（shì 市）：此指封禅之名号。谥，古时君主或诸侯、大臣死后依其功过所加予的称号。

〔10〕道：称道。李善注引《管子》：“封太山，禅梁父者，七十有二家。”此句谓自古以来继续光明正大之德，尊崇封禅的名号，而祭祀于泰山者有七十二君。

〔11〕罔：无。　若淑：和顺美善。

〔12〕畴：谁。　逆失：违逆有过失。

〔13〕轩辕：即黄帝。传说居于轩辕之丘，故名曰轩辕。先后战胜炎帝与蚩尤，上古诸侯尊为天子。

〔14〕遐：久远。　邈（miǎo 渺）：与“遐”同义。

〔15〕五三：五帝（伏羲、神农、黄帝、尧、舜）三王（夏禹、商汤、周文武）。六经：指古代六种经典，即《诗》、《书》、《礼》、《乐》、《易》、《春秋》。黄侃说：“五三言其世，六经言其书，载籍之传即六经以外百家传记。”（《文选黄氏学》，225 页）

〔16〕维：依，依据。　风：遗风。此指五帝三王之世的遗风。又，胡绍煐说：“五臣、史汉‘风’并作‘见’，言见于载籍之传，故可观也。此不知者妄改为‘风’。”（《文选笺证》，卷三十）此录以备考。

〔17〕书：指《尚书》上古之书，六经之一。

〔18〕元首：君主。

〔19〕股肱（gōng 工）：比喻君主的辅佐之臣。股，腿由胯至膝盖的部份；肱，胳膊由肘至肩的部份。皆以辅助身躯的活动，故以喻君主的辅佐之臣。以上两句为《尚书·益稷》文，赞颂禹帝贤明益稷良善。

〔20〕唐尧：古帝名。封于唐，号陶唐氏。

〔21〕后稷：唐尧之臣，周之始祖。

〔22〕公刘：古帝名，传说为后稷的曾孙。　西戎：古时西北部的少数民族。

吕延济注:“后稷,公刘之孙也,居于西戎,人咸归其德。” 黄侃说:“假此发端,只是欲独举周德耳。”(《文选黄氏学》,226 页)

〔23〕文王:周文王,姓姬名昌,居于岐山之下,为西方诸侯之长。

〔24〕爰:于是。 郅(zhì 至):至。

〔25〕大行:正大之道。 越:愈。李善注引文颖曰:“郅,至也。行,道也。文王始开王业,改正朔,易服色,太平之道于是成也。”

〔26〕陵迟:衰落。

〔27〕亡声:没有丑恶的名声。李善注引郑氏曰:“无声,无有恶声也。”黄侃说:“言历千载而后泯灭也。”(《文选黄氏学》,226 页)

〔28〕异端:不同的方略。

〔29〕所由:所从。谓创业。

〔30〕遗教:遗留于后世的教化。张凤翼说:“异端,犹云他术也。言周更无他术,但创业定制,垂裕后昆耳。”(《文选纂注》,卷十)

〔31〕轨迹:指政教体制。 夷易:平易。

〔32〕易遵:易于遵行。

〔33〕湛恩:深恩。 厖鸿:广大,宏大。

〔34〕易丰:易于使后世感到丰厚。李善注:“湛,深也。厖、鸿,皆大也。言湛恩广大,易可丰厚也。”

〔35〕宪度:法令制度。

〔36〕易则:易于效法。

〔37〕垂统:遗留后世的传统。 理顺:通顺。谓通顺易行。 胡绍煐说:“注善曰:张揖曰:‘理,道(本作“通”)也,其道和顺。’王氏念孙曰:‘理亦顺也。《说文》:顺理也。《广雅》曰:理,顺也。……按夷易、厖鸿、著明,皆二字平列,此亦同也。如顺理为通,则分晰二义矣。’”(《文选笺证》,卷三十)此录以备考。

〔38〕易继:易于继承。

〔39〕业:此指周之王业。 襁褓(qiǎng bǎo 抢保):包裹婴儿的被子。此谓周成王。为武王之子,年幼即位,由周公辅政,故谓襁褓。 崇:高。 冠:超越。 二后:二王。指周文王、周武王。李善注引孟康曰:“襁褓,谓成王也。二后,谓文、武也。周公辅成王,以致太平,功德冠于文、武者,遵法易故。”

〔40〕揆(kuí 奎):揆度,考察。 厥:其。 所元:原始。

〔41〕终:始终。 都:美,美善。 攸卒:所终。指周朝王业的终结。

〔42〕殊尤:殊异,特殊。　绝迹:超绝的业绩。

〔43〕蹑:登。　梁父:山名。泰山下一座小山。

〔44〕尊名:崇高的名号。黄侃说:"由此观之,自周以来,未有无德可以封禅者也,此讽其先治道而后鬼神,意极明白。"(《文选黄氏学》,226页)

〔45〕逢涌:犹丰容。形容水势盛大。　原泉:与"逢涌"同义,皆为叠韵形容词(见黄季刚《文选黄氏学》,226页)。

〔46〕沕潏(wù yù 勿玉):形容水势奔涌的样子。　曼羡:与"沕潏"同义。也为叠韵形容词。

〔47〕旁魄:犹磅礴。形容气势宏伟雄大。　四塞:四方边塞之地。

〔48〕九垓(gāi 该):九重,九重之天。

〔49〕溯(sù 诉):逆流倾注。　八埏(yán 延):八方极远之地。以上六句皆形容汉帝之德浩荡无边,普施宇宙。

〔50〕怀生:怀有生气。怀生之类,指万物。

〔51〕沾濡(rú 如):谓受到德化的滋润。

〔52〕协气:协和之气。

〔53〕武节:武德,威武的德操。　猋(biāo 标)逝:疾风急驰。形容威力迅猛。

〔54〕迩陿(xiá 狭):近者。陿,与"狭"同。陿,也近义。　原:本原,源头。

〔55〕遐阔:远者。阔,也有远义。　沫:流波。与本原相对。吕向注:"沫,波也。"以上两句将汉之德化比为水,意谓距其近者可以游于其源头,距其远者可以泳于其末流。

〔56〕首恶:始为恶者。　郁没:湮没,灭亡。

〔57〕晻(àn 暗)昧:愚昧,愚昧者。　昭哲:光明。谓接受教化而变得文明。

〔58〕闿怿(kǎi yì 凯义):和乐。或解为发明、昭苏,也通。胡绍煐说:"是闿怿皆明也。闿与岂、怿与圛,古音并通。王氏《广雅疏证》引此而释之云:'闿怿亦是发明之意。昆虫闿怿,犹言蛰虫昭苏耳。'此说是也。"(《文选笺证》,卷三十)

〔59〕回首:谓向往大汉的仁德。　面内:向内。与"回首"同义。

〔60〕囿:苑囿。谓畜养珍兽于苑囿之中。　驺(zōu 邹)虞:祥瑞之兽。李善注引毛苌《诗传》:"驺虞,义兽,有至信之德则应也。"

〔60〕徼(jiào 教):遮,拦截。　麋鹿:祥瑞之兽。李善注引《汉书音义》:"徼,遮也。遮麋鹿得其奇怪者,谓获白鳞也。"

〔62〕导:择。谓选择做祭品的米。胡绍煐说:"王氏引之曰:'渠从禾,而训

择于义为允。稟、导(稟 dǎo)同声而通训,于音尤协。《封禅文》稟一茎六穗于庖,崔骃《七发》乃导元山之粱不周之稻,其义一也。'"(《文选笺证》,卷三十) 一茎:一茎六穗,指嘉禾之米。 庖:庖厨,厨房。

〔63〕牺:牺牲。谓以之作为牺牲。 双觡(gé 格):双角。 共柢(dǐ 底):两角共一根。双觡共柢之兽,指麒麟,祥瑞之兽。李善注引服虔曰:"武帝获白麟,两角共一本,用以为牲。"

〔64〕周:周代。 余珍放:"珍"为衍文。余放,当为放余,放掉畜余之龟(见黄季刚《文选黄氏学》,227 页)。 龟:神龟。祥瑞之物。 岐:山名。在今陕西岐山县。李善注引文颖曰:"周放畜余龟于沼池之中,至汉得之于岐山之旁。龟能吐故纳新,千岁不死。"

〔65〕招:招致,招来。 翠黄:神马名。又名乘黄、腾黄、飞黄。李善注引《汉书音义》:"翠黄,乘黄也,龙翼马身,黄帝乘之而仙。" 乘龙:神马名。

〔66〕灵圉(yǔ 语):神仙名。

〔67〕闲馆:闲静的馆舍。李善注引文颖曰:"是时上求神仙之人,得上郡之巫长陵女子,能与鬼神交接,疗病辄愈,置于上林苑中,号曰神君。有似于古灵圉,礼待之于闲馆舍中。"又,黄侃说:"鬼神至闲馆九字为一句,言宾接鬼神灵圉皆于闲馆之中。注云有似千古灵圉,非。"(《文选黄氏学》,227 页)。

〔68〕谲(jué 决)诡:怪诞多变。

〔69〕俶傥(tì tǎng 替倘):卓异超凡。

〔70〕符瑞:祥瑞的征兆。 臻:至。

〔71〕陨:落。 航:舟船。此句谓周武王伐纣时,白鱼跃入舟中。

〔72〕休:美。 燎:谓燃起烟火以祭天。李善注引《尚书旋机钤》:"武得兵钤,谋东观(观兵),白鱼入舟,俯取鱼以燎也。"

〔73〕微:无。 符:符瑞。

〔74〕介丘:大丘。指泰山。

〔75〕恧(nǜ):惭愧。

〔76〕进让:进取与辞让。

〔77〕爽:差,错。李善注引张揖:"进,周也。让,汉也。爽,差也。言周未可封禅为进,汉可封禅而不为为让。"

〔78〕大司马:官名,三公之一。相如假设之名,以发议论。

〔79〕群生:万物。

〔80〕不譓(huì 会):不顺,叛逆。

〔81〕诸夏:中国,中国之人。　乐贡:乐意向朝廷缴纳贡赋。贡,贡赋,贡品赋税。

〔82〕百蛮:蛮夷。指南北边境地区的少数民族。　执贽(zhì 至):进献礼物。贽,指礼物,土特产。

〔83〕侔:比,等。　往初:指上古之君。

〔84〕休烈:美善盛大。指仁德。　浃(jiā 加)洽:普及,遍施。

〔85〕期应:应期。　绍至:相继而至。

〔86〕意:五臣本作"意者",想来。　坛场:以土筑台,作为祭祀场所。　望幸:谓望天子临幸而行封禅之礼。

〔87〕盖号:加予圣号。　况荣:赐予荣名。黄侃说:"此句下别本及《史》、《汉》有'上帝垂恩储祉(多福),将以庆(善)成'十字,据下韦注三神之文,则当有之。"(《文选黄氏学》,227 页)

〔88〕挈(qiè 切):绝,弃。　三神:指上帝、泰山、梁父。据李善注引韦昭曰。

〔89〕王道:先王所行之正道。

〔90〕质暗:质朴暗昧。

〔91〕珍符:珍祥的符应。

〔92〕靡记:无所表记。记,表记,指立碑刻石。　罔几:谓无庶几之迹。几,庶几,谓多少遗迹。

〔93〕并时:谓与其所生时世共终始,时世既去人事随之而灭。

〔94〕济:尽。　厥世:其时世。　屈:绝,灭。

〔95〕说者:谈说者。李善注:"言古帝王若但作一时之荣,毕世而绝者,则说无从显称于后世也。"

〔96〕锡(cì 次)符:谓上天赐予符瑞。锡,通"赐"。

〔97〕进越:冒进越礼。谓无德而行封禅之礼。

〔98〕不替:不废。谓不废止封禅之礼。

〔99〕地祇(qí 其):地神。

〔100〕谒款:诉告忠诚。

〔101〕勒功:谓将功勋铭刻于石上。勒,刻。　中岳:五岳之一,指嵩山。李善注引张揖曰:"盖先礼中岳而幸太山。"又,黄侃说:"张注非,长卿未知必封泰山也。"(《文选黄氏学》,227 页)

〔102〕章:彰明,表彰。　至尊:至高无上,指天子。

〔103〕浸:浸润,滋润。　黎元:百姓。

〔104〕皇皇:盛美。

〔105〕卒业:大业。卒,当作“丕”。丕,大。梁章钜说:“六臣本、《史记》‘卒’并作‘丕’。师古曰:‘卒字或作本或作丕。’王氏念孙曰:‘案《尔雅》壮大也。壮观、丕业皆承上皇皇哉……言之,则作丕者是也。作卒作本非其旨矣。’”(《文选旁证》,卷四十)

〔106〕贬:贬损。忽视。

〔107〕全:完全,完成。

〔108〕杂:参用。　搢(jìn 进)绅:古时士大夫的装束。搢,插笏;绅,腰带。搢绅先生,指经儒之士。　略术:教术,儒术。黄侃说:“因杂句言更杂取儒术以就此仪。”(《文选黄氏学》,227 页)

〔109〕末光:余光。　绝炎:照于绝远处的光焰。

〔110〕展寀(cǎi 采):施展其官职。意谓发挥其为官的职能作用。寀,官,官职。　错事:成就其事业。错,通“措”,措置。此有成就之意。李善注引《汉书音义》:“使诸儒记功著业,得睹日月末光殊绝之明,以展其官职,设错事业也。”

〔111〕犹:因,就。　正列:端正而使之有序。　义:大义。此指天时人事的基本规律。

〔112〕祓(fú 扶)饰:谓除旧创新。祓,除旧;饰,饰新。胡绍煐说:“按祓饰,犹拂拭,谓拂拭其文也。《史记》作‘校饰’,形近之误。”(《文选笺证》,卷三十)此录以备考。

〔113〕春秋:六经之一。　一艺:一经。李善注引孟康曰:“犹,因也。《春秋》者,正天时,别人事。诸儒既得展事业,因兼正天时,别人事,叙述大义为一经也。”

〔114〕袭:因袭,承继。　旧六:指古时六经。　七:指七经。

〔115〕摅(shū 书):行,流行。传播。　亡穷:谓永久。　以上数句谓汉欲使诸儒著书立说,继六经而创七经,传扬大汉德化于永久。

〔116〕俾:使。　清流:比喻大汉政教的影响。

〔117〕微波:余波。喻义与“清流”同。

〔118〕蜚(fēi 飞):同“飞”。　英声:美好的声誉。

〔119〕腾:传,传扬。　茂实:谓美善的德行。

〔120〕鸿名:宏大的美名。　称首:称为王者之首。　用此:因此。

〔121〕掌故:官名。太史官属,掌礼乐故事者。

〔122〕俙(xī 西)然:感动的样子。黄侃说:"俙,即欷也。"(《文选黄氏学》,228 页)

〔123〕俞:然,是。

〔124〕朕:我。天子自称。

〔125〕迁思:改变思想。　回虑:与"迁思"义同。

〔126〕总:纳,采纳。　公卿:三公九卿。指朝廷大臣。

〔127〕诗:歌颂。　大泽:伟大的恩泽。博,同"博"。

〔128〕自我:百姓自称。　天覆:谓天子之恩德施予百姓,若天覆万物。

〔129〕油油:云流动的样子。

〔130〕厥壤:其土。　可游:可遨游。李善注:"言祥瑞屡臻,故可游遨也。"

〔131〕渗漉:渗下滋润。

〔132〕何生:何物。

〔133〕嘉谷:美谷。

〔134〕我穑(sè 瑟):我之稼穑。谓耕种收割,农作之事。　曷蓄:何不有所蓄积。

〔135〕遍:遍及,遍施。黄侃说:"上'之'字羡文,'徧'《汉书》作'偏',《史记索隐》引胡广曰:'言雨泽非偏于我。'"(《文选黄氏学》,228 页),又,胡绍煐说:"按'遍'与'偏'皆误,《史记》作'濡',是也。此四句俱用韵,'濡'与上'雨'、'泽',下'护'为韵,古音同在鱼部。"(《文选笺证》,卷三十)此并录备考。

〔136〕汜(sì 似)布:普布,遍施。汜,普。

〔137〕熙熙:温和欢乐的样子。

〔138〕名山:指泰山。　显位:明位。指山神之位。

〔139〕傒:何。　迈:行。谓行封禅之事。

〔140〕般般:形容色彩间杂的样子。般般之兽,指驺虞,一种祥瑞之兽。李善注引毛苌《诗传》:"白虎黑文。"

〔141〕君圃:君主的园圃。

〔142〕仪:仪表,外貌。

〔143〕旼旼(mín 民):光明的样子。　穆穆:美善的样子。

〔144〕厥涂:其途。　靡从:不知所从来。

〔145〕舜:古帝名。受禅继唐尧之位。

〔146〕虞氏:有虞氏,舜所领部落名。

〔147〕濯濯(zhuó 灼):有光泽的样子。

〔148〕灵畤(zhì 治):古时祭祀天地五帝之所。

〔149〕君:此指汉武帝。　徂:往。　郊祀:于效外祭祀天地之神。

〔150〕舆:车驾。

〔151〕帝:天帝。　享祉:享用并答其福祉。祉,福祉。　以上数句谓元狩元年十月武帝祠五畤而获白麟之事。李善注:"白麟驰我君车之前,因取燎(置于柴而烧之)祭于天,天用歆享之,答以祉福也。"

〔152〕三代:指上古夏、商、周。

〔153〕宛宛:游动的样子。　黄龙:祥瑞之物。

〔154〕兴德:谓仁德之世。

〔155〕焕炳:灿烂的样子。

〔156〕正阳:指帝王之象。《史记索隐》引文颖:"正阳,阳明也,谓南面受朝也。"

〔157〕黎蒸:众民。

〔158〕受命:承受天命。　所乘:凭借。李善注引如淳曰:"书传撰其比类,或以汉土德,则宜有黄龙之应于成纪(地名)是也,故言受命者所乘。"

〔159〕有章:彰明,显示。谓以符瑞显示其德泽。

〔160〕谆谆:教训不倦的样子。李善注引《汉书音义》:"天之所命,表以符瑞,章明其德,不必谆谆然有语言也。"

〔161〕依类:借用事类。　托寓:寄托寓意。

〔162〕封峦:封祀名山。峦,山,名山。

〔163〕披艺:披览经艺之文。艺,经籍图书。

〔164〕天人:天命人事。　交:相契合。

〔165〕上下:指君主与臣民。

〔166〕允答:应答。

〔167〕兢兢:小心谨慎的样子。　翼翼:肃敬不苟的样子。

〔168〕汤武:汤,商汤王,殷开国之君;武,周武王,周开国之君。

〔169〕肃祇(zhī 支):肃敬。

〔170〕假典:大典。谓重位。

〔171〕阙遗:缺失,过错。李善注:“汤武虽居至尊严之位,而犹不失肃祇之道,舜所以在于大典,谓能顾省其遗失,言汉亦当不失恭敬而自省也。祭天,是不忘敬也,不封禅,是遗失也。”又,黄侃说:“此‘肃祇’非敬天也。此‘遗失(阙遗)’非不封禅也。”(《文选黄氏学》,228 页)揆之上下文,黄说为准。

今译

上古原始时期,自上天哺育众民,历数各代君主,直至战国之秦。大致距今近者可以追寻其业迹,远者可以了解其名声。其中众多纷乱,湮灭而史籍所不载者,不可胜数;继承光明正大之道,崇尚封祀之号,约略可以称述者有七十二君。为君之道和顺美善而无不昌盛,悖谬失误而不能长存。

黄帝之前,时代太久远了,其详情不可得知。五帝三王之世,六经百家传记所载,据其遗风可以考见。《书》曰:“君王英明啊!臣子贤良啊!”依此谈来,君莫盛于唐尧,臣莫贤于后稷。后稷创业于唐尧之世,公刘发迹于西戎之地。文王改革制度,周朝始达隆盛,太平之道于是完成,其后则逐渐衰微,千年以来而无恶声,岂不可谓善始善终吗?但是周时也并无不同的方略,只是慎重地创王业于前期,恭谨地遗教化于后代而已。因此其政体平易,易于遵行;其恩德宏大,易于令人感到丰厚;其法度鲜明,易于仿效;其传统顺畅,易于继承。因而大业兴隆于成王,其功超越于文武。考察其创业之始,直至最终皆称美善;却没有特殊绝妙的业绩可以考见于今日。但是还能踏梁父,登泰山,树立显赫之号,施行崇高之名。大汉之德,犹如江河奔涌,浩荡漫衍,雄浑磅礴,直冲四方边塞;又如天云遍布,浓雾扩散,上腾九重之天,下注八方极远地带。有生万物,皆受其感化滋润,协和之气充溢漫流,武威之德如风飘拂。距其近者可以浮游于源头,距其远者可以畅泳于末流。首恶者必遭湮没,愚昧者得见光明,昆虫也感和乐,向往大汉恩泽。然后驺虞珍群出现于苑囿,麋鹿

怪兽聚集于围栏，六穗嘉禾选送于庖厨，双角白麟作为敬神祭品，得周朝所放巨龟于岐山之下，招乘黄神马于沼池之畔。接鬼神仙人，住于闲馆。奇物怪诞，超凡善变。盛美啊！祥瑞征兆相继而至。我皇谦让，还以为德薄，不愿谈论封禅。盖周武伐纣，有白鱼跃入舟中，则以为祥瑞，取以祭天。此种符瑞，何等微不足道，以此登泰山而封祀，不也惭愧吗？不该封禅而强为之，应当封禅却为辞让，其道何其有差啊！

于是大司马进言说："陛下以仁爱培育众生，以正义征伐叛逆，中国百姓乐纳赋税，边境民族愿献贡品。盛德同于上古明君，功勋至今无与伦比。美善之德遍施天下，祥瑞之兆诸多变化，按期相继而至，祥物不只一次呈现。想来泰山梁甫已经设置坛场，盼望陛下莅临，加封其圣号，赐予其荣名。陛下却谦让而不出发，断绝三神的欢乐，缺乏王道的礼仪，群臣对此皆感到惭愧。有的说：况且天道质朴隐晦，以祥瑞显示命意，封禅之事当然不可辞让。如果辞让，那么泰山就没有刻石颂德的标志，而梁甫坛场也就不会留有封禅的遗迹，历代君主只在生时暂显荣耀，其世既尽，其功业随之而灭；如此，谈说者何能称颂于后世，而云七十二君呢？君主修养仁德而上天必赐予符瑞，尊奉天命而举行封禅，不为冒进越礼。因此圣明之君不废封禅之事，而礼拜地神，献诚天神，刻石记功于中岳，表彰至高之位，发扬盛美之德，颁布荣耀之号，承受丰厚之福，以感染广大民众。盛美啊！此封禅之举乃是天下之壮观，王者之大业，不可轻视啊！愿陛下完成它，而后参用经儒之士的方略，使其获享日月的余辉远照，施展才智于官职，卓有成就于事业。同时验正天时，辨别人事之大义，修改创制其文辞，作《春秋》之一经，将继旧有六经而增为七经，传之于无穷，使万世皆能激其清流，扬其微波，飞其美声，发扬大汉美善的德行。前代圣君所以永保伟大名声而常被称为王者之首，原因即在于此。应该命令掌故之官呈上封禅之仪而阅览之。"

于是天子深受感动，一改容颜说："对呀！我来试试看。"乃回心

转意，采纳群臣的议论，询问有关封禅之事。于是大司马即歌赞我君恩泽之博大，颂扬天赐祥瑞之宏富，而作颂曰：

上天哺育众民，轻云漫漫飘浮。甘露好雨及时，土地可生万物。滋液细细下渗，生命无不受福。美谷皆长六穗，庄稼年年丰收。

不只雨露调顺，又能滋之润之。不只普遍滋润，又能爱之护之。万物和悦安乐，感念向慕君恩。名山神明之位，盼望圣君来临。君啊君啊君啊，何不到此封禅。

文采斑斑之兽，游乐我君园圃。外貌白质黑章，仪容高雅脱俗。光彩美善宜人，一派君子风度。往日只闻其声，今朝亲见其物。其路从何所来，乃是天降瑞符。舜时也曾出现，虞氏兴旺千古。

光泽灼灼之麟，游荡灵畤之畔。孟冬十月尚暖，我君郊外祭天。奔驰君车之侧，上帝得享香烟。夏商周朝之前，未尝有此符验。

缓缓游动黄龙，仁德盛世而升。彩色闪耀灿烂，天地四处辉煌。光明之象显现，民众知有圣王。史传已有记载，皆云承受天命。

上天显示瑞应，不必谆谆教训。物类寄托深意，告喻封禅泰山。

披览经传而观之，天命人事已相契合，君臣上下启发。臣民报答圣君之德，君主更当敬肃谨慎。因此兴盛之日必虑衰败之时，安定之中必思危难之际。因而汤武至尊至严，为政犹不失敬肃之道，虞舜身处重位，处事犹能反省个人失误，就是证明此种道理。

（陈复兴译注并修订）

剧秦美新论一首

扬子云

题解

剧秦,谓谴责秦朝的暴虐;美新,谓颂美新朝的仁德。

新,是王莽篡汉自立的国号。因而,两千年来王莽一直受到史家的谴责,其名字已成为篡窃者的代称。

扬雄《剧秦美新》之作,当在王莽新朝初建之际。《汉书·扬雄传赞》说:"谈说之士,用符命称功德获封爵者甚众,雄复不侯。以耆老久次转为大夫,恬于势利乃如是。"其意甚明,不言其未用符命,只言"复不侯","恬于势利",原因在于"实好古而乐道,其意欲求文章成名于后世",后来王莽想要洗刷"以符命自立"的名声,诛甄丰父子,投刘歆子棻于四裔。雄正校书天禄阁,由于教过刘棻古文奇字遭株连。当狱吏来收捕时,乃投阁,几死。王莽了解实情之后,"有诏不问",并复召为大夫。但是京师为之语曰:"惟寂寞,自投阁;爰清静,作符命。"证明他投阁以前确实作过符命。既然如此,其以《剧秦美新》之篇,述祥瑞颂功德,也是情理中事,无需讳言。

王莽是篡逆之君,此文是美新之作,因而历来对其评论不一。一说予以谴责,一说予以开脱。前者若北朝颜之推说:"王褒过章《僮约》,扬雄德败《美新》。"(《颜氏家训》上)。李善则说:"王莽潜移龟鼎,子云进不能辟戟丹墀,亢辞鲠议;退不能草玄虚室,颐性全真。而反露才以耽宠,诡情以怀禄,素餐所刺,何以加焉! 抱朴(葛洪)方之仲尼,斯为过矣。" 后者若李充《翰林论》说:"扬子论秦之剧,称新之美,此乃计其胜负,比其优劣之义。"(李善注引)意谓美新

实为责新,比其稍胜暴秦而已。黄侃则评点说:"此正詈莽之尽改汉制也。长卿之文讽而已耳,子云则直攻讦之矣。"(《文选黄氏学》229页)颜李之说实出于"袒刘"正统观念,充黄之说则出于为贤者讳的心理。还有人论证雄未曾事莽,或未作《剧秦美新》,也属后者,实不足据。

其实扬雄不是圣人,不可能超越那个时代环境,谈说之士都在作符命颂功德,他也不可能不表态。再者,成哀以来,外戚擅权,朝廷腐败,社会黑暗至极;王莽称帝,巧施恩惠,善用士人,又提出一系列复古改制政策,一个"好古而乐道"的扬雄当然不可能不为之心动。因而其《剧秦美新》之作,既非"败德",也非"詈莽",而是他的好古与王莽的复古相合,乃出自于内心的真实情态。

文章主旨在于颂美新朝的复古改制,而以暴秦的反古为对比,以责汉未能复古为衬托。第一部分是序,明言写作《剧秦美新》的意图。第二部分揭示暴秦的发迹史,抨击秦皇叛离先王古道,"尽汛扫前圣数千载功业,专用己之私"的罪行。此为剧秦之由。连带谴责汉对秦制"虽违古而犹袭之","帝典阙而不补,王纲弛而未张"的过失。文中并非剧秦不剧汉。第三部分为文章重点,先述祥瑞纷至,颂扬新朝承受于天命,证明其存在的合理性,后述新朝一系列复古改制措施,由"改定神祇"至"著黄虞之苗",基本上是王莽新政的写实,绝非反讽之辞。"帝典阙者已补,王纲弛者已张",正是美新的关键之语,绝非讥斥之言。第四部分是结语,建议王莽行封禅之礼,以显大新功德,并作《帝典》一篇,以垂范后世。

全文剧秦与美新皆以对待帝典王纲(即唐虞到商周以来的先王古道)的去取为转移。秦"汛扫前圣",故剧之;新则"胤殷周"、"绍唐虞",于古帝正道已补已张,故美之。这与著《太玄》、《法言》而阐发古道的扬雄的怀抱是完全一致的。

王莽复古礼而行改良,扬雄美新朝也是为历史上的改良主义唱颂歌。

原文

诸吏中散大夫臣雄[1]，稽首再拜，上封事皇帝陛下[2]：臣雄经术浅薄[3]，行能无异，数蒙渥恩[4]，拔擢伦比[5]，与群贤并[5]，愧无以称职。臣伏惟陛下以至圣之德[7]，龙兴登庸[8]，钦明尚古[9]，作民父母，为天下主。执粹清之道[10]，镜照四海[11]，听聆风俗[12]，博览广包[13]，参天贰地[14]，兼并神明，配五帝[15]，冠三王[16]，开辟以来，未之闻也。臣诚乐昭著新德[17]，光之罔极[18]，往时司马相如作《封禅》一篇，以彰汉氏之休[19]。臣常有颠眴病[20]，恐一旦先犬马[21]，填沟壑[22]，所怀不章[23]，长恨黄泉[24]，敢竭肝胆[25]，写腹心[26]，作《剧秦美新》一篇，虽未究万分之一，亦臣之极思也[27]。臣雄稽首再拜以闻[28]，曰：

权舆天地未祛[29]，睢睢盱盱[30]，或玄而萌[31]，或黄而牙[32]。玄黄剖判[33]，上下相呕[34]。爰初生民，帝王始存。在乎混混茫茫之时[35]，舋闻罕慢而不昭察[36]，世莫得而云也[37]。厥有云者：上罔显于羲皇[38]，中莫盛于唐虞[39]，迩靡著于成周[40]。仲尼不遭用[41]，《春秋》困斯发[42]。言神明所祚[43]，兆民所托，罔不云道德仁义礼智[44]。独秦屈起西戎[45]，邠荒岐雍之疆[46]，因襄文宣灵之僭迹[47]，立基孝公[48]，茂惠文[49]，奋昭庄[50]，至政破纵擅衡[51]，并吞六国[52]，遂称呼始皇。盛从鞅仪韦斯之邪政[53]，驰骛起翦恬贲之用兵[54]，划灭古文[55]，刮语烧书[56]，弛礼崩乐[57]，涂民耳目[58]。遂欲流唐漂虞[59]，涤殷荡周[60]，然除仲尼之篇籍[61]，自勒功业[62]，改制度轨量[63]，咸稽之于《秦纪》[64]。是以耆儒硕老[65]，抱其书而远逊[66]，礼官博士[67]，卷其舌

而不谈。来仪之鸟[68]，肉角之兽[69]，狙犷而不臻[70]。甘露嘉醴[71]，景曜浸潭之瑞潜[72]；大茀经贯[73]，巨狄鬼信之妖发[74]。神歇灵绎[75]，海水群飞[76]。二世而亡[77]，何其剧与[78]！帝王之道，兢兢乎不可离已[79]。夫能贞而明之者穷祥瑞[80]，回而昧之者极妖愆[81]。上览古在昔，有凭应而尚缺[82]。焉坏彻而能全[83]？故若古者称尧舜[84]，威侮者陷桀纣[85]，况尽汛扫前圣数千载功业[86]，专用己之私而能享佑者哉[87]？

会汉祖龙腾丰沛[88]，奋迅宛叶[89]，自武关与项羽戮力咸阳[90]，创业蜀汉[91]，发迹三秦[92]，克项山东[93]，而帝天下。擿秦政惨酷尤烦者[94]，应时而蠲[95]。如儒林[96]、刑辟[97]、历纪[98]、图典之用稍增焉[99]。秦余制度，项氏爵号[100]，虽违古而犹袭之。是以帝典阙而不补[101]，王纲弛而未张[102]。道极数殚[103]，暗忽不还[104]。

逮至大新受命[105]，上帝还资[106]，后土顾怀[107]，玄符灵契[108]，黄瑞涌出[109]，泮浡沕潏[110]，川流海渟[111]，云动风偃[112]，雾集雨散[113]，诞弥八圻[114]，上陈天庭[115]，震声日景[116]，炎光飞响[117]，盈塞天渊之间[118]，必有不可辞让云尔[119]。于是乃奉若天命，穷宠极崇[120]，与天剖神符[121]，地合灵契[122]，创亿兆[123]，规万世[124]，奇伟倜傥谲诡[125]，天祭地事[126]。其异物殊怪，存乎五威将帅[127]，班乎天下者[128]，四十有八章[129]。登假皇穹[130]，铺衍下土[131]，非新家其畴离之[132]。卓哉煌煌[133]，真天子之表也。若夫白鸠丹乌[134]，素鱼断蛇[135]，方斯蔑矣[136]。受命甚易，格来甚勤[137]。昔帝缵皇[138]，王缵帝[139]，随前踵古[140]，或无为而治[141]，或损益而亡[142]。岂知新室委心积

意[143]，储思垂务[144]，旁作穆穆[145]，明旦不寐，勤勤恳恳者，非秦之为与[146]？夫不勤勤，则前人不当[147]，不恳恳，则觉德不恺[148]。是以发秘府[149]，览书林，遥集乎文雅之囿[150]，翱翔乎礼乐之场[151]，胤殷周之失业[152]，绍唐虞之绝风[153]，懿律嘉量[154]，金科玉条[155]，神卦灵兆[156]，古文毕发[157]，焕炳照曜[158]，靡不宣臻[159]。式軨轩旂旗以示之[160]，扬和鸾肆夏以节之[161]，施黼黻衮冕以昭之[162]，正嫁娶送终以尊之[163]，亲九族淑贤以穆之[164]。

夫改定神祇[165]，上仪也。钦修百祀，咸秩也。明堂雍台[166]，壮观也。九庙长寿[167]，极孝也。制成六经[168]，洪业也。北怀单于[169]，广德也。若复五爵[170]，度三壤[171]，经井田[172]，免人役[173]，方《甫刑》[174]，匡《马法》[175]，恢崇祗庸烁德懿和之风[176]，广彼搢绅讲习言谏箴诵之涂[177]，振鹭之声充庭[178]，鸿鸾之党渐阶[179]。俾前圣之绪[180]，布濩流衍而不韫韣[181]，郁郁乎焕哉[182]！天人之事盛矣[183]，鬼神之望允塞[184]。群公先正[185]，罔不夷仪[186]；奸宄寂贼[187]，罔不振威[188]，绍少典之苗[189]，著黄虞之裔[190]。帝典阙者已补，王纲弛者已张，炳炳麟麟[191]，岂不懿哉[192]！厥被风濡化者[193]，京师沉潜[194]，甸内匝洽[195]，侯卫厉揭[196]，要荒濯沐[197]，而术前典[198]，巡四民[199]，迄四岳[200]，增封泰山，禅梁父，斯受命者之典业也[201]。

盖受命日不暇给[202]，或不受命[203]，然犹有事矣[204]。况堂堂有新[205]，正丁厥时[206]，崇岳渟海通渎之神[207]，咸设坛场[208]，望受命之臻焉[209]。海外遐方[210]，信延颈企踵[211]；回面内向[212]，喁喁如也[213]。帝者虽勤[214]，恶可以已乎[215]？宜命贤哲，作《帝典》一篇[216]，旧三为一[217]，袭

以示来人，摛之罔极[218]。令万世常戴巍巍[219]，履栗栗[220]，臭馨香[221]，含甘实，镜纯粹之至精[222]，聆清和之正声[223]，则百工伊凝[224]，庶绩咸喜[225]。荷天衢[226]，提地厘[227]，斯天下之上则已[228]，庶可试哉！

注释

〔1〕诸吏：诸官。为汉时给官员所加之荣衔。李善注引《汉书》："左右曹诸吏皆加官，所加或列侯、将军、卿大夫。" 中散大夫：官名。王莽时置，参与议论政事，为闲散之官。

〔2〕稽首：古时所行跪拜礼。 封事：即封章，密封的奏章。

〔3〕经术：经学。指儒家经典。

〔4〕渥（wò 握）恩：厚恩。

〔5〕拔擢（zhuó 浊）：提拔。 伦比：同类，同辈。

〔6〕并：并位，地位并列。

〔7〕伏惟：伏想。表敬之词。

〔8〕龙兴：喻皇帝即位。 登庸：登王位。

〔9〕钦明：敬肃英明。 尚古：崇尚古道。

〔10〕粹清：纯粹清正。粹清之道，指先王治世之道。

〔11〕镜照：照耀。

〔12〕听聆：聆听。体察。 风俗：民间习俗。

〔13〕广包：广泛包容。

〔14〕参天：谓清明之德可比于天。 贰地：谓仁厚之德可比于地。司马相如《难蜀父老》："勤思乎参天贰地。" 李善注："己比德于地，是二地也；地与己并天，是三也。"

〔15〕配：匹配，相当。 五帝：古代传说中五个贤明之君。一说以为伏羲、神农、黄帝、尧、舜。

〔16〕冠：超越。 三王：三代之王。指夏禹、商汤、周文与周武。

〔17〕昭著：彰明显耀，广泛宣扬。新德：新朝皇帝之仁德。

〔18〕罔极：无限。

〔19〕彰：表彰，宣扬。 休：美，美善之德。

〔20〕颠眴(xuàn 炫):颠倒眩惑。李善注引贾逵《国语注》:“眩,惑也。眴与眩,古字通。”颠眴病,似指中风。

〔21〕犬马:古时臣下对君上的自谦之辞。此扬雄自比为王莽之犬马。

〔22〕沟壑:山谷。填沟壑,谓尸体弃置山野。

〔23〕所怀:抱负,志向。 章:明,实现。

〔24〕长恨:永远遗憾。 黄泉:黄土见泉之所。指葬身之处。

〔25〕肝胆:喻真心诚意。

〔26〕写:抒发。 腹心:内心。

〔27〕极思:至美的构思。

〔28〕闻:奏闻。呈皇帝听闻。

〔29〕权舆:初始。 未祛(qū 区):未开。

〔30〕睢睢(suī 虽):仰目视的样子。 盱盱(xū 虚):张目直视的样子。睢睢盱盱,视不分明的样子。李善注:“言混沌之始,天地未开,万物睢盱而不定也。”

〔31〕玄:指天。 萌:萌芽。

〔32〕黄:指地。李善注:“言天地方开,故玄黄异色而生萌牙也。”

〔33〕剖判:分开。

〔34〕上下:指天地,天地之气。 相呕(xū 需):谓抚育万物。李善注:“言天地既开,玄黄分判,故天地上下,相与呕养万物也。”呕,同“煦”。

〔35〕混混:与“茫茫”皆谓天地未开时的混沌状态。

〔36〕亹(xìn 信)闻:与“罕漫”皆谓模糊不清的状态。黄侃说:“亹闻,即昏冥也。罕漫,即莔胡也。”(《文选黄氏学》,229 页)又,朱珔说:“余疑亹闻本《诗)之‘亹亹文王,令闻不已’。闻者,声闻也。谓混茫之时帝王无声闻之昭察,至羲皇以后而始显也。似觉顺。”(《文选集释》,卷二十三)此录以备考。

〔37〕世:世人。李善注:“言天地肇开,君臣始树,善恶罕漫而不昭察,故世莫得而言之也。”

〔38〕显:明显。 羲皇:即伏羲,传说古帝名。

〔39〕唐虞:唐尧虞舜,皆传说古帝名。

〔40〕迩(ěr 尔):近,近古。 靡:没有。 成周:地名。即西周东都洛邑。周公所建。此指周公奉成王之命居洛执政的时代。

〔41〕仲尼:指孔子,名丘,字仲尼。

〔42〕春秋:书名,儒家经典之一。传孔子据鲁史编纂而成。 困:困穷。或作“因”。梁章钜说:“尤本因误作困。”(《文选旁证》,卷四十) 发:谓发愤著书。

〔43〕所祚(zuò 作):所赐福。

〔44〕罔:无。李善注:“言有斯四德,乃为神明所祚,兆民所托。” 以上三句皆谓孔子所著《春秋》所述大义。

〔45〕屈起:特起,勃起。屈,通“倔”。 西戎:指西部戎人之地。李斯《上秦始皇书》李善注引《史记》:“秦用由余(人名)谋,伐戎王,益国十二,开地千里,遂霸西戎。”

〔46〕邠(bīn 宾)荒:邠地之外。邠,地名,今陕西彬县。荒,外。岐雍:岐,岐州,今陕西凤翔县南;雍,雍州,今陕西、甘肃、青海一带。疆:边疆。

〔47〕襄:秦襄公。 文:秦文公。 宣:秦宣公。 灵:秦灵公。襄文宣灵,皆秦先君的谥号。 僭(jiàn 建)迹:超越本分而开拓其王业。秦祖先为周朝的附庸之国,而逐渐扩张势力,故谓僭迹。

〔48〕孝公:秦孝公。孝公接受商鞅变法的建议,秦国始强。

〔49〕惠文:秦惠文君,孝公子。用张仪计,开始向外扩张,取三川、巴蜀、汉中与上郡之地。

〔50〕昭庄:秦昭襄王、庄襄王,并秦先君谥号。

〔51〕政:秦始皇名。庄襄王之子。 纵:合纵,指战国时关东六国(齐、楚、燕、韩、赵、魏)的反秦联盟。 衡:连衡,与合纵相对,指秦破坏六国联盟使其臣服的策略。

〔52〕六国:指战国时关东的六个诸侯国家,即齐、楚、燕、韩、赵、魏。

〔53〕鞅:商鞅,战国时卫人,秦孝公相,辅孝公变法,秦始强。 仪:张仪,战国时魏人,秦惠文君相,以连衡之策,说六国背纵约而事秦。 韦:吕不韦,秦阳翟大商人。庄襄王为质于赵时,助其返秦即王位,因以为相。斯:李斯,战国末楚上蔡人,说秦始皇灭六国,任为相,定郡县制,下禁书令,改革文字。 邪政:邪恶的政略。

〔54〕驰骛:驰驱。谓发动。 起:白起,战国秦郿人,秦昭王将,善用兵,屡立战功。 翦:王翦,秦频阳东乡人,秦始皇将,灭楚置郡县。 恬:蒙恬,秦始皇将,统一六国后,率军筑长城,有功。 贲(bēn 奔):王贲,翦子,秦始皇将,率兵破燕定齐。

〔55〕刬(chǎn 产)灭:铲除消灭。刬,同“铲”。 古文:指籀文,即大篆。秦李斯废除古籀文,而推行秦小篆。

〔56〕刮:除。 语:指诸子百家之言。 书:诗书,指儒家经典。

〔57〕弛(chí 池):放松,废除。 礼:礼乐制度。 乐:音乐。

〔58〕涂:塞。此句谓使民众陷入愚昧无知状态。

〔59〕流:与“漂”皆谓消除。 唐:与“虞”皆谓尧舜时代的礼仪制度。

〔60〕涤:与“荡”皆谓破坏。 殷:与“周”皆谓商汤与周武时代的礼仪制度。

〔61〕然除:烧尽。然同燃。

〔62〕勒:谓刻石记功。

〔63〕轨量:轨,车两轮间的距离;量,量器,斗斛之类。此指度量衡的标准。

〔64〕稽:考。 秦纪:指秦史。李善注:“言考校而著之《秦纪》。”又,胡绍煐说: “王氏念孙曰:‘《商颂元鸟正气》引《尚书纬》曰:若稽古帝尧。稽,同也。’……韦注《越语》曰:‘纪,法也。’言改制度轨量而同之于秦法也。”(《文选笺证》,卷三十)此解亦可通,录以备考。

〔65〕耆(qí 奇)儒:年高的儒者。 硕老:德高望重的前辈。

〔66〕远逊:远逃。

〔67〕礼官:掌礼仪之官。 博士:掌经艺学术之官。汉武帝时置五经博士,为教授之职。

〔68〕来仪:鸟名。来仪之鸟,指凤凰。

〔69〕肉角:兽名。肉角之兽,指麒麟。

〔70〕狙犷(jū guǎng 居广):一种不可接近的恶犬。此喻暴秦。 臻:至。又,胡绍煐说:“王氏念孙曰:狙读为虘。《广雅》曰:‘趯獡虘也,谓惊走之貌。’《说文》:‘……相惊曰獡。又曰犷犬,犷犷不可附也。’然则狙犷,皆惊走之貌,言麟凤皆高飞远走而不至也。”(《文选笺证》,卷三十)此录以备考。

〔71〕甘露:甘美的清露。 嘉醴:甜美的醴泉。

〔72〕景耀:景星的光耀。景,星名,祥瑞之星。 浸潭:谓滋液浸润而生育万物。

〔73〕大茀(bèi 贝):指彗星,妖星。 经贯(yǔn 允):运行陨落。经,东西往复运行。李善注引《史记·始皇本纪》:“彗星光见东方北方。”又:“有坠星下东郡,至地为石。”又,朱珔说:“案如注意似分经与贯为二。据《春秋·庄七年》:‘恒星不见,夜中星陨如雨。’《谷梁传》曰:‘恒星者,经星也。……’此盖言经星

之陨于地为石也。注以经为虚字似非。且上大茀下巨狄鬼信皆一事,不应经贯独为二事矣。"(《文选集释》,卷二十三)此录备考。

〔74〕巨狄:巨大的狄人。此指秦亡的征象。李善注引《汉书》:"始皇时,有大人身长五丈,夷狄之患见临洮。" 鬼信:谓鬼神所传始皇必死的信息。《史记·始皇本纪》:"(三十六年)秋,使者从关东夜过华阴平舒道,有人持璧遮使者曰:'为吾遗滈池君(水神)。'因言曰:'今年祖龙(指始皇)死。'使问其故,因忽不见,置其璧去。使者奉璧具以闻。始皇默然良久,曰:'山鬼固不知一岁事也。'退言曰:'祖龙者,人之先也。'使御府视璧,乃二十八年行渡江所沉璧也。" 妖与瑞相对,指凶灾之征象。

〔75〕神:神灵。 歇:止,中断。 灵绎:神灵旧绪。李善注:"言神灵歇其旧绪,不福佑之。绎,或为液。"又,胡绍煐说:"按《广雅》:'绎,终也。'王氏《疏证》云:'《说文》:斁,终也。'斁与绎通。《汉书·天文志》张衡《灵宪》云:'神歇精斁。'据此则灵绎犹神歇,义同。"(《文选笺证》,卷三十)此录备考。

〔76〕海水:喻万民。 群飞:谓群雄起义。

〔77〕二世:指秦始皇少子胡亥。始皇死,被赵高、李斯立为帝,称二世。后为高所杀。

〔78〕剧:迅速。

〔79〕兢兢:谨慎小心的样子。

〔80〕贞:正。贞而明之者,谓于帝道贞正而清明之君。 穷:尽,尽至。李善注:"言既正且明,故祥瑞咸格(至)。"

〔81〕回:邪,邪恶。回而昧之者,谓于帝道邪恶而暗昧之君。 极:与"穷"义同。 妖愆(qiān 千):凶灾过失。李善注:"言既邪且暗,故妖愆兢集也。"

〔82〕凭应:凭借上天显示的瑞应。谓受天命。又,朱珔说:"案《读书志余》云:'应读为膺,凭膺犹服膺也。服与膺,一声之转。……'此承上帝王之道不可离而言,言上览古昔,有服膺斯道而尚缺失者,未有坏彻斯道而能自全者也,服膺与坏彻,意正相对。此说迥异旧注而甚确。"(《文选集释》,卷二十三)此录备考。

〔83〕坏彻:毁坏废弃。李善注:"言古帝王之兴,有凭依瑞应而尚毁缺,焉有行坏彻之道而全立者乎?言无也。"

〔84〕若古:顺应稽考古帝之正道。《尚书·尧典》:"曰若稽古帝尧。"《传》:"若,顺;稽,考也。能顺考古道而行之者帝尧。" 尧舜:唐尧虞舜,上古

贤君名。

〔85〕威侮:侵暴侮慢。谓侵暴古帝正道。《尚书·甘誓》:“有扈氏(古部落名)侵侮五行(五德),怠弃三正(正道)。”《传》:“五行之德王者相承所取法,有扈与夏同姓,恃亲而不恭,是则威虐侮慢五行,怠惰弃废天地人之正道,言乱常。” 陷:陷入,坠入。 桀纣:夏桀王殷纣王。上古暴君名。

以上两句意谓顺行古帝正道之君必发扬尧舜的德风,侵暴古帝正道之君必步入桀纣的后尘。

〔86〕汛(xùn 训)扫:洒扫,扫除,消除。李善注引毛苌曰:“洒与汛同。”

〔87〕享佑:享有上天所赐予之福。李善注:“况,况始皇也。私,私所为也,而能享佑,言不能也。”此句为剧秦的关键之语。

〔88〕龙腾:谓汉高祖起义。 丰沛:地名,沛县丰邑(今属江苏省),汉高祖故乡。

〔89〕奋迅:振奋迅疾。 宛叶:地名。宛,宛县,今河南南阳县;叶,叶县,今属河南省。汉高祖灭秦所经之地。

〔90〕武关:地名。在今陕西商南县西北。秦末汉高祖经此入咸阳。 戮力:同心协力。 咸阳:地名。今陕西长安县西。

〔91〕蜀汉:地名。蜀,蜀郡,今四川成都一带;汉,汉中,今陕西南郑县。汉高祖最初被项羽封为汉王,占有巴蜀汉中。

〔92〕三秦:地名。今陕西省一带。汉高祖接受韩信建议,吞并三秦之地,逐渐扩张自己的实力。

〔93〕克:克服,战胜。 山东:地名。指崤山函谷关以东地区。

〔94〕擿(tī 踢):挑出,剔出。

〔95〕蠲(juān 捐):除,革除。李善注引《汉书》:“沛公召秦豪杰曰:‘父老苦秦苛法久矣,与父老约法三章,余悉除秦法。’”

〔96〕儒林:儒者之群。此指学校教育。

〔97〕刑辟:刑法。

〔98〕历纪:历数纲纪。

〔99〕图典:图书经典。

〔100〕爵号:封爵之号。

〔101〕帝典:帝王的常法。

〔102〕王纲:王朝的纲纪。与“帝典”皆谓封建统治秩序。 弛:废。张:张

开。谓振兴。李善注:“为袭秦、项,故阙者不补,弛者未张也。”

〔103〕数:历数。指上天授予的王朝命运。　殚:尽,止。

〔104〕暗忽:昏暗不明。　还:返回。李善注:“言天道既极,历数又殚,故暗忽而灭,不能自还也。”　以上数句表明剧秦之余,兼带责汉之意。黄侃说“剧秦不剧汉”,与此句意不合。

〔105〕逮:及。　受命:受天命而即王位。

〔106〕还资:谓上帝赐福又返回而资助新朝。

〔107〕后土:地神。　顾怀:眷顾关怀。

〔108〕玄符:上天显示的符瑞。玄,天。　灵契:地神显示的符契。

〔109〕黄瑞:黄气之瑞。指王莽受天命的符瑞。李善注引《汉书》:“王莽曰:‘予前在摄(摄政),黄气薰蒸,以著(明)黄、虞之烈(功业)焉,涌出而瑞之。’”

〔110〕泮浡(bì bó 毕勃):水流奔涌的样子。　沕潏(wù yù 勿玉):与“泮浡”义同。

〔111〕海渟(tíng 停):谓海水之汇聚。

〔112〕偃(yǎn 演):偃息,平静。

〔113〕集:聚集。　散:飘散。

〔114〕诞:大。　弥:广。　八圻(yín 银):八方边远之地。圻,通“垠”,边际。

〔115〕陈:列。　天庭:上天。

〔116〕震声:谓声威如雷。震,雷。　日景:谓光辉若日。景,光景,光辉。

〔117〕炎光:日光。　飞响:雷声。

〔118〕盈塞:充满。　天渊:天空至深渊。

〔119〕辞让:谓辞让祥瑞显示的天命。

〔120〕穷宠:尽有天宠。　极崇:至尊。皆谓至尊之位。

〔121〕剖:分。　神符:天神赐予的符命,用为称帝的凭证。

〔122〕地:地祇,地神。李善注:“分天之符,合地之契,言应录而王也。”

〔123〕创:谓开创王业。　亿兆:谓创立王业可延续亿兆之年。

〔124〕规:规模,法度。　万世:谓法度可为万代所遵循。

〔125〕倜傥(tì tǎng 替淌):卓异不凡。　谲(jué 决)诡:变幻莫测。此句谓天赐祥瑞奇异多变。

〔126〕天祭:祭祀天神。　地事:奉事地神。李善注:“言众瑞所以咸臻者,

由能祭天事地。”

〔127〕五威:官名。指五威将军王奇。

〔128〕班:颁布。

〔129〕章:篇。指符录。四十有八章,依注八当作“二”。李善注引《汉书》:“莽遣五威将王奇等,班符命四十二篇于天下。”

〔130〕登假:登至。　皇穹:皇天,高天。

〔131〕铺衍:广布。李善注:“言众瑞升至于皇天,铺衍于下土。”

〔132〕新家:新朝。　畴:谁。　离:应,感应。

〔133〕煌煌:光明的样子。

〔134〕白鸠:鸟名。此指商汤时的一种祥瑞。李善注:“《吴录》曰:‘孙策使张纮与袁绍书曰:殷汤有白鸠之祥。’然古者此事,未详其本。”　丹乌:赤乌。指上古一种祥瑞。李善注引《尚书帝验》:“太子发(指周武王姬发)渡河中流,火流为乌,其色赤。”

〔135〕素鱼:白鱼。指周武王时一种瑞应。司马相如《封禅文》:“盖周跃鱼陨航,休之以燎。”李善注引《尚书旋机钤》:“武得兵钤(兵印),谋东观(观兵),白鱼入舟,俯取鱼以燎(烧柴祭天)也。”　断蛇:谓汉高祖斩断白蛇。也指一种祥瑞。李善注引《汉书》:“高祖夜经泽中,有大蛇当径,高祖杖剑斩蛇,分为两,道开也。”

〔136〕方:比,比较。　蔑:渺小。

〔137〕格来:到来。格,至。李善注:“言莽德盛,故受天命甚易,令众瑞咸至甚勤(多)也。”

〔138〕帝:五帝(一说以为伏羲、神农、黄帝、尧、舜)。　缵(zuǎn 纂):继承。　皇:三皇(一说以为天皇、地皇、人皇)。

〔139〕王:指三王(夏禹、商汤、周文武)。　以上两句帝、皇、王皆为泛言,不必确指,意谓历代帝王皆有先后承继的关系。

〔140〕踵:跟随,沿袭。

〔141〕无为:谓任随自然,不强为之。此谓以德政感化人民,不施刑罚。

〔142〕损益:谓对固有法度有所增删,只修正而不全面废弃。　亡:六臣本作“已”。黄侃说:“‘亡’字误,损益未即致亡,且与帝缵皇王缵帝意不合,又‘治’　‘已’为韵。”(《文选黄氏学》,230 页)

〔143〕岂知:六臣本知作“如”,与文意更合。　新室:新朝。　委心:专心。

积意：与“委心”义同。

〔144〕储思：蓄积思虑，专心致志。　垂务：谓垂拱治事。此谓推行其政务。

〔145〕旁作：遍作。谓遍施德政。　穆穆：肃敬恭谨的样子。

〔146〕非：谓以之为非。李善注：“言新室所以旁作穆穆，勤勤恳恳者，以秦之所为为非，故欲勤修德政也。”

〔147〕前人：指先王。　不当：不合。

〔148〕觉德：大德，正大之德。《诗经·荡》：“有觉德行，四国顺之。”《传》：“有大德行，则天下顺从其政，言在上所以倡道。”　不恺（kǎi 凯）：不和。谓不能协和大德。李善注：“言不勤勤，则不能当先王之意；不恳恳，则觉德不和也。”

〔149〕秘府：古时朝中藏书之所。

〔150〕遥集：一作“逍遥”，与下“翱翔”正对，谓悠闲自得。　囿：园囿。

〔151〕场：场圃。

〔152〕胤（yìn 印）：承续。　殷周：指商汤周武。　失业：遗失的王业。

〔153〕绍：继承。　唐虞：指唐尧虞舜。　绝风：继绝的德风。

〔154〕懿（yì 义）律：六律的美称。懿，美。律，定音或侯气的仪器。嘉量：量器的美称。

〔155〕金科：与“玉律”皆指法令。金、玉，以美言之。

〔156〕神卦：指卜筮之事。　灵兆：与“神卦”义同。以筮草测吉凶为卦，以龟甲为兆。神、灵，以美言之。

〔157〕古文：指先王经典。

〔158〕焕炳：光辉。

〔159〕宣臻：遍至。

〔160〕式：用。　軨（líng 灵）轩：皆有窗的车。　旂（qí 奇）旗：饰龙为旂；饰熊虎为旗。　示：谓显示百官的等级。李善注引《汉书》：“莽立大夫卿车服黻冕各有差。”

〔161〕扬：动。　和鸾：金铃，用以节制车行。　肆夏：古乐曲名。行而歌之，以节制步伐。　节：节制，节拍。谓合乎节拍。

〔162〕黼黻（fǔ fú 斧伏）：指古代礼服上的花纹。黼，礼服上绣有半黑半白的花纹；黻，礼服上绣有黑白相间的花纹。　衮冕：古代帝王贵族所穿着的礼服礼帽。　昭：明。谓为明示等级差别。李善注：“言制服有差，亦明贵贱也。”

〔163〕送终:指父母丧葬之礼。　尊:谓尊卑等级有差别。

〔164〕九族:一说以为异姓亲族,若父族、母族、妻族等;一说以为同姓亲族。此无需过泥。　淑贤:美善。　穆:和,和睦。此句谓使亲族美善,相处和睦无间。

〔165〕神祇(qí奇):天神地祇。此指祭祀神祇之礼。

〔166〕明堂:施布政教之所。　雍台:五臣本作“辟雍”,讲习经艺之所。李善注引《汉书》:“莽奏起明堂辟雍。”

〔167〕九庙:古代天子七庙。以祀祖先。至王莽增建黄帝太初祖庙和帝虞始祖昭庙,共为九庙。　长寿:指长寿堂。王莽建,以祀汉元帝王皇后。李善注引《汉书》:“王莽隳坏孝元庙,独置孝元庙故殿,以为文母(王莽称其姑王皇后为新室文母)篹(馔)食堂,即成,名曰长寿宫。”

〔168〕六经:王莽于五经(《诗》、《书》、《易》、《礼》、《春秋》)之外,又立《乐经》,故谓六经。

〔169〕怀:怀柔而使之来归。　单(chán缠)于:匈奴君长的称号。李善注引《汉书》:“莽重赂匈奴,使上书慕从圣制,以诳曜太后。”

〔170〕若:有至于之意。　五爵:五等爵位,即公、侯、伯、子、男。

〔171〕度:量长短。　三壤:谓土地分三等。李善注引《尚书》:“列爵惟五。分土惟三。”此句谓王莽欲恢复周制,爵分五等,田分三等。

〔172〕经:营,均。　井田:古代的一种土地制度。以九百亩方圆的土地,划分九块,成井字形。中间为公田,周边八家均私田,各百亩。此句谓王莽推行古代井田之制,以限制土地兼并。李善注引《汉书》:“莽令天下公田口井(男人与田亩相应),其男口不盈八而田过一井者,分余田与九族。”

〔173〕免:免除,革除。　人役:指奴婢。此句谓王莽所施行的一种限制奴隶买卖制度。李善注引《汉书》:“莽令更名天下奴婢曰私属,皆不得卖之。”

〔174〕方:比。　《甫刑》:《尚书》篇名。周穆王命吕侯据夏禹赎刑之法更从轻,以布告天下。吕侯后代为甫侯,故吕刑又称甫刑。

〔175〕匡:正,修正。　《马法》:司马穰苴兵法。司马穰苴,春秋时名将。李善注引《史记》:“司马穰苴者,田完之苗裔也。齐景公以为将军,将兵扞燕晋之师。其后田和因自立为齐威王,用兵行威,大放穰苴之法,而诸侯朝齐。威王使大夫追论古者司马法,而附穰苴其中,因号曰司马穰苴兵法。”

〔176〕恢崇:恢弘崇尚。　祗(zhī知)庸:恭敬而守常道。《周礼·春官·

大司乐》:"以乐德教国子,中和祇庸孝友。"《注》:"祇,敬;庸,有常也。" 烁德:盛德。 懿和:美善和洽。

〔177〕搢绅:指经儒之士。搢,插;绅,大带。古时士大夫将笏板插于大带间,故谓士大夫为搢绅。 讲习:谓讲习经义。 言谏:谓上书劝谏。箴诵:规谏讽诵。李善注引《汉书》:"贾山上疏曰:'古者工(乐工)诵箴谏,瞽(瞽,盲人)诵诗,士传言,谏过也。" 涂:道。 以上两句谓王莽广招经艺之士,倡导儒学之风。王莽为安汉公时曾奏为学者筑舍万区,以公车征聘通晓《逸礼》、《毛诗》、《周官》、《尔雅》者为博士教授,并令公卿推荐有德行通政事能言语明文学之吏民入朝对策。(见《汉书·王莽传》)

〔178〕振鹭:奋飞的鹭鸟。喻贤德之士。

〔179〕鸿鸾:巨大的鸾鸟。 比喻义与"振鹭"同。 党:群。 渐:进。

〔180〕前圣:先代圣帝。 绪:业,德业。

〔181〕布濩(huò 货):散布,传播。 流衍:流行,扩展。 韫椟(yùn dú 运读):藏之于木匣。椟,通"椟",藏珠玉的木匣。

〔182〕郁郁:盛美的样子。 焕:光明。

〔183〕天人:天命与人事。天人之事,谓上天显示于人间的祥瑞。

〔184〕允塞:允答满足。

〔185〕群公:百官。 先正:前代之臣。此指贤臣。

〔186〕夷仪:常仪,正常的礼仪。李善注:"《尚书》曰:'群公既皆听命。'又曰:'亦惟先正夷仪。'言有常仪也。"

〔187〕奸宄(guǐ 鬼):奸邪犯法者。 寇贼:入侵为盗者。

〔188〕振威:振惧于威德。 以上两句群公先正与奸宄寇贼相对为文,谓百官贤臣自觉遵循常仪,奸人盗贼也畏惧威德。

〔189〕少典:古帝名,生黄帝。李善注引《史记》:"黄帝者,少典之子,姓公孙。" 苗:苗裔,后代。

〔190〕著:昭著。 黄虞:黄帝虞舜。 裔:与"苗"义同。 以上两句谓王莽封古帝后裔为侯事。王莽自以为黄帝、虞舜后裔,建立新朝以后,以"帝王之道相因而通,盛德之祚百世享祀"为由,分封古帝之后,使奉其祖先。于是封姚恂为初睦侯,奉黄帝后,封妫昌为始睦侯,奉虞帝后。(见《汉书·王莽传》)

〔191〕炳炳:光明的样子。 麟麟:与"炳炳"义同。李善注:"麟与燐,古字同用。"

〔192〕懿:盛美。

〔193〕被风:遍施教化。 濡化:与“被风”义同。濡,沾溉,浸润。

〔194〕沉潜:深入。

〔195〕甸内:指京城郊外。古代京城外百里内为郊,郊外为甸。匝(zā 扎)洽:普遍沾濡。

〔196〕侯卫:即侯服与卫服。侯服,指距京城一千里以外的区域;卫服,指距京城二千五百里以外的地区。 厉揭:厉,深沾;揭,浅沾。

〔197〕要荒:即要服与荒服。指距王城极远的区域。 濯沐:微沾。李善注:“言风化所被,近者逾深,远者稍浅,故京师沉潜,而要荒濯沐也。”

〔198〕术:以之为法术。 前典:前代圣帝的常典。

〔199〕四民:指士农工商。

〔200〕四岳:指东岳(泰山)、南岳(衡山)、北岳(恒山)、西岳(华山)。

〔201〕受命:承受天命。受命者,指帝王。李善注:“言封禅之事,王者常业也。”

〔202〕受命:此指汉高祖。 暇给:及暇。日不暇给,谓时日不及空暇。

〔203〕或:有的人。或不受命,指未得祥瑞之应的秦始皇。李善注引《史记》:“始皇之上泰山,中坂,遇暴风雨(不祥之兆)。”

〔204〕有事:谓封禅之事。李善注:“言高祖受命,而不封禅;始皇不受命,犹有事乎泰山。俱失也。”

〔205〕堂堂:盛大的样子。

〔206〕丁:当。 厥时:其时。谓受祥瑞而应封禅之时。

〔207〕崇岳:高山。 渟海:深海。 通渎(dú 读):指江、淮、河、济四条大水。

〔208〕坛场:祭神的土台。

〔209〕受命:此指王莽。

〔210〕遐方:远方,异域。

〔211〕企踵:举起脚跟。

〔212〕回面:回首。 内向:谓心向朝廷。

〔213〕喁喁(yóng):众人景仰喜悦的样子。

〔214〕勤:五臣本下有“让”字,谓多所辞让。

〔215〕恶:如何。 已:止。

〔216〕贤哲:明智之士。

〔217〕旧三:据注当为"旧二",指《尧典》、《舜典》。　一:指命贤哲作"帝典"。李善注:"言宜命贤智作《帝典》一篇,足旧二典而成三典也。"

〔218〕袭:因袭。　摛(chī 吃):舒展,传布。

〔219〕戴:感戴,荣受。　巍巍:崇高的样子。此指仁德。

〔220〕履:履行,遵循。　栗栗:危惧恭敬的样子。此指帝王之道。

〔221〕臭(xiù 秀):用鼻子闻。　馨香:与下"甘实"皆喻仁德。

〔222〕镜:鉴,体悟。　至精:谓终极的妙理。

〔223〕聆:听。　正声:纯正的乐声。

〔224〕百工:百官。　伊:语助词。　凝:成。

〔225〕庶绩:众多政绩。　喜:与"熙"通,广,盛。

〔226〕荷:承受。　天衢:天道。

〔227〕提:提挈。　地厘:地理,地道。李善注:"上荷天道,而下提地理,言则而效之。"　以上两句谓《帝典》上包天道,下含地道,必为后世取为法则而实行之。

〔228〕斯:指《帝典》。　上则:最高的典则。

今译

诸吏中散大夫臣雄,叩首再拜上书皇帝陛下:臣雄经典修养浅薄,才德毫无特异,多次蒙受厚恩,提拔超出同辈,且与诸贤并列,惭愧不能称职。臣窃想陛下以圣明之德,龙腾而登帝位,英明而崇古道,做众民父母,为天下人主。掌握先王治世正道,光照天下四海,体察社风民俗,博览包容万物,仁德天高地厚,兼有神灵之明,可比上古五帝,超越三代圣王,开天辟地以来,未尝听说过。臣诚愿宣扬大新圣德,使之传布无穷。往时司马相如作《封禅》一篇,赞颂大汉德风。臣常有颠倒晕眩之病,恐一旦先犬马而死,葬身沟壑,怀抱不得实现,永远遗憾黄泉。今披肝沥胆,抒发忠心,作《剧秦美新》一篇,虽未能表达真诚万分之一,也是臣的至美之思。臣叩首再拜奏上,曰:

天地原始未分,宇宙混混沌沌。或玄而萌,或黄而生。天玄地黄,渐渐分明,上下蒸气,抚育生命。初生众民,帝王始存,在那混沌

迷茫之时,昏暗含糊而不昭明,世事不能说清。其有可说者:上古之世没有比羲皇更显赫,中古之时没有比唐虞更隆盛,近古之际没有比成周更昭著。仲尼不被重用,《春秋》因困穷而著成。其书叙述神明所赐福,万民所寄托者,无不是崇尚道德仁义礼智之君。独有秦国崛起于西戎,占据邠地以外,岐雍二州边疆,襄文宣灵四王,超越本分,扩充地盘,孝公建立基业,惠文日益兴旺,昭庄更为强盛,至嬴政则破坏合纵独霸连横,吞并六国,遂称始皇。广为采纳鞅仪韦斯的邪恶政略,怂恿起翦恬贲放肆用兵,毁灭古文,烧尽经书,破坏礼乐,愚弄民众。遂欲清除唐虞遗风,扫荡殷周传统,燃烧仲尼典籍,勒石记载自家勋功,改革制度以及车轨量器,皆可考见于《秦记》。年高儒者、贤德长辈,皆抱其书而逃遁;掌礼官员、讲经博士,皆卷其舌而不谈。来仪神鸟,肉角祥兽,皆避暴秦而不临。甘露醴泉,景星光耀浸润万物之祥瑞,皆潜藏而不见;彗星陨落,巨狄出现,鬼传死信之凶灾,连续发生。天神断绝福佑,海水狂波激荡。二世被杀身亡,祸难何其迅猛!帝王之道,谨慎遵行不可偏离。那中正而贤明之君,祥瑞则相继呈现;那邪恶而昏庸之主,灾祸必接连而降。上观古昔,凭借天示瑞应者尚有缺失,而毁弃正道者怎能保全?顺应古道者必发扬尧舜德风,侵暴古道者必步入桀纣后尘。何况横扫前圣数千年功业而专用个人私见,怎能得享上天福佑呢?

正逢汉高祖起义于丰沛,进军于宛叶,自武关与项羽协力攻破咸阳,创业于蜀汉,扩张于三秦,战胜项羽于山东,进而统一天下。指摘秦朝苛政特别惨酷烦琐者,适应时势加以革除。如学校教育,刑法诉讼,历数纲纪,图籍经典之功用,则有所增加。而秦末制度,项氏爵号,虽违背古道而犹沿袭未改。因此,古帝常法缺失而未做补正,王朝纲纪废弃而未予振兴,天道已尽历数已终,昏暗而灭,祥瑞不返。

及至大新承受天命,上帝返回扶助,后土关怀保佑。天地神灵显示符应,黄气祥瑞,清泉喷涌,澎湃激荡,川流海腾,云动风息,雾

集雨散，广及八方，上达天庭，雷声日光，照耀飞响，充塞于天地之间，众多瑞应不可辞让。于是乃奉行天命，极受宠信位达至尊，与上天分剖神符，与地祇应合灵契。创立王业延续亿兆之年，制定法度可为万代遵循。祥瑞奇伟卓异，变幻多端，皆由于敬事天地之神。其异物怪事，依赖五威将军，颁布于天下百姓，共有四十八篇。祥瑞飞升于上天，扩展于下土，不是大新圣朝谁能应验？雄伟啊辉煌，乃真天子之表征。至于商周大汉的白鸠丹乌，以及素鱼断蛇符应，与大新黄瑞相比，皆显得微乎其微。大新受命甚易，天示祥瑞众多。古昔五帝继承三皇，三王又继承五帝，追随前圣，遵循古道。或无为而治，以德感人；或修正传统，尊古出新。岂如新朝专心一意，集中思虑，推行政务。遍施仁德，恭谨肃敬，日以继夜，天明不寐。所以勤勤恳恳，由于以秦之所为为非。若不勤勤，则不合先王正道；若不恳恳，则不符古帝大德。所以开放秘府，阅览群书，逍遥于文明之园囿，翱翔于礼乐之场圃。丧失的殷周功业得以继承，断绝的唐虞德风重新振兴。律历量器，科条法令，占卜卦书，古代典籍，皆得发扬，光辉照耀，无不遍至。以轩车旗帜显示等级，以鸾铃乐曲节制步伐，以礼服礼帽表明差别，以嫁娶丧葬划分尊卑，使九族美善和睦相处。

改定天地祭典，乃是最高礼仪。修正百神奉祀，使之皆有次序。设置明堂辟雍，乃是文明壮观。建立九庙长寿，乃为极尽孝道。编纂六经，乃是宏大业绩。招来北方单于，乃是推广仁德。至于恢复五等封爵，规定三等土地，推行井田制度，禁止奴婢买卖，比照《甫刑》制定刑罚，修正《司马穰苴兵法》，发扬崇贤肃敬盛德和洽之风，推广讲习经艺讽诵劝谏之道。鸥鹭之声充满殿庭，鸾凤之群进至阶前。使先王遗业，流传发扬而不湮没。何其盛美而灿烂！天人之事，日益众多，鬼神之愿，皆得实现。百官贤臣，无不遵守礼仪；奸匪盗贼，无不惧怕武威。少典后代继承封侯，黄虞苗裔光耀先辈。帝典有缺者已经补正，王纲废弃者已经振兴，辉煌灿烂，岂不壮美！得其德风教化滋润者，京城最深，近郊广泛，远域适当，边疆较浅，而遵

循先王常法，巡视天下四民，直达四岳之远，增祭泰山，禅祀梁父，此乃承受天命者之常业。

盖汉高受命而无暇封禅，始皇未受命却有封禅之事。况且堂堂大新，正当封禅之时，高山大海江河之神，皆设坛场，瞩望大新皇帝驾临。海外异族，远域民众，皆伸颈举踵，心向大新朝廷，喜悦景仰。皇帝虽屡次辞让，怎能止足不往？应当命贤哲之士创作《帝典》一篇，与《尧》、《舜》二典，合而为三，因袭延续，显示于未来之君，传布后代于无限。令万世永远感戴盛德，恭谨遵循圣王大道，嗅其芳香，含其美实，鉴赏纯粹终极之妙理，聆听清新祥和之正声。如此以往，则百官施政有成，业绩盛大兴旺。上包天道，下含地道，此乃天下最高典则，何不一试呢？

（陈复兴译注并修订）

典引一首

班孟坚

题解

典，指《尧典》，《尚书》篇名，为称述古帝唐尧品德与政绩之文；引，引发，延续。刘氏汉王朝自以为唐尧后裔，其有天下为唐尧运数的复归与延续。故颂美汉德之文，也即《尧典》的引申与发挥。

《典引》作于永平十七年(74)，正是东汉帝国的全盛时期。明帝(刘庄)继承光武统一大业，建国五十余年，既未发生过内战，也无封建割据，中央集权已经巩固，经济空前繁荣，国际贸易也迅猛发展。当时的京城洛阳，正如《两都赋》所描述，不仅是中国的政治文化中心，而且也是国际贸易之都。明帝又"欲遵武帝故事，击匈奴，通西域"，派遣窦固、耿忠率领强大远征军，进取西北，出敦煌，入车师，直至塔里木。东汉帝国依封建常法，确实到了"功成作乐，治定制礼"之日。

班固在明帝朝，以私改作国史而致冤狱，得以平反，召诣校书部，任兰台令史，又迁为郎，典校秘书。在明帝支持下，继父业撰著《汉书》。可以说，此期正是班固境遇顺遂，事业有成之时。因而作《典引》，述刘氏世系渊源，颂大汉功德符命，建议制作礼乐，举行封禅之事。此为《典引》主旨，既与其时代氛围相谐，也与其个人境遇相一。

文章第一部分为序，叙述云龙门对策和明帝关于司马迁与司马相如的评论，引出作《典引》的意图。其中充分表述出封建君主对文学的社会功利观念。第二部分追溯刘汉与唐尧的世系渊源，说明汉

承尧运,汉之帝位实为天命正统,尧德复归。这是以五行循环之说为汉王朝存在的必然性做哲理论证。第三部分以汤武与汉帝作比,叙述商汤、周武以臣伐君而有天下,尚制礼作乐,自显神明;而明帝之世上承唐尧,下施汉德,却不讲论礼乐之事,那是礼官儒林的无礼失职所致。第四部分以三公岳牧进言,颂扬明帝之世纷纭降临之诸多祥瑞,建议继承唐尧的文德,报答三灵的赐福,效法古七十四君而行封禅之礼。最后一部分叙述明帝采纳群臣建议,与诸儒故老研讨经艺,行五卜之占,准备以封禅之举扬功德于万世。

全篇处处以唐尧为本,刘汉功德符瑞皆超越商汤周武,夸张铺展,则“神灵日照,光被六幽,仁风翔乎四海,威灵行乎鬼区”,“至于经纬乾坤,出入三光,外运浑元,内沾豪芒”,达到极致。但是,想象驰骋,辞采激荡,始终不离“典引”这两个字。我们今天仍然不能不钦服文学家班固的才智与技巧。

班固评论司马相如《封禅》为“靡而不典”,扬雄《美新》为“典而亡实”,他作《典引》要兼采其长避其短,即主典、靡丽而又征实。前两点似近之,后一点则相去甚远。所以李兆洛评曰:“裁密思靡,遂为骈体科律;语无归宿,阅之觉茫无畔岸,此其不逮卿云。”确实是公允之论。

原文

臣固言:永平十七年[1],臣与贾逵傅毅杜矩展隆郗萌等[2],召诣云龙门[3],小黄门赵宣持《秦始皇帝本纪》问臣等曰[4]:“太史迁下赞语中[5],宁有非耶[6]?”臣对:“此赞贾谊《过秦篇》云[7],向使子婴有庸主之才[8],仅得中佐[9],秦之社稷,未宜绝也[10]。此言非是。”即召臣入,问:“本闻此论非耶[11]?将见问意开寤耶[12]?”臣具对素闻知状。诏因曰:“司马迁著书,成一家之言,扬名后世,至以身陷刑之

故[13],反微文刺讥[14],贬损当世[15],非谊士也[16]。司马相如洿行无节[17],但有浮华之辞,不周于用[18],至于疾病而遗忠[19],主上求取其书[20],竟得颂述功德,言封禅事[21],忠臣效也[22]。至是贤迁远矣。”臣固常伏刻诵圣论[23],昭明好恶[24],不遗微细[25],缘事断谊[26],动有规矩[27],虽仲尼之因史见意[28],亦无以加[29]。臣固被学最旧[30],受恩浸深,诚思毕力竭情,昊天罔极[31]!臣固顿首顿首[32]。伏惟相如《封禅》,靡而不典[33];扬雄《美新》,典而亡实[34]。然皆游扬后世,垂为旧式[35]。臣固才朽,不及前人,盖咏《云门》者难为音[36],观隋和者难为珍[37]。不胜区区[38],窃作《典引》一篇,虽不足雍容明盛万分之一[39],犹启发愤满[40],觉悟童蒙[41],光扬大汉,轶声前代[42],然后退入沟壑,死而不朽。臣固愚戆[43],顿首顿首,曰:

太极之元[44],两仪始分[45],烟烟煴煴[46],有沉而奥[47],有浮而清[48]。沉浮交错[49],庶类混成[50]。肇命民主,五德初始[51],同于草昧[52],玄混之中[53]。逾绳越契[54],寂寥而亡诏者[55],《系》不得而缀也[56]。厥有氏号,绍天阐绎[57],莫不开元于太昊皇初之首[58],上哉敻乎,其书犹得而修也[59]。亚斯之代,通变神化,函光而未曜[60]。

若夫上稽乾则[61],降承龙翼[62],而炳诸《典》《谟》[63],以冠德卓绝者[64],莫崇乎陶唐[65]。陶唐舍胤而禅有虞[66],有虞亦命夏后[67],稷契熙载[68],越成汤武[69]。股肱既周[70],天乃归功元首[71],将授汉刘[72]。俾其承三季之荒末[73],值亢龙之灾孽[74],县象暗而恒文乖[75],彝伦斁而旧章缺[76]。故先命玄圣[77],使缀学立制[78],宏亮洪业[79],表相祖宗[80],赞扬迪哲[81],备哉粲烂,真神明之式也[82]。虽

皋夔衡旦密勿之辅[83]，比兹褊矣[84]。是以高光二圣[85]，宸居其域[86]，时至气动[87]，乃龙见渊跃[88]。拊翼而未举[89]，则威灵纷纭[90]，海内云蒸[91]。雷动电燻[92]，胡缢莽分[93]，尚不莅其诛[94]。然后钦若上下[95]，恭揖群后[96]，正位度宗[97]，有于德不台，渊穆之让[98]，靡号师矢，敦奋㧑之容[99]。盖以膺当天之正统[100]，受克让之归运[101]，蓄炎上之烈精[102]，蕴孔佐之弘陈云尔[103]。

洋洋乎若德[104]，帝者之上仪[105]，《诰》《誓》所不及已[106]。铺观二代洪纤之度[107]，其赜可探也[108]。并开迹于一匮[109]，同受侯甸之服[110]，奕世勤民[111]，以方伯统牧[112]。乘其命赐彤弧黄钺之威[113]，用讨韦顾黎崇之不恪[114]。至于参五华夏[115]，京迁镐亳[116]，遂自北面[117]，虎螭其师[118]，革灭天邑[119]。是故谊士华而不敦[120]，《武》称未尽[121]，《护》有惭德[122]，不其然欤？亦犹於穆猗那[123]，翕纯皦绎[124]，以崇严祖考[125]，殷荐宗配帝[126]，发祥流庆[127]，对越天地者[128]，舄奕乎千载[129]。岂不克自神明哉[130]！诞略有常[131]，审言行于篇籍[132]，光藻朗而不渝耳[133]。

矧夫赫赫圣汉[134]，巍巍唐基[135]，溯测其源[136]，乃先孕虞育夏[137]，甄殷陶周[138]，然后宣二祖之重光[139]，袭四宗之缉熙[140]。神灵日照，光被六幽[141]，仁风翔乎海表[142]，威灵行乎鬼区[143]，匿亡回而不泯[144]，微胡琐而不颐[145]。故夫显定三才昭登之绩[146]，匪尧不兴[147]，铺闻遗策在下之训[148]，匪汉不弘厥道[149]。至于经纬乾坤[150]，出入三光[151]，外运浑元[152]，内沾豪芒[153]，性类循理[154]，品物咸亨[155]，其已久矣。

盛哉！皇家帝世，德臣列辟[156]，功君百王[157]，荣镜宇宙，尊亡与亢[158]。乃始虔巩劳谦[159]，兢兢业业，贬成抑定[160]，不敢论制作[161]。至令迁正黜色宾监之事[162]，涣扬宇内[163]，而礼官儒林屯用笃诲之士[164]，不传祖宗之仿佛[165]，虽云优慎[166]，无乃葸与[167]！

于是三事岳牧之寮[168]，佥尔而进曰[169]：陛下仰监唐典[170]，中述祖则[171]，俯蹈宗轨[172]。躬奉天经[173]，惇睦辨章之化洽[174]。巡靖黎蒸[175]，怀保鳏寡之惠浃[176]。燔瘗县沉[177]，肃祗群神之礼备[178]。是以来仪集羽族于观魏[179]，肉角驯毛宗于外囿[180]，扰缁文皓质于郊[181]，升黄辉采鳞于沼[182]，甘露宵零于丰草[183]，三足轩翥于茂树[184]。若乃嘉谷灵草，奇兽神禽，应图合谍[185]，穷祥极瑞者[186]，朝夕坰牧[187]，日月邦畿[188]，卓荦乎方州[189]，洋溢乎要荒[190]。昔姬有素雉[191]、朱乌[192]、玄秬[193]、黄鏊之事耳[194]，君臣动色[195]，左右相趣[196]，济济翼翼[197]，峨峨如也[198]。盖用昭明寅畏[199]，承聿怀之福[200]，亦以宠灵文武[201]，贻燕后昆[202]，覆以懿铄[203]，岂其为身而有颛辞也[204]？若然受之，亦宜勤恁旅力[205]，以充厥道[206]，启恭馆之金縢[207]，御东序之秘宝[208]，以流其占[209]。

夫图书亮章[210]，天哲也[211]；孔猷先命[212]，圣孚也[213]；体行德本[214]，正性也[215]；逢吉丁辰[216]，景命也[217]。顺命以创制[218]，因定以和神[219]，答三灵之蕃祉[220]，展放唐之明文[221]，兹事体大[222]，而允寤寐次于心[223]。瞻前顾后[224]，岂蔑清庙，惮敕天命也[225]？伊考自遂古[226]，乃降戾爰兹[227]，作者七十有四人[228]，有不俾而假素[229]，罔光度而遗章[230]，今其如台而独阙也[231]！

是时圣上固以垂精游神[232],苞举艺文[233],屡访群儒,谕咨故老,与之斟酌道德之渊源[234],肴核仁谊之林薮[235],以望元符之臻焉[236]。既感群后之谠辞[237],又悉经五繇之硕虑矣[238]。将绁万嗣[239],扬洪辉,奋景炎[240],扇遗风[241],播芳烈[242],久而愈新,用而不竭,汪汪乎丕天之大律[243],其畴能亘之哉[244]?唐哉皇哉[245],皇哉唐哉!

注释

〔1〕永平:东汉明帝(刘庄)年号。

〔2〕贾逵:后汉扶风平陵人,字景伯,精研《左传》及《五经》,兼通五家《谷梁》,以大夏侯《尚书》教授。永平中,献《左氏传解诂》三十篇,《国语解诂》二十一篇。明帝重其书,写藏秘阁。 傅毅:后汉扶风茂陵人,字武仲。章帝时为兰台令史,与班固、贾逵等同校内府藏书,著有《诗》、《赋》、《七激》等作品。 杜矩:未详。 展隆:东汉北海人。李善注:"《七略》曰:'尚书郎中北海展隆。'然《七略》之作,虽在哀平之际,展隆寿或至永平之中。" 郗(xī 西)萌:未详。

〔3〕诣:至。 云龙门:门名。

〔4〕小黄门:宦官名。 秦始皇本纪:司马迁《史记》篇名。

〔5〕太史:即太史令,官名。掌天文、历法及修史之事。 迁:司马迁,西汉夏阳人,字子长。太史令司马谈之子。武帝元狩三年继父职。开始撰写《史记》。李陵征匈奴,战败被俘。迁为之辩护,下狱,处宫刑。出狱后,任中书令,发愤著书,完成《史记》。 赞语:赞颂之语,此指司马迁于《秦始皇本纪》末尾所做的评论。

〔6〕宁:岂,难道。

〔7〕贾谊:西汉洛阳人。以年少博学,被文帝召为博士,迁太中大夫。谊数上书言政事,抨击时弊,遭大臣所忌,出为长沙王太傅,又转梁怀王太傅,抑郁而卒。 过秦篇:即《过秦论》,贾谊所著。文章总结秦由兴而亡的历史教训,以警汉帝。

〔8〕子婴:秦始皇长子扶苏之子。赵高杀秦二世胡亥,立子婴,去帝号,称王,在位四十六日。刘邦军至霸上,子婴出降。后为项羽所杀。 庸主:平庸之君。

〔9〕中佐:中等的辅佐之臣。

〔10〕社稷:社,土神;稷,谷神。国家政权的代称。以上三句略引《过秦论》句。

〔11〕本:原来。

〔12〕开寤:觉悟。寤,通"悟"。

〔13〕陷刑:遭受刑罚。指司马迁下狱受宫刑事。

〔14〕微文:隐晦之文。

〔15〕当世:当世之君。此指汉武帝。关于司马迁被刑之由与著史时间问题,史书记载不一。一说以为因李陵事而下狱,一说以为作《景帝纪》及《武帝纪》极言其非而下狱。一说以为被刑在前,著史在后;一说则相反。黄侃说:"《报任安书》谓草创未就,会遭此祸,是作史在前,被刑在后。然如《汉旧仪注》说,则迁之得祸,乃由《景纪》极言其短及武帝过,然则微文刺讥,又不因陷刑。"(《文选黄氏学》,232 页)

〔16〕谊士:犹义士。有气节的人。

〔17〕司马相如:西汉蜀成都人。字长卿。以献赋任为郎。著《子虚》、《上林》等大赋以及《封禅文》等。 洿(wū 屋):谓污秽的品德。

〔18〕周:备。

〔19〕遗忠:遗留其忠心。

〔20〕主上:君主。此指汉武帝。

〔21〕封禅:指在泰山与梁甫祭祀天地的典礼。于泰山上为坛以祭天,为封;在梁甫山设场祭地,为禅。

〔22〕效:贡献。

〔23〕伏:表敬之词。 刻诵:专心吟诵。 圣论:圣明之论。此指汉明帝评论司马迁与司马相如的话。

〔24〕好恶:好,指司马相如;恶,指司马迁。

〔25〕遗:遗漏,忽略。

〔26〕缘事:根据事实。 断谊:评论其是否忠义。谊,通"义"。

〔27〕规矩:标准,原则。规,校正圆形之器;矩,校正方形之器。

〔28〕仲尼:孔子名丘,字仲尼。 史:指孔子根据鲁史编纂的《春秋》。此书于叙述史实之中寓寄褒贬功罪之意,故谓因史见意。

〔29〕加:增加,超过。此句谓汉明帝圣论所述高明见解,即使孔子著《春秋》所寓褒贬之意也不能超过。

〔30〕被学:谓为学官。　旧:久。

〔31〕昊(hào 浩)天:广阔的天空。昊,大。此句以昊天罔极形容天子恩德无限。

〔32〕顿首:古跪拜礼之一,头叩地而拜。常在书信开头结尾用之。

〔33〕靡:丽,华丽。　不典:谓不是引发经典。

〔34〕亡实:谓不能征实,不符合实际。扬雄《剧秦美新》主旨在于颂美新朝,而王莽为篡逆之君,当剧而不当美,故谓亡实。

〔35〕垂:流传。　旧式:固有的范例。

〔36〕云门:古乐名,即周《云门大卷》,传为黄帝时制。

〔37〕隋和:古珠玉名。隋,隋侯之珠;和,和氏之璧。

〔38〕区区:表惭愧自谦之词。

〔39〕雍容:盛美。

〔40〕愤满(mèn 闷):郁闷怨恨。六臣本"犹"下有"乐"字,满,作"懑"。满,通"懑"。

〔41〕童蒙:幼稚而智力未开。

〔42〕轶(yì 义)声:谓声誉超越前代之君。

〔43〕愚戆(zhuàng 壮):愚昧率直。

〔44〕太极:指天地生成以前的原始混沌之气。　元:始。

〔45〕两仪:指天地。

〔46〕烟煴(yīn yūn 因晕):指阴阳二气相合相浑的样子。此复言之,以成四字句。

〔47〕沉:下沉。　奥:混浊。沉、奥,指原始之气存在的一种状态。

〔48〕浮:上浮。　清:清明。浮、清,指原始之气存在的另一种状态。蔡邕注:"言两仪始分之时,其气和同:沉而浊者为地,浮而清者为天。"

〔49〕沉浮:指沉浊之气与浮清之气。

〔50〕庶类:万物。蔡邕注:"地体沉而气升,天道浮而气降,升降交错,则众类同矣。"

〔51〕五德:五行之德。五,五行,指金、木、水、火、土。蔡邕注:"五德,五行之德。自伏羲已下,帝王相代,各据其一行,始于木,终于水,则复始也。"

〔52〕草昧:幽冥暗昧。

〔53〕玄混:蒙昧昏暗。

〔54〕逾绳：谓超越结绳时代以前。绳，结绳，指上古文字产生以前的一种记事方法。《易·系辞下》："上古结绳而治，后世圣人易之以书契。"《集解》引《九家易》："古者无文字，其有约誓之事，事大大其绳，事小小其绳，结之多少，随物众寡，各执以相考，亦足以相治也。" 越契：谓超越书契时代以前。契，书契，指原始时期的文字。《尚书序》："古者伏羲氏之王天下也，始画八卦，造书契，以代结绳之政，由是文籍生焉。"《释文》："书者文字；契者，刻木而书其侧。"

〔55〕寂寥：寂静无声。 亡诏：无言语。

〔56〕系：指《易·系辞》，为《易》之通论，其中以六十四别卦说明宇宙万物的生成与变化。 缀：谓连缀记载。蔡邕注："言结绳书契已往，其道寂漠亡声，莫能以相告，故《易·系》不得缀连也。"

〔57〕绍天：谓承继天地之道。 阐绎（yì 义）：开导人事。黄侃说："姜皋曰：'绎'当作'绎'。绎，事也，最是。"（《文选黄氏学》，232 页）

〔58〕开元：开始。 太昊：古帝名，即伏羲。昊，也作"皞"。 皇初：有皇帝之初。

〔59〕其书：指太昊始作八卦。 修：修治，研习。又，胡绍煐说："王氏念孙曰：'修当为循字之误也。循者述也。太皞始作八卦，以通神明之德，以类万物之情。故曰其书可得而述，非谓修治也。'"（《文选笺证》，卷三十）

〔60〕函光：隐含其光芒。此句谓事迹模糊不清，史传无所记载。李周翰注："亚，次也。言次此太昊以上，变通神化，其光不见，则难可知也。"

〔61〕稽：考。 乾则：天道。

〔62〕降：下。 龙翼：龙法，龙图。传说龙马从黄河负图出，以授轩辕。又，黄侃说："龙翼指伏羲，伏羲以龙纪官。"（《文选黄氏学》，232 页）也通。

〔63〕典谟（mó 模）：指《尧典》与《皋陶谟》，《尚书》篇名。《尧典》主要记载唐尧一生品德与政绩，《皋陶谟》主要记载舜与其臣皋陶、夏禹商讨政务的事迹。此指史书。

〔64〕冠德：谓道德为历代帝王之首。 卓绝：当作"卓纵"，谓政绩卓异。胡绍煐说："《后汉书》绝作踪，注为道德之冠首，踪迹之卓异。按卓踪，疑本作卓纵，古踪皆作纵。……卓纵与冠德相对为文可证。"（《文选笺证》，卷三十）

〔65〕陶唐：古帝尧的姓氏。

〔66〕舍胤：（yìn 印）：舍弃自己的后代。谓不把帝位授予自己的儿子。禅：

禅让。把帝位让与别人。 有虞:虞舜。

〔67〕夏后:夏禹,古帝名。

〔68〕稷契:古帝名,即后稷与契。稷,尧舜之臣,周人的祖先;契,尧舜之臣,殷人的祖先。 熙:广,扩大。 载:事,事业。

〔69〕越:远。 汤武:商汤王与周武王。 以上两句谓稷契作为辅佐之臣,发展了尧的王业,稷以周的祖先成就了武王之业,契以殷的祖先成就了汤王之业。

〔70〕股肱(gōng 工):大腿胳膊。喻辅佐之臣。此指尧的四臣,即舜、禹、稷、契。 周:备,全。

〔71〕元首:君主。指尧帝。

〔72〕汉刘:汉帝刘氏。传说刘氏的祖先刘累为唐尧的后代。蔡邕注:“天有五行之序,尧与四臣各据其一行,而尧为之正。四臣已遍,故归功元首之子孙,而授汉刘也。” 以上三句谓尧帝四位辅佐之臣(舜、禹、稷、契)或其后代(汤、武)全都成就过王业,上帝乃把功德归还尧帝,将帝位授予其后代刘氏。

〔73〕俾:使。 三季:三代的季世,即夏桀王、殷纣王、周幽王之世。荒末:荒乱之末。

〔74〕亢龙:亢,至高;龙,指君位。 灾孽(niè 涅):灾祸。李善注引《周易》:“亢龙有悔,穷之灾也。”意谓在君位而骄傲自满,则必有灾祸。

〔75〕县(xuán 玄)象:天象,指日月。 恒文:恒久的文章,指星辰。乖:离,错位。

〔76〕彝(yí 夷)伦:正常的道理。 斁(dù 杜):败坏。 旧章:固有的典章制度。

〔77〕玄圣:指孔子。

〔78〕缀学:谓继承已缺失之学,使之得以传扬。 立制:创立制度。以上两句承“彝伦斁而旧章缺”来,谓汉帝既兴则先命习孔子之教,使已废弃的学术与法度得以延续发扬。汉高祖不重诗书,此当指汉初叔孙通制礼之事。

〔79〕宏亮:弘扬。

〔80〕表相:表彰辅助。

〔81〕迪哲:谓遵循明哲之德。迪,蹈,遵循。蔡邕注:“言仲尼之作,亦显助祖宗,扬明其蹈哲之德。”

〔82〕式:法式,模范。

〔83〕皋：皋陶，尧之臣。　夔（kuí 奎）：后夔，舜之臣。　衡：阿衡，商官名，指汤臣伊尹。　旦：周公姬旦，周武王之臣。　密勿：勤勉努力。

〔84〕兹：指孔子。　褊（biǎn 扁）：小。

〔85〕高光：汉高祖、光武帝。

〔86〕宸居：北辰所居，指帝位。宸，当作"辰"。蔡邕注："言高祖、光武如北辰（北极星）居其所，而众星拱之。"

〔87〕时：时运，天命。　气：气运，命运。

〔88〕龙：喻帝王。　渊：深水。

〔89〕拊（fǔ 府）翼：拍击翅膀。

〔90〕威灵：尊严的神灵。　纷纭：众多的样子。

〔91〕云蒸：云气升腾。

〔92〕电熛（biāo 标）：电火熛飞。熛：火焰迅猛。

〔93〕胡缢：谓胡亥自缢而死。胡，胡亥，秦始皇少子。李善注引《史记》："始皇崩，赵高立子胡亥为太子，袭位为二世皇帝。后陈胜等反，赵高乃使闫乐诛二世。二世自杀。"　莽分：王莽身首分离，谓其被诛。李善注引《汉书》："王莽地皇四年十月，汉兵从宣平城门入城中，少年朱弟（人名）等恐见虏掠，私烧其室门，呼曰：'虏王莽，何不出来降！'莽避火之渐台，众兵上台，商人杜吴杀莽，军人裂莽尸。"

〔94〕莅：亲临。蔡邕注："言二祖即位，胡亥、王莽皆先已诛，天之所为先除也。"

〔95〕钦若：敬顺。　上下：指天地。指天地之义。

〔96〕恭揖：恭敬地召集。五臣本揖作"辑"。　群后：诸侯。

〔97〕正位：谓端正王位。　度：居。　宗：尊，尊者之位。蔡邕注："言二主既除乱，诸侯推而尊之，然后敬顺天地，恭揖诸侯，正位居尊也。"

〔98〕于德：谓古帝禅位于有德者。　不台：谓不授位于子。李善注引《汉书音义》："韦昭曰：'古文台为嗣。'"　渊穆：深美。　让：指禅让之德。黄侃说："高、光即位，皆尝逊让，此种句法，不可为式，然自子云来。"（《文选黄氏学》，232 页）此句谓汉帝于诸侯推尊其就帝位时，自为谦让，而有古帝尧舜让于有德而不授子的深美禅位之德。

〔99〕靡：无。　号师：名号师众。　矢敦：发誓劝勉。　奋抙（huī 灰）：举旗挥动。抙，与"麾"音义同。　容：仪容。李善注："言汉取天下，无名号，师众

陈兵,诰誓劝勉,秉旄奋麾之容。” 黄侃说:“矢敦谓《太誓》《牧誓》(皆为周武王伐纣时对军队发表的誓辞)并有茂勖之文,茂勖皆勉也。”(《文选黄氏学》,232 页)此句谓汉高、光二祖讨始皇与王莽时,皆没有举行过周武伐纣那样的誓师大会,没有发表过庄严的誓辞,以表示谦恭辞让之德。

〔100〕膺:承受。 天:谓天命。 正统:指尧帝的系统。

〔101〕克让:谓尧帝的恭谨谦让之德。李善注引《尚书》:“诞膺天命。”又:“(尧帝)允恭克让。” 归运:谓归天运于尧之子孙。运,天运、天命,此指帝位。尧将帝位让于舜,舜让于禹,禹又让之,汉为尧的后代,汉得帝位,故谓归运。

〔102〕蓄:蓄积。 炎上:指火。 烈精:光明。蔡邕注:“谓火,汉之德也。”

〔103〕孔佐:谓孔子的辅佐。 弘陈:弘扬陈述。谓讲述诗书礼乐。李善注:“孔佐,即孔子也。能表相祖宗,故曰佐。”

〔104〕洋洋:盛美的样子。 若德:顺从天命之德。

〔105〕上仪:至高的仪则。

〔106〕《诰》《誓》:指《尚书》。《尚书》中有《牧誓》《召诰》一类的篇章,故谓《尚书》为《诰》《誓》。黄侃说:“《诰》《誓》不及五帝,比汉于尧,故曰《诰》《誓》不及。”(《文选黄氏学》,232 页)此句谓《诰》《誓》所载周王朝的政绩,不能比于唐尧后代汉帝之德业。

〔107〕铺观:遍观。 二代:指殷周。 洪纤:大小。

〔108〕赜(zé 则):精微,深奥。

〔109〕开迹:发迹。 一匮(kuì 窥):一筐土。匮,同“篑”,盛土的竹筐。此谓土地狭小。

〔110〕侯甸:侯服与甸服,指古代京城附近地区。此谓诸侯之国。

〔111〕奕(yì 义)世:累世,一代接一代。 勤民:谓勤劳治民。

〔112〕方伯:一方诸侯之长。 统牧:谓统领一方为其牧守。牧,牧守,指一州之长。李善注:“言殷周二代,初皆微,开迹于一匮,并受夏、殷侯甸之服,勤劳治人,或为方伯,或为统牧也。”

〔113〕乘:借。 彤弧:良弓名。 黄钺(yuè 月):金饰的战斧。李善注:“言因其命赐以彤弓、黄钺,乃始征伐也。”

〔114〕韦顾:夏侯国名。 黎崇:殷侯国名。 不恪(kè 客):不敬。蔡邕注:“韦,豕韦;顾,己姓之国,皆夏诸侯也。黎、崇,殷诸侯也。四国为不敬,汤、

文王诛之。”

〔115〕参五:谓三分或五分天下。　华夏:指中国。

〔116〕镐亳(hào bó 浩搏):镐,西周国都,今陕西西安市南;亳,殷之国都,今河南商邱县境。李善注:“参五,谓参五分之也。言殷、周参五而分华夏之地,然后乃始京迁于镐、亳也。”　又,刘良注谓周后稷至太王三次迁都,殷汤至盘庚五次迁都,故为三五。也通。

〔117〕北面:面北而拜。指臣者之位。此指商汤王与周武王。

〔118〕虎螭(chī 吃):如虎如螭,比喻军队的勇猛。螭,传说中一种没有角的龙。

〔119〕革灭:除灭。谓诛灭夏桀、殷纣。　天邑:天子之邑。谓商汤、周武登天子之位。

〔120〕谊士:有气节有操守之士。谊,同“义”。指伯夷、叔齐等。　华:浮薄,谓薄德。　敦:敦厚,谓厚德。张铣注:“汤以臣伐君,故古今义士以为华薄之事,不为敦厚之道也。”

〔121〕武:乐名。颂扬周武之乐。　未尽:谓尽美而未尽善。因周武以臣伐君,故曰未尽。

〔122〕护:乐名。颂扬商汤之乐。　惭德:有愧于道德。因商汤以臣伐君,故谓其乐有惭于德。以上两句用孔子与吴季札对《武》、《护》的评论之意。蔡邕注:“孔子曰:‘《韶》(舜乐)尽美矣,又尽善也。谓《武》尽美矣,未尽善也。’舜禅而周伐,故未尽善也。延陵季子(即吴贵族季札)聘鲁,观乐,见舞《大护》者曰:‘圣人之弘也,而犹有惭德’。耻于始伐也,岂不然乎?”

〔123〕於(wū 乌)穆:盛美的样子。　猗(yī 衣)那:与“于穆”义同。

〔124〕翕(xī 西)纯:盛明的样子。皦(jiǎo 脚)绎:与“翕纯”义同。蔡邕注:“《周颂》曰:‘於穆清庙。’《商颂》曰:‘猗欤那欤。’孔子曰:‘始作,翕如也,从之,纯如也,皦如也,绎如也。’”　以上两句谓商周人颂扬其乐用于宗庙之事。

〔125〕崇严:崇敬。　祖考:祖先。生曰父,死曰考。

〔126〕殷荐:厚进。谓厚进馨香于上帝。　宗配:谓尊崇之使配享于天帝。

〔127〕发祥:出现珍祥。祥,珍祥,祥瑞。　流庆:流传福祉于子孙。庆,福。

〔128〕对:答。　越:于。　天地:指天神地祇。

〔129〕舄奕(xì yì 系义):绵延光耀的样子。

〔130〕神明:谓以自己之道为神明。李善注:“言二代以臣代君,尚能作乐

配天,岂不能自神明其道哉?”

〔131〕诞略:大略。 常:常道。

〔132〕审:慎重考察。 篇籍:指礼乐经典。

〔133〕光:明,明晰。 藻:文藻。指篇籍之文藻。 朗:明朗。 不渝:不变。李善注:“言二代神明其道,大略有常,但审言行于篇籍,光藻明而不变。言无殊功也。” 以上三句谓商周二代大的谋略皆合于常道,国家政教举措皆详考于礼乐典籍,发扬其文藻而不加改变。

〔134〕矧(shěn 审):况且。 赫赫:显赫盛大的样子。 圣汉:圣明的大汉。

〔135〕巍巍:雄伟崇高的样子。 唐基:唐尧所建基业。

〔136〕溯测:追溯探测。

〔137〕孕虞:孕育虞舜。舜为尧臣,尧禅位于舜。故谓孕虞。 育夏:孕育夏禹。禹为舜臣,舜禅位于禹,故谓尧亦育夏。

〔138〕甄(zhēn 真)殷:培育商汤。商之祖先为契,契为尧臣。故谓甄殷。甄,以土制器之具,引申为造就、培育之意。 陶周:培育周武。周之祖先为稷,稷亦尧臣。故谓陶周。陶,以土制器,引申意与“甄”同。蔡邕注:“言测度汉本至唐,乃任舜育禹,化契成稷,皆为之(指舜禹汤武)父母模范也。”

〔139〕宣:发扬。 二祖:高祖与光武帝。 重光:二祖之光,故曰重。

〔140〕袭:继承。 四宗:指汉四个功名显赫的皇帝。 缉熙:光明。蔡邕注:“高祖、光武为二祖。孝文曰太宗,孝武曰世宗,孝宣曰中宗,孝明曰显宗。二祖重光天下,四宗盛美相因而起也。”此显宗恐有误,文序谓“永平十七年”,已交代明帝在世时所作,不能有其庙号。四宗似皆指西汉君主功德显赫者。

〔141〕六幽:指天地四方幽远之地。

〔142〕海表:海外。

〔143〕威灵:武威。 鬼区:荒远之域。鬼,鬼方,古时指边远的少数民族。

〔144〕匿(tè 特):邪恶,恶人。匿,同“慝”。 回:当作“迥”,远。 泯:灭。

〔145〕微:当作“媺”,美,善。 胡:何。 琐:细小。 颐:美。胡绍煐说:“《后汉书》匿作慝。章怀注:‘慝,恶;回,远也;琐,小也;颐,养也。’王念孙曰:‘回与琐相对,则作回者是也。回讹迥,因讹为回耳。微读为徽,徽,善也。言恶无远而不灭,善何小而不养也。’《旁证》云:‘微当是媺字误。媺与慝互举成文。’”(《文选笺证》,卷三十)

〔146〕显定:明定。　三才:指天地人。此谓天地人合一之道,承上所谓“若夫上稽乾则,降承龙翼,而炳诸《典》《谟》,以冠德卓绝者,莫崇乎陶唐”句意。　昭登:明成,成就。　绩:功。昭登之绩,谓成就上天之功用。启下“至于经纬乾坤,出入三光”句意。

〔147〕兴:兴起,实现。蔡邕注:“言明定天地人之道,明登天之功,非尧莫能兴也。”

〔148〕铺闻:遍闻,广泛接受。　遗策:指古帝遗留于后世的典策。一说以为《尧典》。　在下:在普天之下。　训:教训。在下之训,谓古帝施于天下的教化。一说以为《尧典》为子孙之训。　弘:弘扬。　厥道:其道。指帝尧、圣汉所兴弘之道。黄侃说:“兴、弘为韵,厥道当属下,注并不误。”李善注:“言布闻古之遗策、圣德在下之训,非汉不能弘道。”

〔150〕经纬:治理。　乾坤:指天地。

〔151〕出入:谓控制其运行。　三光:指日月星。蔡邕注:“言使日月星辰出以其节,入以其期,亡朒(农历初一月出于东)朓(月底月出于西)侧匿盈缩之异也。”

〔152〕浑元:指宇宙之气。

〔153〕豪芒:指极微细之物。豪,或作“毫”。李善注:“言汉道外则运行于浑元,内则沾润于豪芒。言巨细咸被也。”

〔154〕性类:有生之类。　理:此指汉德。

〔155〕品物:万物。　亨:通。谓自然繁衍,无所不适。

〔156〕臣:使之臣服。　列辟:诸侯。

〔157〕君:君临其上。　百王:历代帝王。蔡邕注:“言汉之德,能臣古之列辟,其功又为百王之君也。”

〔158〕亡:无。　亢(kàng 抗):匹敌,相等。

〔159〕虔巩:虔敬而勤谨。蔡邕注:“巩,亦劳也。”　劳谦:勤勉而谦虚。

〔160〕贬成:贬低自己的成功。　抑定:贬低自己的政局安定。

〔161〕制作:谓制礼作乐。李善注引《礼记》:“王者功成作乐,治定制礼。”以上两句谓汉帝的虔巩劳谦之德,谦虚地看待自己的政治成就,不敢像古礼规定那样以成功者制礼作乐。

〔162〕迁正:谓改正朔。正,指正朔。正,一年之始;朔,一月之始。古时新朝建立,依“奉天承运”之例,须重定正朔。　黜色:谓易服色。古时新朝建立,

须依其五行之德而改定服色。 宾监:谓待以宾礼并敬视之。此指汉光武帝封殷周之后事。

〔163〕涣扬:宣扬。 宇内:天下。蔡邕注:“汉承周后,当就夏正,以十二月为年首,而秦以十月为年首,高祖又以十月至灞上,因而不改。至武帝太初始改焉。贾谊、公孙臣等议,以汉土德,服色尚黄。至光武中,乃黜黄而尚赤,立殷后曰绍嘉公,周后曰承休公,以宾而监二代(指殷周)矣。于四者宣扬海内,制作之事,由(犹)未章也。”

〔164〕礼官:掌礼之官。 儒林:儒者之群。此指讲解经艺的博士官。屯用:用,当作“朋”,群聚之意。 笃诲:诲,当作“论”,善于论说。梁章钜说:“《后汉书》……屯用作屯朋,诲作论。章怀注:‘屯,聚也;朋,群也。’按用字不可通,作朋是。”(《文选旁证》,卷四十)

〔165〕仿佛:约略可见的行迹。此指古帝之道。

〔166〕优慎:犹豫谨慎。李善注引《尚书大传》:“周公作乐,优游三年。”

〔167〕葸(xǐ 洗):畏惧。蔡邕注:“慎而无礼则葸。” 以上四句谓汉帝有敬慎谦恭之德,而礼官、博士及论说之士不传古帝制礼作乐之道,虽说出于犹豫谨慎,也是无礼的。

〔168〕三事:三公,指太尉、司徒、司空。 岳牧:尧帝时有四岳、十二牧。此指州郡长官与诸侯。 寮:通“僚”,官。

〔169〕佥(qiān 千):皆。

〔170〕仰监:上视。 唐典:尧典。

〔171〕祖则:高祖之典则。

〔172〕俯蹈:下循。 宗轨:世宗武帝的规范。此指汉武帝行封禅之事。

〔173〕躬奉:亲行。 天经:上天的常理。指孝道。李善注引《孝经》:“夫孝,天之经也。”

〔174〕惇(dūn 敦)睦:敦厚和睦。谓使亲族尊卑有序,笃爱和睦。 辨章:平和显明。谓使百官之族姓平和而明礼。李善注:“《尚书》曰:‘惇叙九族。九族既睦,平章百姓(百官之族姓)。’辨与平,古字通也。” 洽:普洽,普施。

〔175〕巡靖:巡省安抚。 黎庶:平民百姓。

〔176〕怀保:安抚保养。 鳏(guān 官)寡:老而无妻曰鳏,老而无夫曰寡。 浃(jiā 佳):周遍,普及。

〔177〕燔瘗(fán yì 烦义):燔,焚柴,祭天的仪式;瘗,埋祭品,祭地的仪式。

县(xuán 玄)沉:县,庋悬,悬祭品,祭山的仪式;沉,沉祭品于水,祭川的仪式。

〔178〕肃祇(zhī 知):肃敬。

〔179〕来仪:指凤凰。 羽族:鸟类。 观(guàn 灌)魏:皇宫门前两边的望楼。蔡邕注:"《家语》:'子夏(孔子弟子)曰:商(子夏名)闻《山书》曰:羽虫三百有六十,而凤为之长。'"

〔180〕肉角:指麒麟。 毛宗:毛族,兽类。 外囿:郊外的苑囿。囿,养兽之所。

〔181〕扰:驯服,驯养。 缁(zī 兹)文:黑色的文采。 皓质:洁白的质地。缁文皓质,指瑞兽驺虞。

〔182〕采鳞:五彩的鳞甲。黄辉采鳞,指黄龙。

〔183〕宵:夜。

〔184〕三足:三足乌。古神话中太阳里的神乌。 轩翥(zhù 助):飞翔。

〔185〕应图:感应天命而出的图书。 合谍:合于天命的谱谍。

〔186〕穷祥:祥瑞尽至。 极:与"穷"义同。

〔187〕坰(jiōng 扃)牧:指远郊。

〔188〕邦畿:京都周围的广大地区。

〔189〕卓荦(luò 落):卓异,奇绝。 方州:京城。

〔190〕要荒:指距京城极远之地。以上数句皆述明帝时的祥瑞之物。

〔191〕姬:周王之姓。指周。 素雉(zhì 至):白雉。

〔192〕朱乌:赤乌。

〔193〕玄秬(jù 巨):黑麦。

〔194〕黄麰(móu 谋):大麦。此句述周时的祥瑞之物。

〔195〕动色:现出喜色。

〔196〕相趣:急趋向前。

〔197〕济济:众多的样子。 翼翼:恭敬的样子。

〔198〕峨峨:盛美的样子。

〔199〕用:因为,由于。 昭明:显明,光明。 寅畏:敬畏。

〔200〕聿(yù 玉)怀:怀来,招来。来,语助词;怀,来。此句谓多种祥瑞降临,君臣动色相趋,大概是由于明白敬畏上帝之命,承受以仁德招来之福。

〔201〕宠灵:尊崇。 文武:周文王与周武王。此指文武之德。

〔202〕贻燕:遗留安乐。 后昆:后代。

〔203〕覆:覆育,庇护。 懿铄(shuò 硕):美盛。

〔204〕颛(zhuān 专)辞:专擅之辞。此谓周成王行封禅之事。

〔205〕勤恁(rèn 任):多思。 旅力:献力。旅,陈,献。

〔206〕充:实现。 厥道:其道。指尊崇祖先贻德后代之道。

〔207〕恭馆:古代帝王收藏策书之所。蔡邕注:“恭馆,宗庙,金縢之所在。”金縢(téng 腾):《尚书》篇名。周公为武王向天请命之书。藏于匮,封之以金,故谓金縢。

〔208〕御:进献。 东序:东墙,东厢。 秘宝:指《河图》、《洛书》,言存亡之事。

〔209〕流:流传。 占:占验,以知祸福。蔡邕注:“《尚书》曰:‘颛顼《河图》、《洛书》在东序。’流,演也。《洛书》,皆存亡之事,尚览之以演祸福之验也。”

〔210〕亮章:信实而彰明。

〔211〕天哲:天命以赐圣哲。蔡邕注:“言《河图》、《洛书》至信至明而出,天赐之,使视而行之。”

〔212〕孔猷(yóu 由):孔子之道。猷,或作繇。道,道术。 先命:先受命而定道。

〔213〕圣孚:圣明诚信。蔡邕注:“言孔子先定道,诚至信也。”

〔214〕体行:亲自实行。 德本:道德之本。此指唐尧之德业。

〔215〕正性:修养本性。蔡邕注:“体行正性,习尧所履,今天子复蹈之。”

〔216〕丁:当。

〔217〕景命:大命。蔡邕注:“言逢此吉,当此时者,皇天之大命也。”

〔218〕顺命:顺应天命。 创制:谓创立封禅之制。

〔219〕定:谓治定而作乐。 和神:谓使人神和谐一致。

〔220〕三灵:指天、地、人。 蕃祉:多福。

〔221〕展:广,发扬。 放唐:唐尧,名放勋。 明文:明德。文,文教,文德,指礼乐制度。李周翰注:“封禅者,所以答天地人之多福,广帝尧之明德矣。”

〔222〕兹事:指封禅等礼乐之事。 体大:体式宏大。体,体式,规矩。

〔223〕允:实。 寤寐:日夜。 次:止。 心:此指汉帝之心。

〔224〕瞻前:谓尊崇先代帝王。 顾后:谓垂范于后世子孙。

〔225〕蔑:轻视。 清庙:祖庙。 惮敕:惮告。黄侃说:“允,信,宣行之

也,与文为韵,善属下,非。寤寐次于心,谓思制作。瞻前顾后,谓仰观俯贻。或云,善无'瞻前顾后'。岂蔑清庙,清庙指祖宗,言所以欲制作者,岂敢轻祖而以敕正天命为难哉。文无封禅,蔡注大误。蔑清庙,承上宠灵文武言,敕天命,承上昭明寅畏言也。"(《文选黄氏学》,233 页)

〔226〕伊:语助词。 遂古:远古。

〔227〕戾:至。 爰:于。 兹:指汉。

〔228〕作者:指行封禅之事者。李善注:"古封禅者七十二君,今又加之二汉(指武帝与光武帝)。"

〔229〕不俾:谓天下未完全顺从。俾,从,顺从。 假素:假借符牒。素,竹素,竹简素帛,指典策符牒。

〔230〕光度:当为光宅,谓施恩德于天下。 遗章:谓遗留业绩于书传。章,篇章,书传。 以上两句谓古代虽有天下而民未尽顺从其统治的君主,尚假借典策符牒而行封禅之事,未施恩德于天下却妄想留其业绩于史传。胡绍煐说:"注善曰:'言前封禅之君有不使之,而尚假其竹素,未有告之以光明之度,而遗其篇章。'王氏念孙曰:'不俾者,不从也。《尔雅》:俾,从也。度与宅,古字通。光度,即光宅也。《书序》:昔在帝尧,聪明文思,光宅天下是也。言自古封禅之君,有海内未尽率从而尚假竹素者,未有光宅天下而遗章者。'"(《文选笺证》,卷三十)李、王二说皆通,而王说较顺,从之。

〔231〕今:指汉帝。 如台:如何。 独阙:谓独缺封禅之事。

〔232〕垂精:垂意,注意。 游神:游心,留心。垂精游神,谓聚精会神。

〔233〕苞举:包容。谓广泛研究。 艺文:指经典。

〔234〕斟酌:饮。汲取。

〔235〕肴核:谓吸收,消化。肉曰肴,骨曰核。 林薮(sǒu 叟):丛林。

〔236〕元符:重大的符应。

〔237〕群后:百官。 谠(dǎng 党)辞:正直的言论。

〔238〕五繇(zhòu 宙):谓占卜五年,预测吉凶。繇,卦兆的占辞。 硕虑:大虑,重大的预测。蔡邕注:"王者巡狩,预卜五年,岁习其祥,习则行,不则修德而改卜。言天下已举五卜之占而习吉也。"

〔239〕绯(bēng 崩):延续。 万嗣:万代。

〔240〕奋:发扬。 景炎:盛明。

〔241〕扇:煽动。 遗风:流传于后世的德风。

〔242〕播：散播。　芳烈：美善的业绩。

〔243〕汪汪：广大浩瀚的样子。　丕天：谓广大如天。丕，大。　大律：重大的法度。

〔244〕畴：谁。　亘：终，终结，完成。

〔245〕唐：唐尧。　皇：大汉。蔡邕注："言谁能竟此道，惟唐尧与汉，汉与唐尧而已。"

今译

臣固言：永平十七年，臣与贾逵、傅毅、杜矩、展隆、郗萌等，奉命到云龙门，小黄门赵宣持《秦始皇本纪》问臣等说："太史公下赞语中，难道有错误吗？"臣回答说："此赞语引用贾谊《过秦论》说，假使子婴有平庸君主之才，仅得中等辅佐之臣，秦之王统也不会断绝。此言完全错误。"陛下立即命臣入朝，问："本来就知此论错误，还是被询问以后思想有所觉悟呢？"臣将平素所知情况加以报告。以此陛下教导说："司马迁著书成一家之言，扬名后世，至于以身遭刑罚之故，反以隐晦之文讥讽朝廷，贬损当世，其人并非义士。司马相如品行污秽，操守不佳，只有浮华之辞，不备实用，至于病危之际而遗留忠心，主上派人求取其书，竟得颂扬皇帝功德，建议举行封禅之文，确实是忠臣的效命。其贤德远远超过司马迁。"臣常怀景仰之情诵读圣王高论，明辨好恶是非，深入细枝末节，依据事实评断忠义与否，言论皆有固定准则。即使仲尼依史实而寓褒贬之意，也无法超过之。臣固钻研学问最久，领受恩惠最深，诚愿竭尽精力表达忠心，报答陛下大如苍天的无限恩德。臣固顿首顿首。臣以为相如《封禅》，华美而不合经典，扬雄《美新》，典雅而不合史实。但是皆传扬后世，流行而为固定范式。臣固才能低下不及前人，大概吟唱《云门》者难以创作乐曲，观赏隋和珠玉者难以琢磨珍宝。真是不胜惭愧，写成《典引》一篇，虽不及华美名盛之作于万分之一，还是可以启发心怀怨愤者，开导愚昧无知者，发扬大汉仁德，使其声誉超越前代圣君。然后臣将葬身沟壑，死而不朽。臣固愚钝戆直，顿首顿首，

曰：

太极之初，天地始分，混混沌沌。阴气下沉而混浊，阳气上浮而清新。阴沉阳浮，交错相浑；万物生成，纷纷纭纭。天命人间君主，遵循五德之始，同样幽暗不明，也在昏昧之中。结绳书契以前，寂寞无声而不可言传，《易·系》不得记载说明。其有氏号之君，上承天命，下导人事，无不以太昊为初皇之首。上古啊，太久远了，其书犹可传述。而太昊以上之代，则变幻神秘，光辉隐晦而无所显现。

若上考天道，下承图书，光耀于《典》《谟》，道德超群、政绩卓异者，没有人比唐尧更崇高。唐尧不传帝位于亲子而让与虞舜，虞舜依天命又让与夏禹，后稷与契发展王业，于是成就商汤周武。辅佐之臣子孙既已循环为王，天命又重归于元首唐尧，将授予汉王刘氏。使其远承三代荒乱之末世，正逢暴君骄傲酿成之灾祸，天象昏暗而星辰离轨，常理破坏而典章缺亏。因而先命其讲习圣人之教，使之承继断绝之学术，恢复缺失之制度，弘扬伟大的王业，辅助祖宗的功德，赞扬遵循明哲之德风。完美啊，光辉灿烂！真是神明的范式。即使皋陶、后夔、阿衡、周旦，那样勤勉的辅佐之功，比于孔子之教，也显得微不足道。因而高祖、光武二圣，居其帝王之位，时运既至，气数已升。神龙腾跃于水潭，振动羽翼而尚未飞翔，则神灵纷纷显现，海内云雾蒸腾，雷声鸣响，电火闪动，胡亥自杀，王莽分尸，汉帝尚未亲临严惩。然后顺从天地之义，召集各方诸侯，端正帝位而居至尊。有让位于贤能而不传于子孙的深厚美德，无显扬名号阵前发誓挥舞旌旗的威严仪容。大概是由于领受天命正统，继承唐尧禅让之德，而又有帝位回归的运数，蓄积火德的光明，蕴藏孔子传播的道术。

盛大啊，顺从天命之德，是帝王的至高仪则，汉帝功业乃《诰》《誓》赞美的武王、周公所不及。纵观殷周二代大小法度，其精妙皆可以探究。皆发迹于狭小之地，同受诸侯之封，累世勤奋治民，或为方伯，或为统牧。凭借皇朝赐予彤弓黄钺之威力，趁着讨伐韦顾黎

崇不敬之机遇，至于三分五割华夏之域，京都迁于镐亳，于是则以臣者之位，统率勇猛之师，诛灭暴虐之君，而登天子之位。因此义士皆以为浮薄之举而不合忠厚之道，《武》乐可称尽美而未能尽善，《护》乐则有愧于为臣之德，这种评论不是很正确吗？即使如此，殷周之世还以为《武》、《护》之乐美善而盛明，用以崇敬祖先，进献上帝，启发祥瑞，传福子孙，报答天帝之神，一直延续千有余年。岂不是自以为神明吗？只是由于其重大谋略皆合乎常道，其政教举措皆详审于经典，其文藻光明始终不变而已。

何况光荣显赫的大汉，崇高唐尧为建国之基，追本溯源，乃是唐尧培育虞舜夏禹，造就商汤周武，然后大汉二祖发扬其荣耀，四宗继承其光明。神灵如阳光普照，直达天地四方。仁爱之风飞翔于海外，武威之灵扩展于异域。邪恶者无论逃遁多么遥远，也无不覆灭；善良者无论何等弱小，也无不安养。因此显示天地人合一之道，成就天帝之功，非唐尧而不能实现；遍闻先王遗留的典策，普施天下之教，非大汉而不能弘扬。至于主宰天地的变化，控制三光的运行，外充溢于宇宙，内滋润于毫末。生命循其理而孕育，万物尽其性而繁衍，其由来已是很久远了。

盛伟啊！大汉乃尧帝的后裔，仁德使诸侯臣服，功勋使百王听命。荣耀笼罩宇宙，至尊无可比伦。其始则勤勉谦逊，兢兢业业，贬抑已有的成功与政绩，不敢谈论作乐与制礼。至于改正朔，易服色，殷周之后封侯之事，宣扬于宇内，而礼官儒生以及群集论说之士，却不能传述祖宗古远之道，虽说出于犹豫谨慎，恐怕也是无礼吧！

于是朝廷三公与州郡牧守，皆进言说：陛下上观唐尧常法，中述高祖典则，下遵武帝规范。亲行天然孝道，使家族笃爱百姓和睦之教化，普及天下；巡视安抚民众，关怀扶养鳏夫寡妇之恩惠，遍施海内。天地山川之祭，敬奠群神之礼也已完备。因此凤凰率领众鸟集于楼阙之下，麒麟引导群兽戏于苑囿之内。驺虞游动于京郊，黄龙腾跃于池沼，甘露夜降于丰草，神鸟飞翔于茂树。至于嘉谷灵草，奇

兽神禽，图书符牒，诸多祥瑞，朝夕现于远郊，日日月月，国都区域，充满于京城，洋溢于边疆。古昔周时只有白雉、赤乌、黑麦、大麦之事而已，君臣尚且喜形于色，左右奔走，表现恭敬礼拜，称美不已。周成王行封禅之事，大概是因为明白敬畏天命，承受以仁德招来之福，也是由于崇敬周文周武，遗留福佑于后代，又以美盛之德抚育子孙。成王难道只是为其自身而致颂美之辞吗？如当今接受众多祥瑞，也应多思上天之命而进献报答之力，以实现尊崇祖先贻德后代之道。开恭馆而览金縢之篇，登东厢而阅秘宝之书，以流传占卜测知之福音。

《河图》、《洛书》信实而彰明，那是天帝给圣哲的赐予；孔子之道受命而先定，圣明而信实；唐尧亲行道德之本，汉帝遵照之而修养本性；正当此吉日良辰，是上天显示重大之命。顺应天命而创造制度，社会安定则以礼乐使人神和谐，报答天地人之神所赐多福，发扬唐尧所施明德教化。此事规模宏大，确然日夜思索于心。瞻仰先世圣王，顾念后代子孙，岂敢轻视祖宗而畏惧诉告上天吗？考察上自远古，下至如今，举行封禅之君有七十四人，有天下未尽顺从凭借符牒而行封禅者，有未施恩德于四海却妄想留其功业于史传而封禅者，当今大汉为何独缺封禅之礼呢？

此时圣上原以聚精会神，广泛披览经传，屡访众多儒生，咨询德高长辈，从其体悟道德之渊源，领会仁义之丛林，盼望天示符瑞之降临，既感动于群臣的正直之言，又连续五年占卜，有测度吉凶之大虑，将使万世发扬其光辉，振奋其烈焰，煽动其德风，传播其业绩，时代愈久而汉德愈新，应用而不尽，博大啊宽广如天之大法，谁能深知此种终极真理呢？唐尧啊大汉，大汉啊唐尧！

（陈复兴译注并修订）

汉书公孙弘传赞一首

班孟坚

题解

班固的《汉书》纪、传之末，多有评论性的文字，写为"赞曰"。本篇是《汉书》公孙弘、卜式、倪宽合传的"赞"。

"赞"是古代的一种文体，就其含义说是赞美、颂扬。从"赞"的内容来看，它产生于对事物的赞美感叹，实质上是"颂"的一个支派。《文心雕龙·颂赞》说："赞者，明也，助也。"从这个角度，《文心雕龙》把《史记》各篇之后大都有的"太史公曰"，《汉书》各篇之后都有的"赞曰"皆归于赞体。因为它们有申说，有补充，符合"明也，助也"的赞的文体特点。

实际上，"太史公曰"和"赞曰"，名为"赞"，实为"论"。它们在内容上就上文纪传的事实加以引申，有褒扬，有批评，已不同于过去只是赞扬的"赞"；从表达方式上说，虽有叙说，但多为议论，实质上是一种评语；从语言上看，已不纯用四言韵语，句数亦不限于一二十句的短小篇幅，多已独立成章。《汉书》的这种"赞"，严格地说属于评论的范畴。所以萧统把此文归入"史论"一类。

本文虽是合传之"赞"，但评论不拘于所"传"之三人，而是以公孙弘等人的事迹为"由头"，进而生发出汉代尊贤礼士而天下贤士追慕响应的感慨，得出只要皇帝诚心求士而士无不至的结论。全文把

汉武帝和汉宣帝两朝选贤任能的情况加以比较说明。武帝时人才济济,因之分类较为详备;宣帝时其名臣列在汉武之次,因之归类简单。详略分明,疏密得当,省却许多笔墨,文章简洁明净。

全篇旨在论述汉武、汉宣选拔任用人才,贤明之士的名单及其才能和特长自然要多所罗列,但班固行文多变,句式有异,就避免了文章的呆板,语句的僵化。虽为骈文,不觉沉冗。首段以散起、以散结,其间变以骈俪之文。中段把特征贯于人名之前,末段则先列人名后记本领,再转为先提才能后举一串人名,有条有理,不滞不涩,交替变化,富有情致。

原文

赞曰:公孙弘、卜式、倪宽[1],皆以鸿渐之翼[2],困于燕雀[3],远迹羊豕之间[4],非遇其时[5],焉能致此位乎[6]?是时汉兴六十余载[7],海内乂安[8],府库充实[9],而四夷未宾[10],制度多阙[11]。上方欲用文武[12],求之如弗及[13],始以蒲轮迎枚生[14],见主父而叹息[15]。群士慕响[16],异人并出[17]。卜式拔于刍牧[18],弘羊擢于贾竖[19],卫青奋于奴仆[20],日磾出于降虏[21],斯亦曩时版筑饭牛之朋已[22]。

汉之得人[23],于兹为盛[24]。儒雅则公孙弘、董仲舒、倪宽[25],笃行则石建、石庆[26],质直则汲黯、卜式[27],推贤则韩安国、郑当时[28],定令则赵禹、张汤[29],文章则司马迁、相如[30],滑稽则东方朔、枚皋[31],应对则严助、朱买臣[32],历数则唐都、落下闳[33],协律则李延年[34],运筹则桑弘羊[35],奉使则张骞、苏武[36],将帅则卫青、霍去病[37],受遗则霍光、金日磾[38],其余不可胜纪[39]。是以兴造功业[40],制度遗文[41],后世莫及[42]。

孝宣承统[43],纂修洪业[44],亦讲论六艺[45],招选茂

异[46],而萧望之、梁丘贺、夏侯胜、韦玄成、严彭祖、尹更始以儒术进[47],刘向、王褒以文章显[48],将相则张安世、赵充国、魏相、邴吉、于定国、杜延年[49],治民则黄霸、王成、龚遂、郑弘、召信臣、韩延寿、尹翁归、赵广汉、严延年、张敞之属[50],皆有功迹见述于后世[51]。参其名臣[52],亦其次也[53]。

注释

〔1〕公孙弘(hóng 红):西汉菑川薛(今山东滕县)人,少时家贫,四十多岁时才学习《春秋》杂说。汉武帝初被拜为博士,时年已六十。后由御史大夫升任丞相,封平津侯。　卜式:西汉河南(今河南洛阳)人,以畜牧为业,靠养羊致富,多次把私财捐献国家,武帝任他为中郎,派往上林主管牧羊,年余,羊肥大,繁殖多。后升任御史大夫,赐关内侯。　倪宽:西汉千乘(今山东博兴县西北)人,家中贫穷,给读书人做炊事,到田中耕作,带着经书。由郡国推选为博士,官至御史大夫,和司马迁等共定《太初历》。

〔2〕以:有。裴学海《古书虚字集释》:"'以'犹'有'也。"　鸿:鸿雁。渐:渐进,逐渐。　翼:翅膀。鸿渐:指飞鸿渐进于高位。李善注引李奇:"渐,进也。鸿一举而进千里者,羽翼之材也。"鸿渐之翼,比喻非凡的才能。

〔3〕困:艰难,窘迫。　燕雀:燕和雀两种小鸟。比喻不足轻重的小人物。

〔4〕迹:痕迹,事迹。远迹,在远方的劳作之事。李善注引韦昭《汉书》注:"远迹,谓耕牧在远方也。"远迹羊豕之间,指公孙弘"少时家贫,牧豕海上",卜式"入山牧羊十余年"。

〔5〕遇:遇到,遇见。　时:时机,机会。此指征贤良时。

〔6〕焉:怎么。　致:取得,得到。　位:官位。爵位。

〔7〕是时:指汉武帝时。　兴:兴起,建立。　载:年。

〔8〕海内:等于说天下。　乂(yì 义)安:太平无事。乂,安定。

〔9〕府库:国家储存财物兵甲的仓库。府,国家储藏财物或文书的地方。库,藏兵甲战车的屋舍。

〔10〕夷:古代对异族的贬称。春秋以后,多用为对中原以外各族的蔑称。四夷,旧时对东夷、西戎、南蛮、北狄的统称。　宾:归附,顺从。

〔11〕制度:法令礼俗的总称。 阙(quē 缺):缺少,空缺。

〔12〕上:皇上,指汉武帝。 方:正要。 文武:文德和武功。此指具有文武之才的人。

〔13〕求:寻找,寻求。 如:连词,相当于“而”。 及:追上。此指得到。

〔14〕始:才。 蒲轮:在车轮上缠上蒲草,以减轻车行时的震动,叫做安车蒲轮。古时帝王征聘贤士时用,以示礼敬。 枚生:指枚乘,淮阴(今江苏淮阴县)人。景帝时被任为弘农都尉。后以病辞官。武帝为太子时闻其名,即位后乘已年老,就用安车蒲轮征召,而乘死于途中。

〔15〕主父:即主父偃,临淄(今山东淄博市)人。武帝时,偃上书言事,朝奏暮召,武帝见后说道:“你在哪里?为什么相见得这样晚?”任为郎中,一年之内四迁官,至中大夫。

〔16〕士:具有某种品质或某种技能的人。 慕响:思慕响应。响,回声,此指回声相应。

〔17〕异人:不寻常的人。 并:一起。 出:显露,此指出仕。

〔18〕拔:选擢,提拔。 刍(chú 除)牧:饲养放牧牛羊。刍:用草料喂牲口。

〔19〕弘羊:桑弘羊,洛阳(今河南洛阳市)人,商人之子。武帝时任治粟都尉,领大司农。 擢(zhuó 茁):选拔。 贾(gǔ 古)竖:古时对商人的蔑称。贾,商人。竖,对人的鄙称,等于说“小子”。

〔20〕卫青:河东平阳(今山西临汾)人。其父郑季与阳信长公主的侍女卫媪私通,生卫青,所以说他“奋于奴仆”。以同母姊得幸武帝为皇后,遂冒姓卫。前后七次出击匈奴,屡立战功,官至大将军,封长平侯。 奋:鸟张开翅膀,此指奋起。

〔21〕日磾(mì dī 密低):金日磾,原是匈奴休屠王的太子,武帝元狩年间,休屠王降汉不久又后悔,昆邪王杀了他。日磾和他的母亲、弟弟都被收入汉廷,放在黄门养马,被任为马监,后升任侍中,为武帝所信爱。莽何罗谋杀武帝,日磾擒杀何罗,因功封秺侯,赐姓金,与霍光同受遗诏辅政。 出:此指出身。 降虏:投降的俘虏。

〔22〕曩(nǎng 囊上声):以往,过去。 版:筑土墙用的夹板。 筑:捣土用的杵。筑墙时先把土倒在夹板中,再用筑捣结实。相传傅说(yuè)曾于傅岩之野为人筑墙。殷代高宗武丁访得,举以为相。 饭牛:喂牛。据《吕氏春秋》记载:春秋时期卫国人宁戚,在齐国经商,宿于东门外,夜间喂牛时见齐桓公夜出,就敲

着牛角唱歌，慨叹怀才不遇。桓公听到后与之交谈，任他为客卿。　朋：同类。《文选》、《汉书》“朋”皆作“明”。殿本作“朋”，王先谦说殿本是。　已：同“矣”。

〔23〕得：取得，获得。

〔24〕兹：此，此时。　为：是，算是。　盛：兴旺，兴盛。

〔25〕儒雅：风度温文尔雅，兼寓富有学问的意思。　董仲舒：广川（今河北枣强县）人。景帝时为博士。武帝时以贤良对策称旨见重，任江都相。后告病免官家居。朝廷每有大事，常遣使就其咨询。

〔26〕笃（dǔ 堵）行：品行惇厚。笃，笃厚，真诚。　石建、石庆：石奋的长子和次子。石奋是河内温县（今河南温县）人，文帝时累官至太中大夫、太子太傅。有子四人，皆以温顺孝诚、谨慎小心著名，官至二千石。

〔27〕质：诚信。　汲黯（àn 暗）：濮阳（今河南濮阳县）人。武帝时为东海郡太守，后召为九卿。

〔28〕推：举荐。　韩安国：成安（今河北成安县）人。热心推举人才，把高于自己的人和方正之士皆举荐出来。在事梁孝王为中大夫时，推举了壶遂、臧固。武帝时为御史大夫。　郑当时：陈（今河南周口地区）人，景帝时为太子舍人，武帝时为大农令。好荐贤举能，每朝则畅言天下长者，推荐唯恐落后。常在四郊置驿以迎天下贤士。

〔29〕定令：审定法令。　赵禹：斄（今陕西武功县境）人，官至中大夫。张汤：杜陵（今陕西西安市东南）人，武帝时拜太中大夫，与赵禹共定律令。为廷尉，迁御史大夫。

〔30〕文章：文辞，指善于写文章。　司马迁：龙门（今陕西韩城县北）人。继承父亲遗志，任太史令，完成了纪传体通史《史记》。　相如：司马相如，蜀郡成都（今四川成都市）人，擅长辞赋。

〔31〕滑（gǔ 古）稽：善用戏谑取笑的言词。　东方朔：平原厌次（今山东惠民）人。武帝时待诏金马门，官至太中大夫，以奇计俳词得亲近，为武帝弄臣。　枚皋：淮阴（今江苏省淮安县）人，武帝时上书自陈，拜为郎。好诙谐，善辞赋，才思敏捷，时人比之东方朔。

〔32〕应对：对答。吕延济注：“应对为抗答君上。”　严助：会稽吴（今浙江绍兴）人。武帝时为中大夫，同朱买臣并在左右。　朱买臣：吴县（今属浙江省）人，武帝时，为中大夫侍中。后任会稽太守。

〔33〕历数：推算节气之度。　唐都：方士，参与编造汉太初历。　落下闳

(hóng 红):字长公,巴郡阆中(今四川阆中县)人,通晓天文地理。武帝时,同县友人谯隆荐为待诏太史,同劝平等人编制太初历。

〔34〕协律:校正音乐律吕,使之和谐。　李延年:中山(今河北省唐县定县一带)人。犯法受腐刑,善歌新声,被任为协律都尉。

〔35〕运筹:进行筹算。筹:算筹。

〔36〕张骞(qiān 千):汉中成固(今属陕西汉中县)人。建元二年以郎应募出使月支。元鼎二年又以中郎将职衔出使乌孙。　苏武:杜陵(今陕西西安市东南)人。武帝天汉元年以中郎将出使匈奴,被扣留,持汉节牧羊十九年。昭帝即位,武始得归,拜为典属国。

〔37〕霍去病:河东平阳(今属山西省)人。武帝时为剽姚校尉,曾六次出击匈奴,拜剽骑将军,封冠军侯。

〔38〕遗:指临终嘱咐。　霍光:河东平阳人,霍去病异母弟,武帝时为奉车都尉。武帝临终时,光以大司马大将军与金日磾并受遗诏辅佐八岁的孝昭帝。

〔39〕余:剩余。刘良注:"其余谓诸道术者。"　胜(旧读 shēng 升):尽。纪:同"记",记载。

〔40〕兴造:振兴创造。　功业:功勋事业。

〔41〕遗:遗留,留下。　文:法令条文。

〔42〕莫:没有哪一个。　及:赶上,比得上。

〔43〕孝宣:汉孝宣皇帝刘询。　承统:继承皇统。统,世代相继的纪统。

〔44〕纂(zuǎn 钻上声)修:继承推进修治。　洪业:盛大的功业。

〔45〕讲论:讲习评论。　六艺:指儒家的六经,即《诗》、《书》、《礼》、《乐》、《易》、《春秋》。

〔46〕招选:招求选拔。　茂异:"茂才异等"的略称,指卓越的人才。《汉书》载武帝诏:"其令州郡察吏民有茂才异等可为将相及使绝国者"。茂才、汉代举用人才的一种科目,即"秀才"。异等,特异出众,不与凡同。

〔47〕萧望之:东海兰陵(今山东苍山县西南)人,宣帝时累官谏议大夫、御史大夫,曾左迁太子太傅。　梁丘贺:琅邪诸城(今山东诸城县)人,从京房、田王孙学《易》,宣帝时通过京房的门人得进,初为郎,后至少府。夏侯胜:东平(今山东东平县)人,少从夏侯始昌学今文《尚书》,征为博士。宣帝立,任太子太傅。　韦玄成:邹(今山东邹县)人。邹鲁大儒韦贤之子,继修父业,元帝时以明经官至丞相。　严彭祖:东海下邳(今江苏宿迁县境内)人。宣帝时为博

士,官至河南东郡太守,迁太子太傅。　尹更始:攻《春秋》谷梁学,宣帝时迁谏议大夫。　儒术:儒家的学术。　进:向前,指提拔,任用。

〔48〕刘向:刘邦弟刘交四世孙,成帝时任光禄大夫,校阅经传诸子诗赋等书籍,写成《别录》等多种著作。　王褒:蜀郡资中(今四川省资阳)人,善诗赋。曾为益州刺史作颂诗。宣帝征入都,受诏作《圣主得贤臣颂》。　显:高贵,显赫。

〔49〕相:辅助君主掌管国事的官吏。　张安世:杜陵(今陕西西安东南)人,少任为郎,后擢尚书令,迁光禄大夫。昭帝时封富平侯。与大将军霍光定策废昌邑王,立宣帝,以功拜大司马,领尚书事。　赵充国:陇西上邽(今甘肃天水西南)人。武帝时,以破匈奴的功绩,拜为中郎将,宣帝时,以定册功封营平侯。　魏相:济阴定陶(今山东定陶县)人。宣帝时为丞相,总领众职,与邴吉同心辅政,封高平侯。　邴(bǐng 丙)吉:也作"丙吉"。鲁国(今山东省西南部)人,昭帝死,吉向大将军霍光建议迎立宣帝。封博阳侯,任丞相。　于定国:东海(今山东郯城县)人。为廷尉,善断狱。　杜延年:宣帝时为太仆,给事中。

〔50〕黄霸:淮阳阳夏(今河南太康县境)人,武帝末年补侍郎谒者。宣帝时为廷尉正,后擢颍川太守,任扬州刺史,得吏民心。汉代治民的官吏中以黄霸为第一。　王成:宣帝曾给以褒扬,为胶东相,为政治民声誉甚高。　龚遂:山阳南平阳(故城在河南修武县西北)人,宣帝时为渤海太守,时值饥荒,遂单车至郡,开仓济贫,民皆卖剑买牛,境内大治。　郑弘:为淮阳相,以政绩优异迁为右扶风。　召(shào 绍)信臣:寿春(今安徽寿县)人,元帝时任南阳太守,修堤筑坝数十处,灌田三万顷,人尊称为"召父"。后迁河南太守,在郡守中政绩第一。　韩延寿:燕(今河北境内)人,昭帝时为谏大夫,后任淮阳、东郡太守,吏民敬畏,各种案件大减,为全国之最,甚有治绩。　尹翁归:河东平阳(今山西临汾)人,宣帝时任东海太守,执法严谨,东海大治,后升任右扶风,死后家无余财。　赵广汉:蠡吾(今河北博野县西南)人。宣帝时任颍川太守,诛杀豪强,执法不避权贵,治事廉明,有声于时,颇为人民所追思。　严延年:东海下邳(今江苏宿迁县境内)人,为涿郡太守、河南太守,路不拾遗,治刑严酷。　张敞:字子高,河东平阳(今山西临汾)人,宣帝时为太中大夫、京兆尹、冀州刺史等,敢直言,严赏罚,集市无偷盗之贼。　之:这。　属:类。

〔51〕功迹:功绩,功业劳绩。迹,通"绩"。　述:称道,陈述。

〔52〕参:检验比较。　名臣:以贤能著称的官吏。

〔53〕其:指汉武帝。　次:第二,下面的等次。

今译

赞道：公孙弘、卜式、倪宽都有鸿雁般一飞千里的才能，但起初却是备受困苦，小人不知其有鸿鹄之志，在远方养猪牧羊，不是遇到时机，怎么能得到这样的官位？这时汉朝建立已六十多年，天下太平无事，仓库储藏充足，但四方异族未曾归附，法令礼俗多有短缺。汉武帝正要任用文武之才，寻求他们却没有得到，才用安车蒲轮迎接枚乘，遇到主父偃而叹息相见太晚。众多贤士慕名响应，非凡之人一起出仕。卜式从牧羊人中提拔起来，桑弘羊从商人中选拔出来，卫青奋起于奴隶，金日磾出身于俘虏，这些人也都是古时起于筑墙的傅说、喂牛的宁戚一类人物。

汉朝获得人才，在武帝这个时期是最兴盛的。富有学问的则有公孙弘、董仲舒、倪宽，品行敦厚的则有石建、石庆，诚信正直的则有汲黯、卜式，举荐贤士的则有韩安国、郑当时，审定法令的则有赵禹、张汤，善写文章的则有司马迁、司马相如，诙谐多智的则有东方朔、枚皋，擅长对答的则有严助、朱买臣，推算节气的则有唐都、落下闳，调谐音乐的有李延年，进行运算的有桑弘羊，奉命出使的则有张骞、苏武，统兵挂帅的则有卫青、霍去病，受命辅政的则有霍光、金日磾，除此之外不能尽记。所以振兴事业创建功勋，制礼作乐留下法令，后代没有比得上的。

汉宣帝继承皇统，接续推进修治盛大的功业，讲习研讨六经，招求选拔秀才和出众之人，萧望之、梁丘贺、夏侯胜、韦玄成、严彭祖、尹更始凭借儒家的学术被任用，刘向、王褒凭借文章而显赫，武将文臣则有张安世、赵充国、魏相、邴吉、于定国、杜延年，治理人民则有黄霸、王成、龚遂、郑弘、召信臣、韩延寿、尹翁归、赵广汉、严延年、张敞这一批人，都有功业劳绩被后代称道。检验比较汉宣帝时的名臣，还是比汉武帝时的差一些。

（吕庆业译注并修订）

晋武帝革命论一首

干令升

题解

这是一篇天命论,论证名为禅让实为篡夺的血腥“革命”是顺从天命,不过天命中包括人心,即“应天人也”。武帝司马炎在咸熙二年(265)废魏帝曹奂,自立为帝,建立晋朝,结束了从汉末献帝董卓之乱以来近九十年的三国分裂、征战、动乱,完成了统一,出现几十年的繁兴与安定的盛世。但司马炎之子孝惠帝司马衷继位后,与其弟孝怀帝司马炽、其孙孝愍帝司马邺相继失政,出现了统治集团内部争夺权位的“八王之乱”。反抗苛重剥削压迫的农民起义与北方各族的反民族压迫斗争错综交织,终于使西晋在316年灭亡。琅玡王司马睿于建武元年(317)在建康(今南京)称帝即位,史称东晋,成为延续司马氏政权的“中兴”之君。干宝作为东晋立国时的史官,写西晋历史,论西晋立国之君司马炎的“革命”,固然是为了给现实皇帝司马睿提供历史借鉴,以巩固和发展东晋的“中兴”帝业。但是,他阐发的兴衰成败在于能否顺应天心民意的历史观点,他希求东晋立国之帝也能像西晋开国之君那样出现太康年间的盛世,天下统一,人民安居乐业,“天下无穷人”的愿望,是以民为本的进步史观,是人民的现实要求。这使《论晋武帝革命》有积极意义。

此文短小(不到一百四十字),却能以大量史实表现历史兴衰观,有结构严密、语言概括的特点。

原文

史臣曰[1]:帝王之兴[2],必俟天命[3];苟有代谢[4],非

人事也[5]。文质异时[6],兴建不同[7]。故古之有天下者,柏皇、栗陆以前[8],为而不有[9],应而不求[10],执大象也[11];鸿、黄世及[12],以一民也[13];尧、舜内禅[14],体文德也[15];汉、魏外禅[16],顺大名也[17];汤、武革命[18],应天人也[19];高、光争伐[20],定功业也[21];各因其运而天下随时[22]。随时之义大矣哉[23]! 古者敬其事则命以始[24],今帝王受命而用其终[25]。岂人事乎[26]? 其天意乎[27]?

注释

〔1〕史臣:史官,作者的自称。

〔2〕兴:起,立。指帝王立国之业。

〔3〕俟(sì 四):等待。　天命:古以天为神,称天神的意志为天命。

〔4〕苟(gǒu 狗):如果,假如。　代谢:更替,变化。

〔5〕人事:人力所为之事。

〔6〕文质:古以地为文,以天为质;帝王禀赋文质,表示据天地之道。异时:先后不同。

〔7〕兴建:指兴邦建国。

〔8〕柏皇:传说中的远古帝名。　栗陆:传说中的远古帝名,在女娲氏之后。

〔9〕为而不有:治理国家而不占有功绩。

〔10〕应而不求:顺应天命而不求一己之报。

〔11〕执:执掌。　大象:天象之母。本指世间一切事物本原;这里借指帝王一统天下。

〔12〕鸿、黄:帝鸿氏、黄帝,两位远古首领。　世及:世袭。旧称父子相承为"世",兄弟相承为"及"。这里指帝鸿氏继承黄帝之位(或说黄帝继承帝鸿氏之位)。

〔13〕以一民:为的是统一民众。

〔14〕尧、舜:唐之尧帝,虞之舜帝。　内禅(shàn 善):让帝位与本部人。指尧让位与舜。

〔15〕体文德也:体现了以礼乐教化治理国家之道。　文德:指礼乐教化,即

不用兵戈、武力。

〔16〕汉、魏:指刘姓汉朝、曹姓魏朝。　外禅:让位与外姓。指刘汉让位于曹魏。

〔17〕顺:顺从,顺应。　大名:崇高、美好的名声。

〔18〕汤、武革命:商之成汤灭夏桀帝、周之武王灭商纣帝。

〔19〕应天人:顺应天意和人心。

〔20〕高、光争伐:汉高祖刘邦伐灭项羽、光武帝刘秀伐灭王莽。

〔21〕定功业:奠定功勋业绩(此指刘邦、刘秀)。

〔22〕运:机运。　随时:顺应(天心民意)时势。

〔23〕随时之义:指顺应天心、民意,即"天命"的意义。

〔24〕古者:指尧帝。　敬其事:谨慎处理国家政事。　命以始:天意之始。

〔25〕今帝王:指晋武帝。　受命:接受天意。　用其终:以顺应天意用于魏帝命运告终(指魏陈留王曹奂让位给晋武帝司马炎)。

〔26〕岂人事:岂是人力所为。

〔27〕其天意:大概(晋武帝取代曹魏)是天意。

今译

史官说:帝王的立国建业,必定要等待上天的意愿;如果有了更替变化,也不是人力所为的事。帝王或秉天道或秉地道时代不同,兴邦建国业绩也就不同。所以古时能拥有天下的帝王,在柏皇、栗陆以前,治国而不占有功绩,顺应天意而不求一己之报,因把握了法象天道;帝鸿氏和黄帝世代相袭,是为了统一天下人心;尧帝让位给本部落的舜帝,体现的是礼乐教化治国之道;刘姓的汉朝让位给外姓的曹魏,是顺应美好高尚的声名;商的成汤灭夏和周的武王灭商,是顺应天意人心;汉高祖伐灭项羽和光武帝伐灭王莽,是奠定功勋业绩;他们各自都由于自己机运而顺随天下时势。依天心民意而随顺时势的意义很大呀! 古帝王肃敬做事则天意命其开始建国,如今晋武帝接受天意用于魏帝运数告终。这是人力吗? 这不是天意呀!

(梁国辅译注 陈延嘉修订)

晋纪总论一首

干令升

题解

晋是我国历史上内讧最烈的王朝,“八王之乱”就是有力的证明。作晋史之家最多。《四库全书总目》称“前后晋史十八家”,而“十八家之书并亡”,唯存(唐)房乔等奉敕所撰《晋书》,“考晋史者舍此无由”。然其他晋史亦未尽废。《文选》李善注多引臧荣绪、干宝、沈约、谢灵运等晋史著作。《晋纪总论》选自干宝《晋纪》,在《文选》中属“史论”类。《晋书·干宝传》载:“宝,字令升。著《晋纪》,自宣帝(司马懿)讫于愍帝(司马邺),五十三年,凡二十卷。其书简略,直而能婉,咸称良史。”《晋纪》是一部西晋断代史。刘勰《文心雕龙·史传》称赞“干宝述纪,以审正得序。”认为干宝《晋纪》推究得当而有次序。《总论》只就单篇亦可视为史论结合之作,既有条清缕晰的西晋历史脉络,又有史家对史实的评论。全文长达三千余字,在《文选》中亦属长篇。

自“史臣曰”至“百代之一时矣”为第一段。评述从高祖(司马懿)到世祖(司马炎)的创基称帝的历史。司马懿在曹魏王朝官至太傅;司马师官至大将军;司马昭官至晋王;司马炎“遂享皇极”。评论重点在高祖和世祖。高祖“维御群后,大权在己”,为以晋代魏打下了牢固的基础。再经过世宗、太祖两代,到世祖禅代已是水到渠成。干宝称太康为“百代之一时”的盛世,固多溢美之辞,然经过东汉末期以来的长期战乱,至晋统一,社会确乎出现一时安定的局面。

自“武皇既崩”至“国家安危之本也”为第二段。言“祸起萧

墙”。由内乱而招致外患，致使“将相侯王，连头受戮，乞为奴仆而犹不获；后嫔妃主，虏辱于戎卒。”所以如此，乃因“道德典刑”未树，而这是安国之根基。“基广则难倾，根深则难拔，理节则不乱，胶结则不迁。”这就是史家要告诉统治者的经验教训。

自“昔周之兴也”至“其揆一也”为第三段。内容是第二段之补充。周“天下三分有二，犹以服事殷；诸侯不期而会者八百，犹曰天命未至。”周经十八代王“积基树本，经纬礼俗，节理人情，恤隐民事，如此之缠绵也。”而晋刚“享皇极”，便窝里格斗，互相残杀，基薄根浅，必然如此。其文外之意隐约可见，此盖“直而能婉”之一例。

自“今晋之兴也”至“其此之谓乎？”为第四段。这是全文最精彩的段落。作者以“直而能婉”的笔法告诉人们，由于“宣景（司马懿、司马师）遭多难之时，务伐英雄，诛庶杰以便事，不及修公刘、太王之仁也。”“二祖（司马师、司马昭）逼禅代之期，不暇待参分八百之会”，未能“积基树本”，于是出现“风俗淫僻，耻尚失所”的局面：“学者以《庄》、《老》为宗，而黜《六经》；谈者以虚薄为辩，而贱名俭；行身者以放浊为通，而狭节信；进仕者以苟得为贵，而鄙居正；当官者以望空为高，而笑勤恪。”“由是毁誉乱于善恶之实，情慝奔于货欲之涂，选者为人择官，官者为身择利。而秉钧当轴之士，身兼官以十数。”“世族贵戚之子弟，陵迈超越，不拘资次，悠悠风尘，皆奔竞之士，列官千百，无让贤之举。”真善美被视为假丑恶，假丑恶被捧为真善美，且上有所好，下必甚焉。“民情风教”彻底败坏，积重难返。“国之将亡，本必先颠，其此之谓乎！”

自“故观阮籍之行”至“不能取之矣”为第五段。深化第四段的思想。“民风国势如此”之坏，“贾后肆虐于六宫，韩午助乱于外内，其所由来者渐矣，岂特系一妇人之恶乎！”

自“然怀帝初载”至篇末为第六段，“致乱极思治之意。”结尾“归于淳耀之烈未渝，文止于此，余音泠泠然。”（黄侃《文选平点》）

本文深受贾谊《过秦论》的影响，甚至有明显摹拟痕迹。陆贾有

"逆取顺守"之言,贾谊有"攻守异势"之说,干宝因之。秦始终仁义不施,而成败异势:秦不施仁义得天下;晋"不及修公刘、太王之仁","不暇待参分八百之会"而"禅代"。秦得天下不施仁义而失天下,晋"禅代"不施仁义而乱晋。二论皆言攻守异势,不施仁义则成败相反。不仅命意,遣辞亦有极似之处。《总论》"彼刘渊者"至"岂不哀哉",明显摹拟《过秦》陈涉"揭竿"而起一段。《过秦》以涉之微反衬秦之弊;《总论》以刘渊、王弥之微反衬晋之弊。除此,本论尚有拖沓之病,特别叙周一段,"意在以周反形晋",但引用《诗经》太多,黄侃批评其"累气而不健",极为中肯。尽管如此,总观全文,"大体骏健耳"。(黄侃《文选平点》)

原文

史臣曰[1]:昔高祖宣皇帝以雄才硕量[2],应运而仕[3],值魏太祖创基之初[4],筹画军国[5],嘉谋屡中[6],遂服舆轸[7],驱驰三世[8]。性深阻有如城府[9],而能宽绰以容纳[10],行任数以御物[11],而知人善采拔[12]。故贤愚咸怀[13],小大毕力[14]。尔乃取邓艾于农隙[15],引州泰于行役[16],委以文武[17],各善其事[18]。故能西禽孟达[19],东举公孙渊[20],内夷曹爽[21],外袭王陵[22],神略独断[23],征伐四克[24]。维御群后[25],大权在己。屡拒诸葛亮节制之兵[26],而东支吴人辅车之势[27]。世宗承基[28],太祖继业[29],军旅屡动[30],边鄙无亏[31],于是百姓与能[32],大象始构矣[33]。玄、丰乱内[34],钦诞寇外[35],潜谋虽密[36],而在几必兆[37]。淮浦再扰,而许洛不震[38],咸黜异图[39],用融前烈[40]。然后推毂钟邓[41],长驱庸蜀[42],三关电扫[43],刘禅入臣[44],天符人事[45],于是信矣[46]。始当非常之礼[47],终受备物之锡[48],名器崇于周公[49],权制严于伊

尹[50]。至于世祖[51],遂享皇极[52]。正位居体[53],重言慎法[54],仁以厚下[55],俭以足用;和而不弛[56],宽而能断[57]。故民咏惟新[58],四海悦劝矣[59]。聿修祖宗之志[60],思辑战国之苦[61],腹心不同[62],公卿异议,而独纳羊祜之策[63],以从善为众[64]。故至于咸宁之末[65],遂排群议而杖王杜之决[66]。泛舟三峡[67],介马桂阳[68],役不二时[69],江湘来同[70]。夷吴蜀之垒垣[71],通二方之险塞[72],掩唐虞之旧域[73],班正朔于八荒[74]。太康之中[75],天下书同文,车同轨[76]。牛马被野[77],余粮栖亩[78],行旅草舍[79],外闾不闭[80]。民相遇者如亲,其匮乏者,取资于道路[81],故于时有天下无穷人之谚。虽太平未洽[82],亦足以明吏奉其法[83],民乐其生[84],百代之一时矣。

武皇既崩[85],山陵未干[86],杨骏被诛[87],母后废黜[88],朝士旧臣,夷灭者数十族[89]。寻以二公楚王之变[90],宗子无维城之助[91],而阏伯实沈之郤岁构[92];师尹无具瞻之贵[93],而颠坠戮辱之祸日有[94]。至乃易天子以太上之号[95],而有免官之谣[96],民不见德[97],唯乱是闻[98],朝为伊周[99],夕为桀跖[100]。善恶陷于成败[101],毁誉胁于势利。于是轻薄干纪之士,役奸智以投之,如夜虫之赴火[102]。内外混淆[103],庶官失才[104],名实反错[105],天网解纽[106]。国政迭移于乱人[107],禁兵外散于四方[108],方岳无钧石之镇[109]。关门无结草之固[110]。李辰、石冰,倾之于荆扬[111],刘渊、王弥,挠之于青冀[112],二十余年而河洛为墟[113]。戎羯称制[114],二帝失尊[115],山陵无所[116],何哉?树立失权[117],托付非才[118],四维不张[119],而苟且之政多也[120]。夫作法于治,其弊犹乱;作法于乱,谁能救之[121]?

故于时天下非暂弱也[122],军旅非无素也[123]。彼刘渊者,离石之将兵都尉[124];王弥者、青州之散吏也[125]。盖皆弓马之士[126],驱走之人[127],凡庸之才[128],非有吴先主诸葛孔明之能也[129]。新起之寇,乌合之众,非吴蜀之敌也[130]。脱耒为兵[131],裂裳为旗[132],非战国之器也[133]。自下逆上[134],非邻国之势也[135]。然而成败异效[136],扰天下如驱群羊[137],举二都如拾遗[138]。将相侯王,连头受戮[139],乞为奴仆而犹不获[140]。后嫔妃主,虏辱于戎卒[142],岂不哀哉!夫天下,大器也[143];群生,重畜也[144]。爱恶相攻[145],利害相夺[146],其势常也[147];若积水于防[148],燎火于原[149],未尝暂静也[150]。器大者不可以小道治[151],势动者不可以争竞扰[152],古先哲王[153],知其然也[154]。是以扞其大患而不有其功[155],御其大灾而不尸其利[156]。百姓皆知上德之生己,而不谓浚己以生也[157]。是以感而应之,悦而归之[158],如晨风之郁北林[159],龙鱼之趣渊泽也[160]。顺乎天而享其运[161],应乎人而和其义[162],然后设礼文以治之[163],断刑罚以威之[164],谨好恶以示之[165],审祸福以喻之[166],求明察以官之[167],笃慈爱以固之[168],故众知向方[169],皆乐其生而哀其死[170],悦其教而安其俗[171],君子勤礼,小人尽力[172],廉耻笃于家闾[173],邪僻销于胸怀[174]。故其民有见危以授命[175],而不求生以害义[176],又况可奋臂大呼,聚之以干纪作乱之事乎[177]?基广则难倾[178],根深则难拔,理节则不乱[179],胶结则不迁[180]。是以昔之有天下者,所以长久也。夫岂无僻主,赖道德典刑以维持之也[181]。故延陵季子听乐以知诸侯存亡之数,短长之期者[182],盖民情风教,国家安危之本也[183]。

昔周之兴也,后稷生于姜嫄[184],而天命昭显[185],文武之功,起于后稷[186]。故其《诗》曰:“思文后稷,克配彼天[187]。”又曰:“立我蒸民,莫匪尔极[188]。”又曰:“实颖实栗,即有邰家室[189]。”至于公刘遭狄人之乱,去邰之豳,身服厥劳[190]。故其《诗》曰:“乃裹糇粮,于橐于囊[191]。”“陟则在巘,复降在原[192]。”以处其民[193]以至于太王为戎翟所逼[194],而不忍百姓之命,杖策而去之[195]。故其《诗》曰:“来朝走马[196],帅西水浒[197],至于岐下[198]。”周民从而思之[199],曰:“仁人不可失也[200],”故从之如归市[201]。居之一年成邑[202],二年成都[203],三年五倍其初。每劳来而安集之[204]。故其《诗》曰:“乃慰乃止,乃左乃右,乃疆乃理,乃宣乃亩[205]。”以至于王季[206],能貊其德音[207]。故其《诗》曰:“克明克类[208],克长克君[209],载锡之光[210]。”至于文王[211],备修旧德[212],而惟新其命[213]。故其《诗》曰:“惟此文王[214],小心翼翼,昭事上帝[215],聿怀多福[216]。”由此观之,周家世积忠厚[217],仁及草木[218],内睦九族[219],外尊事黄耇[220],养老乞言[221],以成其福禄者也[222]。而其妃后躬行四教[223],尊敬师傅[224],服浣濯之衣[225],修烦辱之事[226],化天下以妇道[227]。故其《诗》曰:“刑于寡妻[228],至于兄弟,以御于家邦[229]。”是以汉滨之女,守洁白之志[230];中林之士,有纯一之德[231]。故曰:“文武自《天保》以上治内[232],《采薇》以下治外[233],始于忧勤,终于逸乐。”于是天下三分有二[234],犹以服事殷,诸侯不期而会者八百[235],犹曰天命未至[236]。以三圣之智[237],伐独夫之纣[238],犹正其名教曰:“逆取顺守[239],保大定功[240],安民和众[241]。”犹著《大武》之容曰“未尽善也”[242]。及周公遭变[243],陈后稷先

公风化之所由[244]，致王业之艰难者[245]，则皆农夫女工衣食之事也[246]。故自后稷之始基静民[247]，十五王而文始平之，十六王而武始居之，十八王而康克安之[248]，故其积基树本[249]，经纬礼俗[250]，节理人情[251]，恤隐民事[252]，如此之缠绵也[253]。爰及上代[254]，虽文质异时，功业不同，及其安民立政者，其揆一也[255]。

今晋之兴也，功烈于百王[256]，事捷于三代[257]，盖有为以为之矣[258]。宣景遭多难之时[259]，务伐英雄[260]，诛庶杰以便事[261]，不及修公刘、太王之仁也。受遗辅政[262]，屡遇废置[263]，故齐王不明，不获思庸于亳[264]；高贵冲人[265]，不得复子明辟[266]；二祖逼禅代之期[267]，不暇待参分八百之会也[268]。是其创基立本，异于先代者也。又加之以朝寡纯德之士，乡乏不二之老[269]。风俗淫僻[270]，耻尚失所[271]，学者以《庄》、《老》为宗[272]，而黜《六经》[273]；谈者以虚薄为辩[274]，而贱名俭[275]；行身者以放浊为通[276]，而狭节信[277]；进仕者以苟得为贵[278]，而鄙居正[279]；当官者以望空为高[280]，而笑勤恪[281]。是以目三公以萧杌之称[282]，标上议以虚谈之名[283]，刘颂屡言治道[284]。傅咸每纠邪正，皆谓之俗吏[285]。其倚杖虚旷[286]，依阿无心者[287]，皆名重海内。若夫文王日昃不暇食[288]，仲山甫夙夜匪懈者[289]，盖共嗤点以为灰尘[290]，而相诟病矣[291]。由是毁誉乱于善恶之实[292]，情慝奔于货欲之涂[293]，选者为人择官[294]，官者为身择利[295]。而秉钧当轴之士[296]，身兼官以十数[297]，大极其尊[298]，小录其要[299]，机事之失[300]，十恒八九[301]。而世族贵戚之子弟[302]，陵迈超越[303]，不拘资次[304]，悠悠风尘[305]，皆奔竞之士[306]，列官千百[307]，无让贤之举[308]。

子真著《崇让》而莫之省[309]，子雅制九班而不得用[310]，长虞数直笔而不能纠[311]。其妇女庄栉织纴[312]，皆取成于婢仆，未尝知女工丝枲之业[313]，中馈酒食之事也[314]。先时而婚[315]，任情而动[316]，故皆不耻淫逸之过[317]，不拘妒忌之恶[318]。有逆于舅姑[319]，有反易刚柔[320]，有杀戮妾媵[321]，有黩乱上下[322]，父兄弗之罪也[323]，天下莫之非也[324]。又况责之闻四教于古[325]，修贞顺于今[326]，以辅佐君子者哉[327]！礼法刑政[328]，于此大坏，如室斯构而去其凿契[329]，如水斯积而决其堤防[330]，如火斯畜而离其薪燎也[331]。国之将亡，本必先颠[332]，其此之谓乎！

故观阮籍之行[333]，而觉礼教崩弛之所由[334]；察庾纯贾充之事[335]，而见师尹之多僻[336]。考平吴之功，知将帅之不让[337]，思郭钦之谋，而悟戎狄之有衅[338]。览傅玄刘毅之言[339]，而得百官之邪；核傅咸之奏[340]，《钱神》之论[341]，而睹宠赂之彰[342]。民风国势如此[343]，虽以中庸之才[344]，守文之主治之[345]，辛有必见之于祭祀[346]，季札必得之于声乐[347]，范燮必为之请死[348]，贾谊必为之痛哭[349]。又况我惠帝以荡荡之德临之哉[350]！故贾后肆虐于六宫[351]，韩午助乱于外内[352]，其所由来者渐矣[353]，岂特系一妇人之恶乎[354]？怀帝承乱之后得位[355]，羁于强臣[356]。愍帝奔播之后[357]，徒厕其虚名[358]。天下之政[359]，既已去矣，非命世之雄[360]，不能取之矣。

然怀帝初载[361]，嘉禾生于南昌[362]。望气者又云豫章有天子气[363]。及国家多难，宗室迭兴[364]，以愍怀之正[365]，淮南之壮[366]，成都之功[367]，长沙之权[368]，皆卒于倾覆[369]。而怀帝以豫章王登天位[370]，刘向之谶云[371]，灭

亡之后[372],有少如水名者得之[373]。起事者据秦川[374],西南乃得其朋[375],案愍帝,盖秦王之子也[376],得位于长安,长安,固秦地也,而西以南阳王为右丞相,东以琅邪王为左丞相[377]。上讳邺,故改邺为临漳[378]。漳,水名也。由此推之,亦有征祥[379],而皇极不建[380],祸辱及身[381]。岂上帝临我而贰其心[382],将由人能弘道,非道弘人者乎[383]?淳耀之烈未渝[384],故大命重集于中宗元皇帝[385]。

注释

〔1〕史臣:史官。此干宝自指。

〔2〕高祖宣皇帝:指司马懿。司马炎代魏称帝,始为西晋。其祖父司马懿庙号高祖,尊号宣皇帝。　硕量:度量大。硕,大。

〔3〕应运:顺应时机。　仕:做官。李善注引《后汉书》:"陶谦奏记于朱儁曰:将军既文且武,应运而出。"

〔4〕魏太祖:曹操。曹丕代汉称帝,即魏文帝。曹操庙号太祖,尊号武皇帝。　创基:创立帝王之基业。

〔5〕军国:军政大事。

〔6〕嘉谋:妙策。李善注引干宝《晋纪》:"魏武帝为丞相,命高祖为文学掾(官名,掌文学侍奉),每与谋,策划嘉善。"

〔7〕服:乘。　舆轸(yú zhěn 余诊):指车。

〔8〕驱驰:奔走,指效命。　三世:三代。李善注引《晋纪》:"魏文帝即王位,为丞相长史;明帝即位,迁骠骑大将军。"曹操为汉献帝丞相,司马懿为文学掾。在曹氏祖孙三代手下为官,故称驱驰三世。

〔9〕深阻:本为山深水阻,此形容性格深沉而不外露。　城府:比喻令人难以揣测的深远用心。

〔10〕宽绰:指人的器量广大。　容纳:指能容纳人,能任用人才。

〔11〕行:品行。　任数:使用权谋术策。数,通"术"。　御物:驾驭事务,即处理政务。

〔12〕知人善采拔:知人善任。采拔,采用提拔。李善注引《尚书》:"禹曰:

知人则哲,能官人(任用人)。"

〔13〕咸:皆。　怀:指怀有忠良之心。一说,怀,来意。吕向注:"怀,来。"

〔14〕小大:指上下。　毕力:竭尽全力。李善注引《尚书》:"穆王曰:小大之臣,咸怀忠良。"又引《东观汉记》:"太史官曰:明主劳神,忠臣毕力。"

〔15〕尔乃:乃,就。　邓艾:字士载,三国义阳棘阳(今河南新野东北)人。《三国志·魏书》载:艾"少孤,太祖破荆州,徙汝南,为农民养犊。"后做都尉学士,因口吃,"不得作干佐,为稻田守丛草吏。""后为典农纲纪,上计吏,因使见太尉司马宣王。宣王奇之,辟为掾,迁尚书郎。"农隙:农业琐事。琐,李善作"隙"。胡绍煐《文选笺证》:"《晋书》隙作琐是也。济注卑细,正解琐字。"

〔16〕州泰:三国南阳人,好立功业,善用兵。李善注引郭颁《世语》:"初,荆州刺史裴潜,以州泰为从事(官名),司马宣王(司马懿)镇宛,潜数遣诣宣王,由此为宣王所知,历兖、豫州刺史。"　行役:此指因军役而跋涉在外。

〔17〕委:委任。

〔18〕善:擅长。吕延济注:"艾善武而泰善文,言宣王能委任之,各尽其事也。"

〔19〕西禽孟达:李善注引干宝《晋纪》:"新城太守孟达反,高祖亲征之,屠其城,斩达。"禽,同"擒"。

〔20〕东举公孙渊:李善注引《魏志》:"公孙渊为辽东太守,景初元年征渊,遂发兵逆于辽隧,自立为燕王。三年,遣司马宣王征渊,斩渊,传首洛阳。"举,攻克。

〔21〕夷:平,杀。　曹爽:字昭伯,系曹魏宗室,"明帝在东宫,甚亲爱之。及即位为散骑侍郎,累迁城门校尉,加散骑常侍,转武卫将军,宠待有殊。"李善注引干宝《晋纪》:"高祖与曹爽俱受遗(遗诏)辅政。爽横恣日甚,高祖乃奏事永宁宫,废爽兄弟,以侯归第。有司奏黄门张当辞道爽反状,遂夷三族。"

〔22〕袭:攻取。　王陵:李善注引《晋纪》:"高祖东袭太尉王陵于寿春。初,陵以魏主(指曹芳)非明帝(曹叡)亲生,且不明,谋更立楚王彪。陵闻军(讨军)至,面缚请降。高祖解缚,反服见之,送之京都,饮药而死。"

〔23〕神略:策略如神。　独断:自己决断。李善注引扬雄《演连珠》:"兼听独断,圣王之法也。"

〔24〕四克:克于四方。李善注引扬雄《法言》:"汤武桓桓,征伐四克。"

〔25〕维:助词,无实义。　御:驾御,控制。　后:指诸侯。

〔26〕节制：纪律，谓约束有方。李善注引《汉书》："齐桓、晋文之兵，可谓入其域而有节制矣。"

〔27〕支：支撑，引申为阻挡。 辅车：比喻互相依存的事物。辅，颊骨；车，牙床。《左传·僖公五年》："谚所谓辅车相依，唇亡齿寒者，其虞、虢之谓也。"

〔28〕世宗：司马师，庙号世宗，尊号景皇帝。 承基：指继承司马懿创立的帝王基业。

〔29〕太祖：司马昭，庙号太祖，尊号文皇帝。李善注引干宝《晋纪》："世宗景皇，高祖(司马懿)崩，以抚军大将军辅政。又曰："太祖，文皇帝母弟也。世宗崩，进位大将军，录尚书事，辅政。"

〔30〕军旅屡动：指战事频繁。军旅，军队。

〔31〕边鄙：边陲。鄙，边。 亏：缺，指被外敌侵占。

〔32〕与能：赞助能者。《周易·系辞下》："人谋鬼谋，百姓与能。"《疏》："天下百姓亲与能人，乐推为王也。"

〔33〕大象：本指世界事物的本原，此借指帝王的一统天下。 构：建立。《梁书·蔡道恭传》："王业肇构。"

〔34〕玄、丰：李丰与夏侯玄。李善注引干宝《晋纪》："中书令李丰推太常夏侯玄谋废大将军。(司马师曾为曹魏大将军)世宗闻之，乃遣羡迎丰至，世宗责之。丰知祸及，遂肆恶言，勇士筑杀之，皆夷三族。"玄、丰乱内指此。

〔35〕钦、诞：文钦与诸葛诞。李善注引干宝《晋纪》："扬州刺史文钦，自曹爽死后，阴怀异志，乃矫太后令，罪状世宗。世宗自帅中军讨之。钦败，得入吴。"又曰："镇东大将军诸葛诞二于我，太祖亲率六军东征，拔之，斩诞首，夷三族也。"

〔36〕潜谋：密谋。

〔37〕几：细微的迹象。《易·系辞下》："几者，动之微。" 兆：征兆，迹象。

〔38〕淮、浦：指淮水、浦江。 许、洛：指洛阳、许昌。许昌，颍川郡治。

〔39〕咸：皆。 黜(chù 处)：废除。 异图：指图谋反叛之人。

〔40〕融：明。 前烈：先辈之功业。

〔41〕推毂(gǔ 古)：比喻助人成事，或推荐人才。毂，车轮轴。李善注引《汉书》："冯唐曰：上古王者遣将也，跪而推毂曰：阃(郭门)以内寡人制之，阃以外将军制之。" 钟、邓：钟会、邓艾。李善注引干宝《晋纪》："太祖部分诸军，指授方略，使征西将军邓艾自狄道攻姜维于沓中，使镇西将军钟会自骆谷袭汉中。"

〔42〕庸:蜀之地名。

〔43〕三关:指蜀之阳平、江关、白水关。李善注引《吴志》:"贺邵曰:刘氏据三关之险,守重山之固。" 电扫:形容用兵之速。李善注引范晔《后汉书》:"闫忠说车骑将军皇甫嵩曰:旬月之间,神兵电扫。"

〔44〕刘禅:蜀后主。刘备之子。 入臣:投降。李善注引干宝《晋纪》:"邓艾进军城北,蜀主刘禅面缚舆榇,诣垒门。"

〔45〕天符:上天的符命,即天命,天道。 人事:人情事理,人世间事情。天符人事,谓人事应天命。

〔46〕信:信实,证实。

〔47〕非常之礼:指加"九锡"。李善注引干宝《晋纪》:"天子命太祖(司马昭)为晋公,九锡之礼,又进公爵为王(晋王)。"

〔48〕备物:《左传·定公》:"备物典策。"孔《疏》:"备物,国之职务之备也,当谓国君威仪之物,若今伞扇之属。" 锡:赐。

〔49〕名器:奴隶社会和封建社会称表示等级的称号和车服仪制等为名器。 崇:高。 周公:名旦,姬姓,周武王之弟,西周初年奴隶主阶级政治家。曾助武王灭商。武王死后,其子继位,为成王,因年幼由周公摄政。

〔50〕权制:以权力制治。《商君书·修权》:"权制独断于君则威。" 伊尹:商初大臣。传说太甲即位,因破坏商汤法制,不理国政,被他放逐,三年后太甲悔过,又接回复位。

〔51〕世祖:司马炎,庙号世祖,尊号武皇帝。

〔52〕皇极:指帝王之位。

〔53〕正位居体:体居正位。指登帝位。李善注引《周易·坤》:"君子正位居体也。"

〔54〕重言慎法:重其言语,慎其法令。

〔55〕仁:施行仁政。 厚下:厚待下民。李善注引《易·剥》:"山附于地,《剥》,上以厚下安宅。"意为在上位的厚待下民,地位才能稳固。

〔56〕和:调和。 弛:废。李善注引《论语·子路》:"君子和而不同(同流合污)。"和而不弛,谓调和而不放弃原则。

〔57〕宽而能断:宽容而能决断。

〔58〕咏:歌颂。 惟新:是新。惟,是。《诗·大雅·文王》:"周虽旧邦,其命惟新。"

〔59〕劝:勉力。张铣注:“言人皆歌咏,思其新君也。四方之国,俱喜悦相劝勉而从之。新君,武帝也(司马炎)。初受魏禅,故云新君。”

〔60〕聿(yù 玉)修:继承。《诗经·大雅》:“无念祖尔,聿修厥德。”聿,循。志:指先祖伐吴之志。

〔61〕思辑:思虑。 战国:指汉末三国时期,军阀诸侯征战不休,故称。

〔62〕腹心:指近臣。 不同、异议:皆指对伐吴的不同意见。

〔63〕羊祜(hù 户):字叔子,西晋大臣。魏末任相国从事中郎,参与司马昭的机密。晋武帝代魏后,他筹划灭吴。以尚书左仆射都督荆州诸军事,出镇襄阳。李善注引干宝《晋纪》:“征南大将军羊祜来朝,上疏云:以国家之盛强,临吴之危弊,军不逾时,克可必也。上(司马炎)纳之而未宣。”

〔64〕从善为众:刘良注:“上纳其策,以从众人之所善。”

〔65〕咸宁:晋武帝司马炎年号(275—279)。

〔66〕杖:持,引申为采用。 王、杜:指王濬、杜预。二人皆主张伐吴。李善注引干宝《晋纪》:“咸宁五年,龙骧将军王濬上疏曰:吴王荒淫,且观时运宜征伐。上将许之,贾充、荀勖等陈谏,以为不可。张华固劝之,杜预亦上疏。上先纳羊祜之谋,重以濬、预之决,乃发诏诸方大举。”

〔67〕三峡:指长江三峡。刘渊林《蜀都赋》注:“三峡,巴东永安县有高山相对,民谓三峡。”

〔68〕介马:给战马披甲,指征战。介,披甲。 贵阳:李善注引《汉书》:“有贵阳郡,高帝置之。”

〔69〕役:战役。 二时:指两次征战,即咸宁五年十一月和太康元年四月。

〔70〕江、湘:指吴地。 来同:归顺。李善注引干宝《晋纪》:“咸宁五年十一月,命安东将军王浑、龙骧将军王濬,帅巴、蜀之卒,浮江而下。太康元年四月,王濬鼓噪入于石头(石头城,今南京),吴主孙皓面缚舆榇降于濬。”

〔71〕夷:平。 垒垣:堡垒。

〔72〕二方:指吴、蜀。 险塞:吴蜀皆临江傍山故云险塞。

〔73〕掩:压过,超过。 唐虞:尧舜。李善注引《汉书》:“贾捐之曰:尧舜之盛也,地方不过数千里。”

〔74〕班:布,施行。 正朔:指夏历。古代夏以孟春(正月)为正,平旦(天明)为朔,殷以季冬(十二月)为正,鸡鸣为朔;周以仲冬(十一月)为正,夜半为朔。自汉武帝以后,直至清末,皆用夏历。 八荒:八方极远之处。现正朔于八

荒，言统一天下。

〔75〕太康：晋武帝司马炎年号(280—289)。

〔76〕书同文，车同轨：谓天下统一。此时吴蜀已灭。

〔77〕被野：遍野。

〔78〕余粮栖亩：余粮存放田头。李善注引《淮南子》："昔容成之时，置余粮于亩首。"栖，引申为堆放。

〔79〕行旅：旅行的人。左思《魏都赋》："斑白不提，行旅让衢。"　草舍：在草野住宿，野营。草，野间。李善注引《东观汉记》："商贾重宝，单车露宿，牛马放牧，道无失遗。"

〔80〕外闾：指里外之门。闾，里门。李善注引《礼记》："外户不闭，谓之大同。"

〔81〕匮(kuì 愧)乏：贫困。李善注引《礼记》："孔子曰：昔者，大道之行也，人不独亲其亲，不独子其子。"

〔82〕洽：周遍。

〔83〕明：说明，表明。　奉法：忠于职守。

〔84〕乐生：乐业。李善注引《东观汉记》："吏安其职，民乐其业。"又引《孝经援·神契》："天下归往，人人乐生。"

〔85〕武皇：司马炎尊号武皇帝。公元290年死去。

〔86〕山陵：指坟墓。　未干：指坟头之土未干，言人刚死。李善注引《汉书》："将军坟墓未干。"

〔87〕杨骏：字文长，西晋弘农华阴(今属陕西)人。其女为晋武帝皇后，故任车骑将军等要职，封临晋侯。惠帝(司马衷)时为太傅、大都督，总揽朝政，遍树亲党，后被贾后(惠帝妻)所杀。

〔88〕母后废黜：李善注引《晋纪》："永平元年，诛太傅杨骏，迁太后(武帝皇后杨艳)杨氏于永宁宫，策废为庶人，居于金墉城。"

〔89〕夷灭：诛杀。　族：门。

〔90〕寻：不久。　二公：指太宰汝南王亮、太保卫瓘。　楚王：司马玮。贾后杀杨骏以汝南王亮辅政，又使楚王玮杀亮，旋即杀玮。李善注引《晋纪》："太子太傅孟观知中宫旨，因潜二公欲行废立之事。楚王玮杀太宰汝南王亮、太保卫瓘。张华以二公既亡，楚(王)必专权，使董猛言于后(贾后)，遣谒者(太监)李云宣诏免玮付廷尉。玮以矫诏伏诛。""二公楚王之变"即指此。

〔91〕宗子:古代宗法制度规定嫡长子为族人兄弟所共宗(尊),故称“宗子”。此指司马衷。　维城:连城。

〔92〕阏(yān 烟)伯、实沈:高辛氏二子。长曰阏伯,次曰实沈。李善注引《左传》:“子产曰:昔高辛氏有二子,伯曰阏伯,季曰实沈。居旷野,不相能(不和),日寻干戈,以相征讨。阏伯、实沈,则参、商(星名)也”。郤(xì 细):通“隙”,嫌隙。《史记·项羽本纪》:“今者有小人之言,令将军与臣有郤。”　岁构:宿怨。

〔93〕师尹:太师尹。师,太师简称,三公(司马、司徒、司空)之一,地位最高。尹,尹氏,周王朝的贵族。师尹,此指司马衷的大臣。　具瞻:人人侧目而视。具,同“俱”。《诗·节南山》:“赫赫师尹,民具尔瞻。”　贵:显贵。

〔94〕颠坠:垮台。　戮:杀。　辱:玷辱。颠坠戮辱,言惠帝朝廷日有此祸。

〔95〕易:改。　天子:指晋惠帝司马衷。　太上:太上皇。

〔96〕免官:指司马衷被逼禅让于赵王伦之事。李善注引臧荣绪《晋书》:“惠帝永宁二年,禅位于赵王伦,伦以兵留守卫,上号曰太上皇之号,改金墉曰永昌宫。中书令缪播云:太史案星变事,当有免官天子。”

〔97〕民:百姓。　德:德行。

〔98〕乱:指杀戮。李善注引《左传》:“民不见德,唯戮是闻。”

〔99〕伊、周:伊尹、周公。

〔100〕桀跖:夏桀、盗跖。李周翰注:“朝居贵如伊尹、周公之贤,夕见屠戮,则为夏桀、盗跖之恶。”

〔101〕善恶陷于成败:即以成败为善恶标准,俗云“胜者王侯败者贼”。陷,害也。与“胁”义近。

〔102〕轻薄:浅薄。　干纪:违犯法纪。　役:驱使,运用。　奸智:诡诈之术。　投:迎合。　赴火:投火。李善注引《吕氏春秋》:“人主有能明其德者,天下之士归之,若蝉之赴明火也。”

〔103〕内外:李善注引郑玄《毛诗笺》:“内,谓诸夏也;外,谓夷敌也。”

〔104〕庶官:众官,百官。　才:贤才。李善注引《尚书》:“推贤让能,庶官乃和。”

〔105〕名实反错:名实相反。李善注引《管子》:“循名而案实,案实而定名,名实而为情(实情)。”

〔106〕天网:国法。曹植《上责躬应诏诗表》:“诚以天网不可重罹,圣恩难

可再恃。” 解纽:比喻失效。纽,供人操纵的机键。

〔107〕迭移:更替。

〔108〕禁兵:禁卫军。即保卫皇帝的军队。

〔109〕方岳:四方之岳。岳,高山。地方长官如太守、刺史亦称方岳。钧石:李善注引《汉书》:“十六两为斤,三十斤为钧,四钧为石。” 镇:重。

〔110〕结草:系草以绊人马。结草之固,比喻防御力量很弱。李善注引《左传》:“晋辅氏之役,魏颗见老人结草以亢(抗)杜回,回踬而颠仆。”

〔111〕李辰、石冰,倾之于荆、扬:干宝引《晋惠纪》:“蜀贼李流攻益州,发武勇以西赴益州。兵不乐西征,李辰因诳曜百姓,以上都民丘沈为主。石冰应之。石冰略(掠)扬州,扬州刺史苏峻降。”荆、扬,荆州和扬州。

〔112〕刘渊:字元海,匈奴族,世袭匈奴左部帅。西晋末年,他利用北方民族矛盾和阶级矛盾,在离石起兵反晋。李善注引干宝《晋纪》:“刘渊迁离石,遂谋乱。渊在西河离石(在今山西境地),攻破诸郡县,自称王。”又:“王弥攻东莞(在今山东境地)、东安(在今湖南境地)二郡,复攻青州(府名,今山东境地)。”挠:乱。

〔113〕河、洛:指黄河、洛水之间的地区。 墟:废墟,此指异族侵占。吕向注:“河洛之都皆为刘曜、刘粲所破,化成丘虚。”

〔114〕戎:指西戎,战国后期与北狄融合为匈奴族。 羯(jié 洁):古代少数民族之一。曾附属匈奴,曾散居山西境内。晋时羯人石勒建立后赵,为五胡十六国之一。 称制:自称皇帝。

〔115〕二帝:指怀帝司马炽、愍帝司马邺。怀帝为刘曜所虏,愍帝为刘粲所虏。李善注引干宝《晋怀纪》:“贼刘曜入京都,百官失守,天子蒙尘于平阳。”又引《愍纪》:“刘曜寇长安,刘粲寇于城下,天子蒙尘于平阳矣。”

〔116〕山陵无所:言死无葬身之地。张铣注:“怀帝为刘曜所虏,愍帝为刘粲所虏,俱蒙尘于平阳,死于虏廷,故云山陵无所。”山陵,指坟墓。

〔117〕树立失权:指继嗣之人无权威。

〔118〕托付非才:指用人不当。

〔119〕四维:指礼、义、廉、耻。 张:伸展。李善注引《管子》:“不供祖旧,则孝悌不备,四维不张,国乃灭亡。”

〔120〕苟且:不正当。《汉书·宣帝纪》:“上下相安,莫有苟且之意也。”

〔121〕作法:制定法律。 治:有秩序,与“乱”相对。李善注引《左传》:“君

子作法于凉(廉),其弊犹贪;作法于贪,弊将若之何?"

〔122〕暂弱:始弱。

〔123〕军旅:军队。　素:训练。

〔124〕都尉:掌管地方军队的武官。李善注引干宝《晋武纪》:"太康八年,诏渊领北部都尉。"

〔125〕王弥:西晋东莱(今山东掖县)人。出身大族。西晋永兴三年(306)参加刘伯根起义,伯根死,其转战青、徐二州,攻杀官吏,有众数万,声势浩大。永嘉二年(308)率军进逼洛阳,为晋军所败。后归刘渊,任镇东大将军。　散吏:即散官。闲散没有职事的官。

〔126〕弓马之士:武夫。指刘渊。

〔127〕驱走之人:受人驱使者。指王弥。

〔128〕凡庸之才:平庸之人。

〔129〕吴先主:指孙权。

〔130〕吴、蜀:东吴、西蜀。上言刘渊、王弥之辈远不如吴蜀。

〔131〕耒(lěi 垒):农具,翻土用。　兵:武器。

〔132〕裳:衣裳。李善注引贾谊《过秦论》:"斩木为兵,揭竿为旗。"

〔133〕战国:从事战争的国家。《管子·霸言》:"战国众,后举可以霸,战国少,先举可以王。"

〔134〕自下逆上:谓臣伐君。

〔135〕邻国:指吴、蜀。　势:势力。

〔136〕异效:效果相反。指强者败,弱者胜。

〔137〕扰:乱。　驱群羊:李善注引《淮南子》:"避实就虚,若驱群羊,此所以言兵者也。"

〔138〕举:攻取。　二都:指洛阳、长安。　拾遗:捡东西。形容极易。李善注引《汉书》:"梅福上书曰:高祖举秦如鸿毛,取楚如拾遗。"

〔139〕连头:一并。　戮:杀。

〔140〕乞:乞求。　不获:不获准,得不到。李善注引干宝《晋纪》:"刘曜入京都,杀大将军吴王晏、光禄大夫竟陵王,其余官僚,僵尸涂地,百不遗一。"

〔141〕后:皇后。　嫔(pín 贫):古代宫廷女官名。　妃:皇帝的妾,太子、王侯的妻称妃。　主:公主的简称。《史记·外戚世家》:"武帝祓霸上还,因过平阳主。"平阳主即平阳公主。

〔142〕虏辱:获辱。　戎卒:指刘曜、刘粲的兵士。李周翰注:“辱,为遭戎卒所乱(奸污)者也。”李善注引孙盛《晋阳秋》:“刘曜入于京都,六宫幽辱,征西将军南阳王模,出降,以模妃刘氏赐胡张平为妻。”

〔143〕大器:镇国之宝器,天子有之。李善注引《文子》:“老子曰:‘天下,大器也,不可执也,不可为也。为者败之,执者失之。’”

〔144〕群生:百姓。　重畜:六畜。李善注引《汉名臣奏》:“陈风对问曰:‘民如六畜,在牧养者耳。’”

〔145〕爱恶相攻:喜爱与憎恶相冲击。

〔146〕利害相夺:利与害相争夺。李善注引《周易》:“爱恶相攻而吉凶生,情伪相感而利害生。”意为在爱与恶的互相冲击中,产生吉和凶;在真情与假意的互相感触中,产生利与害。

〔147〕势:趋势。　常:恒定。

〔148〕防:堤岸。李善注引《周礼》:“以防止水。”

〔149〕燎火:燃火。　原:原野。李善注引《尚书》:“若火之燎于原。”

〔150〕静:息。

〔151〕器大:大器。此称代国家。　小道:儒家对宣扬礼教以外的学说、技艺的泛称。儒家认为此非经国之道,故曰“小道”。

〔152〕势动:形势动荡。　争竞:竞争,即互相争胜。《庄子·齐物论》:“有竞有争。”郭象注:“并逐曰竞,对辩曰争。”　扰:安和。《书·周官》:“扰兆民。”孔安国传:“以安和天下众民。”

〔153〕哲王:明智之王。

〔154〕知其然:指知“器大者不可以小道治,势动者不可以争竞扰。”

〔155〕扞(hàn 旱):抵御。《史记·韩长儒传》:“吴、楚反时,(梁)孝王使(韩)安国及张羽为将,扞吴(王)兵于东界。”

〔156〕尸:主持。李善注引《礼记》:“圣王之制祭祀也,能御大灾则祀之,能扞大患则祀之。”

〔157〕百姓:百官。　上德:皇恩。　生已:养活自已。　浚(jùn 俊):榨取。李善注引《左传》:“子产寓书于子西以告宣子曰:‘毋宁使人谓子,子实生我,而谓子浚我以生乎?’意谓:你是要宁可让人对您说‘你确实养活了我’,还是说‘您榨取我来养活你自己呢?’”

〔158〕感而应之,悦而归之:谓君有圣德,则民心悦诚服归之。

〔159〕晨风:又作“鷐风”,鸟名。一名鹯,似鹞,青黄色,燕颔钩啄。郁:茂密的样子。《诗经·晨风》:“鴥彼晨风,郁彼北林。”

〔160〕趣:趋附。李善注引《孙卿子》:“川渊深而鱼鳖归之,刑政平而百姓归之。川渊者,龙鱼之居也;国家者,士人之居也。”

〔161〕运:国之命运,即国家兴亡盛衰。此指国家兴盛。宿命论者认为,国之命运由天注定,只有顺乎天,国方可存,方可兴。 享:受。

〔162〕和:谐调,和谐。 义:情义。吕向注:“圣人应天顺人随运,以和其义。”

〔163〕礼文:指礼节仪式。李善注引《孝经》:“安上治民,莫善于礼。”

〔164〕断:决断,裁断。 刑罚:指对罪犯实行强制的惩罚的方法。古代刑与罚有区别。刑指肉刑、死刑;罚指以金钱赎罪。

〔165〕谨:李善注引《孝经》:“示知以好恶而民知禁。”

〔166〕审:慎。李善注引谢承《后汉书》:“朱儁宣国威灵,审示祸福。”喻:晓。

〔167〕明察:明细观察,不受蒙蔽。《汉书·黄霸传》:“为人明察内敏。”官:用如动词,即委之以官。

〔168〕笃:厚。 固:坚定。

〔169〕方:正道。李善注引《礼记》:“乐行而人向方。”“李周翰注上三句:“求明察之人以为官,君厚慈爱之惠以坚固其心,然后人知向正道矣。”

〔170〕乐生哀死:李善注引《鹖冠子》:“所谓人者,恶死乐生。”哀死,恶死。

〔171〕悦教:李善注引《孟子》:“万乘之国行仁政,民悦之,犹解倒悬也。”安俗:李善注引《老子》:“安其居,乐其俗。”

〔172〕勤礼:为实行礼而尽心尽力。礼,指儒家规定的社会行为的法则、规范、仪式的总称。《论语·为政二》:“道之以德,齐之以礼,(民)有耻且格。”“君子勤礼,小人尽力”,谓劳心者治人,劳力者治于人,属封建等级观念。李善注引赵岐《孟子章指》:“治身勤礼,君子所能。”

〔173〕廉耻:廉洁,知耻。 家间:乡里,泛指民间。

〔174〕邪僻:乖戾不正。《荀子·劝学》:“故君子居必择乡,游必就士,所以防邪僻而近中正也。”僻,不正。 销:消除。 胸怀:心中。

〔175〕见危授命:见到国家危急肯献出生命。《论语·宪问》:“见利思义,见危授命。”

〔176〕求生害义:李善注引《论语》:"志士仁人,无求生以害仁。"

〔177〕"又况"二句:指陈胜、吴广起义。　干纪:犯法。李善注引《汉书》:"陈胜、吴广奋臂大呼,天下响应。"

〔178〕"基广"二句:李善注引《文子》:"人主之有民,犹城之有基,木之有根,根深则本固,基厚则上安。"

〔179〕理节:指政教有条有理。

〔180〕胶结:牢靠周密。　迁:动荡。迁,变动。

〔181〕僻主:邪僻之主。　典刑:旧法。吕向注"是以"数句:"言之累代有天下者,中间岂无邪僻之主哉?而不亡者,蒙先人道德以维持也。"

〔182〕延陵季子:又称公子札。春秋时吴国贵族。吴王诸樊之弟,多次推让君位。封于延陵(今江苏常州),故称延陵季子。公元前544年,季子访问鲁国,请求观赏周乐。乐工为他歌《邶》、《鄘》、《卫》、《王》、《郑》、《齐》、《魏》、《唐》、《小雅》等,他分别加以评论,借此说明周王朝与诸侯的盛衰。这就是有名的"季札观乐"。　数:气数,命运。

〔183〕风教:风俗教化。吕延济注:"乐则体人之情,故听之所以识安危也。"

〔184〕后稷(jì 记):古代周族的始祖,神话传说,有邰氏之女姜嫄,踏巨人脚印怀孕而生。善于种各种粮食作物,曾在尧舜时代做过农官,教民耕种。周族认为他是开始种稷和麦的人。

〔185〕天命:五臣本作"天下"。　昭显:光明。

〔186〕文武之功,起于后稷:李善注引《毛诗序》:"后稷生于姜嫄,文武之功,起于后稷。"

〔187〕思文后稷,克配彼天:语出《诗·周颂·思文》。意为想起后稷先王,功德能比上苍。文,文德,对"武功"而言。克,能。

〔188〕立我蒸民,莫匪尔极:语出《诗·思文》,意为养育我们百姓,谁未受你恩赏。立,当作'粒"。此用如动词,养育之意。蒸民,众民。匪,非。尔,你。极,最,指最大的好处。

〔189〕实颖实栗,即有邰家室:语出《诗·生民》。意为禾穗饱满沉甸甸,迁往邰地立家园。颖,禾穗下垂。栗,栗栗,众多。即,往。邰(tái 台),当时氏族,居陕西武功县。传说因后稷对农业有贡献,尧封其邰地。有,词头,无意。李善注引郑玄曰:"后稷教世种黍稷,尧改封于邰,就其家室,无变更也。"

〔190〕公刘:古代周族领袖。传为后稷曾孙。夏代末年率周族迁到豳(bīn 宾)(今陕西旬邑),考察地形水利,开垦荒地,安定居处。　狄人之乱:指夏桀无道。　之:动词,往。　厥:其。

〔191〕乃裹糇(hóu 喉)粮,于橐(tuó 陀)于囊:语出《诗·大雅·公刘》。意为包好干粮,大袋小袋齐装。糇,干粮。橐,小袋。囊,大袋。李善注引郑玄曰:"为狄人所迫逐,不忍斗其民,裹粮食囊之中,弃其余而去。"即指"去邰之豳"。

〔192〕陟(zhì 至)则在巘,复降在原:语出《诗·公刘》。意为忽而登到小山冈,忽而下到平原上。陟,登高。巘(yǎn 演),小山。

〔193〕处:对待。

〔194〕太王:古公姬亶父,公刘之子。　戎、翟(dí 敌):皆当时的少数民族。翟,通"狄"。

〔195〕杖策:执鞭。指驱马而行。李善注引《庄子》:"太王亶父居豳,狄人攻之。太王曰:与人之兄居而杀其弟,与人之父居而杀其子,吾不忍也。因杖策而去。"策,亦作"筴"。不忍百姓之命,指不忍心使百姓与戎狄相斗而丧命。

〔196〕来朝(zhāo 招):第二天清晨。　走马:快马,

〔197〕帅:率领。　西:指豳之西。　水浒:水边。水,指渭水。

〔198〕岐下:岐山脚下。岐山,在今陕西岐山县东北。上三句见《诗·绵》。

〔199〕周民:指豳地之民。

〔200〕仁人:指太王。

〔201〕归市:拥向集市。《孟子·梁惠王》:"从之者如归市。"李善注引毛苌《诗传》:"古公处豳,狄人侵之,乃属其耆老而告之曰:'吾闻之,君子不以其养人而害人,二三子(诸位)何患无君。'去之,逾梁山,邑于岐山之下。豳人曰:'仁人之君不可失也。从之如归市。'"

〔202〕邑:小城。

〔203〕都:大城。李善注引《新序》:"太王亶父止于岐下,百姓扶老携幼随而归之,一年成邑,二年成都,三年五倍其初。"

〔204〕劳(lǎo 牢)来:劝勉。　安集:安居。李善注引《毛诗序》:"万民离散,不安其居,而能劳来安集之。"

〔205〕"乃慰"四句:李善注引毛苌曰:"慰,安也。人心定,乃安隐其居,乃左右而处之,乃疆理其经界,乃时耕其田亩者。"又引郑玄曰:"时(及时)耕曰宣。"

〔206〕王季:太王少子季历。

〔207〕貊(mò 陌):亦作“莫”。通“漠”,广大。　德音:美好的声誉。据《韩诗外传》载,太王有三子,长曰太伯,次曰仲雍,少曰季历。季历之子昌,有才干,太王想让昌继承王位。太伯、仲雍知道父意,不争王位而逃往吴地。太王死,季历为君,后传位给昌,是为文王。王季“因心则友,则友其兄”(《诗·皇矣》),故称“能貊其德音”。

〔208〕克:能。　明:指明辨是非。　类:待人无私。李善注引《左传》:“勤施无私曰类。”

〔209〕长:指做师长。李善注引《左传》:“教诲不倦曰长。”　君:指做国君。李善注引《左传》:“庆赏刑威曰君。”“克明克类,克君克长”,“载锡之光”,皆出自《诗·大雅·皇矣》。

〔210〕载:始。　锡:给与。　光:荣光。

〔211〕文王:姬昌。

〔212〕备:尽。　旧德:指周先王留下的美德。

〔213〕惟新其命:接受天命,有所创新。《诗·文王》:“周虽旧邦,其命惟新。”

〔214〕惟:亦作“维”,语首助词,无义。　文王:周文王。

〔215〕昭:明白。　事:服事。

〔216〕聿(yù 玉):语助词,无义。　怀:招来。以上诗句见《诗·大雅·大明》。

〔217〕周家:姬姓周朝。忠厚:指后稷、公刘、太王、王季、文王数代所积之功德。

〔218〕仁及草木:爱施及草木,形容仁爱无所不至。

〔219〕九族:本身及以上的父、祖、曾祖、高祖和以下的子、孙、曾孙、玄孙。一说父族四,母族三,妻族二。

〔220〕黄耇(gǒu 苟):指老人。《诗·小雅·南山有台》:“乐只君子,遐不黄耇。”《毛传》:“黄,黄发也;耇,老。”黄发,人老发黄。

〔221〕乞言:古代帝王及其嫡长子养一些德高望重的老人,以便向他们求教,叫乞言。

〔222〕福禄:福分与禄位。

〔223〕妃后:泛指王侯之妻妾。　四教:指封建社会宣扬的妇德、妇言、妇

容、妇功(指纺织、刺绣、缝纫等事)。”李善注引《毛诗笺》:“法度莫大于四教。”

〔224〕师傅:老师的通称。《谷梁传·昭公十九年》:“羁贯成童,不就师傅,父之罪也。”

〔225〕服:穿着。 浣濯(huàn zhuó 唤浊):洗涤。

〔226〕修:学习。 烦辱之事:指织夏布。《诗·周南·葛覃》:“葛之覃兮。”李善引毛苌曰:“葛所以为絺绤,女功之事烦辱者也。”葛,蔓生纤维科植物,其皮可以制成纤维织布。从割葛,煮泡,制纤维,到织布,非常复杂,故称“烦辱之事”。

〔227〕化:教化。 妇道:为妇之道。旧社会重男轻女,妇道多指卑谦处世而言。《诗·周南·葛覃·序》:“化天下以妇道也。”

〔228〕刑:法。此用如动词,以礼法相待。 寡妻:正妻,与“庶”相对。

〔229〕御:治理。 家邦:家国。以上诗句出自《诗·大雅·思齐》。《思齐》为颂扬文王善于修身、齐家、治国之诗。

〔230〕汉宾之女:此指出游汉水的少女。《诗·周南·汉广》:“汉有游女,不可求思。”李善注引郑玄曰:“女虽出游汉水之上,人无欲求犯礼者,亦由贞洁使之然也。”

〔231〕中林:林中。 纯一之德:指忠贞的品德。李善注引《诗·周南·兔罝》:“肃肃兔罝(jiē,兔网),离于中林,赳赳武夫,公侯腹心。”诗人由英姿威武的猎人,想到选拔忠贞卫国之士。

〔232〕文、武:指周文王、周武王。《天保》:《诗·小雅》中的篇名。这是一首臣子祝颂君主的诗,反映了当时统治阶级“敬天保民”的思想。

〔233〕《采薇》:《诗·小雅》中的篇名。这是一首戍边兵士在归家途中赋的诗。 内、外:李善注引郑玄曰:“内,谓诸夏也;外,谓夷狄也。”

〔234〕天下三分有二:指周文王已有了三分之二的天下。 殷:指殷纣王。《论语·泰伯》:“三分天下有其二,以服事殷。周之德,其可谓至德也已矣。”

〔235〕“诸侯”句:李善注引《周书》:“武王将渡河,不期同时一朝会于武王郊祀下者八百诸侯。”

〔236〕“犹曰”句:李善注引《史记》:“武王至于孟津,诸侯皆曰:‘帝纣可伐。’武王曰:‘天命未至也。’”

〔237〕三圣:指周文王姬昌及其二子。李善注引《琴操》:“崇侯(殷臣)谮文王于纣曰:西伯昌,圣人也。长子发,中子旦,皆圣。三圣合谋,将不利于君。”

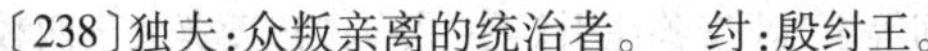

〔238〕独夫:众叛亲离的统治者。 纣:殷纣王。

〔239〕名教:以正名定分为中心的封建礼教。 逆取顺守:以武力夺取天下曰逆取;修文教以治天下曰顺守。《史记·陆贾传》:"陆生曰:居马上得之(天下),宁可以马上治之乎?且汤武逆取而顺守之,文武并用,长久之术也。"

〔240〕保大定功:保持强大,巩固功业。

〔241〕安民和众:安定百姓,协调大众。李善注引《左传·宣公十二年》:"夫武,禁暴戢(息)兵,保大,定功,安尼,和众,丰财。"

〔242〕著:明。《大武》:周代所存六代乐之一。郑玄注《周礼·春官》:"'大武',武王乐也。" 容:盛。李善注引《论语》:"孔子曰:谓武尽美矣,未尽善也。"

〔243〕周公遭变:管叔、蔡叔皆为周武王之弟,武王灭商后,分别封于管(今河南郑州)、蔡(今河南上蔡)。武王去世,成王年幼,周公旦摄政,二人不服,扬言周公旦要不利于成王,和武庚一起叛乱,后被周公平息。"周公遭变"即指此。

〔244〕陈:列举。 后稷:姬弃,周之祖先。 先公:先祖,指后稷、古公、王季等。 风化:风俗,教化。"陈后稷"句,指周公作《文王》等周之史诗。

〔245〕致王业:创建王业。

〔246〕农夫女工:吕延济注:"农,谓浣殖之事;女工,谓浣濯烦辱也。"

〔247〕始基:始。基,始。 静:安。

〔248〕十五王:指后稷、不窋、鞠陶、公刘、庆节、皇仆、羌弗、毁俞、公非、高圉、亚圉、公组、太王、王季、文王。 十六王:指十五王加武王。 十八王:指十五王加武王、成王、康王。

〔249〕积基树本:奠基立本。

〔250〕经纬:规划治理。《左传·昭公二十九年》:"夫晋国将守唐叔之所受法度,以经纬其民。"

〔251〕节理:以礼治理。

〔252〕恤隐:勤恤民隐之缩语。怜悯民之痛苦。隐,痛苦。《国语·周语》:"是先王非务武也,勤恤民隐而除其害也。"

〔253〕缠绵:悠远。李周翰注:"缠绵,远也。"

〔254〕爰及:至于,连词。

〔255〕揆(kuí 奎):准则,法度。李善注引《孟子》:"先圣后圣,其揆一也。"

〔256〕烈:盛。　百王:指先代之帝王。

〔257〕捷:快。　三代:指夏、商、周。

〔258〕有为:有所作为。

〔259〕宣:指晋高祖宣皇帝司马懿。　景:指晋世宗景皇帝司马师。遭:逢,遇。　多难:指战乱。

〔260〕伐:讨伐,攻打。　英雄:指识见、才能或作为非凡之人。《后汉书·袁绍传》:“若收豪杰以聚徒众,英雄因之而起,则山东非公之有也。”

〔261〕庶:众,诸。　杰:豪杰。　便事:行事方便。李善注引《尸子》:“便事以立官也,以固其国。”

〔262〕修:修明。　受遗:受托。　辅政:辅佐。

〔263〕废置:指废掉皇帝。

〔264〕齐王:曹芳,封为齐王。魏明帝曹叡崩,即皇帝位。魏大将军司马景王(司马师)废掉曹芳,并假太后之命遣芳归封地齐。“齐王不明”二句,用《尚书》太甲废立之典。太甲立为君主,不守成汤法典,伊尹将他放置到桐宫,令其思过。三年后太甲悔过自新,伊尹重新接他回京都亳做君主。曹芳被废不再复位,故称“齐王不明,不获思庸于亳”。思庸,思常道。亳,商汤时都城。

〔265〕高贵:高贵乡公曹髦。　冲人:孩童。曹髦十四岁即位,二十岁被杀,故称“冲人”。李周翰注:“齐王废,立高贵乡公髦。后(髦)举兵相府诛文王,不克,舍人成(倅)、(成)济,以戈中帝,崩于车也。”

〔266〕复子明辟:李善注引《尚书·洛诰》:“周公曰:復子(成王)明辟。”《孔传》:“周公尽礼致敬,言我复还明君之政于子。成王年二十成人,故必归政而退老。”明辟,皇位。

〔267〕二祖:指司马师、司马昭。师尊号景皇帝,昭尊号文皇帝。　禅代:使其让位取而代之。禅,禅让。　逼:近。

〔268〕不暇:无暇,来不及。　参分、八百:指上文“天下三分有二”,“诸侯不期而会者八百”事。张铣注:“并言二者但取其逼近也。禅,传也。既传而取,不暇如武王兴兵而会诸侯也。”

〔269〕朝:朝廷。纯德:忠一,与“不二”义同。李善注引《尚书》:“昔君文、武,则有不二心之臣。”

〔270〕淫僻:放纵与邪恶。亦作“淫辟”。

〔271〕耻尚失所:黄侃《文选平点》:“耻尚失所者,所耻非耻然,所尚非尚

然。”即耻尚颠倒。

〔272〕《庄》、《老》:《庄子》、《老子》,以放诞为德。李善注引干宝《晋纪》:“太康以来,天下共尚无为,贵谈《庄》、《老》。”

〔273〕黜(chù 处):退。　《六经》:儒家经典,主庄重,与放诞相对。

〔274〕谈者:清谈家。　虚薄:空谈。　辩:有口才。

〔275〕名俭:名声规矩。亦作“名检”。

〔276〕行身:修身。　放浊:放情秽行。　通:通达。李善注引王隐《晋书》:“贵游子弟,多祖述于阮籍,同禽兽为通。”

〔277〕狭:以之为偏狭,与“通”相对。李善注引傅玄上疏曰:“魏文慕通达,而天下贱守节也。”　节信:守礼节,守信义。李周翰注:“时以放情浊行者为通,而以节信为偏狭也。”

〔278〕进仕者:做官的人。　苟得:苟且求得。李善注引郑玄《毛诗笺》:“仕禄者苟得禄而已。”

〔279〕鄙:鄙视。　居正:遵循正道。《公羊传·隐公三年》:“故君子大居正,宋之祸,宣公为之也。”

〔280〕望空:魏晋之际,称为官者只署文牍、不问政务为望空。吕延济注:“望空,谓不识是非,但望空署白而已。”

〔281〕勤恪(kè 客):勤勉谨慎。

〔282〕是以:因此。　三公:辅助国君掌军政大权的最高官员。周以太师、太傅、太保为三公;西汉以大司马、大司徒、大司空为三公;东汉以太尉、司徒、司空为三公。　萧杌(wù 误):懒散不勤职事。

〔283〕标:标榜。　上议:君王的言论。李善注引干宝《晋纪》:“言君上之议虚谈也。”　虚谈:清谈,空谈。

〔284〕刘颂:晋广陵人,字子雅,武帝(司马炎)时拜尚书三公郎,累迁廷尉,在职六年,官至吏部尚书。　治道:使国长治久安之道。李善注引干宝《晋纪》:“刘颂在朝忠正,才经政事。武帝重之,访以治道,悉以陈奏,多所施行。”

〔285〕傅咸:晋北地泥阳人,字长虞。武帝时任尚书左丞等官。多次上疏,主张裁并官府,唯能是务,指出“奢侈之费,甚于天灾。”　邪正:邪政。正通“政”。《荀子·非相》:“起于上,所以道于下,政令是也。”　俗吏:李善注引王隐《晋书》:“傅玄曰:论经理者,谓之俗生;说法理者,名为俗吏。”

〔286〕倚杖:依赖。　虚旷:大话空谈。旷,大。

〔287〕依阿:胸无定见,曲意逢迎,随声附和。

〔288〕日昃(zè 仄):日西斜。昃同“昃”。李善注引《尚书》:“文王自朝至于日中侧,弗皇暇食。”

〔289〕仲山甫:又作“仲山父”。周宣王时大臣。封于樊(今河南济源县),排行第二,故称樊仲、樊仲山甫或樊穆仲。李善注引《诗·烝民》:“肃肃王命,仲山甫将之,……,夙夜匪懈,以事一人。”

〔290〕嗤(chī 吃):讥笑。 点:辱。 灰尘:尘埃。比喻人世的变迁幻灭。

〔291〕诟(gòu 够)病:侮辱。李善注引郑玄《毛诗笺》:“言时人骨肉无相诟病也。”

〔292〕毁誉乱于善恶之实:谓本来善者当誉,恶者当毁,而今是非颠倒,毁誉不符合善恶实际。

〔293〕情慝(tè 特):邪念。 货欲:贪财之心。涂:同“途”。

〔294〕选者:选拔官吏者。 人:指个人,自己。

〔295〕官者:做官之人。 身:自身,自己。李善注引谢承《后汉书》:“吕强上疏曰:‘苟宠所爱,私擢所幸,不复为官择人,反为人择官也。’”

〔296〕秉钧:喻执国政。钧为衡石,秉钧犹言持衡,谓国政轻重皆出其手。指宰相的职位。李善注引《毛诗》:“秉国之钧,四方是维。” 当轴:比喻官居要职。指主持政事。《汉书·车千秋传赞》:“车丞相履伊吕之列,当轴处中,括囊不言,容身而去,彼哉彼哉!”

〔297〕兼官:兼任官职。

〔298〕大极其尊:大到最高的官。

〔299〕小录其要:小到最重要的差事。

〔300〕机事:机密之事。

〔301〕恒:常。

〔302〕世族:犹“世家”,即世代做官之家。“上品无寒门,下品无世族。”贵戚:君主的内外亲族。《史纪·秦纪》:“法之不行,自于贵戚。”

〔303〕陵迈超越:指不按程序,破格。陵,超越。

〔304〕拘:限制。 资次:地位声望的位次。

〔305〕悠悠:久远。 风尘:风俗,指秽俗。

〔306〕奔竞:奔走竞争。多指追求名利。吕向注:“言久远以来悉皆奔竞势利。”

〔307〕列官千百:极言官多。列,众多。李善注引《孙卿子》:“天子千官,诸侯百官。”

〔308〕无让贤之举:李善注引《史记》:“司马季主曰:试官不让贤。”举,行动。

〔309〕子真:刘寔,字子真,平原人。《崇让》:《崇让论》。李善注引干宝《晋纪》:“时礼让未兴,贤者壅滞,少府刘寔著《崇让论》。” 省(xǐng 醒):省悟,理解。

〔310〕子雅:刘颂,字子雅。 九班:李善注引王隐《晋书》:“刘颂,字子雅,转吏部尚书,为九班之制,裴颜有所驳。”

〔311〕长虞:傅咸,字长虞。 直笔:秉笔直书,无所顾忌。李善注引孙盛《晋阳秋》:“司隶校尉傅咸,劲直正厉,果于从政,先后弹奏百寮(僚),王戎多不见从。”

〔312〕庄栉(zhì 质):梳妆。庄,通“妆。”栉,梳。 织纴(rèn 任):纺织。

〔313〕丝枲(xǐ 喜):纺织。枲,麻的总称。李善注引《礼记》:“女子十年不出,执麻枲,治丝茧,织纴组纠。”

〔314〕中馈(kuì 溃):妇女在家主持饮食等事。犹言主持家务。《周易·家人》:“无攸遂(错失),在中馈。”

〔315〕先时而婚:刘良注:“《礼》男三十而婚,女二十而嫁。先时,不依《礼》而早婚取也。”

〔316〕任情而动:纵情无节。

〔317〕淫逸:纵欲放荡。亦作“淫佚”、“淫泆”。

〔318〕拘:拘泥。 妒忌:同“妒嫉’。《诗·召南·小星序》:“夫人无妒忌之行。”

〔319〕逆:与“顺”相反。 舅姑:公婆。李善注引《礼记》:“妇将有事,大小必请于舅姑。”

〔320〕反易刚柔:指男女地位颠倒。男为阳刚,女为阴柔。

〔321〕妾媵(yìng 映):古时诸侯贵族女子出嫁,以妹妹和侄女从嫁,称其为“妾媵”。后亦泛称侍妾。

〔322〕黩(dú 独)乱:怠慢,搞乱。 上下:指长幼、卑尊、贵贱。以上数句,皆陈腐的封建纲常礼教。

〔323〕弗:不。

〔324〕莫:无人。

〔325〕责:要求。　四教:封建社会宣扬的妇德、妇言、妇容、妇功,称为四教。《毛诗》郑笺:"法度莫大于四教。"

〔326〕贞顺:守节顺从。李善注引《列女传》:"宋鲍女宗曰:贞顺,妇人之至行也。"

〔327〕辅佐君子:李善注引《毛诗序》:"后妃又当辅佐君子,求贤审官。"

〔328〕礼法:礼仪和法度。　刑政:刑罚和政令。《荀子·王制》:"刑政平,百姓和。"

〔329〕斯:词缀,无义。《诗·小雅·斯干》:"如鸟斯革,如翚斯飞。"构:屋架。　凿契:卯眼和榫头。

〔330〕水斯积:积水。　堤防:堤坝。

〔331〕火斯畜:畜火。　离:分开。　薪燎:柴火。

〔332〕本:指礼法刑政。　颠:倒。李善注引《左氏传》:"齐仲孙谓齐侯曰:"臣闻国之将亡,本必先颠,而后枝叶从之。"

〔333〕阮籍(210—263):三国魏文学家、思想家。字嗣宗,阮瑀之子。竹林七贤之一。他与当权的司马氏集团有一定矛盾,蔑视礼教,尝以"白眼"看待"礼俗之士"。后期则变为"口不臧否人物",常用醉酒方法在复杂的政治斗争中保全自己。孝是封建礼教的重要内容。鲁迅说"魏、晋是以孝治天下的。""为什么要以孝治天下呢?因为天位从禅让,即巧取豪夺而来,要主张以忠治天下,他们的立脚点便不稳,办事便棘手,立论也难了,所以一定要以孝治天下。"(《魏晋风度及文章与约及酒之关系》)

〔334〕崩弛:毁坏废弃。李善注引干宝《晋纪》:"际籍宏逸旷远,居丧不帅常检。"

〔335〕庾纯:西晋鄢陵人。字谋甫,博学有才义,称儒宗,官至黄门侍郎,中书令,河南尹、少尉。　贾充:西晋大臣。字公闾,平阳襄陵人。曹魏时任大司马、廷尉,为司马氏亲信,曾指使成济杀魏帝曹髦,并参与司马氏代魏之阴谋。晋初任司空、侍中、尚书令。一女为太子妃,一女为齐王妃,宠信无比。李善注引干宝《晋纪》:"贾充飨众官,庾纯后至,充曰:君行常居人前,今何以在后?纯曰:有小市井事不了,是以后。"又曰:"充之先为市魁,故以戏答。"

〔336〕师尹:众官之长。指贾充。　僻:邪辟,不正。

〔337〕平吴:指西晋大将王濬,于咸宁五年(279年)受命攻吴,次年克武昌,

顺流而下,直取吴都建邺(今南京),接受吴主孙皓投降。王浑,晋武帝时为安东将军,都督扬州诸军事,镇寿春。咸宁五年,率军出横江(今安徽和县东南)攻吴,于次年击败吴军后,迟迟不敢渡江。待王濬平吴成功,又恨恨不平。李善注引干宝《晋纪》:"王浑愧久造江而王濬先之,乃表濬违诏,不受己节度。濬上书自陈曰:恶直丑正,实繁有徒(指王浑)。""平吴"二句,意即指此。

〔338〕"郭钦"二句:李善注引干宝《晋纪》:"御史大夫郭钦上书曰:戎狄强犷,历古为患,今西北郡皆与戎居,若百年之后,有风尘(战事)之警,胡骑自平阳、上党不三日至孟津。及(趁)平吴之盛,出北地西河、安定、复上郡、置冯翊、平阳(郡),帝弗听。"衅,事端。

〔339〕傅玄:西晋哲学家、文学家。官至司隶校尉。主张礼、法结合,提倡"农以丰其食,工以足其器,商贾以通其货。"提出"政在去私,私不去则公道亡。"反对清谈之风。李善注引干宝《晋纪》:"傅玄上书曰:昔魏氏虚无放诞之论,盈于朝野,使天下无复清议(公正的舆论),而亡秦之病复发于兮。" 刘毅:西晋人,官至司隶校尉、尚书左仆射。曾批评晋武帝卖官鬻爵的行为。主张废除九品中正制度。李善注引干宝《晋纪》:"上(晋武帝)顾谓刘毅曰:朕方(比)汉何主?对曰:桓、灵。帝曰:吾虽不及古贤,犹克己为治,方之桓、灵,不亦甚乎?对曰:桓、灵卖官,钱入于官,陛下卖官,钱入私门,以此言,殆不若也。"

〔340〕傅咸之奏:李善注引干宝《晋纪》:司隶校尉上书曰:"臣以货赂(贿赂)流行,所宜深绝。"

〔341〕《钱神》:李善注引干宝《晋纪》:"鲁褒,字元道,南阳人,作《钱神论》。"

〔342〕宠赂:私宠和贿赂。《左传·桓公二年》:"国家之败,由官邪也。官之失德,宠赂章(彰)也。"

〔343〕国势:国家权力。

〔344〕虽:即使。 中庸:不偏曰中,不变曰庸。儒家以中庸为最高的道德标准。《论语·雍也》:"中庸之为德也,其至矣乎!"

〔345〕守文之主治之:李善注引《公羊传》:"继文王之体,守文王之法度。"

〔346〕辛有:周朝大夫。 祭祀:旧时指祭神和祀祖。李善注引《左氏传》:"初,平王之东迁也,辛有适(往)伊川,见被发而祭于野者,曰:'不及百年,此其戎乎!其礼先亡矣。'"

〔347〕季札:春秋时吴公子,封于延陵,故称延陵季子。善观乐。李善注引

《左氏传》:"季札来聘(访问),请观乐,使工(乐师)为之歌《陈》,曰:'国无主,其能久乎?'""得之声乐",指从乐声中知盛衰。

〔348〕范燮(xiè 谢)请死:李善注引《左氏传》:"范燮反(返)自鄢陵之役,使其祝宗祈死,曰:'君无礼而克敌,天益其疾矣。爱我者唯祝使我速死,无及于难,范氏之福也。'"

〔349〕贾谊痛哭:《汉书·贾谊传》陈政事疏:"臣窃惟其事势,可为痛哭者一,可为流涕者二,可为太息者六,若其他背理而伤道者,难遍以疏举。"

〔350〕惠帝:司马衷,公元 290 年至 306 年在位。　荡荡:骄纵不守法度的样子。李善注引《诗·大雅·荡》:"荡荡上帝,下民之辟(君主)。"《笺》:"荡荡,法度废坏之貌。"　临:临政。

〔351〕贾后:晋惠帝司马衷皇后。名南风,晋初大臣贾充之女。惠帝即位时太后杨艳父杨骏专权。永平元年(291 年)贾后使楚王玮等杀死杨骏。汝南王亮辅政,她又使玮杀亮,又以"矫诏"之罪杀玮,从此独擅朝政。　肆虐:任意残害。　六宫:古代皇后的寝宫。正寝一,燕寝五,合为六,故称。此指皇后妃嫔居住之处。李善注引干宝《晋纪》:"初,武帝(司马炎)为太子(司马衷)取(娶)后(贾后),在宫不恭逊而甚妒忌,有孕者辄杀子,或以手戟擿之,子随刃坠。"

〔352〕韩午:指韩寿妻贾午。吕延济注:"韩午,寿妻,贾后妹也。相助为妒忌淫乱事也。"李善注引干宝《晋纪》:"韩寿妻贾午,实始助乱。"

〔353〕渐:逐渐,引申为长时间。

〔354〕特:只。　系:关涉,关系。　妇人:指贾后。

〔355〕怀帝:司马炽,司马炎之子,司马衷之弟。公元 306 年至 311 年在位。　承乱:指惠帝乱世。

〔356〕羁(jī 鸡):束缚。　强臣:刘良注:"强臣,谓东海王越也。"李善注引干宝《晋怀纪》:"太傅东海王越,总兵辅政。"

〔357〕愍(mǐn 敏)帝:司马邺,司马炎之孙,司马晏之子。公元 313 年至 316 年在位。　奔播:流亡转徙。《抱朴子·金丹》:"往者,上国丧乱,莫不奔播四出。"

〔358〕厕:置,居。李周翰注:"洛阳倾覆,秦王邺(司马邺即位前封秦王),避难于许、豫刺史闫鼎,以立为主(愍帝),后迁于长安也。徒愿天子之名,而无天下之重也。"

〔359〕政:政权。《论语·季氏》:"天下有道,则政不在大夫。"

〔360〕命世:著名于当世。命,名。李善注引《孟子》:“五百年必有王者兴,其间必有名世者。” 雄:杰出的强有力的人物。

〔361〕载:犹生。李善注引《毛诗》:“文王初载,天作之合。”

〔362〕嘉禾:一茎多穗之禾,古人认为是吉祥之物,故曰嘉禾。

〔363〕望气:古代方士望云气以测吉凶的一种迷信活动。《史记·项羽本纪》:“吾令人望其气,皆为龙虎,成五采,此天子气也,急击勿失。” 豫章:郡名,汉始置,郡治南昌。

〔364〕宗室:皇室。 迭兴:频繁更替。

〔365〕愍怀:愍怀太子司马遹。李善注引王隐《晋书》:“愍怀太子遹,立为皇太子。贾后无子,妒害滋甚,废太子为庶人,送太子于许昌宫之别坊,矫诏使小黄门孙宪害太子,赵王伦杀贾后,帝诏谥遹为愍怀皇太子。 正:正统。

〔366〕淮南:淮南王司马允,司马炎之子。李善注引王隐《晋书》:“武皇帝男允,字钦度,封淮南王,领中护军。孙秀既害石崇等以惧允,允遂进围相府,相国赵王伦闭门,允兵四胜,陷破无前。伦息(子)度,伪云有诏助淮南王。王下车受诏,遂害允。” 壮:指领中护军,势力强大。

〔367〕成都:成都王司马颖。李善注引王隐《晋书》:“颖,字章度,封成都王,拜越屯骑校尉。赵王伦篡位,颖谋举义兵迎天子,伦死后,废太子覃,立颖为皇太弟。张方废颖归蕃(通藩,指封地),遣田徽杀之于邺。” 功:指举义兵迎天子之功劳。

〔368〕长沙:长沙王司马乂。李善注引王隐《晋书》:“乂,字士度,封长沙王,拜步兵校尉。齐王冏相攻,冏败,缚至上前,乂叱左右斩之。” 权:指冏握有兵权。

〔369〕倾覆:垮台。

〔370〕预章王:司马炽曾封为豫章王。李善注引干宝《晋惠纪》:“诏豫章王炽为皇太弟,皇帝崩,太帝即位。(炽)崩,谥曰孝怀皇帝。” 天位:皇帝之位。

〔371〕刘向:西汉经学家、文学家。治《春秋谷梁传》。曾任谏大夫、宗正等。他用阴灾异附会时政,屡次上书劾奏外戚专权。有《新序》、《列女传》等传世。 谶(chèn 衬):一种预言,即用隐语来预测吉凶,属迷信。

〔372〕灭亡之后:指秦灭亡之后。

〔373〕少如水名:指名字与水有点关系,即指下文之临漳。

〔374〕起事:起兵夺取政权。 秦川:地名。自大散关以北,至岐雍,夹渭川

南北岸,沃野千里,因秦之故国,故称秦川。约包括今陕、甘两省之地。

〔375〕西南:指长安。长安在秦川西南。 朋:结党,此指近臣。

〔376〕案:考察,考据。 愍帝,盖秦王之子:李善注引干宝《晋怀纪》:“关中建秦王邺(司马邺)为皇太子,本吴孝王之子,出为秦献王后。皇帝(怀帝)崩,太子即位于长安,崩,谥曰愍皇帝。”

〔377〕南阳王:李善注引臧荣绪《晋书》:“南阳王保,字景度,太尉模世子。”又引干宝《晋纪》:“愍帝诏琅邪王睿曰:今以王为侍中左丞相,督陕东诸军事;右丞相南阳王,督陕右诸军事。”

〔378〕上:指司马邺。 邺(yè 叶):地名。汉置县,曹魏置邺都,与长安、谯、许昌、洛阳合称五都。晋避司马邺讳,改名临漳。故城在今河北临漳县西。

〔379〕征祥:祥兆。

〔380〕皇极:帝王之位。

〔381〕祸辱及身:吕向注:“谓被刘聪所虏也。”

〔382〕上帝临我而贰其心:《诗·大雅·大明》:“上帝临女(汝),无贰尔心。”吕延济注:“言岂天子我怀帝有二心乎?何其先降祥瑞而速灭亡哉!”上帝:上天。临,降临。

〔383〕弘:弘扬。

〔384〕淳耀:光大美盛。指晋之帝王大业。 淳,大;耀,明。烈:业。渝:变。

〔385〕大命:天命。上天赋予的权力和使命,此指帝业。 中宗:东晋元皇帝司马睿。刘良注:“言天子业未变,故大命再集于东晋也。”

今译

晋高祖宣皇帝司马懿,从前以雄才大略,顺应形势出来做官。时逢魏太祖曹操创立帝业之初,谋划军政大事,高祖锦囊妙计屡被采纳,于是以乘舆权臣为曹氏祖孙三代效命。高祖性格深沉,有如城府,但能豁达容人,做事喜用权谋,知人善任。因此有德无德之士,皆对其怀有一片忠心,上下为之竭尽全力。高祖选用邓艾在务农琐事之时,擢拔州泰于平凡军役之中,委二人以文武重任,各善其事。故能西擒叛臣孟达,东斩“燕王”公孙渊,内平曹爽,外击王陵,

料敌如神，勇于决断，征讨反叛，攻克四方。控制各路诸侯，大权自己在握。在西屡次击溃诸葛亮纪律严明之师，在东挡住吴国辅车相依之势。世宗司马师继承高祖所创基业，太祖司马昭使之光大发扬，战事频繁，边疆无损。此时百姓赞助能者，一统天下之帝业已成定局了。李丰、夏侯玄谋废曹魏大将军于内，文钦、诸葛诞心怀异志于外，阴谋虽密，必露马脚。淮浦再扰乱，而许、洛不动摇，全部铲除叛逆，光照前辈功业。然后推荐钟会、邓艾，长驱直入西蜀，快如电扫三关，刘禅拱手称臣。人事顺应天命，在此得到证实了。开始接受九锡之礼，最后得到称帝之物，名器高于周公，法制严于伊尹。到了世祖司马炎便正式享受皇权。身居帝位，重其言语，慎其法令，施行仁政，厚待下民，经常节俭，费用富足；调和而不失原则，宽宏而能决断。所以百姓只有歌颂新君，四海乐于勉力而从。继承先祖伐吴之志，考虑三国征战之苦，心腹看法不一，公卿各持异议，而世祖独纳羊祜之高见，以从众卿之良策。所以到咸宁末年，便排除众议，采纳王濬、杜预伐吴之计。三峡放战舰，桂阳马披甲，两次战役，东吴归顺。平吴蜀之堡垒，通东西之险关，疆域超过唐虞旧土，夏历颁行四面八方。太康之中，天下书同文，车同轨。牛马盖满原野，余粮堆积田头，商旅野外露宿，里巷夜不闭户。民众相见如亲，缺物道路取足。所以当时有“天下无穷人”之谚语。虽然尚未全面太平，却足以说明官吏奉行其法，百姓安居乐业，实为百代不遇之盛世。

武帝一崩，坟土未干，权臣杨骏被诛杀，太后杨艳废庶人，当朝旧臣，受诛者数十族。不久又发生二公、楚王之乱，嫡长子无连城之助，而兄弟宿怨已结；惠帝大臣无令人侧目之显贵，但被诛垮台之事日生。以致于改天子为太上皇之称号，从而有皇帝被免官之风谣。百姓不见德行，听到尽是杀戮，早晨尚有伊尹、周公之美誉，晚上便成了夏桀、盗跖一般的歹徒。胜者王侯败者贼，或毁或誉看势利。于是浅薄犯法之徒，玩弄诡诈之术以迎合，如暗夜昆虫奔火。华夏内外混淆，百官无才，名实错位，国法失灵。国政更替于坏人之手，

皇帝禁军失散于四方，地方长官缺石钧镇守之力，边塞关门无系草绊马之固。李辰、石冰，攻占荆、扬二州，刘渊、王弥，叛乱于青、冀二州，二十余年河洛一带成为废墟。戎羯首领自称皇帝，怀、愍二帝做了俘虏，死无葬身之地。为什么会如此呢？继承皇位的人没有权威，所用之人又非贤才，礼、义、廉、耻不能树立，而苟且之事很多。于治世制定法律，其弊端尚且是贪；在乱世制定法律，又有谁能挽救此弊端呢？所以就时间而言，天下不是暂时的衰弱，军队也不是没有素养。那个刘渊，是离石地方领兵军官；王弥，是青州没有职务的闲散官吏。都是一介武夫，受人驱使的平庸之辈，没有孙权和诸葛亮的才能。是新起之寇，乌合之众，不是东吴西蜀那样的强敌；操起农具做兵器，撕开衣裳当旗帜，不是作战之国的装备。是犯上作乱，不是吴蜀之势力。然而胜败相反。他们扰乱天下，如驱赶群羊，攻占洛阳、长安易如拾物。将相王侯，一并受戮，乞求做奴仆而不可得。皇后嫔妃公主，被兵士污辱，岂不悲哀！天下是大器，庶民是六畜。在爱与恶的互相冲击中产生吉凶，在真情与假意的相互接触中发生利害，此为事物发展的永恒趋势。犹如筑堤蓄水，以火燎原，未曾静止片刻。国家不能用小道来治理，形势动荡不能靠竞争来安定，古代圣明先王，知道这个道理。因此抵御大患而不居其功，抗御大灾而不获其利。百姓都知道靠皇恩养活了自己，而不说皇上榨取百姓养活他自己。所以受到皇帝圣德的感召，心悦诚服地归顺，就像晨风栖息茂密的北林，龙鱼奔赴宽广的深渊。国家顺乎天命方可兴盛，顺乎民意方可和谐，然后设礼节仪式教化百姓，运用刑罚惩办犯罪，谨慎地告之以好恶，晓之以祸福，寻求明察之人委之以官吏，厚施仁爱而稳定民心，所以百姓知走正道，为生存而欢乐，为死亡而悲哀，心悦诚服地接受教化，安于风俗，君子为实行道德规范而尽心，小人为遵守道德规范而竭力，民间皆知廉耻，邪恶自灭胸中。所以百姓见到国家危急肯献出生命，而不求生以破坏正义，更何况去干振臂大呼、聚众犯法作乱之事呢？基础宽厚则难以倾覆，根子深

长则难以拔掉，政教有条有理则国家不乱，法纪牢靠周密则社会安定。因此从前坐天下的人，以此维持长久，岂无邪辟之君，而是靠道德与刑罚维持统治。所以季札听乐能知诸侯存亡之命运、长短之期限，因为民情与教化风俗是国家安危之根本。

从前周朝之兴，姜嫄生下后稷，天下光明，文功武功，皆起于后稷。所以《诗经》祭祀后稷的诗说："想起后稷先王，功德可比上苍。"又说："养育我们百姓，谁未受大恩泽。"《诗经·生民》又说："禾穗沉甸往下垂，封于邰地始定居。"到了公刘时代，遭到夏桀之乱，公刘率周族离邰至豳，亲自参加劳作。所以《诗经·公刘》说："揉面烙饼备干粮，大袋小袋一起装。""一会儿登至小山顶，一会儿回到平原上。"就这样对待百姓。而到亶父被戎翟所逼，不忍心让百姓与戎翟相斗，执鞭驱马离开豳地。所以《诗经·绵》说："清晨快马离开豳，沿着渭水往西行，岐山脚下得安居。"周民跟随亶父，思念亶父，说："爱人之人不能舍弃他。"所以跟随亶父犹如涌向集市。居岐一年建成小城，二年建成大市，三年发展五倍。互相劝勉安居于此。因此《诗经·大雅》说："人心安定居住，左右和睦相处。家家整理地界，适时耕种田亩。"到了季历光大先祖美誉，因此《诗经·皇矣》说："他能明辨是非，他能区别善恶"，"天赐王位使其显赫"。到了文王姬昌，全面修养先辈遗德，而又有所创新。所以《诗·大雅·大明》说："就是这个周文王，小心谨慎很善良。明白怎样侍上帝，招来幸福无限量。"由此可见，周王朝世世代代积累功德，施行仁义至于草木，对内九族和睦，对外尊敬老人，敬养一批德高望重老者，经常求教，以保全自己的福分和禄位。而王侯之妻妾则躬行妇德，尊敬老师，浣洗衣服，学织夏布，以妇道教化天下妇女。所以《诗·思齐》说："文王以礼待正妻，同样以礼对弟兄，以此齐家治国平天下。"因此"汉水之滨有游女，坚守妇道贞洁志；森林之中有勇士，保国尽忠德纯一。"所以《毛诗》说："文、武以《天保》以上诸诗治理华夏，以《采薇》以下诸诗治理夷狄，始于忧劳，终于安逸。"在这时，周文王已有三分之二的

天下，还侍奉殷纣王；八百诸侯不约而同要求伐纣，武王尚说天命未到。以“三圣”之智谋，伐独夫之殷纣，尚以礼教正名道：“夺天下以武取，守天下以文治。保持强大，巩固功业，安定百姓，协调大众。”还申明《大武》之乐尽美而未尽善。到周公辅佐成王，管、蔡叛乱，周公作史诗陈述自后稷以来先王教化的始末，创立王业的艰难，在于男耕女织之事。所以自后稷至使百姓安居，如算十五代王到文王时才居王位，如算十六代王到武王时才定居下来，如算十八代王到康王才安定下来，所以奠基树本，治理规划，以礼化民，抚恤百姓，经过如此漫长的道路。至于上代，虽与当今内容形式相异，所建功业不同，而安定百姓建立国政，其法度还是一样的。

现在大晋之兴，功业盛于历代先王，事业快于夏商周三朝，盖当有为而为之啊。宣景二帝生逢战乱之时，必须讨伐天下英雄，诛杀诸路豪杰，才便于成就帝王之业，来不及昌明公刘、亶父式的仁义。受托辅佐曹魏政权，屡次遇到废帝之事。齐王曹芳即位，因其昏庸被废，未能再复帝位。高贵乡公曹髦年少被杀，未能登上皇帝宝座；二祖逼近禅代之期，无暇等“有天下三分之二、会合八百诸侯”之时。这是因为他们创基立业与先代圣王不同。再加朝中无忠贞不二之人才，地方缺精诚专一之元老。社会风气放纵邪恶，以高尚为耻辱，学者以《老》、《庄》为宗祖，而排斥儒家经典；清谈家以空论为辩才，以名声与规矩为轻贱；实践家以放情秽行为通达，以礼节与信义为偏狭；钻营者以苟且得富为可贵，以遵循正道为可鄙；当官者以只签文件不问政务为清高，以勤勉谨慎为可笑。因此视三公为“萧杌”之代称，送君言为空谈之恶名，刘颂屡屡陈奏国家长治久安之道，傅咸每每纠正朝廷邪辟之政。二人皆被说成是俗吏。那些靠说假话、说大话、说空话，靠曲意逢迎，胸无定见之人，全都名扬海内。如像周文王那样忙于政事天黑顾不上吃饭，像仲山甫那样辅佐王事日夜不敢懈怠，就会共同讥笑他为尘埃，而竞相侮辱之。从此善恶毁誉是非颠倒，邪念驰骋于贪财之途。选官者为个人而择官，做官者为自身

而牟利。手握大权之人，身兼官职以十数。大到最高的官位，小到重要的职务，机要之事的失误，十之八九出于他们之手。皇亲国戚，官僚世家子弟，超常破格，不限于资历深浅，社会上长期以来钻营着追名逐利之徒，朝廷上下官员成百上千，竟无让贤之举。子真作《崇让论》而无人省悟，子雅创“九班”之制而不能实施，傅咸屡次秉笔直书而不能纠弊。妇女梳妆纺织之事，皆由婢仆包下，未曾了解女工纺织缝纫之业，亦不晓得主持家中炊饮之事。不守《礼》之规定而早婚，放纵情欲而无度。皆不以淫逸为过，不敛嫉妒之心。有的违背公婆意志，有的颠倒男尊女卑，有的杀戮陪嫁之妾，有的搞乱上下之序，父兄不以之为罪过，社会无人去批评，更何况要求听古人之“四德”，修当今之“真顺”，从而辅佐君王呢！礼仪与法度，刑罚与政令，到此大大破坏，如房架去掉榫头，如储水决其堤坝，如蓄火抽其柴薪。国家要亡，必先垮其根本，恐怕就说的这个吧！

所以观阮籍放诞之行为，就会了解礼教毁弃之根源；考察庾纯、贾充之举动，就会知道总官之邪辟；考察降伏东吴之战绩，就会知道将帅争功而不让；回想郭钦之远虑，就知道戎狄之蓄谋；观览傅玄、刘毅之言论，就明了百官之邪恶；考核傅咸上奏之章、鲁褒《钱神》之论，就会看出私宠贿赂之赤裸。民间风气国家形势坏至此地步，即使用最有德之人，坚守周文王的法度而治之，辛有也会在祭祀中看到将亡的征兆，季札也会从乐声中听出亡国之音，范燮必惧国难当头而请先死，贾谊必哀国之将亡而痛哭，更何况我惠帝以骄纵乱法临政呢！所以贾后横行肆虐于后宫之中，韩午推波助澜于朝廷内外，其隐患由来已久，难道只关系到一个妇人的罪恶吗？怀帝继惠帝乱世登基，受制于权臣。愍帝流亡转徙之后，徒有皇帝虚名。天下政权，既然已经失去了，非举世闻名的英雄，不能复得。而怀帝刚刚出生，有“嘉禾”生于南昌，望气者又说豫章郡有天子气。到国家多难，皇室频繁更替，凭愍怀太子之正统，淮南王之强大，成都王之功劳，长沙王之兵权，皆终究落得覆灭的结果，而怀帝由豫章王登天

子位。刘向之隐语预言说:“国家灭亡之后,有小孩沾水名者得天子位。起兵夺取政权者占据秦川,在西南方得到左膀右臂。案:愍帝为秦王之子,即位于长安。长安为秦国旧地,西以南阳王保为右丞相,督陕右诸军事,东以琅邪王睿为左丞相,督陕东诸军事。皇上字讳“邺”,故改邺都为“临漳”。漳,水名。由此推知,也有吉祥之征兆,但皇权未立,祸辱加身。难道上天对我怀帝有二心,抑或人能弘扬天道,而非天道弘扬人吗?晋之光辉帝业未改,所以天命又重降皇位于中宗元帝身上。

(赵福海译注并修订)

后汉书皇后纪论一首　范蔚宗

题解

《皇后纪论》一文在思想内容上，作者反对东汉以来外戚、宦官横行误国的黑暗政治，从历史上总结经验教训，以巩固南朝刘宋的统治；在体例上，论是“因事就卷内发论，以正一代得失”，赞则是表现独到见解，是“文之杰思”（均见《宋史》本传）。文章简明周详，结构严谨，文笔流畅。

原文

夏殷以上〔1〕，后妃之制〔2〕，其文略矣〔3〕。《周礼》〔4〕：王者立后、三夫人、九嫔、二十七世妇、八十一女御〔5〕，以备内职焉〔6〕。后正位宫闱〔7〕，同体天王〔8〕；夫人坐论妇礼〔9〕；九嫔掌教四德〔10〕；世妇主知丧祭宾客〔11〕；女御序于王之燕寝〔12〕。颁官分务〔13〕，各有典司〔14〕。女史彤管〔15〕，记功书过；居有保阿之训〔16〕，动有环佩之响〔17〕；进贤才以辅佐君子〔18〕。哀窈窕而不淫其色〔19〕，所以能述宣阴化〔20〕，修成《内则》〔21〕；闺房肃雍〔22〕，险谒不行者也〔23〕。故康王晚朝〔24〕，《关雎》作讽〔25〕，宣后晏起〔26〕，姜氏请愆〔27〕。

及周室东迁〔28〕，礼序凋缺〔29〕，诸侯僭纵〔30〕，轨制无章〔31〕。齐桓有如夫人者六人〔32〕，晋献升戎女为元妃〔33〕，终于五子作乱〔34〕，冢嗣遘屯〔35〕。爰逮战国〔36〕，风宪愈薄〔37〕，

适情任欲[38],颠倒衣裳[39],以至破国亡身,不可胜数。斯固轻礼弛防[40],先色后德者也[41]。秦并天下,多自骄大,宫备七国[42],爵列八品[43]。汉兴,因循其号[44],而妇制莫釐[45]。高祖帷薄不修[46],孝文衽席无辨[47],然而选纳尚简[48],饰玩华少[49]。自武、元之后[50],世增淫费[51],至乃掖庭三千[52],增级十四[53],妖倖毁政之符[54],外姻乱邦之迹[55],前史载之详矣[56]。

及光武中兴[57],斲雕为朴[58]。六宫称号[59],惟皇后贵人[60],金印紫绶[61],俸不过粟数十斛[62],又置美人、宫人、采女三等[63],并无爵秩[64],岁时赏赐充给而已[65]。汉法常因八月筭民[66],遣中大夫与掖庭丞及相工[67],于洛阳乡中,阅视良家童女年十三以上、二十以下姿色端丽、合法相者[68],载还后宫,择视可否,乃用登御[69]。所以明慎聘纳[70],详求淑哲[71]。明帝聿遵先旨[72],宫教颇修[73],登建嫔后[74],必先令德[75],内无出阃之言[76],权无私溺之授[77],可谓矫其弊矣。向使因设外戚之禁[78],编著甲令[79],改正后妃之制,贻厥方来[80],岂不休哉[81]。

虽御己有度[82],而防闲未笃[83],故孝章以下[84],渐用色授[85],恩隆好合[86],遂忘淄蠹[87]。自古虽主幼时艰[88],王家多衅[89],委成冢宰[90],简求忠贞[91],未有专任妇人,断割重器[92]。唯秦芈太后始摄政事[93],故穰侯权重于昭王[94],家富于嬴国[95]。汉仍其谬,知患莫改,东京皇统屡绝[96],权归女主[97]。外立者四帝[98],临朝者六后[99],莫不定策帷帟[100],委事父兄[101],贪孩童以久其政,抑明贤以专其威[102]。任重道悠[103],利深祸速[104],身犯雾露于云台之上[105],家缨缧绁于圄犴之下[106]。湮灭连踵[107],倾辀继

路〔108〕，而赴蹈不息〔109〕，焦烂为期〔110〕。终于陵夷大运〔111〕，沦亡神宝〔112〕。《诗》《书》所叹〔113〕，略同一揆〔114〕。

故考列行迹〔115〕，以为《皇后本纪》。虽成败事异，而同居正号者〔116〕，并列于篇。其以恩私追尊〔117〕，非当世所奉者〔118〕，则随他事附出。亲属别事〔119〕，各依列传。其余无所见，则系之此纪〔120〕，以缵西京《外戚》云尔〔121〕。

注释

〔1〕夏、殷：中国历史上的两个奴隶制王朝。夏（约前2070—前1600），第一任帝姒文命，建都阳城（今河南登封），又九迁其都，末任帝姒履癸都斟鄩（今河南巩县），亡于商。殷（约前1600—前1046），国号商，一任帝子天乙，建都商邑（今陕西商县），至子盘庚帝迁殷邑（今河南安阳），史又称殷或殷商，末任帝子武乙，亡于周。

〔2〕后妃：皇帝正妻称后，妾称妃。 制：礼制，礼法制度。

〔3〕其文：指关于夏殷以前后妃礼制的文字。 略：太简略。

〔4〕周礼：原称《周官》，或称《周官经》，儒家经典。传为周公作，后人附益。系合周与战国制度、寄寓儒家政治理念编辑而成。全书六篇（部分残缺），广泛地反映早期封建社会各种礼仪、制度。

〔5〕立：册立。指依礼制册立后及夫人等。 后、夫人、嫔、世妇、女御：皆所册立的妻、妾和女官。

〔6〕备：充任。 内职：宫庭中妇女担任的各种职务。即下文所列。

〔7〕正位：正居。 宫闱：皇宫中后、妃居处。

〔8〕同体：体统（与天子）相同。 天王：指天子。

〔9〕夫人：皇帝妾。 坐论：坐着议论。指无官职。 妇礼：妇道，女人礼仪。

〔10〕掌教：掌管教导。 四德：妇道四项德行，即妇德、妇言、妇容、妇功。

〔11〕主知：主持。

〔12〕序：按次第排列。 燕寝：帝王休息安寝所在，亦称内寝、小寝。帝王有六寝，除正寝外，余五寝通名燕寝。

〔13〕颁官：颁给官衔。 分务：分领事务。

〔14〕典司:执掌。

〔15〕女史:记事女官。　彤管:红色管柱笔。

〔16〕保阿:保母。

〔17〕环佩:环状玉石佩物。

〔18〕进:推荐,荐举。　君子:这里指君主。

〔19〕哀:怜爱。　淫:过分。

〔20〕述宣:讲述宣扬。　阴化:妇女教化。

〔21〕修成:写成。《内则》:《礼记》篇名。内容规定妇女在家言行不许超越礼数。

〔22〕肃雍:庄重和顺。

〔23〕险谒:不正当请托。

〔24〕康王:周朝第三任帝王姬钊。

〔25〕《关雎》作讽:以诵《关雎》诗篇作讽谏。《关雎(jū 居)》,《诗经·国风·周南》中首篇。本是民间爱情诗,后被儒家曲解为表现"后妃之德"的礼教诗。这里借以说明康王夫人尽礼,见康王上朝晚,便诵此篇作讽谏。

〔26〕宣后晏起:周宣王晚起。宣:宣王,周朝第十一任帝王姬静。后:君王。晏:晚。

〔27〕姜氏请愆(qiān 迁):姜氏献后便请罪。　愆:罪过,过失。传说宣王晚起,献后便以自己有淫心、不才而使君王失节而晚朝,跪于永巷请罪。

〔28〕周室东迁:周朝王室在第十三任帝王平王姬宜臼时,都城由西部镐京(今陕西西安)迁到东部雒邑(今河南洛阳),史称平王东迁,为东周开始。

〔29〕礼序:礼教秩序,社会、道德规范。　凋缺:衰落残缺。

〔30〕僭(jiàn 见)纵:越轨放肆。僭,超越身份行事。纵,放纵恣肆,无拘束。

〔31〕轨制:喻法规、制度。

〔32〕齐桓(huán 环):姓姜,名小白。春秋时齐国第十六任国君,尊号为桓公。　如夫人:如同夫人的妾,小老婆。

〔33〕晋献:姓姬,名籍。春秋时晋国第八任国君,尊号为献侯。　戎(róng 荣)女:指骊姬,以其母为戎人之女,故名。　元妃:此指嫡妻。

〔34〕五子:齐桓公五子(姜无亏、孝公姜昭、昭公姜潘、懿公姜商人、惠公姜元)。　作乱:齐桓公死后,五子为争立国君作乱。

〔35〕冢(zhǒng 种)嗣:嫡长子,太子。遘(gòu 购):遭遇。　屯(zhūn 谆):

艰困。此指晋骊姬诬陷太子申生,而致其亡奔自缢。

〔36〕爰:待,于。 逮(dài 代):到,及。

〔37〕风宪:风纪,法度。

〔38〕适情:满足情趣。 任欲:听凭欲求。

〔39〕颠倒衣裳:比喻嫡妾之礼颠倒。上体为衣,下体为裳,衣裳颠倒,谓上下不分。

〔40〕斯固:这本是。 弛:放松。 防:防备,预防。

〔41〕先色后德:首重美色次看德行。

〔42〕官备七国:谓秦宫女职之官七国的置设都有。

〔43〕爵列八品:谓女官列为八个等级;或谓即后、妾(夫人)、美人、良人、八子、七子、长使、少使等八种等级称号。

〔44〕因循其号:仍用秦的女官称号。

〔45〕釐(lí 离):同厘,改变。

〔46〕帷薄不修:君臣男女生活污秽、淫乱。帷、薄都是隔分内外的障物,此代指闺房。闺房内外事不加修检,委婉说污秽淫乱。

〔47〕孝文:西汉第五任君主太宗孝文帝刘恒。 衽席:朝堂宴享时所设席位。 无辨:没有区别。指孝文帝在宫中常和皇后、慎夫人同席而使尊卑不分。

〔48〕选纳:选取纳聘之事。 尚简:还少。

〔49〕饰玩:装饰赏玩之物。 华少:少奢华。

〔50〕武、元:第七任君世宗孝武帝刘彻,第十一任君高宗孝元帝刘奭。

〔51〕世增:代代增加。 淫费:奢侈淫逸之费用。

〔52〕至乃:以致到。 掖庭:宫中旁舍,妃嫔所居。

〔53〕增级十四:指到孝元帝时妃嫔增加"昭仪"一级,变等级成十四级。

〔54〕妖:美女。 倖:宠幸。 毁政:败坏政事。 符:征兆。

〔55〕外姻:外姓婚姻亲戚,指后妃亲属,外戚。 邦:邦国,国家。迹:事迹。

〔56〕前史:前人所作史书,主要指《史记》、《汉书》。

〔57〕光武:东汉第一任国君世祖光武帝刘秀。 中兴:复兴。光武帝建东汉王朝重振汉业。

〔58〕斲(zhuó 啄)雕为朴:去浮华而尚质朴。

〔59〕六宫:皇后妃嫔所居之处。 称号:名号,名目。

〔60〕惟:只有。 皇后:皇帝嫡妻的称号。 贵人:光武帝设置的女官名

号，位次于皇后。

〔61〕金印：金质印章。　紫绶：系于印柄的紫色丝带，与金印相配，表示品位、等级。

〔62〕俸：俸禄。　粟：米类。　斛（hú胡）：古代量器和计量单位，汉以十斗为一斛。

〔63〕美人、宫人、采女：汉代妃嫔的三个等级称号。

〔64〕爵秩：爵位、品级。

〔65〕岁时：一年间。　充：充足。　给（jǐ己）：供应，给予。

〔66〕筭（suàn算）民（民或作人）：计算人口征收赋税，即人丁税。

〔67〕中大（dài代）夫：职官等级。　掖庭丞：管宫中人事官员，称令丞，由宦官充任。　相工：能以“法相”挑选“童女”之人。

〔68〕法相：选择妃嫔、宫女的标准。

〔69〕登御：进位女御。

〔70〕明慎：明察谨慎。　聘纳：聘取采纳。

〔71〕淑：善美女子。　哲：此指明达而有才智。

〔72〕明帝：东汉第二任君主显宗孝明皇帝刘庄。　聿（yù玉）遵：遵守。聿，助词，无实义。　先旨：先祖旨意。

〔73〕宫教：宫中礼教。　颇：略微，稍微。

〔74〕登建：升立。

〔75〕令德：善美之德。

〔76〕内：指宫中闺房。　阃（kūn昆）：指宫中小巷。

〔77〕私溺：自己所宠。　授：给予。

〔78〕向使：假使，倘使。　外戚之禁：关于后妃与其亲眷的禁令。

〔79〕编著：编撰。　甲令：朝廷颁发的第一法令。

〔80〕贻（yí遗）：遗留。　厥：代称子孙。　方来：一起来。

〔81〕休：美。

〔82〕御己：指汉明帝宠幸的嫔妃。　度：节度。

〔83〕防闲：防，堤坝；闲，栅栏；引喻为防备，限制。　笃（dǔ堵）：厚实，牢固。

〔84〕孝章：东汉第三任君主肃宗孝章帝刘炟。

〔85〕用色授：以美色授给宠幸。

〔86〕恩隆：指情爱深厚。　好合：情意相投。

〔87〕滍蠹(zǐ dù 子度):污秽,丑事。谕倾败。

〔88〕时艰:时事艰难。指朝中政事。

〔89〕王家:帝王之家,朝庭,宫中。　衅(xìn 信):事端。

〔90〕委成:委任而责以成功。　冢宰:泛指重臣、大臣。

〔91〕简:选拔。　忠贞:忠诚坚贞之臣。

〔92〕重器:神器。国家、社稷的象征,此指天子之帝位。

〔93〕秦芈(mǐ 弭)太后:姓芈,楚人,秦国第一任王惠王嬴驷之妻,称宣太后。二任王武王嬴荡无子,所立昭襄王嬴稷系其异母弟,即芈太后之子。时昭王年幼,芈太后摄政。

〔94〕穰(rǎng 攘)侯:魏冉,秦昭王母宣太后之异父弟。自惠王、武王时任职。昭王立,年幼,宣太后授政于冉,封侯于穰,功高权重。

〔95〕嬴国:嬴氏之秦国,此指王家,谓穰侯比王家还富。

〔96〕东京皇统:东汉帝王相传的世系。东京,本为东汉首都洛阳,此借指东汉。

〔97〕女主:指太后或王后临朝执政。

〔98〕外立者四帝:由外戚谋定所立的四位皇帝。即:邓太后与兄骘所立孝安皇帝刘祜、阎太后与兄显所立少帝刘懿、梁太后与兄冀所立桓帝刘志、窦太后与父武所立灵帝刘宏。

〔99〕临朝者六后:当朝执政有六个皇后。　即:章德皇后窦氏在和帝刘肇位上以太后临朝,和熹皇后邓绥在殇帝刘隆位上以太后临朝,安思皇后阎姬在少帝刘懿位上临朝,顺烈皇后梁纳在冲帝刘炳位上以太后临朝,桓思皇后窦妙在灵帝刘宏位上以太后临朝,灵思皇后何氏在少帝弘农王刘辩位上以太后临朝。

〔100〕帷帟(yì 艺):执政皇后所居之处。此借指定策者为皇后。帷:帷房,古时女子居处。　帟:古时帝王座上承接尘土之物。

〔101〕委事父兄:把国家政事委托给自己父兄。指"六后""临朝"时事,如灵帝时窦太后之父窦武、安帝时阎太后之兄阎显等。

〔102〕抑明贤:压抑贤德人才。　专其威:皇后及其父兄独专皇帝威权。

〔103〕任重:权大。　道悠:路远,时间长。

〔104〕利深:私利多。　祸速:祸来得快。

〔105〕身犯雾露于云台之上:在云台之上身受雾露之灾。云台为汉宫中的

高台,窦太后被幽隔空宫。雾露是得病而死的委婉说法。

〔106〕家缨缧绁(léi xiè 雷谢)于圄犴(yǔ àn 雨暗)之下:家人被捆绑在牢狱里。指专权太后及其父兄事败下场。缨:绳索。缧绁:拘系犯人的绳索。圄犴:牢狱,囚禁。

〔107〕湮灭:灭亡。　踵(zhǒng 种):脚后跟。

〔108〕辀(zhōu 周):古代车前面弯曲的独木车辕。此指车。

〔109〕赴蹈:"赴汤蹈火"略语,喻不畏艰险。

〔110〕焦烂:"焦头烂额"略语,喻万分窘迫。　期:限度。

〔111〕陵夷:衰落。　大运:天运。

〔112〕神宝:皇位。

〔113〕所叹:所叹惜者。指对灭亡者多,求势利者不止,最后焦头烂额之叹惜。

〔114〕一揆(kuí 奎):一个道理、准则。

〔115〕行迹:所做之事。

〔116〕正号:有正式名号。

〔117〕追尊:追认尊称。

〔118〕所奉者:所尊奉之皇后。

〔119〕亲属:指皇后亲属。

〔120〕此纪:指《后汉书·皇后本纪》。

〔121〕缵(zuǎn 纂):继承。　西京:西汉都城长安。此借指西汉。　外戚:帝王母亲和妻子的家族。此指《汉书》中的《外戚列传》。　云尔:语末助词,相当于"如此而已"。

今译

夏、殷以上,皇后、妃嫔的礼制记载太简略,这里不能详谈。《周礼》记载:帝王册立一位皇后、三位夫人、九位嫔官、二十七位世妇、八十一位女御,以充任宫庭职务。皇后居正宫,体统与天子同;夫人坐而议论妇人礼制;九嫔掌管教导"四德";世妇主管丧葬、祭祀和接待宾客;女御依次侍列皇帝寝宫。颁给官衔分领事务,各有所事和官职。女史官红笔,记功绩写过错;起坐有保母训诲,行动有佩环响

声；推荐贤德而有才干者辅助君主。君主怜爱美丽而不贪色淫乱，所以能讲述宣扬妇女教化，写成《内则》；闺房之内庄重和顺，不正当请求便不做。因此康王晚临朝，其夫人便诵《关雎》作讽谏，周宣王晚起，献后姜氏便以失礼请罪。

待周朝东迁，礼法规范衰败不全，诸侯越轨放肆，法则制度失去条理。齐桓公有像夫人一样的妾六个，晋献公晋升戎女为大嫡妻，终于使五子争位为王而闹事，晋太子遭受艰困。待到战国，风纪法度越发薄弱，满足情欲听凭欲求，像衣裳颠倒而嫡妾不分，以至国破身亡之事，不可胜数，这自然是轻视礼法放松防备，先重女色后看品德的结果。秦兼并天下，自负、骄傲而尊大，七国女官尽都设置，后妃列成八等称号。汉朝建立，沿袭秦国内职称号，而宫廷妇女礼制也未更改。高祖闺房生活不分内外而淫乱，孝文皇帝在朝堂之上与太后、皇后同席而不分尊卑。然而选纳还不多，装饰玩赏之物奢华也少。自从孝武、孝元两帝之后，代代增加奢侈淫逸费用，以至于妃嫔有三千多，女职等级增到十四，宠幸女色成为毁政灭国的征兆。姻戚扰乱国政之事，前代史书记载很详。

到光武帝重振帝业，由奢侈豪华而变为质朴。原来六宫称号，只留皇后、贵人两种，只给金印紫绶之位，俸禄不过几十斛米；另设置美人、宫人、采女三等级，并无爵位品级，每年只给较多赏赐而已。汉朝沿袭常例在八月计算人口征收赋税，派中大夫、掖庭丞和相工，在洛阳乡间查看良家，年十三以上、二十以下，姿容端庄美丽，合于容貌标准者，车载回后宫，再选看可与不可，才选定呈献于皇帝，所以是明察、审慎聘取采纳，严求明智美女。汉明帝严守先祖旨意，十分讲求宫庭礼教，选立后妃嫔女，必定首重美德，闺内之语不出门，权力不与所宠之人，可谓已矫正前汉弊害。假使以前因此制定外戚禁律，编撰成第一部法令，改正关于后妃法制，留给后代子孙，岂不是美事。

明帝虽自己有节度，但防备限制不严格。所以从孝章帝以后，

渐以美色授宠幸，又情深意厚，便忘却不该做之丑事。自古以来虽然君主幼小和时事艰难，帝王之家又多生事端，也是委任责成吏部尚书等大臣，选求忠诚坚贞之士，并无专委妇人执政，以致断送掉天子之位。只有秦国的芈太后开始统摄一国政事，因此穰侯权力大过昭王，家财比秦王富有。汉朝因袭其错，明知祸患而不改，使东汉皇统屡次中断，大权归属太后、皇后，外戚谋划而立者有四帝，在朝施政者有六后，计谋国策无不由"帐幕人"定，政事也委托给她们的父亲兄弟，贪恋孩童为帝而长期执政，压抑贤德以专帝权。任重路远，私利多而祸患来得快，窦太后在云台之上身受雾露之灾，家人也被捆绑关押在牢狱之中。灭亡之事接踵而来，翻车之事路上不断，但赴汤蹈火不停，直到焦头烂额，终于天命大运衰落，丧失帝位和国家。《诗经》《尚书》叹惋之事，有大致相同的道理。

因此考核列举作为，写成《皇后本纪》。虽然事有成败不同，但同在嫡后有正式名号的，都列在篇章之内。有因私恩追尊为母后者，而不是当时所尊奉的，就随他事附带写出。皇后亲属别事，也各依列传写出。在其他篇章不出现的，就归到此篇本纪，以便继续《汉书·外戚列传》而已。

（梁国辅译注 陈延嘉修订）

后汉书二十八将传论一首 范蔚宗

题解

本文是附于《后汉书》朱祐、景丹、马武等九人合传后的一篇史论。全篇就前列各篇为东汉立下汗马功劳的二十八位将军之传，加以总括性的论说，论后又补四将之名，列出三十二位功臣的名单。

《后汉书》的纪、传之末，一般既有“论”又有“赞”。史书之论，《左传》已有，假借“君子曰”以言左氏之语。而每篇之终各书一论，则始于司马迁《史记》的“太史公曰”。此后的史论，“大抵皆华多于实，理少于文，鼓其雄辞，夸其俪事”（刘知几《史通》）但在众多史书的作者中，也有崇尚典实，无取浮靡的，范晔就是“择其善者”中的“是其最也”的一位。范晔对自己的《后汉书》是很自负的，常自夸文章之美，而对他苦心经营的论、赞尤为得意。《宋书·范晔传》所载范晔于狱中与诸甥侄书说：“吾杂传论，皆有精义深旨，既有裁味，故约其词句。至于《循吏》以下，及《六夷》诸序论，笔势放纵，实天下之奇作，其中合者，往往不减于《过秦篇》，尝共比方班氏所作，非但不愧之而已！”

本篇史论体现了《后汉书》传论的一般特点。就其思想内容说，做到了“弥纶群言，而精研一理”（《文心雕龙·论说》）。作者见解锋锐，不是人云亦云，而是切合时宜，说得中肯。这也正是史论给人以借鉴且为人所重视的缘由。它通过严密的论证，启发读者自己明辨是非。

在取材上，本文善于从丰富的史料中选择各种典型事例，进行

对比,来加强说服力,不是把史论写成枯燥的理论文字,而是通过生动的史实来加强艺术力量。

房玄龄等《晋书》第三六《张华传》:冯紞曰:"汉高八王以宠过夷灭,光武诸将由抑损克终。非上有仁暴之殊,下有愚智之异,盖抑扬与夺使之然耳。"对如何用人有积极意义。

本文虽讲求文辞,但犹注重立意。作者的立论是针对当时的形势而发,切中时弊,可称见识高远卓绝,只有有识者,才能"斟酌风尚而立言"。

原文

论曰[1]:中兴二十八将[2],前世以为上应二十八宿[3],未之详也[4]。然咸能感会风云[5],奋其智勇[6],称为佐命[7],亦各志能之士也[8]。

议者多非光武不以功臣任职[9],至使英姿茂绩[10],委而勿用[11]。然原夫深图远算[12],固将有以焉尔[13]。若乃王道既衰[14],降及霸德[15],犹能授受惟庸[16],勋贤皆序[17],如管、隰之迭升桓世[18],先、赵之同列文朝[19],可谓兼通矣[20]。降自秦汉[21],世资战力[22],至于翼扶王室[23],皆武人屈起[24],亦有鬻缯盗狗轻猾之徒[25],或崇以连城之赏[26],或任以阿衡之地[27],故势疑则隙生[28],力侔则乱起[29]。萧、樊且犹缧绁[30],信、越终见菹戮[31],不其然乎[32]!自兹以降[33],讫于孝武[34],宰辅五世[35],莫非公侯[36]。遂使缙绅道塞[37],贤能蔽壅[38]。朝有世及之私[39],下多抱关之怨[40]。其怀道无闻[41]、委身草莽者[42],亦何可胜言[43]。故光武鉴前事之违[44],存矫枉之志[45],虽寇、邓之高勋[46],耿、贾之鸿烈[47],分土不过大县数四[48],

所加特进朝请而已[49]。观其治平临政[50],课职责咎[51],将所谓导之以法[52],齐之以刑者乎[53]!

若格之功臣[54],其伤已甚[55]。何者?直绳则亏丧恩旧[56],挠情则违废禁典[57],选德则功不必厚[58],举劳则人或未贤[59],参任则群心难塞[60],并列则其弊未远[61]。不得不校其胜否[62],即事相权[63]。故高秩厚礼[64],允答元功[65],峻文深宪[66],责成吏职[67]。建武之世[68],侯者百数[69],若夫数公者[70],则与参国议[71],分均休咎[72],其余并优以宽科[73],完其封禄[74],莫不终以功名[75],延庆于后[76]。昔留侯以为高祖悉用萧、曹故人[77],郭伋亦议南阳多显[78],郑兴又戒功臣专任[79]。夫崇恩偏授[80],易启私溺之失[81],至公均被[82],必广招贤之路[83],意者不其然乎[84]!

永平中[85],显宗追感前世功臣[86],乃图画二十八将于南宫云台[87],其外又有王常、李通、窦融、卓茂[88],合三十二人[89]。故依本第[90],系之篇末[91],以志功次云尔[92]。

注释

〔1〕论曰:评论说。

〔2〕中兴:由衰落而重新兴盛。此指光武中兴。西汉末年王莽篡位,刘秀推翻王莽,统一全国,并使封建经济渐得恢复。　二十八将:东汉光武时二十八个有功的武将。东汉明帝永平三年,在南宫云台画了二十八将的像,称为云台二十八将。邓禹为首,以下是马成、吴汉、王梁、贾复、陈俊、耿弇、杜茂、寇恂、傅俊、岑彭、坚镡、冯异、王霸、朱祐、祭遵、李忠、景丹、万脩、盖延、邳彤、铫期、刘植、耿纯、臧宫、马武、刘隆、任光。

〔3〕上:指天。　应(yìng 映):对应,适应。　二十八宿(xiù 秀):古代天文学家把黄道(太阳和月亮所经天正)的恒星分成二十八个星座,称为二十八宿。

此句是说上天星宿辅佐光武帝刘秀。

〔4〕详:详细,详尽,此指详细地知道。

〔5〕然:然而。　咸:全。　感会:感应聚会。　风云:《周易·乾卦》:"云从龙,风从虎,圣人作而万物睹。"意思是说同类相感,后来以风云比喻人的际遇。

〔6〕奋:发扬、振作。　勇:果敢。

〔7〕称(chēng 撑):推举,荐举。　佐命:古代帝王建立王朝,自谓承天受命,故称辅佐之臣为佐命。

〔8〕志能:有志向有才能。

〔9〕议:评论是非,多指非议。　非:责难。　以:用,使用。　任:任用。　职:职务,此指官的职务,即职位,官职。

〔10〕至:到,到达,此用于抽象意义,表示达到某种程度。　英姿:英俊的风姿。指才智出众的人。　茂绩:丰功伟绩。

〔11〕委:抛弃,舍弃。

〔12〕原:推其根源,追溯事物的由来。　深图远算:谋划深远,算计周密。算,计谋。

〔13〕固:本来,必定。　有以:是有其原因的。以,原由。　焉尔:罢了。

〔14〕若乃:至于。　王道:儒家称以仁义治天下,与"霸道"相对。此指东周王朝之时。　既:已经。

〔15〕降:下,落。　霸德:即霸道,与"王道"相对,指国君凭借武力、刑罚、权势等进行统治。此指齐桓、晋文之时。

〔16〕授受:给予和接受。此指授官和受官。　庸:功劳。

〔17〕勋:功绩。　贤:有道德有才能的。　序:按次序排列,特指评定功勋或才能的高低。

〔18〕管:指管仲。齐襄公被杀,小白和公子纠均奔向齐国争夺君位。管仲一箭射中小白的带钩。小白装死,先进入齐国,做了国君,就是齐桓公。由于鲍叔牙的推荐,管仲做了齐桓公的相。　隰(xí 习):指隰朋。春秋时齐国大夫,助管仲相桓公成霸业。隰朋为人好上识而下问。管仲病重,桓公问其身后继承人,管仲推荐了隰朋。　迭:更替,轮流。　桓:指齐桓公。

〔19〕先:指先轸,春秋时晋人,又称原轸,佐晋文公称霸。　赵:指赵衰,即赵成子,从文公出亡十九年,归国后,佐文公称霸。据《国语》,文公使赵衰为

卿，赵衰辞谢说：“先轸有谋，臣比不上他。”文公就使先轸佐下军。　同：共同。文：指晋文公，名重耳，献公之子，春秋五霸之一。

〔20〕兼通：指功劳和才能兼有。

〔21〕自：从，由。

〔22〕资：凭借，依靠。　战：战争。　力：力量。

〔23〕至于：表示提出另一话题。　翼扶：辅佐扶助。　王室：帝王之家，朝廷。后泛指国家。

〔24〕武人：勇武之人。　屈(jué 决)起：特起，勃起。屈，通“崛”。

〔25〕鬻(yù 玉)：卖。　缯(zēng 增)：丝织品的总称。鬻缯之徒指西汉灌婴，他少时在睢阳以贩缯为业，秦末随从刘邦，封颍阴侯。推立文帝，官至太尉、丞相。　盗狗之徒：指樊哙，他少时以屠狗为业，随刘邦起义，以军功封舞阳侯。“盗”，《后汉书》作“屠”。　轻猾：轻浮狡诈。

〔26〕崇：尊崇，推重。　连城：城池很多。比喻封赏特多。

〔27〕阿衡：商代官名，汤时的伊尹曾任此职，相当于后世的宰相。

〔28〕势疑：臣子势位过高，则君臣相疑。势：权力，威力。　隙：裂缝，此指怨恨，纷争。

〔29〕侔(móu 谋)：相等，等同。　乱：变乱。

〔30〕萧：指萧何，佐刘邦建王朝，官至相国，封酇侯。萧何曾建议开放皇家园囿“上林苑”中的空地让百姓耕种，刘邦对此大怒，下令把萧何械系入狱，交廷尉审理。　樊：指樊哙，娶吕后之妹为妻。有人在刘邦病重时，进言樊哙和吕后结党，想在刘邦死后杀尽戚夫人家族和赵王如意一伙。刘邦于是命令斩樊哙于军中。陈平惧怕吕后，只逮捕樊哙，押送长安。　缧绁(léi xiè 雷泄)：捆绑犯人的绳子，指拘缚，囚禁。

〔31〕信：指韩信，刘邦拜为大将。灭项羽后，封楚王，后降为淮阴侯。因在长安策应陈豨造反，被吕后斩于长乐钟室。　越：指彭越，归刘邦后，多建奇功，封为梁王，后被人告发谋反，遂夷三族。　菹(zū 租)：把人剁成肉酱，古代的一种酷刑。　戮：斩，杀。《汉书·刑法志》：“夷三族者枭其首，菹其骨肉。”

〔32〕其：表反问，近于“岂”。

〔33〕兹：此。指刘邦时期。　以：相当于“而”。

〔34〕讫(qì 气)：通“迄”，至，到。　孝武：指汉武帝。汉代皇帝的谥号中都有一“孝”字。

〔35〕宰辅:皇帝的辅政大臣,一般指宰相或三公。自汉高祖至汉武帝凡五代,其宰辅皆以公侯勋贵充任。

〔36〕莫:没有。　公、侯:都是爵位名。

〔37〕缙绅(jìn shēn 晋申):插笏于绅。缙通"搢",插;绅,束腰的大带。古代官员垂绅插笏,所以称高官为缙绅。

〔38〕贤能:贤良有才能的人。　蔽壅(yōng 拥):遮挡堵塞。

〔39〕世及:世袭。《礼记·礼运》孔疏:"世及,诸侯传位自与家也。父子曰世,兄弟曰及。"

〔40〕下:地位低的。　抱关:守门。　怨:怨恨。李善注引《汉书》:"萧望之署小苑东门候,王仲翁谓望之曰:'不肯录录,反抱关为?'"

〔41〕怀道:比喻怀才。　无闻:没有声名。

〔42〕委身:托身。　草莽:比喻在野未仕。《孟子·万章》:"在国曰市井之臣,在野曰草莽之臣。"

〔43〕胜(旧读 shēng 升):尽。　言:说。

〔44〕鉴:借鉴。　前事:指上文"崇以连城之赏"、"任以阿衡之地"造成的"势疑则隙生,力侔则乱起"的情况。　违:违背,此指缺点。

〔45〕存:存在,此指确立。　矫枉(jiǎo wǎng 狡枉):矫正枉曲,即纠正错误。

〔46〕寇:指寇恂,光武帝时拜河内太守,官至执金吾,封雍奴侯,邑万户。邓:指邓禹,辅佐刘秀运筹帷幄。刘秀称帝,拜为大司徒,论功邓禹第一,封为高密侯,食邑四县。

〔47〕耿:指耿弇,从刘秀作战有功,官至建威大将军,是东汉开国功臣,封为好畤侯,食邑四县,以列侯奉朝请。　贾:指贾复,刘秀时的开国元勋,封胶东侯,食邑六县,以列侯加位特进。　鸿烈:大功业。

〔48〕分土:分封土地。

〔49〕所加:指给官吏高于本职的官衔。　特进:官名。凡诸侯功德优盛,朝廷所敬异者,赐位特进,位在三公下。　朝请:即奉朝请,官名。古代诸侯春季朝见天子叫朝,秋季朝见叫请。汉代对退职大臣、将军及皇室、外戚,多给以奉朝请名义,使得参加朝会。

〔50〕观:观察。　治平:治国平天下。　临政:当朝处理政事。

〔51〕课职:考核官员的职务。　咎(jiù 旧):过失。

〔52〕将:就,就要。　导:引导。

〔53〕齐:整齐,整顿。　刑:刑法。

〔54〕格:取用。

〔55〕伤:损害。　甚:严重。这两句的意思是:如果皇帝取功臣而任之,则对国政有所伤害。

〔56〕直:使曲者直,比喻纠正错误。　绳:木工用的墨线,比喻惩办罪恶。　亏:减损。　恩旧:故交世好。

〔57〕挠情:屈从私情。　废:废弃。　禁:禁令。　典:法则,制度。

〔58〕德:道德,品行。　功:功勋。　厚:高。

〔59〕举:选用。　劳:功劳。　贤:有道德有才能的人。

〔60〕参(cēn)任:参差杂用。指任用有德无功或有功未贤之人。　塞:满足。李善注:"参差杂用,即怨望必多,故云难塞。"

〔61〕并列:同列。指同列于朝。　弊:弊病,害处。指如果像汉高祖那样并用功臣,弊病就会发生。

〔62〕校(jiào 叫):比较。　胜否:得失,好坏。

〔63〕即事:就事。即,就。　权:衡量。

〔64〕秩:官吏的职位或品级。

〔65〕允:用以,以。　元功:大功。

〔66〕峻文:苛酷严细的法条。　深宪:严刻的法令。

〔67〕责成:督责完成任务。　吏职:百官的职责。

〔68〕建武:汉光武帝刘秀的年号。

〔69〕百数(shǔ 暑):用百来计算。

〔70〕若夫:至于。　数(shù 术):几个。据《汉书·贾复传》,光武帝因吏事责备三公,因而不用功臣。当时列侯中只有高密、固始、胶东三侯与公卿参议国家大事。

〔71〕与(yù 玉):参预。　国议:有关国事的计议。

〔72〕分均:平均分配。　休咎(jiù 救):善恶,吉凶。

〔73〕优:优厚,优待。　宽:宽厚,指高。　科:品类,等级。

〔74〕完:使完整,完好。　禄:俸禄,官吏的俸给。

〔75〕终:死。　功名:功绩和声名。

〔76〕延:延伸。　庆:福。　后:后代。

〔77〕留侯:西汉张良的封爵。　高祖:汉高祖刘邦。　萧:萧何。　曹:曹参,佐刘邦灭项羽,封平阳侯。继萧何为相。　故人:旧友。　李善注引《汉书》:上望见诸将往往数人偶语,上曰:“此何语?”张良曰:“此谋反耳。陛下起布衣,与此属取天下,已为天子,而所封皆萧、曹故人,所诛者皆平生仇怨,故相聚谋反耳。”

〔78〕郭伋(jí 及):汉光武帝调任郭伋为并州牧。郭伋经过京师谢恩时,向光武帝建议:任命各种官职,应当选拔天下的贤俊,不宜专用南阳人,光武帝采纳了他的意见。光武帝为南阳蔡阳人,其身边重臣多为随其起兵的南阳人。南阳:包括河南省旧南阳府和湖北省旧襄阳府之地。

〔79〕郑兴:河南人,汉光武时被征为太中大夫,上疏说:“道路流言,咸曰朝廷欲用功臣,功臣用,则人位谬矣。”　专任:单独承担,专门任用。

〔80〕崇:尊崇,推重。　恩:恩德。　偏:不公正。　授:授给。此指授官。

〔81〕启:启发,引发。　私:私欲。　溺:失职,不尽职。

〔82〕至公:极公正。　被:加于……之上。　均被:公平地授官。

〔83〕招贤:招求贤者。　路:道路。此指门路。

〔84〕意者:想来。

〔85〕永平:汉明帝刘庄的年号。

〔86〕显宗:汉明帝的庙号。汉明帝是光武帝之子,在位时法令严明,重视儒学。　追感:追思感念。

〔87〕图画:绘画。　南宫:秦汉宫名。《史记》正义引《括地志》:“南宫在洛州洛阳县东北二十六里洛阳故城中。”　云台:汉宫中的高台名。《后汉书·阴兴传》注:“洛阳南宫有云台广德殿。”

〔88〕其:指二十八将。　王常:颍川(辖今河南省中部及南部)人。封山桑侯,拜为横野大将军,位次与众将不同席。享有“三独坐”的待遇。　李通:南阳人。封固始侯,拜大司空。　窦融:平陵(今陕西兴平县东北)人,随光武帝西征有功,被封为安丰侯,后拜为冀州牧,旋即升任大司空。　卓茂:南阳人,光武帝征为太傅,封为褒德侯。

〔89〕合:会合,此指合在一起。

〔90〕故:特地,特意。　依:依照。　本第:原来的次序。

〔91〕系:继,连接。　篇:古代文章写在竹简上,把首尾完整的诗或文用绳子或皮条编在一起叫做“篇”。后称首尾完整的诗文为篇。　末:末了,末尾。

〔92〕志:记述。 次:位次。 云尔:如此而已。

今译

评论说:东汉光武帝刘秀中兴时期的二十八位将军,前代之人认为他们与天上的二十八宿相应,我不详尽地知道。然而都能云从龙虎从风一样感应聚合,奋发他们的智谋勇气,被拔举为辅佐皇帝的重臣,各个是有才能有志向的士人。

议论的人大多责难光武帝不用功臣担任官职,以致使才智出众功绩丰伟的人物,被抛弃一边而不受任用。然而推究那深远的谋划周密的计算,必定会有原因罢了。至于王道衰落以后,到了霸道时代,还能只据功绩授任官职,都按勋劳大小才能高低排列职位的顺序。比如管仲、隰朋在齐桓公时期轮流升官,先轸、赵衰在晋文公朝代位列相同,可说是功勋才能兼有。到了秦汉时代,社会依靠武力,辅佐扶助帝王之业,勇武之人全都勃起。有些贩缯屠狗的轻浮狡诈之徒,有的赏赐多达几十座城池,有的封奖以相当于宰相享受的领地。所以臣子势位过高则君臣相疑纷争产生,力量相当则变乱兴起。萧何、樊哙尚且还被拘缚,韩信、彭越终遭杀戮分尸之刑,难道不是这样吗?从汉高祖以后,直到汉武帝之时,这五代的三公宰相,没有一个不是公侯勋贵。这就使高官显爵填塞道路,贤士能人受到遮堵,朝廷有世代相传的私心,才高位卑者有守门之怨。那些身怀德才没有名声、托身草野家居未仕的,怎么能说尽呢。所以光武帝借鉴了前代封地赐爵的教训,立下了纠正错误的志向,虽然像寇恂、邓禹那样功勋卓著,耿弇、贾复那样劳绩超群,封赏的土地不超过四个大县,加官之衔就是特进、朝请罢了。观察刘秀治理国家平定天下、临朝理政、考核职守、谴责过失的情况,就是所说的用法令引导他们,用刑律来一律整治他们的吧。

如果皇帝推究有功之臣的过失,则对国政的伤害严重。为什么呢?纠正错误惩办罪恶就减损丧失故交世好,屈从私情就会违反废

弃禁令法则。如果按德行选拔官吏，那么功劳就不一定很高，如果按勋绩举荐官吏，那么入选者或许并不贤明。有德无功或有功未贤之人都参差杂用，众心就难以满足，有功无德才之人同列于朝，出现弊病就不会远。现在不能不比较一下得失，做事互相衡量一番。所以提高他们的品级给以优厚的礼品，用以报答他们的大功。以制订苛细的法条严刻的律令，督责百官完成职责。汉光武帝的时代，封侯的用百计算，但是只有几个公卿参与国事的计议，共同承担福祸。其余的一齐以高品级优待，使他们的封爵俸禄都完满，没有不以功绩和名声终身的，并把福禄延伸到后代。从前留侯张良以为汉高祖刘邦完全用萧何、曹参一般旧友，郭伋也议论汉光武帝刘秀时南阳出身的多为显贵，郑兴又请刘秀警惕专门任用功臣。尊崇恩德不公正地授官，容易引发私欲，造成失职一类过失，毫无私心极公平地授官，一定扩大招求贤者的门路，难道不是这样吗？

东汉明帝永平时期，显宗追思感念前代功臣，就在南宫云台画了二十八位将军的肖像，此外又有王常、李通、窦融、卓茂，合在一起共三十二人。特地依照原来的次序，续写在本篇之末，用来记述功劳位次。

（吕庆业译注并修订　陈延嘉再修订）

宦者传论一首

范蔚宗

题解

这是范晔《后汉书·宦者列传》正文前的一段议论文字。李善注:“宦者,养也,养阉人(被阉割的人)使其看官人。此是小官,后汉用之尊重,故集为传论。”蔚宗为之立传者,主要有郑众、蔡伦、孙程、曹腾、单超、侯览、曹节、吕强、张让诸人,皆为东汉宦官。

宦官原为在宫内侍奉皇帝及其家族的官员,由士人和阉人充任。因在皇帝身边,故多有宠臣。司马迁称这些人为“中宠臣”,《史记》为之立《佞幸列传》。言以谄媚驯顺取悦皇帝而自进。“孝文时中宠臣:士人则邓通,宦者则赵同、北宫伯子”。“今天子(指武帝)中宠臣:士人则韩王孙嫣,宦者则李延年。”班固《汉书》因袭《史记》体例,设《佞幸传》,收入西汉中宠臣邓通、赵谈、韩嫣、李延年、石显、淳于长、董贤。既有阉人,又有士人。《后汉书》首以“宦者”名传,因至东汉初,“宦官悉用阉人,不复杂调他士”。

本文既是《宦者列传》之论,又是宦者史纲。文字不多,然追本溯原,勾勒出宦者发生发展的历史脉络。有官即有宦。“宦之在王朝者,其来旧矣”。《周礼》置官,宦者“亦备其数”。“后世因之,才任稍广”。战国有之:能者则有勃貂、管苏、景监、缪贤;其弊则有竖刁、伊戾。西汉有之:吕后则有张卿,文帝则有赵谈,武帝则有李延年,元帝则有史游。东汉有之:中兴之初,宦官悉用阉人;和帝之时,宦官郑众“专谋禁中,终除大憝”,“享分土之封,超登宫卿之位”,宦官始盛;明帝以后,宦官则“手握王爵,口含天宪”,对其“阿旨曲求,

则宠光三族;直情忤意,则参夷五宗”,致使汉之纲纪大乱,终于发展到“败国蠹政”,“海内嗟毒,志士穷栖,寇剧缘间,摇乱区夏”,王朝覆没的地步。最后引《左传》“君以此始,必以此终”作结,总结了汉代重用宦官的历史悲剧。

范蔚宗激赏自己的史论:“详观古今著述及评论,殆少可意者”,而“吾杂传论,则皆有精意深旨。既有裁味,故约其词句。至于《循吏》以下,及《六夷》诸序论,笔势纵横,实天下之奇作。”(范晔《与诸甥侄书》)果有知音。《文选》九篇史论竟有范晔四篇。以骈散相济之体写史论,且能骋其杰思,奇变无穷,的确不易。“事多者能约之使少,理寡者则张之使大”。“事尤重出,文省可知”。(刘知几《史通·论赞》)史论结合,劈薪通透,真乃大家手笔。

原文

《易》曰:“天垂象,圣人则之[1]。”宦者四星[2],在皇位之侧[3],故《周礼》置官,亦备其数[4]。阍者守中门之禁[5],寺人掌女宫之戒[6]。又云:“王之正内者五人[7]。”《月令》[8]:“仲冬,阉尹审门闾,谨房室[9]。”《诗》之《小雅》,亦有《巷伯》刺谗之篇[10]。然宦人之在王朝者,其来旧矣[11]。将以其体非全气[12],情志专良[13],通关中人[14],易以役养乎[15]?然而后世因之[16],才任稍广[17]。其能者,则勃貂、管苏有功于楚晋[18],景监、缪贤著庸于秦赵[19]。及其弊也[20],竖刁乱齐[21],伊戾祸宋[22]。

汉兴,乃袭秦制[23],置中常侍官[24]。然亦引用士人[25],以参其选[26],皆银珰左貂[27],给事殿省[28]。及高后称制[29],乃以张卿为大谒者[30],出入卧内[31],受宣诏令[32]。文帝时,有赵谈,北宫伯子[33],颇见亲幸[34]。至于孝武[35],亦爱李延年[36]。帝数宴后庭[37],或潜游离馆[38],

故请奏机事[39]，多以宦人主之[40]。元帝之世[41]，史游为黄门令[42]，勤心纳忠[43]，有所补益。其后弘恭、石显[44]，以佞险自进[45]，卒有萧、周之祸[46]，损秽帝德焉[47]。

中兴之初[48]，宦官悉用阉人[49]，不复杂调他士[50]。至永平中[51]，始置员数。中常侍四人[52]，小黄门十人[53]。和帝即祚幼弱[54]，而窦宪兄弟专总权威[55]，内外臣僚，莫由亲接[56]，所与居者，惟阉官而已。故郑众得专谋禁中[57]，终除大憝[58]，遂享分土之封[59]，超登宫卿之位[60]。于是中官始盛焉[61]。

自明帝以后[62]，迄乎延平[63]，委用渐大[64]，而其员稍增[65]，中常侍至有十人，小黄门亦二十人，改以金珰右貂[66]，兼领卿署之职[67]。邓后以女主临政[68]，而万机殷远[69]，朝臣图议[70]，无由参断帷幄[71]，称制下令，不出房闱之间[72]，不得不委用刑人，寄之国命[73]。手握王爵，口含天宪[74]，非复掖庭永巷之职[75]，闺牖房闱之任也[76]。其后孙程定立顺之功[77]，曹腾参建桓之策[78]。续以五侯合谋，梁冀受钺[79]，迹因公正[80]，恩固主心[81]，故中外服从[82]，上下屏气[83]。或称伊、霍之勋，无谢于往载[84]；或谓良、平之画，复兴于当今[85]。虽时有忠公[86]，而竞见排斥[87]。举动回山海，呼吸变霜露[88]。阿旨曲求[89]，则宠光三族[90]；直情忤意[91]，则参夷五宗[92]。汉之纲纪大乱矣[93]。

若夫高冠长剑，纡朱怀金者[94]，布满宫闱[95]，苴茅分虎[96]，南面臣民者[97]，盖以十数。府署第馆[98]，棊列于都鄙[99]；子弟支附，过半于中州国[100]。南金、和宝、冰纨、雾縠之积[101]，盈牣珍藏[102]，嫱媛、侍儿、歌童、舞女之玩[103]，充备绮室[104]。狗马饰彫文[105]，土木被缇绣[106]。皆剥割

萌黎[107],竟恣奢欲[108]。构害明贤[109],专树党类。其有更相援引[110],希附权强者[111],皆腐身薰子[112],以自衒达[113]。同弊相济[114],故其徒有繁[115]。败国蠹政之事[116],不可殚书[117]。所以海内嗟毒[118],志士穷栖[119],寇剧缘间[120],摇乱区夏[121]。虽忠良怀愤,时或奋发[122],而言出祸从,旋见孥戮[123]。因复大考钩党[124],转相诬染[125]。凡称善士[126],莫不罹被灾毒[127]。窦武、何进[128],位崇戚近[129],乘九服之嚣怨[130],协群英之势力[131],而以疑留不断[132],至于殄败[133]。斯亦运之极乎[134]!虽袁绍龚行[135],芟夷无余[136],然以暴易乱[131],亦何云及[138]!自曹腾说梁冀[139],竟立昏弱[140],魏武因之[141],遂迁龟鼎[142]。所谓"君以此始,必以此终[143]",信乎其言矣[144]!

注释

〔1〕象:天象。指日月星辰等天体在宇宙间分布运行之现象。　则之:以之为准则。《易·系辞上》:"是故,天生神物,圣人则之。天地变化,圣人效之。天垂象,见吉凶,圣人象之;河出图,洛出书,圣人则之。"

〔2〕宦者:星名。属天市垣,共四星。

〔3〕皇位:指帝座星。在天市垣内,侯星西,今属武仙座。李善注引仲长子《昌言》:"天文,宦者四星,在帝座傍,而《周礼》有其官职。"

〔4〕《周礼》:书名。原名《周官》,也称《周官经》。西汉列为经而属于礼,故有《周礼》之名。分天官、地官、春官、夏官、秋官、冬官六篇。置官:设置官员。亦备其数:指宦官也在其数。

〔5〕阍(hūn 昏)者:守门人。　中门:居于内外之间的门。郑玄《周礼》注:"于外内为中也。"　禁:门禁。出入检查。

〔6〕寺人:宫廷内的近侍。此指宦官。《周礼》为天官之属,掌王之内侍及女宫的戒令。寺人原为内侍的通称,自东汉始专指宦官而言。　女宫:因罪或受牵连没入宫中服役的女宫人。　戒:戒令。《周礼·天官》:"寺人,掌王之内

人及女宫之戒令。”

〔7〕正内：路寝。即天子、诸侯的正寝。《周礼》有六寝，一是路寝，即正寝。余五寝在后，通名燕寝。其一在东北，王春居之；一在西北，王冬居之；一在西南，王秋居之；一在东南，王夏居之；一在中央，六月居之。凡后妃以下，按次序陪王于五寝之中。李善注引《周礼》：“寺人，王之正内五人。”

〔8〕《月令》：《礼记》中的篇名。

〔9〕仲冬：冬季之中月，即农历十一月。仲，居中的。　阉（yān淹）尹：宦官头。　郑玄《月令》注：“阉尹，主领阉竖之官者也。于周（礼）则为内宰，掌理王之内政、宫令、诫出入及开闭之属也。”　审：审查，引申为严格检查。　闾（lǘ驴）：里巷的大门，此指王宫之内门。　谨：防犯。　房室：指后宫，即后妃之居所。

〔10〕《巷伯》：《诗经·小雅》中的篇名。巷伯，宫内小臣。《巷伯》是寺人被谗受害而作的怨诗。李善注：“寺人伤于谗而作是诗也。”

〔11〕宦人：宦官。　旧：久。

〔12〕体非全气：指被阉割。《老子·五十五章》：“未知牝牡之合而全作。”（小孩还不知道男女交合之事，而他的小生殖器却常常勃起。全，小孩生殖器。）宦官被阉割，无以“牝牡之合”。

〔13〕情志：思想感情。孔颖达《毛诗》疏：“在己为情，情动为志，情志一也。”　专良：专一驯顺。

〔14〕通关：沟通联系。　中人：宫女。

〔15〕役养：豢养驱使。

〔16〕因：因袭，沿用。

〔17〕才任：任用。稍：渐渐。

〔18〕勃貂：即寺人披。一名勃鞮，字伯楚。《后汉书》注引《左传》：“吕、郤畏逼，将焚公宫。寺人披见公（桓公重耳），以难告，遂杀吕、郤。”　管苏：楚恭王时人。李善注引《新序》：“楚恭王有疾，告诸大夫曰：‘管苏犯我以义，违我以礼，与处不安，不见不思，然而有德焉，吾死之后，爵之于朝；申侯顺吾所欲，行吾所乐，与处则安，不见则思，然未尝有得焉，必速遣之。’”

〔19〕景监：秦孝公宠信的宦官。《史记》载：商鞅入秦，因景监推荐而见孝公，并得重用。　缪（miào妙）贤：赵国宦官头。《史记》载：赵惠文王时得楚和氏璧，秦昭王遣使欲以十五城换璧。欲予秦，秦城恐不可得；欲勿欲，又患秦兵

之来。赵求使报秦者,未得。缪贤曰:“臣舍人蔺相如可使也。”相如奉璧入秦,又完璧归赵,以其大智大勇,屡建奇功而为赵相。　著庸:使平常的人出人头地。指举荐商鞅和蔺相如。

〔20〕弊:害处。

〔21〕竖刁乱齐:竖刁即竖貂,齐桓公时宦官。《后汉书》注引《左传》:“齐桓公卒,易牙入,与寺人貂因内宠以杀群吏而立公子无亏,孝公奔宋。”

〔22〕伊戾(yī lì 衣立):宦官。李善注引《左传》:“楚客聘(访问)于晋,过宋,太子知之,请野享(郊宴)之,公使往,伊戾请从。至则为坎用牲,加书征之,而(伊戾)骋告平公曰:‘太子将为乱,既与楚客盟矣。’公使视之,则信有焉,太子死,公徐闻其罪,乃烹伊戾。”

〔23〕袭:因袭,沿用。

〔24〕中常侍:官名。秦始置,西汉沿置,出入宫廷,侍从皇帝,常为列侯至郎中的加官。

〔25〕士人:有学识有专长的人。李善注引《后汉书》朱穆曰:“案汉故事,中常侍或用士人。建武以后,乃悉用宦者,假貂珰之饰,任常伯(汉指侍中)。”

〔26〕参其选:参选。

〔27〕银珰(dāng 当):银质耳珠。秦汉中常侍兼用士人,冠皆银珰左貂;后汉明帝以后,专用阉人,改以金珰右貂。故世称宦官为珰。　左貂:左方置貂尾为冠饰。

〔28〕给事:供职。　殿省:殿,指皇帝所居;省,省中,诸公所居。

〔29〕高后:即吕后。名雉,字娥姁,曾佐汉高祖刘邦定天下。《汉书》注引应劭曰:“礼,妇人从夫谥,故称高也。”　称制:行使皇帝权力。《汉书·高后纪》:“惠帝崩,太子立为皇帝,年幼,太后临朝称制。”颜师古注:“天子之言,一曰制书,二曰诏书。制书者,谓制度之命也,非皇后所得称。今太后临朝行天子事,断决万机,故称制诏。”

〔30〕张卿:阉人。　大谒者:官名。秦置谒者。掌宾赞受事,秩六百石,员十人;有仆射一人,比千石。汉承秦制,谒者仆射亦称大谒者。

〔31〕卧内:指寝宫。

〔32〕受宣诏令:受命宣布皇帝的诏书和政令。

〔33〕文帝:汉文帝刘恒,公元前 180 年至前 157 年在位。　赵谈、北宫伯子:皆文帝时宦官。李善注引《汉书》:“孝文时宦者,则赵谈、北宫伯子。”

〔34〕亲幸:宠爱。

〔35〕孝武:汉武帝刘彻,公元前141年至前87年在位。

〔36〕李延年:宦官。李善注引《汉书》:“孝武时,宦者李延年。”

〔37〕后庭:后宫,妃嫔居所。

〔38〕潜游:秘游,不公开。 离馆:离宫别馆。班孟坚《西都赋》:“西郊则有上囿禁苑,离宫别馆,三十六所。”

〔39〕机事:机密之事。指军机之事。

〔40〕宦人:宦官。李善注引仲长子《昌言》:“至于武游燕(宴)后庭,置中书之官,领受军事。”

〔41〕元帝:汉元帝刘奭,公元前49年至前33年在位。

〔42〕史游:宦者。 黄门令:官名,汉置。《后汉书·百官三》:“黄门令一人,六百石。”《注》:“宦者,主省中诸宦臣。”

〔43〕纳忠:献忠,效忠。

〔44〕弘恭、石显:皆宦官。

〔45〕佞:用花言巧语谄媚人。 险:阴险。

〔46〕卒:终。 萧周之祸:李善注引《汉书》:“前将军萧望之及光禄大夫周堪建议,以为宜罢中书宦官,应古不近刑人(阉人),由是大与石显忤,后皆害焉。望之自杀,堪废锢,不得复进用。”

〔47〕损秽:损伤玷污。

〔48〕中兴:指东汉。

〔49〕宦官:宫中侍奉的官。原既用阉人,又用士人。东汉之后宦官皆用阉人,不用他人。故将宦官称为阉人,即太监。

〔50〕调:选。

〔51〕永平:东汉明帝年号(58—76年)。

〔52〕中常侍:官名。秦置,汉沿袭。掌管出入宫廷,赞导内事,备顾问应对等。多作为列侯至郎中的加官。初士人太监并用,后多用太监。至东汉和熹邓皇后临朝,专用阉人为中常侍。

〔53〕小黄门:官名。供职内廷。东汉供职内廷的黄门令、中黄门、小黄门、黄门署长等,都由宦者担任。后来亦称宦者为黄门。

〔54〕和帝:东汉和帝刘肇,公元88年至105年在位。 即祚(zuò作):即位。祚,皇位。

〔55〕窦宪:章帝窦皇后之兄。章帝死,和帝即位,太后临朝。李善注引《汉书》:"孝和皇帝讳肇,肃宗子也,年十岁。窦太后诏曰:窦宪,朕之元兄(大哥),当以旧典辅斯职焉。"《后汉书·窦融列传》:"和帝即位,太后临朝,宪以侍中,内干机密,出宣诰命。肃宗遗诏,以笃(宪之弟)为虎贲中郎将,笃弟景、瑰并中常侍,于是兄弟皆在亲要之地。" 专总权威:总揽大权。

〔56〕臣僚:群臣百官。 莫由:无从。

〔57〕郑众:宦官。 禁中:秦、汉制,皇帝宫中称禁中。言门户有禁,非侍卫及通籍之臣,不得入内。

〔58〕憝(duì对):恶。除大憝,指诛窦宪。

〔59〕分土之封:指封侯。郑众封鄛乡侯。

〔60〕宫卿:谓大长秋,为总理皇后宫内事务的官。李善注引范晔《后汉书》:"郑众,字季产,南阳人。和帝初,窦宪图作不轨,众遂首谋诛之,以功迁大长秋。封鄛乡侯。"

〔61〕中官:官名。指宦官、太监。

〔62〕明帝:后汉明帝刘庄,公元57至75年在位。

〔63〕迄:至。 延平:东汉殇帝刘隆的年号(公元106年)。

〔64〕委用:委任。

〔65〕员:李善本作"资",据五臣本改。

〔66〕金珰:金质而珠。 右貂:左散骑与侍中为左貂,右散骑与中书令为右貂。

〔67〕卿署:九卿的官署。汉代九卿:太常、光禄勋、卫尉、太仆、廷尉、大鸿胪、宗正、大司农、少府。

〔68〕邓后:即和熹邓后。 临政:当朝主政。

〔69〕万机:形容繁多的政务。机,事物。

〔70〕图议:谋划商讨国事。

〔71〕参断:参议决断。 帷幄(wéi wò 围握):宫室的帷幕。《汉书·孝成赵皇后传》:"前太后与昭仪俱侍帷幄,子弟专宠锢寝。"

〔72〕房闱(wéi 围):宫闱。闱,后妃居所。

〔73〕寄之国命:宣布国家的命令。李善注引《后汉书·朱穆传》:"自和熹太后以女主称制,不接公卿,乃以阉人为常侍,小黄门通命两宫。"刘良释"朝臣"诸句:"言妇人执政,无从与朝臣参断制令,所出不过房闱,故不得不委用阉

人以通国命。”

〔74〕王爵:权柄。　天宪:谓帝王法令。《后汉书·朱穆传》:“今权宦倾擅朝室,手握王爵,口含天宪,非所以崇尊显之高业,守和平之隆祚。”

〔75〕掖庭:官署名。设在宫中,掌管宫人事。秦和汉初称“永巷”,汉武帝太初元年改称掖庭。其官有令,有丞,由宦官担任。掖庭亦作“掖廷”。非复:不再是。张铣注:“宦者本掖庭闺房使役人,而今皆执权政,故云非复也。”

〔76〕闺牖(yǒu 有):指后妃居所,与房闱义近。牖,窗。

〔77〕孙程:阉宦(太监)。李善注引《后汉书·宦者列传》:“孙程,字稚卿,涿郡人。安帝时为中黄门。时江京等废皇太子为济阴王,明年帝崩,立北乡侯为天子。十月,北乡侯疾笃。程谓济阴王谒者长兴渠曰:王以嫡统,遂至废黜。若北乡不起,共斩江京,事乃可成。渠然之。北乡薨,程与十八人谋于西钟下,皆截衣为誓,斩江京,迎济阴王立之,是为顺帝,封程浮阳侯。”“孙程定立顺之功”即指此。

〔78〕曹腾:宦官。李善注引《后汉书·宦者列传》:“曹腾迁中常侍,桓帝立,腾以定策封费亭侯、大长秋(宦名)。”桓帝刘志,公元146年至167年在位。

〔79〕五侯:指单超、徐璜、具瑗、左悺、唐衡等五人。桓帝初,超、璜、瑗为中常侍,悺、衡为小黄门史。皆为宦者。李善注引《后汉书·宦者列传》:“桓帝呼超、悺入室,谓曰:“梁将军(梁冀)兄弟专国,今欲诛之,于常侍意何如?超等对曰:‘诚国奸贼,当诛日久。’五人遂定其议。帝啮超臂出血为盟,于是诏收冀,悉诛之。超,封新丰侯;璜,武原侯;瑗,东武侯;悺,上蔡侯;衡,汝阳侯。五人同日封,故俗谓之五侯。”五侯合谋,梁冀受钺即指此。钺,古代兵器,圆刃或平刃,可劈砍。受钺,指斩首。

〔80〕迹因公正:行为公正。

〔81〕恩固:恩宠牢固。　主心:皇上心中。

〔82〕中外:指朝廷内外。

〔83〕屏气:不敢出气,形容恐惧之甚。李善注引《后汉书》:“阳球既诛王甫,权门闻之,莫不屏气。”

〔84〕伊:商初大臣。名挚,是商汤妻陪嫁的奴隶。后佐汤伐夏桀,被尊为阿衡(宰相)。　霍:霍光。西汉大臣,霍去病异母弟。武帝时为奉车都尉。昭帝年幼即位,他与桑弘羊等同受武帝遗诏辅政,任大司马大将军,封博陆侯。

〔85〕良:张良。汉初大臣。楚汉战争期间,提出不立六国后代,联结英布、

彭越、韩信等策略,被刘邦采纳。汉朝建立,封为留侯。刘邦赞其"运筹帷幄之中,决胜千里之外。" 平:陈平,汉初谋士。先从项羽,后归刘邦,任护军中尉。曾建议用反间计,使项羽去谋士范增,并以爵位笼络大将韩信,皆为刘邦采纳成功。汉朝建立,封曲逆侯,历任惠帝、吕后、文帝丞相。画:谋划。

〔86〕时:当时。 忠公:忠臣。

〔87〕竞:强劲。

〔88〕"举动"二句:形容五侯气势之盛。

〔89〕阿旨:阿意顺旨,即曲从迎合。《汉书·贡禹传》:"阿意顺旨,随君上下。" 曲求:委曲求全。曲,卑躬折节。

〔90〕宠光:恩宠荣耀。《韩非子·外储》:"宏光无节,则臣下侵逼。"三族:指母族、妻族、家族。

〔91〕直情忤(wǔ 五)意:顺着自己的感情,违背上司(此指五侯)意旨。忤,违逆。

〔92〕参夷:杀戮。 五宗:指上至曾祖,下至玄孙。李善注引陈琳檄:"所爱光五宗,所恶灭三族。"

〔93〕纲纪:法制。亦作"纪纲"。

〔94〕纡(yū 迂):系结。 朱:朱绂。即古代系官印的红色丝带。 金:金印。

〔95〕宫闱:宫中后妃所居之处。闱,李善作闼,据《后汉书》改。

〔96〕苴(jū 掬)茅:以白茅包土。 分虎:分虎符。苴茅分虎,是封侯仪式。古代帝王分封诸侯,各以其方色土,用白茅包上,再分铜虎符。李善注引《尚书纬》:"天子社,东方青,南方赤,西方白,北方黑,上冒以黄土,封诸侯各取方土,苴以白茅以为社(得到了土地)。"

〔97〕南面臣民:面南以民为臣。言诸侯南面称孤。

〔98〕府署:官府。 第馆:第宅。

〔99〕棊列:棋布。棊,同"棋"。李善作"基列",依《后汉书》改。都鄙:指封邑。

〔100〕支附:谓亲属。 过半于中国:指国内之官一多半是阉人。

〔101〕南金:南方出产的金子。《诗·鲁颂·泮水》:"元龟象牙,大赂南金。" 和宝:指和氏璧。 冰纨(wán 完):洁白的细绢。《汉书·地理志下》:"故其(指齐地)俗弥侈,织作冰纨绮绣纯丽之物,号为冠带衣履天下。"又李善

注引臣瓒曰:“纨之细密,如坚冰也。” 雾縠(hú 胡):薄松如雾的绉纱。

〔102〕牣(rèn 认):满。司马相如《子虚赋》:“充牣其中。”张铣注:“充满于山泽之中。”

〔103〕嫱(qiáng 强):宫廷女官名。《左传·哀公元年》:“宿有妃、嫱、嫔、御焉。”杜预注:“妃、嫱,贵者;嫔、御,贱者。皆内官。” 媛(yuàn 院):美女。嫱媛,此泛指美女。 侍儿:婢女。李善注引《汉书》:“初,袁盎为吴相时,从史盗私盎侍儿。 歌童舞女:李善注引仲长子《昌言》:“为音乐则歌儿舞女,千曹而迭起。”

〔104〕绮室:华丽的居室。

〔105〕彫文:用彩画装饰的花纹。彫,同“雕”。

〔106〕被:披。 缇(题)绣:金黄色的锦绣。李善注引《汉书》东方朔曰:“土木衣绮绣,狗马被缋罽(jì 既)。”李善注引《佞幸传》:“董贤起大第阙下,土木之功,穷极伎巧,柱槛衣以绨锦。”

〔107〕剥割:剥削。 萌黎:指百姓。萌,五臣本作“氓”。

〔108〕竞恣:争逞。

〔109〕构害:设计陷害别人。 明贤:贤明之士。

〔110〕援引:引进。

〔111〕附:依附,投靠。 权强:谓阉党。

〔112〕腐身:损身,指阉割。 熏子:阉割,去势。李善注引韦昭曰:“古者腐刑(宫刑)必薰合之。”

〔113〕衒(xuàn 绚)达:炫耀显达。

〔114〕同弊相济:同恶相济。济,接济。

〔115〕其徒:其类,指腐身熏子,以求衒达之徒。繁:多。

〔116〕蠹(dù 杜):蛀蚀,破坏。

〔117〕殚(dān 单):尽。

〔118〕嗟毒:慨叹其恶毒。

〔119〕穷栖:深深隐居。韦昭《国语》注:“山居曰栖。”

〔120〕寇剧缘间:盗贼乘隙而起。《后汉书》注:“寇盗剧贼缘闲隙而起也。”

〔121〕摇乱:动乱。 区夏:指中国。区,区域。夏,华夏。

〔122〕奋发:愤激。

〔123〕旋:随后。 孥(nú 奴)戮:妻子儿女被杀。

〔124〕考:捶击。《诗·唐风·山有枢》:“子有钟鼓,弗鼓弗考。” 钩党:即党人,也就是在政治上结为朋党之人。《后汉书·灵帝纪》:“制诏州郡大举钩党,于是天下豪杰及儒学行义者,一切结为党人。”李善注引《东观汉记》:“灵帝时,故太仆杜密,故长乐少府李膺,各为钩党。”钩党此主要指杜密、李膺等。

〔125〕诬染:诬谤。李周翰注:“钩党谓钩取谏者同类,使转相诬谤而杀之。”

〔126〕善士:李善注引桓子《新论》:“居家循理,乡里和顺,出入恭敬,言语谨逊,谓之善士。”

〔127〕罹(lí 离):遭遇不幸的事。 被:遭受。 灾毒:灾难。

〔128〕窦武:李善注引《后汉书》:“窦武,字游平,扶风人。女立为皇后,武为大将军,谋诛中官(宦官)。曹节(宦官)等矫诏将兵诛武。” 何进:李善注引《后汉书》:“何进,字遂高,南阳人也。”女弟(妹)立为皇后,为大将军。灵帝崩,袁绍说进令诛中官。谋泄,张让、赵忠(皆宦官)等引进入宫,共杀进。

〔129〕位崇:位高,武、进皆为大将军。 戚近:近戚,皆为皇亲。

〔130〕九服:指天下。相传古代天子所住京都以外的地方,按远近分为九等,叫九服。方千里称王畿,其外五百里叫侯服,又其外五百里叫甸服,又其外五百里叫男服,又其外五百里叫采服,又其外五百里叫卫服,又其外五百里叫蛮服,又其外五百里叫夷服,又其外五百里叫镇服,又其外五百里叫藩服。 嚣(xiāo 消)怨:民怨沸腾。

〔131〕协:协调。 群英:指谋诛中官之人。

〔132〕疑留不断:迟疑不决。《后汉书·袁绍传》载,绍劝何进速决断尽杀宦官,劝之再三而进不许。结果中常侍段珪等矫太后命,召进入议,遂杀之,宫中乱。

〔133〕殄(tiǎn 舔)败:遭灭顶之灾。殄,灭绝。

〔134〕斯:此。 亦:也。 运极:运命到头。

〔135〕袁绍:东汉末年汝南汝阳人,字本初,出身于四世三公的大官僚家庭,初为司隶校尉。何进召董卓诛宦官,卓未至而进事泄,何进被杀。 龚行:恭敬地奉行。龚,同“恭”。班固《东都赋》:“恭行天罚,应天顺人。”

〔136〕芟夷:除草。此比喻杀戮净尽。李善注引《左传》:“君子曰:周任有言,为国家者,见恶如农夫之务去草焉。芟夷蕴崇(积聚)之,绝其本根,勿使能殖。”《后汉书·袁绍传》:“绍既斩宦者所署司隶校尉许相,遂勒兵捕阉人,无少

长皆杀之。”

〔137〕以暴易乱：暴，指阉宦。乱，指袁绍。刘良注：“袁绍虽诛阉官之暴，而自为乱，故云易乱。”

〔138〕亦何云及：说又何用。

〔139〕说（shuì 税）：劝说。

〔140〕昏弱：糊涂软弱指桓帝。

〔141〕魏武：指魏武帝曹操。　因之：指因袭立昏弱之帝事。操立献帝而挟天子令诸侯。

〔142〕龟鼎：谓元龟与九鼎，皆国重器。善注：“龟鼎，国之守器，以喻帝位。”迁龟鼎，变帝位。李善注引《左传》：“王孙满曰：‘桀有昏德，鼎迁于商。商纣暴虐，鼎迁周。’”

〔143〕“君以此始，必以此终”：言汉朝初宠用宦官，其最后为宦官所灭。《左传》：“君以此始，必以此终。”

〔144〕信乎其然：确实如此。

今译

《易经》说：“天显天象，圣人效之。”宦星有四颗，在帝座星周围，所以《周礼》设官，宦官也在其数。守门人把守中门，出入检查，宦官掌管女宫的戒令。《周礼》又说：“王之正寝设宦官五人。”《月令》说：“仲冬，宦者令监视宫门，防犯后宫。”《诗经》的《小雅》，也有《巷伯》刺谗之篇。由此观之，朝中设置宦官，由来已久。抑或因为他们身体被阉割，专一驯顺，联系宫女，易于豢养役使吗？然而后世沿用宦官，其才能和任务渐渐扩大。其中能干的，如勃貂、管苏，有功于楚、晋；景监、缪贤，荐才于秦、赵。及其坏的，如竖貂杀群吏，立无亏，孝公奔宋；伊戾进谗言，杀太子，祸及宋国。

汉朝建立，仍然因袭秦制，设置中常侍官。但也举荐士人，以供选用。个个银质耳珠，冠左垂饰貂尾，供职于帝王诸侯居所。到了吕后亲政，而用宦官为大谒者，出入卧室之中，受命宣布诏令。文帝时有宦官赵谈、北宫伯子，很受宠幸。到了汉武帝时，更宠爱宦官李

延年。帝常常宴乐后宫，或秘密去离宫别馆，所以大臣请求奏报机事，多用宦官主持。元帝时代，史游任黄门令，劳神尽忠，有所补益。其后，宦官弘恭、石显，以其阴险谄媚而被提拔，终有萧、周被害之祸，污损帝王之德。

东汉之初，宦官皆用阉人，不再参杂他士。到永平年间，开始定员。中常侍四人，小黄门十人。和帝即位年幼，窦宪兄弟独揽大权，朝廷内外臣僚，无从与皇帝接触，同皇帝住在一起的，只有宦官而已。因此宦官郑众才能独谋禁宫之中，终除窦氏大患，遂享分土之封，高登公卿之位，于是宦官开始兴盛起来。

自明帝以后，直到延平年间，对宦官的委任逐渐加大，宦官的俸禄也在增长。这时中常侍达十人，小黄门也有二十人，改成金质耳珠，冠右垂饰貂尾，兼任卿署中的官职。邓后以女皇身份亲政，离"万机"甚远，朝臣谋划国事，无法在宫闱之中讨论决断，行使皇权，下达诏令，不出宫闱之间，不得不委任宦官，宣布国家政令。宦官手握权柄，出口为法，不再是单管宫内之事，充任料理后宫之职。那以后，孙程建树斩江京、立顺帝之功，曹腾谋划拥桓帝定良计之策。继而五侯效死合谋，梁冀专权受戮。行为公正，在皇上心中地位牢固，故朝廷内外无不服从，宫中上下莫敢吭气。有人颂扬这是伊尹、霍光式的功勋，无愧于历史；有人称赞这是张良、陈平的智谋，再现于当今。即使有忠良，也备受排斥。宦官举手投足，山回海动，一呼一吸，气变霜露。阿谀奉承，委曲求全，则三族得宠；直来直去，违背其意，则五宗受诛。汉之法纪大坏。

戴高帽挎长剑、披绶带揣金印者，布满宫中；包方土分虎符、称孤道寡者，约以十数。官府宅第，都邑中星罗棋布；子弟亲属，宦官过半。南金、和宝、冰纨、雾縠之财宝，装满珍藏的府库；嫱媛、侍儿、歌童、舞女之玩物，充满华丽的居室。狗马披彩绘，梁柱衣锦绣。皆剥削黎民，穷奢极欲。陷害贤良，专门结党。其有互相引荐，希望依附强权者，个个阉割去势，以求自己炫耀显达。同恶相助，所以其类

繁多。败国害政之事,不可尽书。所以海内嗟叹其毒,志士深隐山林,寇盗乘隙而起,祸乱中国。即使忠良义愤填膺,有时愤激,但言出祸从,随即妻子儿女受戮。又借此拷打钩党,使其互相诬谤,转而杀之。凡称为善士者,无不遭此恶灾。窦武、何进,地位崇高,身为皇亲,利用九服的怨怒,协调群英的势力,欲除阉官,然而犹豫不决,遭到灭顶之灾。这也是大汉气数尽了!虽然袁绍恭敬行事,宦官杀戮净尽,但去宦者之暴,代之以袁绍之乱,又有何用!自从曹腾说梁冀,最后立桓帝,曹操照此办理,于是篡得帝位。所谓“君以此始,必以此终”,这话确实如此!

(赵福海译注并修订　陈延嘉再修订)

逸民传论一首

范蔚宗

题解

《逸民传论》与《宦者传论》，皆引《易经》开篇。《易》推为六经之首，离开《易经》便难以找到中华传统文化的结穴。本论就是围绕“《遁》之时义大矣哉”与“不事王侯，高尚其事”展开的。这两句话其实是一个意思。“遁”是避开现实。不事王侯也是避开现实，是政治上的隐遁。在我国，自古以来就给隐士以最高的崇敬。尤其是老庄哲学，更是如此。即使是主张经世济民，热心政治的儒家，也提倡“天下有道则见(现)，无道则隐”。(《论语·泰伯》)

《逸民列传》收入逢萌、周党、王霸、严光、梁鸿、高凤、庞公等十八位隐逸之士。“长往之轨未殊，而感致之数匪一”，导致隐遁的原因和隐逸的目的各不相同。范晔将其归纳为六类。第一类隐居求志；第二类回避全道；第三类静己镇躁；第四类去危图安；第五类垢俗动概；第六类疵物激清。一、二类为一种，不与现实合作；三、四类为一种，远祸全身；五、六类为一种，骄富贵，轻王公。究其实质，远祸全身当是最主要的隐逸目的，这是乱世保全自己的最好途径，所谓“鸿飞冥冥，弋者何篡焉。”庞公是生动的一例。荆州刺史刘表请庞公出仕，谓之曰：“‘夫保全一身，孰若保全天下乎？’庞公笑曰：‘鸿鹄巢于高林之上，暮而得所栖；鼋鼍穴于深渊之下，夕而得所宿。夫趣(趋)舍行止，亦人之巢穴也。且各得其栖宿而已，天下非所保也。’因释耕于垄上，而妻子耘于前。表指而问曰：‘先生若居畎亩而不肯官禄，后世何以遗子孙乎？’庞公曰：‘世人皆遗之以危，今独遗

之以安，虽所以不同，未为无所遗也。'表叹息而去。"

《逸民传论》属史论类。《文选序》申明："记事之史，系年之书"不得入选；而对其"赞论之综辑辞采，序述之错比文华，事出于沉思，义归乎翰藻"者，则"杂而集之"。本篇即是沉思翰藻之佳作，表现了汉语特有的语言美。行文有时字奇句偶，如"或隐居以求其志，或回避以全其道；或静己以镇其躁，或去危以图其安；或垢俗以动其概，或疵物以激其清。"有时四六排联，如"尧称则天，而不屈颍阳之高；武尽美矣，终全孤竹之洁。""蒙耻之宾，屡黜不去其国；蹈海之节，千乘莫移其情。"有时长短悬殊，如"群方咸遂，志士怀仁，斯固所谓举逸人则天下归心者乎?"错落而不零乱，整齐而不呆板，加之范晔"性别宫商，识清浊"，四六交错，平仄相配，琅琅上口，富有整齐美，对称美和音乐美。作者自诩其"纪传论赞"为"天下之奇作"，或不为过矣。

原文

《易》称"《遁》之时义大矣哉[1]。"又曰："不事王侯，高尚其事[2]。"是以尧称则天，而不屈颍阳之高[3]；武尽美矣，终全孤竹之洁[4]。自兹以降，风流弥繁[5]。长往之轨未殊[6]，而感致之数匪一[7]。或隐居以求其志[8]，或回避以全其道[9]；或静己以镇其躁[10]，或去危以图其安[11]；或垢俗以动其概[12]，或疵物以激其清[13]。然观其甘心畎亩之中[14]，憔悴江海之上[15]，岂必亲鱼鸟乐林草哉[16]？亦云介性所致而已[17]。故蒙耻之宾，屡黜不去其国[18]；蹈海之节，千乘莫移其情[19]。适使矫易去就，则不能相为矣[20]。彼虽硁硁有类沽名者[21]，然而蝉蜕嚣埃之中[22]，自致寰区之外[23]，异夫饰智巧以逐浮利者乎[24]！荀卿有言曰："志意修则骄富贵，道义重则轻王公"也[25]。

汉室中微[26],王莽篡位[27],士之蕴藉义愤甚矣[28]。是时裂冠毁冕[29],相携持而去之者[30],盖不可胜数。扬雄曰:"鸿飞冥冥,弋人何篡焉[31]。"言其违患之远也[32]。光武侧席幽人[33],求之若不及[34],旌帛蒲车之所征贲[35],相望于岩中矣[36]。若薛方、逄萌聘而不肯至[37],严光、周党、王霸至而不能屈[38]。群方咸遂[39],志士怀仁[40],斯固所谓举逸人则天下归心者乎[41]?肃宗亦礼郑钧而征高凤,以成其节[42]。自后帝德稍衰,邪孽当朝[43],处子耿介[44],羞与卿相等列[45],至乃抗愤而不顾[46],多失其中行焉[47]。盖录其绝尘不反[48],同夫作者[49],列之此篇。

注释

〔1〕《遁》:《易经》六十四卦之一。卦象是:☰☶(艮下乾上);爻辞是:"《遁》,亨,小利贞。"意为《遁》卦通顺。占问有小利。解释爻辞的"彖传"说:"遁亨,遁而亨也。刚当位而应,与时行也。小利贞,侵而长也。《遁》之时义大矣哉!"意思是应当退避(隐退)的时候,必须把握时机,立即退避。退避而能亨通。《遁》卦所启示的时间意义太伟大了。解释卦辞的《象传》说:"天下有山,《遁》。君子以远小人,不恶而严。"意思是,上卦"乾"是天,下卦艮是山。山不论多高,也不能接近天,山高而天退;所以这一卦命名为《遁》。君子应当效法这一精神,远离小人。但也不是憎恶小人,而是严于律己,使小人不能接近。此引《遁》卦是说,君子要观察时势,把握时机,及时退隐。遁,退避。时义,时间、时机的重要性。

〔2〕不事王侯,高尚其事:《易经》《蛊》卦·上九:"不事王侯,高尚其事。"意为不为王侯做事,保持高尚气节。

〔3〕则天:以天为榜样,言其博大。　颍(yǐng 影)阳:颍水之阳。此借指许由不受禅让。李善注引《论语》:"子曰:唯天为大,唯尧则之。"又引《吕氏春秋》:"昔尧朝(拜访)许由于沛泽之中,请属(托)天下于夫子。许由遂之颍水之阳。"　高:指许由不接受尧让天下的高尚节操。

〔4〕武:指周武王。　孤竹:孤竹君。此指其二子伯夷、叔齐。李善注引

《史记》:“武王已平殷乱,天下宗周,而伯夷、叔齐耻之,义不食周粟,隐于首阳山。” 洁:指伯夷、叔齐不食周粟的高洁的气节。

〔5〕风流:遗风。 繁:盛。

〔6〕长往:指隐居。潘岳《西征赋》:“悟山潜之隐士,卓长往而不返。”

〔7〕感致:招致。 数:理。黄侃《文选平点》:“感致之数:所以致于为隐之道也。” 匪:非。

〔8〕隐居以求其志:《论语·季氏》:“隐居以求其志,行义以达其道。”

〔9〕回避:指隐居。《论语·宪问》:“贤者避世,其次避地。” 全:保全。

〔10〕静己:自我平衡。 镇:压。 躁:指内心躁动。

〔11〕危:险境。 图:谋求。李善注上二句:“言静默隐居,以镇心之躁竞;或去彼危难,以谋己之安全也。”

〔12〕垢俗:批判污秽的世俗。 概:节操。

〔13〕疵(cī)物:非议世间的坏事物。 激清:激浊扬清。《尸子·君治》:“水有四德……扬清激浊,荡去滓秽,义也。”李善注上二句:“言或垢秽时俗,以动其概;或疵点万物,以发其清。”

〔14〕畎(quǎn 犬)亩:田间,田地。

〔15〕憔悴:形容枯槁。 江海:指隐居。李善注引《庄子》:“就薮泽,处闲旷,此江海之士,避世之人也。”

〔16〕亲鱼鸟乐林草:喜欢山水鱼鸟。

〔17〕介性:耿直的天性。刘良注:“言隐者岂乐山水哉,特禀耿介之性也。”

〔18〕蒙耻:蒙受耻辱。 黜:罢免不用。《论语·微子》:“柳下惠为士师(法官),三黜。人曰:‘子未可以去乎?’曰:‘直道而士人,焉往而不三黜?枉道而事人,何必去父母之邦(国)?’”

〔19〕蹈海之节:指隐逸之心。 千乘:指封侯。古时一车四马为一乘,诸侯大国地方百里,出车千乘,称千乘之国。李善注引《史记》:“鲁仲连谓新垣衍曰:“秦即为帝,则连蹈东海死耳。”又曰:“鲁(仲)连下聊城,田单归而欲爵(封官)之,鲁连逃隐于海上。”言虽封千乘之国,亦不移其隐逸之情。

〔20〕适使:倘使。 矫易:更改。 去就:指仕、隐。 相为:互相往来。

〔21〕彼:指隐逸者。 硁硁(kēng 坑):肤浅而固执。桓宽《盐铁论·论儒》:“今硁硁然守一道,……不足称也。” 沽名:求取虚名。李善注引《论语·子罕》:“子贡曰:有美玉于斯,韫椟(置柜中)而藏诸?求善贾(商人)而沽诸?

子曰：沽之哉！沽之哉！我待贾者也。”

〔22〕蜕（tuì 退）：脱去皮壳。李善注引《淮南子》：“蝉饮而不食，三十日而蜕。”《史记·屈原贾生列传》：“蝉蜕于浊秽，以浮游尘埃之外。” 嚣埃：尘埃。

〔23〕寰（huán 环）区：指国之疆域。吕延济注：“隐者去尘俗之内，致寰区之外，有如蝉之蜕形耳。”

〔24〕智巧：智谋和巧诈。 浮利：虚浮的利禄。李善注引《淮南子》：“古之人同气于天地，与一世而优游。及伪之生，饰智以惊愚，设诈以巧上。”

〔25〕“志意”句：见《荀子》。

〔26〕中微：中道衰微。

〔27〕王莽：汉元城人，字巨君。平帝立。以莽为大司马，元后以太皇太后临朝称制，委政于莽，号安国公。平帝死，立孺子婴为帝，莽自称摄皇帝，三年正式称帝，改国号为新。

〔28〕蕴藉：蓄积。

〔29〕裂冠毁冕：撕毁冠冕，誓不做官，李善注引范晔《后汉书》：“胡刚清高有志节，值王莽居摄（皇帝），解其衣冠，县（悬）府门而去，遂亡命交趾（今五岭以南之地），隐于屠肆（肉市）之间。”

〔30〕携持：挽手。

〔31〕“鸿飞冥冥，弋人何篡焉”：语出扬雄《法言》。 冥冥：辽远的天空。 弋（yì 义）人：射鸟的人。 篡：取。李善注引宋衷曰：“鸿高飞冥冥薄天，虽有弋人执矰缴，何施巧而取也？喻贤者深居不罹暴乱之害也。”弋人何篡，用以形容封建士大夫逃避斗争，保全自己的态度。

〔32〕违：背离。 患：祸患。

〔33〕光武：指东汉光武帝刘秀。公元25年至57年在位。 侧席：不正坐，以示待贤。《后汉书》注：“侧席，谓不正坐，所以待贤良也。” 幽人：隐士。《北山移文》：“或叹幽人长往。”颜延年《赠太常诗》：“侧同幽人居。”

〔34〕求之：指求隐士。 不及：不到。

〔35〕旌帛：汉廷招聘民间人才，致送束帛，表示旌贤，因称“旌帛”。旌，表彰。 蒲车：以蒲草裹轮之车。古代征聘隐士或年迈贤士时用之。李善注引《汉书》：“武帝以枚乘年老，乃以安车蒲轮征乘。” 贲（bì 毕）：饰。

〔36〕岩中：山岩之中，指隐士所在之处。

〔37〕薛方：隐士。李善注引《汉书》：“薛方，字子容。王莽以安车（一马拉

之可以坐乘的小车,高官告老或征召有重望之人赐乘)迎方。方因使者辞谢曰:尧、舜在上,下有巢、许。今明主方隆唐(尧)、虞(舜)之德,亦犹小臣欲夺箕山(巢父、许由隐于箕山)之节也。使者以闻。莽说(悦)其言,不强致也。世祖(光武帝)即位,征方,于道病卒。" 逄(páng 庞)萌:李善注引《后汉书》:"字子康,北海人也。王莽杀其子宇,萌将家属浮海,客于辽东。光武即位,征萌,托以老耄(八十、九十曰耄),迷路东西,语使者曰:'朝廷所以征我者,以其有益于政,尚不知方面所在,安能济时乎?'即便驾归。连征不起,以寿终。"

〔38〕严光:李善注引《后汉书》:"严,一名遵,会稽人。与光武同游学。及光武即位,聘之三返而后至。舍于北军,(光武)车驾即日幸其馆。光卧不起,帝即其卧所,抚光腹曰:'咄咄(叹词,表感慨)子陵(严光),不可相助为政邪?'又眠不应,良久,乃张目熟视曰:'昔唐尧著德(指禅让),巢父洗耳。士故有志,何至相迫乎?'" 周党:李善注引《后汉书》:"周党,字伯况,太原人。建武(光武帝年号)中,征为议郎,以病去职,遂将妻子居于渑池。后复征,不得已,乃著短布单衣,穀皮头巾,待见尚书。及光武引见,党伏而不谒(拜见),自陈愿守所志,帝乃许焉。" 王霸:李善注引《后汉书》:"王霸,字仲儒,太原人。建武中征到尚书,拜,称名,不称臣。有司问其故,霸曰:'天子有所不臣,诸侯有所不友。'以病归,隐居守志。"

〔39〕群方:诸方。指诸方贤才。李善注引郭象《庄子注》:"一方得而群方失。" 咸:皆。 遂:顺利,成功。

〔40〕怀仁:怀有仁爱之心。李善注引《礼记》:"君子有礼,故物无不怀仁。"

〔41〕斯:此。指征聘薛方、严光等人之事。 举:选拔。 逸人:节行超人。李善注引《论语》:"子曰:举逸人,天下之人归心焉。"

〔42〕肃宗:东汉章帝刘炟。公元75年至88年在位。 礼:礼遇。 郑钧:李善注引《后汉书》:"郑钧,字仲虞,东平任城人。建初(章帝年号)六年,公车(汉以公家车马递送应举之人,故旧称'公车'为举人入京应试之代称)特征,再迁尚书,数纳忠言,肃宗敬重之,以疾乞骸骨(退休)。" 高凤:李善注引《后汉书》:"高凤,字文通,南阳人。建初中,将作大匠(官名,掌管修建宫室)任隗举凤直言,到公车,托病逃归,隐身渔钓,终于家。"逄萌、周党、王霸、严光、高凤,皆入《逸民列传》。 以成其节:成全其节操。

〔43〕邪孽:吕向注:"邪孽,谓宦官之属。"

〔44〕处子:不做官的读书人。

〔45〕羞:耻。李善本无“羞”字,据《后汉书》补。 卿相:指朝中高官。

〔46〕抗愤:违抗与愤怒。

〔47〕中行:中庸之道。《论语·子路》:“不得中行而与之,必也狂狷乎!”

〔48〕绝尘不反:指脱离尘俗隐居。反,李善本作“及”,据《后汉书》改。

〔49〕同夫作者:《论语·宪问》:“子曰:‘贤者辟世,其次辟地,其次辟色,其次辟言。’子曰:‘作者(做到者)七人矣。’”《论语·微子》:“逸民:伯夷、叔齐、虞仲、夷逸、朱张、柳下惠、少连。”作者即指以上七人。

今译

《易经》称“《遁》卦所言在恰当时间隐遁的意义太大了!”又说:“不为王侯做事,保持高尚气节。”因此唐尧效法昊天,不枉改许由临颍洗耳之高节;武王十分完美,终于成全夷齐不食周粟之义行。从此以后,隐逸之风日盛。隐居之途不殊,而导致隐居之因各异。有的以隐居来保全自己的志愿,有的以避世来贯彻自己的主张,有的自我平衡镇定躁动的情绪,有的离开险境谋求个人的安全,有的批评陋俗以期改变世风,有的非议现实激浊扬清。由此看来,他们甘心在田园之中,憔悴在江海之上,难道定是以鱼鸟林草为乐吗?勿宁说由耿介的天性所致而已。因此,执法受辱的柳下惠,屡次罢官而不离其国;决计隐居之士,千乘封侯而不能动其心。倘或改变他们的去就之志,则不能与之往来。他们似乎沽名固执,然而如蝉蜕皮于尘埃之中,自致于浊世之外,不同于掩饰智巧而追逐利禄之徒!荀子说过:“志操美则骄富贵,道义重则轻王侯。”

汉室中道衰微,王莽篡位,士人蓄积的义愤到极点。当时撕毁乌纱,挽手而离去之人,数不胜数。扬雄说:“鸿雁高飞长空里,射者如何能猎取?”是说离开祸患之远。光武刘秀礼贤隐士,征请如不来,便致送束帛,蒲车迎接,相望于深山之中。如薛方、逢萌聘请而不肯来,严光、周党、王霸来了而不肯折腰。诸方之才各遂其志,志士仁人便怀爱人之心。这就是一向所说的选用隐士则天下归心吧!肃宗刘炟礼遇郑钧,征聘高凤,以成全他们的气节。自此之后,君王

礼贤下士之德渐衰，邪恶之人当朝，隐逸之人羞于同卿相为伍，乃至抗上愤慨而不顾，常失掉中庸之道。

此收录那些绝尘离俗而不返，如同长沮、桀溺等隐士者，列入《逸民传》。

（赵福海译注并修订）

谢灵运传论一首

沈休文

题解

《谢灵运传论》是沈约在《宋书·谢灵运传》后面加的一段文字，以阐发作者的文学观点，为历代文学史家和文学批评史家所看重，可视为以"声律论"为核心的文学批评史纲。

全文可分三大部分。第一部分讲"志动于中，则歌咏外发"的道理。志即情。"在己为情，情动为志，情志一也"。有人即有情，有情即有诗，"歌咏所兴"，并非从《诗经》始，而是远在虞夏之前，"宜自生民始也"。

第二部分是从战国到晋宋的诗史纲要。战国"屈平、宋玉导清源于前"；西汉"贾谊、相如振芳尘于后"；东汉"平子艳发，文以情变，绝唱高踪，久无嗣响"；建安三曹"咸蓄盛藻""以情纬文，以文被质"；西晋潘岳、陆机"缛旨星稠，繁文绮合"；东晋玄风独扇，无闻"遒丽之辞"，至殷仲文、孙兴公始大变玄言诗风；到了刘宋，"颜谢腾声"，"方轨前秀，垂范后昆"。以上所列，皆为诗歌发展史上具有划时代意义的作家，在序列中，对其流变因革，流派特征又做了简要评述。如"自汉至魏，四百余年，辞人才子，文体三变。相如工为形似之言，班固长于情理之说；子建、仲宣以气质为体"。相如之赋，体物浏亮，形象逼肖，故云"工为形似之言"；班固诗赋，常常抒情言志说理相结合，故以"长于情理"概括之；曹植、王粲因个人气质不同，诗的风格各异。又如评论潘岳、陆机，"律异班贾，体变曹王"，形成"缛旨星稠，繁文绮合"的风格。

第三部分讲声律论。沈约评论诗是以声律为标准的。《传论》中激赏的四首诗，从声调上看，大体上符合永明体的风格，合乎永明体的声律。所谓声律，即指诗赋的音韵、节奏的规律。沈约认为商榷前藻，工拙之数就是"五色相宜，八音协畅"，"宫羽相变，低昂舛节，若前有浮声，则后须切响。""一简之内，音韵尽殊；两句之中，轻重悉异。"只有"妙达此旨，始可言文"。这既是声律论的基本内容，又是沈约评价诗的一条重要标准。沈约说的"浮声"、"切响"，即后人所说的平声、仄声。"宫羽相变，低昂舛节"，就是要求诗句中平仄声前后要互变，平仄互变，声调自有高低。"前有浮声，则后须切响"，是说平声和仄声必须有规律地交替使用，以造成低昂舛节的音乐美。

声律论是《传论》最重要的内容，也是沈约在诗歌理论上带总结性的贡献。他说："自骚人以来，此秘未睹"，说得有些过头；若说他对前人之说加以归纳、整理、升华，使声律之说趋于完善，则是恰当的。晋宋以来，诗文日益骈偶化，与此相适应的声律理论也得到了长足的发展。诗文讲究音韵协调当然不始于齐梁，而声律之说臻于完美则是齐梁时代。《毛诗序》曾提出"情发于声，声成文谓之音。"声文是由宫商角徵羽五声交织而成的。到了晋代，陆机在《文赋》中又提出"音声之迭代，若五色之相宣"，把音律合谐作为构成诗美的重要因素之一。刘宋时代的范晔，则自称"性别宫商，识清浊"。齐之永明时期，明确提出声律之说。《南史·庾肩吾传》说："齐永明中，王融、谢朓、沈约文章，始用四声，以为新变。至是转拘声韵，弥为丽靡。"新变即指作诗由不讲四声的古诗向讲四声的律诗转变。以平上去入为四声，以此制韵，有平头、上尾、蜂腰、鹤膝；"五字之中，音韵悉异，两句之内，角徵不可相同，世呼为永明体。""四声"之名，六朝以前是没有的。六朝以前人们用五音来配四声。宫商为平声，徵为上声，羽为去声，角为入声。四声的发现，是声律之学的一大跃进。

刘勰吸收了包括《谢灵运传论》在内的前人研究声律的成果，于《文心雕龙》中专立《声律》一章，对齐梁时期的声律之说上升到理论高度，做了全面总结。从辨音、配声、选韵等方面总结了当时诗韵规律，提出"异音相从谓之和，同声相应谓之韵"的诗歌的韵律要求。"异音相从"就是平仄交替，即"前有浮声，则后须切响"，"同声相应"是指在同一位置隔若干字句押韵，即"一简之内音韵尽殊"。前者构成抑扬顿挫之美，后者构成回环往复之美。对诗来说，声律不仅是它的形式，也是它的内容。如郭沫若先生所说："节奏之于诗，是它的外形，也是它的生命。我们可以说，没有诗是没有节奏的，没有节奏的便不是诗。"诗的节奏，不仅表现诗的音乐美，也有利于表达情绪的起伏。节奏是情绪的外化。

"声律，是诗的格律化的前提；六朝人在对声律的理论研究和诗歌创作上，都为唐代初期律诗的出现，提供了基础。永明以后的'新变体'，是诗的格律化的开端；唐初律诗正式出现，则是诗的格律化的完成。这就是声律论对诗歌发展的一个重大贡献。"（祖保泉《文心雕龙选析》）

原文

史臣曰[1]：民禀天地之灵[2]，含五常之德[3]，刚柔迭用[4]，喜愠分情[5]。夫志动于中，则歌咏外发[6]，六义所因[7]，四始攸系[8]，升降讴谣[9]，纷披风什[10]，虽虞夏以前[11]，遗文不睹[12]，禀气怀灵[13]，理或无异[14]。然则歌咏所兴，宜自生民始也[15]。

周室既衰[16]，风流弥著[17]，屈平宋玉导清源于前[18]，贾谊相如振芳尘于后[19]，英辞润金石[20]，高义薄云天[21]。自兹以降，情志愈广[22]。王褒刘向杨班崔蔡之徒[23]，异轨同奔[24]，递相师祖[25]。然清辞丽曲[26]，时发乎篇[27]，而芜

音累气[28],固亦多矣。若夫平子艳发[29],文以情变[30],绝唱高踪[31],久无嗣响[32]。至于建安[33],曹氏基命[34],三祖陈王[35],咸蓄盛藻[36],甫乃以情纬文[37],以文被质[38]。

自汉至魏,四百余年,辞人才子,文体三变[39]。相如工为形似之言[40],二班长于情理之说[41];子建仲宣以气质为体[42],并摽能擅美[43],独映当时[44]。是以一世之士[45],各相慕习[46],源其飚流所始[47],莫不同祖《风骚》[48]。徒以赏好异情[49],故意制相诡[50]。

降及元康[51],潘陆特秀[52],律异班贾[53],体变曹王[54],缛旨星稠[55],繁文绮合[56]。缀平台之逸响[57],采南皮之高韵[58],遗风余烈[59],事极江右[60]。在晋中兴[61],玄风独扇[62],为学穷于柱下[63],博物止乎七篇[64]。驰骋文辞[65],义殚乎此[66]。自建武暨于义熙[67],历载将百[68],虽比响联辞[69],波属云委[70],莫不寄言上德[71],托意玄珠[72],遒丽之辞[73],无闻焉尔[74]。仲文始革孙许之风[75],叔源大变太元之气[76]。爰逮宋氏[77],颜谢腾声[78],灵运之兴会摽举[79],延年之体裁明密[80],并方轨前秀[81],垂范后昆[82]。

若夫敷衽论心[83],商榷前藻[84],工拙之数[85],如有可言。夫五色相宣[86],八音协畅[87],由乎玄黄律吕[88],各适物宜[89]。欲使宫羽相变[90],低昂舛节[91],若前有浮声[92],则后须切响[93]。一简之内[94],音韵尽殊[95];两句之中,轻重悉异[96]。妙达此旨,始可言文[97]。至于先士茂制[98],讽高历赏[99],子建函京之作[100],仲宣灞岸之篇[101],子荆零雨之章[102],正长朔风之句[103],并直举胸情[104],非傍诗史[105],正以音律调韵[106],取高前式[107]。自灵均以来[108],

多历年代,虽文体稍精〔109〕,而此秘未睹〔110〕。至于高言妙句〔111〕,音韵天成〔112〕,皆暗与理合〔113〕,匪由思至〔114〕。张蔡曹王〔115〕,曾无先觉〔116〕,潘陆颜谢〔117〕,去之弥远〔118〕。世之知音者〔119〕,有以得之〔120〕,此言非谬。如曰不然,请待来哲〔121〕。

注释

〔1〕史臣:撰史者自称,此指沈约。

〔2〕禀:领受。　灵:聪明精粹,灵气。

〔3〕含:怀有。　五常:五行,即金、木、水、火、土。

〔4〕刚柔:指人的两种性格。　迭:交替。

〔5〕愠(yùn 运):怒。　情:指喜、怒、哀、惧、爱、恶、欲七情。

〔6〕"志动于中"二句:志,情。"在己为情,情动为志,情志一也。"(孔疏)中,指内心。《毛诗序》:"诗者,志之所之也,在心为志,发言为诗。情动于中而形于言,言之不足故嗟叹之,嗟叹之不足故永歌之……。"

〔7〕六义:《毛诗序》:"故诗有六义焉,一曰风,二曰赋,三曰比,四曰兴,五曰雅,六曰颂。"

〔8〕四始:"《关雎》,风始;《鹿鸣》,小雅始;《文王》,大雅始;《清庙》,颂始。"(清·陈奂《毛诗传疏》)始,首。　攸系:关联。攸,所。

〔9〕升降:盛衰。　讴谣:歌谣。

〔10〕纷披:繁多。　风什:犹风雅。《诗经》中的雅颂,十篇为什。

〔11〕虽:虽然。　虞:指虞舜时代。舜,传说中我国父系氏族社会后期部落联盟领袖,姚姓,有虞氏,名重华,史称虞舜。　夏:夏朝。虞夏时代尚无文字。

〔12〕遗文:指遗留下来的诗文。

〔13〕禀气怀灵:指领受天地之灵气。

〔14〕理:指以上所言之理。

〔15〕生民:人类。

〔16〕周室:周朝。室,王室。

〔17〕风流:形容流布极快,极广。李善注"如风之散,如水之流。"李周翰注:"周室既衰,怨刺之诗随其风流弥加明著。"

〔18〕屈平:(约前340—约前278),名平,字原;又云名正则,字灵均,战国楚人。我国最早的大诗人。主要作品有《离骚》、《九章》、《天问》等,影响至为深远。　宋玉:战国楚辞作家,生卒年难以确考。后于屈原,或称屈原弟子。《史记·屈原贾生列传》说他和唐勒、景差"皆好辞而以赋见称,然皆祖屈原之从容辞令,终莫敢直谏。"作品有《九辩》、《高唐赋》、《神女赋》、《风赋》、《登徒子好色赋》等。　清源:清澈的源头,比喻楚辞乃辞赋之本。

〔19〕贾谊:(前200—前168),西汉政论家、辞赋家。洛阳人,世称贾生。有赋七篇,《文选》选其《鹏鸟赋》、《吊屈原文》。　芳尘:香车带起的尘土,此喻美誉。

〔20〕英辞:美辞。　润:润泽。　金石:古代歌颂统治者的铭文,刻在钟鼎或碑石之上。

〔21〕高义:高尚的思想境界。　薄:切近。　云天:天。

〔22〕兹:此。　以降:以后。　情志:感情志趣。

〔23〕王褒:西汉辞赋家。字子渊,蜀资中(今四川资阳)人。以辞赋见称。《文选》选其《洞箫赋》,刘勰称"子渊《洞箫》,穷变于声貌。"　刘向:(约前77—前6),西汉经学家、目录学家、文学家。本名更生,字子政,沛(今江苏沛县)人。所作《九叹》等三十三篇辞赋,大部亡佚。所作《说苑》、《新序》今存。　扬:扬雄(前53—18)。字子云,蜀郡(今属四川)人。西汉辞赋家、哲学家、语言学家。《文选》选其《甘泉》、《羽猎》、《长杨》三篇大赋。早年称颂司马相如之赋并效仿之,后谓"诗人之赋丽以则,辞人之赋丽以淫",鄙薄辞人之赋,称之"雕虫篆刻,壮夫不为",甚至以为"辞赋非贤人君子诗赋之正。"　班:班固(32—92),东汉史学家、诗赋家。字孟坚,扶风安陵(今陕西咸阳东北)人。其继承父业,奉诏修《汉书》,二十年乃成,文辞渊雅,叙事详赡,开创断代史之体例。《文选》选其《两都赋》,列开卷之首。刘勰称之"明约以雅赡"。然其五言诗则"质木无文"。　崔:崔骃(?—92),字亭伯,涿郡安平(今属河北)人,东汉文学家,少与傅毅班固齐名。　蔡:蔡邕(132—192),字伯喈,陈留圉(今河南杞县南)人。东汉文学家、书法家。《文选》选其《郭有道碑文》、《陈太丘碑文》,刘勰说:"自后汉以来,碑碣云起。才锋所断,莫高蔡邕。"(《文心雕龙·诔碑》)

〔24〕异轨同奔:刘良注:"以上六人迹虽异,同行于时。"异轨,指不同的创作道路。同奔,指同行于一个时代。

〔25〕师祖:祖述,效法。

〔26〕清辞丽曲：指清丽的句子。清，对“浊”而言。

〔27〕时：不时，常常。

〔28〕芜音：芜杂之音。　累气：指清明之气为芜音所累。气，指风格，气势。

〔29〕平子：张衡（78—139），字平子，河南南阳西鄂（今河南南阳石桥镇）人，东汉天文学家，文学家，尤以辞赋见称。《文选》选其《二京赋》、《南都赋》、《四愁诗》。刘勰称“《二京》迅拔以宏富。”　艳发：指文采焕发。艳，美。

〔30〕文以情变：文因情变，即刘勰“为情而造文”之意。

〔31〕绝唱：最好的作品，此指张衡的《四愁诗》。这是七言写成的杰作，沈约之前，善写七言组诗的，除曹丕《燕歌行》二首、鲍照《拟行路难》十八首外，尚不多见。　高踪：踪迹高远。此喻情趣崇高。

〔32〕嗣响：继其音响，指延续《四愁诗》的体式格调。

〔33〕建安：汉献帝年号（196—219）。

〔34〕曹氏基命：在政治史上，建安的政治实权握在曹操之手，早已易而为魏。早在六朝、唐宋时代，就出现了“魏建安”的名称，故谓“至于建安，曹氏基命。”基命，王者始承天命。吕向注：“基命，谓魏太祖始封魏王。”

〔35〕三祖：指魏武帝曹操（太祖）、魏文帝曹丕（高祖）、魏明帝曹叡（烈祖）。　陈王：指陈思王曹植。

〔36〕咸：皆。　盛藻：指文采。三祖陈王皆怀文采。

〔37〕甫乃：始才。　纬：犹织。以情纬文，“言将情意以纬于文。”（李善注）

〔38〕以文被质：谓文质相参。

〔39〕辞人、才子：泛指诗文作家。　文体：指文章的风格。　三变：指下文“形似”、“情理”、“气质”。

〔40〕相如：（约前179—前118），字长卿，蜀郡成都（今属四川）人。西汉辞赋家。其《子虚》、《上林》二赋，为汉代大赋铸出模式。《文选》选其《子虚》、《上林》、《长门》三赋，皆属“丽以淫”的“辞人之赋”。　形似：摹写事物之情状。赋乃体物为用，故摹写事物重形象逼肖。

〔41〕二班：指班彪、班固。彪（3—54），字叔皮，扶风安陵（今陕西咸阳东北）人。东汉史学家，班固之父。《文选》选其《北征赋》，实为赋体之史。　情理：黄侃《文选平点》：“情理，榷论是非也。”班固《幽通赋》、《咏史诗》即属此类型。

〔42〕子建：曹植（192—232），字子建，沛国谯县（今安徽亳州）人。曹操三

子植,封陈王,谥思,世称陈思王,魏诗人,亦长辞赋,《文选》选其《洛神赋》及诗多首。　仲宣:王粲(177—217),字仲宣,山阳高平(今山东微山西北)人。汉末文学家,建安七子之一。《文选》选其《登楼赋》及诗多首。气质:指个性修养。在作家谓气质,形诸作品谓风格。黄侃《文选平点》:“气质,专尚天姿,取其遒(遒劲)上也。”刘良注:“气质,谓有力也。”体:本体,即根本的,内在的,与“用”相对。

〔43〕摽能:标榜才能。摽,同“标”。　擅美:专美。

〔44〕映:光照。　当时:当代,指汉魏。

〔45〕是以:因此。　一世:一代。　士:指文士。

〔46〕慕习:景仰学习。

〔47〕源:溯源。　飚流:“即风流,言如风之散,如水之流。”(李善注)

〔48〕祖:取法。　风骚:诗骚,指《诗经》与《楚辞》。

〔49〕徒以:只因。　赏好:指艺术趣味。　异情:不同。

〔50〕意制:意,指内容;制,指体裁。　相诡:相反。诡,违反。

〔51〕元康:晋惠帝司马衷年号(291—299)。

〔52〕潘陆:潘岳、陆机。潘岳(247—300),字安仁,荥阳中牟(今属河南)人,西晋文学家。能诗善赋,文辞华靡,长于抒写悲情。《文选》选其《怀旧赋》、《寡妇赋》等八首,居“选赋”之首,又选诗文多篇。陆机(261—303),字士衡,吴郡吴县华亭(今上海市松江)人,西晋文学家。善解文理而作《文赋》。诗文赋兼擅。《文选》选其赋二首,诗五十二首,文七首,计六十一首,居《文选》作家之首。　特秀:独拔。

〔53〕律:法。　班贾:指班固、贾谊。

〔54〕体:指风格。　曹王:指曹植、王粲。

〔55〕缛:繁饰。

〔56〕绮合:喻文章秀媚。黄侃《文选平点》:“以繁缛二字标潘陆之文,信得之矣。”钟嵘《诗品》引谢混语:“潘诗烂若舒锦,无处不佳;陆文如披沙简金,往往见宝。”又《晋书·夏侯湛潘岳张载传论》:“机文喻海,韫蓬山而育芜;潘藻如江,濯美锦而增绚。”

〔57〕缀:连。　平台:汉代梁孝王刘武,在封地大梁城,建筑宫室,连至城东三十里的平台,招四方才士,邹阳等辞赋家都游宴写作于此。“平台之遗响”,当指他们的辞赋风格。

〔58〕南皮:魏文帝曹丕《与吴质书》:“每念昔日南皮游,诚不可忘。”指与吴质、阮瑀共游南皮。“南皮之高韵”,指他们的诗赋风格。

〔59〕遗风余烈:指潘陆诗风。烈,业。

〔60〕极:尽。　江右:指西晋。黄侃《文选平点》云:“‘事极江右’句,言潘陆之风,止于西晋,故下云东晋无闻丽辞。”

〔61〕在晋:《宋书》作“有晋”。　中兴:指东晋。

〔62〕玄风:指老庄之学。　扇:炽盛。扇,同“煽”。

〔63〕柱下:指老子。老子曾为周之柱下史。

〔64〕七篇:指庄子。《庄子·内篇》共七篇,向来认为是庄周自作。

〔65〕驰骋文辞:指写作。

〔66〕义:义理。　殚(dān 单):尽。

〔67〕建武:晋元帝司马睿的年号(317 年)。　暨(jì 技):到。　义熙:晋安帝司马德宗年号,405 年—418 年。

〔68〕载:年。

〔69〕比响联词:指作品不断出现。

〔70〕波属云委:极言其多,如波之相连,云之相积。属,连。委,堆积。

〔71〕上德:指老子无为之哲学。《老子·三十八章》:“上德不德,是以有德。”

〔72〕托意:寄意。　玄珠:喻老庄之道。《庄子·天地》:“黄帝游乎赤水之北,登乎昆仑之丘,而南望还归,遗其玄珠。”

〔73〕遒(qiú 求)丽:遒劲而华美。遒,指意;丽,指文。《文选平点》:“遒则意健,丽则文密,文辞至此乃无遗憾矣。”

〔74〕焉尔:焉为兼词,尔为语气词。

〔75〕仲文(?—407):东晋文学家,陈郡长平(今河南西华东北)人。擅长文辞,其诗改变东晋玄言诗风,然“仲文玄气,犹不尽除。”《文选》选其《解尚书表》一首,《南州桓公九井作》诗一首(《南齐书·文学传论》)。孙许:孙绰、许询。孙绰(314—371),字兴公,太原中都(今山西平遥西南)人。东晋文学家,为玄言诗的代表作家之一。其诗枯淡寡味,亦能赋,《文选》选其《游天台山赋》一首。许询,字玄度,高阳人,玄言诗人。

〔76〕叔源:谢混(?—412),字叔源,小字益寿,阳夏(今河南太康)人。东晋文学家。东晋玄言诗风,至谢混而大变。《文选》选其诗《游西池》一首。

太元:晋孝武帝司马曜年号(376 年—396 年)。太元之气,当指孙、许为首的玄言诗风。《世说·文学篇》注引《续晋阳秋》说玄言诗风,“至义熙中,谢混始改。”

〔77〕爰逮:爰及。连词,用在一部分的开头,表示提出另一话题。　宋氏:指南朝刘宋王朝。

〔78〕颜谢:颜延之、谢灵运。颜延之(384—456),字延年,琅邪临沂(今属山东)人。南朝宋诗人。与谢灵运齐名,时称“颜谢”。其诗多雕琢藻饰,喜用典故。钟嵘《诗品》引汤惠休语:“谢诗如芙蓉出水,颜诗如错采镂金。”《文选》选其诗、文、赋共二十八首。谢灵运(385—433),陈郡阳夏(今河南太康)人,南朝宋诗人。晋时袭封康乐公,世称谢康乐。其诗大都描写会稽、永嘉、庐山等地的山水名胜,善于刻画自然景物,开文学史上山水诗一派。《文选》选其诗四十首。　腾声:蜚声。

〔79〕兴会:指诗文情致。　摽举:昂扬。《文选平点》:“兴会标举,遒之属也。”

〔80〕体裁:指中国古代诗文中的文风词藻。　明密:明丽细致。《文选平点》:“体裁明密,丽之方也。”

〔81〕方轨:并驾齐驱。　前秀:前代的杰出作家。

〔82〕垂范:示范。　后昆:后世。

〔83〕敷衽论心:犹促膝谈心。《离骚》:“跪敷衽以陈词兮。”敷衽,把上衣的下边着地。南朝人席地而坐,坐时衣襟亦需着地。故敷衽论心可解为促膝谈心。

〔84〕商榷前藻:讨论评价前人的作品。

〔85〕工拙:巧拙。　数:术。

〔86〕五色相宣:五色相配而使色彩鲜明。　五色:青、赤、黄、白、黑。陆机《文赋》:“暨音声之迭代,若五色之相宣。”《文心雕龙·情采》:“故立文之道,其理有三:一曰形文,五色是也;二曰声文,五音是也;三曰情文,五性是也。五色杂而成黼黻,五音比而成《韶》、《夏》,五情发而为辞章。”

〔87〕八音:指金、石、土、革、丝、木、匏、竹等八类乐器。如钟,金类;磬,石类;埙,土类;鼓,革类;琴,丝类;柷,木类;笙,匏类;管,竹类。　协畅:和谐流畅。

〔88〕玄黄:黑黄。代颜色。　律吕:音律。律,我国古代音乐十二律中成奇

数的六个叫律;吕,成偶数的六个叫吕。

〔89〕各适物宜:各与物相宜。适,适合。

〔90〕宫羽:五音的名称。此为“四声”之代称。邹汉勋《五韵论上》:“为文皆用宫商,犹云为文皆用平仄云尔。”又陈澧《切韵考》解释“宫羽相变”云:“此但言宫羽,盖宫为平,羽亦为仄欤。”

〔91〕低昂舛(chuǎn 喘)节:指文字音节的高低变化。舛,交错。

〔92〕浮声:指清音。

〔93〕切响:指浊音。音之清浊又与音之轻重相当。故《义门读书记·文选》云:“浮声切响,即是轻重。”

〔94〕一简:一行,此指五言诗一句。

〔95〕音韵:诗文的音节和韵律。　殊:不同。

〔96〕轻重:指音之强弱。　悉:皆,全。

〔97〕文:主要指诗赋与骈文。

〔98〕先士:前代文士。　茂制:佳作。

〔99〕讽高:讽诵者皆以为高。　历赏:历代共同欣赏。

〔100〕子建函京之作:指曹植的《赠丁仪王粲诗》,因有“从军渡函谷,驱马过西京”之句,故称。

〔101〕仲宣灞岸之篇:指王粲《七哀诗》,因有“南登灞陵岸,回首望长安”之句,故称。

〔102〕子荆零雨之章:指孙楚《征西关属送于陟阳候作诗》,因有“晨风飘歧路,零雨被秋草”之句,故称。孙楚,字子荆。太原中都(今山西平遥西南)人。西晋文学家,能诗赋,《文选》选其诗、文各一篇。

〔103〕正长朔风之句:指王赞的《杂诗》,因有“朔风动秋草,边马有归心”之句故称。王赞,字正长,义阳人,晋太康时诗人。《文选》选其《杂诗》一首。

〔104〕直举:直书。　胸情:胸臆。

〔105〕傍:依傍。　诗史:指他人的诗句和史实。

〔106〕音律:诗文声韵的规律,又称声律。　调韵:调整韵律,此指作诗。

〔107〕前式:前人(作诗)的法式。

〔108〕灵均:屈原(约前 340—约前 278),名平,字原,又自云名正则,字灵均。

〔109〕文体:体裁和风格。　稍:渐。

〔110〕此秘:指上文音律之论。

〔111〕高言妙句:指合乎音律之佳句。

〔112〕天成:指自然调韵,非人工所为。

〔113〕理:指沈约等所言之声律理论。

〔114〕匪:非。　思:思虑。　至:达到。

〔115〕张蔡曹王:指张衡、蔡邕、曹植、王粲。

〔116〕先觉:先知。

〔117〕潘陆颜谢:指潘岳、陆机、颜延之、谢灵运。

〔118〕之:指声律论。　弥:更。

〔119〕知音:指通晓声律论。

〔120〕之:指声律论。

〔121〕来哲:后世的高明的人。

今译

史臣曰:人领受天地之灵气,怀五德之德性,性格有刚有柔,喜怒分为七情。情动于心,则歌咏表露于外。六艺依靠情,四始联着情。歌谣兴衰,风雅繁盛,虽然虞夏以前遗留的作品看不见,但领受天地灵气这个道理,恐怕没有不同。既然这样,那么歌咏的产生,应该从有人开始。

周室已经衰微,怨刺之作如风劲水流,迅速扩展。屈原、宋玉开辟了清澈的源头,贾谊、司马相如紧步他们的芳踪。精美词藻润金石,崇高境界齐云天。自此以后,情志表达更广。王褒、刘向、扬雄、班固、崔骃、蔡邕之辈,殊途同奔,递相取法。虽然清辞丽句,时见于篇,而芜杂之词也随之增多了。张衡辞采焕发,文随情变,杰作高超,很久无人继续他的体式和风格。到了建安时期,曹氏始承天命,太祖曹操、高祖曹丕、烈祖曹叡、陈思王曹植,皆怀文采,才根据情感来组织文辞,用文辞来润饰内容,互相配合,文质相统一。

自汉至魏,四百余年,诗赋作家的文风,有三次大的变革。司马相如善于描摹事物的情状;班彪、班固长于论说是非;曹植、王粲以

风骨为本：皆为才奇高文专美，独树一帜。因此，当代文士，对其仰慕效法，而追本溯源，无一不是取法风骚。只因艺术趣味各异，内容与体裁才有所不同。

下至元康时期，潘岳、陆机独树一帜，文律不同于班固、贾谊，改变曹植、王粲的风格，辞采富丽绮艳，延续司马相如的遗风，吸收吴质阮瑀的格调。潘陆诗赋之风，影响整个西晋。晋朝中兴，老庄之学炽盛，治学穷究《老子》一书，辨识众物限于《庄子》内篇。挥笔写作，内容仅止于此。从建武到义熙，历时将近百年，虽然作品多如波连云积，但无一不是寄寓老庄哲学，托意玄虚之道。遒劲美丽的文辞，那时再也听不到。殷仲文开始改革孙绰、许询的玄言诗风，谢混从根本上改变太元时期以诗谈玄的风气。及到刘宋时代，颜延之、谢灵运蜚声文坛，谢诗昂扬的情致，颜诗明密的风格，皆可媲美前贤，垂范后世。

至于讨论为文之用心，研究前人之作品，巧拙之术，尚有话可说，那就是五色相配而色彩鲜明，八音协调而韵律流畅，因为颜色与声律皆各与物相宜。要使宫羽互相变化，高低间成节奏，假如前为清音，那么后边一定是浊音。一句之内，音节和韵律绝不重复，两句之中，音调强弱完全不同。精通此理，方可谈文。至于前贤的佳作，讽诵者皆以为高，历代共同欣赏。曹植的"函京"之作，王粲的"灞岸"之篇，孙楚的"零雨"之章，王瓒的"朔风"之句，都是直抒胸臆，并非依靠前人的诗文，正以音律协调取法又超过前人。自屈原以来，多历年代，虽然诗文体式与风格逐渐精美，但是没有看到声律这个奥秘。至于那些合乎声律的佳句，音律自然，都是与此理暗合，不是有意而为至此。张衡、蔡邕、曹植、王粲，未曾先识声律，潘岳、陆机、颜延之、谢灵运，离声律更远。世上通晓声律的人，才能知道这一点，这话并非谬论。如说不是这样，就请等待后世高明者证明这一点。

（赵福海译注并修订　陈延嘉再修订）

恩幸传论一首

沈休文

题解

《宋书·恩幸传》是沈约仿照《汉书》《外戚恩泽侯表》和《佞幸传》的笔法撰写的一篇列传。其中记叙了戴法兴、戴明宝、徐爰、阮佃夫、王道隆、杨运长、巢尚之、董元嗣等十五人献媚邀恩而得宠幸的事迹。

依"传"所作的"论",论述了中国古代社会截至刘宋时期选拔官吏办法的利弊,评价了各种用人制度的优劣。对商周两朝"明扬幽仄、唯才是与"的做法给予了赞扬;对东西两汉不按士族、庶族划分等次的措施给予了褒扬;对曹魏"以论人才优劣,非谓世族高卑"的原则给予了肯定;对魏晋以降出现的"上品无寒门,下品无势族"的情况给予了贬斥;尤其对刘宋王朝宠幸佞臣、权奸当道、树朋结党、赠金行贿的鄙劣歪风给予严厉的鞭挞。这些思想都是积极的,至今在选拔人才方面仍有借鉴意义。这种上溯三代、下迄刘宋的论证方法,是同《宋书》中的"志"的笔法一脉相通的,因而保存了有关典章制度的史料。魏晋时期的"九品中正制",后人赖以这篇传论,得以见其一斑。

本文虽书于《恩幸传》卷末,但并非只为本传作论,而是针对刘宋史实提出了一个很有价值的命题,义理惬当,不觉繁复。全文论点融汇于论证之中,援引论据则用史家笔法,按照朝代顺序,依次论列,做到全篇条贯有序,历然可阅。

在论述过程中,略古详今,体现为《宋书》作论。夏商两汉之事

皆用简笔，段末立论，点到为止；魏晋之世稍详，并以周汉进行对比论证；刘宋一朝，则繁笔重论，叙议结合，始其开国，终之晚运，恩幸之祸跃然纸上。

据刘知几《史通·论赞》，后世的史论多“无异加粉黛于壮夫，服绮纨于高士”的轻薄之句。沈约自难免“鼓其雄辞，夸其俪事”的传统写法，而本篇虽用骈体，却不尚丽词，删削华靡，增强说理，只用朴实无华的语句，加以论理明意。

沈约善于修辞，重于炼句，在史家笔法之中融入形象的理喻，增强了说理的文学色彩，因而具有引人的可读性。其中的“阶闼之任”、“床笫之曲”等语，皆是巧用借代，以简驭繁，可说是一词举万汇，收到了以少胜多的表达效果。“鼠凭社贵，狐藉虎威”，则是成语与比喻兼用，化平淡为生动，在浅显的文句中蕴藏着深奥的道理，为文如行云流水，新颖贴切。

原文

夫君子小人〔1〕，类物之通称〔2〕。蹈道则为君子〔3〕，违之则为小人〔4〕。屠钓，卑事也〔5〕；板筑，贱役也〔6〕。太公起为周师〔7〕，傅说去为殷相〔8〕。非论公侯之世〔9〕，鼎食之资〔10〕，明扬幽仄〔11〕，唯才是与〔12〕。

逮于二汉〔13〕，兹道未革〔14〕。胡广累世农夫〔15〕，伯始致位公相〔16〕；黄宪牛医之子〔17〕，叔度名动京师〔18〕。且仕子居朝〔19〕，咸有职业〔20〕，虽七叶珥貂〔21〕，见崇西汉〔22〕，而侍中身奉奏事〔23〕，又分掌御服〔24〕，东方朔为黄门侍郎〔25〕，执戟殿下〔26〕。郡县掾史〔27〕，并出豪家〔28〕，负戈宿卫〔29〕，皆由势族〔30〕，非若晚代分为二涂者也〔31〕。

汉末丧乱〔32〕，魏武始基〔33〕，军中仓卒〔34〕，权立九品〔35〕，盖以论人才优劣〔36〕，非谓世族高卑〔37〕。因此相

沿[38]，遂为成法[39]。自魏至晋[40]，莫之能改[41]，州都郡正[42]，以才品人[43]，而举世人才[44]，升降盖寡[45]。徒以凭籍世资[46]，用相陵驾[47]，都正俗士[48]，斟酌时宜[49]，品目少多[50]，随事俯仰[51]，刘毅所云下品无高门[52]，上品无贱族者也[53]。岁月迁讹[54]，斯风渐笃[55]，凡厥衣冠[56]，莫非二品[57]，自此以还[58]，遂成卑庶[59]。周汉之道[60]，以智役愚[61]，台隶参差[62]，用成等级[63]。魏晋以来[64]，以贵役贱[65]，士庶之科[66]，较然有辨[67]。

夫人君南面[68]，九重奥绝[69]，陪奉朝夕[70]，义隔卿士[71]，阶闼之任[72]，宜有司存[73]。既而恩以狎生[74]，信由恩固[75]，无可惮之姿[76]，有易亲之色[77]。孝建泰始[78]，主威独运[79]，空置百司[80]，权不外假[81]，而刑政纠杂[82]，理难遍通[83]，耳目所寄[84]，事归近习[85]。赏罚之要[86]，是谓国权[87]，出纳王命[88]，由其掌握[89]，于是方涂结轨[90]，辐凑同奔[91]。人主谓其身卑位薄[92]，以为权不得重[93]，曾不知鼠凭社贵[94]，狐藉虎威[95]，外无逼主之嫌[96]，内有专用之功[97]，势倾天下[98]，未之或悟[99]。挟朋树党[100]，政以贿成[101]。铁钺疮痏[102]，搆于床笫之曲[103]；服冕乘轩[104]，出于言笑之下[105]。南金北毳[106]，来悉方艚[107]，素缣丹魄[108]，至皆兼两[109]，西京许、史[110]，盖不足云[111]，晋朝王、石[112]，未或能比[113]。及太宗晚运[114]，虑经盛衰[115]，权幸之徒[116]，慑惮宗戚[117]，欲使幼主孤立[118]，永窃国权[119]。构造同异[120]，兴树祸隙[121]。帝弟宗王[122]，相继屠剿[123]。民忘宋德[124]，虽非一涂[125]，宝祚夙倾[126]，实由于此[127]。呜呼[128]！《汉书》有《恩泽侯表》[129]，又有《佞幸传》[130]。今采其名[131]，列以为《恩幸篇》云[132]。

注释

〔1〕夫:句首助词,表示议论的开始。 君子:对统治者和贵族男子的通称。常与被统治的所谓小人或野人对举。

〔2〕类物:同类的人。物,指人。 通称:共同的称呼,五臣本无"通"字。

〔3〕蹈:实行,遵循。 道:道理,规律。

〔4〕违:违反,违背。

〔5〕屠钓:指屠牛、钓鱼。太公望吕尚曾在殷朝的都城朝歌屠牛,又在渭水之滨钓鱼。周文王出猎相遇与语,同载而归,立为师。武王即位,尊为师尚父。

〔6〕板:通"版"。筑土墙用的夹板。 筑:捣土用的杵。筑墙时先把土倒在夹板中,再用筑捣结实,古代叫做"版筑",现在北方称之为"干(gān)打垒"。

〔7〕太公:太公望吕尚。 起:起用。 周:周文王。

〔8〕傅说(yuè 悦):相传傅说曾在傅岩之野为人筑墙。殷代高宗武丁访得,举以为相。 去:离开。此指离开版筑之役。 殷:商朝迁都以后的别称。相:辅助君主掌管国事的最高官吏,后来称做宰相、丞相、相国。

〔9〕论:衡量、评定,此指依据。 公侯:泛指朝廷中的高级官员。古代五等爵位的第一、第二等。 世:父子相继为一世,此指世世代代相承为公侯。

〔10〕鼎食:列鼎而食,指贵族的豪奢生活。 资:资历,资望。

〔11〕明扬:举用,选拔。 幽仄(zè 昃):隐居未仕的人。

〔12〕是:复指提前的宾语。 与:通"举",推举,推荐。

〔13〕逮:到。 二汉:指前汉和后汉(西汉和东汉)。

〔14〕兹:此,这。 道:途径,方法。兹道,指举贤之道。 革:改变,变革。

〔15〕胡广:字伯始。东汉华容(今湖北监利县东)人。少孤贫,安帝时察举孝廉,在章奏考试中取得第一。一个月后拜为尚书郎,继任司空、司徒、太尉,官至太傅。 累世:历代。

〔16〕致:达到。 公相:泛指朝廷中的高级官员。公,古代以太师、太傅、太保为"三公",是最高的官。

〔17〕黄宪:字叔度,汝南慎阳(今河南上蔡县)人,家世贫贱,父亲为牛医。举为孝廉,被三公的官府征召,但未仕而归。 牛医:治牛病的兽医。

〔18〕名:名声。 动:震动,轰动。 京师:国都。名动京师:指京师官员对黄宪的尊敬、赞叹。荀淑称黄宪"吾之师表",誉之为颜子(颜回),陈蕃任为三

公后慨叹道:“叔度(黄宪字)若在,吾不敢先佩印绶矣。”

〔19〕仕子:做官的人。　居:处于,位于。

〔20〕职业:职位所规定的应执掌的事务。

〔21〕七叶:七世。　珥貂(ěr diāo 耳刁):插貂尾。汉代侍中、中常侍的官冠插貂尾,加金珰,用蝉文为装饰。

〔22〕崇:尊重,推崇。此句指汉宣帝时的权贵金日磾(mì dī 密底)和张安世两家族,凭借祖先的世业七代做汉朝的高官。《汉书·金日磾传赞》:“七世内侍,何其盛也。”戴逵《释疑论》:“张汤酷吏,七世珥貂。”张汤是张安世的父亲。

〔23〕侍中:官名。秦始置,为丞相属官,两汉沿用,因侍从皇帝左右,出入宫廷,应对顾问,地位逐渐提升,至魏晋后,实际上已相当于宰相。　奉:接受。奏事:向皇帝进言、上疏的事务。

〔24〕分掌:分担主管。　御服:皇帝的服装。

〔25〕东方朔:字曼倩,平原(今山东惠民)人。汉武帝时待诏金马门,官至太中大夫给事中。以奇计俳辞得亲近,是武帝的弄臣。曾因过免为庶人,后复为中郎。　黄门侍郎:官名,秦始设,汉因之,省称黄门郎,因给事于黄门,故名。东方朔任过中郎,是郎中令的属官,比属官侍郎职位略高。侍郎与黄门侍郎是两种官职。东方朔不曾任黄门侍郎,此处沈约误记。

〔26〕执戟:秦汉时的宫廷侍卫官,因值勤时手持戟而得名。

〔27〕郡县:等于说府县。秦始皇统一六国,分国内为三十六郡,郡下设县,其后中央集权,郡县成为常制。　掾(yuàn 愿)史:分曹治事的属吏,胥吏。自汉以来,中央及各州县皆置掾史,是卑微的职位。

〔28〕并:一起,一并。　出:出身。　豪家:即豪门,权势盛大的家族。

〔29〕负戈:肩扛戈戟,指担任警卫工作。　宿卫:在宫中值宿,担任警卫。负戈宿卫是低贱的差事。这几句是说,豪家世族也充任掾史、宿卫一类卑位贱役,表明当时没有以出身论贵贱的差别。

〔30〕由:出自。　势族:有权势的大族。

〔31〕晚代:近代。指两汉之后。　分:划分。　涂:同“途”,途径。二涂,指士族和庶族。士族不居贱职,庶族不涉高位。

〔32〕汉末:指东汉末年。　丧乱:死丧祸乱。指黄巾起义和其后的各路军阀混战。

〔33〕魏武:魏武帝曹操。其子曹丕代汉称帝建魏朝,追尊操为太祖武皇帝。　始基:始创基业。

〔34〕仓卒(cù 促):匆促,指事务急迫。

〔35〕权:权且,暂且。　九品:《汉书·古今人物表》把古今人物分为九等,即上上、上中、上下;中上、中中、中下;下上、下中、下下。三国魏司空陈群始立九品之制,在郡县设中正评定人才高下,分为九等,本为军事时期的临时措施,到晋、南北朝时,中正一职多由地方豪族把持,出现"下品无高门,上品无贱族"的状况。

〔36〕盖:相当于原来。　人才:人的才能。

〔37〕谓:通"为",因为。　世族:泛指世代显贵的家族。　高:提高。　卑:低贱,此指降低。

〔38〕因:由,从。　此:指曹魏建立九品中正制。　相:递相。表示彼此接替的关系。　沿:沿袭、承袭。

〔39〕成法:既定的法则。

〔40〕晋:司马炎代魏称帝,国号晋,建都洛阳。

〔41〕莫:没有谁。莫之能改,莫能改之。

〔42〕州都:官名。三国魏曹丕时行九品中正制,郡置中正,州置州都,掌管地方选拔官吏事宜。　郡正:即中正,负责考察本州郡人才品德。

〔43〕以:根据,依照。　品:品评,品定。

〔44〕举世:全世间。

〔45〕升降:上升下降,此指高和低。　盖:大概。　寡:少。

〔46〕徒:只,只是。　凭籍:依靠,恃赖。籍,通"藉"。　世资:由祖先家世而取得的特殊的身份。

〔47〕陵驾:同凌驾,超越,高出其上。

〔48〕都正:即州都郡正。　俗士:见识浅陋的鄙俗之人。

〔49〕斟酌(zhēn zhuó 珍茁):安排,摆布。　时宜:时势所宜。

〔50〕品目:官吏等级的评定。品,官吏的等阶。目,品评。

〔51〕随:沿着,顺着。此指家世显贵的程度。　俯仰:周旋,应付,此指抬高或降低。

〔52〕刘毅:字希乐。东晋彭城沛(今江苏沛县)人。李善注引《晋书》:"刘毅为尚书左仆射,上疏陈九品之弊曰:'上品无寒门,下品无势族。'"　下品:魏晋南北朝时,士族门第低的称为下品。　高门:指富贵人家。

〔53〕上品:魏晋南北朝时,统治阶层中门阀最高的等级。　贱族:指贫贱人家。这两句说,势族之人不居下品,寒门之子不居上位。

〔54〕岁月:指时序。　迁讹:等于说变迁。

〔55〕斯:这。　风:风气。斯风,指"下品无高门,上品无贱族"之风。　渐:渐进,逐步发展。　笃(dǔ 堵):甚,厉害。

〔56〕厥(jué 决):那,那些。　衣冠:指士大夫,官绅。

〔57〕二品:刘良注:"二品谓豪家势族。"

〔58〕还:外。自此以还,指衣冠之族以外。

〔59〕卑庶:低贱的官吏。

〔60〕周汉:周朝和汉朝。　道:办法。

〔61〕智:聪明,智慧。　役:役使,奴役。　愚:愚昧,愚蠢。

〔62〕台:奴隶中最低的一个等级。　隶:奴隶。《左传・昭公七年》:"人有十等……皂臣舆,舆臣隶,隶臣僚,僚臣仆,仆臣台。"　参差(cēn cī):不整齐的样子。

〔63〕等级:根据一定标准而确定的差别、等次。

〔64〕魏晋:魏朝和晋朝。

〔65〕贵:显贵,禄位高。　贱:地位低下。

〔66〕士庶:士族与庶族。从东汉开始,在地主阶级内部逐渐形成的世家大族叫士族,不属于士族的地主阶级叫庶族。到魏晋南北朝时,士庶等级的区别更加显著,所谓"士庶天隔"。　科:品级,类别。

〔67〕较然:明显的样子,　辨:分别,区别。

〔68〕南面:面朝南。古代以坐北朝南为尊位,故天子接见群臣,或卿大夫见僚属,皆南面而坐。后来引申泛指帝王或大臣的统治为南面。

〔69〕九重:指宫禁,极言其深远。　奥:幽深。　绝:僻远。

〔70〕陪:伴随,陪同。指陪伴的近臣。　奉:侍奉,侍候。　朝夕:早晚,指天天,时时。

〔71〕义:礼仪。　隔:阻隔。　卿士:泛指卿、大夫、士。

〔72〕闼(tà 沓):宫中小门。阶闼:指站阶守门的小官。　任:任用。

〔73〕宜:应该,应当。　有司:主管其事的官员。古代设官分职,事各有专司,故称有司。

〔74〕既而:不久。　恩:恩德,恩惠。　以:因。　狎(xiá 侠):亲近而不庄重。

〔75〕信:信任。　固:巩固。

〔76〕惮(dàn 旦):畏惧,害怕。　姿:形貌态度。

〔77〕易:和悦,安稳。 亲:亲近,亲密。 色:脸色,表情。

〔78〕孝建:南朝宋孝武帝刘骏年号。 泰始:南朝宋明帝刘彧年号。

〔79〕主:国君。 威:威力,威风。 独:单独,专自。 运:运用。

〔80〕空:徒然,白白地。 置:设置。 百司:朝廷大臣、王公及其以下百官的总称。

〔81〕外:指帝王自身以外的人。 假:给予。

〔82〕刑政:刑罚与政令。 纠杂:纷扰杂乱。

〔83〕遍:全面,周遍。 通:通晓,博识。

〔84〕耳目:耳朵和眼睛。指全部政务。 寄:寄托,寄放。

〔85〕归:归属。 近习:君主亲幸的人。

〔86〕赏:对有功者赐与财物、官爵等。 罚:处罚,惩办。 要:要领,关键。

〔87〕是:这。 谓:是,通"为"。 国权:国家权力。

〔88〕出纳:把帝王诏命向下宣告,称"出";把下面意见向帝王报告,称"纳"。 王命:帝王的命令。

〔89〕由:经由。 掌握:把持,控制。

〔90〕于是:从此。 方涂:全国的道路。涂,同"途",道路。 结轨:车迹交叠。形容车辆络绎不绝。

〔91〕辐凑:车辐集中于车毂,比喻人们聚集一处。 奔:急走,此指趋附。

〔92〕人主:人君。 谓:认为。 其:他们,指天子亲幸的近习。 身:身份。 卑:微贱。 薄:低下。

〔93〕得:能。 重:加重。

〔94〕曾:相当于"竟"。 鼠凭社贵:老鼠凭借社庙而尊贵。社,祭祀土地神的地方。《韩非子·外储说右上》载:社庙里的树木都涂画,老鼠在其中掘穴托身,烟熏则怕焚烧树木,水灌则怕涂画脱落,这些社鼠就捉不到。社鼠比喻隐在皇帝身边的谗佞之人。

〔95〕狐藉虎威:藉,凭借。《战国策·楚策一》:"虎求百兽而食之,得狐。狐曰:'子无敢食我也!天帝使我长百兽,今子食我,是逆天帝命也。子以我为不信,吾为子先行,子随我后,观百兽之见我而敢不走乎?'虎以为然,故遂与之行,兽见之皆走。虎不知兽畏己而走也,以为畏狐也。"这个寓言比喻近习之臣借帝王的威势吓唬人。

〔96〕外:朝廷外。 逼:胁迫。 嫌:疑惑,疑忌。

〔97〕内:朝廷内。 专:专擅,独断。 功:功能,功效。

〔98〕势:势力,权势。 倾:倾斜,偏倒。

〔99〕未之或悟:未或悟之。悟,明白,理解。

〔100〕挟(xié 协):倚仗,恃以自重。 朋:党羽,同类。 树党:树立朋党。

〔101〕政:政事。 贿:贿赂,用财物收买。

〔102〕铁钺(fū yuè 夫月):铁与钺,刑戮之具。铁,铡刀,切草之农具,也作为腰斩之刑具。钺,古兵器,用于斫杀,状如大斧。 疮痏(wěi 伟):创伤,瘢痕。刘良注:"疮痏喻谗谮成瑕疵也。"

〔103〕搆:通"构",构成,造成。 床笫(zǐ 子):床席。 笫:竹编的床席。 曲:旁边,近处。这两句说,幸臣构瑕于宫廷床箦之间,使公卿伏铁钺于外。

〔104〕冕(miǎn 免):大夫以上的贵族所戴的礼帽。 轩:大夫以上乘坐的车子。

〔105〕言笑:言谈嬉笑。 之下:之间。

〔106〕南金:南方出产的铜。《诗经·鲁颂·泮水》:"元龟象齿,大赂南金。"郑玄笺:"荆扬之州,贡金三品"。 北毳(cuì 脆):北方出产的毛皮。毳,鸟兽的细毛,此指貂狐一类名贵毛皮衣。

〔107〕来:指前来贿赂的。 方:并船。 艚(cáo 曹):船的一种,此指货船。

〔108〕素:白色生绢。 缣(jiān 尖):双丝织的微带黄色的细绢。汉以后,多用做赏赠酬谢之物。素缣,偏义复词,素无义。 丹魄:琥珀的别名。琥珀色赤,故以"丹"称之。魄,五臣本作"珀"。

〔109〕兼两(liàng 辆):不止一辆车。两,车辆。

〔110〕西京:西汉都城长安,东汉迁都洛阳,以长安在西,称西京,称洛阳为东京。后来即以"西京"做西汉的代称。 许史:指汉宣帝时两家外戚。许,宣帝许皇后家,元帝封外祖父广汉为平恩侯;史,宣帝母家。两家皆贵。

〔111〕不足:不值。 云:称道。

〔112〕王石:晋朝两家贪险的首富。 王,王恺,晋武帝司马炎之舅,官至龙骧将军、骁骑将军、散骑常侍。王恺既为世族国戚,性豪侈,日用无度。石,石崇,历任散骑常侍、荆州刺史等职,富拟王者,奢靡成风,与王恺等豪侈相尚。

〔113〕比:比较。

〔114〕太宗:南朝宋明帝的庙号。 晚运:末年。运,指时际,时期。

〔115〕虑:思念。 经:经历,经过。

〔116〕权幸:指有权势而又得到帝王宠幸。 徒,徒党,同一类的人。

〔117〕慑(shè 摄):恐惧。 宗:宗族,此指皇族。 戚:亲属。此指外戚。

〔118〕幼主:年小的皇帝。 孤立:孤单无助。李周翰注:“幼主谓明帝孤独也。”

〔119〕窃:盗取。

〔120〕构造:诬陷,捏造。 同异:不同的,指异心,偏义复词,“同”无义。

〔121〕兴:发动。 树:建立,此指构成。 隙:墙交界处的裂缝,比喻感情上的裂痕。此指政见不同,争权夺利。

〔122〕帝弟:皇帝的弟兄。本句与下句指刘宋末年统治集团内部皇族之间诸王为争夺帝位连年混战互相残杀。 宗王:同宗之土。

〔123〕相继:一个接一个。 屠:残杀人命。 剿:消灭。

〔124〕宋:南朝之一,刘裕代晋称帝,国号宋。

〔125〕涂:通“途”,道路,此指原因。

〔126〕宝祚(zuò 作):帝座。 夙(sù 素):早。 倾:倒塌,倾覆。

〔127〕实:确实,的确。

〔128〕呜呼:叹词,表感叹。 《汉书》:东汉班固撰。全书分十二纪、八表、十志、七十列传共百篇,记载自刘邦元年至王莽地皇四年二百三十年间主要事迹,为我国第一部纪传体断代史。 《恩泽侯表》:全称为《外戚恩泽侯表》,表里记叙了大臣以功受爵和外戚封侯的情况。

〔130〕佞(nìng 泞)幸:以谄媚而得宠幸。《汉书·佞幸传》记载了邓通、赵谈、韩嫣、李延年等七人献媚邀宠的事迹。

〔131〕采:摘取。 名:名字,指篇名。

〔132〕列:排列,此指编撰。 为:成为。 云:句末语气词,表示一般陈述语气。

今译

君子和小人是同类人的共同称呼。实行正道则成为君子,违背正道则成为小人。宰牛、钓鱼,是卑贱的职业;垒土筑墙,是低下的劳作。太公望吕尚虽从事宰牛钓鱼,却被起用为周朝的国师;傅说

虽曾筑墙傅岩，却离开那里成为殷朝之相。那时任官封爵，不按照公侯家世，贵族资历，而选拔隐居未仕的人，只举用有才能的人。

到了西汉和东汉，这种方法不曾改变。胡广之家历代都是农民，但是他却达到三公宰相的官位；黄宪是兽医的儿子，但是他的名声却轰动了京都。况且做官的人位居朝廷，都有承担的职务。虽然七代冠插貂尾，被西汉尊崇，但是身为侍中要亲自处理向皇帝进言、上疏的事务，又分管皇帝的服装。东方朔充任黄门侍郎，在皇宫殿阶之下持戟执勤。郡县中分曹治事的胥吏，一并出身于豪门望族。肩扛戈戟，值宿宫中担任警卫，都来自权势之家。不像近代划分成士族和庶族两个等次。

东汉末年，在死丧祸乱之中，曹操始创魏朝基业，军事时期事务繁忙，暂且设立九品中正制，原用来评定人才优劣，不因为家族高或低决定他们的职位。由此一代接一代沿袭下来，于是就成为既定的法则。自魏朝到晋朝，没有谁改变这种做法。州里的州都，郡里的中正，应据才能评定人才，但是全世间人的才能高下，大概相差不大，只好依靠由祖先家世取得的特殊身份，来互相超越。州都郡正是鄙俗之人，适应时势安排人选，官吏等级的品评高下，依照家族情况确定。这就是刘毅所说的下品无高门，上品无贱族的情况呀。时代变迁，此风渐烈。凡是那些高官，没有不是豪家或士族的，自此以外，就成为低贱的官员。周朝和汉朝的政策，是用智慧役使愚昧，奴隶中的级别参差不齐，以此形成等次。魏晋以来，用禄位高的役使地位低的。士族和庶族的品级，明显地有了区别。

帝王面南称尊，宫禁僻远幽深，近臣时时侍奉，按礼隔绝群臣。站阶守门小官的任用，有专司其职的官员。不久，恩宠因为狎昵亲近而产生，信任由于恩宠而巩固。没有畏惧担忧的态度，却有和悦亲近的脸色。刘宋孝武帝孝建之时，明帝泰始之际，皇帝的权威专自运用，百官形同虚设，权力不给外人。但是刑罚政令纷扰杂乱，法理难于全面通晓。耳闻目视之事，归属亲幸之臣。奖赏惩罚实属关

键，这些都是国家权力，宣布诏令呈报奏言，经由他们把持控制。全国的道路上车迹交叠，臣子如同车辐集于车毂，齐来趋炎附势。人君认为他们身份微贱地位低下，所掌之权不会太重，一点也不了解社鼠凭神庙而尊贵，狐狸借老虎而施威。近侍之臣在朝廷外没有胁迫皇帝的疑忌，在朝廷内有专擅用权的功能。权势能使天下倾斜，国君却不了解这一切。勾结同类，树为朋党，政事靠贿赂完成。决定刑罚加罪于人，是在床席旁边完成的；戴礼帽乘轩车，是在谈笑之间取得的。南方出产的值钱的黄铜，北方出产的名贵毛皮，都多船连舟运来行贿，黄白色的细绢，赤红色的琥珀，不止一辆车络绎载来送礼，西汉的许姓、史姓两家贵戚，大概都不值称道，晋朝的王恺、石崇两家首富，也不能与之相比。等到宋明帝的末年，国运由盛而衰，猎取权势而又受宠的徒党，畏惧皇族外戚，想要使小皇帝孤立无援，以便永久窃取国权。为异党捏造罪名，给他们构成祸事。皇帝之弟同宗之王，一个连接一个被杀戮剿灭。百姓忘记宋朝的恩德，虽然不是一个原因，帝座倾覆崩溃，确实由于宠幸奸佞。啊，《汉书》有《外戚恩泽侯表》，又有《佞幸传》，如今摘取其中的“恩”、“幸”两字，撰写成《恩幸传》。

（吕庆业译注修订　陈延嘉再修订）

汉书述高祖纪赞一首

班孟坚

题解

班固是东汉史官，自然封建正统思想浓重。其《汉书》等著述都有反映。《典引篇》盛赞汉业，本篇《述高祖纪》盛赞高祖刘邦，则较集中地表现出这种思想。《述高祖纪》在《高帝纪》之末，把高祖奉为“聪明神武”的开国皇帝，从能信用贤臣良将、“应天顺民”、战胜项羽、统一天下，赞颂他一生功绩。虽然全是歌功颂德，目的在巩固东汉的封建统治，却概括出高祖一世的主要功业，而且表达出对现实的君主明帝刘庄完成光武帝刘秀的“中兴”大业的期望；不论从评价历史人物或历史思想上说，都是积极的。文章篇幅短小（不到一百二十字），结构谨严，内容丰富而有层次，是不多见的佳作。

原文

皇矣汉祖〔1〕，纂尧之绪〔2〕。寔天生德〔3〕，聪明神武〔4〕。秦人不纲〔5〕，网漏于楚〔6〕。爰兹发迹〔7〕，断蛇奋旅〔8〕。神母告符〔9〕，朱旗乃举〔10〕。粤蹈秦郊〔11〕，婴来稽首〔12〕。革命创制〔13〕，三章是纪〔14〕。应天顺民〔15〕，五星同晷〔16〕。项氏畔换〔17〕，黜我巴汉〔18〕。西土宅心〔19〕，战士愤怨〔20〕。乘衅而运〔21〕，席卷三秦〔22〕。割据河山〔23〕，保此怀民〔24〕。股肱萧、曹〔25〕，社稷是经〔26〕。爪牙信、布〔27〕，腹心良、平〔28〕。恭

行天罚[29],赫赫明明[30]。

注释

〔1〕皇:大,伟。　汉祖:汉高祖刘邦。

〔2〕纂(zuǎn 缵):继承。　尧(yáo 姚):唐时尧帝。　绪:业绩。

〔3〕寔:是,此。　天生:上天降生。　德:德行。

〔4〕聪明:天资高、智力强。　神武:神明,威武。

〔5〕秦人:指秦朝。　不纲:失去纲常、法度。

〔6〕网漏:法网疏阔。　楚:指陈胜、吴广等起义首叛于楚,刘邦因势而起。

〔7〕爰:由,于。　兹:此。　发迹:立功扬名。

〔8〕断蛇:斩断大蛇。《史记》:高祖刘邦夜行大泽,有大白蛇挡路,高祖拔剑斩断,开路前行。　奋旅:奋激军队。大蛇挡路,军士不前,斩蛇后始进。

〔9〕神母:神仙老太婆,指被斩白蛇之母。　告:诉说。　符:符命,祥瑞征兆。《汉书》谓:"后人来至蛇所,有一妪夜哭曰:'吾子白帝子,化为蛇,今者赤帝子斩之。'"

〔10〕朱旗:红色旗帜。《汉书》:"高祖立为沛公,旗帜皆赤。"

〔11〕粤(yuè 月):始。　蹈:踏。　秦郊:指灞上,今陕西西安市东。

〔12〕婴:秦王子婴。　稽(qǐ 起)首:行叩拜之礼,此指降服。

〔13〕革命:顺应天命而行变革。　创制:创建法制。

〔14〕三章:高祖与秦父老约定的三章法纪:"杀人者死,伤人及盗抵罪。"纪:法度,准则。

〔15〕应天顺民:应天心顺民意。

〔16〕五星:古时天象中的金、木、水、火、土星。　同晷(guǐ 轨):光影同聚一处的天象。《汉书》:"五星光影同聚在东井,沛公(高祖)至霸。"前人注:"五星所在,其下当有圣人义取天下。"这里指高祖取代秦国统一天下的正义和必然。

〔17〕项氏:指项羽。　畔换:跋扈。指项羽假尊怀王为义帝,实际自立为西楚霸王,建都彭城。

〔18〕黜(chù 处):贬斥。　我:我主。指高祖(沛公)。　巴汉:巴蜀和汉中。项羽负约自立为西楚霸王,都彭城;而立沛公刘邦为汉王,主巴蜀、汉中,都南郑,实是贬抑。

〔19〕西土:西土长安之人。　宅心:归心。指西土人归附之心。

〔20〕愤怨:指征战士兵对项羽的愤慨、怨恨。

〔21〕衅(xìn 信):间隙,争端。　运:转动。指高祖自蜀汉举兵攻三秦。

〔22〕席卷:全部占有。　三秦:秦地三王所分之地,即章邯为雍王,司马欣为塞王、董翳为翟王。

〔23〕割据:各占一方为政。

〔24〕保:安抚。　怀民:怀归附之心的民众。

〔25〕股肱(gōng 工):比喻辅助君王的得力大臣,指“萧(何)、曹(参)”。

〔26〕社稷(jì 记):古时帝王、诸侯所祭祀的土神和谷神,常借指国家。经:常道。指常行的义理、法制。

〔27〕爪牙:兽有爪有牙。常喻为君王得力的武臣,此指“(韩)信、(英)布”。

〔28〕腹心:心腹,比喻亲信。此指“(张)良、(陈)平”。

〔29〕恭行:奉行。　天罚:上天的惩罚。此指顺天惩恶。

〔30〕赫赫:显耀、盛大貌。　明明:明察。

今译

伟大的汉朝高祖皇帝,继承尧帝的业绩。此是上天授予仁德,聪敏智慧、神明威武。秦朝之政失去法度,法网疏漏引起楚地叛乱。高祖于此立功扬名,“拔剑斩蛇”奋激军旅。神母述说赤帝子斩杀白帝子,是祥瑞征兆,作为沛公的高祖于是举起红旗。刚踏入秦都近郊灞上,秦王子婴就来行投降礼。像商汤、周武应天命做变革而创建新法制,把“约法三章”作为取代秦朝苛政的纲纪。顺应天意民心,才有“五星”同在一线而取得天下的祥瑞。但项羽飞扬跋扈不守信约,反把我高祖贬为汉王而管领巴蜀、汉中之地。可是长安父老有归附之心,士兵对项羽有怨恨之意。高祖正乘这个隙端举兵,全部占有“三秦”之地。占据秦国这一方土地河山,安抚着归顺民众。有手足般的辅佐大臣萧何、曹参,为国家订立了纲常法纪。有得力助手武臣韩信、英布,还有如同心腹一样的张良、陈平做亲信。因此奉行上天意志惩罪罚恶,显耀盛大地现出帝王明察秋毫的神异。

(吕庆业译注修订　陈延嘉再修订)

述成纪赞一首

班孟坚

题解

本篇节选自班固《汉书·叙传第七十下》,文末有"述成纪第十"五字,萧统取以为题,而正文则略而不录。"成纪第十"是《汉书·成帝纪第十》的省略。

《汉书》每篇纪、传之末,在史实全部叙述完毕,有"赞曰"总括其后。《文选》把这类"赞"归入"史论"一体。而本文则归入"史述赞"一类。两者虽均有"赞"字,但写法其实不一。"史论"之赞,偏于说理,重点在论。其句式多变,或骈或散,并不要求整齐划一。《叙传》中按纪、表、志、传之序,以"其叙曰"领起,每篇述说几句,少则四句,多则三十余句,各篇不等。其内容偏于叙事,重在总结,概括一生的主要事迹。在语言上全是四字句。"史论"和"叙传"虽各有侧重,但赞颂是它们的共同特点。

全文四言八句,一韵到底,用语极为简炼,寥寥数语就概括了孝成帝一生的主要功过,关键在于作者善于捕捉重点,突出重点,绘其一斑,窥其全豹。

原文

孝成皇皇[1],临朝有光[2]。威仪之盛[3],如圭如璋[4]。阃闱恣赵[5],朝政在王[6]。炎炎燎火[7],光允不阳[8]。

注释

〔1〕孝成:西汉成帝刘骜,在位26年。 皇皇:美盛的样子。

〔2〕临朝:当朝处理国事。 有光:光明。有,词头。

〔3〕威仪:庄严的容貌举止。

〔4〕圭(guī归)、璋:美玉。

〔5〕阃闱(kǔn wéi捆围):王宫,指宫内后妃居处。 恣:放纵。 赵:指赵飞燕,汉成帝宫人,先为婕妤,许后废,册立为后,与其妹赵合德专宠十余年。

〔6〕王:指王凤、王音等外戚。汉成帝封元舅阳平侯王凤为大将军,领尚书事。

〔7〕炎炎:强烈的火光,用以形容国家兴盛和权势显赫。 燎火:火炬,比喻天子之威。

〔8〕光:据胡克家《文选考异》,"光"袁本作"亦",五臣本亦作"亦",班固《汉书》作"亦",作"亦"是,"光"传写误。 允:确实。 阳:光明。此句说孝成帝内蔽于赵飞燕,外壅于王凤,天子之威,不得显扬。

今译

孝成皇帝,盛美辉煌,处理朝政,光明允当。容貌严肃,举止端庄,有如美玉,恰似圭璋。后妃飞燕,跋扈飞扬,王凤擅权,独揽朝纲。天子之威,火炬一样,王、赵壅蔽,不现光芒。

(吕庆业译注并修订)

述韩彭英卢吴传赞一首 班孟坚

题解

《汉书·列传第四》是韩信、彭越、英布、卢绾、吴芮五人的合传。本文是班固在《汉书·叙传》中对五人的述赞。

全文在叙述中善于概括。韩信等五人的事迹颇为丰赡,又是历史上著名的人物,要写的内容当然很多,但作者只对其有代表性的出身、腾达、下场三个阶段加以概括,就足以展示其一生。

文章还善于抓特点、抓规律,尽量体现合传中共同的方面。韩信等五人出身皆低贱卑微,或为"饿隶",或为"黥徒",或为"狗盗",则一并述之。而在风云变幻的大潮中,各展才华,割国制郡,或为侯,或为王。但是其中四人"德薄位尊,非祚惟殃",下场凄惨,则是对历史人物规律性的总结。不过这一总结也不无偏颇之处,远不如司马迁所述"兔死狗烹,鸟尽弓藏"来得深刻和全面。由此也可见班固和司马史识的高低,胆略的差别。

在行文上,与《叙传》的其他各节相比,"叙"多于"赞",以叙述为主,赞论为辅,"叙"是简要地概括史实,"论"是画龙点睛之笔,用来体现作者的思想观点。在用韵上,不求整齐划一,一韵到底,而是根据文中内容所涉词语,灵活换韵,免去削足适履之弊。虽一文两韵,但变换自然,读来亦铿锵悦耳。

原文

信惟饿隶[1],布实黥徒[2],越亦狗盗[3],芮尹江湖[4]。

云起龙骧[5],化为侯王。割有齐楚[6],跨制淮梁[7]。绾自同闬[8],镇我北疆[9]。德薄位尊[10],非祚惟殃[11]。吴克忠信[12],胤嗣乃长[13]。

注释

〔1〕信:指韩信。 隶:奴隶。韩信家贫,曾寄食于下乡南昌亭长,亭长妻讨厌他,不给他准备饭食。

〔2〕布:指英布,又称黥布。 黥(qíng 擎):古代的一种刑法,用刀刺刻犯人的面颜,再涂上墨,也叫“墨刑”。 徒:被罚服劳役的人。

〔3〕越:指彭越,曾在巨野泽中捕鱼为生,做过盗贼。 狗盗:原指披狗皮做狗形以盗物的人,此泛指偷盗者。

〔4〕芮(ruì 瑞):指吴芮,秦时做过鄱阳令。 尹:治理。

〔5〕云起:比喻秦末陈涉首难,诸侯蜂起。 骧(xiāng 箱):高举,腾飞。

〔6〕齐、楚:韩信初为齐王,后为楚王。

〔7〕跨:兼有。 制:掌握。 淮:英布做过淮南王。 梁:彭越做过梁王。

〔8〕绾(wǎn 挽):指卢绾。 闬(hàn 汗):南楚汝、沛之地称里门为“闬”。卢绾与汉高祖刘邦同里。

〔9〕镇:镇守。 北疆:指燕地,刘邦封卢绾为燕王。

〔10〕薄:少。

〔11〕祚(zuò 坐):福。 殃(yāng 央):祸害。卢绾因与陈豨谋反有牵连,后逃入匈奴。

〔12〕吴:指吴芮。 克:能。 信:诚实。

〔13〕胤(yìn 印):后代。 嗣:继承。吴芮曾为长沙王,传位五世。

今译

韩信本是寄食之人,英布竟是受黥罪犯,彭越也曾做过盗贼,吴芮任秦鄱阳县令。风云骤起虎跃龙骧,身份突变为侯为王。割取占有齐境楚地,横跨淮南控制大梁。卢绾原是刘邦同乡,封为燕王镇守北疆。德行微薄地位尊显,并非福祚却是祸殃。吴芮能够忠诚守信,子孙后代继嗣绵长。

(吕庆业译注并修订)

后汉光武纪赞一首

范蔚宗

题解

后汉光武帝刘秀(前6—57),字文叔,南阳蔡阳(今湖北枣阳西南)人。为汉高祖九世孙,系西汉远支皇族。新莽末年农民大起义之时,刘秀与其兄刘縯乘机起兵,加入绿林军。地皇四年(23)刘秀等于昆阳大败王莽,立下卓著功勋。此后到河北掠地,进一步壮大了力量。于建武元年(25)在鄗(今河北柏乡)称帝后,又镇压各路农民起义军,削平各地割据势力,逐渐统一了全国。

范晔的这首赞主要歌颂了刘秀的上述业绩。范晔对自己的文章十分夸许,自称是"天下之奇作","比方班氏所作,非但不愧之而已","自古体大而思精,未有此也"。还特别强调:"赞自是吾文之杰思,殆无一字空设。"

此文议论风生,又颇多卓越见地,然而在思想内容上则糟粕多于精华,譬如对农民起义的诬蔑和对刘秀的美化就是一个鲜明的对比。唐人刘知几在《史通·曲笔》中,就《更始传》批评范晔:"曲笔阿时,独成光武之美,谀言媚主……"是很正确的意见。

原文

赞曰:炎政中微[1],大盗移国,九县飙回[2],三精雾塞[3]。民厌淫诈,神思反德,世祖诞命[4],灵贶自甄[5]。沉机先物,深略纬文[6]。寻、邑百万[7],貔虎为群,长毂雷野[8],高旗彗云[9]。英威既振,新都自焚[10]。虔刘庸

代[11],纷纭梁赵[12]。三河未澄,四关重扰[13]。神旌乃顾,递行天讨,金汤失险[14],车书共道[15]。灵庆既启[16],人谋咸赞:明明庙谋[17],赳赳雄断。於赫有命[18],系我皇汉。

注释

〔1〕炎政:指代西汉政权。按封建迷信的说法,刘汉王朝以火德兴起,故简称炎汉、或炎刘。

〔2〕大盗:指王莽。 九县:所有的郡县,指全国。 飙回:像狂飙回旋,形容动乱。

〔3〕三精:指日、月、星。 雾塞:谓使日、月、星失去光辉。

〔4〕世祖:刘秀的庙号,谥号为世祖光武皇帝。

〔5〕灵贶自甄:神灵所赐之福祚自现。贶(kuàng 况),赐。甄,显。

〔6〕机:机微,征兆。 文:当作“天”字。

〔7〕寻、邑:指新莽政权大司徒王寻、大司空王邑。其时将兵百万。

〔8〕长毂:兵车。

〔9〕高旗彗云:高高的战旗上接云际。彗,扫,拂。

〔10〕新都:指代王莽。王莽曾封新都侯。

〔11〕虔刘:虔、刘皆有杀意;虔刘,即劫掠、强取之义。 庸:上庸,蜀地,指公孙述在蜀称帝。代,即燕;其时彭宠自立为燕王。

〔12〕梁赵:梁,指梁王刘永擅命睢阳;赵,指卜者王郎起义,后都邯郸称帝。

〔13〕三河:河南、河北、河东。四关:指代长安。其时,赤眉军败,更始入函谷关,刘秀遣邓禹率军入关;同时派冯异、寇恂监视洛阳。

〔14〕金汤:形容城墙坚如钢铁(恶金为铁)护城河开水(汤)翻腾。状易守难攻之城。

〔15〕车书共道:谓天下统一,车同轨,书同文。

〔16〕灵庆:天符。

〔17〕庙谋:庙算。古人兴师命将,必先致斋于庙,得成算之后遣之,故谓之庙算。

〔18〕於(wū 乌)赫:叹词。有命:指光武有当皇帝的天命。实际上是一种君权神授的思想。

国学普及文库

昭明文选译注

第五册

主编　陈宏天　赵福海　陈复兴

阴法鲁　审订

吉林文史出版社